宁波大学中国语言文学系学术文库

才性与文学论集

赵树功　著

浙江大学出版社

目　录

上编:文才性质理论研究

神助:灵异表象下文才禀赋性特质的形象演绎 …………… 3

论才的虚灵性

　　——才作为文学理论范畴的美学特征 …………… 22

"才盛情深"与"情深才完"

　　——论古代文艺审美中的才情相生思想 …………… 41

论古代文艺思想中的文才尊奉观念 …………… 55

无中生有　机变神化

　　——论古代文艺美学中的文才创造思想 …………… 70

古代文艺才器思想考论 …………… 84

诗有别才:文才本体性质的美学确认 …………… 103

思　神思　才思

　　——论中国古代才思说的演生及意蕴 …………… 119

文才能"尽"吗 …………… 134

何谓"才子气" …………… 151

中编:《文心雕龙》文才论研究

道贯"三才"与骋才创体

　　——论以"才"为核心的《文心雕龙》理论体系 …………… 161

论刘勰文才思想的天人视域 …………… 177

《文心雕龙》"才略"意蕴考论 …………… 192

成体之道:《文心雕龙》"体性""风骨"篇关系重估

    ——兼议以"风格的多样性统一"理解古代文体思想的合理性 ········ 207

下编:文学批评史与文才相关问题研究

两汉以"才"论文演革历程考论 ············ 223

论谢灵运《山居赋》的审美转型

    ——关于六朝文学新变的一个样本考察 ············ 243

钟嵘《诗品序》"赏究天人""学究天人"辨析

    ——兼论六朝之际"赏"这一美学范畴的确立 ············ 261

论"才为盟主""以气为主"的整合与文学自觉的标准 ············ 271

李杜优劣论争与才学、才法论 ············ 285

简论屠隆诗学理论中的文才思想 ············ 299

王国维古雅论与古代文才思想 ············ 309

体与文体(Style)

    ——中西文论关键词比较研究 ············ 325

上　编

文才性质理论研究

神助:灵异表象下文才禀赋性特质的形象演绎

　　进入文艺领域的文才具有以下四个美学特征:禀赋性,才有其分;虚灵性,才有所能;破缚性;诗有"别"才的"别有"性。其中禀赋性是诸般品质中最为根本的特征。

　　禀赋性包括以下具体内涵:性中具备,如由天而得;自然之具,人力不能更定,彼此又各不相同。

　　魏晋之际,承接两汉才性之论,经过玄学才性之辨的提升,才不仅完成了文艺审美范畴的转型,而且在魏晋南北朝之际掀起了中国第一个文才崇拜的热潮。与这个热潮相呼应,六朝之际同时出现了类似谢灵运梦谢惠连而文思精进、江淹梦人索神笔彩锦、刘勰梦攀彩云等相关神异传说,后人统称之为"神助"。六朝之后这种神助传说绵延不断,形成了对才子文人极尽涂饰与神化的一个言说体系。

　　理论界过去对这个言说系统关注不多,或以其不经,或笑其夸饰,于是这些资料基本停留于谈资。事实上,这些与文人才子相关的奇闻逸事始发于中国历史文才崇拜之际,流行于文才崇拜时代,皆关乎文人才子的天资与灵气,它实则是在以一种非理论的"神助传说"形态演绎文学之才所具有的审美品质:文才虚灵而神异,可资创生幻化;文才源自禀赋,如得自天,不可更定,因而珍稀瑰奇。

一

　　六朝之际,在谢灵运"池塘生春草"这一名联的传说中开始出现了"神助"之说。这个传说原见于钟嵘《诗品》引《谢氏家录》,其中言谢灵运因梦谢惠连

3

而成诗,自称:"此语有神助,非我语也。"①此前陆机《文赋》中的"虽兹物之在我,非余力之所戮",也强调了一种外在力量的辅助,是"神助"现象在理论著述中的隐约表达。

唐人论诗歌神助,先有杨炯赞王勃"神机若助"②。继而最著名者当属钱起《湘灵鼓瑟》诗成考官以为必有神助。又有白居易推崇刘禹锡"雪里高山头白早,海中仙果子生迟"以及"沉舟侧畔千帆过,病树前头万木春"之句"在在处处应有灵物护之"③。所谓"灵物护之"就是"神物护持",是神助神佑的另一种表达。

唐宋之后,文人们常常把自己最得意的作品或佳句称为"神助";或者将自己心仪赏爱且又模拟无方难以企及的他人作品或佳句也称为"神助",如王安石赏爱郭祥正的"明月随人渡流水",称"此言有神助"④。黄庭坚则从书法与诗法两个视角评论道林的"岳麓寺诗碑":

> 沈传师字画皆道劲,真楷笔势可学;唯道林"岳麓诗"殊不相类,似有神助。其间架纵夺偏正,肥瘦长短各有体。忽若龙起沧溟,凤翔清汉,又如花开秀谷,松偃幽岑;或似枯木倒悬,怪石高坠,千变万态,冥发天机,与其诗之气焰,往往劲敌。⑤

既言字之风流,又道诗之气焰,诗事与艺事相得益彰,二者专其一道已经难能可贵,如此兼善也就更加视为"神助"了。而有"神助"者与其他佳作相比,关键都在于是否"可学"上:可学者出乎人力,虽然秀出,积研练之功可得仿佛;但"神助"者却难以企及,无可模拟。

古来有关文人才子的神助传说大致包括三类:或曰神遇,或曰神梦,或曰神授。

(一)神遇。神遇一类的传说从古就有,诸如张良遇黄石公便是。而神遇关乎文学艺术,则是中古以后才逐步出现的,其中最著名者就是唐代钱起有关

---

① 陈延杰:《诗品注》,人民文学出版社1961年版,第46页。
② 杨炯:《王勃集序》,《杨盈川集》卷三,四部丛刊初编本。
③ 白居易:《刘白唱和集解》,《白氏长庆集》卷六十,影印文渊阁四库全书本。
④ 刘壎:《隐居通议》卷七,影印文渊阁四库全书本。
⑤ 郭绍虞:《宋诗话辑佚》,中华书局1980年版,第528页。

《湘灵鼓瑟》一诗的传说与宋之问遇骆宾王的传说。《唐才子传》记载:

> 钱起……初从计吏至京口客舍,月夜闲步,闻户外有行吟声,哦曰:"曲终人不见,江上数峰青。"凡再三往来。起遽从之,无所见矣。尝怪之,及就试粉闱,诗题乃"湘灵鼓瑟",起辍就(四库本作"缀就"——作者),即以鬼谣十字为落句。主文李炜深嘉美,击节吟味久之,曰:"是必有神助之耳。"①

所谓"鬼语"即是月夜户外的行吟之声,《唐诗纪事》记载钱起应试用此句,"人以为鬼语"②。此处鬼语助成佳篇,得来之道神秘莫测。

《唐才子传》又记载宋之问之遇:

> 宋之问贬还,道出钱塘,游灵隐寺。夜月,行吟长廊下,曰:"鹫岭郁岧峣,龙宫隐寂寥。"未得下联。有老僧燃灯坐禅,问曰:"少年不寐,而吟讽甚苦,何耶?"之问曰:"欲题此寺而思不属。"僧笑曰:"何不道'楼观沧海日,门对浙江潮'?"之问终篇曰:"桂子月中落,天香云外飘。扪萝登塔远,刳木取泉遥。云薄霜初下,冰轻叶未凋。待入天台路,看余度石桥。"僧一联,篇中警策也。迟明访之,已不见。老僧即宾王也。③

与钱起不同,这个传说中灵思的源泉是一位神僧。据前人多方考证,宋之问与骆宾王根本不存在这种谋面的机缘与可能,而将诗与这样一位名列初唐四杰的才子关联,也便同样有了一种神异文学表现之能忽然而来不可凑泊的神秘。

(二)神梦。神梦的传说十分丰富,历代都是文士自异其迹的包装手段,刘勰《文心雕龙·序志》中有"予生七龄,乃梦彩云若锦,则攀而采之"的记载,与江淹梦人索彩锦有近似之处,皆以锦绣喻示文艺之才。涉及艺能者如《霓裳羽衣曲》的传说,这个传说有多种版本,《异人录》《逸史》《鹿革事类》三种皆言与唐明皇有关,以《逸史》为例:

---

① 傅璇琮主编:《唐才子传校笺》卷四,中华书局1989年版,第38页。
② 计有功:《唐诗纪事》卷三十,上海古籍出版社2008年版,第470页。
③ 傅璇琮主编:《唐才子传校笺》卷一,中华书局1989年版,第62页。

罗公远中秋侍明皇宫中玩月,以拄杖向空中掷之,化为银桥,与帝升桥,寒气侵人,遂至月宫。女仙数百,素练霓衣,舞于广庭。上问曲名,曰霓裳羽衣。上记其音,归作《霓裳羽衣曲》。①

此为"此曲只应天上有,人间哪得几回闻"的演绎,曲之美绝、润色者之才异,二者合而为一。且曲从天上来与成之于异才也是一体二象,从另一个角度表彰了艺术之能得之于天的内涵。

《朝野金载》也记载王沂生不解弦管,一夜醒来,"索琵琶弦之,成诸曲,人不识闻,听之者莫不流涕。其妹学之,总不成"。曲中《迎君乐》《思归乐》等,亦为广陵倡崔氏女梦其亡姨所传。胡震亨认为,此类梦中得悟,实则"亦如琵琶梦授故事",其本质无非"借托之以神其艺术"②。问题是这种自神其技的手段,一方面通过梦这种非常规的形式表达,一方面又强调他人欲学竟然不能,其本义就是在强调:此中有着非他人所具、非学所能的本然之虚灵。艺能之外,大量的异梦则指向文章诗歌著述。典型者有梦鸟与梦笔。

或为梦鸟。《西京杂记》记载扬雄轶闻:"雄著《太玄经》,梦吐凤凰,集'玄'字之上,顷而灭。"③这个异梦与文才相关,从此"吐凤才"便成为赞誉文人文学才华的事典。另一个异鸟之梦的传说出现在晋代,《晋书》记载罗含:"少有志尚。尝昼卧,梦一鸟文彩异常,飞入口中,因起,惊说之。朱氏曰:'鸟有文彩,汝后必有文章。'"④二梦所涉及的凤与鸟,在毛羽斑斓、文采异常上一致,而梦鸟之人也由此文彩卓著。

或为梦笔。文人以笔为施展才华的资本,笔也是文士自占身份的道具,因而有关的传说本来就多,如《说郛》卷三十一有孙绰为著作郎时每自暗中见笔端吐光若火的记载,这个轶闻出于阙名《采兰杂志》,《佩文韵府》卷二十二"吐光"类引之,标注为出于元人《瑯嬛记》,当为宋元文人杜撰。李日华《六研斋二笔》也引用了这个传说,并又举"杜少陵作诗句,精绝者其子宗武每觉纸上作金

① 王灼:《碧鸡漫志》,唐圭璋编《词话丛编》卷三,中华书局 1986 年版,第 95 页。
② 胡震亨:《唐音癸签》卷十四,续修四库全书影印本。
③ 刘歆:《西京杂记》卷二,王根林校点,上海古籍出版社 2012 年版,第 17 页。
④ 房玄龄等:《晋书》卷九十二,中华书局 1974 年版,第 2403 页。

字"，认为"此皆文章精气所结也"①。从笔异转移到文章之神异，这恰是笔吐光焰、笔吐光华的用意所在。

梦笔的传说也首见于魏晋之际，屡见于中古著述，且都与文宗巨匠相关。

王珣。《晋书·王珣传》云："珣梦人以大笔如椽与之，既觉，语人曰：'此当有大手笔事。'俄而帝崩，哀册谥议皆珣所草。"②所要撰著的文章与梦中所获如椽大笔的暗示相关，表面上属于没有验证的自神其技，但此"神"正是强调此事非易事，亦非人人皆能，强调了天的赋予，是"天赋"这个词的具象。

江淹。《南史·江淹传》江淹才尽传说中有郭璞索五色笔，江淹还笔之后，从此诗歌绝无佳句的记载（详见下文）。王珣系梦人授笔，江淹则梦人索笔，一授一索，一兴一衰，此笔皆关乎创作。

纪少瑜。《历代吟谱》记载："梁纪少瑜尝梦陆倕以一束青镂管笔授之云：我此指可用，卿自择其善者。文词因此遒进。"③

李峤。《唐诗纪事》记载："（李峤）儿时，梦人遗双笔，自是有文词。十五通五经，二十擢进士第。"自此文册大号令，多出其手。④

以上传说，三个表达梦中得笔而文才超卓，一个表达梦中失笔从此文才失落。其用意是一致的，梦中之"笔"作为一种神秘能量的载体，与文学创作密不可分。到了明代，才子解缙也假此道自誉："予未能言时，颇知人教指。梦五色笔，笔有花如菡萏者，当五六岁来，遂盛有作。"⑤这实则是民间所谓"梦笔生花"的敷衍。

众多与文学著述相关的异梦，其效用首先集中在文思兴会的保持与秀语佳篇的创生上。谢灵运自道"池塘生春草"为"神助"的传说，便与其梦相关。元代韦居安《梅磵诗话》记载："历阳李士选，肄业郡庠，斋舍与尊经阁相近，每夕梦一青衣童吟诗登梯而上，仿佛仅记四句云：'带白双双鹭，拖青点点鸦。晚风吹不去，留于伴芦花。'嘉定丙子乡举省试，出'凉叶照沙屿'诗，思颈联结句

---

① 李日华：《六研斋二笔》卷四，影印文渊阁四库全书本。
② 房玄龄等：《晋书》卷六十五，中华书局 1974 年版，第 1756 页。
③ 陈应行：《吟窗杂录》卷四十九，中华书局 1997 年版，第 1031 页。
④ 计有功：《唐诗纪事》卷十，上海古籍出版社 2008 年版，第 145 页。
⑤ 都穆：《南濠诗话》，丁福保辑《历代诗话续编》，中华书局 1983 年版，第 1354 页。

未就,忽忆旧梦,以所记四句足成之,有司称赏,以为神悟,遂领荐。"韦居安认为:"兹事与唐人钱起《湘灵鼓瑟》诗颇相类。"①

再者异梦还能助成文章命意与架构。如《唐诗纪事》记载林藻等人试《珠还合浦赋》,"藻赋成,梦人谓曰:何不叙珠来去之意?既寤,改之。(杜)黄裳谓藻曰:'叙珠来去,如有神助。'"②题为"珠还",则必有曾经离去的经历,赋由离合之中叙述明珠归来,不仅有了波澜起伏,也更加动人情思。

异梦除了与创作相关,还表现于鉴赏之中,如《绀珠集》记载:"盛文肃梦朝上帝,殿上扇题诗云:'夜阑更秉烛,相对如梦寐。'意谓天人诗,乃记是杜诗尔。"③本诗写乱后生还,惊喜猜疑,情景如见,所以天上之人方如此赏誉。这实际上是以一种神异又高不可攀的权威来确定诗的价值,同时表达对不识真美之庸俗批评者的嘲讽。如此一来,文学批评成了代天立言,其间也有着自我文学思想的推销策略。

(三)神授。神授是远古时期天人传说甚至神话影响的产物,早先所谓的神授往往表现为神对凡俗之人的馈赠,所赠之物以神异的宝物为主。有关文学的神授传说,基本表现为一种才能的忽然而至。较早与神授相关的故事同样出现在魏晋六朝之际,《高僧传》记载曹植深爱声律,并因佛家梵呗而制声,吐纳抑扬,人以为得之神授。概而言之,神授之途大致有三:

其一为受赠异物。神梦论中王珣梦人授如椽巨笔,郭璞曾得彩笔、彩锦皆是。韩愈梦中曾得丹篆:"愈少时,梦人与丹篆一卷,强吞之,旁有一人,拊掌而笑。觉后胸中如物咽,自是文章日丽。后见孟郊,乃梦中旁笑者。"④清人尤琛据称曾获神赠紫丝囊,《随园诗话》记载,长沙人尤琛过野庙,见紫姑甚美,题壁云:"藐姑仙子落烟沙,冰作阑干玉作车。若畏深夜风露冷,槿篱茅舍是郎家。"深夜,紫姑即叩门拜访,且持一物相赠云:"此名紫丝囊,吾朝玉帝时,织女所赐。佩之,能助人文思。"尤琛佩戴丝囊,随即"登科出宰"⑤。

① 韦居安:《梅磵诗话》卷下,丁福保辑《历代诗话续编》,中华书局1983年版,第576页。
② 计有功:《唐诗纪事》卷四十二,上海古籍出版社2008年版,第644页。
③ 朱胜非:《绀珠集》卷十二,影印文渊阁四库全书本。
④ 张岱:《夜航船》卷八,冉云飞校点,四川文艺出版社1996年版,第204页。
⑤ 袁枚:《随园诗话》卷二,王英志校点,江苏古籍出版社1993年版,第60页。

其二为受赠洗礼后的心胸肠胃。《新五代史·王仁裕传》言其少时曾梦人剖其肠胃,并以西江水洗涤。蓦然回头便发现江中沙石皆为篆籀之文,从此文思大进。清人师范自道其有类似之境,梦中有人持刀启胸提心,三洗而去,"自是心境豁然,日有进机",所以他自称"予之得以承先启后,弗坠家声,皆由神佑"①。神授者所授不是一般的法物,而是一副睿智心灵:剖肠涤胃,以水冲洗,就如同使人改头换面、脱胎换骨,重新禀受了上天的赋予。

其三为神灵附体。宋代《百斛明珠》记有一则精神附体的传说:"徐州通判李绚有子七岁,不善诗,忽咏《落花诗》云:'流水难穷目,斜阳易断肠。谁同研光帽,一曲舞山香。'父惊问之,若有物凭者,自云是谢中舍。问研光帽事,云:西王母宴群仙,有舞者戴研光帽,帽上簪花,舞山香,曲未终,花皆落。"②所谓"有物凭者",就是神灵附体,不过这个神灵是指古代著名的诗人,而非怪异之物;而诗人附体,则将其本然的才气实现了转移,使得所依附对象瞬间如醍醐灌顶,获得了超越本然的能力,这实则也是神授。

无论神遇、神梦还是神授,其都是对超越凡常能力的描述,因此本质上都属于神助说的范围。

二

以上三种神助现象都属于文才的传奇,也是才在中国文化中备受推崇的一种象征性表达。从神助传说自述者的自诩、传播演绎者的歆羡中,我们可以体味到其中寄托的历代文人对异乎寻常禀赋的期待。而这些传说,实则正是在以形象的手段诠释文学创作所依赖的"天授"之"天"、"神授"之"神"的本质特征:它们是自然赋予人的、充满虚灵性能动性又无可复制不可更定的才,是一种对禀赋作出的感性认定形式。

我们不妨对以神遇、神梦、神授为主的多种形态的"神助"现象再做一个考察。此前学者对这类文学轶闻的态度大致表现为破除对神助的迷信,将通过神助获得文思的美学现象理论化为精诚所积而致功。

① 师范:《荫椿书屋诗话》,张国庆辑《云南古代诗文论著辑要》,中华书局2001年版,第4页。
② 阮阅:《诗话总龟》前集卷二,人民文学出版社1998年版,第24页。

　　褚人获《坚瓠余集》有"神助"一则，其中提到著名的"胡钉铰"传说（下文有论），以为其忽然能吟，"此无他，精诚所积而致"。徐芳《万历中徽州进士谋换心记》记述了明代一名进士换心的传说，作者以为，这种所谓换心的奇闻怪事，实质就是"为精诚所积，人穷而神应之"；进士后来之奇颖，乃是进士之奇愚逼迫而出，正应验了俗语所说的"德慧存乎疢疾"。①

　　近代学者王葆心继承了以上精诚论，对历代文人的神异传说进一步解读为专一精思则会悟："如扬雄作《甘泉赋》梦五脏出地，以手内之，及觉，气病一年。纪少瑜、江淹、李峤、和凝等皆梦人授笔，李白梦笔生花，韩愈梦吞丹篆，王仁裕梦剖肠胃涤以江水；唐才妇牛应贞梦制书而食之，每梦食数十卷，则文体一变，如是者非一次。"王葆心以为这种现象实则是"精感之至形于梦寐者"，并引盛百二《柚堂续笔谈》所载："韩王此类之事皆是精神专一所致。近蓉江有人文思钝拙，为师所苦，日焚香魁星前拜之，同学咸笑其痴。一日伏地移时，忽大叫云梦魁星以剑刺其心。自是文思沛然无能敌者。"王葆心以为此"精神专一所致"。此类异梦史乘记载其多，王葆心又将其分为两类："其梦吐与有所出者，多在作文苦思之时，英华外发之候也；其梦吞与授与者，多在劬志究学之时，菁英内敛之应也。"综而论之，二者皆是"功候所积，一旦豁然窹寐"。并以此为理由，批评"归诸神授天与，侈为祥瑞"之人为浅者无知。②

　　钱锺书先生根据古代相关文献所体现的精神，将通过异梦获得文思的审美现象又具化为了定慧关系。《谈艺录》中他就梦之所以助于创作做了较为深入的探索，他首先引录《奥义书》屡以"睡眠"为超识入智之门，随后从中国典籍中列举了大批事例：

　　《庄子·天道》："万物无足挠心故静。水静犹明，而况精神，虚则静，静则动，动则得矣。"

　　《管子·心术》："静乃自得，圣人虚道。去欲则宣，宣则静，静则精，精则独，独则明，明则神。"

　　《吕氏春秋·博志》："精而熟之，鬼将告之。"

---

　　①　王葆心：《古文辞通义》卷十七，王水照辑《历代文话》第八册，复旦大学出版社 2007 年版，第 7920 页。

　　②　王葆心：《古文辞通义》卷四，王水照辑《历代文话》第八册，复旦大学出版社 2007 年版，第 7180 页。

他如《西京杂记》卷二载司马相如为《子虚赋》《上林赋》，意思萧散，不复与外事相关。"忽然如睡，焕然而兴"，等等。钱锺书据此得出结论，所谓创作关乎梦，无非是定中生慧的具象表达。他说：

> 及夫求治有得，合人心之同然，发物理之必然；虽由我见，而非徒己见，虽由我获，而非可自私。放诸四海，俟诸百世。譬如凿井及泉，钻石取火；钻与凿，我力也，而泉与火，非我力也；斯有我而无我也。故每曰"神助"，庄子所谓鬼神将来舍，盖虽出于己，而若非己力所及。[①]

无论是褚人获、徐芳的"精诚所积"，还是王葆心的功候所积、钱锺书的异梦助乎创作就是定中生慧，其本质都是古代文学理论批评中的"养气"论。这种阐释虽然有合理成分，但其间明显包含一个这样的逻辑：涵养生气与秀句佳篇之间存在着因果关系，就讨论所涉及的范围而言，这种因果关系又似乎染上了必然化的色彩。于是，关于神助传说更为重要的一个美学内涵便被遮蔽了，这就是产生于文才崇尚时代的神助与文才禀赋性美学特征之间的喻示关系。

我们可以通过文学史上著名的谢灵运梦谢惠连而得佳句与后世其他相关传说分别研究说明。先看有关谢灵运的传说，钟嵘《诗品》中品谢惠连条云：

> 小谢才思富捷，恨其兰玉夙凋，故长辔未骋。《秋怀》《捣衣》之作，虽复灵运锐思，亦何以加焉。又工为绮丽歌谣，风人第一。

评价谢惠连核心在其"才思"。又引《谢氏家录》云：

> 康乐每对惠连，辄得佳语。后在永嘉西堂，思诗竟日不就，寤寐间忽见惠连，即成"池塘生春草"。故尝曰："此语有神助，非我语也。"[②]

这个传说从此成为文学理论批评界的一个公案，学者们对谢灵运何以梦谢惠连即能吟出佳句做了多角度的探讨，以《渖南诗话》所概括者而言，已经可以说是众说纷纭了：

> 谢灵运梦见惠连而得"池塘生春草"之句，以为神助。《石林诗话》云：

---

① 钱锺书：《谈艺录》，中华书局 1984 年版，第 280 页。
② 陈延杰：《诗品注》，人民文学出版社 1961 年版，第 46 页。

"世多不解此语为工，盖欲以奇求之耳。此语之工，正在无所用意，猝然与景相遇，借以成章，故非常情所能到。"……张九成云："灵运平日好雕镌，此句得之自然，故以为奇。"田承君云："盖是病起忽然见此为可喜而能道之，所以为贵。"①

以上观点，叶梦得、张九成、田承君虽然主要是从诗句讨论，但目的仍然在于解答何以谢灵运自道神助。三人实则主要表现为两个观点：其一是病后感于自然的生机，生命力振作，诗思萌动，所以为神助；其一则是强调谢灵运此诗的清新自然，无所用心，不求雕镌，由于异乎寻常，所以为神助。后世文人对这桩公案的态度基本上以这两个观点为主：

其一，诗句出于自然，不露人工痕迹，犹如神助。如胡应麟《诗薮》云：

"池塘生春草"，不必苦谓佳，亦不必谓不佳。灵运诸佳句，多出深思苦索，如"清晖能娱人"之类，虽非锻炼而成，要皆真积所致。此却率然信口，故自谓奇。②

清代周容也云："俞次寅一日语余曰：'谢客诗篇颇多，何以独得意惠连入梦之句？'余曰：'可知此君苦心在求自然。'"③这里的自然，更多强调了艺术手段上对雕琢造作的回避。

其二，诗句因梦而得，出于一时感兴，源自生命力的振作。一如田承君所云："盖是病起忽然见此为可喜而能道之，所以为贵。"病起忽见满目苍翠、碧水轻柔，忽闻禽鸟吟唱，生命的激情被自然界勃勃的生机点燃；而诗人恰恰因梦见自己赏爱的兄弟而心意欢畅，物我之间的这种遇合，随即激发为诗情。杨维桢在回答"灵运以诗名宋，而犹附丽于人以觅句"这个问题时说："此三百篇后词人以兴趣言诗者也，律以六义，何有也？今人以一草一木取以点缀篇翰，极于雕镂之工，诗道丧矣！谈兴趣者犹以灵运语出于经辞，直指如'高台多悲风''明月照积雪'，无俟雕刻而大巧存焉，犹为去古未远也。"④佳句乃是因梦有兴，

---

① 王若虚：《滹南诗话》卷一，丁福保辑《历代诗话续编》，中华书局 1983 年版，第 507 页。
② 胡应麟：《诗薮》外集卷二，上海古籍出版社 1979 年版，第 149 页。
③ 周容：《春酒堂诗话》，四明丛书本。
④ 杨维桢：《春草轩记》，《东维子文集》卷十四，影印文渊阁四库全书本。

睹物而起。明代安磐《颐山诗话》也从物感入手论此佳句:

> 古人一句诗称振绝者,如"枯桑知天风",如"海日生残夜";下此如"满城风雨近重阳"之句,然未若谢客之"池塘生春草"也。少日读此不解,中岁以来,始觉其妙。意在言外,神交物表,偶然得之,有天然之趣,所以可贵。谢客自谓"殆有神助",非虚语也。今观谢客诸作,精练似此者绝少,信乎有神助也。①

"神交物表"是物我交感之意,生命的活力在对自然的沉醉之中被唤醒。

关于这种发自梦寐的意兴,明代文人夏时通过自己具体的创作经历做了进一步说明。在《钱塘湖山胜概后序》中,他自称解组归乡,见流传的《西湖百咏》而欲和之,却又自觉"才疏学浅",于是"闷然隐几就寝":

> 忽梦往书肆,易《江文通集》,恍然中闻对者曰"有"。予欣然,即以自得。即而复寤,日在卓午,桂子飘香,坐思转清。书几间,墨池适具,遂挥毫落纸,得十数绝句。日晡暂息。明旦起,尤爽,得数复加。三日四日五日六日,若泉之达而溪之流也。七日就数,复得《湖山胜概》一记。通浃旬而毕稿,不假雕葺,似觉有神助之。

随后夏时反思"平生操觚,未尝得成之速也如此",因为契机同样是一个异梦,所以认为江淹梦笔、才子梦蛇以及谢灵运梦谢惠连等事"为不诬"。由此感慨:"事虽有感兴偶而得、因而成者,盖莫不有定数焉!""是则感而兴,偶而成,亦岂无定数哉?"②这个感慨恰是对异梦的美学解读,其核心意旨有二:诗歌创作关乎兴会;兴会又关乎定数。定数又指什么呢?结合定数合则兴会至且诗思连绵不绝的描绘,可以确定,所谓定数:首先是指创作的机缘,机缘恰到,则机开神通,方有"坐思转清"的境界;再者,定数由于和梦的启迪相关,它所强调的是被启迪而出的才思才情,即对自己"才疏学浅"之自谦状态的一个出离。有这个定数,才能使得兴会转化为创作的实际成果,否则虽时至而诗亦难至。

前面王若虚的诗话中,引有惠洪《冷斋夜话》对梦而后得佳句的解释:"古

---

① 吴文治主编:《明诗话全编》,江苏古籍出版社1997年版,第2121页。
② 吴文治主编:《明诗话全编》,江苏古籍出版社1997年版,第1373页。

人意有所至,则见于情,诗句盖寓也。谢公平生喜见惠连,而梦中得之,此当论意,不当泥句。"这个解释未言兴会,也不谈天然去雕饰,后世少有人附和。但仔细研究,会发现其说颇有道理,而且是跳出秀句本身对这种通过异梦获得灵感现象的一个更加超越的解释。其主旨在于:

诗歌创作是心中意绪见于诗句的一个表现过程,这个过程的实现有一个基础,就是意绪要能够实现情的转换,这是一个由内向外发抒的过程,是一个从隐向显发抒的过程,是一个朦胧信息具体化意象化的过程。诗歌的诞生,就是心中的意绪通过一个机缘实现情、意相合,其中意绪为志,情则为兴会。从意绪到情兴的显现一直到诗歌的诞生,实现对情意的"寄寓",需要一种根本性的能力支撑,这就是文才。而谢灵运将以上过程通过一个异梦能够一气呵成,自谓"神助",正是指自己根本性的才思在梦之兴会下得到全面启发释放,尤其小谢之才思对谢灵运之才思形成一种在情感默契之下的自然启示。《冷斋夜话》中"古人意有所至"之"意"是志,"此当论意"之"意"是指整个故事的旨趣,即谢灵运梦惠连而成佳句这个传说本身的美学旨趣。《冷斋夜话》所谓"此当论意",核心在于提醒读者领会这个传说背后对才思兴会的瞩望,而不必过多留意其所谓的神异。

由此可见,在"神助"这件绚丽的外衣之下,谢灵运这个传说其实既隐蔽着一种对天赋文才能够尽情发挥、有机缘发挥的期待;也散发着我备禀赋、我具才华故而与神相通能得其相助的豪情。是才之受命于天、禀性非凡的形象表达。

另一个所谓神助的著名传说是唐代的"时来风送滕王阁"。《樵书》记载:

都督阎公伯屿重修滕王阁,因九日宴僚属于阁,欲夸其婿吴子章能文,令宿构为序。时王勃省父,次马当,去南昌七百余里。水神告其故,且助风,天明而至。与宴,果请诸宾为叙,皆辞之。至勃,不辞,阎不乐。命吏得句即报,至"落霞与孤鹜齐飞,秋水共长天一色",矍然曰:"此天才也。"其婿惭而退。世所传"时来风送滕王阁"者是也。①

———————
① 郑方坤辑:《全闽诗话》卷二,影印文渊阁四库全书本。

14

　　五代王定保《唐摭言》是这个故事较早的记载者,也较为详细,但尚无水神传说。《芸窗琐录》又将此演义为了脍炙人口的小说。近代学者瞿兑之论王勃豪兴下创作的《滕王阁序》说:"细读这篇文字,的确能显出一种纯任自然一气奔放的境界。令人仿佛想见这位少年公子,援笔立成,旁若无人的情景。这一种的文学作品,的确是纯粹天才的表现,而且是一种神来的遇合。不是第二个人在第二个机会所能模仿得出的。"又称:"王勃的文章流利,是由于精熟的训练,固不必说。其天才异常敏捷,也是一个重要的成因。敏捷的天才,本来不算很难得,他的敏捷,不仅是词令上的敏捷,而且是气机上的敏捷。"①神助,在此被解读为了敏捷的天才以及这种天才的发动。而传说中又有水神护持,则实为才得之于天、尊贵通神的寓言。

　　如果说以上神助的事例基本属于著名文人的锦上添花,神助无非表现于启示其尽情释放才华的话,那么有关"胡钉铰"的传说则更为鲜明地说明:但凡神助,其必见才:

　　　　郑圃有列子墓庙,里中有胡钉铰者,每诣庙祭祷求聪慧。一夕,梦人剖其腹,纳一卷书。既觉,遂有诗思。②

　　宋代《类说》描写了胡钉铰得书以后的表现:"睡觉而吟咏之句皆绮丽之词,所得不由于师友也。"③《云溪友议》等皆有类似传录。胡钉铰传说还有另一个版本:

　　　　胡生者,失其名,以钉铰为业。居雪溪而近白蘋洲,去厥居十余步有古坟,胡生若每茶饮必奠酹之。尝梦一人谓之曰:"吾姓柳,平生善为诗,而嗜茗,及死,葬室乃子今居之侧,常衔子之惠,无以为报,欲教子为诗。"胡生辞以不能,柳强之曰:"但率子言之,当有致矣。"既寤,试构思,果有冥助者,厥后遂工焉。④

　　记载虽有差异,但却有着以下共性:其中的主角胡钉铰,传为唐代诗人胡

①　瞿兑之:《中国骈文概论》,广西师范大学出版社 2007 年版,第 147、149 页。
②　朱胜非:《绀珠集》卷四,影印文渊阁四库全书本。
③　曾慥:《类说》,影印文渊阁四库全书本。
④　钱易:《南部新书》卷九,影印文渊阁四库全书本。

令能,起先于诗文一派懵懂;有异人通过梦的形式给予神秘的启示;启示的方式或者改头换面洗心革面,或者传授诗法,或者赠以神物;受教者此后灵机发动。其中所谓的诗法实际上是心法"但率子言之",当是教其冲口信手,由其才性而为。关于胡钉铰受教以后灵机发动,从此遂有诗思、厥后遂工并归之于所谓"冥助",无非是其表面虽愚实备灵心妙才、后得蓄积磨炼豁然开朗的形象表达。《类说》中强调了"所得不由于师友"这一点;清代施愚山在转述这个传说时也重复了这一论断:"所得不由于师友也。"①所谓不由于师友,即不通过学习模拟而得,而是从其自然天赋中来。神助与积学在古人那里被视为对立范畴②,诗人并非不学,但又绝不仅仅依赖于学,更不似世儒穷年孜孜以求,而是灵心一至即可涉笔成趣。由此而言,胡钉铰所谓神助,实则是指其禀赋的文学之才因为一种机缘而得以发动;或者说,这种文才的有无、多寡于文学关系重大,因而备此文才者便无不嗜其毛羽珍其宿蓄,神异之正是其不可习而得不可传而获不可人人皆有特性的体现。

又如陶宗仪《南村辍耕录》中的一个故事,更形象地说明了这种异梦所承载的文艺美学内涵:

> 松江卫山斋有材誉。时庸医儿孙华孙颇知嗜学,山斋因奖予之,使得侪于士类。山斋既死,华孙忽谓人曰:"尝梦天使封小合授吾,曰'上帝有敕,以卫山斋声价畀汝'。吾受命谢恩而寐。"华孙才思极迟,凡作一诗,必属时日乃就,则曰:"吾登涧偶得一联。"或又曰:"枕上得此。"故人戏赠以诗,有"浪得诗名索价高"及"山斋声价黄金合"之句。③

卫山斋的"材誉"与孙华孙的"才思极迟"形成鲜明对比,而华孙偶然一梦以及所谓"天使封小合授吾"和"上帝有敕,以卫山斋声价畀汝",正是希望改变自己才思禀赋之心态的反映。其人虽鄙俗,但这种改变才之现状的期待正是在才

---

① 施愚山:《蠖斋诗话》,《施愚山集》第四册,何庆善等点校,黄山书社1993年版,第18页。

② 徐铉《成氏诗集序》云:"若夫嘉言丽句,音韵天成,非徒积学所能,盖有神助者也。罗君章、谢康乐、江文通、丘希范皆有影响发于梦寐。今上谷成君亦有之,不然者,何其朝舍鹰犬,夕味风雅,虽世儒积年之勤,曾不能及其门者耶?"董诰等编:《全唐文》卷八百八十二,上海古籍出版社1990年缩印原刊本。

③ 陶宗仪:《南村辍耕录》卷二十三,李梦生校点,上海古籍出版社2012年版,第253页。

之禀赋性面前无可奈何的一种呼唤。

三

"神助"与禀赋之才之间的这种关系解读,在古人那里也有涉及。宋代文人陈师道将神助之"神"泛化为"万物":

> 万物者,才之助。有助而无才,虽久且近,不能得其情状;使才者遇之,则幽奇伟丽无不为用者。才而无助,则不能尽其才。①

有才是先决条件,而有万物之助,兴起情怀神思,始能摹绘万物情状,始能尽才。"神助"之以神助人、"万物助"之以万物助才在这个论述中是一体的,陈师道提醒我们:无论以什么相助,最终的归结点都是"才"。

宋之问《灵隐寺诗》"楼观沧海日,门对浙江潮"一联因附会上骆宾王而成为神助说的代表。但王夫之却通过对本诗细致的评赏反驳说:"取景宏多而神情一致,以纯净成其迂回,于此体中当为祢祖。'龙宫锁寂寥'五字已成绝唱,非'楼观'一联不足嗣响,故来好事者之传讹。"②意思是说:本诗至"龙宫锁寂寥"已经成为绝唱,随后若要成就全诗,实为绝难之事,因此能赓续绝唱者定是才之神异。对奇才奇句如此的叹服,所以就引发了后来人的传奇性演绎。王夫之的这个解释,正是对神异、神助、神授之类轶闻实则就是才之禀赋性别样赏赞手段的认定。

清代贺贻孙在《诗筏》中又将神助与自我之神联系起来:

> 诗文有神,方可远行。神者,吾身之生气也。老杜云:"读书破万卷,下笔如有神。"吾身之神,与神相通,吾神既来,如有神助,岂必湘灵鼓瑟,乃为神助乎? 老杜之诗所以传者,其神传也。③

神就是气,依照古人的理解,它是气之精者、华者,气之主者,气之中最鲜活生动者。但此处的"神"更代表主体自我。所谓神助,不是别有仙灵相助,无非是自我才赋生气的鼓动与赋形,便是自我之"神"的现身,是自我之才的

---

① 陈师道:《颜长道诗序》,《后山集》卷十一,影印文渊阁四库全书本。
② 王夫之:《唐诗评选》卷三,岳麓书社 2011 年版,第 904、951、962 页。
③ 贺贻孙:《诗筏》,郭绍虞辑《清诗话续编》,上海古籍出版社 1983 年版,第 136 页。

寓托。

无论神遇、神梦还是神授，所有神助传说仅仅是一个借以表达非常规、非常在又难以求证事物的幌子，神助论的宣扬者假此实则有着共同的祈向——一种优异禀赋之才的从天而降，或为此而自诩，或为此而祈祷；反过来，其所印证的恰是决定文学创作的才具有这种由天而得似有神异灵能的禀赋性。

在此基础上我们可以重新审视"江郎才尽"这个著名典故。本典故最早见于《诗品》，其中云："于时谢朓未遒，江淹才尽。"《南史·江淹传》所叙更为详细：

> 淹少以文章显，晚节才思微退。云为宣城太守时罢归，始泊禅灵寺，夜梦一人自称张景阳，谓曰："前以一匹锦相寄，今可见还。"淹探怀中得数尺与之。此人大恚曰："那得割截都尽。"顾见丘迟，谓曰："余此数尺，既无所用，以遗君。"自尔淹文章踬矣。又尝宿于冶亭，梦一丈夫自称郭璞，谓淹曰："吾有笔在卿处多年，可以见还。"淹乃探怀中得五色笔一以授之。尔后诗绝无美句。时人谓之才尽。①

围绕江淹才尽的传说，历代引发了江淹之才是否尽，人之才是否能尽，是什么因素影响妨碍了才的尽数发挥，保持才发生效用、维持才情不衰的途径是什么等诸多话题。如果说历代关于这个问题的讨论有一些拘泥于江郎才尽这一传说具体的因由，更多的是就事论事，那么站到这个传说更高的视点反思，则能发现其文学理论批评史上的价值与意义：类似的传说之所以恰恰在文学重才的魏晋六朝之际开始产生，它隐含了文学创作关乎才、取决于才、才乃天赋不可勉强的对文学之才的崇拜思潮。这种文才崇拜一则是对才的态度，一则是对文学之才的深化认知。

神助不仅仅和具体的神异传说融为一体，后世又演化为一个评赏术语，那些异想天开、出神入化、兴会颖异的佳篇佳句，往往被冠以神助及同质性评断。皎然《诗式》进行了理论总结，他将那种"先积精思，因神王而得"的佳句称为"若不可遏，宛如神助"②。宋代《诗学规范》引《续金针格》，将诗句分为"自然

---

① 李延寿：《南史》卷五十九，中华书局 1975 年版，第 1451 页。

② 皎然：《诗式》卷一，李壮鹰校注，人民文学出版社 2003 年版，第 39 页。

句"与"神助句"①。以王夫之为例,由于他本身重视才情,因而格外喜好以此类语言评诗:

《古诗评选》卷四曹丕《杂诗二首》"漫漫秋夜长"一首:"扬子云所谓不似从人间得者也。"

卷四曹植《七哀诗》。王夫之一直抑曹植而扬曹丕,因此诗极佳便怀疑系伪作,故有"乃以植驵才,奈何一旦顿造斯品"的质疑,但对此诗本身评价很高:"情乍近而终远,词在苦而如甘。……'明月照高楼,流光正徘徊',可谓物外传心,空中造色,结尾语居然在人意中,而如从天陨,匪可识寻,当由智得。"

卷四阮籍《咏怀》:"'湛湛长江水',写景写情,不谓从人间得来。"

卷四张华《拟古》:"具此深远之才,方堪拟古。杂之十九首中不辨矣,自是西晋第一首诗。'安得草木心,不怨寒暑移',命情造句,不似从人间得也。"

卷四张协《杂诗》"述职投边城"一首:"诗中透脱语自景阳开先,前无倚,后无待,不资思致,不入刻画,居然为天地间说出,而景中宾主,意中触合,无不尽者。'蝴蝶飞南园',真不似人间得矣。谢客'池塘生春草',盖继起者,差足旗鼓相当。笔授心传之际,殆天巧之偶发,岂数觏哉?"②

《唐诗评选》卷一李白《乌栖曲》:"'青山'句,天授,非人力。"

卷二杜甫《拟古明月何皎皎》:"迎头二十字,宛折回互,笔力万钧。逆下却用'芳树'二句兴语缓受,顾云蠢起,散为平霞,无心自奇,神者授之矣。"

卷二杜甫《渼陂西南台》:"'乘凌借俄顷'下,但冥探彼己之际,如神者授之。抑拟发起下文,为嘿化之自运。想当五字吟成,心魂尽作人语。"③

以上"不似从人间来"以及"神之授""天之授"等,或言灵笔佳思,或言人力难为;或言思致,或言秀句,或言文机的流转,或言一种常人难以获得的意味与旨趣。皆指文才的非同一般,神异卓著,故如从天而降。

"神助"说在古希腊也有表现,荷马史诗开篇便呼唤诗神的启示,古希腊人便把这种从神那里获得的神谕称为"神助""灵启"。在"神"对文学的祐助上古希腊与我们的传说是相同的。只不过,古希腊确认有神灵高高在上,有诗神左

---

① 郭绍虞:《宋诗话辑佚》,中华书局 1980 年版,第 608 页。

② 王夫之:《古诗评选》,岳麓书社 2011 年版,第 661、680、691、706 页。

③ 王夫之:《唐诗评选》,岳麓书社 2011 年版,第 904、951、965、962 页。

右着诗人的灵机,而中国古代有关神助的传说则更富于象征意味,是对才之禀赋的形象化传释。

在以上神助传说之外,隋唐之际还有攘夺他人秀句佳篇甚至不惜土囊杀生的传说,它与神助等传说同时集中出现在一个历史阶段,有着重要的文学理论意义和美学内涵,它用非理论的、非常规的手段,传递出了这个时代对文学之才的关注、推崇,传递出才本天赋难可复制的思想。尤其秀句攘夺现象,历代不是考辨其真伪以为个中人辩护,就是抨击当事者之无耻,但没有人注意到这种现象集中出现背后的意旨。因与神助传说意义近似,所以稍带论之。

诗文著述之类的攘夺窃取,是魏晋之际开始出现的,秀句攘窃传说出现之前,《世说新语》中就有郭象盗窃向秀《庄子注》的传言。钟嵘《诗品》也有释宝月窃取东阳柴廓所造《行路难》的记载。隋唐之际最著名的攘窃秀句传说发生在隋炀帝与宋之问身上。《隋唐嘉话》记载:

> 隋炀帝为《燕歌行》,群臣皆以为莫及,王胄独不下帝,因此被害。帝诵其句云:"'庭草无人随意绿',能复道耶?"

唐《纪闻》云:

> 隋炀帝作诗有押"泥"字者,群臣皆以为难和,薛道衡后至诗成,有"空梁落燕泥"之句,帝恶其出己上,因事诛之,临刑问:"复能道得'空梁落燕泥'否?"①

对于这个传说,历代多有考证,结论都认为子虚乌有。另一个为宋之问杀刘希夷,《唐语林》云:

> 刘希夷诗曰:"年年岁岁花相似,岁岁年年人不同。"其舅即宋之问也,苦爱此两句,知其未示人,恳乞此两句,许而不与,之问怒以土囊压杀之。刘禹锡曰:"宋生不得死,天报之矣。"②

宋人魏泰、明代王世贞都曾力辩此事污蔑前贤。清代叶矫然《龙性堂诗话续集》在引录了王世贞为宋之问正名的文字之后作了以下辨析:

---

① 吴曾:《能改斋漫录》卷四引,影印文渊阁四库全书本。
② 周勋初:《唐语林校证》卷五,中华书局1987年版,第448页。

元美此辨引据甚确,第此二事,总见佳句不易得,如性癖耽佳、不死不休之意,不必认真可耳。周元亮云:"近人读诗文,痛痒了无觉,求其能以土囊压杀人者,正不易得。"有激乎其言之也![1]

叶矫然的论析为我们重新审视这种为窃他人佳句不惜夺命传说的背后意义提供了崭新视角:

第一,秀句攘窃现象与神助说、才尽说几乎在同一个时代滋生,它通过佳篇秀句说明文学之才的创新性与灵异性;又通过攘窃甚至强夺说明文学之才具有禀赋之中的独到性与不可复制性。

第二,所谓"佳句不易得",一方面是说佳句关乎人工的努力,一方面又不能仅仅通过人工的雕琢最终实现。不惜以夺人性命窃取佳句名篇这个事实本身,恰恰是对这样一个事实的认定:阅读者从内心自愧不如;而所不如者具体所指是秀句本身,是作品本身,进一步追问则是支撑如此佳篇秀句诞生的背后禀赋——文才,作者独到的才具与独到的启示形成了这样的作品。对嫉妒者而言,是文才在某一方面的缺失或者兴会的不及才造成作品如此难以模仿、不可超越。

攘夺秀句等传说,由此看来便成为对文学之才肯定与崇尚的极端形式;也可以视为文才之独到性禀赋性、不可再生之宿命特征的极端认定手段。

---

① 郭绍虞辑:《清诗话续编》,上海古籍出版社 1983 年版,第 1022 页。

论才的虚灵性

——才作为文学理论范畴的美学特征

　　作为文学理论批评范畴的才具有虚灵性特征。所谓虚灵性,意在强调其生化、创造的内在动力性,也就是说,才有所能。从训诂学的阐释来说,才有所能的内涵包容在才基本的"初始"意义之中,代表了一种发展存在的趋势与可能;从"三才"哲学而言,"三才"与元气相关,为化成万物之源,因而才具有生化虚灵之意,周汝昌先生以为这是中国文化的一个重要密码。

　　具体而言,虚灵性或者才有所能首先体现于才所发挥的效用。汉魏时期,文才论所涉及的范围集中在诗文体貌之美,其主要的关注对象就是文华辞藻,因此"才藻"便成为当时的流行语汇。随后的文学批评,也一直视文藻、声韵等文学外在形态的营构为文才最重要的表现之一。汉魏以后,文才效用论的关注范围得到全面拓展,但凡体制缔构、形神意韵、理气格调、运事境遇、情识体法、胆力思志等等的展开表现,笔之所之,皆传才之所能。才的虚灵性或者才之所能另一个重要的表现是:其赋形现身并不单一,而是贯穿于其相关的所有范畴之中,但凡学、识、情、思、气、体、法之中皆可显示其存在,才在接纳这些因素影响的同时又影响着学、识、情、思、气、体、法的走向与情势。

　　才之虚灵性、才之禀赋性、才的破缚性以及"诗有别才"的"别有"性构成了文学理论范畴之才的核心特征系统。

一

　　从训诂学维度来说,才本意之中已经透露出了"有所能"的信息。《说文》释"才"字称:"才,草木之初也。从'丨'上贯'一',将生枝叶也;'一',地也。"段玉裁注云:"引申为凡始之称。"又云:"'一'谓上画也,将生枝叶谓下画。才有茎出地而枝叶未出,故曰将。草木之初而枝叶毕寓焉,生人之初而万善毕具焉,故人之能曰才,言人之所蕴也。"又云:"凡才、材、财、裁、纔字以同音通用。"①

结合以上段玉裁等的基本说明,所谓才,本意是一个时间概念,由于它代表着初始、方将,蕴涵了未来的走向,因而也就成为本然蕴涵、出于天赋的代名词。由于这种潜力、资质、禀赋和未来的造就关系密切,所以才之中也便有了"能"的含义,《尚书·金縢》中云:"予仁若考,能多材多艺,能事鬼神。乃元孙不若旦多材多艺,不能事鬼神。"孔颖达就直疏"材艺"为"材力""艺能"。②《周礼·地官》言乡大夫之职:"三年则大比,考其德行道艺而兴贤者能者。"郑玄注云:"兴贤者,谓若今举孝廉;兴能者,谓若今举茂才。"③"能"也恰与"才"对应。《离骚》云:"纷吾有此内美兮,又重之以修能。"王逸注云:"绝人之才者谓之能。"也是"才"与"能"呼应。

金圣叹《水浒传序一》论才之特性与此相合:"才之为言材也,凌云蔽日之姿,其初本于破荄分莢,于破荄分莢之时,具有凌云蔽日之势;于凌云蔽日之时,不出破荄分莢之势,此所谓材之说也。"④意思是说:才就如同一株树苗,日后成就参天之势的时候,这种结果已经蕴涵在树苗的枝桠根系中,先天已经具备了这种生命潜质与能量。起初昭示了未来,未来又本乎起初的质素。如此论才,既有性质,又兼能力,同时又兼备性质对能力的决定作用。周汝昌先生阐释才之意旨也循依了这种思想,他说:

> 依据我国古代近代大学者在文字训诂学上的公认意见,才的造字取象是"草木之初"。草木的"初",还未长成全形,但它蕴涵着全部的生机——生命之力,它会从那一初级形态逐步发展成长为枝柯扶疏、花叶茂美的滋荣旺盛的境界。因之,才所表所含的意义是生的能力、质性、品貌、风采。

---

① 段玉裁:《说文解字注》,上海古籍出版社1988年版。按:才、材通用,本文于才、材不作统一,根据文献实际。
② 孔安国传,孔颖达等疏:《尚书》卷三十,中华书局缩印阮元校刻《十三经注疏》本。
③ 郑玄注,贾公彦等疏:《周礼》卷十二,中华书局缩印阮元校刻《十三经注疏》本。
④ 朱一玄、刘毓忱编:《水浒传资料汇编》,南开大学出版社2002年版,第210页。

又称:"才的涵量,包含着性能与表现,蕴涵与施展,灵智与风貌。"①其中兼备才之质性本然与其所具有的发展之势能。

综合上述所论,才表示主体的能力,这种能力与天赋相关,类似草木初生之际蕴含于嫩芽之中的生命力,对未来的发育有着趋势性的引领、支持。

才有所能,则必有所宜。早在汉魏之际,刘邵《人物志》便专设"材能"一篇讨论二者之间的关系,"才能"一词,也以此为较早的出处:

> 人材各有所宜,非独大小之谓也。夫人材不同,能各有异。有自任之能,有立法使人从之能,有消息辨护之能,有德教师人之能,有行事使人谴让之能,有司察纠摘之能,有权奇之能,有威猛之能。夫能出于材,材不同量。材能既殊,任政亦异。是故自任之能,清节之材也,故在朝也则冢宰之任,为国则矫直之政。立法之能,治家之材也,故在朝也则司寇之任,为国则公正之政。计策之能,术家之材也,故在朝也则三孤之任,为国则变化之政。人事之能,智意之材也,故在朝也则冢宰之佐,为国则谐合之政。行事之能,谴让之材也,故在朝也则司寇之佐,为国则督责之政。权奇之能,伎俩之材也,故在朝也则司空之任,为国则艺事之政。司察之能,臧否之材也,故在朝也则师氏之佐,为国则刻削之政。威猛之能,豪杰之材也,故在朝也则将帅之任,为国则严厉之政。②

能出于才。才不相同,能够从事的政事从类型到大小也便有了差异;但牛溲马勃,皆有其用,关键在于是否能够做到才尽其能、才尽其用。

后人论才,也以发挥其能、成用见功为重要内涵。如刘熙载泛论才之主要特征:

才体现为具体之用。这就是"有益生人之用,方可为才"。何谓"用"呢?"观高辛才子、高阳才子,可以定才之实矣"。高辛才子与高阳才子,是传说之中辅佐先圣治理国家的能臣,具有实际的经世济世才干;而没有任何益于生人本领的人则被称为"不才子"。

---

① 周汝昌:《中国文化思想:三才主义》,《当代学者自选集·周汝昌卷》,安徽教育出版社 1999 年版,第 607 页。

② 刘邵:《人物志》,梁满仓译注,中华书局 2014 年版,第 90 页。

才赋显于具体行事。无论正事还是闲事,都能体现才,不过"闲事有才,正事则无才;务名有才,务实则无才",两种才难以兼有。但无论闲事务名之能还是正事务实之能,都被视为一种"才",闲者务名者是指文艺伎术之能,正者务实者是指经世济世之能。①

文学之才作为众才中的一种,自然也有其能,此能就是文学创作的核心能力。它沉潜于情思气质学识之中,内化于本然的生命活力,与情、气一样具有发散特性,并通过及物、转移体现其存在的价值与意义。因此,才也需要寄托。汤显祖在论文之际提到了才从普遍意义而言具有这种寄托特性。他说:

> 万物当气厚材猛之时,奇迫怪窘,不获急与时会,则必溃而有所出,遁而有所之。常务以快其蓄结。过当而后止,久而徐以平,其势然也。是故冲孔动楗而有厉风,破隘蹈决而有潼河。已而其音泠泠,其流纤纤。气往而旋,才距而安。亦人情之大致也。②

"气往而旋,才距而安","距"有行迈到达之意,才行迈就是才能够因循所寄托者发挥作用,此时才方可安宁,所论正是才的寄托。焦竑《雅娱阁集序》也直论才当有寄:"人之挟才必有以用之。才不用于世与用于世而不究其才,则必有所寓焉以自鸣。"焦竑认为,士人能够用于世且尽其才为理想境界,才不为世用与虽为世用却不能尽才则必然别有所寓,即才要寻找适当的形式向外施展。

如果说文才的寄托是主体的需要,那么寄托的过程也便是主体运才的过程,是文才发挥其独到作用、彰显其能力的过程,因此杭世骏才有"文者,用才之具也"的说法:

> 为文而不知所以用其才,是不文也,是不才也,恶适而可哉?左氏之浮夸也,庄周之荒唐也,屈原之幽愁忧思也,连犿诳诡,汪洋恣肆,上天入地,眩转百变,观者惊犹鬼神,仓促而不得其所至,而不知彼特自竭其才而

① 刘熙载:《持志塾言》卷下,《刘熙载文集》,薛正兴点校,江苏古籍出版社2000年版,第31页。
② 汤显祖:《调象庵集序》,《汤显祖诗文集》卷三十,徐朔方笺校,上海古籍出版社1982年版,第1038页。

已矣。不浮夸不足以为左氏也，不荒唐不足以为庄周也，不幽愁忧思不足以为屈原也。下此则司马相如兼三子之长者也，《子虚》《上林》诸赋，图画山林，极命草木，襞积累袭，聱牙棘舌，观睹者但慑其沉博绝丽，或以为丽以则也，或以为丽以淫矣；而不知其造端设喻，指事托辞，累诘而不穷，随手以为变，是特文人诡谲之雄，不如是不足以为相如也。凡如是吾皆取以证吾用才之说也。①

文为用才之具，才造就了不同文人传世之作的不同风范，才有着将主体情志传递透达而出的能力，这就是才之所能。而才之所能体现的无中生有、异想天开、变幻莫测特性，又正与才之虚灵生化特性融为一体。

才这一范畴进入文学理论批评与玄学关系密切。玄学在魏晋系士大夫观察现实解释事象的主要理论，它崇尚玄远、深邃、虚灵，这种审美追求使得与其相关的范畴多沾染上类似虚灵的旨趣。才这种天赋性的素养便是如此，它的灵机、创造等本体特征，多非后天所有、强学所能。才在无与有之间是无，在本与末之间是本，在体与用之间是体。后人论析，每每承袭这一基本思想，如宋濂《灵隐大师复公文集叙》从体用论才与文的关系："才，体也；文，其用也。天下万物，有体斯有用也。若稽厥初，玄化流形，品物昭著，或洪或纤，或崇或卑，莫不因才之所受而自文焉，非可勉强而致也。"又以登山比喻自己学文："攀跻峻绝，不为不力，而崇巅咫尺不能到也。"其原因只有一个："受才之有限也。"②无形的本源影响着有形的创作，这种无形却又能够总摄的力量就是才的虚灵性表现之一。关于这一点明代文人黄汝亨也曾有过阐释，他在《鸿苞集序》中首先对"虚"给予了歌颂："今夫虚空之中忽然而有天地，天地中有四海五岳，海岳中有丘陵原隰沟浍川渎以及于一微一尘一沤一沫。自沤沫微尘浸索而至天地，不可以数计形模也。而总为虚空之所苞举。则是虚空者之为物，孰与妙合偶对哉？"所言正在"虚"之功用。继而论"灵"："惟人之灵通神明，类万物而函虚跼实，参两天地而称三才。"③虚能够苞纳吞吐，而灵则以虚之造化为主，虚灵

---

① 杭世骏：《周静山制义序》，《道古堂文集》卷二，续修四库全书影印乾隆四十一年刻光绪十四年汪曾唯增修本。

② 宋濂：《宋文宪公全集》卷七，四部备要本。

③ 黄汝亨：《寓林集》卷二，续修四库全书影印明天启四年本。

因此便成为一种不可轻易许人的素养，有了它可以刻镂虚空、笼络宇宙。而这种素养，只有位列三才之中又禀天地精华的文人才具有。

《歇庵集序》中黄汝亨又直接讨论了虚灵与才之间的关系："夫人具天地之心，虚而已。虚跃而为灵，灵通而为道，道演而为经，经散而为文，而诗赋传记序述之篇溢矣。故文者道之器，而虚灵者才之籥也。"①所谓"虚灵者才之籥"，其"籥"有二意：或为鼓火器上的导管，或通"钥匙"之"钥"。无论哪一种解释，都是指虚灵为开启才、鼓动才的源泉动力。而"性地灵则可以熔万有而无，可以提万无而有"②，《快雪堂集序》此论，又包含了虚中可以生、灵中可以化的创造之意。

所有关于才之虚灵的描绘，其概括的核心审美风貌就是两个字："灵动"。戴表元《吴僧崇古师诗序》提出"材，动物也"的命题，他所谓的"动物"是指诗人之才见于创作的营度、悬想、讽咏、锻炼等方方面面③。汤显祖《序丘毛伯稿》同样拈出了"灵心"与"飞动"论才，并阐释了其中的关系："天下文章所以有生气者，全在奇士。士奇则心灵，心灵则能飞动。"灵心即才，才至于飞动，则上天入地来去古今，无所不如其意④。明人对黄汝亨提出的"文者道之器，而虚灵者才之籥也"的解释是"惟寂故灵"，"灵活即才"。⑤ 其具体表现形态则为："合化无迹者谓之灵，通远得意者谓之灵。"⑥虚为虚静，灵即虚静中诞生的灵机，灵机的运动就是才的根本状态，才在灵机运动中，方能创生出艺术之美，这就是才之虚灵。

二

才之虚灵性通过才有所能展现为难以数量的功用，贯穿于创作的每一个环节。

---

① 黄汝亨：《寓林集》卷三，续修四库全书影印明天启四年本。
② 黄汝亨：《寓林集》卷三，续修四库全书影印明天启四年本。
③ 戴表元：《吴僧崇古师诗序》，《剡源集》卷九，丛书集成初编本。
④ 汤显祖：《汤显祖诗文集》卷三十二，徐朔方笺校，上海古籍出版社 1982 年版，第 1080 页。
⑤ 黄汝亨《歇庵集序》评语，陆云龙等《翠娱阁评选皇明小品十六家》，蒋金德点校，浙江古籍出版社 1996 年版，第 412 页。
⑥ 王夫之：《唐诗评选》卷三，岳麓书社 2011 年版，第 1054 页。

汉魏时期,文才论所涉及的范围集中在诗文体貌之美,如曹植《王仲宣诔》中的"浏若春风""发言可咏""文若春华";曹植《前录序》中的"故君子之作也,俨乎若高山,勃乎若浮云,质素也如秋蓬,摛藻也如春葩";殷褒《荐朱俭表》中的"飞辞抗论""络绎奇逸"等等。其主要的关注对象就是文华辞藻,因此,"才藻"便成为当时的流行语汇。随后的文学批评,也一直视文藻、声韵等文学外在形态的营构为文才最重要的表现之一。

汉魏以后,文才效用论的关注范围得到全面拓展,文藻、声韵之外,但凡体制缔构、形神意韵、理气格调、运事造境、情识体法、胆力思志等等的展开表现,笔之所之,皆传才之所能。其具体表现大致概括如下:

(一)于审美联想显现为神思游走自如。文思问题以陆机《文赋》心游万仞之论开端:

> 其始也,皆收视反听,耽思傍讯。精骛八极,心游万仞。其致也,情曈昽而弥鲜,物昭晰而互进。倾群言之沥液,漱六艺之芳润。浮天渊以安流,濯下泉而潜浸。于是沉辞怫悦,若游鱼衔钩,而出重渊之深;浮藻联翩,若翰鸟缨缴而坠曾云之峻。收百世之阙文,采千载之遗韵。谢朝华于已披,启夕秀于未振。观古今于须臾,抚四海于一瞬。①

文中"耽思""心游"正是神思运行无远不界、无微不入之状。刘勰《文心雕龙·神思》已集神思论大成:

> 古人云:形在江海之上,心存魏阙之下,神思之谓也。文之思也,其神远矣。故寂然凝虑,思接千载;悄焉动容,视通万里。吟咏之间,吐纳珠玉之声;眉睫之前,卷舒风云之色。其思理之致乎?故思理为妙,神与物游。

以"神与物游"概括神思,将神思起初缠绵于物象、最终要落实于意象的特征揭示而出。后人论神思表现为两个方面:

其一为无中生有的想象力。白居易《和春深》20首,从"何处春深好"发问,分别以"春深富贵家""春深执政家""春深方镇家""春深刺史家""春深学士家"

---

① 陆机:《文赋》,《文选》卷十七,上海古籍出版社1986年版,第763页。

等作答。方回评云:"虚空想象,无是景而为是语,骋才驰思,则亦可喜矣。"①才思驰骋是指虚空想象之能。这一点东西方一致,法国十八世纪启蒙运动学者狄德罗将想象力视为天才心灵的主要表现形式,他说:"想象,这是一种素质,没有它,人既不能成为诗人,也不能成为哲学家、有思想的人、有理性的生物,甚至不能算是一个人。"②当然,这种想象力包容细致:诸如领悟、思考方式、审美感受等。

其二为牢笼万象的囊括力及表现力。宋代王稚钦有答友人一段文字:"绮席屡改,伎俩杂陈,丝肉竞奏,宫徵暗和。羲和既逝,兰膏嗣辉,逸兴狎惊,干霄薄云,礼度废弛,遗履缦绝。"王世贞对这段文字的评价是:"妙极形容,可谓才子。"③文笔形容,巨细无遗,虚实统摄;笔力运思,无微不至,无远弗届。《贞一斋诗说》论何谓"才子":"所谓才子者,必胸中牢笼万象,笔下熔铸百家。"④既言神与物游之思,又道及刻画牢笼之能。

(二)于学问师法则显现为学而能创。《王直方诗话》论王维诗歌吸取前人诗句:"旧以王维有诗名,而好取人章句,如'行到水穷处,坐看云起时',乃英华集诗也。'漠漠水田飞白鹭,阴阴夏木啭黄鹂',乃李嘉祐诗也。余以为有摩诘之才则可;不然,是剽窃之雄耳。"⑤同是袭用,有才者却因处置与点化得体而能成就新意,甚至流传千古。其原因在于:

学而能创则体法活脱。李调元云:"论诗拘于首联、颔联、腹联、尾联,直是本领不济,所谓跳不出古人圈套。"但如太白起句"犬吠水声中,桃花带雨浓",又如"五月天山雪,无花只有寒",开篇便随手拈来,如奇峰峭壁,插地倚天,李调元赞许为"才人固无所不可"。活脱方始不依通套,不拾人牙慧。有人以为李白咏凤凰台诗是学崔颢《黄鹤楼》,李调元则云:"太白仙才,岂拾人牙慧者?"⑥

学而能创则既兼众长又有独至。《诗筏》论李杜诗歌云:

---

① 李庆甲:《瀛奎律髓汇评》卷十,上海古籍出版社 2005 年版,第 336 页。
② 彭立勋、邱紫华、吴予敏:《西方美学史》第二卷,中国社会科学出版社 2005 年版,第 564 页。
③ 王世贞:《艺苑卮言》卷七,丁福保辑《历代诗话续编》,中华书局 1983 年版,第 1056 页。
④ 丁福保辑:《清诗话》,上海古籍出版社 1963 年版,第 937 页。
⑤ 郭绍虞辑:《宋诗话辑佚》,中华书局 1980 年版,第 76 页。
⑥ 李调元:《雨村诗话》卷下,郭绍虞辑《清诗话续编》,上海古籍出版社 1983 年版,第 1526 页。

少陵诗中如"白摧朽骨龙虎死"等语,似李长吉;又"叶里松子僧前落""天清木叶闻"等语,似摩诘;"水流心不竞,云在意俱迟"等语,似常建;"灯影照无寐,心清闻妙香"等语,似王昌龄。其余似诸家处,尚不可尽指,而终不能指其某篇某句似太白。太白诗中如《凤凰台》作似崔颢;《赠裴十四》作似长吉;《送郗昂谪巴中》诸作似高、岑;《送张舍人之江东》诸作似浩然;"城中有古树,日夕连秋声"等语似摩诘。其他似诸家处,尚不能尽指,而终不能指其某篇某句似少陵。

总结以上现象,作者得出结论:"盖其相似者,才有所兼能;其不相似者,巧有所独至耳。"①有大力气可兼人之所能,备独诣处而人不能兼其所能。当然,这种才能不是一般之才,必如李白杜甫等诗仙诗圣者方可。

学而能创则可点铁成金。王思任评《世说新语》云:"说中本一俗语,经之即雅;本一浅语,经之即蓄;本一嫩语,经之即辣。盖其牙室利灵,笔颠老秀,得晋人之意于言前,而因得晋人之言于舌外。此小史中之徐夫人也。"对于这种化俗为雅、化浅为蓄、化嫩为辣的本领,时人评曰:"才是冶铸手。"将其直接归功于才。②

又如陆鲁望有咏白莲诗曰:"无情有恨何人见,月晓风清欲堕时。"本诗因书写真切,见白莲神态,故而为人传诵。但由于本诗承李贺"无情有恨何人见,露压烟啼千万枝"而成,故而有人指责陆鲁望蹈袭,杨用修矫之曰:"李长吉在前,陆鲁望诗句非相蹈袭,盖着题不得避耳。胜棋所用,败棋之着也;良庖所宰,俗庖之刀也。而工拙则相远矣。"③古代文论中常有不可模拟之论,但并非意味着放弃对前人的学习,关键在于能否不为前人所笼罩,有才者当能化腐朽为神奇。

(三)于才之容量承担表现为能作大题难题。纪昀评宋代张泽民《梅花》组诗:"时有数句可观。然语既重复,才又浅薄,强作连章叠韵之难题,可谓不度德不量力矣。"④大题就是此类组诗,同题要吟咏数十甚至上百首;难题就是

---

① 郭绍虞辑:《清诗话续编》,上海古籍出版社1983年版,第143页。
② 陆云龙等辑:《翠娱阁评选皇明小品十六家》,蒋金德点校,浙江古籍出版社1996年版,第654页。
③ 贺裳:《载酒园诗话》卷一,郭绍虞辑《清诗话续编》,上海古籍出版社1983年版,第260页。
④ 李庆甲:《瀛奎律髓汇评》卷二十,上海古籍出版社2005年版,第778页。

前人很少涉及,或者情感幽微不易宣言,此类题目必须大才方可着笔。董以宁《沁园春》分咏"美人鼻""美人肩",邹祗谟评云:"两题不特刘龙洲、邵清溪未及,后人更无染翰者,良由题径蚁封,难于施旋耳。文友逸才俊藻,其妙于烘染处正不在驱策典丽也。"①张泽民因才小,难以驾驭连章叠韵之大篇;董以宁正为才高,方可驱策于题径蚁封之小题,二者并为不易之举,文人亦因此见才。

(四)于文字表达之能显现为裁布自如。才为裁度,是一种甄选、敷衍、结构谋篇的整体把控能力。以"裁"释"才"于明末清初之际出现,廖燕从广泛之才的特点入手提出:"才者,裁也,以其能裁成万物而铺天地之所不及也。"②金圣叹则将这种裁布为才的论述直接纳入小说创作论,在论述《水浒传》的艺术创作中他详细阐释了这一思想:

> 才之为言裁也,有全锦在手,无全锦在目;无全锦在目,有全衣在心;见其领知其袖,见其襟知其帔。夫领则非袖,而襟则非帔,然左右相就,前后相合,离然各异,而宛然共成者,此所谓裁之说也。

这里所论之裁布,就是所谓的"气化"与"赋形",胸有成竹而一块生成。这种能力是才的极高体现形态,它不同于一般意义的率意而为,因此金圣叹又分析了今人与古人用才之不同:

> 今天下之人,徒知有才者始能构思,而不知古人用才乃绕乎构思以后;徒知有才者始能立局,而不知古人用才绕乎立局以后;徒知有才者始能琢句,而不知古人用才乃绕乎琢句以后;徒知有才者始能安字,而不知古人用才乃绕乎安字以后:此苟且与慎重之辨也。言有才始能构思立局琢句而安字者,此其人,外未尝矜式于珠玉,内未尝经营于惨淡,赪然放笔,自以为是,而不知彼之所为才,实非古人之所为才,正是无法于手而又无耻于心之事也。言其才绕乎构思以前,构思以后,乃至绕乎布局琢句安字以前以后者,此其人,笔有左右,墨有正反,用左笔不安换右笔,用右笔

---

① 邹祗谟等辑:《倚声初集》卷二十二,续修四库全书影印顺治十七年刻本。
② 廖燕:《才子说》,《二十七松堂文集》卷十一,屠友祥校注,上海远东出版社 1999 年版,第 281 页。

不安换左笔,用正墨不现换反墨,用反墨不现换正墨。心之所至,手亦至焉,心之所不至,手亦至焉;心之所不至,手亦不至焉。心之所至手亦至焉者,文章之圣境也;心之所不至手亦至焉者,文章之神境也;心之所不至手亦不至焉者,文章之化境也。夫文章至于心手皆不至,则是其纸上无字无句无局无思者也,而独能令千万世下人之读吾文者,其心头眼底,乃宵宵有思,乃摇摇有局,乃铿铿有句,而烨烨有字,则是其提笔临纸之时,才以绕其前,才以绕其后,而非徒然卒然之事也。故依世人之所谓才,则是文成于易者才子也;依古人之谓才,则必文成于难者才子也。依文成于易之说,则是迅速挥扫,神奇扬扬者才子也;依文成于难之说,则必心绝气尽,面犹死人者才子也。若庄周、屈平、马迁、杜甫以及施耐庵、董解元之书,是皆所谓心绝气尽,面犹死人,然后其才前后缭绕得成一书者也。庄周、屈平、马迁、杜甫,其妙如彼,不复具论。若夫施耐庵之书,而亦必至于心尽气绝,面犹死人,而后其才前后缭绕,始得成书。夫而后知古人作书,真非苟且也者!①

今人用才,只是发挥了才之诸般灵动特质中的纵恣与率意兴发。但金圣叹认为,这种意气扬扬的创作,将才华涂饰在外在的构思、立局、琢句、安字上,却缺乏从字到句、从句到局、从局到通篇的内在谋划,因而表面的循才而动事实上并没有实现尽才。古人则恰恰相反,他们从一般的构思、立局、琢句、安字入手,又一气熔铸,超越于这些形迹之上;不浮嚣、不炫耀,慎重凝神,深思熟虑;才不轻纵,情不轻肆,因而字、句、局一体浑然,实现"左右相就,前后相合,离然各异,而宛然共成"的境界,这才是尽才,也是真正的才之所能,皆因有才能够裁度全局而得。

王夫之论江淹《清思诗》为郭璞后之绝响,随之曰:"梦笔之说,岂以其采哉!止有结构可想。结构既佳,不与忧其不璀璨,如问道帝里,自见九衢于风

① 金圣叹:《水浒传序一》,朱一玄、刘毓忱编《水浒传资料汇编》,南开大学出版社 2002 年版,第 210 页。

物。"①也是以结构裁布之能论才。②

（五）才之所能最终必须通过具体创作的审美效果验证，这些效果主要包括：

摹景入微。江淹云："景能验才，无假外镜；撰己练志，久测内准。"③魏晋六朝之际，中国文人流连光景，沉湎山水，故有此"景能验才"的标准。当然，以景象的摄取能力验证才之大小也经历了理论与创作实践的印证。在情景关系理论确立之后，写景、写事、写情，以及物之景、事之景、情之景的书写难易曾成为文人们的讨论内容，王夫之云："于景得景易，于事得景难，于情得景尤难。'游马后来，辕车解输'，事之景也。'今日同堂，出门异乡'，情之景也。子建而长如此，即许之天才流丽可矣。"④天才之所长，在于能绘事景、情景历历在目。又如古吴子《人间乐序》云：

> 天下惟爱才者能慕才，亦惟爱才者能怜才。然欲缕述慕才之迹（原文误为"迹之"），曲传怜才之心，直抒爱才之见，剀切详明，曲折婉转，能使爱才者怜才者性情事实起伏于笔尖，写得惟妙惟肖，所谓有笔才也。⑤

将情景惟妙惟肖摹绘而出便是才能之显。

含而不露。东坡论陶渊明诗云："渊明诗初看若散漫，熟读有奇趣。如曰'日暮巾柴车，路暗光已夕。归人望烟火，稚子候檐隙。'又曰：'蔼蔼远人村，依依墟里烟。犬吠深巷中，鸡鸣桑树颠。'才高意远，造语精到如此。"同时又举唐人名句"一千里色中秋月，十万军声半夜潮"，"蝴蝶梦中家万里，子规枝上月三

---

① 王夫之：《古诗评选》卷五，岳麓书社2011年版，第786页。

② 西方论才之所能也涉及这一点，法国十八世纪启蒙运动知名学者狄德罗《论戏剧诗》中，便以才能讨论"布局与对话"，其中布局之能要更难，所以说："对话安排得好的剧本比布局好的剧本要多些。仿佛是能安排情节的天才比能找出真切的台词的天才要少一些。莫里哀写了多少美妙的场面！但结局写得恰到好处的却屈指可数！"布局很接近中国古人所论的"裁布"，但其范围较中国古代文论兼容字、句、篇、体而言明显狭隘。狄德罗：《论戏剧诗》，徐继曾、陆达成译《狄德罗美学论文选》，人民文学出版社2008年第二版，第133页。

③ 江淹：《萧拜太尉扬州牧表》，《全梁文》卷三十七，严可均辑《全上古三代秦汉三国六朝文》，中华书局影印清光绪刻本。

④ 王夫之：《古诗评选》卷一，岳麓书社2011年版，第511页。

⑤ 古吴子：《人间乐序》，丁锡根编《中国历代小说序跋集》，人民文学出版社1996年版，第1264页。案：本节文字为笔者重新标点，原书标点为："天下惟爱才者能慕才，亦惟爱才者能怜才。然欲缕述慕才迹之曲，传怜才之心直，抒爱才之见剀切详明。"明显有误。

更",以为"皆寒乞相",原因在于初看秀整,而熟视无神气——"以字句露故也"①。以描写透露为劣,**陶渊明**才高所以刻画幽微,后人的书写则无此神气。

见于工致。宋人有言云:"工不工才也,传不传理也。"②张耒评贺铸词作也称其"工",有人以为其工乃是"好学"而得,张耒回答:"是所谓满心而发,肆口而成,虽欲已焉而不得者。"又曰:"若其粉泽之工,则其才之所至,亦不自知也。"③创作动力源自情感之不得已,而其工则为才所成就。明人程嘉燧也曾说:"诗之工拙,才则为之;而抑扬开阖,纡徐繁数,有自然之节。"④

见乎润泽。近人钱振锽论唐宋分界:"他人分界唐宋以大小者,非也。我则谓唐润而宋枯。夫润与枯之分乃才不才之界也。"⑤

见乎警策。邹祗谟评董元恺词:"警语甚见轶才,故不以铺写为贵。"⑥

能达心目。辞而能达,本来就是文字表达的高境,能达则具备由物至心、由心至文的转移能力。王嗣奭说:"一见而了了于目,一入目而了了于心,一会心而了了于笔,在诗谓之真诗,在文谓之真文。此之谓达,此之谓才。"⑦

翻空出奇。晋代张华《门有车马客行》云:"门有车马客,问君何乡士?捷步往相讯,果是旧邻里。语昔有故悲,论今无新喜。清晨相访慰,日暮不能已。词端竟未究,忽唱分途始。前悲尚未弭,后忧方复起。"本诗写实,是悲欢离合、聚散匆匆人生的一个典型性场景:路遇相认,乡人旧邻;谈今道昔,悲喜交集;而旧悲未尽新喜又无的凄惨,则抵消了一般读者心目中他乡遇故知的喜悦;随之晨访暮从,依依不舍,自谓可慰穷途,不料想又随即经历了一场新的离别;前悲未弭,新恨复增。一切都出乎作者希望之外,更出乎读者期待之外。所以王夫之评云:"疑其穷则更有,意其然则又已别出,乃以肖人事之自然,写悲愉之必至。天才如此,方可问津此道。"⑧正是从能否出人意料、超越冗俗来论才。

---

① 郭绍虞:《宋诗话辑佚》,中华书局 1980 年版,第 103 页。
② 徐鹿卿:《横江杂稿序引》,《徐清正公存稿》卷五,影印文渊阁四库全书本。
③ 张耒:《东山寓声乐府序》,《宋金元人词》附录,续修四库全书影印艺风堂抄本。
④ 程嘉燧:《程孟阳诗序》,《松圆浪淘集序编》,续修四库全书影印明崇祯刻本.
⑤ 钱振锽:《谪星说诗》卷一,张寅彭辑《民国诗话丛编》二,上海书店出版社 2002 年版,第 603 页。
⑥ 邹祗谟等辑:《倚声初集》卷二十,续修四库全书影印顺治十七年刻本。
⑦ 王嗣奭:《管天笔记外编》卷下,影印四明丛书本。
⑧ 王夫之:《古诗评选》卷一,岳麓书社 2011 年版,第 515 页。

舒梦兰曾云:"才非他,一枝笔耳。"什么是一枝笔呢? 他在论述了音声节拍所呈之艺术价值不亚于文字意义本身之后,又以杜甫为例:"用经如杜公《出塞》'马鸣风萧萧',如一'风'字倒炼之便写出绝寒边声,真乃妙笔。诗忌用经语,忌陈实也;能化陈为新,翻空数典,亦正何害? 才非他,一枝笔耳。"①所谓"才非他,一枝笔",也是指用笔行笔的自由不羁,推陈出新,翻空出奇。能吁之使生,呵之使活。所道者就是一种勾魂摄魄的能力。

总括以上,但凡能超越时流则皆为才之所能。王夫之评李贺《昆仑使者》"元气茫茫收不得"一句:"说出天人之际无干涉处分明透现,笑尽仙佛家代石人搔背痒一段愚妄,韩退之诸君终年大声疾呼,何曾道得此一句在? 故知人不可以无才。"②有才方道得人不能道者。叶燮《原诗》云:"夫于人之所不能知,而惟我有才能知之;于人之所不能言,而惟我有才能言之;纵其心思之氤氲磅礴,上下纵横,凡六合以内外,皆不得而囿之。以是措而为文辞,而至理存焉,万事准焉,神情托焉,是之谓有才。"③也强调惟我能知之、惟我能言之方为有才。清人陈祚明《采菽堂古诗选》凡例专标"异乎人者":

> 夫吾与人共言之,人不能言吾所言,则才异量也。悲欢得失,感时命物,合离慕怨之遇,将谁无之? 山川、时序、鸟兽、草木之变态,将谁不睹之? 而人善言乎哉? 人善言,则无为贵能言者矣。吾与人共言之,而吾能言人所不能言。夫同于人者贵乎? 异乎人者贵乎? 子建之感遇,嗣宗之咏怀,元亮之述志,康乐之游山,子山之伤乱,至矣! 亚于十九首、汉人乐府者也。他家篇章,时一诣之,见异者褒焉,轶群者赏焉。才难,不其然乎!

由曹植诗歌论及才之所能又云:"夫才者,能也,其心敏,其笔快,能道人不易道之情,状人不易状之景。左驰右骋,一纵一横,畅达淋漓,俯仰自得,是之谓才。得之于天,不可强也。"④皆以能言人之所不能言、状人不易状、能够超越

---

① 王葆心:《古文辞通义》卷十五,王水照辑《历代文话》第八册,复旦大学出版社2007年版,第7851页。

② 王夫之:《唐诗评选》卷一,岳麓书社2011年版,第925页。

③ 叶燮:《原诗》,霍松林点校,人民文学出版社1998年版,第26页。

④ 陈祚明:《采菽堂古诗选》,李金松点校,中华书局2008年版,第6、154页。

时流为有才。

<h2 style="text-align:center">三</h2>

才既然与虚灵之能有着如此密切的关系,其赋形现身便不是单一的,既呈示出诸多象态,又贯穿于创作的方方面面。

才虽然虚灵,并非缥缈无实,它出入于微眇,变动有象,往往呈示为一定的"体状"。如《文心雕龙·神思》云:"神思方运,万途竞萌,规矩虚位,刻镂无形。观山则情满于山,临海则意溢于海。我才之多少,将与风云而并驱矣。"唐文治以为,此描绘得才之"体状",故而"刻画最当":"才能与风云并驱,方是绝才。而其得力处全在'万途竞萌'四字。'万途竞萌',所谓万象在旁,群言争赴是也。"由此引申,他又对才所呈现体状、象态做出了进一步描述:

> 昔人论文,有天马行空四字,此言才之变化也。有韩潮苏海四字,此言才之阔达也。鄙人尝谓才思之横溢者,用笔须如雷电风云,一时并至;又须如铁骑突出,刀枪皆鸣。乃能纵横亿万里,上下数千年。开拓顽固心胸,推倒一世豪杰,斯为天才。[①]

天马行空是才之变化的具象,韩潮苏海是才之阔大的具象,雷电风云一时并至、铁骑突出刀枪皆鸣,能够实现"万途竞萌",这就是才思横溢的具象。

陆云龙评屠隆《冯咸甫诗草序》说:"以材字作主,性情、境地、眼界皆材也。"[②]其意思是说,在显性的体状呈示之外,作为虚灵特性的重要展示形式,才还通过落实于诸多其他与其相关的抽象范畴的形式,在融合之中表现出自我灵动的存在,但凡论一人之文才卓著,则其情性、其境地、其眼界中皆包容着其才的成分。此论道出了文才体用一如的本质特征,可以说,与才相关的诸多文学理论范畴,其在"才"之外的组合者往往就是才的现身之所在:才情乃言才现身于情,才气乃言才现身于气,才体乃言才现身于体,才识乃言才现身于识,才华乃言才现身于风华,才思乃言才现身于神思,才悟乃言才现身于赏悟,才兴乃言才现身于兴会,才力乃言才现身于力量,才调乃言才现身于风调,才格乃

---

① 唐文治:《国文大义》,王水照辑《历代文话》第九册,复旦大学出版社 2007 年版,第 8200 页。

② 陆云龙等辑:《翠娱阁评选皇明小品十六家》,蒋金德点校,浙江古籍出版社 1996 年版,第 61 页。

言才现身于体格,才藻乃言才现身于辞藻,才器乃言才现身于器量,才致乃言才现身于韵致,等等。一如张南山论黄仲则诗曰:

> 古今诗人有为大造清淑灵秀之气所钟而不可学而至者,其天才乎?飘飘乎其思也,浩浩乎其气也,落落乎其襟期也,不必求而自奇,故非牛鬼蛇神之奇;未尝立异而自异,故非佶屈聱牙之异。众人共有之意入之此手而独超,众人同有之情出之此笔而独隽。亦用书卷,而不欲炫博贪多如贾人之陈货物;亦学古人,而不欲句模字拟如婴儿之学语言。时而金钟大镛,时而哀丝豪竹,时而龙吟虎啸,时而雁唳猿啼。有味外之味,故咀之而不厌也;有音外之音,故聆之而愈长也。境之穷类寒蝉,而羽毛不失为饥凤;身之弱同瘦竹,而骨干不异夫乔松。如芳兰独秀于湘水之上,如飞仙独立于阆风之巅。夫是之谓天才,夫是之谓仙才。①

其言天才之现身,见于襟期怀抱,此为才显于气;见于思路趣味之迥异于人,此为才显于思、才显于趣;见于学问但又不凭借学问,此为才显于学;见于兼备众体又有独具之灵异,此为才显于体。其论述理路正是由才之附丽表彰才之虚灵。具体分说如下:

才表现于情,此系才情。清人乔亿《剑溪说诗》鉴于神韵派通过技法打磨追求韵致,造成失真失体之弊,提出回归性情:"所谓性情者,不必关乎伦常,意深于美刺,但能触物起兴,有真趣存焉耳。"②性情就是这个"真趣",本之于禀赋之才,正如潘德舆《养一斋诗话》云:"尚性情者无实腹,崇学问者乏灵心。"③先天与后天对举,以性情承灵心,灵心即才。这也从一个维度说明才通过情的现身。

才显现为兴会,此为才兴。兴与感、赏、会等在古典文艺理论中内涵近似,因而有感兴、赏会、兴会等说,论感、论赏、论会实则皆是论兴。毛奇龄论兴会,以为兴会所及都属于性情④。王士禛沿沧浪之悟论诗:"镜中之象,水中之月,

---

① 邱炜萲:《五百石洞天挥麈》卷五,续修四库全书清光绪二十五年邱氏粤垣刻本。
② 郭绍虞辑:《清诗话续编》,上海古籍出版社1983年版,第1098页。
③ 郭绍虞辑:《清诗话续编》,上海古籍出版社1983年版,第2029页。
④ 毛奇龄:《张禹臣诗集序》,《西河集》卷四十七,影印文渊阁四库全书本。

相中之色,羚羊挂角,无迹可求,此兴会也",而"兴会发于性情"①。性情为才现身之所在,发于性情的兴会自然同样是展示才的媒介。

由性情、兴会引发的趣、韵等范畴,由于与性情、兴会之间的源流因果关系,因而都是才的现身形式,所以袁宏道称趣为山之色、水之味、花中光、女中态,"得之自然者深,得之学问者浅","惟会心者知之"②;陆时雍称有韵则生无韵则死,评沈约创作为"才不逮意,故情色不韵"③,即才的发挥欠佳,不能与意致协调,导致作品缺乏韵味。才通过性情、趣味、兴会、赏会、韵、趣等虚灵范畴显现自我,既说明了才的虚灵特征,也体现了才作用、变化的广泛与深入。

才表现于声调,此系才调(尽管古人论调,其中兼容了风姿韵致,但音调的本义一直包纳其中)。张九龄《送赵都护赴安西》诗云:"将相有更践,简心良独难。远图当画地,超拜乃登坛。戎即昆山序,车同渤海单。"钟惺评云:"此韵本平,'单'字却押得险,其实又稳。险字不能押稳,皆由才短。"④才之长短体现于韵脚选择,大才不仅平中出奇,而且险韵也能押得稳妥。李贺有《昆仑使者》一诗,历来难解,王夫之揣测,是为刺唐代诸帝饵丹暴亡,随即对李贺诗歌何以历千年而人犹不解的现象做出了说明:"长吉长于讽刺,直以声情动今古,真与供奉为敌,杜陵非其匹也。"⑤也就是说,由于诗中含有讽刺,不便于宣言,因而含蓄隐蔽,在诗歌声调情貌上经营,如同《诗经》之中的讽谏与隅反,需要反复于声调节奏、抑扬起伏、一唱三叹中求索。再如清代文人舒梦兰论诗:

> 吾少有《诗骚双字诀》一编,教人悟声诗节拍,风骚意态,久失其稿。其实人人案头有此书,姑即倾所言:"窈窕""寤寐""参差""左右"及"关关""采采"之类,略有义而寻其声,思过半矣。且如"风雨""鸡鸣"则义也,而"萧萧""嘤嘤"则声也。感人之深在乎声,不在乎义。假如重经义而不知音,硬撰七言作"风雨鸡鸣念君子,既见君子我心喜",岂不喷饭!⑥

① 王士禛:《带经堂诗话》卷三,戴鸿森校点,人民文学出版社 1963 年版,第 78 页。
② 袁宏道:《叙陈正甫会心集》,《袁中郎全集文钞》,中国图书馆出版部 1935 年版,第 6 页。
③ 陆时雍:《古诗镜》卷十九,影印文渊阁四库全书本。
④ 钟惺、谭元春:《唐诗归》卷四,张国光等校点,湖北人民出版社 1985 年版,第 100 页。
⑤ 王夫之:《唐诗评选》卷一,岳麓书社 2011 年版,第 925 页。
⑥ 王葆心:《古文辞通义》卷十五,王水照辑《历代文话》第八册,复旦大学出版社 2007 年版,第 7851 页。

作品义不宣达，而是在声情节拍的吟咏讽诵中可以领会，这便是才现身于调。

才表现于气势，此系才气。魏禧分文章为作家之文、才士之文、儒者之文，三者各具风貌："简劲明切，作家之文也；波澜激荡，才士之文也；纤徐敦厚，儒者之文也。"①所分类别及其特征尽管仅是一己之见，但也可以为管窥：才士之文体现为波澜激荡，是为才常现身于气。文学批评中论及才子之作，每有才气纵横、才气淋漓等品目，于此也可以印证。

才表现于学的掌控，此系才学。张际亮云："大抵作诗，以读书穷理为本，而声情色泽继之，而其归要于自然而已，真而已。至于陶冶古今，挥斥八极，此自关夫人之才性，不可强也。"②张际亮以为，作诗当读书，融入声情色泽即能入门。但要有大作为关键在于"陶冶古今，挥斥八极"，其中"陶冶古今"就是要将所读之书融化，如此才能自由挥洒。此处之才就是通过对书的消纳熔铸现身。

才表现于体格、风体，此系才体。王夫之推许曹丕，认为其诗能"清"，论其《善哉行》"上山采薇，薄暮苦饥"一首云：

> 子桓论文云："气之清浊有体，不可力强而至。"其独至之清，从可知矣。藉以此篇所命之意假手植、粲，穷酸极苦、碌毛竖角之色，一引气而早已不禁。微风远韵，映带人心于哀乐，非子桓其孰得哉？但此已空千古。陶、韦能清其所清，而不能清其所浊，未可许以嗣响。③

有曹丕之才之性，方能创作出独至之清，这就是才现身于体。中国文学理论批评中"文如其人"这一经典命题，其根本即在于主体气质、才赋与作品之间所形成的统一性关系。

才表现于诗文运思联想之中，此为才思。上节论才之所能，已经涉及了"神思游走"，陆机《文赋》中的"收视反听，耽思傍讯，精骛八极，心游万仞"，《文心雕龙·神思》中的"寂然凝虑，思接千载，悄焉动容，视通万里；沉吟之间，吐

---

① 魏禧：《魏叔子日录》卷一，《魏叔子文集》，胡守仁等校点，中华书局 2003 年版，第 1091 页。

② 张际亮：《与建阳江秀才远清札》，《思伯子堂诗文集》卷三，王飚校点，上海古籍出版社 2007 年版，第 1358 页。

③ 王夫之：《古诗评选》卷一，岳麓书社 2011 年版，第 505 页。

纳珠玉之声,眉睫之前,卷舒风云之色"等,皆是才假神思、文思而现身。《文心雕龙》中涉及的"定势""熔裁""声律""章句""比兴""事类""练字""附会"等等,但凡关乎创作者必关乎文思。如《附会》论曰:"何谓附会?谓总文理,绕首尾,定与夺,合涯际,弥纶一篇,使杂而不越者也。若筑室之须基构,裁衣之待逢缉矣。"又曰:"凡大体文章,类多枝派,整派者依源,理枝者循干。是以附辞会义,务总纲领,驱万途于同归,贞百虑于一致;使众理虽繁,而无倒置之乖;群言虽多,而无棼丝之乱。扶阳而出条,顺阴而藏迹,首尾周密,表里一体,此附会之术也。"如此以"术"论附会,说明此术可凭借习练与传承而得;但刘勰又明确提醒:"才分不同,思绪各异,或制首以通尾,或尺接以寸附,然通制者盖寡,接附者甚众。"才能不同,思维之统绪及相关能力各异:或则词义的安排能够首尾贯通,或则任意拼凑不成整体,且前者寡而后者多。其根本的差异不纯是术的谙熟与否,很大程度上取决于才分以及由此展现的文思疏密。所以,论思而必及才,这都属于才在思中的现身。

另外,才还表现于对书写内容驾驭得难易、生熟程度,以及是举重若轻还是绝脰而亡的力量;还表现于为人所不可为不能为不敢为的魄力;还表现为能够穿越黄茅白苇之丛杂、不依门傍户的见识;还表现为超越规矩而得活法。此系才力、才胆、才识、才法,是才通过胆、力、识、法的自我呈现。从情、兴、趣、韵、气、调到体、胆、力、识、法,以及其他众多的范畴,才通过如此的广泛浸润整合,全面呈现其虚灵变化的特性。

"才盛情深"与"情深才完"

——论古代文艺审美中的才情相生思想

在中国古代哲学中，才、情是同源的。才本自个人体性，《荀子·正名》云："生之所以然者谓之性。"性为天赋，即是才性，其本然的蕴育和运用便衍生出才能之意。情同样与性相关，《礼记·乐记》论情欲之所生："人生而静，天之性也。感于物而动，性之欲也。物至知知，然后好恶形焉。"依据朱熹的阐释：人之初始心性平静，得乎中和。及其感于物而心摇动，性中本有的欲望便逐渐显露，善恶由此而分。其中的性之欲就是所谓情；于物感知且心生好恶，也同样是情①。可见情本来也源自性，所以《荀子·天论》中提出了人有"天情"，杨倞注曰："天情，所受于天之情。"陆机《演连珠》中便有"情生于性"之说②。情出于性，也是具有天赋性的，正如《礼记·礼运》所云："何为人情？喜怒哀惧爱恶欲七者，弗学而能。"③生而为人，备此人性，便有此天情。因此古人言情，或曰情性，乃是从末及本而言；或曰性情，乃是从本及末来说。二者意指没有区别。

若论及才、情、性的关系，朱熹说："问情与才何别？曰：情只是所发之路陌，才是会恁地去做底。"又云：

> 性者心之理，情者心之动，才便是那情之会恁地者。情与才绝相近，但情是遇物而发，路陌曲折恁地去底；才是那会如此底。要之，千头万绪，皆是从心上来。④

---

① 吴澄：《礼记纂言》卷三十六，影印文渊阁四库全书本。
② 陆机：《演连珠》，李善注《文选》卷五十五，上海古籍出版社1986年版，第2379页。
③ 朱彬：《礼记训纂》卷九，中华书局1996年版，第345页。
④ 黎靖德编：《朱子语类》卷五，中华书局1994年版，第79页。

这是后世以"能"论"才"流行后较为典型的思想。用黄宗羲的解释就是："一性也,推本言之曰天命,推广言之曰气、情、才,岂有二哉?由性之流露而言谓之情,由性之运用而言谓之才。"①才情皆从心上来,才情皆出乎性,情是心动及如何运动,才是情如何呈现与表达。同源性以及体用之表现形态,从哲学上已经确立了才与情之间关系密切,呈为一体,互相影响。

从文学理论认知考察才情的关系,班固早就从"感物造端"论"材智深美",以能感而生情者即为具备文才,情直接关系到才;借物引情之兴必须要通过托物寓意、随机成咏之才转化为艺术,才与情之间又有着彼此的需要。以才、情论文在魏晋时期实现了彼此的融合,从此才与情在审美理论中以一种密不可分的姿态出现,且形成了后世普遍应用的"才情"范畴。从中国文学理论批评的历史而言,后世所谓的才情论,仅仅是一种泛而言之,它实则包括同时以才和情从各自维度论文和以"才情"范畴本身论文。

才情论的成熟及"才情"范畴的确立,使得兼备才、情成文学主体素养与文学批评赏鉴的重要标准,才情融美格意朗畅、才情澜翻或者极才情之变化等成为批评中的常调。即使汤显祖所谓的"神情合至",虽然有着殷璠"神来气来情来"的痕迹,但神为神思,出乎性灵,本来就与才相关,因此所谓"神情合至"实则就是才情相合之意。

才情之合在以上所论融合之意以外,还有一个和谐、相称的要求:各自呈现的分量相称,各自表现的形态相称,各自在作品之中互不压盖等等。朱晞颜《跋周氏埙箎乐府引》云:

> 余谓才情韵三事惟长短之制尤费称停,大抵才胜者失于矜持,情胜者失于刻薄,韵胜者失于虚浮。故前辈有曲中缚不住之诮。信哉言乎,杜子美诗云:"美人细意熨贴平,裁缝减尽针线迹。"②

才情偏胜皆为诗文之病,所以要如杜甫所云之"细意熨帖",才情韵致各得其适,不至于偏失。明代文人论诗,往往如此提倡,有时批评诗歌之病,也以才

---

① 黄宗羲:《陈乾初先生墓志铭》,沈善洪主编《黄宗羲全集》第 10 册,浙江古籍出版社 2005 年版,第 362 页。

② 朱晞颜:《瓢泉吟稿》卷五,影印文渊阁四库全书本。

情二者不能协调为口实,如王世贞批评岑参"才甚丽而情不足"[①];黄汝亨盛赞屈原"郁结于气,宣畅于声,皆化工也",随后称:"宋玉而下,有其才而非其情,贾谊有其情而非其才。"[②]以宋玉贾谊于才或者情上的欠缺,凸显了才情兼备又相称合的屈原之贡献与成就。

毛先舒论词也持这个观点,有人以为词要本色,"才藻所极宜归诗体;词流载笔,白描称隽"。但毛先舒以为:"大抵词多绮语,必清丽相须,但避痴肥,无妨金粉。唐宋以来,作者多情不掩才。譬则肌理之与衣裳,钿翘之与鬟髻,互相映发,万媚斯生。何必裸露,翻称独立?"[③]只要不成痴肥,粉妆玉砌、艳辞丽藻并不为病。唐宋以来之作,多不以重情为由掩饰文才,所以情才相称。而一意白描,就如同美人裸露肌理而不着衣裳、仅挽鬟髻而不施钿翘,没有互相映发之美。

在才情绮合、才情相称的前提下,才与情又能够互相激发,这就是才情相生。即天赋之才深厚,其唤醒心灵激发情怀的禀赋往往异乎常人,其对情思的描摹必然深厚感人;具有深情者,方能全面展现本然的文才。从美学观照而言,才与情之间这种关系在《世说新语·文学》中已经获得了初步总结:

> 孙子荆除妇服,作诗以示王武子。王曰:"未知文生于情,情生于文,览之凄然,增伉俪之重。"

其中"文生于情,情生于文"或作"文于情生,情于文生"。所谓"文生于情",意思是情为诗文发生的源泉。这一论断包含两个指向:其一,情并非直接生发文章,因此其中含有情感深厚则引发文才现身之意;其二,文才现身,与情绮合,则诞生动人心旌的文章。"情生于文",本意是讲文人所创作的作品能够包纳众情,且能诱发读者深情,"文"之中包纳了成文的才能,因此"情生于文"已经隐约表达了才对情的激发。当然,这个论断也兼容着主客两端:其一是由作者自身而言,其文才创造了如此深情的作品;其二是由读者而言,在对作品的赏

---

① 王世贞:《艺苑卮言》卷四,丁福保辑《历代诗话续编》,中华书局 1983 年版,第 1007 页。

② 黄汝亨:《楚辞序》,《寓林集》卷一,续修四库全书影印明天启刻本。

③ 毛先舒:《与沈去矜论填词书》,邹祗谟、王士禛辑《倚声初集》卷二,续修四库全书影印清顺治十七年刻本。

鉴之中,激发了其同情。但无论如何,都有文才与情怀生息关系的表达。古人才情相生之论中,多兼容以上指向,即主体之才之情,既能够激活主体之情之才,同时又能够将其赋显于诗文,进而感染读者。

以此为基础,后人论才情相生的关系集中在两点上:才盛情深与情深才完。

一

才情相生首先体现为天赋之才深厚,其唤醒心灵激发情怀的禀赋往往异乎常人,其对情思的描摹必然深厚感人,此为才盛情深。后世相关表述不一,但归趣一致。

或曰才盛则情赡。屠隆《冯咸甫诗草序》云:

> 夫声诗之道,其思欲沉,其调欲响,其骨欲苍,其味欲隽,而总已归于高华秀朗。其丰神之增减,大都视其材矣。材多则情赡而思溢,光景无尽;材少则境迫而气窘,精芒易穷。此其大较也。①

"赡"为丰富广泛,才多则主体神思洋溢多姿,作品情感也丰厚富赡;才少则无论人、文,左支右绌,神气易尽。袁枚延续此论,明确提出了"才盛情深":

> 才者情之发,才盛则情深;风者韵之传,风高则韵远。②

意思是说:才为情发动与表现的资源,且才之大小与情的深浅密切相关;风(相当于主体的气骨)是韵传播塑造的力量,所以风高而韵能悠远。

明清之际一些文人径直标榜:文人之情生于才。钟惺评卓文君《白头吟》"愿得一心人,白头不相离":"文君此时为此语,若其初奔,止爱相如之才,非必以其为一心人也。然有才人亦自有情。"谭元春从本诗整体而论曰:"有如此妙口妙笔,真长卿快偶也。不奔何待?"又云:"有一种极难为长卿语,长卿不得不止。文君之奔与妒,生于才耳。"③奔为情,妒忌也是情,两情之浓烈,熔铸为《白头吟》,深情、丽文皆生于才,所以叫作"有才人亦自有情"。丁澎评《摄闲词》

---

① 屠隆:《冯咸甫诗草序》,《白榆集》文集卷一,续修四库全书影印明万历龚尧惠刻本。
② 袁枚:《李红亭诗序》,《袁枚全集》第 2 册,王英志点校,江苏古籍出版社 1993 年版,第 22 页。
③ 钟惺、谭元春:《诗归》卷三,张国光等点校,湖北人民出版社 1985 年版,第 60 页。

则云：

> 慎庵词如芙蓉出水，秀色天然，晓黛横秋，苍翠欲滴。时而慷慨悲歌，
> 穿云裂石；时而柔情纷绮，触絮粘香。偶携一册于西湖夜月，倚声而歌，不
> 觉驱温韦于腕内，掉周柳于毫端。文人之情生于才，有如是乎？①

作者之才，可以焕发自我性情，也能使得作品中情意盎然，从而引发读者
兴会，这就是"文人之情生于才"。近代何炳麟论《红楼梦》称："情生于才，才大
则情挚"，"无才则无情，无情者不可与读天地间妙文"②，必有才情者方能赏才
情之作。筍溪生论女子也认为"长以才者必有情"③，二人可算是谭元春隔代的
知音。

或曰各极本量则不失性情。本量是禀赋、天赋、天分的意思，与性情相对
而言则指向个人的才性。此论出于沈德符《马仲良诗集序》，文中他批判了明
清之际两种不依自我本量创作的倾向，其一为以七子为代表的拟古诗派，其一
当为晚明娄东诗派之余脉。他认为七子等人依循前人有偏，娄东诗派习为靡
丽也有其偏，二者对比，当为五十步笑百步：

> 明兴以来，称诗至弘正之际而李何出，范永徽开元之貌而俎豆之。由
> 是贤愚争奋，巧拙共赴。盖摄持世界者近百年而渐有腹诽者。至近日则
> 反唇甚口，欲尽扫而空之，以返于性情。夫倦游京洛，乃贵林丘；饱饫牲
> 牢，必珍蔬笋：理势然也。然讳江笔之暮年，贪薛笈之小样，盎盆堆景，猿
> 鸟哀鸣，可永永作耳目供乎？盖前之为庄语者，多易京楼上妇人，即习大
> 声闻数里，而听者嗤其非质。今为微言之人，又多江东伧父，学王谢侬音
> 细唾，有识者肯遂以风流相许乎？

后者对前者的反拨，仅仅是口味上的喜新厌旧。二者一徇于唐人一维，造
作而成高声大气；一拘于习气，刻意塑造与风尚的不同。沈德符以为二者均没
有极其本量，而是以不同的形式落入格调规限，从而将才情规范化了。他赞赏

---

① 曾王孙、聂先辑：《百名家词钞》，续修四库全书影印康熙缘荫堂刻本。
② 何炳麟：《红楼梦论赞跋》，郭绍虞主编《中国历代文论选》三，上海古籍出版社2001年版，第
450页。
③ 筍溪生：《闺秀诗话》，民国22年上海新民书局排印本。

马仲良的作品:"恣意匠之所经营,恣情景笔墨之所称惬。举百年中人心慕手追者,并其阳诋而阴事者一一罗之纸上。词能达意,肉足冒骨,大抵眼有镜,腕有力。以故曲折变幻,于此道庶几无遗憾。"这种创作之所以值得称道,因为它没有模式化,而是"即有相羡妒者亦安能效罗什而饭针"的才情所寄。由此沈德符推出了他的"各极本量"而"不失性情"的观点,这个观点的核心在于各尽各才则各见各情。

首先以唐人论,其成就源自各极本量:"燕许簪裳于观阙,李杜亢壮于江湖,以至钱刘之流连光景,温李之描画闺阁,总能自以全副精神,开拓阵势,胸无伏匿之物,喉无噯嚅之音。譬之群饮,然深浅不同,各极本量而止,夫是之谓不失性情。"各极本量便是不失性情,也就是尽我之才而不羡他人之才便能展现我的性情,唐人之所以成功,根源在此。

其次论明人之出路:"耳食之徒,每深文于唐中叶,若赵宋则交喙訾之。夫唐宋者人也,性情亦何唐宋之有! 倘以万历之人发抒万历之性情,试按其语,乃得唐人之未曾有与宋人之不能有。是亦诗之跻巅造极,观于是乎止矣。"马仲良便由此入手,加以其人"具异性兼有深情",因此能尽自我异性之量,而深情自显。[①]

或曰笃于根柢而后可以言情。翁方纲《月山诗稿序》云:"传曰:诗发乎情;又曰:感于物而动。夫感发之际,情与物均职之,而情与物之间有节度焉,有原委焉。溺而弗衷者非情也,散而弗纪者非物也。"诗虽然由情而生,但对诗而言,审美意义的情与物又皆有一定的要求:物应该是为情摄取的意象,不当是自然状态下散漫无纪的物象,这样诗人无从下笔;而情则当真挚由衷,伪饰而成者非情;同时还要避免耽溺其中,如此的话便是物欲而非源乎本心的审美之情。因此,论情不得不追溯于天性、本性这个才与情共同的源头,要求诗人禀性能够承担对情的这种保障,同时还要具备将物色、物象升华为意象的能力,所以翁方纲借月山之诗论道:

> 寻常景色悉为诗作萌坼,凡有触于目者皆深具底蕴焉,非物自物,而

---

① 沈德符:《马仲良诗集序》,《清权堂集》卷二十一,续修四库全书影印明刻本。

情自情也。故谓诗者实由天性忠孝，笃其根柢，而后可以言情，可以观物耳。①

所谓"笃其根柢"实则是说"笃其才性"，其中有才德相融之意。只有具备此才，方可总持物象，使得散而弗纪者建立艺术的逻辑；而后可以言情，可以观物。翁方纲如此论诗，便包含了创作之中才（甚至道德）对情的统摄与引领。

以上所言皆表达了"才者情之所由苗"的含义，以才为情萌发的根源；与此相反，对创作主体而言，"无才则情滞"②。可见，顾贞观所说"非文人不能多情，非才子不能善怨"，绝非文人的自饰与倨傲，正是才盛情深之意的经验表达。

二

在才情绮合的前提下，才情相生又表现为情可以直接影响到才的生发运使，此为情深才完，"才完"即才可尽其本然之意。相关论述较早见于《文心雕龙·神思》：

> 夫神思方运，万途竞萌，规矩虚位，刻镂无形。登山则情满于山，观海则意溢于海，我才之多少，将与风云而并驱矣。

虽然刘勰这里强调的是创作之前的兴会，并与实际创作之际"半始心折"的状态形成对比，但仍然是对艺术创作情态的逼真描述，尤其激情充盈、兴会空前之际才思来会的概括，颇得文家三昧。这种状态与才气关系中"气全才放"的理路甚至内涵都是一致的，如刘勰所提倡的"入兴贵闲"说与其他兴会手段，实则皆属于激情的培养，一旦修养饱满而机键开启，则才自然现身。

这种因情的激荡促使本然才华洋溢而出的现象独孤及又称之为"才钟于情"，其《唐故左补阙安定皇甫公集序》论诗，先道其有赖于天资："其诗大略以古之比兴就今之声律，涵泳风骚，宪章颜谢。至若丽曲感动，逸思奔发，则天机

---

① 翁方纲：《月山诗稿序》，《复初斋文集》卷四，续修四库全书影印清李彦章校刻本。
② 张际亮：《答姚石甫明府书》，《思伯子堂诗文集》文集卷三，王飚校点，上海古籍出版社 2007 年版，第 1338 页

独得,非师资所奖。"又由其才之发挥而论:"每舞雩咏归,或金谷文会,曲水修禊,南浦怆别,新意秀句,辄加于常时一等。"作者将这种特定情境下的兴会淋漓、才思横溢现象归之为"才钟于情"①。"才钟于情"的含义是:才凝聚于情,才因情而焕发洋溢,有激发主体情致勃勃的机缘就会有这种新意秀句加于常时的景象。

到了明代,谭元春将这种现象名之为"才触情自生"。他自道其诗学追求,首先必须真挚自然,不徇于人亦不徇乎己:"幸而有不徇名之意,若不幸而有必黜名之意,则难矣;幸而有不畏博之力,若不幸而有必胜博之力,又难矣;幸而有不隔灵之眼,若不幸而有必骛灵之眼,又难矣。"无论声名、博学、性灵,皆从心为之,而不刻意求之。能有此心态,然后可以驰骋:"法不前定,以笔所至为法;趣不强括,以诣所安为趣;词不准古,以情所迫为词;才不由天,以念所冥为才。"②"念所冥"为神思所至;"才不由天,以念所冥为才"则神思所至、神情关合之处,其才驰骛;而不是不顾及情思之质地,一任其才之放肆。这个论述体现的才情关系便是情至则才至。《汪子戊己诗序》中谭元春对这个思想有更明晰化的表达:

> 诗随人皆现,才触情自生。……夫作诗者一情独往,万象俱开,口忽然吟,手忽然书。即手口原听我胸中之所流,手口不能测;即胸中原听我手口之所止,胸中不可强。而因以候于造化之毫厘,而或相遇于风水之来去,诗安往哉?③

才因与情遭遇而激发,情为才提供资源与机缘,才则由此具有了一种自我生发的机制。而才的运使最终要"听我胸中之所流",情至,才则现身;至于所谓"胸中原听我手口之所止,胸中不可强",则是提示此情书写又受到才思的自然引导与限制。

至清代,张际亮则将才情之间这种关系概括为"情深者才完"。其《答姚石

---

① 独孤及:《唐故左补阙安定皇甫公集序》,《毗陵集》卷十三,四部丛刊初编本。
② 钟惺、谭元春:《诗归》,张国光等点校,湖北人民出版社1985年版,第1页。
③ 谭元春:《汪子戊己诗序》,《谭元春集》卷二十二,陈杏珍标校,上海古籍出版社1998年版,第622页。

甫明府书》云：

> 凡为诗，须知道神骨、才情、气韵。夫无神则骨轻，无骨则神漓；无才则情滞，无情则才浮；无气则韵薄，无韵则气粗也。诗之至者曰入神，其骨重，则神愈永也。曰雄才，其情深，则才始完也；曰真气，其韵高，则气乃固也。六者具备，此盛唐大家之诗也。骨、才、气有余，而神、情、韵不足，此宋大家之诗也。[①]

才气、情韵、气骨皆不可缺，而其中才情之间的关系是：无才，于主体素养而言则情思情绪便凝滞不活，溺于俗常功利得失，不可能转化为刻骨铭心的幽情微绪；于创作而言，便难以传递心绪之幽眇。无情，于主体素养而言则气质轻浮而不凝重，于作品而言便浮华矫饰而不周密。所以才有"其情深，则才始完"的说法。

"情深才完"还体现为下面一种价值取向：文学创作必先有真情然后方谈得上才华的施展。凡是论文首论情者，往往都是从这一点立论。《文心雕龙·情采》云：

> 夫铅黛所以饰容而盼倩生于淑姿，文采所以饰言而辩丽本于情性。故情者文之经，辞者理之纬，经正而后纬成，理定而后辞畅，此立文之本源也。昔诗人什篇，为情而造文；辞人赋颂，为文而造情。何以明其然？盖风雅之兴，志思蓄愤，而吟咏情性以讽其上，此为情而造文也。诸子之徒，心非郁陶，苟驰夸饰，鬻声钓世，此为文而造情也。故为情者要约而写真；为文者淫丽而烦滥。而后之作者采滥忽真，远弃风雅，近师辞赋，故体情之制日疏，逐文之篇愈盛。故有志深轩冕而泛咏皋壤，心缠机务而虚述人外。真宰弗存，翩其反矣。

文章以"述志为本"，真情真意是首先要表彰的，因此刘勰称"言与志反，文岂足征"：所有诗文之文采，必有待于情性，才有价值，此所谓"文采所以饰言，而辩丽本于情性"。此先言情真情深。继而言文：能"文"者赖乎才，有此才方可实现文章的"辩丽"，但所有这一切必须本于情性，"为情而造文"由此成为中

---

① 张际亮:《思伯子堂诗文集》文集卷三,王飚校点,上海古籍出版社 2007 年版,第 1338 页。

国文学千载不易的准则;而"为文造情"则由于采滥忽真,成为历代警惕的弊症。

又如朱之臣批评李攀龙等人之作,缺的是情,不乏的是抑扬铿锵之格调声韵,诗作如同土鼓,可观而不可击。出路在哪里?

> 夫诗道最为情韵,情之所至,乃能日新而不可穷。然惟绝有情人,为于音影之外,别具英变,以转未坠之线,故情不能至,诗亦不至焉。[①]

要超越这种局面,首先必须情至,随后再合以"别具英变"之才,则能日新不穷。

三

才是禀赋,不可改变;具体到个体之情,则是先天后天的统一。杭世骏说:人有性有情有才,性与情生人所同,而才则为其所独。就情而言,虽然古代哲学追根溯源至乎性,人从本质上具有七情之禀赋;但无论现实人生还是文学创作,主体之情与文学表现之情都是一个建立在七情基础上的可变量,因境遇而异,因修养而变,所以章学诚说"情本于性,天也;情能汩性以自恣,人也"[②]。如此天人之合,于是千丝万缕,千头万绪,千形万状,甚至千奇百怪,千回百转,所谓心有千千结皆不足以尽情之万一,所以文人才子本身并不乏情,但创作之中却经常表现以下三种弊端:或者寡情,或者滥情,或者矫情。寡情者即应酬羔雁之作,文学创作成为礼尚往来或者谋于稻粱的工具;滥情者即放而不收、纵而不回、荡而不返的率意与粗粝;矫情者即是虚浮应接之中的虚情假意。从纠偏的意义而言,寡情者需要矫之以深情,矫之以深情者,意在激活才的灵动,尽主体文才之本然,从而规避机械、可复制的艺术量产。而滥情矫情者则需要养之以性情,使之复归真诚。于是,才情相生之论中,无论才盛情深还是情深才完,对于才子文人这些并不缺乏文才的主体对象而言,中国文学理论批评论最终往往归结于情(或者性情)。而这种情的归结不只是对情思敏锐、情怀幽微、情感多兴之禀赋的提倡与张扬,更主要的指向还有自我之情的修养。因此,一

---

① 朱之臣:《寒河集序》,《谭元春集》附录,陈杏珍标校,上海古籍出版社1998年版,第942页。

② 章学诚:《文史通义》,叶瑛校注,中华书局1994年版,第220页。

如才不可易而气养自我,从自我之情或者性情修养开始,成为才情相生关系理论教化于人的现实落脚点。这种取向,既有才不能易而择取人工着力点的需要,也有儒家发情止礼思想熏陶之下的集体就范。

历代文人多论性情,着眼点便在于此。屠隆在密集论述才的同时,就明确提出过"诗不论才而论性情"的观点,《李山人诗集序》自道其由:"故诗不论才而论性情,亦存乎养已。"诗歌论性情,因为性情可以通过人工培养、锻炼,也能够在作品之中体现这种涵养所得,属于可把控的范畴。

屠隆文学批评中论性情者极多,《唐诗品汇选释断序》云:"夫诗,由性情生者也。"①《论诗文》亦云:"造物有元气,亦有元声,钟为性情,畅为音吐,苟不本之性情而欲强作假设,如楚学齐语,燕操南音,梵作华言,鸦为鹊鸣,其何能肖乎?"又认为所谓诗文传世实际上"匪其文传,其性情传也";以唐诗为例,之所以可以万代传诵,"匪独谓其犹有风人之遗也,则其生平性情者也"。屠隆论性情主要集中在情感的真实上,《唐诗品汇选释断序》云:

> 夫性情有悲有喜,要之乎可喜矣。五音有哀有乐,和声能使人欢然而忘愁,哀声能使人凄怆恻恻而不宁。人不独好和声,亦好哀声。哀声至于今不废也,其所不废者可喜也。唐人之言繁华绮丽、优游清旷,盛矣;其言边塞征戍、离别穷愁,率感慨沉抑,顿挫深长,足动人者,即悲壮可喜也。

唐诗能够引发读者的共鸣,主要是由于诗歌真切传递了诗人的悲喜。

陈仁锡论文章,同样主张以性情为贵:"文以性情贵,得百才士不如得一性情之士。何以知性情之士?其文不违于性情者是。"有如此性情,便可以体现在文章之中,由此决定作品的身价,并与作者形成对应,使人瞻顾而得其真精神:

> 凡人一生作文,有一语与性情相近者,此一语必不朽;一生行事,有一事与性情相得者,此一事必不朽。又当锁闱拈题构思苦索之候,如有一股一句快舞性情,必快主司观览。何也?有性情斯有奇正,有步骤,有起伏,

---

① 屠隆:《唐诗品汇选释断序》,《由拳集》卷十二,续修四库全影印明万历龚尧惠刻本。

有位置,有开阖,有结构。大都其人面目正,脉理正,文体自正矣。

此文也,孔子思狂狷,狂者常简,狷者有所不为。简也,有所不为也,皆情性之极便,而乡愿有大大不便者矣。乡愿痛仇狂狷,无他焉,衣冠易绘,精神难貌也。当其时既过我门,将入我室,有一士焉,神严气立,挺血性以寒之五步之内,嗟乎! 性情足恃哉。今乡愿伪种,尽浸淫于文章……以经术反对之,莫如先以性情正之。①

文章但凡论其意义,首先必论其性情之真伪有无,因此宁狂狷其性也不可为乡愿。陈仁锡明论文以得性情为贵,包含以下考量:性情可以修为、可以约束,得性情的文章因此可以正人心术。

翁方纲也由此立论。他从徐桢卿《迪功集》所达到的造诣说起,以为其作披沙多而捡金少,所以然者,其所师资者李攀龙不能辞其咎:"徐子知少作之非,悟学古之是,此时若有真实学古之人,必将引而伸之,由性情而学问,此事遂超轶今古矣。李子本具蹈袭之能事,以其能事贶其良友,以如此清才而所造仅仅如此,为可惜也;以如此能改之毅力而所改仅仅如此,为可惜也。"②徐桢卿受李攀龙等影响,虽以学古为名目,但最终走入拟古蹈袭,根本原因在于没有从性情入手。要由性情入手则不是习古人格调,以古人之性情为性情,而是从学问入手,在对古人的学习研磨中磨砺自我性情,发现自我性情,揣摩自我性情,由此才能从性情出发为诗,而非蹈袭。

在同样具备才华的条件下,文人之间的优劣以情胜者为优,因为情胜可以见人性情之涵养。所谓情胜,不是就某一文人而言其情多于才,才与情不可能有这样的量化标尺;而是指其情感之细腻、敏锐或者一定语境下指其温厚和平较于他人更为突出,而在其人身上也成为主要的标志性素养。《修竹庐谈诗问答》对比朱彝尊与王士祯的诗歌创作:

大率竹垞才胜于情,渔洋情胜于才。才胜者多外心,情胜者有余旨。朱虽广博,终逊一筹。③

---

① 陈仁锡:《春秋同门稿序》,《无梦园集》马集卷三,续修四库全书影印明崇祯八年陈礼锡等刻本。
② 翁方纲:《月山诗稿序》,《复初斋文集》卷八,续修四库全书影印清李彦章校刻本。
③ 陆坊问,徐熊飞答:《修竹庐谈诗问答》,《诗问四种》,周维德笺注,齐鲁书社1985年版,第263页。

二人比较,才胜者"多外心",即指言不由衷的运才使气,掉弄机锋。而情胜者运情入诗,意旨有余。这种比量也是从情养而能正、才主放纵必有节制而言的。

在文学尚才抑或尚情的问题上,本无多少歧见,多以才情兼美为最高标准,但文人们的通病恰恰在于纵才而乏情,情少之根在于荣利纷于外而天机铄于内,缺乏性情陶养,才既不能灵动,情也由此钝滞。

性情之养与修身进德之养没有区分,又皆可纳入养气说的范围,由于处于立身的发端,加之随后附丽上道义等大话题,因而在一些文人的论说里,才情论中情或性情便因此成为首先考量的对象。于是有了后人以下论断:

> 天下惟有真性情者乃能为大文章。昔左文襄有言:"世人统称才情,若人而无情,才于何有?"此语可谓千古名言……世之讲修身者不可不知此言,讲文学者尤不可不知此言。

> 孟子云:"乃若其情,则可以为善矣。"又云:"若夫为不善,非才之罪也。"情居才之先,情之挚者乃能善用其才。①

结合左宗棠之论,就本身不乏才华之文人论才情两端,则以情为主,以情为先;既论文学,又及修身。由此反思文学史上性灵性情之辨,便不难看出其中的用意,鲍鸿起曾论:

> 取性情者,发乎情止乎礼义,而泽之以风骚、汉魏、唐宋大家,俾情文相生,辞意兼至,以求其合。若易情为灵,凡天事稍优者,类皆枵腹可办,由是街谈俚语无所不可,粪秽轻薄,流弊将不可胜言矣。②

正统文学理论承儒家诗学大义,以中和蕴藉、温柔敦厚为极致,自然格外强调情的修为与陶冶,以性治情而论性情。情本于性,才率于气,才情不离乎主体血气。如章学诚所云,乘于血气而入于心知,一任阴阳运使则人纵其情欲而无归,"似公而实逞于私,似天而实蔽于人,发为文辞,至于害义而违道,其人犹不自知也"③,如此任心任情者即为纵乎性灵。

---

① 唐文治:《国文大义》,王水照辑《历代文话》,复旦大学出版社 2007 年版,第 8198 页。
② 法式善:《梧门诗话》卷二,续修四库全书影印稿本。
③ 章学诚:《文史通义》,叶瑛校注,中华书局 1994 年版,第 220 页。

发乎情为人之所通，但能否止乎礼义则必有待于修为，持其情，约其欲，着眼点在于教化，这是儒家思想对中国文学主体素养理论强力干预的产物；此外，不主张一任才情鼓吹性灵，还有一个雅的门槛，意在防范粗疏甚至鄙俗。

论古代文艺思想中的文才尊奉观念

作为文艺创作的核心素养,文才进入审美批评视域之后,迅速成为理论关注的重点,情、气、德、识、学、法等范畴缘附而聚,兼涉先天与后天、个体情性与社会规范、内质与外显形态,其产生的意义集中于保障文才价值的最大化实现。而在对文才如何完善、如何保障、如何表现的观照过程中,文才尊奉观念由此形成。这种尊奉,依照理论演革的基本进程主要体现为以下三点:其一,就禀赋文才、后天人事(古代文艺理论往往称之为"学")相对于创作的地位而言,"才为盟主,学为辅佐";其二,就禀赋文才相对于其他才能不可复制的独到性与不可通约性而言,"诗有别才";其三,就禀赋文才在艺术评量与世俗价值认定之中的分量而言,文才对文士与文体皆有价值升华的意义。文才之所以受到尊奉,其根本原因有二:才为主体性中所有,本源于"天"(自然);才有其能,可以创化。

一、天人价值定位:才为盟主,学为辅佐

以文才为创作根本依托的思想早在汉代就有了萌芽。司马相如论赋,创言"赋心",非此不可有为①。这个"赋心"的本旨指向潜在的灵智,有着本于自然的特征。汉魏之际曹丕《典论·论文》提出"文以气为主",这个"气"与司马相如"赋心"内涵部分接近。二者皆为主体性中所有,对文艺创作有着决定作用,其中包容着文才。杨修论曹植文章"含王超陈,度越数子",其根本在于曹植"体发旦之资""体通性达""受之自然"②,同样是颂扬曹植的才禀。

---

① 刘歆撰,葛洪辑:《西京杂记》卷二,四部丛刊初编本。
② 严可均辑:《全上古三代秦汉三国六朝文》,中华书局1958年版,第757,1098页。

及至魏晋,陆机《文赋》在宣扬"程材效伎"的同时,又以比喻的形式对文才与创作的关系做出了描述:"彼琼敷与玉藻,若中原之有菽。同橐籥之罔穷,与天地乎并育。虽纷蔼于此世,嗟不盈于予掬。患挈瓶之屡空,病昌言之难属。故踸踔于短垣,放庸音以足曲。"①其中提到的"琼敷""玉藻"是自我天赋才华的比喻,它与田野中的菽苗野草一样,具有自然性质。更为主要的是,这段文字中,陆机明确道出了文才与创作之间的根本关联:其所慨叹的自己"不盈于予掬""挈瓶之屡空"的才华,直接导致的就是"昌言之难属"。言外之意就是:如有盛才,则可佳思如流。由此可见,魏晋之际,文才为文艺创作根本的观点已经形成共识。随着魏晋六朝标榜天才时代的到来,文才这种根本性的地位获得了普遍关注,大致体现为以下正反两端。

其一,从正面而言,创作品评与文人的论定,其依据就是文才。魏晋之后,一般文艺批评皆践行"褒贬于才略"②的标准,《文心雕龙》对历代文人的考察,其采取的策略便是着力辨析批评对象的才词、才思、才情、才学、才力、才识情态。又如潘岳、陆机的比较是六朝文坛一个重要话题,钟嵘《诗品》记载了时人的品目:李充以为潘岳"翩翩然如翔禽之有羽毛,衣服之有绡縠,犹浅于陆机";谢混则称"潘诗烂若舒锦,无处不佳;陆文如披沙简金,往往见宝",一重潘岳,一推陆机,各不相能。钟嵘则最终归结于文才较量:"陆才如海潘才如江。"③虽皆有滔滔之势,但百川朝宗,江河入海,优劣答案即在其中。

其二,由反面立论,"才尽"则绝无美句,这从一个侧面揭示了文才的可贵。有关"才尽"的传说中,最为著名的便是"江郎才尽"。这个典故始见于《诗品》,《南史·江淹传》有详细描述:

> 淹少以文章显,晚节才思微退。云为宣城太守时罢归,始泊禅灵寺,夜梦一人自称张景阳,谓曰:"前以一匹锦相寄,今可见还。"淹探怀中得数尺与之。此人大恚曰:"那得割截都尽。"顾见丘迟,谓曰:"余此数尺,既无所用,以遗君。"自尔淹文章踬矣。又尝宿于冶亭,梦一丈夫自称郭璞,谓

---

① 张少康:《文赋集释》,人民文学出版社 2002 年版,第 223 页。
② 范文澜:《文心雕龙注》,人民文学出版社 1958 年版,第 727 页。
③ 陈延杰:《诗品注》,人民文学出版社 1961 年版,第 26 页。

淹曰:"吾有笔在卿处多年,可以见还。"淹乃探怀中得五色笔一以授之。尔后诗绝无美句。时人谓之"才尽"。①

围绕这个事典,引发了历代关于江淹是否才尽的不同论辩。如果说相关讨论拘泥于就事论事,那么站在更高视点反思则可以发现:类似传说之所以恰恰在文艺重才思潮大兴的六朝之际产生,它隐含了文艺创作关乎才、决定于才、才乃天赋不可勉强等对文才的崇拜心理。才与文艺审美之间的因果通过如此确凿不疑的反证得到进一步强化。

与才相关话题在魏晋六朝的兴起,是以两汉人伦识鉴重才、汉魏人性自觉为基础的。其时文艺理论聚焦文才,视之为文艺主体的根本素养,有着标榜"性中所有"地位的强烈诉求。而文才如此的地位,不仅仅以这种直接礼赞的形式确认,更为核心的则是在"性中所有"(天、自然)与后天人事的对比中得到彰显。司马相如的"赋心"就是相对于"赋迹"而言的,"赋迹"指向"合綦组以成文,列锦绣而为质,一经一纬,一宫一商"的外在形貌,凡是文人通过习练皆可谙熟,但"赋心"却不可凭借"赋迹"而拥有②;曹丕论"气",也格外宣示其"不可力强而致"的特性③。以上相关认知至《文心雕龙·事类》得到了系统的理论升华:

> 夫姜桂同地,辛在本性;文章由学,能在天资。才自内发,学以外成。有饱学而才馁者,有才富而学贫者。学贫者,迍邅于事义;才馁者,劬劳于辞情:此内外之殊分也。是以属意立文,心与笔谋。才为盟主,学为辅佐。主佐合德,文采必霸。④

后世文艺理论言"才""学",视之为天人关系之中天赋与人事的代表。而天与人的关系在审美理论中的定位便是"才为盟主,学为辅佐"。中国传统文艺理论建立在天人视域之下,天人合一是艺成的手段,也是审美的目的、终极的理念、最高的境界:主体的素养兼善天人;文机的涵育思接天人;创作的过程

① 李延寿:《南史》,中华书局 1975 年版,第 1451 页。
② 刘歆撰,葛洪辑:《西京杂记》卷二,四部丛刊初编本。
③ 曹丕:《典论·论文》,严可均辑《全上古三代秦汉三国六朝文》,1098 页。
④ 范文澜:《文心雕龙注》,人民文学出版社 1958 年版,第 615 页。

贯彻天人;作品的完成备极天人。也就是说,文艺创作之中,必须实现才学的"主佐合德"方可"文采必霸"。但是,就基本的审美规则而言:可变者人,不能者天,人事可以尽其极致,却无法实现与天的冥合并超越天的地位。这不仅意味着创作之中学必须归依于文才的辖制熔铸方可成用,而且更为主要的是:

其一,人力可为,但必须以天为前提。对文艺创作的主体素养涵育而言,所谓人力问题是必备文才这个前提之下讨论的内容。《文心雕龙·情采》称:"铅黛所以饰容,而盼倩生于淑姿;文采所以饰言,而辨丽本于情性。"①文饰当然有益于诗文,但必须建立在具备如此"情性"的基础之上;就如同化妆可以美化面容,但只有具备一定的姿容,才能通过化妆倍显风韵。明际钟惺提倡"灵厚",灵为性灵才禀,厚指学问造诣。他以为"从古未有无灵心而能为诗……而灵者不即能厚",有才者尽乎人力沉浸经籍是文道必然,但他随后下一转语:"然必保此灵气,方可读书养气,以求其厚。"②李渔又以禾苗与粪壤的关系论之:"才犹禾苗,读书犹粪壤,粪其田而使熟者,读书也,才之种子不与焉。无才而诵读,读之既成,亦不过章句儒生而已矣。"③种子禾苗是根本,无此根本则粪壤无用武之地。

不仅如此,文才的本量还决定着人力所能抵达的程度。如上所论,具备天资者如果于创作尚欠领悟,自然可以因学以扩充、启发。不过创作实践中往往出现以下情形,就如同登山,有人"攀跻峻绝,不为不力",却"崇巅咫尺不能到也",功败垂成,原因只有一个:"受才之有限也。"④天人才学的关系亦然:"学虽黾勉,而天分或不能及,皆所谓小乘而未能底于大成也。"⑤就文艺创作而言,有天分的文人如果没有学力辅助断不能成家,但很多人只看到这一层,进而以为勤勉刻苦、孜孜以求便可以勤能补拙。事实上,这个励志格言,对审美创作来说仅仅是勉人以尽人事、防止空滑蹈虚的策略,人虽有为,"特患天分已先限

① 范文澜:《文心雕龙注》,人民文学出版社1958年版,第538页。
② 钟惺:《与高孩之观察》,《翠娱阁评选钟伯敬先生合集》卷七,续修四库全书本,第1371册,第433页。
③ 李渔:《吴念庵采芝像赞》,《李渔全集》第1册,浙江古籍出版社1992年版,第109页。
④ 宋濂:《文宪集》卷七,影印文渊阁四库全书本。
⑤ 邵经邦:《林白石先生文集序》,吴文治主编《明诗话全编》,江苏古籍出版社1997年版,第2955页。

之,即此事终悬隔耳"①。清人这个论断,正是就人力限度而言的。

其二,文艺创作的价值评量也决定于其所呈现的天人才学的分量。如刘禹锡论文所称:"心之精微,发而为文,文之神妙,咏而为诗。犹夫孤桐朗玉,自有天律。能事具者,其名必高。"②又曰:"五行秀气得之居多者为俊人。其色溢于颜间,其声发而为文章。天之所与,有物来相。彼由学而致者,如工人染夏以视羽畎,有生死之殊矣。"③所谓"天律""能事""五行秀气""天之所与",皆是就才而言。惟有得于天者方能不可企及,因才而得者与由学而致者有生死之别。宋人对此领悟更为深刻具体,吴泳曾说,如无才赋,"则虽穷日诵五十卷,援笔书数百言,殆如跛羊上山,盲龟入谷,终不能望其至也"④。又如梁章钜曾有一个"李(白)诗不可不读而不可遽学"的观点,论其缘由,他引李文贞之论道:"他天才妙,一般用事用字,都飘飘在云霄之上。此人学不得,无其才断不能到。"⑤古人在李白能否学习问题上所达成的共识,以及杜诗家置一编的流行,是对"人可近而天难及"的生动说明。李杜优劣论虽然历代文人置辩滔滔,不能相服,但由"才为盟主"臆度,则这个公案并非无解。

概而言之,文艺不废人工,而仅有人工却不能抵达极境;从才学关系而言,尽管文艺不可无学,但文艺的根本实不在于学;从才法关系而论,文艺尽管成于法度,但其妙又不在于法度。文艺主体的素养系统之中,才为盟主,这是中国文人在漫长创作实践与批评实践中得出的共同结论。

二、本体性质确认:诗有别才

别才论诞生于强化文艺审美之才独到性质的语境之下。从魏晋开始,以才论文论艺已经相当普遍。但是,才毕竟是一个从人伦识鉴与哲学中演化过来的范畴,具有全方位的指涉性,文才在这样浑然的运用之中很难体现出其独到的特质。而后世一些学者融诗文、学术于一体,将学术之才的适用范围扩

① 李重华:《贞一斋诗话》,丁福保辑《清诗话》,上海古籍出版社 1963 年版,第 932 页。
② 刘禹锡:《唐故尚书主客员外郎卢公集证》,瞿蜕园《刘禹锡集笺证》卷十九,上海古籍出版社 1989 年版,第 505 页。
③ 刘禹锡:《唐故衡州刺史吕君集纪》,瞿蜕园《刘禹锡集笺证》卷十九,第 508 页。
④ 吴泳:《东皋唱和集序》,《鹤林集》卷三十六,影印文渊阁四库全书本,第 1176 册,第 354 页。
⑤ 梁章钜:《退斋随笔》,郭绍虞辑《清诗话续编》,上海古籍出版社 1983 年版,第 1974 页。

大，造成不同领域之才个性特征的遮蔽，由此也引发了创作之中以学为诗等弊病。无论文才、史才、治才抑或刑名、杂艺之才，皆出自禀赋，那么这些不同的才华是否可以相通？文才本体性质的确认，由此纳入了文艺理论视野。事实上，从司马相如的"赋心"并非人人具备，乃是"得之于内，不可得而传"者①，至曹丕所谓禀气清浊有体、不可移易，已经隐含了有关文才独到品质的基本见解。

以此为基础，六朝齐梁时期，颜之推等通过对毫无文才者附庸风雅所下的针砭，将理论思考指向了文艺创作、学术研讨所需主体才华的差异。《颜氏家训·文章》篇云：

> 学问有利钝，文章有巧拙。钝学累功，不妨精熟；拙文研思，终归蚩鄙。但成学士，自足为人；必乏天才，勿强操笔。吾见世人，至无才思，自谓清华，流布丑拙，亦已众矣，江南号为"詅痴符"。近在并州有一士族，好为可笑诗赋，诮击邢、魏诸公，众共嘲弄，虚相赞说，便击牛酾酒招延声誉。其妻，明鉴妇人也，泣而谏之。此人叹曰："才华不为妻子所容，何况行路。"②

学问有道，能够沿依其径路孜孜不倦，虽未必期于大成，却能够臻于精熟。但是文艺创作则不然，如果本身无其才调，虽研思终身也只能归乎"蚩鄙"。"必乏天才，勿强操笔"是善意的规劝，是对文才的仰视，更是对文才独到本体性质的阐发。钟嵘《诗品序》中也明确讥讽堆垛卷轴者的创作为"自然英旨，罕值其人""虽谢天才，且表学问"。意思是说，其展示学问的本领越突出，越表明这些所谓的诗人缺乏诗歌创作所必需的"天才"。这种天才具化为吟咏性情、具化为直寻，而不是"文章殆同书钞"③。

任昉、沈约诗笔之辨（"诗笔"即当时"文笔之辨"的"文笔"）所涉及的文才讨论，则将这个话题进一步引向深入。《南史·任昉传》称："（昉）既以文才见知，时人云'任笔沈诗'，昉闻甚以为病。晚节转好著诗，欲以倾沈（约），用事过

---

① 刘歆撰，葛洪辑：《西京杂记》卷二，四部丛刊初编本。
② 王利器：《颜氏家训集解》卷四，中华书局 1993 年版，第 254 页。
③ 陈延杰：《诗品注》，人民文学出版社 1961 年版，第 4 页。

多,属辞不得流便。自尔都下士子慕之,转为穿凿,于是有'才尽'之谈矣。"①任昉博学,王僧孺比之为董仲舒与扬雄,虽其应用文体写作甚为出众,但才长乎"笔",诗才非其能事,因而作诗用事过多,后为钟嵘所讥讽。此处的"才尽",恰恰说明作诗没有独到的,甚至与一般程式化写作之才迥别的才赋为依托,即使学富五车也不足以弥合这种本然的缺陷,以此强争盛名,正近乎缘木求鱼。

到了宋代,文才独到品质的理论界定问题在文艺批评中获得了更为广泛的观照,并形成了诗歌创作"别有炉鞲"说、"词别是一家"说、文艺作品的体骨不可学而得、文人有其独到情性等理论成果②。吴泳甚至将禅学术语纳入了文才说明:"学诗者须是有夙根。"③严羽"别才"论的出现由此水到渠成:

> 诗有别材,非关书也;诗有别趣,非关理也。然非多读书多穷理则不能极其至,所谓不涉理路、不落言筌者上也。④

就基本性质而言,"别才"自然脱离不了作为才统一特征的天赋性,所以明代张大复曾说:"严沧浪论诗,谓有别才别趣,非关学与理,夫岂不然?乃不知所以别者何也。曰:天也。"⑤但是,这个"天"在强调文才本源的同时,更多指向的是文才的别有内蕴:吴泳以"夙根"喻别才,视之为创作能够"即声成文,脱然颖异于众"的资本,而"夙根"并不抽象,它是与"有记魄""有吟骨""有远心"融为一体的心智系统⑥。张大复则在以"天"论"别才"之"别"的同时专门指出:"性偏至则奇,读书自得则其言联骈而不可止,此天下之大凡,非人力所与也。"其指向同样是文士所独有的、与文艺审美性创作需要契合的心理结构,它包容着主体的性情、志趣以及学能自得的优异与创造联想的偏长等等。

别才说出现之后,文才的独到性得到理论界广泛的认可,同样的内涵出现了很多别样表达:或道"圣胎"。冯梦桢称:"文须有圣胎始得。"⑦或喻为"造化

---

① 李延寿:《南史》卷五十九,中华书局1975年版,第1451页。
② 参阅《风月堂诗话》卷上、李清照《词论》、王柏《汪功父知非稿》、楼昉《过庭录·文字》。
③ 吴泳:《东皋唱和集序》,《鹤林集》卷三十六,影印文渊阁四库全书本,第354页。
④ 郭绍虞:《沧浪诗话校释》,人民文学出版社1961年版,第26页。案:较早的版本是"非关书也",明清开始多被写作"非关学也"。又,古代"才""材"相通。
⑤ 张大复:《城南唱和诗序》,《梅花草堂集》卷一,续修四库全书本,第1380册,第292页。
⑥ 吴泳:《东皋唱和集序》,《鹤林集》卷三十六,影印文渊阁四库全书本,第354页。
⑦ 张大复:《顾仲从近义序》,《梅花草堂集》卷二,续修四库全书本,第321页。

为胎"，李渔论才："造物之产灵芝，与生人中之异才等。草木之有根者，人人得而植之，芝则无根之物，其生也，莫知其然而然，犹凤凰之无卵可哺，麒麟之无胎可娠，盖以天地未卵而造化为胎者也。"①或道"孔窍"。王思任激赏倪鸿宝的文章面貌独具，因而揣度："其人甚平，其思甚怪，吾每度其肠，必有九嶷转回，三峡倒流之景。度其肺肝，如五岳真形，紫莲花盖。仰度其容纳傅度之官，必另开一蕊宫林屋，笙箫缥缈。而度其心肾之交，则火藻焰天，玄池浴日，不敢迫视者也。"由此得出结论："其孔窍自别。"②进而又名"禀才自异"者为"异眼别肠"③。或道"诗种""佛性"。如方南堂云：

> 未有熟读唐人诗数千百首而不能吟诗者，未有不读唐人诗数千百首而能吟诗者。读之既久，章法、句法、用意、用笔、音韵、神致，脱口便是，是谓大药。药治不效，是无诗种，无诗种者不必学诗。药之必效，是谓佛性，凡有觉者皆具佛性，具佛性者即可学诗。④

以上表达有一个共同的特征：皆围绕生命体的性质或其构成展开，其间楔入了佛家因果承传的言说路数，以表现文才稳定、本然、不假人力的禀赋性为旨归。冯友兰则通过先天与后天的对比，非常通俗地说明了文才的独到性、别有性：

> 与才相对的是学。一个人无论在哪一方面底成就，都靠才与学两方面，才是天授，学是人力。比如一个能吃酒底人，能多吃而不醉。其所以能如此者，一方面是因为他的生理方面有一种特殊的情形，又一方面是因为他常常吃酒，在生理方面，养成一种习惯。前者是他的才，是天授；后者是他的学，是人力。一个在某方面没有才底人，压根不能在某方面有所成就；无论如何用力学，总是徒劳无功。……例如学作诗，旧说："酒有别肠"；"诗有别才"。此即是说，吃酒作诗，都靠天生底才，不是仅靠学底。我们看见有些人压根不能作诗。他可以写出许多五个字或七个字底句

---

① 李渔：《吴念庵采芝像赞》，《李渔全集》第 1 册，浙江古籍出版社 1992 年版，第 109 页。
② 王思任：《倪鸿宝制艺序》，《谑庵文饭小品》卷五，续修四库全书本，第 1368 册，第 231 页。
③ 王思任：《雪香庵诗集序》，陆云龙辑《翠娱阁评选皇明小品十六家》，浙江古籍出版社 1996 年版，第 657 页。
④ 方世举：《方南堂先生辍锻录》，郭绍虞辑《清诗话续编》，上海古籍出版社 1983 年版，第 1937 页。

子,平仄韵脚都不错,他可以学新诗人写出许多短行,但这些句子或短行,可以一点诗味都没有。这些人即是没有诗才底人,他无论怎样学诗,我们可以武断地说,他是一定不能成功底。另外有些人,初学作诗,写出底句子,平仄韵脚都不合,而却诗味盎然。这些人是有诗人才底人,他有希望可以成为诗人。①

以上所论"独有"或者"别有",属于文学创作的素质概言。事实上,几乎每一文体都面临着更为具体的"别才"讲求。以词而言,李渔就将能够填词作曲者称为"填词种子",并称:"填词种子,要在性中带来,性中无此,做杀不佳。"李渔极为推崇这种素养,以之为"天授""夙慧"。无此本领,即使描龙绣凤也是"半路出家",不能"成佛作祖"②。张芳则明确提出了"词有别才"③。而刘熙载通过北曲名家白朴、马致远、关汉卿所制之曲"圆溜潇洒、缠绵蕴藉",也径直得出了这样的结论:这些名家,于制曲"固若有别材也"④。

从综合诸学论才到文才从中离析,从文艺创作需要"别才"到文艺诸体与不同"别才"的对应:"文才"通过"别才"论在理论上获得了与泛化之才不同的独到身份界定,而"别才"论通过与具体文体的对接,不仅实现了"文才"的理论认知深化,也在一个更为深广的层面上宣示了文艺创作之中文才不可动摇的地位。

三、审美效用拓展:文士与文体价值的升华

文才的尊奉又表现为其于文士及文体有着显著的升华意义:就文人身价而言,天事优者往往会获得更多的青睐,才子崇尚由此形成;具体到文体来说,能以才论者即可获得文体地位的提升,清代文人以"才子书"命名小说等体便是这种意识的体现。

其一,欲提升某一类文人的身价,根本的手段就是以才品目,或径直命之为"才子"。"才子"论文初兴于六朝,随后风行。早期有关才子的传说往往与

---

① 冯友兰:《新世训》,《中国现代学术经典·冯友兰卷》,河北教育出版社1996年版,第402页。
② 李渔:《闲情偶寄》,《中国古典戏曲论著集成》第7册,中国戏剧出版社1959年版,第25页。
③ 聂先、曾王孙编:《百名家词钞》"万卷词"引,续修四库全书本,第1722册,第138页。
④ 刘熙载:《艺概》,《刘熙载文集》,江苏古籍出版社2000年版,第151页。

帝王相关,如南朝梁武帝曾分别赞誉萧子显以及到溉、到洽、到沆等为"才子"①,原因正是其赋诗工美。孟棨《本事诗》则记载了如下一个有关唐玄宗品诗的著名故事:

> 天宝末,玄宗尝乘月登勤政楼,命梨园弟子歌数阕。有唱李峤诗者云:"富贵荣华能几时?山川满目泪沾衣。不见祇今汾水上,惟有年年秋雁飞。"时上春秋已高,问是谁诗,或对曰李峤,因凄然泣下,不终曲而起,曰:"李峤真才子也。"又明年,幸蜀,登白卫岭,览眺久之,又歌是词,复言"李峤真才子",不胜感叹。②

此处的才子之品,是就诗作具有对欣赏者情感的穿透力而言的。其间帝王携其无上权威表达的钦仰,就如同对文人尊贵而隆重的加冕。其以"才子"对文人的揄扬通过权势的放大迅速形成大众价值评判的标准,富有才华的文人由此跃升为历代舆论称说与大众景仰的对象。后世批评以才子为目,由此便多有抬高身价的用意,如元代为人贱视的曲子相公们自道"书会才人",显然有着如此的诉求。金圣叹论施耐庵,每每以"才"及"才子"相许,其用意正在于提醒世人:不可因其演述小说而轻视!如第二十六回回评:"呜呼!耐庵之才,其又岂可以斗石计之乎哉!"③第十一回文评:"文笔神变非常,真正才子也。"④第三十二回回评:"写朱、雷两人各有心事,各有做法,又各不相照,各要热瞒,句句都带跳脱之势,与放走晁天王时,正是一样奇笔,又却是两样奇笔,才子之才,吾无以限之也。"⑤皆从非同小可、不同寻常之能论才子的眼界、心识与笔力,而非只言片语、斗筲之器便妄加才子嘉号。于是施耐庵、董解元等便获得了与庄子、屈原、司马迁、杜甫这些震烁古今的大文豪相提并论的资格:

> 知古人之作书以才,则知诸家皆鼓舞其菁华,览者急须搴裳去之,而不得挦拾齿牙以为谈言之微中也。……夫古人之才也者,世不相延,人不相及。庄周有庄周之才,屈平有屈平之才,马迁有马迁之才,杜甫有杜甫

① 姚思廉:《梁书》,中华书局1973年版,第512、404页。
② 孟棨:《本事诗》,丁福保辑《历代诗话续编》,中华书局1983年版,第11页。
③ 金圣叹评:《水浒传》,北京燕山出版社1995年版,第282页。
④ 金圣叹评:《水浒传》,北京燕山出版社1995年版,第133页。
⑤ 金圣叹评:《水浒传》,北京燕山出版社1995年版,第235页。

之才,降而至于施耐庵有施耐庵之才,董解元有董解元之才。①

小说作家、戏剧作家之所以同样不同凡响,根本就在于其富于文才,在于其同为才子。天花藏主人欲表彰才子佳人小说创作者的卓越,其手段别无二致。《平山冷燕序》云:"天赋人以性,虽贤愚不一,而忠孝节义莫不皆备,独才情则有得有不得焉。故一品一行,随人可立;而绣虎雕龙,千秋无几!"②"绣虎雕龙"是才子的美号,可以列名其中者屈指可数。相比之下,倒是修行立品的道德之士成就起来并非难事! 其"千秋无几"的慨叹中因此沉淀了富有文才者无限的傲睨与矜夸。

其二,欲提升某一文体的身价,路径也是将其与才和才子建立关联。小说戏文与诗文相比,一直为历代正统的文艺观念所贱视。明末清初一班性灵思想浓厚的文人开始为小说等正名,其主要手段便是从称谓与理论上将小说戏文与才挂钩。他们以才作为小说戏文的批评核心,以才子论小说戏文的作者,以"才子书"推许那些通俗小说及戏文。其肇始者为金圣叹,他以"六才子书"分别命名《离骚》《庄子》《史记》《杜诗》《水浒传》《西厢记》。施耐庵、董解元既然可以与屈原、司马迁、杜甫等齐名,那么他们的创作——作为通俗小说、戏文的《水浒传》《西厢记》自然可以与《离骚》《史记》《杜诗》同垂青史。因此金圣叹以极大的热情完成了第五、第六才子书《水浒传》《西厢记》的评点,其开创性的工作直接引发了通俗文学之中才子书评点的风尚,诸如《三国演义》《玉娇梨》《平山冷燕》《好逑传》《白圭志》《花笺记》等,随后被分别冠之以"第一才子书""第二才子书""三才子书"和"四才子书""天花藏七才子书""第八才子书"等等名目。而这种审美识力直接的贡献便是有力提升了通俗文学创作与批评的地位:

> 清初通俗小说评点为表现才学而呈现出文学理论化的倾向,对小说作者和小说读者则也以"才子"相期许。因此,在评点者眼中,才子书概念是一个立体复合的构成:不仅要求作者是才子,……评点者也要是才

---

① 金圣叹:《水浒传序一》,朱一玄、刘毓忱辑《水浒传资料汇编》,南开大学出版社2002年版,第209页。

② 丁锡根编:《中国历代小说序跋集》,人民文学出版社1996年版,第1244页。

子，……还寄希望读其书者也应是才子。①

通俗小说因为出自才子，以才创作，以才赏评，因此也便实现了这种文体世俗价值的重新定位。

不仅如此，一些才子书的内容在敷衍才子佳人故事的同时，还编织出一个有才有色有情、如诗如画如梦的文人理想世界，在文才与理想兑现之间建构了一种令人向往的因果叙事。② 才子佳人的绮艳之梦、才貌双全珠联璧合的人间佳偶之梦等等，通过小说的世俗普及、文学与社会的互动由此广泛进入现实大众的人生期待。而期待者慰情聊胜于无的冥想憧憬，又无不建立在对文才的敬仰以及对才子身份热切的渴望之上。

四、尊奉原因探析：才源于"天"、才可创化

文才之所以受到尊奉，是与才的性质密切相关的。《说文》云："才，草木之初也。从'｜'上贯'一'，将生枝叶也；'一'，地也。"段玉裁注云："引申为凡始之称。"又云："'一'谓上画也，将生枝叶谓下画。才有茎出地而枝叶未出，故曰将。草木之初而枝叶毕寓焉，生人之初而万善毕具焉，故人之能曰才，言人之所蕴也。"③结合以上说明，所谓才，本意是一个时间概念，由于它代表着初始、方将，孕育了未来的走向，因而也就成为本然蕴涵、出于自然的代名词，与"性"的意义吻合，此为"才性"；由于这种资质、禀赋和未来的造就关系密切，所以才之中也便有了"能"的含义，此为"才能"——当然，这种"能"准确而言是一种潜能。性、能二者，言说虽可以拆分，实则呈示为一体。具体而言：

（一）才为性中具备，如得自"天"（自然）；自然之具，人力不能更定。

其一，性中具备，如得自"天"（自然）。文才天成性成，他人不能效法，古代审美批评往往将其直接与"天""性"贯通。早在西晋时期，陆云即以"天中才亦少"论崔君苗④。魏晋六朝之后，历代文艺品评多承此道，或言"自恃生知，不由

---

① 向芃：《才子书与才情论》，《明清小说研究》2008 年第 2 期。
② 参阅马晓光：《天花藏主人的"才情婚姻观"及其文化特征》，《中国人民大学学报》1998 年第 2 期。
③ 段玉裁：《说文解字注》，上海古籍出版社 1988 年版，第 272 页。
④ 陆云：《与平原书》，《陆士龙集》卷八，四部备要本。

师授"①；或言"天付上才，必同灵气"②；或曰"天与其性，发言自高"；或曰"天机"③；或如钟嵘、颜之推直言"天才"。以上诸论，皆表达了文才"天机云锦自在我"的禀赋性：它本于自然赋予，关乎血气，一如越女论剑："妾非受于人也，而忽自有之。"袁枚陈其所以："夫自有之者，非人与之，天与之也。"④

其二，自然之具，人力不能更定。所谓"自然"之具，在强调天所赋予的同时，也在强调人工于其本然无能为力，天的不可动摇就是通过人力的无可奈何体现出来的。这种人力的无奈主要表现为：天所设定者人力不可更改。西晋之际，葛洪已经非常清晰地阐发过这个道理。他自道早岁喜作诗赋杂文，并自觉可以流行于当代；至弱冠详览，却觉得多不称意。他反思这种态度的变化原因，特别指出"直所览差广，而觉妍媸之别"，但"天才未必为增也"⑤。后人言及审美创作的人事一维，往往集中于学习，学非无益，但却于天赋分量的增减无助，此即"凫鹤之质自然，胡能损益？姜桂之性素定，岂可变迁"⑥！由此而言，积以时日、黾勉以为与文才本然便呈现为如下关系："诗者是人性灵浮动英妙之物。禀上振（疑误）者，恣取无禁；滞凡思者，一字不能。初非缘境为生息，逐年以滋长也。"⑦

"天"是具有统摄、包举与垂视君临意味的抽象，附丽了权力结构的世俗映射。在中国文化的价值评估系统里，但凡与"天"相关者皆具有超凡的地位，由此也成就了文才这种如天馈赠、难以苟得甚至历世难逢、可遇不可求的稀缺性，使之成为历代舆论尊奉的对象。

如此以"天"描述文才并非历代文人刻意的攀附。事实上，正如《文心雕龙·原道》对人道的赞扬："仰观吐曜，俯察含章，高卑定位，故两仪既生矣。惟人参之，性灵所钟，是谓三才；为五行之秀，实天地之心。心生而言立，言立而

① 释彦悰：《后画录》评语，王伯敏等辑《画学集成》（六朝—元），河北美术出版社 2002 年版，第 51 页。
② 裴敬：《翰林学士李公墓碑》，《李太白全集》卷三十一附录，中华书局 1977 年版，第 1470 页。
③ 皎然：《诗式》，何文焕辑《历代诗话》，中华书局 1981 年版，第 29、32 页。
④ 袁枚：《赵云松瓯北集序》，《袁枚全集》第 2 册，江苏古籍出版社 1993 年版，第 488 页。
⑤ 葛洪：《抱朴子外篇自叙》，杨明照《抱朴子外篇校笺》下册，中华书局 1991 年版，第 695 页。
⑥ 杨亿：《武夷新集序》，祝尚书编《宋集序跋汇集》，中华书局 2010 年版，第 75 页。
⑦ 李日华：《题项金吾竹君诗草》，吴文治主编《明诗话全编》，江苏古籍出版社 1997 年版，第 6402 页。

文明,自然之道也。"人因其性灵(性灵即才①)而成就人道,由此可以参赞天地,成就三才。能够成为人参赞天地的根本条件,才如何不尊?

（二）才有其能,可以创化。才表示主体源自禀赋之性的一种潜在优长,在后天人力的济助下,这种优长存在转化为独到之能的潜力,因此才具有对主体未来发展趋势的引领、支持作用。才有其能的思想在《尚书·金縢》所谓"多材多艺,能事鬼神"的文字中就有了较为明确的表达,孔颖达直疏"材艺"为"材力""艺能"②,有力量与有技艺在农业文明时代皆为"能"的范围。至《论衡·书解》已经从理论上概括出了"人材有能"这一论断③,刘邵《人物志》则专设"材能"一篇讨论才之所能与才之所宜。

就文才而言,其所能的核心体现于创化,彰显为虚灵的特性。唐代张怀瓘《评书药石论》以文学创作比附书法之道,将这种才之所能的潜质视为创造的基础:

> 假如欲学文章,必先览经籍子史。其上才者,深酌古人之意,不拾其言,故陆士衡云"或袭故而弥新",美其语新而意古。……其下才者,模拓旧文,回头易尾,或有相呈新制,见模拓之文,为之愧赧。其无才而少学者,但写之而已。④

有上才者虽学习古人,但不照录古人言语,心裁独出;无才者只有"写之而已"了。"写"与"作"对应,古人观念里,作者为圣,才与作的关系,就是文才与创化的关系;而具备文才者由此便有了臻乎圣贤的地位,如何不尊?元代李治《敬斋古今黈》则记载了以下一段精彩的论辩:

> 坐客谈诗,或曰必经此境,则始能道此语。余曰不然。此自其中下者言之。彼其能者则异于是。不一举武,六合之外,无不至到;不一挨眼,秋

---

① 吴林伯《文心雕龙义疏》论本节文字:"才,亦曰'性',故称资禀之灵慧曰'性灵'。"武汉大学出版社 2002 年版,第 14 页。

② 孔安国传,孔颖达等疏:《尚书》卷十三,中华书局 1980 年缩印阮元校刻《十三经注疏》本,第 196 页。

③ 黄晖:《论衡集释》,中华书局 1990 年版,第 1154 页。

④ 陈思辑:《书苑菁华》卷十二,影印文渊阁四库全书第 814 册,第 120 页。案:龚鹏程曾引本节文字考察古代以才论艺,所论也涉及了文才的创造性。参阅《中国文学批评术语丛刊:才》,台湾学生书局 2006 年版,第 44 页。

毫之末,无不照了;是以谓之才。才也者,犹之三才之才,盖人所以与天地并也。使必经此境能道此语,则其为才也狭矣。子美咏马,则云"所向无空阔,真堪托死生",子美未必曾跨此马也;长吉状李凭箜篌,则云"女娲炼石补天处,石破天惊逗秋雨",长吉岂果亲造其处乎? 惟其不经此境,能道此语,故子美所以为子美,长吉所以为长吉。①

钱锺书对此语非常赞赏:"李氏考据家解作此言,庶几不致借知人论世之名,为吠声吠影之举矣。"②凡事能"经"之、"更"之自然值得提倡,但文艺创作不是历史考据,要创造就必须具备"其为才也非狭"的质地,凭依其才思的飞扬。文才可以创化,能够打破时空的拘束、沟通异想天开的境界,如何可以不尊?

文才的禀赋性、虚灵创化性是古代文艺理论的共识,中国文人以此验证作家——尤其诗人(明清以后又多含小说家、剧作家)身份、品目审美创作层级、探究风体变化的本源力量,在天事引领之下考量调整人事的参赞路径,形成一个极为成熟的文才思想理论体系,体现了鲜明的中国美学精神。与此相较,如今文艺创作以新媒介影响下的扩容拓边为由,不论文才根基而率意操觚,毁弃文艺创作门槛的同时,也对文艺的自身面目造成巨大伤害。此外还有作家宣称"当代最好的文学也许是批判",并预言文学批评可能成为文学的一个新的体裁高峰③。这种思想忽略了文才的本然指向,艺术审美范畴的文学是文才创造的对象,其源自创化的本质与以识理为根基的批评判然二物。如此视学术为文学,既体现了当代文人数字化时代面对海量信息的秩序化期待,也暗示了作家隐蔽的自信力动摇。有鉴于此,传统文艺理论中的文才尊奉思想值得我们重新审视、继承与发扬。

---

① 李治:《敬斋古今黈》卷十,中华书局 1995 年版,第 133 页。
② 钱锺书:《谈艺录》,中华书局 1984 年版,第 47 页。
③ 韩少功:《想象一种批评》,载《文艺报》2015 年 5 月 6 日第 1 版。

无中生有　机变神化

——论古代文艺美学中的文才创造思想

才有其能的思想衍生于才的基本内涵。《说文》释称:"才,草木之初也。从'｜'上贯'一',将生枝叶也;'一',地也。"①训释是针对篆字之才(接近两横一竖)而言的,"'｜'上贯'一'"的"一"即指"才"字左边的一撇。许慎这一训释成为后世诠解"才"义的基础,金圣叹《水浒传序一》云:"才之为言材也,凌云蔽日之姿,其初本于破荄分荚,于破荄分荚之时,具有凌云蔽日之势,于凌云蔽日之时,不出破荄分荚之势,此所谓材之说也。"②古代才、材相通,初始涵摄着未来,未来对初始有着本然的呼应,草木的生长在这个时段上具有自己内在的能动性。

可见,才的本意是一个时间概念,它代表着初始,定位了初始之际本体的性质,这种初始之际便具有的、不可修正的质性包容着一种主体禀赋之中的潜在优长——当然是相对的优长,无论与他人的外在相较,还是自我不同禀赋的内在比较——在后天人力的激发下这种优长存在转化为独到之能的基础,孕育了突破当下态势的力量,因此才具有对主体未来发展趋势的引领、支持作用。这种合趋势性的力量就是才的涵量,"才的涵量,包含着性能与表现,蕴涵与施展,灵智与风貌"③,所以段玉裁《说文解字注》云:"草木之初而枝叶毕寓焉,生人之初而万善毕具焉,故人之能曰才,言人之所蕴也。"

---

①　段玉裁:《说文解字注》,上海古籍出版社 1988 年版,下同。

②　朱一玄、刘毓忱编:《水浒传资料汇编》,南开大学出版社 2002 年版,第 210 页。

③　周汝昌:《中国文化思想:三才主义》,《当代学者自选集·周汝昌卷》,安徽教育出版社 1999 年版,第 607 页。

　　古人将才有其性命之曰才性，才有其能命曰才能，事实上，才就是"性之所近"①，这种"性之所近"经过后天的人事辅助可以形成能力优长，因此"能"往往被称作"性能"，才具有性与能的统一性。有鉴于此，将性与能割裂而论才便成为一种偏颇意见，早在宋末元初，戴侗对此已经有了批驳。② 而这一点不仅部分前人，即使今人也仍然多有误解。

　　关于才有其能的明确论述，较早见于王充《论衡·书解篇》："盖人材有能。"③东汉后期王逸有"绝人之才者谓之能"的论断④。汉魏之际，刘邵便在其集才性理论大成的《人物志》中专列"材能"一篇，提出"能出于材，材不同量。材能既殊，任政亦异"⑤。

　　"文才"就是文艺之才的概称，是指对于具有才华者而言，其性之所近、才之所能偏于文学艺术，尤其体现于性情之中的感觉敏锐、体察细微、情怀幽远等等素质。魏晋玄学的深刻影响，使得文才之所能获得了以下定位：就创作之中文才的特征而言，其在无与有之间是无，在本与末之间是本，在体与用之间是体，它以虚灵的姿态现身，呈示为无中生有、乘一总万、溯本达末、明体成用。如此虚灵幻化，其美学本质就是从无到有、从愿景到践行、从单一到丰富的创造与机变，彰显出生命力的灵动与有为。在中国古代文才理论思想中，这种文才的创造性以才有所能为基础，通过以下维度获得美学确认：才源血气，循才可以成体；才生文思，极才可以尽变；才易飘扬，骋才可以破缚。

　　当然，"文才"仅仅是后世方便学术研究的指称，尽管"文才"命名古已有之，但古代文艺批评对其表达保持了相当的丰富性，以《文心雕龙》为例，吴林伯义疏即称："本书言人之天赋，或曰才，或曰性，或曰才性，或曰天资，或曰气，或曰才气，或曰元气，或曰分，或曰器分，名异实同。"⑥本文研讨文艺创作，所论

---

　　① 冯友兰认为："才是天生底，所以亦可谓之为性。人之兴趣之所在，即其才之所在，亦即普通所谓'性之所近'。"参阅冯友兰：《新世训》，《中国现代学术经典·冯友兰卷》，河北教育出版社1996年版，第404页。

　　② 戴侗《六书故》卷二十一（党怀兴、刘斌校点，中华书局2012年版）："后世之论浸差，直以知术技能勇力为才，温公有才德之分，程子有才与性异之说，皆失之矣。"

　　③ 黄晖：《论衡集释》，中华书局1990年版，第1154页。

　　④ 王逸：《楚辞》，夏祖尧标点，岳麓书社1994年版，第4页。

　　⑤ 刘邵：《人物志》，梁满仓译注，中华书局2014年版，第90页。

　　⑥ 吴林伯：《文心雕龙义疏》，武汉大学出版社2002年版，第93页。

之才自然属于文才范围,具体论述之中不再刻意标示。

一、才源血气:循才可以成体

所谓体,就是以体裁规范为基础,通过作品呈现的鲜明主体性精神追求与其审美形态,古代文论又称之为体调。

才与体之间有着基本的对应。这种对应关系最早的论述当属于《典论·论文》。曹丕首先通过"清浊有体"的主体差异性得出"文非一体,鲜能备善"的结论。但他没有为体裁偏长的表面现象所局限,继而又以主体禀气之异推演出体调之不同:"应场和而不壮,刘桢壮而不密。孔融体气高妙,有过人者,然不能持论,理不胜词,至于杂以嘲戏,及其所善,扬班俦也。"受到才有偏适特性的影响,不仅体裁,体调也有着内在的偏宜。陆机《文赋》所谓"夸目者尚奢""惬心者贵当""言穷者无隘""论达者唯旷",也是以如此的才性特征对应着如此的审美面目。陆云将这种能够因我之才而成就自我风貌称为"文体成"①,文体成则如孩子骨骼完备,自有其态,这就是体调。当然,从研讨的总体而论,汉魏两晋之际的才体关系论仍以才性与体裁关系的观照为主。

齐梁之际,刘孝绰将曹丕"文非一体,鲜能备善"转译为"属文之体,鲜能周备",但对这个论题的阐释却与曹丕迥异其趣。他首先同样肯定了体的多端:其中有"孔璋词赋,曹祖劝其修令;伯喈答赠,挚虞知其颇古;孟坚之颂,尚有似赞之讥;士衡之碑,犹闻类赋之贬"等体裁之体。有"子渊淫靡,若女工之蠹;子云侈靡,异诗人之则"的风格之体。有"长卿徒善,既累为迟;少孺虽疾,俳优而已"的性质敏迟之体。随之刘孝绰却并未沿着"文非一体,鲜能备善"申说,而是忽下转语:

> 深于文者,兼而善之,能使典而不野,远而不放,丽而不淫,约而不俭,独擅众美,斯文在斯。假使王朗报笺、卞兰献赋,犹不足以揄扬著述,称赞才章。况在庸才,曾何仿佛?②

---

① 陆云《与兄平原书》:"屡视诸故时文,皆有恨文体成耳。然新声故自难复过。"其意即是:文体成则难以变易。

② 刘孝绰:《昭明太子集序》,《梁昭明太子文集》卷首,四部丛刊初编本。

在曹魏之际被视为无可奈何并以之警醒文人不必相轻的体裁难以周备、体貌各有其偏之论,在这里被超越,作者将视野主要投射到苗生于体裁之上的风格体调,并且更为豪迈地确立体调的"兼而善之""独擅众美"为高标。当然,这种境界依托于远非"庸才"所可仿佛的卓越才气。且不论这种集大成式体调成就的可行性,其对文才创构之体调的咏赞,实则预示了才体关系论由才与体裁为主向才与体调关系为主的转型,表明才与体之间的因果已经成为文艺理论关注的核心之一。

及乎《文心雕龙》,则对才如何影响于风体做出了全面而深入的阐释。《体性》篇中刘勰提出了"摹体以定习,因性以练才"①,詹锳先生云"因性以练才"就是顺着自己的性情,学习和自己的个性比较接近的风格,这样来锻炼自己的才能。② 这个解释将"练"释为了锻炼,值得商榷,笔者认为应当解释为"练选",也就是选择。因性以选才看似不通,因为才由天赋,与性、气实则一体,既然一致,就有定性,何劳再选呢? 问题原来在于:人有体性,从而确定了本初之才的可能性,但这仅仅是一种外在认识状态下的事实,并不意味着每个文人对自己的这种方向、定性都有正确客观的把握和体认,于是经常出现一些文人勉强从事于和自己才性限量不相合的创作,追求与自己才性距离较远其至不相能的风格等等。这时,确定自我才性之所宜就显得尤为重要,这个过程就是所谓"练才"。"摹体以定习,因性以练才"就是通过对才性的考量,最终选择符合自我才能的风体。

依照才性创作,最终必然能够体现出与其呼应的风体,这是《文心雕龙》的重要观点,贯穿于本书诸多篇章。

《明诗》云:"若夫四言正体,则雅润为本;五言流调,则清丽居宗。"这仅仅是四言五言一般的要求,而无论四言五言,最终作品所呈现的体貌则决定于主体才性,所以刘勰又说"华实异调,唯才所安",于是"平子得其雅,叔夜含其润,茂先凝其清,景阳振其丽":不同诗人雅、润、清、丽等不同风体的形成,最终归结于各自才性的不同。

---

① 范文澜:《文心雕龙注》,人民文学出版社 1958 年版。后同,不另注。
② 詹锳:《文心雕龙义证》,上海古籍出版社 1989 年版,第 1037 页。

《熔裁》云:"精论要语,极略之体;游心窜句,极繁之体;谓繁与略,随分所好。"又云:"至如士衡才优,而缀辞尤繁;士龙思劣,而雅好清省。"才性不同,形成了二陆繁与清两种不同的审美风貌,所谓"随分所好"之"分",也就是才分。

《才略》总结前代名家成就,以为皆是尽自我之才成自我之体:"魏文之才,洋洋清绮,旧谈抑之,谓去植千里。然子建思捷而才俊,诗丽而表逸;子桓虑详而力缓,故不竞于先鸣……仲宣溢才,捷而能密。"又曰:"张华短章,奕奕清畅……左思奇才,业深覃思……潘岳敏给,辞自和畅"等等。由此延伸,有其才者,无论文笔,皆有其风体之美,此所谓"殊声而合响,异翮而同飞"。《才略》篇赞语又云:"才难然乎?性各异禀,一朝综文,千年凝锦。余采徘徊,遗风籍甚。无曰纷杂,皎然可品。"古人创作之所以皎然可品,原因就在于其成乎面目各异的才性。

至《体性》篇,刘勰则超越了曹丕个体才性与文体风格的简单对应之论,建立起了才性与风体的系统对应关系理论。罗宗强先生即总结称:"刘勰论文章体貌的一个重要特点,便是强调体貌与才性之关系。"[1]刘勰不仅准确揭示了这一思想,还详明论述了才体之间对应的美学机制:

体就是"才气大略",即是主体才能、气质的显象,因此与主体才性气质有着"表里相符"的统一性。从审美创作的流程而言,"情动而言形,理发而文见,盖沿隐以至显,因内而符外"。而向外显象的能力则决定于才、气、学、习:"才有庸俊,气有刚柔,学有浅深,习有雅郑,并情性所铄,陶染所凝,是以笔区云谲,文苑波诡者矣。故辞理庸俊,莫能翻其才;风趣刚柔,宁或改其气;事义浅深,未闻乖其学;体式雅郑,鲜有反其习。"主体才气学习的综合便形成了八种风格体式:典雅,远奥,精约,显附,繁缛,壮丽,新奇,轻靡。尽管这八种风格体式成就于才气学习,但从根本而言,它不能背离才气性情的本然情态:

> 夫八体屡迁,功以学成;才力居中,肇自血气。气以实志,志以定言,吐纳英华,莫非情性。是以贾生俊发,故文洁而体清;长卿傲诞,故理侈而辞溢;子云沉寂,故志隐而味深;子政简易,故趣昭而事博;孟坚雅懿,故裁密而思靡;平子淹通,故虑周而藻密;仲宣躁锐,故颖出而才果;公干气褊,

---

① 罗宗强:《魏晋南北朝文学思想史》,中华书局1996年版,第347页。

故言壮而情骇；嗣宗傲侃，故响逸而调远；叔夜隽侠，故兴高而采烈；安仁轻敏，故锋发而韵流；士衡矜重，故情繁而辞隐。触类以推，表里必符，岂非自然之恒资，才气之大略哉。

就是说，八体及以八体为基础创造的个人体调，其成就的核心力量来源于学、习、才、气，但四者对作品风貌的影响不是一致的：体式尤其作为一般范式的八体由于具有一定的规范性特征，因此可以通过学习基本掌握，但这仅仅相当于获得了一个共性的模糊皮壳；只有源自血气的才力，浸入情志显现为文辞且最终不会背离这种禀赋的约定，体格由此方能逐步清晰化、主体化，因此"才气"方是对主体到底能够成就何种体式风格起决定性作用的因素。所以说才气与风体之间这种对应是"自然之恒资，才气之大略"。曹丕关注到了文学创作之中存在着因血气不同带来的风格规定性，刘勰不仅认同不同人的作品可以体现出不同的面目，并承认其产生的合理性，而且有意提倡这种不同，才性气质由此成为审美品质锻造的内动力。

体调的形成，既是文士于艺术殿堂登堂入室的象征，又是文士造诣的认证——只有成就卓著者的创作方可成其体调。《沧浪诗话》即专列"诗体"一节，其中诸如陶体、谢体、少陵体、太白体、李长吉体、白乐天体等，皆是自成体调的代表。具有才华者成就其体调，与此呼应，"大抵能变化一代之体者，必擅一代之才"①。从主体才性至作品体调，本自血气的才气缘附于体裁，造就艺术风体面貌，这个过程就相当于血气充实骨骼诞育鲜活的生命，正是文才创造性的重要表现形态。

二、才生文思：极才可以尽变

审美意义的创造依托《文赋》所论之"耽思"、《文心雕龙》所论之"神思"，驰骋灵机，淋漓兴会，具体落实于文思。而文思必依赖于文才，这就是才生文思，古代文艺理论中的"才思"范畴便融会了文才与文思之间的这种内在关联。

才生文思的思想在《文心雕龙》研讨才思关系之前已经有了很多隐约论述。《论衡》首发其端，王充将创作数量之繁而速、文章整体圆熟充实、文辞的

---

① 臧懋循：《冒伯麟诗引》，《负苞堂文选》卷三，续修四库全书影印明天启元年臧尔炳刻本。

优美等皆归结于才,一如《佚文篇》云:"文辞美恶,足以观才。"《效力篇》不仅赞许"出文多者才智茂",且将此类文士品为"多力"。而才之所以可以见乎创作的智慧与力量,核心在于有才方备精思。《佚文篇》论东海张霸:"能推精思,作经百篇,才高卓通,稀有人也。"与此相反,《效力篇》云:"少文之人,与董仲舒等涌胸中之思,必将不任,有绝脉之变。"①并举王莽时郭路夜定旧说,由于当时博士为五经章句动辄万言,郭路孜孜以效,结果死于烛下,究其原因就是"精思不任"——自身的才学难以负荷如此的精苦之思。其中文思源自才华的基本意旨已经十分明显。当然,王充论述的范围较广,是学术文史皆在其中的。继而六朝晋宋之际文人对此也多有涉及:

《抱朴子外篇·酒诫》:"才高思远,英赡之富,禀之自天,岂藉外物,以助著述?"

《抱朴子外篇·钧世》:"古之著书者,才大思远,故其文隐而难晓;今人意浅力近,故露而易见。"

《抱朴子外篇·自叙》:"他人文成,便呼快意,余才钝思迟,实不能尔。"②

范晔《狱中与诸甥侄书》:"文章转进,但才少思难,所以每于操笔,其所成篇,殆无全称者。"③

以上资料,但凡论及文才高下,随后之"思"皆与之相契,才高才大者思远,才钝才少者思难思迟,彼此之间呈现为一定的体用、源流关系。

在此基础上,《文心雕龙·神思》实现了才、思关系的明确理论提升。刘勰首先将"才分"思想引入其理论体系:"人之秉才,迟速异分。"才分所决定的正是创作者各自不同的文思形态:或如司马相如、扬雄等穷日积晷、孜孜以求,为思之缓者;或如枚皋、曹植等倚马千言、悬河倒写,为思之速者。值得注意的是,刘勰没有沿依葛洪等人仅从才之大小论思,才大思优、才拙思钝这在当时已经是一个广为人知的基本规律。刘勰选择同样赋有才华的文士入手讨论才思关系,又从其时备受关注的才分迟速切入,实则是将才思关系的研讨引向了深入,即:不仅才之大小影响文思,同样具有文才者才分不同,也同样影响着文

---

① 黄晖:《论衡集释》,中华书局 1990 年版,第 863、581、583 页。
② 杨明照:《抱朴子外篇》,中华书局 1991 年版,第 599、65、695 页。
③ 沈约:《宋书》卷六十九,中华书局 1974 年版,第 1930 页。

思，故云："若夫骏发之士，心总要术，敏在虑前，应机立断。覃思之人，情饶歧路，鉴在疑后，研虑方定。"两种性质的文才，便形成骏发与覃思这两种类型的文思。由此可见，无论文才大小、迟速，最终都直接体现于文思。

就文思而言，其包容异常丰富，不仅兴象激发之际"耽思旁骛，心游万仞""思接千载，视通万里"的联想为文思，而且创作中整体的结构拟制、情意斡旋与要素整合也是文思，《文心雕龙·附会》于此也有论述，明清之交廖燕、金圣叹等释才为"裁布"，本意也在于此。

文思以联想为基础，或为审美预想，或为审美回忆，或为二者融会的审美想象。它忽然自有（不排除此前苦思力索的准备）、倏然突发，其瞬间的领悟与直接激发具有对时空的囊括性与对相关信息的重组能力，这一切的赋形成象已然形成对当下、既定甚至传统情态的突破与超越，是才之创造性的主要呈示状态。这种以文才为基础，经由文思（或径直称之为才思）熔铸的创造可以从以下两个维度理解：

其一，主体极才思则可以尽变化。这一认识早在唐代就已经出现，皮日休《松陵集序》首先确定诗歌与才的关系："诗有六义，其一曰比，定物之情状也，则必谓之才，才之备者，于圣为六艺，在贤为声诗。"随后论称：

> 夫才之备者，犹天地之气乎？气者，止乎一也，分而为四时。其为春，则煦枯发栋，如育如护，百物融洽，醄人肌骨。其为夏，则赫曦朝开，天地如窑，草焦木渴，若燎毛发。其为秋，则凉飔高謍，若露天骨，景爽夕清，神不蔽形。其为冬，则霜阵一栖，万物皆瘁，云沮日惨，若惮天责。夫如是，岂拘于一哉？亦变之而已。

> 人之有才者，不变则已，苟变之，岂异于是乎？故才之用者，广之为沧溟，细之为沟壑；高之为山岳，碎之为瓦砾；美之为西子，恶之为敦洽；壮之为武贲，弱之为处女；大则八荒之外不可穷，小则一毫之末不可见。苟其才如是，复能善用之，则庖丁之牛、扁之轮、郢之斤不足谓其神解也。①

本文所论可以引发变化的才，其本质就是针对创作才思而言。备其文才富其

---

① 皮日休：《松陵集序》，《唐诗纪事》卷六十四，上海古籍出版社 2008 年版，第 964 页。

才思者,于不同体式法度能够自由运用,于时空往还可以游刃伸缩,如同气的舒卷变化。其所结撰的意象、确立的格局、蕴蓄的意义、寄托的情志、塑造的境界由此因文而异,变化无方又灵动鲜活。

　　中晚明时期,心学流行释放出文人们昂扬的个性,"极才尽变"说由此产生。如陈继儒评董太史文章:"行文以古铸今,以我铸古,极其才情神识之所如而曲尽文人之变化。"①陶望龄也称:"古之为文者各极其才而尽其变。"②就诗文创作论极才尽变,正是就尽其才思可以创我体格、成我面目而言。从这个意义说,茅元仪"诗不异乌得而称诗"之论貌似刻意,实则有着其于才思深刻的领悟:"人有性灵,非关授受,心具曲折,岂得准符?凡其所谓同者,皆取象于肤,写形于影,北海所谓学之者俗,似之者死。"③"性灵"非关授受,才思不可能等齐,他们对应的是各自独到的创构,各自皆成其变化。

　　其二,主体极才思则可以"无中生有"。中国文学理论界长期存在着真与伪、实与幻的论争。在诗文词赋领域,由于"诗言志"传统的坚守,虽则成全了修辞立其诚的艺术伦理,但也对文学本然的创造尤其叙事文学的虚构形成了阻滞。诗文循其才思可以于法度、思致、意象、构词、篇体之中尽其诸般能事,唯独情事不能脱离亲力亲为。但这一论调至宋代受到了挑战,当有人强调不亲历便不能摹绘其情态时,陈师道提出了异议。其《书旧词后》载:

　　　　晁无咎云:"眉山公之词盖不更此而境也。"余谓不然,宋玉初不识巫山神女而能赋之,岂待更而境也?④

其中的"更"为"更事"之"更",即谓经验;"境"谓写境、造境。晁无咎以为苏轼之词未曾经验而写,意有贬抑;陈师道回答:宋玉写梦中的巫山神女何曾经验?如果说陈师道尚只是以反证论述文学创作可以凭借审美想象,那么元代李治针对"必经此境,则始能道此语"的反诘则揭示了才人之所以不经验而能妙笔生花的奥秘:"不一举武,六合之外,无不至到;不一挺眼,秋毫之末,无不照了:

---

①　陈继儒:《代门生跋董太史文抄》,《陈眉公集》卷八,续修四库全书影印万历四十三年史兆斗刻本。
②　陶望龄:《徐文长三集序》,《歇庵集》卷四,续修四库全书影印万历乔时敏等刻本。
③　茅元仪:《莆田四子诗序》,《石民四十集》卷十六,续修四库全书影印崇祯刻本。
④　陈师道:《书旧词后》,《后山集》卷十七,影印文渊阁四库全书本。

是以谓之才。才也者,犹之三才之才,盖人所以与天地并也。使必经此境能道此语,则其为才也狭矣。"①虽未曾经验,却心如明镜,烛照幽微,如此悬拟之能以及所绘写的合经验性、合情合理性,便是才思的创造。

三、才尚发露:骋才可以破缚

文才本身具有一种自内向外发散的发露特性,徐桢卿称之为"才易飘扬"②。古人言文才,动曰"才华",其意就在于视才如花,其生命力源自根系,但所成所就的光华必然绽放而出,一如禽鸟珠玉的光辉,故有"夫天予以才,犹卉木有花萼,禽鸟有文采,珠玉有光辉,夫安得遏之使不露"的说法③。才向外所呈现之华,就是才的寄托对象所创生的美质。因此,才的发扬寄托或者对象化的过程就是它的创造过程。这个能够充分发挥才之锋芒的创造过程,是文学新变的根本依托,而新变则意味着对种种束缚壁垒的破除。

纵观文学的流变历程,每每面临着如何从传统与其他强势话语中突围的困境。虽然从六朝开始,"若无新变,不能代雄"之论形成了相当的势力,但面对因袭的传统以及约定俗成的审美习尚,真正的创新委实不易,倒是如下两类人物俯拾即是:其一是自馁者,他们"怵于昔人久定之名,动于今人易售之路",不敢"争奇人魁士所不能致",又不能"自理其喧寂歌哭以挽神鬼人天之所不能夺"④。权衡才识学力,先行自惭形秽,于是只有顶礼他人格调。其二是拘守者,"拾取于先辈,庄守其故物而不思一变,且以变为非"。这类人表面上似乎傲慢,究其底里:"中实有所愧恨,但才不能变。以为吾既不能变,而示人以欲变之意不可,多人以善变之能又不可,不得已而安其旧,以笑天下之变者也。"意思是说,这些人没有"足以变"的才力,故而以不变遮羞,其本质等同于自馁者,亦可谓诛心之论。⑤ 谈迁《石天堂稿序》总结明清之际文坛,曾为以上诸人

---

① 李治:《敬斋古今黈》卷十,刘德权点校,中华书局1995年版,第133页。
② 徐桢卿:《谈艺录》,何文焕辑《历代诗话》,中华书局1981年版,第765页。
③ 王柏心:《蒋节田冰清集遗稿序》,贾文昭《中国近代文论类编》,黄山书社1991年版,第668页。
④ 谭元春:《金正希文稿序》,《谭元春集》卷二十三,陈杏珍标校,上海古籍出版社1998年版,第630页。
⑤ 谭元春:《潘景升戊己新集序》,《谭元春集》卷二十三,陈杏珍标校,上海古籍出版社1998年版,第617页。

造像:"古人善压,今人善跂。"①"跂"含有委曲求全、不敢伸张之意,这个总结形象地描画出了部分文士仰人鼻息的可怜相。

归结无所创造的病根,或在于"不暇自伸其才力精魄"②,或在于"才不能变"③。因此,若要成就不与物共贵的局面,不可避免地要任心循才、发我性灵,从破除传统以及其他"霸权话语"的封堵开局,恃才创新与破缚也便纠缠于一体。综合历代文学批评,其间为才所冲击破除的束缚主要包括以下两类:拟古思潮、宗派。

其一,尚才求新则往往与拟古循守形成冲突,破除传统束缚便成为题内应有之意。如公安派袁中郎的创作,宁为七子之徒摈斥唾骂,也不肯蹈袭古人以掩其性灵、缚其才思,被称为诗中豪杰。袁中郎之所以不为拟古积习掩蔽,原因就在于其富于文才,对文学创作而言,"非有才不足以济变"④。江盈科总结公安派的文学思想也说:

> 诗何必唐?何必初与盛?要以出自性灵者为真诗尔。夫性灵窍于心,寓于境。境所偶触,心能摄之;心所欲吐,腕能运之。心能摄境,即蝼蚁蜂虿皆足寄兴,不必雎鸠、骐虞矣;腕能运心,即谐词谑语皆足观感,不必法言庄什矣。⑤

以性灵为依归,则所重者不是既定格调,而是自我的才情、才气。陶望龄的文学思想与袁宏道等呼应,其《徐文长三集序》先提出"极才尽变"之说,随后又具体论称:"人有一家之业,代有一代之制,其淤隆可手摸而青黄可目辨,古不授今,今不蹈古,要以屡迁而日新,常用而不可敝。"有此才之可极,则可破"文左国而诗初唐"的束缚,避免"方其自喜为新奇之时而识者已笑其陋"的尴尬。⑥公安派文人这种任我才气的豪情随后得到一定的继承,如金圣叹亦称:

---

① 谈迁:《石天堂稿序》,《谈迁诗文集》卷二,罗仲辉校点,辽宁教育出版社1998年版,第133页。
② 谭元春:《金正希文稿序》,《谭元春集》卷二十三,陈杏珍标校,上海古籍出版社1998年版,第630页。
③ 谈迁:《石天堂稿序》,《谈迁诗文集》卷二,罗仲辉校点,辽宁教育出版社1998年版,第133页。
④ 许学夷:《诗源辨体》卷三十,人民文学出版社1998年版,第283页。
⑤ 江盈科:《敝箧集引》,《江盈科集》,黄仁生辑校,岳麓书社1997年版,第398页。
⑥ 陶望龄:《徐文长三集序》,《歇庵集》卷四,续修四库全书影印万历乔时敏等刻本。

从来文章一事，发由自己性灵，便听纵横鼓荡；一受前人欺压，终难走脱牢笼。此皆所谓理之一定，事之固然者也。……世间妙文，本任世间妙手写到；世间妙手，孰愁世间妙文写完？后人固不必为前人描真，前人亦何足为后人起稿？[1]

性灵不是什么玄虚之物，所谓"天地之降才，与吾人之灵心妙智"[2]，可见它与才本来就是相融一体，或见乎性情，或见乎灵智。如此性情灵智，生生不穷，必以此冲决趋奉古人的迷信，文坛才有新新相续的万古常新。

其二，尚才则往往要与宗派龃龉，媚俗、依附于是成为破除的对象。但凡一种文学思想呈现为群体性的共识，群体本身便自然形成主其事而张其帜者、辅其右者、及门而拜服者；理论上彼此有呼应，有补充，有推扬流播，甚至有互相的夸助与扬诩，这个群体也便成了宗派。宗派必有开门立户的思想，而且各自还要秉持、强化甚至采取种种手段维护这种带有自我符号性质的思想，如文必两汉、诗则盛唐之与前后七子，如文当由唐宋循阶而上之与唐宋派，如标榜宋诗传统之与浙派等等。

宗派与流派略有区分：宗派开宗立派，舍我其谁，其建立未必皆源自发端者主观思想的偏执，但信徒们变本加厉强化舍我其谁的局面，便形成了宗派一定的排他性。流派则虽有近似之学，也倾慕彼此之风，其间时有大家发布相关思想，但各自没有刻意的宣扬，没有蓄意的组织，流派的学术意义和影响往往大于现实地位，有的则属于事后追认。与宗派相比，流派没有明显的画地为牢倾向。宗派是派别与其文学主张、文学倾向融为一体的，其纲领的发布者一般就是信徒依附趋奉的教主。对信徒而言，一则秉承其思想，一则依附宗派，二者互为表里。强调才的发露冲决，必然要与宗派统摄、教主权威发生矛盾，摆脱思想的卑服与依附由此便同样不可回避。

如王思任对趋奉历下一派的破除。其《倪翼元宦游诗序》言时人步趋之弊："历下登坛，欲拟议以成其变化，于是开叔敖抵掌之门，莫酷于今之为诗者，

---

[1] 金圣叹：《贯华堂选批唐才子诗》卷六，周锡山编校，万卷出版公司2009年版，第281页。

[2] 钱谦益：《题徐季白诗卷后》，《牧斋有学集》卷四十七，钱仲联标校，上海古籍出版社1996年版，第1563页。

曰如何而汉魏,如何而六朝,如何而唐宋;古也,今也,盛也,晚也,皆拟也。"与其听后人传辗转之法度,何不直接师承李杜?而李杜恰恰不是如此为诗:"李太白一步崔颢语,即不甚为七言;杜子美竟不作四言诗。"这不是一般意义鄙视拟效,乃是"各任性情之所近,无乐乎为今诗而已",即从事乎才性所近,同时也不愿意追随时流。诗本就出于自我的心领神会,"人之诗也,与己何与"?但能"诗以言己",任我性情任我才性,何必趋奉历下派系?[①]

如钟惺对趋奉公安一派的破除。其《问山亭诗序》论当时宗派习气:"今称诗,不排击李于鳞则人争异之,犹之嘉隆间不步趋于鳞者人争异之也。或以著论驳之者自袁石公始,与李氏首难者楚人也。夫于鳞前无为于鳞者,则人宜步趋之;后于鳞者人人于鳞也,世岂复有于鳞哉?势有穷而必变,物有孤而为奇。石公恶世之群为于鳞者,使于鳞之精神光焰不复见于世,李氏功臣,孰有如石公者?今称诗者,遍满世界,化而为石公矣,岂石公意哉!"但成宗派则其各领风骚之日必然不多,前有其盛,倏然而衰,后起之秀成为新的崇拜对象,之前的尊神则黯然隐退,还要饱受昔日膜拜者的讥讽。由此钟惺赞赏其友王季木的诗作:"飞骞蕴藉,顿挫沉着,出没幻化,非复一致。要以自成其为季木而已,初不肯如近世效石公一语。"[②]由"自成其为季木"以期摆脱对公安派的依附。

又如孙枝蔚对趋奉闽派的破除。其《叶思庵龙性堂诗序》从对帮派的批判出发,指出以高棅为代表的所谓闽派尽属门户:

> 诗为六经之一,而今人恒易为之,何也?且其失复不在易也。自钟记室作《诗品》,谓某诗源出于某后,乃又有江西诗派曰源曰派,皆不过论其门户耳。夫门户犹之面貌也,人不各有其风神气骨与夫性情之大小不同者乎?奈何舍其内者而第求之于其外者,以为诗如是遂足自豪也?故有信《诗品》之说者,其失也,巧者为优孟之衣冠,拙者为东施之捧心矣。有信诗派之说者,其失也,善者太伯逃荆蛮之乡,不善者公孙作井底之蛙矣。

有门户则诗人不从自我面目入手论诗,此为舍我求人、舍内求外。以此论为基

---

① 陆云龙等辑:《翠娱阁评选皇明小品十六家》,蒋金德点校,浙江古籍出版社 1996 年版,第 662 页。
② 钟惺:《钟伯敬先生合集》卷二,续修四库全书影印崇祯九年陆云龙刻本。

础,作者对钱谦益所倡导的闽派提出了批判,以为其代表林鸿与高棅虽然同是闽中健者,但其诗守门户而无大成,其后的曹能始、黄石斋等恰恰因为不从所谓闽派出发,或本之《国风》,或本之《离骚》,发我才性,其诗作反而千古不磨。①

　　以上所论宗派,能够破除其依附的核心力量,或曰自我性情,或曰自我风神,或曰自我气骨,皆依托于各自雄才浩气。

　　极才可以成体、极才可以尽变、极才可以破缚,文才的创造特征由此获得了美学确认。但是,文才发扬所形成的力量是不具备方向选择性的,如此一种具有冲决力量的势能,如果没有德器、识力的引领掌控,荡越旧轨便动辄流溢为荡检逾闲,骋才、恃才、纵才、炫才由此在所难免,这又不得不引发历代文人们的反思与警惕。

---

① 孙枝蔚:《溉堂文集》卷一,续修四库全书影印康熙刻本。

古代文艺才器思想考论

才器思想属于中国古代才德关系理论的内容。才而论"器",是才之效益最大化发挥与避免虚浮无实所引申出的必然命题。"才器"是一个泛涉诸种才能的范畴,具体到文艺范畴所谓"才器思想"主要是指文才发挥与器量、器用、器识的关系。于主体素养而言,它强调器量、器识,关注文才的涵受与居守之道;而于创作则以文学艺术的美学价值与现实功用的关系协调为归趋。从魏晋六朝至隋唐,相关思想经历了三个阶段:以《文心雕龙》为代表的六朝时期强调贵器用而兼文采;隋际李鄂代表政府发声,继承《诗大序》所宣扬的儒家文学思想本义,强调崇本抑末、尚质黜华;唐代裴行俭则综合六朝与隋际有关才器、文艺的思想,提出了对后世影响深远的"先器识而后文艺"说。"先器识而后文艺"说影响深远,并形成了后世器识与文艺离、器识与文艺合这两种承继维度。

一、"器"的意蕴拓展与才器论的形成

作为与现实生活息息相关的工具性对象,从文字训诂而言,器的本义就是器具器物。许慎《说文》释曰:"皿也,象器之口,犬所以守之。"段玉裁《说文解字注》曰:"饭食之用器也。"①含味其意:器就是装盛饭食、物品的用具,即如《老子》"大器晚成"之器。既然为用具,自然有其功用,此为器用,戴侗《六书故》即释云:"器,用也。"②初民觅食艰难,四口中间有犬以守,正说明所装载者极为重要;凡器物自有其不同的名目度数,既然器主乎容受,自然以容量大者为优,此为器量,器量决定着器用的程度。

---

① 段玉裁:《说文解字注》,上海古籍出版社 1981 年版。
② 戴侗:《六书故》,影印文渊阁四库全书,第 226 册,第 190 页。

春秋之际,器的应用从物质领域延伸至精神视界,成为人伦识鉴范畴,其核心意蕴集中体现于"成务为用",并以成用为德。如《老子》云:"使有什佰人之器而不用。"苏辙解曰:"民各安其分,则小有材者,不求用于世。什佰人之器,则材堪什夫佰夫之长者也。"①是以器为才用。《论语·公冶上》有以下对话:"子贡问曰:'赐也何如?子曰:'女器也。'曰:'何器也?'曰:'瑚琏。'"瑚琏本是古代宗庙祭祀的黍稷盛器,以玉装饰,贵重而华美。故此汉代孔安国解曰"汝是器用之人",以成用成材释器。②

与器用对应,另有"不器"之说,《论语·为政》云:"子曰:君子不器。"何晏注引:"包曰:器者各周其用。至于君子无所不施。"邢昺正义:"器者物象之名,形器既成,各周其用,若舟楫以济川,车舆以行陆,反之则不能。君子之德则不如器物各守一用,言见机而作,无所不施也。"③孔子论"不器",是说君子不当守器之一用,而应当无所不施,因此孔子此处言器,仍然指向其功用。

器有其功用并非缘附他物方始具备,而是自成根苗,如得自然,所以属于主体之"德"的范围,④因此春秋之际论器以言功用的同时,也逐步将其用于主体之德的描述。如《论语·八佾》:"管仲之器小哉。"随后列举管仲不俭、无礼等病累,以此言其小器。邢昺疏《论语·为政》"君子不器":"此章明君子之德也。"⑤显然皆是以"器"为"德",以成器成用为成德。整理先秦文献而形成的《礼记》有专门的《礼器》篇,其核心思想同样是以"器"为"德",表彰器用,其中云:"礼器,是故大备。大备,盛德也。"郑玄注:"礼器,言礼使人成器,如耒耜之为用也,'人情以为田','修礼以耕之',此是也。"⑥人情如田,礼如耒耜,修礼而行乎人情世界,则如整顿耒耜而耕种农田,如此方有收获,这便是以具礼而成用为盛德。东汉之际"德器"连文,既是以"器"为"德"的体现,也是以成用为德

① 苏辙:《老子解》,影印文渊阁四库全书,第 1055 册,第 235 页。
② 程树德:《论语集释》,中华书局 1990 年版,第 293 页。
③ 何晏集解、邢昺疏:《论语注疏》卷二,中华书局 1980 年影印阮元校刻《十三经注疏》本,第 2462 页。
④ "德就是得"的结论,系学者们通过对卜辞中"德"字的考释得出的,意见较为统一。可参阅杨荣国:《中国古代思想史》,中国人民解放军战士出版社翻印 1954 年版,第 9 页。
⑤ 何晏集解、邢昺疏:《论语注疏》卷二,中华书局 1980 年影印阮元校刻《十三经注疏》本,第 2463 页。
⑥ 朱彬:《礼记训纂》卷十,中华书局 1996 年版,第 357 页。

思想的发展。① 当然,要成就器用,所依托者便是器本身材质所具备的"形名度数",古人论器,"举一器而形名度数皆该其中"②,器有形名度数,则其用便有了具体的指向,也有了落实的规矩。

从材质、器用论器,是才、器理论关联确立的内在根据。西汉陆贾《新语·资质》已经有了材、器的联用:"然生于大都之广地,近于大匠之名工,则材器制断,规矩度量。"③东汉王充则从器用的容量出发,进一步明确了材、器一体的本然特性。《论衡·程材》云:"世名材为名器,器大者盈物多,然则儒生所怀,可谓多矣。"这段文字意在对比文吏、儒生优劣。王充以为,文吏专乎吏职,儒生博通经籍,"吏事易知而经学难见",事乎易知与习于难见分别表示器量的大小,儒生博通举世少见,因此以器量之大为优;材又曰"名器",才器一体,故而器大盈物者必然材大用广。④ 与王充大致同时的班固论屈原"虽非明智之器,可谓妙才者也",也是才、器对言,以才为器,二者统一于一体。

器的认知深化、器与才统一性特征获得确认的时代,正是才性理论研讨蔚然兴起的时代,两个范畴融会,"才器"范畴于汉魏之际便开始流行于人物品目。班固论汉代名臣:"自(王)吉至(王)崇,世名清廉。然材器名称,稍不能及父。"⑤此系现存文献中较早以"才器"并言论人者。随后魏晋风云际会,人才标举,才器之说迅速风行。诸如《三国志·蜀志》评马谡有"才器过人"之目⑥,郭璞注《尔雅》"佌佌琐琐,小也"云:"皆才器细陋。"⑦《世说新语·赏誉》注引《中兴书》言谢万"才器隽秀"⑧,其他注引涉及才器者计达6次。

随着才器范畴以及其所附丽意蕴、价值取向的扩散,器的内在涵受一维也深深浸入道德人格考量,才器的内涵由此获得了较为完整的定型。从涵受而

---

① 范晔《后汉书》卷四十上《班彪传》引班彪上言云:"及至中宗,亦令刘向、王褒、萧望之、周堪之徒,以文章儒学保训东宫以下,莫不崇简其人,就成德器。"中华书局1965年版,第1328页。
② 参阅朱彬《礼记训纂》卷十,郑玄、王懋竑注,中华书局1996年版,第357页。
③ 王利器《新语校注》,中华书局1986年版,第102页。
④ 黄晖《论衡校释》,中华书局1990年版,第544页。案:古代"才""材"通用,见段玉裁《说文解字注》对"才"的训释。
⑤ 班固《汉书》卷七十二,中华书局1962年版,第3086页。
⑥ 陈寿《三国志·蜀书》卷三十九,中华书局1959年版,第983页。
⑦ 邢昺等校定《尔雅注疏》卷四,《十三经注疏》,中华书局1980年影印阮元刻本,第2590页。
⑧ 余嘉锡《世说新语笺疏》,上海古籍出版社1993年版,第472页。

不轻易泄露一维论器,引申出了器识范畴。器识也出现在两晋之际,如《世说新语·方正》注引《晋诸公赞》言山涛之子"雄有器识",《世说新语·识鉴》注引《晋书》:"(杨)朗有器识才量,善能当世。"①魏收《魏书》卷三十二也有"崔逞文学器识,当年之俊"等品鉴。②

作为器量内涵向人伦识鉴引申而产生的范畴,器识有时可简言为器。沈约《宋书·柳元景传》言其"寡言有器质"③,不苟于言辞,才具含蕴而不轻显,所以为有"器"。此器既言其有为成用,也兼其能容堪受的器识,富有尽才的德性。

以上器或器识,其本意是指器用与识度的综合,包容了心胸的含蓄容纳、尽务成用之志与明辨是非见机而作的识见,包容了能伸能屈、不为苟且的胸襟。所以曾国藩对器识做了如下概括:

> 古之君子,所以自拔于人人者,岂有他哉? 亦其器识有不可量度而已矣。

> 试之以富贵贫贱,而漫焉不加喜戚;临之以大忧大辱,而不易其常,器之谓也。

> 智足以析天下之微芒,明足以破一隅之固,识之谓也。④

这种解释已然有了后世出于标立模范目的的理想化设定,但合乎器识诞生之际包纳成用有为及其德性保障的内蕴。可见无论内敛涵受的器量还是成务为用的器用器识,皆为德器的体现,是主体之德的重要组成部分。

综上所论,个人禀赋之才与可纳入德性理解的器相融而成的"才器",体现了以下含义:才本虚灵,器有形质,一如《易传·系辞上》云"形而上者谓之道,形而下者谓之器",因此才器就是才呈示于器用、器量、器识,是形而上与形而下的统一体,是才、器关系的浓缩与升华。主体所具有的器,可以纳才于其中,它既可衡量才的大小,又能保持才涵蓄有力而不轻易泄露,并在后天的涵养中

---

① 余嘉锡:《世说新语笺疏》,上海古籍出版社 1993 年版,第 295、396 页。
② 魏收:《魏书》卷三十二,中华书局 1974 年版,第 767 页。
③ 沈约:《宋书》卷七十七,中华书局 1974 年版,第 1981 页。
④ 曾国藩:《黄仙桥前辈诗序》,《曾国藩诗文集》文集卷二,上海古籍出版社 2005 年版,第 235 页。

得以充实扩展,所以说"器小由于有我,克己庶可扩而大之",才不可易,但器量可以充而扩之。就才与器的具体关系而言,正如刘熙载所云:"才非器,则无以忍屈伸、超荣辱、公恩怨。而薄物细故得以动之,始虽或幸有所立,非所以适于久大矣。"有器以涵之,则才可以不妄施发,在屈伸、荣辱、恩怨之间维持平和与公正,并因为这种涵养而使得才在该显露之际显露,在应隐忍之际隐忍,如此方可获有才之利而不受多才之害。因此"才各有所能施,器各有所能受",器承受的大小,决定了才施为的大小以及个人成就的高下。① 人伦识鉴论主体才器,就是强调其有才而能涵养,不为炫耀、不为躁动发露,进而实现才之功用的最大化发挥。

从以上所论器对才的影响而言,器可以理解为"居才之道":"才固难也,居才尤难。士之挟一长而掉头嗔目,侈然谓'莫极若'者,限于器也。"② 器代表了修养的程度,由此决定了才施展的空间。

二、从"贵器用而兼文采"至"先器识而后文艺"

从魏晋六朝至隋唐,文艺范畴的才器思想经历了一个理论演化历程,其间包含三个认识阶段:六朝时期以《文心雕龙》为代表,强调贵器用而兼文采;隋际李鄂代表政府发声,继承《诗大序》所宣扬的儒家文艺思想本义,从创作维度论器用,强调崇本抑末;唐代裴行俭则综合六朝与隋际有关思想,提出了对后世影响深远的"先器识而后文艺"说。

阶段一,"贵器用而兼文采"。器被直接纳入文艺理论研究始于《文心雕龙·程器》,由于刘勰论"程器"是由王充《论衡》研讨"程材"获得的启发,而王充又明言当世"名材为名器",因此"程器"的本质就是才与器的关系辨析。

首先,刘勰对文人才器的论述是从文采与器用关系维度切入的。这在本文开篇就已鲜明揭橥:"《周书》论士,方之梓材,盖贵器用而兼文采也。是以朴斫成而丹雘施,垣墉立而雕杇附。"《尚书·周书》有"梓材"一篇,论人才甄选。依据《尔雅·释木》、许慎《说文》训释,椅与梓皆有文饰,但分别甚微。据此吴

---

① 刘熙载:《持志塾言》卷下,《刘熙载文集》,江苏古籍出版社 2000 年版,第 31 页。
② 施闰章:《书带园集序》,《施愚山集文集》卷六,黄山书社 1992 年版,第 119 页。

林伯按断:"梓材,犹本书《熔裁》所谓有文采之'美材'。"以梓材喻人,正是论何者为美材,而其标准就在如梓之文采与备其器用,也就是才、器兼容而相称。[①]

文采、器用兼容论的基础是儒家经典的文质彬彬思想,刘勰尊儒,视其为文人的立身之本。以此为镜鉴,他将汉魏六朝以来的著名文人纳入观照:"近代词人,务华弃实,故魏文以为古今文人之类不护细行。韦诞所评,又历诋群才;后人雷同,混之一贯,吁可悲矣。"刘勰是带着很强的感慨论及这一点的:前贤耳提面命、一一摘斥,却毫无效果,随后之才子们依然随声附和,"务华弃实",与前代无德者雷同,实在令人悲叹! 随后便列举了司马相如、扬雄等十六位汉魏两晋的著名文人,一一论其"疵"之所在。刘勰此处以有"疵"为文士"不护细行"的失德,而对这种行为定性之际,他使用的标准就是"近代词人务华弃实"。华指外显文华,实言本体的实用,刘勰所重者便是文华实用的统一。本节文字表面论文人瑕疵,着意在德,实则是说以上文人不能成其器用故而一味炫耀文华,生成偏弊,意在摘刺诸公文采器用难以统一。

其次,在主体需具文才、作品应见文采的基础上,格外强调器用的意义。由器用论文人之德,在汉魏六朝可谓通识,刘勰是相关思想的集大成者,《文心雕龙·程器》即将成用视为文士本然:"盖士之登庸,以成务为用。鲁之敬姜,妇人之聪明耳,然推其机综,以方治国。安有丈夫学文,而不达于政事哉!"即使居家主内不以究理事务见长的妇人尚且能够随时引譬,明晓大义,昂昂丈夫岂能仅仅拘乎刀笔而无所作为? 成务为用,由此被明确凝聚到"达于政事",既明乎文又成其政事之用也便成为真正文人的价值所在。为了进一步说明这个观点,刘勰选取了古代不同的文人类型进行分析:有文无质,即有文才而寡器用者,如扬雄、司马相如之徒,"所以终乎下位也"。

文才似乎未见优长而实则不然者:"昔庾元规才华清英,勋庸有声,故文艺不称,若非台岳,则正以文才也。"庾亮位极人臣,功勋卓著,仅仅是位居台岳无暇文艺而已,非不能也,是不为也。

又有博于诗书的郤縠与熟谙兵法的孙武,二人恰恰皆在其所长之外同样体现了卓越的才华:"郤縠敦书,故举为元帅,岂以好文而不练武哉! 孙武兵

---

① 吴林伯:《文心雕龙义疏》,武汉大学出版社2002年版,第632页。

经,辞如珠玉,岂以习武而不晓文也?"这正是"文武之术,左右惟宜"的范例。

以上事例,从不同方面印证了文才与器用兼备是真正文士的本然状态。《文心雕龙》其他篇章同样贯彻了这个思想,诸如《原道》言人文之目的在于"彪炳辞义"以"鼓天下之动";《议对》认为"辞以治宣,不为文作";《辨骚》认为屈原《离骚》之所以自铸伟辞,正是因为作者"壮志烟高"、有着治国美政的规划。[①]皆在文才的基础之上孜孜劝以济世经济。

概而言之,刘勰才器论的核心便是文学才华与政事机能、文章之美与用世之智都应兼备而不可偏废。至于文学、政事如何施为,有待于文人首先才、器兼养,再俟乎机缘时运的转移,故云:

> 是以君子藏器,待时而动,发挥事业,固宜蓄素以弸中,散采以彪外。梗枏其质,豫章其干。摛文必在纬军国,负重必在任栋梁。穷则独善以垂文,达则奉时以骋绩。若此文人,应梓材之士矣。

才情文学与器用之能兼备,便具有了兼济天下与独善其身的素养,不过这仅仅是先决条件。穷达莫测,时运诡谲,如何能够富贵不淫,威武不屈,实现才能既兼乎文采又见乎事功的绽放,最终仍然要在器的涵养中待时而动。

阶段二,六朝以《文心雕龙》为主的才器论,多于论文艺之际强调德器、器用,主张文采器用兼备。隋际有鉴于六朝文学雕绘满眼、风云月露的病态,从官方发起了反思运动,李鄂的《上隋高祖革文华书》便是这种反思的代表成果。本文在此前泛论文质彬彬艺术形态的基础上,开始从文学本位对"华"与"实"两种创作风体及其社会效用做出了区分与辨析,并以官方立场推广所谓求本求实的写作:

> 古先哲王之化民也,必变其视听,防其嗜欲,塞其邪放之心,示以淳和之路。五教六行,为训民之本;诗书礼易,为道义之门。故能家复孝慈,人知礼让。正俗调风,莫大于此。其有上书献赋,制诔镌铭,皆以褒德序贤,明勋证理。苟非劝惩,义不徒然。

以劝惩为切入点,意在宣扬文艺"正俗调风""褒德序贤""明勋证理"。求

---

① 吴林伯:《中国古代文论家论作者修养》,《青岛大学师范学院学报》1994 年第 3 期。

末求华的写作恰恰相反：

> 降及后代，风教渐落。魏之三祖，更尚文词，忽君人之大道，好雕虫之小艺。下之从上，有同影响，竞骋文华，遂成风俗。江左齐梁，其弊弥甚，贵贱贤愚，唯务吟咏。遂复遗理存异，寻虚逐微，竞一韵之奇，争一字之巧。连篇累牍，不出月露之形；积案盈箱，唯是风云之状。世俗以此相高，朝廷据兹擢士。禄利之路既开，爱尚之情愈笃。于是闾里童昏，贵游总丱，未窥六甲，先制五言。至如羲皇舜禹之典，伊傅周孔之说，不复关心，何尝入耳？以傲诞为清虚，以缘情为勋绩，指儒素为古拙，用词赋为君子。故文笔日繁，其政日乱。良由弃大圣之轨模，构无用以为用也。损本逐末，流遍华壤，递相师祖，久而愈扇。①

李鄂概括当时驰逐才气的主要特征包括：体尚轻浮、竞骋文华。这是华靡之体的征象，兼容着艺术形式与艺术内容。而所谓成教化、厚人伦、美风俗等担当皆荡然捐弃，量其所归则无用于世教。"用"与"无用"两个范畴的对比，虽然从学理上讲忽略了文艺的美学特征与美学之用，也混淆了艺术创作与应用公文等不同之体的要求，但作为对六朝贵族文学炫耀文才潮流的一个清算，它也强化了文学本来就具备的现实功用维度。

阶段三，刘勰强调文采器用兼具而格外推举文才之外的经世之用，李鄂侧重于文艺本位范围之内论器用，考察视点回归于文艺功用。六朝与隋际两种主流才器思想在唐代实现了融会，裴行俭"士之致远，先器识，后文艺"的论断由此诞生。② 这个论断相比此前的思想变化有二：一则原先并言不分先后的两个部分，至此被分出了先后，器用器识居先，文才文采居后；一则刘勰所论之"器用"被调整为了"器识"。

就先后次序而言。先器识而后文艺，与先道德后文艺、德弥厚而文弥高、德本文末等论有相近之处，只不过器识在才德关系维度上是德丰富意蕴的具体化形态之一。所谓先后并非一个时间概念，意味着先从事于政事，随后才可

---

① 魏征等：《隋书》卷六十六，中华书局 1973 年版，第 1544 页。
② 欧阳修、宋祁《新唐书》卷一百八《裴行俭传》引，中华书局 1975 年版，第 4088 页。案：这一结论本为王勃等初唐四才子而发，故又有"如勃等，虽有才而浮躁炫露，岂享爵禄者哉"的质问。

言乎诗文辞赋。其主旨在于区划文艺与器识的地位轻重，警示文士们把握人生价值取向的大势，强化主体道德与经世致用的修养，即：文人要格外修养心胸，陶冶情操，养气致远，使得人格高尚正大，才气含蓄收敛；不仅要具备如此襟怀才能，还要以实现如此襟抱为信念。裴行俭在以"先器识而后文艺"这种思想评判王勃等才子之际，以为正因为才子们没有器识，所以虽有文艺才华，却依然不可能"享爵禄"——这是刘勰所谓的"达于政事"的途径，也是历代文人以为光宗耀祖的首务。这种因果逻辑，显然是将"器识"与兼善天下结合了起来，其中自然包括先务功名，退而游于艺，但更多则表现为：有为而作，以文教世化俗；以济世苏世为终身之志，佩之携之，义无反顾。但凡合乎以上前提，有情怀、有兴会、有闲暇自可怡然命笔。可见"先器识而后文艺"是一种志量的条件，并不存在要不要文艺、何时方可寄情于文艺的规限。

而"器识"对"器用"的代替中，则有着对文人更高的主体素养及修为要求。如前所述，器识之论出现在魏晋之际，其时与有器识相关的几条资料最终皆归结于文人能得显位，与裴行俭有器识方享爵禄的论述相通。不过魏晋六朝之际论器识，在才具器用之外，其识的意义多源自玄学的通明悬览与佛学对阿赖耶识的显扬，集中于明晰物理事理。但自汉魏、魏晋更迭至南朝四代的倏忽易姓，文人学士各附势家，不守其节，明乎物理事理却不辨义理，其所谓识在儒家思想的大道观照之下也便显示了其乱世求全的苟且性。即令如此，器识也未成为其时尊奉的圭臬，反而是无为逍遥、越名教而任自然成为数百年的风尚。唐代国家一统，鉴于魏晋六朝的乱象与文人的无为无节，将器识尊为大德，并在玄学之识、佛学八识心王之识的基础上将明乎义理纳入识中，因此较之魏晋六朝之际论器识又有了极大的提升。

三、"先器识而后文艺"的后世承继维度

"先器识而后文艺"的思想随后历代都得到了维护，正统文人如此，即使以才子闻世的非正统文人也很少从正面排击。其承继维度主要包括以下两端：

其一，将器识与文艺视为实行与艺术创作的分野，从器识文艺的主次、本末、前后地位来考量，提倡文人应当以器识器用为先务、首务，文艺则为闲暇消遣之末品。此为器识、文艺相离之论。这一思想以宋代文人较为突出，如石

介云：

> 天下之所尊莫如德，天下之所贵莫如行。今不学于周公、孔子、孟轲、扬雄、皋陶、伊尹，不修乎德与行，特屑屑致意于数寸枯竹、半握秃笔间，将以取高乎人，何其浅也！①

论德论行，即崇尚德器之用、经济天下之能。宋代道学思想风行，道学家甚至视文人从事诗文创作为玩物丧志。这种意见有其思想的偏执，也与现实境况的焦虑及反思不无关系。宋景德年间契丹屯兵澶渊城下，当时大臣素不讲习韬略之术，故而相顾惊骇，时人嘲笑称："何不赋一诗退虏？"这桩逸闻便成为后人所谓文人空谈、徒美楮墨而无益胜败之数的罪证。其事其论乃是有所激而为，代表了时人在国家危亡之际对器识、文艺关系的态度。及其极端，则有刘挚教子孙"先行实后文艺"，置换裴行俭的"器识"为"行实"，并声称"士当以器识为先，一号为文人，无足观矣"②。如果说论文人当备器识尚属于修为上的标准，兼容着人生求索，且如刘勰所云有待时而动之意，那么"先行实后文艺"则将器识的丰富内蕴座实凝定于行实，如此置换不仅明确将文艺置于无足轻重的位置，也赋予了施行先后的顺序。即使诗赋文辞不尽废弃，也只关心所谓"言则本乎情性关乎世道"的创作，其"辨篇章之耦奇，较声韵之中否，商骈俪之工拙，审体制之乖合"等于艺术审美的穷探力索，一概纳入"有之固无所益，无之亦无所阙"的范围。③

对文艺的不满进而引发了宋代文人对人才选拔制度的反思，科举以及宏词等抡选制度的偏颇由此成为一些文士发难的对象。王禹偁云：

> 古之君子之为学也，不在乎禄位，而在乎道义而已。用之则从政而惠民，舍之则修身而垂教，死而后已，弗知其他。科举已来，此道甚替，先文学而后政事故也。④

科举考试偏重诗文，其遴选人才的目的便被解读为先文学而后政事。王

---

① 石介：《答欧阳永叔集》，《石徂徕集》卷上，丛书集成初编本。
② 脱脱等：《宋史》卷三百四十，中华书局1985年版，第10858页。
③ 魏了翁：《裴梦得注欧阳公诗集序》，《鹤山先生大全文集》卷五十四，四部丛刊初编本。
④ 王禹偁：《送谭尧叟序》，《小畜集》卷十九，四部丛刊初编本。

安石变法呼应了这种反思潮流,不仅科举考试废止诗赋,即使平时文人出自性情的闲题漫吟也被纳入违禁。其力度不可谓不大,但其后人亡政息,诸法多变,科举也渐复其旧貌,不过经义策士却由此流行起来。

至南宋末年,叶适对此依然表示不满,其《宏词》首先通过对南宋流行的四六骈体文章的挞伐,抨击了科举词科之弊:

> 若乃四六对偶,铭檄赞颂,循沿汉末以及宋齐,此真两汉刀笔吏能之而不作者,而今世谓之奇文绝技,以此取天下士而用之于朝廷,何哉?自词科之兴,其最贵者四六之文,然其文最为陋而无用。士大夫以对偶亲切、用事精的相夸,至有以一联之工而遂擅终身之官爵者。此风炽而不可遏,七八十年矣。前后居卿相显人、祖父子孙相望于要地者,率词科之人也。其人未尝知义也,其学未尝知方也,其才未尝中器也。操纸援笔以为比偶之词,又未尝取成于心而本其源流于古人也。是何所取?而以卿相显人待之相承而不能革哉!

进而将矛头专门指向南宋以经义策士而终以宏词选官的矛盾:

> 且又有甚悖戾者。自熙宁之以经术造士也,固患天下之习为词赋之浮华而不适于实用,凡王安石之与神宗往返极论,至于尽摈斥一时之文人,其意晓然矣。绍圣崇宁号为追述熙宁,既禁其求仕者不为词赋,而反以美官诱其已仕者使为宏词,是始以经义开迪之而终以文词蔽陷之也。士何所折衷?故既已为宏词,则其人已自绝于道德性命之本统,而以为天下之所能者尽于区区之曲艺,则其患又不特举朝廷之高爵厚禄以与之而已也,反使人才陷入于不肖而不可救。且昔以罢宏词而置词科,今词赋经义并行久矣,而词科迄未有所更易,是何创法于始而不能考其终?何自为背驰也?盖进士制科,其法犹有可议而损益之者;至宏词,则直罢之而已矣。[①]

王安石求功用而立实学,罢词赋而试经义,不久便难以维持,其后经义词科并行。至南宋之初,虽然号称追溯熙宁,人才选拔再一次摈斥词赋,但经义

进身之后如欲得高官厚禄，又必经宏词考试，最终又归于文艺。所以叶适以为改革不彻底，不仅科举词科应当改革，即宏词也当罢黜。其立论的重要出发点正在于如此选拔出的人才"其才未尝中器"——没有才器。当然，叶适所论的才器有着更高的要求：既要中器，即合实用；又要知义知方，即明乎义理。

宋人之后，这种从本末先后观照器识与文艺的思想在不同时期时时被人祭起，清代郑燮曾将文彩富赡的才子们一笔抹煞："凡所谓锦绣才子者，皆天下之废物也！"①清代文人反思时文八股，也从才子文人之虚浮无用痛下针砭，如左宗棠就称："八股作得愈入格，人才愈见庸下。""古来经济学问，都在萧闲寂寞中练习出来，积之既久，一旦事权到手，随时举而措之，有一二桩大节目事办得妥当，便足名世。目今人称为才子，为名士，为佳公子，皆诔词，不足信。即令真是才子、名士、佳公子，亦极无足取耳！"②其中已经包含大厦将倾之时的焦灼，也有源于自我经历的偏见。

先器识后文艺、先行实后文艺之论中，器识所强调的经世之用独立于文艺之外，因此以上之论可以称之为器识、文艺相离之论。

其二，从强化文艺的功用出发，要求创作要体现出器识道德，此即器识、文艺相合之说。

于创作而论其先器识后文艺，历来基本没有异议，陆游虽然曾说："唐人曰：士先器识而后文艺，是不得为知文者，天下岂有器识卑陋而文词超然者哉？"仍然是先器识而后文艺论的另一种阐释。在陆游看来，真正知道文艺为何物的文人，必然是有器识的，否则不可能有作品中的超然之气。明人徐树丕很赞赏这个思想："此言深得文章大旨。古今来非无文章美赡而人多卑污者，然其文必无超拔之气。"③这实则就是一种器识、文艺的相合之论，也可以视为器识、文艺的因果之论，虽然以器识为根基，但归结点却在于文艺本身。作为唐人之论的折中，这种器识、文艺表里相须的学说也得到很多文人的附应，袁宗道《士先器识而后文艺》便是这种观点的代表。

文章首先论述文人当敛才而养德养器识："夫士戒乎有意耀其才也，有运

---

① 郑燮：《与江滨谷江禹久书》，《郑板桥文集》，巴蜀书社1997年版，第127页。

② 吴庆坻：《蕉廊脞录》卷八引，中华书局1990版，第234页。

③ 徐树丕：《识小录》卷一，涵芬楼秘笈本。

才之本存焉。有意耀其才,则无论其本拔而神泄于外,而其才亦龊龊趑趑,无纤毫之用于天下。夫惟杜机葆贞,凝定于渊默之中,即自发其才,卒不得不显。盖其本立,其用自不可秘也。"袁宗道是从如何才能创作出真正佳作这个角度讨论先器识而后文艺的,因此其所谓"本"更多集中于道德与人格的境界,而于经济世用则语焉不详。为了说明自己立文之本在于道德器识这个基本思想,他随后列举了一批因德不立器识不修而遗恨致祸者:

> 晚代文士,未窥厥本,呶呶焉日私其土苴而诧于人。单辞偶合,辄气志凌厉;片语会意,辄傲睨千古。谓左屈以外,别无人品;词章以外,别无学问。是故长卿搞藻于上林,而聆窃赀之行者汗颓矣;子云苦心于《太玄》,而诵《美新》者腼颜矣;正平弄笔于《鹦鹉》,而诵江夏之厄者扪舌矣;杨修斗捷于色丝,而悲舐犊之语者惊魄矣;康乐吐奇于春草,而耳其逆叛之谋者秽谭矣。下逮卢骆王杨,亦皆用以负俗而贾祸,此岂其才之不赡哉? 本不立也。本不立者,何也? 其器诚狭,其识诚卑也。

器识卑鄙、狭隘或者心思险侧,会直接影响到一位杰出文人的创作空间与创作心态,影响到其作品在文学史上的地位;当然,严重者也影响到其生存空间。救赎之路就是"口不言文艺,而先植其本,凝神而敛志,回光而内鉴",致力于道德人格的磨砺。

但是,仅仅有德有器识仍然不够:"盖昔者咎、禹、尹、旭、毕之徒,皆备明圣显懿之德,其器识深沉浑厚,莫可涯涘。而乃今读其训诰谟典诗歌,抑何尔雅闳伟哉! 千古而下,端拜颂哦,不敢以文人目之,而亦争推为万世文章之祖。则吾所谓其本立,其用自不可秘者也。譬之麟之仁,凤之德,日为陆离炳焕之文,是为天下瑞。"重视德器并非排斥文才,古代贤哲不仅仅富于器识德性,其文才也同样万世景仰。文才如同麟凤之彩,使得麟凤更加高贵、优雅、美丽,有文才同样为国之祥瑞。由此袁宗道得出结论:

> 信乎器识、文艺,表里相须,而器识儳薄者,即文艺并失之矣。

必器识、文艺表里相须,文才始可发挥其最大的创造活力。至于弃其德器耀其才华者:"何异山鸡而凤毛,犬羊而麟趾?"如此文人,文才成为其贾衅的祸根,自身尚不足以自保，"乌睹其文乎"！①

　　器识、文艺相合又表现为"道器相合"。即使从比较凿实的文道论观照，要完成以文载道、以文明道、以文贯道的使命，宋儒视文艺为玩物丧志的弃艺能而言道的偏执依然是不可行的。就是说，即使就功利而言功利，也必须实现道、器融合。这个"道器相合"的"道"接近器识文艺之中的器识，而"道器相合"的"器"则指文艺之术。章学诚假对宋代道学家以文人事乎艺文为玩物丧志等观点的反思，明确表达了"道器相合"的思想：

　　　　子贡曰："夫子之文章，可得而闻也。夫子之言性与天道，不可得而闻也。"盖夫子所言，无非性与天道，而未尝表而著之曰此性此天道也。故不曰"性与天道不可得闻"，而曰"言性与天道不可得闻"也。所言无非性与天道，而不明著此性与天道者，恐人舍器而求道也。……宋儒起而争之，以谓是皆溺于器而不知道也。夫溺于器而不知道者，亦即器而示之以道，斯可矣。而其弊也，则欲使人舍器而言道。夫子教人博学于文，而宋儒则曰玩物丧志；曾子教人辞远鄙倍，而宋儒则曰工文则害道。夫宋儒之言，岂非末流良药石哉？然药石所以攻脏腑之疾耳。宋儒之意，似见疾在脏腑，遂欲并脏腑而去之。将求性天，乃薄记诵而厌辞章，何以异乎？

　　孔子不直接言道，而是将其融入文辞，唯恐世人舍器而求道，其不废文采、反对枯索之意隐乎其中。历代文才的尊尚皆出自文质彬彬不废文采的提倡，依循于孔子尚文之意，因此后世文人本不该数典忘祖，对文才抱有偏见。从传道的角度来讲，道必赋形托体而后可传布，道的言说阐释与普及也不可能离开文艺才技。实际上孟子也表达过类似的道理"义理之悦我心，犹刍豢之悦我口"，但是"义理不可空言"，传播之术为"博学以实之，文章以达之，三者合于一，庶几哉周孔之道虽远，不啻累译而通矣"！宋儒所谓工文害道之论，如此而言也便如"见疾在脏腑，遂欲并脏腑而去之"一样滑稽了。②

　　作为器识文艺表里相须思想的极端，清代文人甚至提出了"文可不作"的五条律令：

　　①　袁宗道：《白苏斋类稿》卷七，上海古籍出版社1989年版，第91页。
　　②　叶瑛：《文史通义校注》，中华书局1994年版，第139页。

不明经则无本；不论史则无用；不能表扬忠孝节义则不足以垂教；不达世故则类迂儒学究而无补于时事；不审进退出处则文与行违，不过盗名而欺世。若是者，虽衰然有集，自命作者，有识之士早已议其后矣。夫文章，经国之大业，不朽之盛事，而即为人吐弃，非不作为愈矣！①

这五可不作的要求延续的正是李鄂以有用无用论文章的理路，意在为"有关系"的创作张目。而在现实效用难以实现或者被创作者有意无意忽略，或者与其他经世济世之手段相比现实效用来得使人急不可耐之际，文艺便又多了一个恶名：雕虫小技。

四、器识透视下的文艺之病

"先器识而后文艺"论中器识、文艺相合论在古代文艺思想中影响最为深远，文艺创作从此强化了如下诉求：文学当以有为而作发其端，以雅正与文顾行行顾言为境界，以其有本有源有关系为追求，既有益于时，又教化于世。即使遣兴娱情的创作，也要以畅神葆真为本，修辞立诚，为情造文。

对器识、道德、道义、心术、志气、品格以及器用的强调，在指明创作之路的同时，又透视出古代文艺创作的弊病，王国维将其概括为"羔雁的文学"与"餔餟的文学"。

其一，羔雁的文学。"羔雁"本意出自《礼记·曲礼下》："凡贽，天子鬯，诸侯圭，卿羔，大夫雁。"②二者是古代卿大夫相见时的礼物，引申为人际交游之间以诗文为酬酢，又曰应酬。应酬的创作是日常人生中诸般礼义交往或者风俗仪式等对文学创作所产生的需求与推动，如婚丧嫁娶、祝寿贺迁，如文人之间的饯送赠投、雅集文会等等。不必有情兴的鼓动与情感的交流，有需要则濡墨挥毫。此类创作古代文学中所占分量极大，自唐中叶以后，其风气已难以收拾。明代李日华是较早痛揭酬应之弊的文人，明末陈子龙则明确批评当时文人以诗为贽："荐绅比之木瓜，山林托为羔雁。"③清初陆陇其《李先五诗序》云：

---

① 金埴：《不下带编》卷一，中华书局1982年版，第15页。
② 朱彬：《礼记训纂》卷九，中华书局1996年版，第75页。
③ 陈子龙：《李舒章仿佛楼诗稿序》，《安雅堂稿》卷三，辽宁教育出版社2003年版，第34页。

"阀阅之家,人有应刘投赠之章,词皆曹陆。岂当世之才人果若是其盛哉?夫亦征逐以为荣名,抑羔雁以资润泽乎?"①也以"羔雁"直陈。

顾炎武一生杜绝羔雁应酬文字,自言"所以养其器识而不堕于文人也"②。所谓不堕入文人,即不养就文人习气。全祖望则认为,扬雄的《剧秦美新》,韩愈的《上宰相书》《潮州谢上表》《祭裴中丞文》《京兆李实墓铭》,陆游的《阅古录》《南园记》《西山建蘸青词》等等,皆为白圭之玷。而叶适应酬文字则半数可删。③所列举者皆为附应君上官长、以文字为交际的作品。

概而言之,羔雁的文学弊病有二:

文质难副,为文造情,文不似文。一为羔雁之具,达官贵游彼此投桃报李,贫贱下士以之趋炎附势,而诗文则大遭其祸殃。李日华论曰:"酬以狗俗,有强欢之笑,有不感之悲。应猝则取办捉刀,填虚则借资祭獭。百丑方丛,一妙何适?此岂复有诗哉?"④从"岂复有诗"敷衍,陈子龙道其"徒具肤形,竟无神理";陆陇其揭其"无心"⑤;包世臣则斥之为徒具"声色"⑥。

阿谀虚套,假面违心,人不似人。王嗣奭网罗了墓志、考满、入觐、贺寿、送行等被纳入羔雁之具的冗滥之体逐一批判,首标阿谀无行:

> 五柳先生以文章自娱,作诗撰文,乃天地间第一清事,信可娱也。若以应人请乞,则人役而已,何娱之有?古人亦有作于请乞,而寥寥短章,或止叙寻常行事,而不以为怪。今成虚套,必须长篇,必须谀饰,长则捏无实之言,谀则撰违心之语,此有志节之士所必不能堪者。

人事交游,酬应百端,文人们出自交接需要或者考虑到切身利害不能不敷衍于诸般礼俗性写作,而虚套、谀饰、甚至违心捏造杜撰由此成为常态。假面违心,的确人不似人。

王国维承前人之论,将以文学为羔雁列入文学衰败的重要原因:

---

① 陆陇其:《三鱼堂文集》卷九,影印文渊阁四库全书,第 1325 册,第 144 页。
② 顾炎武:《与人书十八》,《亭林诗文集》文集卷四,四部丛刊初编本。
③ 全祖望:《文说》,《鲒埼亭集外编》卷四十八,四部丛刊初编本。
④ 李日华:《张振凡河蘋草序》,吴文治主编《明诗话全编》,江苏古籍出版社 1997 年版,第 6400 页。
⑤ 陆陇其《李先五诗序》云:"故予谓近人之诗,虽有可观,而求其不没于心如古人者正少也。"
⑥ 包世臣《澹菊轩诗初稿序》云:"至以诗为羔雁,而声色之外,殆于无诗矣。"

诗至唐中叶以后,殆为羔雁之具矣。故五季、北宋之诗(除一二大家外)无可观者,而词则独为其全盛时代。其诗词兼擅如永叔、少游者,皆诗不如词远甚。以其写之于诗者,不若写之于词者之真也。至南宋以后,词亦为羔雁之具,而词亦替矣(除稼轩一人外)。观此足以知文学盛衰之故矣。①

伪饰横出的创作再高产,也无以谈文艺的繁荣!此论洞察到了文艺为功利驰逐、成为溜须捧盛之具以后的无穷后患。

其二,铺缀的文学。从宋代开始,文人们探讨创作主体品格,已经关注到创作为利所趋、为物所役的累害。如《山水纯全集》论画艺:

昔顾恺之夏月登楼,家人罕见其面,风雨晦冥饥寒喜怒者皆不操笔。唐有王右丞,杜员外赠歌曰:"十日画一水,五日画一石。能事不受相促迫,王宰始肯留真迹。"恺之、王维后世真迹绝少,后来得其仿佛者犹可绝俗。正如唐史论杜甫,谓残膏剩馥,沾渥后人。盖前人咏此以为销日养神之术,今人反以之为图利劳心之苦。古之学者为己,今之学者为人。昔人冠冕正士,宴闲余暇,以此为清幽自适之乐。唐张彦远云:书画之术,非闾阎之子可学也。奈何今之学者往往以画高业,以利为图金,自坠九流之风,不修术士之体,岂不为自轻其术者哉! 故不精之由,良以此也。②

立顾恺之、王维为模范,艺以养心,不可以之图利,人品高则艺品自可绝俗。这种以创作牟利的现象接近后人所谓的"游":"游则稍缘饰于山川奇丽,凭吊凄迷,惝恍感触之致,意尚近之。然或通以款门,或缄以侑椟,则乞糈之惭,歌龟之陋,伟硕者方涕唾之,其为风雅之辱,又曷胜洗也。"③如果因山川古迹之游而创作另当别论,但这里所谓"游"则是通款曲、投豪门、恬颜向人、奴颜婢膝以求余沥,如此可谓斯文扫地。此类干谒、献纳、求乞,写作的目的皆在于铺缀。

王夫之一生于此类创作剖击甚多,他认为:前有陶潜"饥来驱我去",误

---

① 王国维:《人间词话未刊稿》,《王国维文学美学论著集》,北岳文艺出版社1987年版,第369页。
② 王伯敏等主编:《画学集成》(六朝—元),河北美术出版社2002年版,第619页。
③ 李日华:《张振凡河蓣草序》,吴文治主编《明诗话全编》,江苏古籍出版社1997年版,第6400页。

堕其中,杜甫鼓其余波。随之贫贱文人们一发不可收拾,"啼饥号寒,望门求索"成为诗歌创作的重要动力和内容。所谓诗人由此便"有似乡塾师""有似游食客""有似衲子""有似妇人"。而其识量不出针线蔬笋、数米量盐、抽丰告贷。

还有一类与此近似的"诗佣":"诗佣者,衰腐广文,应上官之征索;望门幕客,受主人之雇托也。彼皆不得已而为之。"这类创作当然不会有什么质量,其套路无非是:"姓氏官爵,邑里山川,寒暄庆吊,各以类从;移易故实,就其腔壳;千篇一律,代人悲欢。迎头便喝,结煞无余。一起一伏,一虚一实。"在王夫之看来,此类创作皆以糊口为目的,虽其"自诧全体无瑕",实不知其"透心全死"。①

为糊口而创作,至王国维则将其命名为"铺馁的文学"。他通过对中国文学史上类似创作的反思,对文学创作的职业化提出了深刻反思:

> 吾人谓戏曲小说家为专门之诗人,非谓其以文学为职业也。以文学为职业,铺馁的文学也。职业的文学家,以文学为生活;专门之文学家,为文学而生活。今铺馁的文学之途,盖已开矣。吾宁闻征夫思妇之声,而不屑使此等文学嚣然污吾耳也。②

文学不可为铺馁之文学,一如学术不可为稻粱谋,真与美附着上功利,则伪缘附而出。

对于文艺而言,器识既然如此重要,那么器识从何而来呢? 核心在于孟子所谓配道与义的浩然之气的存养。养气依托的主要手段就是学,古人称之为"器以学弘"③。而学之真的又为"功夫在诗外"五字概括无遗。如方望溪称:"陶潜、李白、杜甫皆不欲以诗人自处,故诗莫盛焉。韩愈、欧阳修不欲以文士自处,故文莫盛焉。"曾文正亦谓:"古之善诗古文辞者,其工夫皆在诗古文辞之外。若寻行数墨,求索愈迫,去之愈远。"他以杜甫为例:"杜氏文字之蕴于胸而未发者,殆十倍于世之所传。而器识之深远可敬慕,又十倍于文字也。"将"诗

---

① 王夫之:《薑斋诗话》卷下,丁福保辑《清诗话》,上海古籍出版社 1963 年版,第 21 页。
② 王国维:《文学小言》,《王国维文学美学论著集》,北岳文艺出版社 1987 年版,第 29 页。
③ 丰道生:《芝园集后序》,张时彻《芝园集》附,四库全书存目丛书影印明嘉靖刻本。

外功夫"与"器识"直接打通,也就是说,"须人有余于诗文者始佳,诗文余于人者必不佳"①。人有余于诗文,则器量识度宏阔,非诗文可以全部鉴照。其创作自然与从诗中学诗、在技巧中寻阶梯者大不相同。不堕文人习气,不沉醉于风花雪月的梦幻,济世热肠与人文情怀所熔铸的才是诗文真正的根基。

---

① 参阅王葆心:《古文辞通义》卷十六,王水照辑《历代文话》,复旦大学出版社 2008 年版,第 7894 页。

诗有别才：文才本体性质的美学确认

　　以才批评文学自魏晋开始已经相当普遍。但是，才毕竟是一个从人伦识鉴与哲学演化过来的范畴，它具有对文学、经济、政治、学术等广泛的指涉性。凡是不同领域表达人物卓越，都将其纳入才的评判范围。在如此笼统的运用中，文才、史才以及其他才华似乎并无太大的区分，最终的成就只需看其术业专攻的方向。文才性质认知的这种笼统性在文学自觉初期尚属于美学观照的局限，而至齐梁阶段，如此模糊认知的延续则开始影响到文学创作，其时"文章殆同书钞"的现象便是不明文才性质与要求的必然产物。

　　文才本体性质的确认由此纳入了古代文艺理论探寻，严羽的"诗有别才"论正是这一重大文艺论题的呼应。所谓"别才"，就是独到的、与其他才能相区分的别有之才。

　　"诗有别才"的确认是以玄学为重要契机的。魏晋玄学开拓出了深远、幽微的审美空间，由此形成文艺审美的转型与对传统文学书写的挑战，促使文艺理论进入了较此前更为成熟的本体探析阶段，文才性质确认便是其表现之一。而这种确认的历程，则主要是通过对以学为诗现象的反思完成的。南朝刘宋及齐梁以学为诗现象的反思与文笔之辨具有一定的因果，文笔之辨在致力于文体区分之际，与文笔创作所对应的主体才赋素养由此成为理论关注对象；宋代以学为诗现象影响巨大而深远，对这种创作弊端的理论反思与宋代诗学聚焦文人独到才赋性质、宋代禅学标榜"教外别传"的潮流融合，由此催生了严羽的"诗有别才"理论。

一、玄外审美、文笔之辨与文才别有性质的初步认知

　　玄学对魏晋六朝审美思想的影响沿依了以下基本路径：寄身事外—纵情

103

物外—赏心文外。既有审美空间的拓展,也有审美认知的逐步深化。超世情怀之事外、山水弥结之物外的现实沉淀,逐步凝定为一种艺术审美境界,这就是赏心"文外"。

起初,文学创作之中这种超逸凡常之外者被称为"出"①。"出"即出乎其类、不落俗套之意。范晔则直接命之为"事外远致",其《狱中与诸甥侄书》自道:"吾思乃无定方,特能济难适轻重,所禀之分犹当未尽,但多公家之言,少于事外远致,以此为恨。"②范晔是在讨论写作才华之际说这番话的,虽然遗憾自己才分偏长于应用文体,但依然表达了对"事外远致"的倾心。《颜氏家训·文章》中则直接提出了"文外":

> 王籍《入若耶溪》诗云:"蝉噪林愈静,鸟鸣山更幽。"江南以为文外断绝,物无异议。简文吟咏,不能忘之;孝元讽味,以为不可复得,至《怀旧志》载于籍传。③

所谓"文外断绝"是一个极评:文外的意境本属于无远弗届,但此处以"断绝"言之,意思是说其所造就已经无以复加。刘勰亦论文外,《文心雕龙·神思》有"思表纤旨,文外曲致"之说。其时钟嵘《诗品》、谢赫《画品》、王僧虔《笔意赞》、庾肩吾《书品》中分别提出了"滋味""气韵""神采"等审美思想,与"言外""文外"等论实现了相融。④

至此,玄学指引之下产生的"远""外"审美已经抵达一个相当的高度,这种审美思想的成熟促使以上所言的事外、尘外、文外等等意境书写成为文学主流。而相对于一般意义的"言志"与"缘事而发",这种玄外审美是"岂容易可谈"的去大众化精英书写,与其相副的主体独到素养也自然成为理论关注的重点。"别才"思想便发端于这种崭新审美境界塑造引发的主体素养自觉,这种自觉,首先集中呈示于文笔之辨。

文笔之辨不只是一般意义的体裁区分与破体与否的讨论,从体裁区分、体

---

① 如陆云《与兄平原书》云:"《祠堂颂》已得省,兄文不复稍论,常佳。然了不见出语,意谓非兄文之休者。"《陆士龙集》卷八,四部备要本。
② 沈约:《宋书》卷六十九,中华书局 1974 年版,第 6 册,第 1830 页。
③ 王利器:《颜氏家训集解》卷四,中华书局 1993 年版,第 295 页。
④ 蒲震元:《中国艺术意境论》,北京大学出版社 1995 年版,第 116 页。

裁个体性特征的总结延伸到体类规律、美学特征深究,其中蕴涵着文人们所从事的不同写作到底是不是文学创作这一根本问题。尽管刘宋文帝时期已经完成了儒学、玄学、文学、史学四馆的分列,但其中"文学"是文笔综论,且其时如此科目区分所强调的只是学习者的术业专工问题,尚未鲜明认识到不同科目之才的不易通约性,因此出现了随后文学创作中两种根本性的混淆。

其一,以学术之才为文才。这种混淆形之于创作便是以学为诗,在南朝刘宋之际已经开始蔓延。它首先表现为属辞比事,正如钟嵘《诗品序》所云:"颜延、谢庄,尤为繁密,于时化之。故大明(宋武帝年号)、泰始(宋明帝年号)中,文章殆同书钞。"齐梁之际此风变本加厉,所谓"辞不贵奇,竞须新事""句无虚语,语无虚字,拘挛补衲,蠹文已甚"已经"寖以成俗"①。风气所至,又形成以经学言说体式为追求的审美偏执,如萧纲《与湘东王书》所条列:

> 比见京师文体,懦钝殊常,竞学浮疏,争为阐缓。玄冬修夜,思所不得:既殊比兴,正背风骚。若夫六典三礼,所施则有地;吉凶嘉宾,用之则有所。未闻吟咏情性,反拟内则之篇;操笔写志,更摹《酒诰》之作;迟迟春日,翻学《归藏》;湛湛江水,遂同《大传》。②

本文开篇自道"性既好文,时复短咏",可见所论为诗歌创作。写志咏情动辄模拟《尚书》《周易》及其传释,词既质木,倾心义理,所以后人称之为"引经据典,坐而论道"式的创作③。这种以学术所尚为文学之美的创作引发了萧纲如下的质疑:

> 吾既拙于为文,不敢轻有摘撼。但以当世之作,历方古之才人,远则扬马曹王,近则潘陆颜谢,而观其遣辞用心,了不相似。若以今文为是,则古文为非;若昔贤可称,则今体宜弃。

文学经典成于历代才人,但皆与今日之体了不相似。谁是谁非呢?作者在此否定这种非文学性创作的态度是鲜明而坚决的,其古今对比并非体格风调差异的比量,而是以经典范式为准的完成了是非裁断——学问柴积不等于

---

① 周振甫:《诗品译注》,中华书局1998年版,第24页。
② 姚思廉:《梁书》卷四十九《庚肩吾传》,中华书局1973年版,第3册,第691页,下同。
③ 曹旭等:《宫体诗与萧纲的文学放荡论》,《上海师范大学学报》2010年第4期。

诗,学术之才不是文学创作的根本素养依托,它与文才性质相异。

其二,以史才为文才。其时京师尚有人效法裴子野之文,萧纲认为:"裴氏乃是良史之才,了无篇什之美。"其才偏宜于史著而不优于诗歌,所以"师裴则蔑绝其所长,惟得其所短"。而其时趋奉之徒"入鲍忘臭",竞相效尤,其目的只在于"惧两庑之不传"。史著为立言之壮举,较诗歌为世所重,容易传世,因此文人们以为诗文创作学习裴子野可以获得文辞传世的法门,于是也便有了这种南辕北辙的师法。以史才为文才,其于创作的主要影响便是凿实拘谨,斫削灵性。

如此混淆,长此以往,将使两汉魏晋以来文学自觉的成果付诸东流。而造成如此病弊的根本,正是钟嵘所断言的:"词既失高,则宜加事义,虽谢天才,且表学问!"①以事典学问文饰文辞的拙劣,在明眼人看来其根源正在于作者缺乏或蔑弃文学创作所需要的别有天才;而于当局者来说,则本乎其不明文与文才的性质,以为备学术之才便可"包打天下"。文与文才本体性质的确认由此成为文学理论建设的当务之急,文笔之辨正是在这样的背景下出现的,其主要思想见于萧绎《金楼子·立言》。该文之中,萧绎将文士划分为四类:"儒者""文者""学者""笔者"。

四者之中,"儒者"即为专门的经学之士。"学者"多为"博穷子史"之士,其病较多:一则"但能识其事,不能通其理""迟于通变,质于心用";一则"不便属辞,守其章句",即不长于机变与文辞。

对"笔者"的划定萧绎采取了一个非常明晰的策略:首先道破笔者的短绌,"不便为诗";再言笔者之优长,"善为章奏"②。如此笔者的范围便一目了然,主要侧重于章奏表启等实用文体的写作。"笔者"与"文者"在古人心目中,一属实文,一属虚文;在今人意识里,一属事务应用之体,一属艺术创造之体。如此一来,萧绎所论儒者、文者、学者、笔者,其与文相关者主要便是文者与笔者,由人而及文体,文与笔的辨析也就是如此提炼而出的。这种区分继承了王充《论衡》对经生、文士、通人、鸿儒的区划,但较之更深入一步。

---

① 周振甫:《诗品译注》,中华书局 1998 年版,第 24 页。
② 许逸民:《金楼子校笺》,中华书局 2011 年版,第 966 页。

文、笔创作都需要才华。就笔而言，东汉之际王充已经反复申明如下道理，如《论衡·效力篇》："出文多者才智茂……谷子云、唐子高章奏百上，笔有余力，极言不讳，文不折乏，非夫才智之人不能为也。"《佚文篇》亦云："孝武之时，召百官对策，董仲舒策文最善。王莽时，使郎史上奏，刘子骏章尤美。美善不空，才高知深之验也。"①无论章奏、对策，其量大、力沉、言美，皆赖乎才华。就文而言，《颜氏家训·文章》云："学问有利钝，文章有巧拙。钝学累功，不妨精熟；拙文研思，终归蚩鄙。但成学士，自足为人；必乏天才，勿强操笔。"②此处的断语是针对江南所谓"伶痴符"不论才情妄作诗赋而言的，因此"文章"指向与"学问"相别的诗赋，而论诗赋则不可没有"天才"。《文心雕龙》旧分上下二篇，上篇以文体论为主，自道"论文叙笔"；下篇侧重于创作论，而创作优劣的判定依托首举"才略"，故云"褒贬于《才略》"③。也就是说，无论文笔，皆以具备才华为其写作的根基。

但是，文、笔不同，其作为文体的美学特征便有着根本的差异，于是各自所依托的才华便不可能统一。文者、笔者的区分正是这种文、笔美学特征区分的要求，也是文体区分在主体素养区分与身份辨析之中的直接映射。

以章表奏启等实用文体为主的笔，其特征集中体现于："笔退则非谓成篇，进则不云取义，神其巧惠，笔端而已。"

以辞赋创作为主的文，其美学特征为："吟咏风谣，流连哀思者谓之文。"具体言之："至如文者，惟须绮縠纷披，宫徵靡曼，唇吻遒会，情灵摇荡。"④

文以情动人，讲究声情并茂，文辞优美，音韵谐和圆润；笔本质上是现实事务之中信息传递的媒介，既非有意含蓄微言大义，也非刻意成就篇章，只是取其实用，能明事理，具体写作之际于笔端偶尔运其巧惠，文辞之上略见文采，但不以此为目的。

文、笔既然有着如此的内蕴差异，则文者、笔者的区划自然不仅仅指向彼此擅长的文体，主体各自不同才华的要求同样包容在彼此的区划之中。这种

---

① 黄晖：《论衡校释》，中华书局 1990 年版，第 582、863 页。
② 王利器：《颜氏家训集解》卷四，中华书局 1993 年版，第 254 页。
③ 范文澜：《文心雕龙注》，人民文学出版社 1958 年版，第 727 页。
④ 许逸民：《金楼子校笺》，中华书局 2011 年版，第 974 页。

理解在六朝末期与唐代相关理论辨析中已经形成了理论共识。且看以下事例：

《南史·任昉传》称："（昉）既以文才见知，时人云'任笔沈诗'，昉闻其以为病。晚节转好著诗，欲以倾沈（约），用事过多，属辞不得流便。自尔都下士子慕之，转为穿凿，于是有'才尽'之谈矣。"其时任昉沈约齐名，"任笔沈诗"是说沈约有"文"，为诗坛泰斗；而任昉博学，才长乎"笔"，舆论也不以其诗为能事。但任昉为此抱恨，至晚年则刻意著诗，欲与沈约一较高下，结果恰恰是事典堆垛，难得流转。而当时都下文士于此妄加追模，任昉于是"转为穿凿"——更加矻矻尽以人力为之，"才尽"的讥讽由此而生①。自觉鸿才滔滔不绝者却被判以"才尽"，其本义并非讽其无才，而是叹其缺乏文学创造的别有之才。

到了唐代，文笔之辨析具化为诗歌、文章之异的研讨，柳宗元即称："作于圣故曰经，述于才故曰文。文有二道：辞令褒贬本乎著述者也，导扬讽喻本乎比兴者也。著述者流，盖出于《书》之谟训，《易》之象系，《春秋》之笔削……比兴者流，盖出于虞夏之咏歌，殷周之风雅。""著述"与"比兴"就是后世的文章与诗歌，二者体裁特征不同：文章要"高壮广厚，词正而理备"，诗歌需"丽则清越，言畅意美"；效用也不同：文章的写作意在"藏于简策"以垂教化世，诗歌的完成则"宜流于谣诵"。诗歌与文章虽然并"述于才"，但很显然，"兹二者，考其旨意，乖离不合"。柳宗元于此感同身受，所以他表示，"厥有能而专美，命之曰艺成"，即具备专美之才能则成就一体，此已可谓之"艺成"；而文士之中，"恒偏胜独得，而罕有兼者"，究其原因，正在文人们的赋才相异。②

于是，从文笔之辨至诗文之辨，在界定了文的美学内涵之余，文学创作——尤其诗歌创作所依赖的别有才华已经纳入了较为普遍的理论关注。

二、教外别传说与宋代诗学对文人才赋别有性的聚焦

如果说文笔之辨、诗笔之辨虽然关涉主体才华的别有特性——即独到性，却仍以文体区划为载体、为重点的话，那么宋代诗学则完成了文才别有性质与

---

① 李延寿：《南史》卷五十九，中华书局 1975 年版，第 5 册，第 1451 页。
② 柳宗元：《杨评事文集后序》，《柳河东集》卷二十一，上海古籍出版社 2008 年版，第 371 页。

文学主体素养美学关系的理论建构——也就是说，从宋代开始，文才这种别有的性质更为直接、更为鲜明地被用来验证文人或作家的主体禀赋。而这一点，与禅宗教外别传学说的流行不无关系。

才范畴在魏晋的成熟依托于传统的才性理论，与东汉《论衡》对主体禀气的推扬息息相关。魏晋玄学兴起，玄学所宗尚的性情"超逸"与禀气论所秉持的主体"差异"观实现了统一，个性化审美成为时代风尚，并向精神文化领域的纵深传布。文笔之辨等理论思潮促成了这种个性化审美趋势与文才性质探究的深度融合，文才独到的性质也因此逐渐呈露，"别有"从此既与文艺才华本质相接，又渐成为新的文艺尺度。

六朝绘画理论首先形成了"别体"之论。南齐谢赫《画品》评蘧道愍等："别体之妙，亦为入神。"陈代姚最《续画品》评谢赫："点刷研精，意在切似。目想毫发，皆无遗失。丽服靓妆，随时变改，直眉曲鬓，与世事新。别体细微，多自赫始。"①文学理论中随之也出现了"别体"说，《文心雕龙·议对》云："对策者，应诏而陈政也；射策者，探事而献说也。言中理准，譬射侯中的，二名虽殊，即议对之别体也。"这种"别体"评断继承了文笔之辨等侧重于体制体裁讨论的传统，指向文艺创作在旧体式基础上的新创，这一点参照《南史·刘孝绰传》称其"自以书似父，乃变为别体"的说法便可明了②。因此"别"意之中，已经具有了独到、不一般的意思。

至唐代"别裁"说出现，已经开始侧重于主体的性情、才能。杜甫《戏为六绝句》自道"别裁伪体亲风雅"，钱谦益笺注："别者，区别之谓；裁者，裁而去之也。果能别裁伪体，则近于风雅矣！"③刘知几《史通·书志序》也有"班马著史，别裁书志"之说，吕思勉《史通评》曰："论书志之体裁，何者当芟除，何者当增作。"④但区别甄选以定取舍是有一定自我标准的，尤其会体现出个性化的审美趣味，要行"别裁"之事，必当为"具眼"之人。因此所谓"别裁"实则就是对独到才悟识力之"别"的表彰。

---

① 王伯敏等：《画学集成》（六朝—元），河北美术出版社2002年版，第21、29页。
② 李延寿：《南史》卷三十九，中华书局1975年版，第1010页。
③ 钱谦益：《钱注杜诗》，上海古籍出版社1958年版，第407页。
④ 刘占召：《史通评注》卷三引，中国编译出版社2010年版，第73页。

值得关注的是,文艺别体、别裁说滥觞之际,正是佛家以"别"论法逐步流行之时,二者之间的互动不言而喻。检点佛学的相关术语,诸如"别申论""别行玄""别依""别受""别念佛""别报""别业""别境""别传""别解别行"等可谓颇具规模。其中除了"别见""别途""别惑"分别表示拘束而不通达与邪僻违常之外,其他术语的意义大致表示与普遍、总体、自我相异。如"别申论"指别申一经之意,与泛申一代诸经佛意的"通申论"相异;如"别依"指以特定一经为归依,与以诸经宗义为依归者相异;如"别境"指于不同的境界上兴起心理反应,有别于普遍的于一切时间及一切心识中的活动;又如"别解别行"则指"与我别见解,与我异行法",等等。在一般的相异之外,一些术语又明确含有境界更高、非同一般的意味:如"别向圆修"即指经过一系列的修行,主体可臻于"事理和融","渐称于圆教之性德",又称之为"十向圆修"。又如"别传",又称"单传",被视为禅宗极意。

以上术语的普及多始于六朝隋唐。如陈隋之际智顗于《法华经》本经特取"观世音普门品"别作玄义以行世,从而出现"别行玄"说;如隋际吉藏于《三论玄义》设"中论""百论""十二门"论,此三论泛申一代诸经佛意,而于"智度论"则单独申发一经之义,"别申论"由此诞生;而"别向圆修"之说较早见于唐僧湛然《止观辅行传弘决》;"别境"之论则早见于唐玄奘法师的《八识规矩颂》。①

及乎宋代,禅宗流行,以别论法随之风靡,且聚焦于"别传"之说。其时高僧为了表彰"别传"妙义,将相关言说的源头追溯到了佛祖。据佛典记载,早在立教之初,释迦牟尼就曾云:"吾有正法眼藏,涅槃妙心,实相无相,微妙法门,不立文字,教外别传,付嘱摩诃迦叶。"②其后禅宗以此为援据,宣称不以言教立宗,不立文字而直指心印。由于主张领略佛法不走经书研读苦修一路,因此会悟便被视为正法眼藏,所谓的缘分、根器由此成为禅学中人格外讲究的素养,"别"字也由此被进一步赋予了一定程度的神秘非凡意蕴,并随着禅宗的普及进入了文艺批评。因此,北宋末期,诗论之中已经明确出现了文人禀赋"别有炉鞴"的说法。《风月堂诗话》就记载了下面的对话,先是有客人评苏轼:"世间

---

① 参阅丁福保:《佛学大辞典》,中国书店 2011 年版,第 1227—1230 页;演培法师《八识规矩颂讲记》,福建莆田广化寺刊行,第 45 页。

② 普济:《五灯会元》卷一,苏渊雷校点,中华书局 1984 年版,第 10 页。

故实小说，有可以入诗者，有不可以入诗者，唯东坡全不拣择，入手便用，如街谈巷说鄙俚之言，一经坡手，似神仙点瓦砾为黄金，自有妙处。"参寥回答：

老坡牙颊间别有一副炉鞲，他人岂可学耶？

何谓"别有炉鞲"？晁以道论云："指呼市人如使儿，东坡最得此三昧。其和人诗，用韵妥帖圆成，无一字不平稳。盖天才能驱驾，如孙吴用兵，虽市井乌合，亦皆为我臂指，左右前却，在我顾盼间，莫不听顺也。"①可见，"别有炉鞲"就是说其才非同一般，所以晁以道视这种故实小说入手成金的别有之能为"天才能驱驾"。其时黄庭坚则留下了如下矜许："天下清景，初不择贤愚而与之遇，然吾特疑端为我辈设。"②只有诗人方能以此须臾之物，镌成不朽文字，黄庭坚的论断是对文人"别有炉鞲"的具体阐释，也由此成为文人具有独到禀赋的宣言。

在主体之才"别有炉鞲"论外，北宋末期的文体辨析同样结出了硕果，李清照的"词别是一家"之论便诞生于此际。这个论断不仅实现了传统的文笔之辨、诗文之辨的拓展，而且将这种文体的辨析最终归结于文体对主体才性所能各自不同的要求或限定。

在此基础上，南宋文人对诗歌"气骨"可否学习而得以及文士独特性情的探讨，进一步夯实了文学主体才赋独到性、别有性这一理论内涵。

诗歌"气骨"接近于作品的风骨气质，它是否可以因学而得？南宋文人给出了否定答案。王柏认为："万事无不由学而至，惟诗未必尽由于学。其工可学也，其气骨实关于人品。"又举例云："夫平淡闲雅者，岂学之所能至哉？惟无欲者能之。"③气骨实为才性的体现，当然也包纳一定的后天修养，但非由学而得。高似孙也有类似观点，他以《离骚》为例说："《离骚》不可学，可学者章句也；不可学者志也。楚山川奇，草木奇，原更奇。原人高志远，文又高，一发乎词，与诗三百五文同志同。后之人沿规袭武，摹效制作，言卑气嫚，志郁弗舒，无复古人万一。"④志不可学，而志正是构成主体的气骨，虽具有后天的修为，必

---

① 朱弁：《风月堂诗话》，影印文渊阁四库全书第 1479 册，第 21—22 页。

② 惠洪：《冷斋夜话》，影印文渊阁四库全书第 863 册，第 251 页。

③ 王柏：《汪功父知非稿》，《鲁斋王文宪公文集》卷九，续金华丛书本。

④ 高似孙：《骚略》，四明丛书本。

须依附于个体才性。由此看来,所谓作品不可学,从根本上说不仅指向作者各自才禀的不可复制,而且同时说明这种关乎气骨、志趣的不可复制性就是文才的根本所在。楼昉便在《过庭录·文字》一节吸纳友人意见,从文人的情性志趣入手,提出了"刻薄人善作文"的观点,发人所未发:

> 有一朋友谓某曰:"天下惟一种刻薄人,善作文字。"后因阅《战国策》《韩非子》《吕氏春秋》,方悟此法。盖模写物态,考核事情,几于文致傅会操切者之所为,非精密者不能到,使和缓长厚多可为之,则平凡矣。若刻薄之事自可不为,刻薄之念自不可作。①

刻薄与其中的和缓长厚相对,本是道德修养的品目。运用于文章创作,和缓长厚者当指随意而不琢刻、平和而缺乏激情者,此类人作文自然容易"平凡"。而"刻薄"的内涵侧重在模写物态的"模"与"考核事情"的"考核"上:模求其真与精密,考核求其切而无缺憾,对自己不满足,对外物穷搜力取。此外,刻薄又指具有一定自主性、不为平易经典所束缚的胆识,也指敏锐易感的禀赋,只有这类人才可以多感多思,进而写物态、核事情。以上易感、敏锐、善模写等素养,实则就是文才别有的特性。如此而言,"天下惟一种刻薄人善作文字"就相当于说:只有具备独到之才或别有之才者方善于创造。而吴泳则将这种异乎寻常之才名之曰"凤根":"学诗者须是有凤根,有记魄,有吟骨,有远心,然后陶咏讽诵,即声成文,脱然颖异于众。咸无焉,则虽穷日诵五千卷,援笔书数百言,殆如跛羊上山,盲龟入谷,终不能望其至也。"②"凤根"并不抽象,它是与"有记魄""有吟骨""有远心"融为一体的独到心智系统。

三、以学为诗的反思与诗有别才论的定型

宋代文人继承文笔之辨余脉对文人才赋别有性质的挖掘,循依着文才本体性质甄别的历史轨迹,相关思想至南宋已日渐明朗。与此同时,宋代以江西诗派为代表的以学为诗创作也渐呈流弊,齐梁之后第二次针对以学为诗的反思高潮由此形成。病弊的反思,最终成为别才论定型的机缘。

---

① 王水照辑:《历代文话》,复旦大学出版社 2008 年版,第 456 页。
② 吴泳:《东皋唱和集序》,《鹤林集》卷三十六,影印文渊阁四库全书 1176 册,第 354 页。

可以说,整个宋代诗坛论学重学一直属于主流思想。如苏轼言诗反复强调读书治学,《送任伋通判杭州兼寄其兄孜》:"别来十年学不厌,读书万卷诗愈美。"《送安惇秀才失解西归》:"旧书不厌百回读,熟读深思子自知。"黄庭坚《跋东坡乐府》论苏轼《卜算子》词:"语意高妙,似非吃烟火食人语。非胸中有万卷书,笔下无一点尘俗气,孰能至此?"①在很多宋代文人看来,读书不仅是创作的活源,更是诗歌品位的凭依,所以当有人贬抑诗歌为"小技"的时候,陆游反诘称:"诗者果可谓之小技乎?学不通天人,行不能无愧于俯仰,果可以言诗乎?"②儒家诗学中所谓"言志""有关系""成教化厚人伦"等可壮诗歌声色的砝码,在此被置换为诗关乎"学通天人"。

如果说"欲下笔,当从读书始"③的论断尚属于涵养之论,那么积习之下渐成偏颇,如吕本中"诗词高深要从学问中来"④的命题便已走向机械的因果逻辑。及其极端,费衮甚至提出了诗当以学为中心为根本的观点,其《梁溪漫志》专有"作诗当以学"一条:

> 作诗当以学,不当以才。诗非文比,若不曾学,则终不近诗。古人或以文名一世而诗不工者,皆以才为诗故也。退之一出"余事作诗人"之语,后人至谓其诗为"押韵之文";后山谓曾子固不能诗、秦少游诗如词者,亦皆以其才为之也。故虽有华言巧语,要非本色。大凡作诗以才而不以学者,正如扬雄求合六经,费尽工夫,造尽言语,毕竟不似。⑤

理论的崇学在助推创作实践的同时也固化了审美视野,宋人论诗动辄即标用书用事的规模技巧为三尺神鉴。如黄庭坚《答洪驹父书》论杜甫:"自作语最难,老杜作诗,退之作文,无一字无来处。盖后人读书少,故谓韩杜自作语耳。"从此之后,无一字无来历,无一事无出处,便成为中国诗歌的一个新尺

---

①　黄庭坚:《豫章黄先生文集》卷二十六,四部丛刊初编本。

②　陆游:《答陆伯政上舍书》,《渭南文集》卷十三,《陆放翁全集》上,中国书店 1986 年据世界书局 1936 年版影印,第 74 页。

③　葛立方:《韵语阳秋》卷一,何文焕辑《历代诗话》,中华书局 1983 年版,第 487 页。

④　吕本中:《童蒙诗训》,郭绍虞辑《宋诗话辑佚》,中华书局 1980 年版,第 595 页。

⑤　费衮:《梁溪漫志》卷七,影印文渊阁四库全书第 864 册,第 738 页。

度。① 如魏了翁论王安石:"公博极群书,盖自经子百史以及于《凡将》《急就》之文,旁行敷落之教,稗官虞初之说,莫不牢笼搜揽,消释贯融。故其为文,使人习其读而不知其所由来,殆诗家所谓秘密藏者。"② 又如王十朋评苏轼:

> 东坡先生之英才绝识,卓冠一世。平生斟酌经传,贯穿子史,下至小说杂记,佛经道书,古诗方言,莫不毕究。故虽天地之造化,古今之兴替,风俗之消长,与夫山川草木禽兽鳞介昆虫之属,亦皆洞其机而贯其妙,积而为胸中之文,不啻如长江大河,汪洋闳肆,变化万状。则凡波澜于一吟一咏之间者,讵可以一二人之学而窥其涯涘哉!③

其所强调的核心,即在苏轼诗歌博极群书而泛用众典。

在重学理论的指引下,古人所讥讽的"书钞"或"獭祭鱼"现象重现宋代文坛。类似黄庭坚在宋代就有了"专求古人未使之事,又一二奇字,缀茸而成诗"的批评④。他所倡导的"无一字无来处"随后作为一个时代集体的发声,形成了文化导向,其践行严厉者甚至将事典、出处等融合于诗歌具体的体制,要求做到"经对经,史对史,释氏事对释氏事,道家事对道家事"⑤。如此机械,已经与明清八股的长对无别。宋人以学为诗造成了以下认识偏差:

其一,过于强调学在创作之中的作用,直接影响到对于诗歌审美性质与艺术境界的认知。由此混淆了性情与学问、经籍与性灵,诗歌成为炫耀学问之具。

其二,夸大学问、书本知识在文学创作中的效用,助推了不从文学本体入手研讨文学,而是由学者、文人不同身份描述文学创作的风气,其间夹杂了学者与文人之间的优劣竞逐以及所谓诗人之诗学人之诗难易等伪命题。《论衡》至六朝文笔之辨等取得的成果由此被遮蔽,"文"陷入了身份不清的混乱。

反思由此出现:"近代诸公乃作奇特解会,遂以文字为诗,以才学(按:偏义

---

① 清代钱大昕申发文艺素养中的才学识之说,其释"学"即曰:"含经咀史,无一字无来历,诗之学也。"参阅王葆心:《古文辞通义》卷三,王水照辑《历代文话》,第7165页。

② 魏了翁:《临川诗注序》,《鹤山集》卷五十一,影印文渊阁四库全书第1172册,第582页。

③ 王十朋:《东坡诗集注序》,《东坡诗集注》卷首,影印文渊阁四库全书第1109册。按:本书并本序据四库馆臣考证,当为宋人伪托。

④ 魏泰:《临汉隐居诗话》,何文焕辑《历代诗话》,中华书局1983年版,第327页。

⑤ 曾季狸:《艇斋诗话》,丁福保辑《历代诗话续编》,中华书局1983年版,第310页。

词，侧重言学）为诗，以议论为诗。"严羽可谓一语中的。诗不当如此的反思与前文所论文人本当如此的体察在宋末实现了整合，正反两个维度殊途同归，文人才赋独到而别有的认知至此完成了理论升华，"诗有别才"论由此诞生。《沧浪诗话·诗辨》云：

> 诗有别材，非关书也；诗有别趣，非关理也。然非多读书多穷理则不能极其至，所谓不涉理路不落言筌者上也。①

关于严羽这一论断，批判者或云弃书卷教人，瞽说以欺天下；赞赏者或云别才别趣正谓诗乃性情所寄而与博通坟典无关。如此才学对立论诗皆违背了严羽本意，所以敏泽认为："（严羽）是从诗歌和文艺有着不同于书理的特点说的，认为诗和一般的书理不同，需要另有一副才调，即艺术感受、认识、表现世界的能力。"虽然严羽对才——尤其文学之才作了这样的界定，但具体的论述中则是兼才与学而言，并无偏失。②

论诗歌不赖腹笥而能，其本意在于纠以学为诗的弊病；提倡"妙悟"，又对以议论为诗进行阻击。学问之才、议论之才皆非诗才。只有类似"盛唐诸人，惟在兴趣，羚羊挂角，无迹可求，故其妙处，透彻玲珑，不可凑泊，如空中之音，相中之色，水中之月，镜中之象，言有尽而意无穷"的创作方是真正的诗歌创作，能够创造如此作品的才华才是文学创造才华。"诗有别才"，其本质即在于宣示文学创作需要创作者具有与从事其他行业不同的别样才华。文学之才的独到性、别有性至此完成了美学确认。

别才说出现之后，获得了理论界广泛的认可。文才的独到性内涵又出现了很多别样的表达，"宿根""圣胎""仙骨""异眼""别肠""诗种"等不一而足。这些表达楔入了佛家因果承传的言说路数，以表现其稳定、本然、不假人力、不可更定的禀赋性，表现其与创作"有是种方有是树"的必然关联性。

---

① 郭绍虞：《沧浪诗话校释》，人民文学出版社 1961 年版，第 26 页。按：较早的版本是"非关书也"，明代开始混乱起来。参阅郭绍虞：《试测〈沧浪诗话〉的本来面貌》，见《照隅室古典文学论集》下编，上海古籍出版社 1983 年版。另外，古代"材""才"相通，本文引文之外统写作"才"。

② 敏泽：《中国文学理论批评史》，人民文学出版社 1982 年版，第 600 页。按：有学者认为"诗有别材"侧重于探讨诗歌表现题材的独特性，但不是主流观点，也多有值得商榷之处。见成复旺、蔡钟翔、黄保真：《中国文学理论史》（三），北京出版社 1987 年版，第 482 页。

以上所论"别有"属于文学主体的素养概言。事实上,几乎每一文体都面临着更具体的"别才"讲求:以词而言,李渔将能够填词作曲者称为"填词种子"①。以曲而言,刘熙载论北曲诸名家于制曲"固若有别材也"②。即使同是诗才,也因为体式众多而有着彼此不同的禀赋要求,以绝句为例,谢肇淛就认为"绝句虽短,又是一种学问","绝句于诗诸体中又有别才别趣耳"③。

那么禀赋性的文学"别才"到底有着怎样的具体内涵呢?核心有两点:

其一,"别才"之"别"指主体情怀气质的独到,此为才情。这一点宋人在研讨气骨不可学、刻薄人善为文之际已经有了基本论述。再如钱谦益的论析:

> 古之为诗者必有独至之性,旁出之情,偏诣之学,轮囷偪塞,僵蹇排奡,人不能解而己不自喻者,然后其人始能为诗,而为之必工。是故软美圆熟,周详谨愿,荣华富厚,世俗之所叹美也,而诗人以为笑;凌厉荒忽,傲僻清狂,悲忧穷蹇,世俗之所訽姗也,而诗人以为美。是人之所趋,诗人之所畏;人之所憎,诗人之所爱。人誉而诗人以为忧,人怒而诗人以为喜。④

钱谦益于此得出的是"诗穷而后工"的结论。其中有关诗人性情独诣、旁逸侧出而不由常径的论述,虽然略有矫饰,但的确抓住了文人主体性情的灵魂。所谓人之所厌诗人独喜独爱独美,并非指诗人天性命贱,嗜此穷酸;而是说,这些遭际能够使其郁结情思,幽深徘徊。而对现实人生艺术化如此的耽溺与执着,便能够实现心灵对身外境界的点化,正如清初林云铭分析《箫峰堂集》作品嘉美动人的原因称:

> 以其平生胸中眼中,别具一副大地世间,触处皆真,触处皆幻,在作者横说竖说,亦不自知其何起何落。譬之大块中,高者为山,下者为谷,此外无一物也。忽而平原绿满,忽而远岫云归,忽而花笑鸟啼,忽而风行木落,为幻为真,其无尽灭,不可思议之处,谁与辨此?⑤

---

① 李渔:《闲情偶寄》,《中国古典戏曲论著集成》第七册,中国戏剧出版社 1959 年版,第 25 页。
② 刘熙载:《艺概》,《刘熙载文集》,江苏古籍出版社 2000 年版,第 151 页。
③ 谢肇淛:《小草斋诗话》,吴文治主编《明诗话全编》,江苏古籍出版社 1997 年版,第 6672 页。
④ 钱谦益:《冯定远诗序》,《冯定远集》卷首,续修四库全书陆贻典等刻钝吟全集本。
⑤ 林云铭:《箫峰堂集序》,《挹奎楼选稿》卷四,续修四库全书康熙三十五年陈一夔刻本。

多情的、虚活不滞的心灵，可以斩截本自牵绊缠绕的功利链条或因果，从而获得观照自然与世界的灵思神悟。于此可见文人性情之异：敏锐、善感，对人生、社会、自然有着深厚的爱恋眷念。

其二，"别才"之"别"就是别出心裁之能，表现于神思的灵颖，此为才思。文才禀赋与艺术神思之间呈现的是因果关系，所以《抱朴子外篇·酒诫》曰"才高思远"、《钧世》曰"才大思远"、《自叙》曰"才钝思迟"①。到了明代，王世贞《艺苑卮言》更为明确地将才思之间这种关系直接定位为："才生思，思生调，调生格，思即才之用。"②

具别才则心思颖悟，别具一种慧灵，袁中道推崇友人集句："别有一种俊爽机颖之类，同耳目而异心灵，故随其口所出，手所挥，莫不洒洒然而成趣。"③别具的慧灵关乎能悟，关乎笔妙，迥异于钝根人。明代文人邵经邦将严羽"诗有别才"直接置换为"诗有别思，非关理也"④，别才之别因此被其视为文思异人。谢榛也论称，所谓诗之天机"全在想头别"。何谓"想头别"呢？赵士喆进一步阐释云：

> 以人所用之机锋，题中必有之故实，我决不用，如画家之别设一色，歌者之别换一腔，便足以易人观听。盖欲求其别而后有想，必极其想而后得别，作此想时，已落禅家二义，且能必其不坠于旁门乎？我所谓"别"者不然，其学别，其识别，其人别，则想不期别而自别。⑤

赵士喆所论之"别"，不是文思发动之后觉得未能与人相异而刻意求别；也不是创作之初就抱定与众不同的念头，哗众取宠。它源自创作主体才学识的本色、品位与陶冶，所禀受者（其人，即才性）与所造就者（其学、其识）本然就与他人不同⑥，所以不求别而自别。有如此文才，落实于如此想头，此即不一样的才思。

---

① 杨明照：《抱朴子外篇校笺》，中华书局1991年版，第599、65、695页。
② 王世贞：《艺苑卮言》，丁福保辑《历代诗话续编》，中华书局1983年版，第964页。
③ 袁中道：《刘玄度集句诗序》，《珂雪斋集》卷十，上海古籍出版社1989年版，第456页。
④ 邵经邦：《艺苑玄机》，吴文治主编《明诗话全编》，江苏古籍出版社1997年版，第2943页。
⑤ 赵士喆：《石室谈诗》卷上，吴文治主编《明诗话全编》，江苏古籍出版社1997年版，第10556页。
⑥ 所谓"其人别"，即人之"才性"不同。因此说"其学别、其识别、其人别"即就才学识而言，虽兼后天学力，却是才赋限定下的学力。

　　"别才"作为文学主体核心的素养标志,其美学确认历程实际上就是文学主体的深度自觉历程。而主体素养论别才,又直接影响到艺境的论定,历代文人多以"别"概括别才所能创生的境界,别开天地、别具一格、别出机杼、别有风味、别有风致、别是一体、别开生面、声外别传、独具别裁等等,皆体现了"不贵同而贵别"的审美追求,是对主体素养言"别"与艺术境界求"别"的兼容。

思　神思　才思

——论中国古代才思说的演生及意蕴

一般文艺理论所研讨的才皆属于文才，它是主体虚灵的心智结构系统与后天人力的统一。既指向禀赋之中的才性所在，又包容着性能潜质；在后天人力陶冶下性能潜质激发为才能才华，但其所能的程度又并非决定于人力，而是最终要受制于才性禀赋。因此，中国古代的文才论述极重其天人统一的特质，但论及创造能力优劣，则往往要追溯于天赋才性的高下。才思就是考察文学天赋才性高下的一个重要标尺。

文才通过思的现身就是"才思"。才思依托于审美主体的禀赋潜质，具体落实于文思，具有基本路径取向、意象熔铸与法术归拢功能，它融会意思情思，对具体创作有着引领作用。它是文才表见于创作的路径，是文才发抒的路径，也是文才创化特性的落实。诸如审美联想、意象锻炼、文藻孳乳、篇章裁布等等，都是文才创化特性经过文思的呈现。作为古代文艺理论的一个重要范畴，学术界对于才思的关注并不充分，且在一些论述中，于才思、才气、才情等等一体看待也习以为常。有鉴于此，本文拟从才思论的演生入手考察，通过才思与刘勰所论神思的关系以及才与文思内在关联的辨析，期望能够还"才思"以本来面目。

一、思维特征认知的深化与以"思"论文的滥觞

古代文艺范畴的思经历了一个被认识、被发现的过程，其中包含两个孕育阶段。

（一）从先秦诸子对"思"的内涵揭示至东汉以思论文的滥觞。作为人的理性之美的重要表征，思在先秦文献中已经有了较为广泛而深刻的关注。如《尚

书·尧典》云:"放勋钦明文思安安。"孔安国传:"言尧放上世之功化,而以敬、明、文、思之四德,安天下之当安者。"孔颖达疏:"此帝尧能放效上世之功,而施其教化甚明,发举则有文谋,思虑则能通敏。"①可见早在上古之际,"思虑通敏"已经成为与钦敬、明达、文谋并列的德性。他如箕子:"思曰睿。"孔安国传:"必通于微。"②管子:"思之思之,又重思之,思之而不通,鬼神将通之。"③孟子:"耳目之观,不思而蔽于物,物交物,则引之而已矣。心之官则思,思则得之,不思则不得也。"(《孟子·告子上》)总结以上文献,会发现先秦之际论思的两个意义指向:

其一,以思为睿,睿则必通于微。箕子、管子之言皆涵此意。《老子》的"涤除玄览"、《庄子》的"用志不分,乃凝于神"实则也是指向这种可以通幽的思维状态。所不同的是,道家达到这种状态的路径不是深思苦虑,而是反思虑的虚静与澄怀。

其二,以思而引,引而能广。孟子所谓"物交物,则引之而已",正是思能解蔽之意。《春秋繁露》又释箕子言思为"思曰容,容者言无不容",即是就其包容性、涵盖性而言。④

东汉之际,班彪开始以"一人之精,文重思烦"论《史记》。⑤ 及《论衡》论著述又屡屡溯及"眇思",如《超奇》篇:"孔子得史记以作《春秋》,及其立义创意,褒贬赏诛,不复因史记者,眇思自出于胸中也。"又云:"杨子云作《太玄经》,造于眇(误作助)思。"⑥具备深远之思,可助述作之功。《书解》篇中王充进一步记载了当时一般人的如下共识:

> 或曰:"著作者,思虑间(闲)也,未必材知出异人也。居不幽,思不至。使著作之人,总众事之凡,典国境之职,汲汲忙忙,或暇著作?试使庸人积闲暇之思,亦能成篇八十数。文王日昃不暇食,周公一沐三握发,何暇优

① 孔颖达等:《尚书正义》卷二,《十三经注疏》,中华书局 1980 年影印阮元刻本,第 118 页。
② 孔颖达等:《尚书正义》卷十二引,《十三经注疏》,中华书局 1980 年影印阮元刻本,第 188 页。
③ 黎翔凤:《管子校注》卷十六,中华书局 2004 年版,第 943 页。
④ 参阅刘勉:《神思:神的下降与思的上升》,《文艺研究》2013 年第 2 期。
⑤ 范晔:《后汉书》卷三十,第 5 册,中华书局 1965 年版,第 1327 页。
⑥ 黄晖:《论衡校释》,中华书局 1990 年版,第 606—608 页。

游为丽美之文于笔札？孔子作《春秋》，不用于周也；司马长卿不预公卿之

事，故能作《子虚》之赋。杨子云存中郎之官，故能成《太玄经》，就《法言》。

使孔子得王，《春秋》不作；长卿、子云为相，《赋》《玄》不工籍。"①

出于鄙视文士的目的，一些人否认著述之中才智的作用，假此将文人们自诩的
才华凝铸贬抑为凡人有闲思即能的雕虫小技。尽管持论偏颇，王充对此也有
辩驳，但相关文字还是反映了当时学术界的基本理念：但凡著作，无论子部著
述还是文赋创作，二者并需闲暇之间的深思熟虑。

以上论难开启了思与创作关系探索的历程，但尚未鲜明地褒扬才思。而
且其所谓思依然只是基本的运思覃思之思，包容广泛，还没有完全形成文思的
审美；其所关注的著述，也是子史辞赋的杂陈。

思进一步的审美提升得益于神、思关系的日益密切。如果说东汉前期涉
及神、思关系的表述不仅稀少，而且还有些类似医家、术士"行话"的味道——
如《论衡》所谓"夫人用神思虑，……一身之神，在胸中为思虑"的文字恰恰出于
"卜筮"篇——那么汉魏文人论思而与神联用已经成为常态话语，诸如孔融《荐
祢衡表》："性与道合，思若有神。"曹植《宝刀赋》："规圆景以定环，摅神思而造
象。"《三国志·杜琼传》引谯周云："神思独至之异。"华覈《乞赦楼玄疏》："宜得
闲静，以展神思。"韦昭《鼓吹曲》："建号创皇基，聪睿协神思。"《三国志·陈思
王传》注引鱼豢："余每览植之华采，思若有神。"②以上所引的"神思"或"有神"
之"思"，思在获得了"神"飘逸幽微、神秘贯通的体征之余又实现了神、思彼此
意义的沟通，体现了审美范畴的基本特征。

从先秦两汉论思，至汉魏之际神、思并言，不仅意味着文士思之所及在其
幽深、广阔两个维度上得到进一步强化，也预示着思从人事忧苦的缠绕中获得
了意蕴的超越，正一步步迈向审美的王国。

（二）道教"存思"论诞生对审美之思的影响。道教存思论也正是在以上
神、思融会的语境下流行并被纳入艺术法度的。存思又称作"存想"，简称为
"存"，存思之专精则称为"精思"。早在东汉之际，也就是道教发轫之初，存思

①　黄晖：《论衡校释》，中华书局1990年版，第1152页。
②　参阅詹锳：《文心雕龙义证》，上海古籍出版社1989年版，第973页。

就成为与吐纳、胎息、辟谷、炼丹等并列的常用修行方法,产生于东汉的道教经典《太平经》已有了存想的描述。如《太平经钞》戊部称:"入室存思,五官转移,随阴阳孟仲季为兄弟,应气而动,顺四时五行天道变化以为常矣。"存想既是其最具特色的思维方法,又是道教沟通神人的精神通道。① 曹魏之际,曹植就颇受道教影响,故而《任城王诔》即有"目想官墀,心存平素,仿佛魂神,驰情陵墓"之语。葛洪《抱朴子内篇》虽然成书于东晋,但其中的道教神仙思想则是东晋之前相关思想的全面总结,是魏晋之际道教形态的近切反映。本书于当时的存思有详细描绘,如《杂应》篇云:

> 仙人入瘟疫秘禁法,思其身为五玉。五玉者,随四时之色,春色青,夏赤,四季月黄,秋白,冬黑。又思冠金巾,思心如炎火,大如斗,则无所畏也。又一法,思其发散以被身,一发端,辄有一大星缀之。又思作七星北斗,以魁覆其头,以罡指前。又思五脏之气,从两目出。②

文中浮想联翩、栩栩如生、宛然如在的述说皆为神思游走的境界。因此,"存思从形态而言是由心及物的漫衍,从本质而论则是道教的内视之道。"③从汉魏之际便衍生而出的神思论在道教存思论影响下,强化了其灵动鲜活、无远弗届与无微不至,存思自足而不自闭的特征虽然与讲究主客遇合的神思兴会稍别,但彼此包纳的审美情态却有着惊人的重合性。对思的认知,至此已经到达一个前所未有的高度,文思理论便在这样的背景下诞生了。其发端就是陆机的《文赋》。

陆机在文中首次描摹了文思的体貌:"其始也,皆收视反听,耽思傍讯,精骛八极,心游万仞。"继而多次论及文思:"然后选义按部,考辞就班……罄澄心以凝思,眇众虑而为言。"又曰:"言恢之而弥广,思按之而愈深。"直接论述之外,类似"若夫应感之会,通塞之纪,来不可遏,去不可止"之类的描述,其本质也是就文思通塞状态而言的。④ 尤其"耽思"之说,表达创作主体凝神静心的审

---

① 参阅刘仲宇:《存思简论——道教思维神秘性的初步探讨》,《中国哲学史》1995 年第 5 期。

② 王明:《抱朴子内篇校释》,中华书局 1985 年版,第 257 页。

③ 参阅吴崇明:《道教存思法与〈文心雕龙〉神思论的生成》,《江西社会科学》2009 年第 2 期。

④ 张少康:《文赋集释》,人民文学出版社 2002 年版,第 36、60、89、241 页。

美联想，既言精骛八极之广阔，又论心游万仞之幽远，有思的落实，也有神的驰骋，是对先秦两汉思论、道教存思论的超越，哲学之思至此完成了文艺审美范畴的转型。西晋之后，文艺论思迅速呈现出普及态势。

如成公绥论赋："赋者贵能分赋物理，敷演无方，天地之盛，可以致思矣。"①

如王羲之论书，《题卫夫人笔阵图后》云："夫欲书者，先乾研磨，凝神静思，预想字形大小偃仰，平直振动，令筋骨相连，意在笔前，然后作字。"《笔阵图》云："夫书者，玄妙之伎也，自非通人君子，不可得而述之。大抵书须存思。"又云："凡书贵乎沉静，令意在笔前，字居心后，未作之始，结思成矣。"②

如宗炳论画，《画山水记》云："圣贤映于绝代，万趣融其神思。"③

因为形象性的原因，书画论思有着道家存想论更为直接的影响。但很显然，以上文献所论之思皆与俗常人事无关，而是指向文字或图像形态、情势的沉吟涵泳，说明思在当时已经转化为成熟的审美范畴。

二、文学创作实践的省察与"才思"论的成型

从汉代开始，辞赋创作逐步走向繁荣，在家置一编或者洛阳纸贵的虚华之下，文人们既对创作苦累有了体察，也于诗文酬应竞逐带来的压力有了切身感受。而这一切，皆关乎才思。

其一，创作苦累的体察。有关创作苦累的记载从东汉开始增多起来，桓谭《新论》记载扬雄："成帝时，赵昭仪方大幸。每上甘泉，诏令作赋，为之卒暴。思精苦，赋成，遂困倦小卧。梦其五脏出在地，以手收而内之。及觉，病喘悸，大少气，病一岁。"又描述自己的创作经历："余少时见扬子云之丽文高论，不自量年少新进，而猥欲逮及，尝激一事而作小赋，用精思太剧，而立感动发病，弥日瘳。"自我经历与他人镜鉴引发的思考是："由此言之，尽思虑，伤精神也。"④随后以敏捷便疾闻世的曹植也有"为文反胃"之论。⑤陆云《与平原书》现存数

---

① 房玄龄等：《晋书》卷九十二，第 8 册，中华书局 1974 年版，第 2371 页。
② 王伯敏等：《书学集成》（汉—宋），河北美术出版社 2002 年版，第 26、28 页。
③ 王伯敏等：《画学集成》（六朝—元），河北美术出版社 2002 年版，第 13 页。
④ 严可均辑：《全上古三代秦汉三国六朝文》，中华书局 1958 年影印本，第 544 页。
⑤ 参阅詹锳：《文心雕龙义证》，见《图书集成文学典》卷 633 所引《金楼子》，第 991 页。

十篇,其核心内容便是论文,在畅谈与古人争锋之外,有相当一部分篇幅是向
其兄倾诉创作的苦思:

> 云久绝意于文章,由前日见教之后,而作文解愁。……而体中殊不
> 可,以思虑,腹立满,背便热,亦诚可悲。

> 兄文章已自行天下,多少无所在。且用思困人,亦不事复及,以此自
> 劳役。

> 小思虑,便大顿极,不知何以乃尔。前登城门,意有怀,作《登台赋》,
> 极未能成。而崔君苗作之,聊复成前意,不能令佳,而羸瘁累日。①

创作苦累,每每引发于运思的困顿。

其二,礼仪酬应、诗文竞逐压力的切身感受。自梁孝王集司马相如、枚乘
等梁园雅会,汉宣帝数令文士王褒、张子侨等从猎,所幸公馆辄为歌颂,至曹魏
文士西园雅集、饮酒赋诗,诗赋在"可以群"的形态下凸显出一定的社交功能。
随后这种风气逐步弥漫,创作不仅是消遣,也是礼仪、尊严与荣誉。我们仍以
陆云《与平原书》所提供的信息为例略作分析。② 这些论文书札之中,透露出以
下两个重要的创作倾向:

倾向之一:无论公宴还是饯送,文学于现实应酬交际之中运用广泛,因此
作者的才性分量便无可隐蔽。如其中记载:

> 一日会,公大钦,欣命坐者皆赋诸诗。了不作备,此日又病。极得思,
> 惟立草,复不为。乃仓促退还,犹复多少有所定,犹不副意。

> 弘远去,当祖道,似当复作诗。构作此一篇,至极思,复欲不如前仓促
> 时,不知为可存录否?

前者为宴会雅集之际命赋,没有准备,因此冥想苦思。后者为饯送作诗,虽然
提前有所构想,却又不甚满意。这就是当时文学创作与现实人生密切交融的
写照。当然,饯送作诗是凡与其事者都要参与的,所以陆云评曰:"送弘远诗极
佳,中静作亦佳,张魏郡作《急就诗》,公甚笑。燕王亦似不复祖道弘远,已作为

---

① 陆云:《与平原书》,《陆士龙集》卷八,四部备要本。
② 陆云:《与平原书》,《陆士龙集》卷八,四部备要本。案:下引皆同,不另注。

存耳。"即使不亲自送别者,也已经作诗相送。无论雅会抑或饯送,明定题目创作,且即时即兴,参与祖道者又或即景即情,如此已经十分考验作者的本领,同时也使其才性分量无可隐蔽。

倾向之二:逞才斗富,明确与古今名家名篇较量优劣。学术研究中,诸多学者注意到了晋宋诗歌创作中存在的模拟现象。对于这种现象,一般的解释是文学思想的因循以及临摹以定体的需要。这个解释忽略了以下事实:因循创作之所以如此丰富,还体现了晋宋文人与古代大家名篇较量优劣的豪情。这在陆云《与平原书》中表现得也十分鲜明:

> 蔡氏所长,惟铭颂耳。铭之善者,亦复数篇,其余平平耳。兄诗赋自与绝域,不当稍与比校?张公昔亦云,兄新声多之,不同也典、当,故为未及。彦藏亦云尔。又古今兄文所未得与校者,亦惟兄所道数都赋耳。其余虽有小胜负,大都自皆为雄耳。张公父子亦语云,兄文过子安。子安诸赋,兄复不皆过,其便可可,不与供论。云谓兄作《二京》,必得传无疑,久劝兄,兄为耳。又思《三都》,世人已作是语,触类长之,能事可见。《幽通》《宾戏》之徒自难作,《宾戏》客语可为耳,答之甚未易。东方士所不得全其高名,颇为答极。

书中先道陆机可与蔡邕争雄,且以诗赋典雅允当为世所难及。继言陆机于诗文名篇多已经与古代名家较量,尚未一博高下者只有诸如《三都赋》《二京赋》《幽通赋》等大赋。但陆云又坚信:其兄虽在大赋创作上与汉代诸贤互有胜负,但如放手一博,其高文大策未必输于古人!这种挑战性语言在《与平原书》中随处可见:"令送君苗登台赋,为佳手笔,云复更定,复胜此不?知能愈之不?""颂兄意乃以为佳,甚以自慰。今易上韵,不知差前不?不佳者愿兄小为损益。令定下云'灵旆电挥',因兄见许,意遂不恪,不知可作蔡氏《祖德颂》比不?"他人辞赋,以我意更定,以较其能;自己佳篇,精益求精,意在与古人决其雌雄。

无论喁喁独吟还是雅会文战、唱和应酬的贵游创作,精思苦虑与恐落人后都是实实在在的感受与压力。文学实践的省察由此引发了理论的聚焦,理论界对破解文思奥秘的兴趣日益浓厚,而不同维度研核、反思的结果,最终皆汇聚于才思。魏晋之际,已经出现了直接的才思论文论艺,如陆机《荐张畅表》言张畅:"才思清敏。"①《世说新语·品藻》注引《晋安帝纪》:"仲文有器貌才思。"②作为具体的反证,南齐谢赫在《画品》中评述了刘绍祖的创作:"善于传写,不闲其思。至于雀鼠,笔迹历落,往往出群。时人为之语,号为'移画'。然述而不作,非画所先。"③画师善于传写,故而于雀鼠等物可以笔迹历落出群,所谓"移画",即有栩栩如生之意。但是在标定其品位之际谢赫认为这种画作属于"述而不作",文才最重要的特征便是具有创造的潜质,才子之所以得到推崇关键在于其能够从临摹、拟议之中超越,有属于自己的创造,这里讲"述而不作",显然是针对刘绍祖艺术之才的匮乏而言,有师匠之术,无禀赋异胎。而这种禀赋之才的缺乏,直接导致了画师本身"不闲其思",这个"思"本义即在于才思。

不独以才思论文论艺,而且才思锋颖的崇尚潮流也由此大行于世,其时以才品文多包涵对文思敏捷的称扬,诸如祢衡当案可立成、王粲举笔如宿构、子建援牍类口诵、阮瑀据鞍而制书等等,早就成为文坛佳话。其中曹植言出为论,下笔成章,无论是赋铜雀台还是作七步诗,在民间更是广为传颂,故有子建思捷而才隽、才高八斗之目。而曹植评论文士,亦钦仰于"文若春华,思若泉涌;发言可咏,下笔成篇"。④ 及乎《世说新语》,则专列《捷悟》一目,皆是对才思敏捷的宣扬。后人津津乐道的成语"倚马可待"也诞生于此际,《世说新语·文学》云:"桓玄武北征,袁虎时从,被责免官。会须露布文,唤袁倚马前令作,手不辍笔,俄得七纸,殊可观。东亭在侧,极叹其才。"⑤随后,这种风尚更为流行,如裴子野《雕虫论》称誉宋明帝:"博好文章,才思朗捷。"而"才思朗捷"的具体表现是:"每国有祯祥及行幸宴集,辄陈诗展义。"⑥如史书评论文人也往往取其诗文敏达,《南齐书·王融传》称其博涉而有文才,武帝使为《曲水诗序》,当时艳称,而耸动俗眼的不仅仅是丽藻,其关键在于:"文辞辩捷,尤善仓猝属缀,有

---

① 严可均辑:《全上古三代秦汉三国六朝文》,中华书局 1958 年影印本,第 2016 页。
② 徐震堮:《世说新语校笺》,中华书局 1984 年版,第 299 页。
③ 王伯敏等:《画学集成》(六朝—元),河北美术出版社 2002 年版,第 22 页。
④ 曹植:《王仲宣诔》,李善注《文选》卷五十六,上海古籍出版社 1994 年版,第 2435 页。
⑤ 徐震堮:《世说新语校笺》,中华书局 1984 年版,第 147 页。
⑥ 严可均辑:《全上古三代秦汉三国六朝文》,中华书局 1958 年影印本,第 3262 页。

所造作，援笔可待"。① 《南史》载梁武帝集文士作诗文均限晷刻；齐竟陵王集学士为诗，刻烛一寸；还有徐勉下笔不休，朱异不暂停笔等等，都是崇尚才思敏速的写照。

这种辞贵敏捷的态度从"才锋"一词极富渲染色彩的运用中也能得到确认。《文心雕龙·碑诔》云："自后汉以来，碑碣云起。才锋所断，莫高蔡邕；观杨赐之碑，骨鲠训典；陈郭二文，词无择言；周胡众碑，莫非清允。"关于这个"才锋"，有学者解释为蔡邕叙事赅要，缀采雅泽，有如锋刃斩斫，未有枝蔓，视才锋为叙事润泽、运辞简约的表达能力。这个说法大致不误，但有欠明晰。从本义理解，才锋尤其强调了笔锋快利，所向披靡，其间没有滞碍与拙涩，正是才思敏锐天机骏利的明证。

经过如此的学术铺垫，刘勰推出了其系统的神思理论。而神思与才思实则有着深刻的关联。正如汪涌豪先生云："文学创作赖'神思'和想象活动而展开，但它最后落实为文字，须赖作者具体而巧妙的结撰功夫。古人以为不但艺术思维赖'才'，这具体巧妙的结撰，也须赖'才'才能完成。刘勰《文心雕龙·神思》在讨论神思的过程中，屡言才字……即从此意义出发的。"② 就创作而论，神思就是文思，故此刘勰开篇即道"文之思也，其神远矣"，又道"陶钧文思"③。神思就是心思，所以《法言·问神》云："或问神，曰：'心'。"④ 刘勰又道"神居胸臆，而志气统其关键"。从内涵而言，神思包纳了艺术想象与构思，包纳了创作思维过程与创作主体心态。⑤ 而若论神思的源泉，则不能脱离主体之才。

结合《神思》本文具体来说，其中首先论称："积学以储宝，酌理以富才，研阅以穷照，驯致以绎辞。"通过对学、理的积累，丰富自己的才力；以此为基础，深察细究的运思，与顺其思致、理致、情致进行的文辞演绎，就可使"玄解之宰，

① 萧子显：《南齐书》卷四十七，第 3 册，中华书局 1972 年版，第 823 页。
② 汪涌豪：《范畴论》，复旦大学出版社 1999 年版，第 555 页。
③ 参见范文澜：《文心雕龙注》，人民文学出版社 1958 年版，第 494—495 页。本节引文皆出于此，不另注。
④ 汪荣宝：《法言义疏》，中华书局 1987 年版，第 137 页。
⑤ 参阅张晶《神思：艺术的精灵》第一章第三节。作者列举诸多学者解说概括为以上意见。百花洲文艺出版社 2009 年第二版。

寻声律而定墨;独照之匠,窥意象而运斤",达到神思自如的境界。其论述理路就是必由乎才而始有神思。

又云:"夫神思方运,万途竞萌。规矩虚位,刻镂无形。登山则情满于山,观海则意溢于海。"此言神思飞扬的状态,随之则满怀豪情地宣称"我才之多少,将与风云并驱矣"——神思的飞扬本质上就是自我之才气的飞扬。

又云:"人之秉才,迟速异分,文之制体,大小殊功。"随后证以司马相如、扬雄、桓谭等人的创作"虽有巨文,亦思之缓也";证以枚皋、曹植、祢衡的创作"虽有短篇,亦思之速也"。才有其分,因此直接影响到文思疾缓。

综上所述,神思的本质就是才思,它是文才通过文思所呈现的创作态势,是文才落实于具体创作的津梁,所以刘勰赞誉:"文之思也,其神远矣。故寂然凝虑,思接千载;悄焉动容,视通万里。吟咏之间,吐纳珠玉之声;眉睫之前,卷舒风云之色。其思理之致乎!"才思没有时空界限,当乎吟咏之际,其所感受到的奇妙音声与联想到的风云变幻,创作中的形声情色,皆由才思运动得来。《文心雕龙》神思论系统的建构,意味着才思论在文艺理论中的确立。当然,审美历史中才思除了神思又有着诸多美称,诸如壮思、雅思、清思、逸思、艳思等等。而审美理论中的才思又可以具化为意思与情思,就情思、意思的实际而言,二者难以拆分,情中有意,意中含情,所以又有"情意"之说。

三、"才""思"的关系:才生文思

综合有关才思的诸般论述,其间或隐或显都体现了才与思之间的体用统一关系,这种关系又被称为"才生思"。如上所论,文思当然关乎诸多因素,如学的积累、情志的涵养、兴会的激发、体制的要求等等,但一个文人文思的根本依然是要取决于禀赋之才的规约。

文思必依赖于才,而且彼此之间具有一定的对称性。这种思想在东汉之际已经隐见端倪。如王充《论衡·效力篇》在讨论文人何以"多力"之际,便推出谷子云、唐子高,表彰其"章奏百上,笔有余力,极言不讳,文不折乏,非夫才智之人不能为"。将滔滔不绝的书写归功于禀赋,即所谓"出文多者才智茂"。

而才茂之所以著作等身,其关键又在于大才者可"涌胸中之思"。①《佚文篇》中王充所推崇的张霸也是如此典型:"能推精思,作经百篇,才高卓通,希有人也。"②才高卓通与能推精思有着必然的因果。与此相反:"少文之人,与董仲舒等涌胸中之思,必将不任,有绝脉之变。"③才具不足,难以激发澎湃的文思,承担大儒一样的著述自然力不从心,其甚者危及性命。王莽时博士弟子郭路夜定旧说,由于当时为五经章句动辄万言,郭路孜孜以效,结果亡命烛下,究其原因就是"精思不任"——自身的才华难以负荷如此的精苦之思。《书解篇》则将才、思之间的统一关系表达得更为坚定而具体。王充在驳斥著述不赖才智、闲思即可的谬论之际论称:

> 文王日昃不暇食,此谓演《易》而益卦。周公一沐三握发,为周改法而制。周道不弊,孔子不作……夫禀天地之文,发于胸臆,岂为间(闲)作不暇日哉?……长卿、子云,二子之伦也,俱感,故才并;才同,故业钧。皆士而各著,不以思虑间(闲)也……嚚顽之人有幽室之思,虽无忧,不能著一字。盖人材有能,无有不暇。有无材而不能思,无有知而不能著。有鸿材欲作而无起,(无)细知以问(闲)而能记。盖奇有无所因,无有不能言;两有无所睹,无不暇造作。④

尽管"居不幽则思不至"并非妄谈,但闲与不闲并非决定能否著述的关键;著述需要幽思闲思,但"无材而不能思"。司马相如、扬雄等文坛泰斗,其相近的巨大成就皆本源自彼此相近的才禀。当然,有其才者也可能存在"欲作无所起"的感发机缘问题,不过一旦兴发感动,则必然能有深思熟虑。于此可见,王充对于才与思之间的体用关系已经有了基本的认知。

继而晋宋文人于此便有了确凿论定,如葛洪《抱朴子外篇·酒诫》云:"才高思远,英赡之富,禀之自天,岂藉外物,以助著述?"《钧世》云:"古之著书者,才大思深,故其文隐而难晓;今人意浅力近,故露而易见。"《自叙》又云:"他人

① 黄晖:《论衡校释》,中华书局1990年版,第581—583页。
② 黄晖:《论衡校释》,中华书局1990年版,第863页。
③ 黄晖:《论衡校释》,中华书局1990年版,第583页。
④ 黄晖:《论衡校释》,中华书局1990年版,第1152页。

文成,便呼快意,余才钝思迟,实不能尔。"①而《辞义》篇更是从文艺审美入手,明确道破了才与文思之间的因果逻辑:

夫才有清浊,思有修短,虽并属文,参差万品。②

才有清浊则思有短长,由此影响到文章的面目。葛洪这一确论是文才思想发展中的一个重要理论收获,是"才思"范畴在魏晋六朝得以确立的基础。詹锳先生就是从葛洪这段话出发,论述了刘勰有关才思的思想。③ 这一理论贡献提示我们:所谓文才赋形于创作,必须通过"思"这个环节。

又如范晔《狱中与诸甥侄书》论文,自道"文章转进,但才少思难,所以每于操笔,其所成篇,殆无全称者";而于史著则自诩"体大思精",且云:"吾思乃无定方,特能济难,适轻重,所禀之分犹当未尽。"④"所禀之分"即为长于史著的禀赋,有其不易穷尽之才分,故而绮思不竭,不可测度。

又如萧子显《南齐书·文学传论》云:"文章者,盖性情之风标,神明之律吕也。蕴思含毫,游心内运,放言落纸,气韵天成。莫不禀以生灵,迁乎爱嗜,机见殊门,赏悟纷杂。……属文之道,事出神思,感召无象,变化不穷。俱五声之音响,而出言异句;等万物之情状,而下笔殊形。"⑤其中"神明""性灵"概括先天禀赋,主要为主体才性。论文章从禀赋而入,具体创作之中则必然落实到"蕴思"。先有此"游心内运",继而则有"放言落纸"。如此之道,即神思之事,即才思之事。而且各因其才的不同而变化无穷。

以上资料,但凡论才则必有其思,论及文才高下,随后的思又皆与之相契:才高才大者思远,才钝才少者思难思迟,彼此之间的体用、源流关系清晰。其中范晔之论略有模糊之处,论文才少思难,论史才深思远,实则是就其禀赋优长而言,才思在此被分别纳入对文才史才的考量,故有其略加区分的夫子自道,但其体用关系却是一致的。

至《文心雕龙·神思》,则实现了才思关系的系统理论提升(见上节论述)。

---

① 杨明照:《抱朴子外篇校笺》上册,中华书局 1991 年版,第 599 页;下册,第 65、695 页。

② 杨明照:《抱朴子外篇校笺》下册,中华书局 1991 年版,第 394 页。

③ 参阅詹锳:《〈文心雕龙〉论才思与风格的关系》,《河北大学学报》1980 年第 2 期。

④ 沈约:《宋书》卷六十九,第 6 册,中华书局 1974 年版,第 1830 页。

⑤ 萧子显:《南齐书》,中华书局 1972 年版,第 907 页。

值得注意的是,刘勰没有完全沿依葛洪等人从才之大小论思,才大思优、才小思钝这在当时已经是一个常识。刘勰选择同样赋有才华的文士入手讨论才思关系,又引入"人之秉才,迟速异分"之说,实则是将才思关系的研讨引向了深入:不仅才的大小影响文思,同样具有文才者才分不同,也同样影响着文思,骏发与覃思两种类型的文思便是代表。刘勰这种才思体用关系认识,贯穿于《文心雕龙》全书。如《才略》篇论历代文人,而各自才略的核心表现之一就是文思,具体而言:

> 子云属意,辞人最深,观其涯度幽远,搜选诡丽,而竭才以钻思,故能理赡而辞坚矣。
>
> 马融鸿儒,思洽识高,吐纳经范,华实相扶。
>
> 祢衡思锐于为文,有偏美焉。
>
> 子建思捷而才隽,诗丽而表逸。
>
> 仲宣溢才,捷而能密。(按:捷、密皆就思而言)
>
> 陆机才欲窥深,辞务索广,故思能入巧而不制繁。
>
> 孙楚缀思,每直置以疏通。
>
> 左思奇才,业深覃思,尽锐于三都,拔萃于咏史,无遗力矣。[1]

论才略而言其文思,无非是从文思讨论文人之才的大略。之所以要归于文思,就在于后来者评量前人才略,所依据的只有其作品,寻绎推敲各自的文思展布,就可感知其运思的形态、优劣,进而彰显才致。

此外,《文心雕龙》诸篇,如"定势""情采""熔裁""声律""章句""比兴""事类""练字""附会""总术"等都关乎文思。文思不排斥规律性的传承,如《附会》论称:"凡大体文章,类多枝派,整派者依源,理枝者循干。是以附辞会义,务总纲领,驱万途于同归,贞百虑于一致;使众理虽繁,而无倒置之乖;群言虽多,而无棼丝之乱。扶阳而出条,顺阴而藏迹,首尾周密,表里一体,此附会之术也。"如此以"术"论附会,说明此术可凭借习练而得;但刘勰又明确提醒:"才分不同,思绪各异,或制首以通尾,或尺接以寸附,然通制者盖寡,接附者甚众。"[2]才

---

① 范文澜:《文心雕龙注》,人民文学出版社 1958 年版,第 698—701 页。

② 范文澜:《文心雕龙注》,人民文学出版社 1958 年版,第 650 页。

分不同,文思各异:或则词义的安排能够首尾贯通,或则任意拼凑不成整体,且前者寡而后者多。其根本的差异不纯是术的谙熟与否,而是取决于其才分是否具有生发出飞扬融通"思绪"的性能。

　　总结以上所论,我们可以说,六朝之际,才思之间这种体用、源流关系已经获得普遍揭示。到了明代,王世贞更为明确地将才思之间这种关系直接定位为:"才生思,思生调,调生格,思即才之用。"①才关乎禀赋,为体;思则将其显象于外,并对格调的产生有着重要的影响,故为用。体用统一,所以说"才生思"。叶燮对才思之间这种体用一体性也有深刻认知,他曾论称:"无才则心思不出,亦可曰:无心思则才不出。……盖言心思,则主乎内以言才……心思不灵,而才销铄矣。"无才"心思不出"与无心思则"才不出"可以置换而言,显然属于才、思一体的必然结果。又称:"纵其心思之氤氲磅礴,上下纵横,凡六合以内外,皆不得而囿之,以是措而为文辞,而至理存焉,万事准焉,深情托焉,是之谓有才。"②如此可谓正说反说,皆表达了才思一体、才生文思这样一个道理。

　　作为中国文才思想的固有结论,"才生思"道出了思之所由;后来清人徐增提出"思者,才之路径,入于缥缈"③,又道出了才之所依,即才思是文才发抒的依循路径;而袁枚"诗文自须学力,然用笔构思全凭天分"则道出了"才思"的禀赋本质。④ 三维而一体,才赋能实现对于才思范畴的全面观照。

　　才思有其利钝,指向才思优劣,才思的悬殊在一种常态的情况下可以视为才华的高下。利钝之外,如前所述,才思又有着敏迟差异。对才思敏迟的关注从汉代就凸显出来,一如"(枚皋)为文疾,受诏辄成,故所赋者多""司马相如善为文而迟,故所作少"。⑤《文心雕龙·神思》又论汉魏文坛,既有疾感于苦思者,又有应诏而成者。归结其缘由,仍在于才思。其中排除了"学浅而空迟,才疏而徒速"这种不入流现象,也考虑到了体制("文之制体,大小殊功")、机键("枢机方通,则物无隐貌;关键将塞,则神有遁心")等因素。但是,有一点难以

① 王世贞:《艺苑卮言》卷一,丁福保辑《历代诗话续编》,中华书局1983年版,第964页。
② 叶燮:《原诗》,人民文学出版社1979年版,第26页。
③ 徐增:《尔庵诗话》,丁福保辑《清诗话》,上海古籍出版社1963年版,第427页。
④ 袁枚:《随园诗话》卷十五,《袁枚全集》第3册,江苏古籍出版社1993年版,第509页。
⑤ 班固:《汉书》卷五十一,第8册,中华书局1962年版,第2367页。

颠覆:艺术创作无关乎文思敏迟,正所谓"才有迟速,而文之优劣固不系焉"。①

　　曾有学者质疑:才可生思,思可以生才吗? 历代的创作实践证明:苦思苦吟可以助乎滞塞文思的启发,但文思的高下优劣却只能归于创作主体的天赋之才。中国文艺美学的理路是"无中生有"、是"道沿圣以垂文",其天人之间在融通中又有着必然的因果。思可以助才,但思不可生才,正如同人可以无限接近天,却无以超越天。这是中国传统艺术哲学的一贯原则,并非鸡生蛋蛋生鸡的无解命题。

---

① 徐师曾:《文体明辨序说》引皇甫汸语,罗根泽校点,人民文学出版社 1998 年版,第 82 页。

文才能"尽"吗

在中国古代,文学天赋的神秘与天才传奇汇聚成文才尊奉的习尚,富有文才者由此被命名为"才子",而创作力衰退、文思迟钝、佳作难觅者也同样要追根溯源于才,自六朝开始,批评界就将这种创作情势的变化概括为"才尽","江郎才尽"便是其时最著名的典故。围绕这个传说,历代引发了江淹之才是否尽,人之才是否能尽,是什么因素影响妨碍了才的尽数发挥,维持才情活力的途径是什么等诸多话题。无独有偶,类似的感慨当代文坛同样不绝如缕,比如一些作家——尤其青年作家成名之后往往精神资源匮乏、创作难以为继。还有一些作家感慨:年轻时才华横溢而少底蕴,年事渐长积累丰富了却又言之无文,丧失了才情。如此现象、观点给人这样一种感觉:作家的才华类似容蓄在器物之中的物质,随着滔滔不绝的发抒、年深月久的挹取,每一次创作都会形成一定的耗损,如此日渐消磨,终有一日会趋于腹内空空,这就是"才尽"。那么才到底能不能"尽"呢?本文拟从才为何物出发,以中国古代有关文才的论述与文学实践的经验为参照,揭开这一千年公案的谜底。

一、"才尽"说溯源

才是一个先秦时期已经成熟的概念。汉魏之际,随着人才甄选标准的变化与才性哲学的流行,这个概念成为那个时代文化的"关键词",并完成了其美学范畴化的转型。有关"才尽"的传说也正是在这样的基础上诞生的。

文学史上最早的"才尽"传说集中出现在六朝,分别涉及著名文人鲍照、任昉和江淹。

鲍照才尽说。《宋书·鲍照传》记载:"上好为文章,自谓物莫能及。照悟其旨,为文多鄙言累句,当时咸谓照才尽,实不然也。"由于当时的皇帝自认为文才无敌,鲍照乖巧,唯恐不慎露才,显曝君上无能,因此吟诗作文有意堆垛鄙言累句。时人不明就里,谓之"才尽"。

任昉才尽说。《南史·任昉传》云:"(昉)既以文才见知,时人云'任笔沈诗',昉闻其以为病。晚节转好著诗,欲以倾沈,用事过多,属辞不得流便。自尔都下士子慕之,转为穿凿,于是有才尽之谈矣。"任昉博学,王僧孺曾比之为董仲舒与扬雄。时人所谓"任笔沈诗",是说任昉之才长于散体文章,其中又以不甚讲究才情的公文占很大比例;沈约之才则长于诗歌,既讲求情感细腻又需要文辞、音韵的兼美。任昉不服,晚年有意弃其所长,欲与沈约在诗歌创作上一较高下。但才情所限,其诗用事过多,殆同书钞。虽然如此,在一些同调者的刻意吹捧鼓舞下,任昉不仅毫无收敛,反而越发肆力于这种创作,作品日益缺乏灵动,"才尽"之论由此而来。

江淹才尽说。这个典故首见于钟嵘《诗品》,其中云:"于时谢朓未遒,江淹才尽。"《南史·江淹传》所叙更为详细:

> 淹少以文章显,晚节才思微退。云为宣城太守时罢归,始泊禅灵寺,夜梦一人自称张景阳,谓曰:"前以一匹锦相寄,今可见还。"淹探怀中得数尺与之。此人大恚曰:"那得割截都尽。"顾见丘迟,谓曰:"余此数尺,既无所用,以遗君。"自尔淹文章踬矣。又尝宿于冶亭,梦一丈夫自称郭璞,谓淹曰:"吾有笔在卿处多年,可以见还。"淹乃探怀中得五色笔一以授之。尔后为诗绝无美句。时人谓之才尽。

后世著名的"江郎才尽"典故即是由此而来。以上"才尽"说皆是就文人而发的,结论的得出凭借各自作品所呈现的艺术风貌和水准,主要指向作家创造力较此前的衰退。当然,以上三人所谓"才尽"的表现略有差异:鲍照才尽不是客观写照,而是文士的一种韬晦之策。任昉才尽论略显复杂。"任笔沈诗"的品鉴依据是当时的"文笔之辨",其中的"文"与普遍的、功用性写作(当时名之曰"笔")分离,赋予了艺术审美的身份,这是中国"文学"自觉历程中一个重要的标志性理论成果。从"诗"(即文)、"笔"相异维度区分任昉、沈约,已经摆明批评界对任昉诗才不优的共识,在这种条件下,其拘挛补衲、掉弄书袋的诗歌写作正是其本然之才的客观体现,既然本来就未见卓异,因此所谓"才尽"在此更多指向的是其诗才不优的事实。只有江淹才尽的传说更接近一般"才尽"二字的本意,而且也成为三个事典中流传最广、影响最大的一个,引发了历代的关注与讨论,学者们见仁见智,论说纷纭,而其主旨最后集中于江淹之才到底尽还是未尽。

论其文才未尽者致力于为江淹开脱。张溥认为江淹遭逢喜好文艺的梁武帝,不敢以文陵主,因此仿效鲍照,并非才尽,时人谓其才退其中不乏嫉妒之心。王夫之于江淹创作推扬备至:不为时移,别有玄托,出入屈宋,雅音静好,"千古以下,遂无和者。唯许我似古人,不许后人似我"。至于"前有任笔沈诗之俗誉,后有宫体之陋习",江淹又皆不愿附其流脉,与其部伍,此谓"不屑尽其才",其才又何曾罄尽呢?王世贞则从江淹遇隆官显,无暇顾及诗文立论,《艺苑卮言》卷八有云:"文通裂锦还笔入梦以来,便无佳句,人谓才尽,殆非也。昔人夜闻歌渭城甚佳,质明迹之,乃一小民傭酒馆者。捐百缗,予使鬻酒,久之,不复能歌渭城矣。"从为人使役到略可做主,地位一变,心思随即转向逐利,再也无暇吟唱。姚鼐对于王世贞此论深以为然,他认为江淹佳作多在仕宦未盛之时,及至名位隆盛,尘务经心,创作便渐呈颓象,这与所谓"匆匆不暇唱渭城"者显然是同一个道理。

论其文才穷尽者则从两方面举证:一则江淹才本浅弱,"天分不优"。这集中体现于其创作刻画模拟,循依古体,虽然有人工的精刻,却难脱"刍灵象人""优孟衣冠"的批评!一则江淹才尽有其征兆,这就是那个令其沮丧的异梦。胡应麟就认为:"其梦,衰也;其衰,非梦也。"(《诗薮》)才华衰退并非梦导致的结果,但如此之梦正可视为才力颓唐的预兆。

以上讨论,起初集中于江淹是否才尽,随后敷衍开来,逐步聚焦于普遍意义的文才到底能不能尽这个论题之上,并最终从江淹的个案上升为一个文艺美学论题。这个论题中包纳着两个主要的疑问:文才是否会因为频繁运使而枯竭?文才是否会随着年事增长而凋零?

二、关于"才尽"说的论争

有关文才是否能尽的两个主要疑问,历来有着各自不同的回答。

文才是否会因频繁运使而枯竭?严格讲这一推论在中国古代并没有普遍

性,尽管古代文人非常关注覃思苦吟与才子气十足的恃才、任才创作对于文才的影响,但类似李邺嗣"文人自用其才,亦如用物然,倾其所积而止"(《耕石近草序》)之类的言论却极为罕见。古代文人对于纵才结果的表述与钱谦益如下之论基本一致:"生生不息者,灵心也,过用之则耗。"(《族孙遵王诗序》)"灵心"即指才赋,既然它"生生不息",自然没有穷尽一说。这里所谓"用"非是不用,特指"过用",即终日拈笔,应酬无度,其后果为"耗",就是耗损,具体指向以下三端:挠乱真气,蹶僵美才,扰塞深思。只是影响文才的效益,与"尽不尽"无关。而且一时的低迷并不代表文才自此江河日下,涵养有道的话它仍然可以重焕生机。

杭世骏更是明确对"才尽"说提出了质疑。他首先讴歌文才是天地间神妙之物:"乾坤有清气,山水有清音,融结而为精灵,胚胎而为人物,衷之性情,根之气骨,散之心脾,造化实钟美于是,而幸而得之,则才之说也。"如此造化钟粹者,正可"雕镂肝肾,涵泳飞跃,率意肆口,颠倒反复而用之",何曾有竭尽一说?至于某些"为之至于穷悴老病以死而不知厌,或责之或愍且笑之而犹不自悔"的"好之"者,其"铢铢积之,寸寸累之"的情态虽然的确彰显了才尽之势,但其实这种情势与才尽与否毫无关系,因为他们本来就属于"其为才也亦仅矣"的"无才者"。真正的才不可穷尽,所以杭世骏的结论是:"诗也者,用才之地,而非竭才之具也。"(《何报之诗序》)

相比之下,"文才是否会随着年龄增长而凋零"这一话题受到了更为广泛而密集的关注,并形成文才无尽老而弥笃、文才有尽才随年衰两个对立的观点。

文才无尽老而弥笃的思想,与《老子》"大方无隅,大器晚成"的观念、《孟子》天将降大任于斯人必将苦其心志、空乏其身等人生必经磨砺之论有着一定的关联。杜甫的"庾信文章老更成"之说,已经关注到了创作历程与才华的关系。宋人对于杜甫之论颇为赞赏,所以其时论文才无尽老而弥笃、文人大器晚成者尤多。刘克庄《刘忻父诗序》就曾对江郎才尽之论明确提出异议:"予独以气力有惰而才无尽。"不仅无尽,而且文才如同陈年佳酿,历久弥新。孙奕《示儿编》列"老而诗工"条,认为"少陵到夔州后诗,昌黎在潮阳后诗,愈见光焰";韩淲《涧泉日记》则专论宋代几位大家:

> 欧阳公自《醉翁亭》后,文字极老;苏子瞻自《雪堂》后,文字殊无制科气象。介甫之罢相归半山也,笔力极高古矣,如曾子固见欧阳公后,自是迥然出诸人之上。老苏文字,篇篇无斧凿痕,盖少作皆已焚之矣。

这种愈晚而诗文益高的现象,高似孙将其直接概括为"诗随老大深"(《答李才翁》),后人又称之为"年益高,功益深"。如此持论的文人,多将文艺创作视为一生的修为,以循阶而进为其必然的经验,因此"中岁所为,或风格未成,波澜欠老,皆它日遗恨"也便成为文人常态。所谓"它日遗恨"就是指历代大家多悔少作的现象。有人问宋代王十朋自我今昔文章的优劣,王十朋云:"新文之进予则不知也,但每阅旧文背必汗焉耳。"(《论文说》)潜台词就是:才随年进,故能见今是而昨非。悔其少作集中表现于一些著名文人成名之后大量焚其少作。吴熊和先生《宏观的中介》一文曾关注这个现象:黄庭坚旧有诗歌千余篇,中岁焚去近乎三分之二;陈师道自编诗稿,所列皆为三十一岁以后的作品;陆游刊定《剑南诗稿》之际,四十六岁入蜀以前的诗删存仅有一百余首。杨万里《江湖集自序》坦承:"余少作有千余篇,至绍兴壬午,皆焚之,大概江西体也。"焚弃的理由中,不满质量是其核心。有鉴于此,迟之深之以待将来火候至足便成为古人师友规训的座右铭,这种境界就是"天老其才"。

另一种意见为才随年衰,即文才随着春秋渐长而逐渐颓靡不振。这从后汉文人有关"小时了了,大未必佳"的警示中已经透露了些许端倪。王安石感伤仲永,随后宋代文坛"少时文名大著,久而不振"现象的屡屡发生,似乎同样成为才随年衰的脚注。他如欧阳修《题青州山斋》讲述了自己如下创作经历:

> 吾尝喜诵常建诗云:"竹径通幽处,禅房花木深。"欲效其语作一联,久不可得,乃知造者为难工也。晚来青州,始得山斋宴息,因谓不意平生想见而不能道以言者乃为己有。于是益欲希其仿佛,竟尔莫获一言。夫前人为开其端,而物景又在其目,然不得自称其怀,岂人才有限而不可强?将吾老矣,文思之衰邪?兹为终身之恨尔。

欧阳修遗憾自己难以追摹常建之作,并分析原因有两个:才有其偏限而不能勉强;年老才思衰退。虽然意存两可,但这种自馁的揣测与其往昔自道《庐山高》等作堪配李杜甚至李杜也难以望尘的气度已经大相径庭,似有一丝才随年衰的隐忧。相比之下,周必大"及其老也,血气既衰,聪明随之,虽有著述,鲜克名家"(《鸿庆居士集序》)的立场则更为明确。朱熹也持此论,他曾说过:"人之文章,也只是三十岁以前气格都定,但有精与未精耳。"(《朱子语录》)三十岁在朱熹看来是一个分水岭,其时血气已定,文章体调风格也基本定型,此后无大进境。这一论断与西方人戏称的"一个抒情诗人最好不要活过三十岁"的意思有近似之处。所谓"精与未精"不是说文才此后还有一个精进的过程,且在大致稳定的体格之外可以别开天地,而是指作家体调风格的精熟与否,这关乎作家的磨砺与锻炼,属于熟能生巧的范围,已经与天赋关系不大。不仅如此,在他看来文家晚年作文就如同秃笔写字,全无锋锐可观,所以又称"人老气衰文亦衰"。三十岁后才渐销落之说又见于黄宗羲的相关论述,但不属于美学论断,而是对当时浙西部分学人的客观写照。吕留良《古处斋集序》曾载其语:"浙西之材,未十岁许,便能操觚,文与年进,至三十许而止。自是以后,则与年俱退亦如进,故日就销落。"在一般才随年衰的持论者看来,大家硕彦尚多如此,碌碌者也就更加概莫能外了。

那么,文才到底能不能尽呢?这就要从才的本义及其特征说起。

三、才的性能统一性、天人统一性与"才尽"说质疑

从文字训诂考察,才的原始意义衍生于草木的存在状态。对这个字的训释大约有两个代表说法:

其一,表示草木生长的初始状态。才的篆字作两横一竖,许慎《说文解字》释云:"草木之初也。""丨"的上面所贯之"一"为"将生枝叶";下面的"一"代表"地"。才字既象形也会意,是植物生长刚出地面的形态。南唐徐锴《说文系传》沿依此说,只是将上面一横解释为"初生岐枝"。段玉裁《说文解字注》赞成许慎的释义,并进一步拈出其"凡始"、起初的引申义。

其二,代表树木伐倒之后所呈现的本然质地。唐代李阳冰先有此说,宋末戴侗《六书故》引其言曰:"在地为木,伐倒为才,象其支根斩伐之余。凡木阴阳、刚柔、长短、大小、曲直,其才不同而各有所宜谓之才,其不中用者谓之不才。引之则凡人、物之才质皆谓之才。"戴侗也主这一意见。李阳冰等的释义是对象形"才"字的另一种解读,尤其侧重于"木""才"二字之间的形似辨析:生

者为木,伐倒之后,斩除大木之旁枝根系则为才,斩伐之后最终显示树木主干的本然质地性质,质地性质不同其用度也便相异,但凡能堪其用者皆可为才。如此既论性质,又兼用度。元代周伯琦编《六书正讹》延续此说:由于木的斩伐为才,他认为"才"字就是由"木"字省笔而成的,不应该将与树木物料相关者别作"材"字。而在中国古代,"才"与"材"是相通的。

以上对才字象形会意理解的不同,出现在不同的时代。许慎之说最早,应该能够代表东汉之前关于才之本义的基本理解。唐人之说虽然后起,但同样是从草木存在的状态着眼,其"才""木"关系的考释对于许慎的解读具有一定的补充意义。

综上所述,所谓才,本意是一个时间概念,由于它代表着初始、方将,因此不仅阴阳、刚柔、长短、大小、曲直、清浊等质地蕴蓄其中,未来的走向或发展趋势同样涵摄其中,"才"中也便有了"能"的意蕴,因此段玉裁《说文解字注》引申其意为:"草木之初而枝叶毕寓焉,生人之初而万善毕具焉,故人之能曰才,言人之所蕴也。"才就是质地性质,就是质地性质之中透显出的潜能。在早期的哲学思想中,才与性密不可分,因此才或者性又被统称为"才性"。在古代学者看来,"命""性""才"的本意是一致的,他们都是"天性",冯友兰也认为:"才是天生底,所以亦可谓之为性。"(《新世训》)才的这种内涵定位,在战国时代已经全面成熟。

考察古代哲学、美学、文字学的论释,才呈现为如下两个重要的特征:性、能统一性,天、人统一性。

才的性、能统一性。才的性、能就是才的质地性质与潜能,二者的统一性在孟子人性理论"尽才成性"之说、在许慎等对才的训释之中已经鲜明体现。主体物理性的质地性质,对主体未来的发展趋势具有引领、支持或者预设功用,如此的潜能或潜在优长便含蓄在如此的质性之中。具体而言:

首先,才有其分,这就是"性"——尤其指向"个性",又称为"性分"或"才分"。性分或才分是从才的关涉范围、特征、程度约定而言的,其理论关注可以追溯到春秋时期,其时孔子分人为三等:生而知之、学而知之、困而学之,所依托的便是主体禀赋。《孟子·尽心上》直接名之为"性分":"君子所谓性,虽大行不加焉,虽穷居不损焉,分定故也。"两汉出于人伦识鉴的需要,与此相关的论述渐渐增多。或由修短言分,如《淮南子·修务训》云:"人性各有修短,……此自然者,不可损益。"或由品级定才分,如董仲舒承孔子思想,以为性有三品:圣人之性、中民之性、斗筲之性;班固《汉书·古今人物表》列九等之序以别人才,荀悦《申鉴》于三品之中又各自分出上中下,直至曹魏九品论人法式等等皆是。修短或者品级关乎大小高下,如《论衡·案书》论称"才有高下""才有浅深";《本性篇》亦云"人性有善有恶,犹人才有高有下也"。

六朝之际,才分论已经进入文艺批评。范晔《狱中与诸甥侄书》曾自言"所禀之分犹当未尽",他所谓"禀分",即指其于著述、诗歌创作上的擅长。《文心雕龙》更是屡言才分,《神思》云"人之禀才,迟速异分","才分不同,思绪各异";《养气》云"适分于胸臆";《夸饰》云"器分"。人才有其分,则意味着其基本的质性由此获得相应的规定,彼此不同,各呈其面。

其次,才的不同质地性质可以呈示为不同的潜能,并在一定条件下彰显为具有实践品格的"性能""才能"。"才能"概念渐兴于东汉,王充《论衡》之中已经有了成熟运用,如《书解》云:"人材有能。"《程材》云"论善谋材,施用累能""深娕才能之儒""材能之士,随世驱驰"。刘邵《人物志》则专设"材能"一篇讨论才之所能与政事所宜:

> 人材各有所宜,非独大小之谓也。夫人材不同,能各有异。有自任之能,有立法使人从之之能,有消息辨护之能,有德教师人之能,有行事使人谴让之能,有司察纠摘之能,有权奇之能,有威猛之能。夫能出于材,材不同量;材能既殊,任政亦异。

才能不同,能够从事的政事从类型到大小也便有了差异,虽然备列"偏才",但因其各有所能仍可谓之"一味之美"。

才有其质性,性有其潜能,但值得关注的是,中国古代有关质性、潜能的论述并不是孤立的,而是每每致意于性、能的统一。较早论者如张衡《应间》云:"人各有能,因艺受任。""人各有能"是说人有各自不同的偏性或独诣质性,它决定了因能择业的基本原则。南朝梁际庾元威论书,直接摆明二者关联:"夫才能则关性分。"后世论才,时常有人局限于能力一维,今天普遍的理解尤其如此,宋末戴侗《六书故》早就于此做出了反思:从禀赋而言,天之降才并不划一,有着智与愚、贤与不肖的差异,这就是"个性"或"性分";如此个性或性分最终所实现的成就,就是性能才能,但性能才能的造诣又必然受到性分的支撑与制约,二者密不可分。司马光等辨析才德,以才为能,以德论性;二程以性出于天、才出于气,存在才性相异的嫌疑。如此理解的话,才便成为智术、技能、勇力的代名词,忽略了才能本乎禀性的基本常识。戴侗以上的质疑,是对脱离材质体性而仅仅以能力论才现象的矫正。明清文人的如下比喻更有助于我们理解性分、才能之间的这种关联。先是金圣叹将其比喻为树种与参天大树:"才之为言材也,凌云蔽日之姿,其初本于破荄分荚,于破荄分荚之时,具有凌云蔽日之势;于凌云蔽日之时,不出破荄分荚之势,此所谓材之说也。"(《水浒传序一》)才就如同一粒树种,日后成就参天之势的时候,这一结果已经蕴涵在种子之中,先天已经具备了这种生命潜质,突破当下态势的能力不能脱离这种根基。随后戴震继承了这一形象的阐释方式,只是将树种与参天大树置换为了桃杏之核与桃杏。桃杏之核都是一颗果仁,二者无大区别,虽然其中包孕着将来各自形色臭味的所有因缘与物质基础,但这一切不能于种子之中直接见到,而在特定条件下一旦萌芽绽放,桃有桃姿,杏有杏态。这种不同体貌的内在规定就是"性",能够健康成长且最终成就各自体貌就是"才"。看到才的展示可逆知个性的本色,而才的成就或展示又是个性发展的必然结果。因此,"才质者,性之所呈也"(《孟子字义疏证》),才是个性的外显,也可以说才对个性具有显象功能。

金圣叹的论述,从才的质性中讨论才的潜能之意比较清晰。戴震虽然更侧重于通过种子的比喻表达才为性的体现这一意义,但他同时也特别提醒:"才者,人与百物各如其性以为形质,而知能遂区以别焉。"不仅仅才为性的显示,而且才之所能必然本于主体的基本质性,人的知能之所以判然,与质性的差异密不可分。这就是才的性、能统一。

才的天、人统一性。如前所述,才的性、能统一之中的"能"是"潜能",是未来造诣、成就的可能,它与实际的所能不可画等号。如此质性的具备仅仅是性可以转化为能的物质基础与前提条件,其能否激活、能否机轴灵动不绝如缕则需要后天人力的持续投入,只有这种质性与后天人力实现融合,潜质潜能方可转化为实际才能。纳入美学研究的才,正是这种天人统一的产物。其中的后天人事或人力,在古代哲学美学中经常被纳入"学"的考察范围,兼容着读书、实践与思考的方方面面。

才这种天人统一性的理论发端同样要回到儒家的人性思想。早期儒家的性善性恶之论虽然具有一定的矛盾性,而从主体完善的手段来看,二者又不约而同地聚焦于后天人事。

孟子的思想可以概括为"复性"。作为性善论的代表,他在排除了人之不善非是才的罪过之后指出:尽才则可以为善。这就是尽才成性,尽才的过程便是学而习之、克己复礼、见贤思齐、三思而行等致力于学的过程。尽才力学是主体完性成性的唯一通道,最终的境界就在自身,成性完性的过程便是自性的自我释放与成全。

荀子的思想可以概括为"缮性"。作为性恶论的代表,他以为人性之中附着了原始的诸般欲望冲动,并非清澄无瑕,于是人便不得不通过"伪"——文饰、文化来实现自我的去魅,尽才力学由此同样成为抵达性的完善的唯一通道,最终的境界超越了自身,性成其"伪"的过程在此也就是自性的弥补与陶冶。

综上可见,学是德性完足、修美的唯一手段。性对学有着本质的需要,性只有完足、修美始可最大限度地成其性能,《荀子·儒效》所谓"知而好学然后能才"就是这个道理。才的天人统一性由此奠基。也可以说,在性各有分的前提下,人力是使这种定分得以焕发得以圆足的终极策略。历代学者于此均有深刻揭示。

西汉董仲舒的"性禾善米"学说是对才的天人统一性的形象阐释。《春秋繁露·实性》以禾、麻、茧等比性,以米、布、丝等比善,性即质性,善为性能。进而论述质性与性能的区别与关联:

> 善如米,性如禾。禾虽出米,而禾未可谓米也。性虽出善,而性未可谓善也。米与善,人之继天而成于外也,非在天所为之内也。天所为,有所至而止。止之内谓之天,止之外谓之王教。王教在性外,而性不得不遂。故曰:性有善质,而未能为善也;岂敢美辞,其实然也。天之所为,止于茧麻与禾,以麻为布,以茧为丝,以米为饭,以性为善,此皆圣人所继天而进也,非情性质朴之能至也。

这段文字的主要思想是：所谓"王教"就是"圣人所继天"之功，属于人事的范围。"善"作为性能是先天之性和后天修为共同作用的结果，就如同禾苗必须经过阳光粪溉呵护才能生成稻米。麻成布、茧成丝的道理与此一致。

东汉及魏晋六朝文人继而对才必待学而成能的道理做出了更为翔实充分的阐释。如王充《论衡·量知》篇中广设譬喻：

或喻为璞石待雕琢："骨曰切，象曰瑳，玉曰琢，石曰磨，切瑳琢磨，乃成宝器。人之学问，知能成就，犹骨象玉石，切瑳琢磨也。"

或喻为粟待舂扬蒸煮："谷之始熟曰粟。舂之于臼，簸其秕糠；蒸之于甑，爨之以火。成熟为饭，乃甘可食。可食而食之，味生肌腴成也。粟未为米，米未成饭，气腥未熟，食之伤人。夫人之不学，犹谷未成粟，米未为饭也。"

或喻为矿石待熔炼："铜锡未采，在众石之间，工师凿掘，炉橐铸铄，乃成器。未更炉橐，名曰积石，积石与彼路畔之瓦、山间之砾一实也。"

其他六朝文人又有诸如素布待染、单味待和、茧之待缲、蚌之待剖等等譬喻，其表达的核心意旨即是：就才的质性与性能而言，"质虽在我，而成之由彼"（葛洪《抱朴子》）。当然，人力的不可或缺并不意味着主体丰富的创造力就是学力的产物，其本质实为学力最终实现了主体本然潜能的释放，所以《刘子》称："人能务学，钻炼其性，则才惠发矣。"宋人将这个过程又称之为"以务学而开其性"，其所体现的就是才的天人统一特性。人与天地并立而称三才，其质性必待更为勤勉精细的雕琢刻削或熔炼，始能启导聪明，显其性能功用。

综合才的性能统一、天人统一特质，我们可以对才做出进一步的描述：作为主体的描述性范畴，才不是一种单独确立、个体运转并发生作用的官能、功能或机能，而是对人性诸般存在形式包纳性的指涉。它以主体禀赋质性的有机融结为基础，通过人力的不断参与实现心智结构系统的良性运动。因此我们可以把才定义为"主体禀赋性的完整心智结构系统与人力的统一"。这里所谓"禀赋性的心智结构系统"包蕴丰富：诸如记忆、感觉、辨识、思维、情怀、联想、归纳等机能的源泉尽在其中。作为才的根基，这种质性各有其分，不可变易；各有偏优，难以兼通。如此质性上的分野随之在后天的学习磨砺过程中逐步形成术业所能所宜的不同选择。对于文才（文学艺术之才）而言，它并没有超越于一般才所具有的心智结构系统之外，只是其中突出且具有决定作用的因素与常人相比有着容量或浓度的巨大差异,这个突出且起决定作用的因素就是其于感觉、情怀、联想等心智的独到,多情而深情、敏锐而幽微的人格,构成了严羽所谓"诗有别才"之"别才"的根本。

由此可见:作为"主体禀赋性的完整心智结构系统与人力的统一",才又是以"系统"呈现的心智存在。它内化为心智结构,融会彰显于情思、志气、学力、识度等方方面面,形成一个完足又互相关联的生态系统,最终归结于天人关系的大纲之下,彼此支应,相互为援,其中一环出现病弊,整个系统的良性运转便会受到阻碍。才的这种质性潜能统一、天人统一的特性,其依托本体心智结构系统而见其良性运动的本质,为我们正确理解才是否能尽问题提供了依据:事实上,所谓"才尽"是一个非常笼统含糊的表达,乍言之略似其实,细究之却难以确指。从才的系统特征剖辨,对于一个作家诗人而言,作为其潜能发挥、用度施展源泉的"性"是稳定的,也可以说,其主体特定的心智结构系统的构成基础、气血基因的组合特质是稳定的,既不会因频繁的运使而变异,也不会随着年龄衰老而萎缩。但这个"性"的性能——即才能呈示并非一个持续稳定的状态,就如同一株花草的生长,不是一颗优良的种子就能决定鲜花能否绽放,它的生长需要一个生态:水分、空气、肥料、土壤以及周边杂草的祛除等等,都对其生长有着重要影响。其中有禀赋质性之中的相关机能是否灵动圆活问题,更有后天人力对于先天激发的力度是否充分问题。这种现象,我们可以称之为"性不可易,能不易续"。就古人所论"才尽"的实质而言,这不是才尽,而是心智结构系统的良性运转机制受到了破坏,性能才能的激发受到了阻滞。

四、"才尽"说本质:纵才不养则神疲,年进不学则思钝

如上所述,所谓才尽实为心智结构系统良性运转机制被破坏,而破坏心智结构系统良性运转的,恰恰与引发"才尽"说的两种表现相关:纵才而不养,年进而不学。仔细考察这两个现象,有助于我们深刻理解所谓"才尽"的本质。

先看无所节制的纵才创作。对于具体的文学创作而言,我们从诸般才子传奇之中听惯了所谓兴酣笔畅、口吐莲花的戏说,反而对个中三昧所知不详。事实上,所谓孜孜不倦无所止歇的写作往往与苦累相伴。如东汉桓谭《新论》记载扬雄的自述:"成帝时,赵昭仪方大幸。每上甘泉,诏令作赋,为之卒暴。

思精苦，赋成，遂困倦小卧。梦其五脏出在地，以手收而内之。及觉，病喘悸大少气，病一岁。"扬雄非是不才者，但每逢皇帝兴来（不是自己兴来）则必奉诏作赋，其困顿可想而知！桓谭引发的思考是："由此言之，尽思虑，伤精神也。"王充的勤奋为后人屡屡称道，《后汉书·王充传》载其为著《论衡》，"闭门潜思，绝庆吊之礼，户牖墙壁，各置刀笔"，如此刻苦的回报是成就了八十五篇二十余万言的皇皇巨著，但也换来了"年七十，志力衰耗"的惨淡。《论衡·对作》中有其夫子自道："愁精神而忧魂魄，动胸中之静气，贼年损寿，无益于性，祸重于颜回，违负黄老之教。"即使有"绣虎"与"才高八斗"美誉的曹植，也有创作不辍而"反胃"之论（萧绎《金楼子·立言》）。他如身为"江东二俊"之一的陆云，其《与平原书》在雄心勃勃地畅谈与古人争锋之外，有相当一部分篇幅是向其兄倾诉无所事事执意笔耕带来的苦楚，诸如"以思虑，腹立满，背便热""小思虑，便大顿极""嬴瘵累日"等语触目皆是。尽管气机是否畅通、积累是否充盈、血气是否健旺以及体制大小等直接影响到创作，但恣意运才而不事涵养，应酬敷衍而不事收敛，有张无弛，有动无息，其带来的直接而具体的后果就是《文心雕龙·养气》所概括的"钻砺过分则神疲而气衰"。刘勰认为，从养生卫气角度而言，如此不明为文之理，"精气内销"而"神志外伤"，"销铄精胆"而"戚迫和气"，最终只能是"秉牍以驱龄，洒翰以伐性"——写作成为戕害生命的罪魁祸首。就创作实绩而言，无所节制、左支右绌抛洒才情，"神疲气衰"必然反映到"文思"之上，落下"文思浮易"的恶疾：起初是"应付供给语尘集楮墨"，通套语汇随处可见；久之"手滑"便"不耐沉思"，肤浅轻易惯了，反而以覃思深识为畏途；最终必然归结于才力颓堕，"人之才情精神亦复有数，多应酬以分其力，后遇大好题，作之反无力，不得精彩"。文思是文才落实于创作实践的直接表现，文思浮易不耐沉深，于大题好题目无力担荷，这就是"才尽"之所指（毛先舒《与方渭仁论文书》）。

但如此所谓"才尽"并非才的穷竭与永久丧失，只是文思的麻痹，它可以重接本源、再振活力。其拯救之策刘勰在明示沉疴之际也已经和盘托出：创作应当秉持"从容率情，优柔适会""清和其心，调畅其气"的情志，在此前提下，烦虑即搁笔，意得则挥翰，以逍遥优游纾解劳乏，以谈笑弭祥消除疲倦。如此"常弄闲于才锋，贾余于文勇"，其文思的锐利也便无所折损。同样的道理在《文心雕龙·神思》篇中又表述为"陶钧文思,贵在虚静,疏瀹五藏,澡雪精神"。文才能够敛蓄涵养,则最终激活的是文思,有文思的泉涌淋漓,便无所谓"才尽"。古人所谓"慎入慎出""取精多用之少",所谓"才性贵重""文德敬慎",宣扬的皆是这种文思的敛蓄涵养之道。

当然,刘勰等人讨论的养才接近于道家卫生意义的养气,文艺事业所涉及的涵养之道远不止此,正如陆游所云:"才得之天,而气者我之自养。有才矣,气不足以御之,淫于富贵,移于贫贱,得不偿失,荣不盖愧,诗由此出,而欲追古人之逸驾,讵可得哉?"(《方德亨诗集序》)陆游所论之养更侧重于孟子所说的浩然之气,是配义与道又融合了生命之气的产物。没有这种内在志气的支撑,再强壮的躯体、再鼓荡的血气热情都可能难以转化为昂扬正大的文思。

再看年进而不学者的创作情势。如果我们仔细分析才老弥笃说与才随年尽说的内涵,除了部分个体批评的主观,会发现以下特征:在批评者眼中,排除情怀深浅、体制大小、精神郁畅等偶然因素的影响,很多优秀文人之所以被认为才并未随年而尽,是由于其老不废学;另外一些文人之所以被视为才随年尽,恰恰因为他们年进而不学,其老境颓然,不是才性本身的变化,而是才性发挥作用的生态系统之中维护其生机的后天努力迟滞甚至停滞了,由此造成本自性能统一、天人统一的文才丧失了焕发活力的源泉。

从才非随年而尽之说来看。人力的持之以恒可以成就创作者的功力,可以锻炼作者的识力,可以熟谙文艺的法度利病,可以陶养作者的志气,可以蕴藉作者的德性情怀,最终由此人力的不倦而抵于神知心灵。于是那些后人眼中才随年进的大家,诸如韩愈、欧阳修、苏轼、黄庭坚等等,没有一个不是学随年深的典型,因此楼钥少年时问从兄杜、韩、苏、黄等诗文何以晚而益高,其兄这样回答:"文章,精神之发也。学问既充,精神有养,故老而日进。"而魏了翁则以"才命于气,气禀于志,志立于学"为前提,豪迈地提出:才之为状,正应"穷当益坚,老当益壮"。因此在他看来所谓诗随年衰、才随年尽都是无稽之谈,但凡能学则志立,志立则气盛,气盛则才动,如此之才岂是一梦之间他人所得予夺?(《浦城梦笔山房记》)

而对于那些才随年尽的持论者来说,前引欧阳修的遭际缺乏说服力,难以追摹常建,一则兴会不佳。另则他所谓才情偏宜的原因可能更为直接,二人一以阴柔、雅致见长,一以深邃禅意鸣世,不可兼能本是文人常态。更何况他自己恰恰被宋人视为了才老弥坚的典范。朱熹虽然较为悲观,但仍然不能否认创作的"气格"仍然可以随着年深月久而精熟。更多的所谓"才尽"之论,并非才性本质发生了蜕变,而是激发才能现身的机制中辍,说白了,"才尽"实际上是"学衰""学尽"的必然结果。王安石的《伤仲永》可为其典型:"仲永之通悟,受之天也。其受之天也,贤于材人远矣。卒之为众人,则其受于人者不至也。"受之于天的才性必待受之于人的学习辅助,否则质性只为质性,永远不可能转化为才能,间或有所呈露,终难大放光芒。对于宋代文坛"少时文名大著,久而不振"的现象,陵阳先生的剖析更加一针见血:

> 无他,止学耳。初无悟解,无益也;如人操舟入蜀,穷极艰阻,则曰吾至矣,于中流弃去篙榜,不施维缆,不特其退甚速,则将倾覆矣。如人之诗,止学也。(《诗人玉屑》)

天赋聪明稍稍开启就志得意满,弃而不学,其巨弊在于小成之后就会原地踏步,甚而废法恣意,不进则退,就如同舟船行于中流却丢弃篙榜维缆,不仅会急速后退,而且还有倾覆之危!至于黄宗羲对于浙西学人三十才尽的评价,其结论是在与浙东学人才随年进的对比之中得出的,而他之所以如此自信,正源自"吾地人差朴,然三十后正读书始耳"。这里所谓的"学人"虽然没有专门指向诗人作家,但其本质却融通无二。

出于对以上道理的深刻理会,历史上很多文人在涉及一些他们眼中才随年尽的事例时往往都预留了一个疗救的方案,这就是"学"。

无论是否赞成才随年尽,"学以启才"的思想在当时与后世皆具有代表性,"舍学而用才,其才易匮"因此成为规诫才人的金玉良言。

当然,这里所谓的"才尽"依然是一个笼统表述,一如钻砺过分导致的"才尽"实指"文思"衰靡,才随年"尽"或者"不尽"所指的同样不是文才的整体系统,而是"才思"——出自个体文才禀赋的"文思"。早在唐代,孙过庭《书谱》就有如下文字:"若思通楷则,少不如老。"作者将老而弥笃者明确定位于"思"——即才思愈老愈贯通。前引欧阳修《题青州山斋》所言模拟常建之诗久而不得,即自道"将吾老矣,文思之衰邪"。前引姚鼐论江淹名位隆盛之后尘务经心,其所受到的主要影响也在于"清思旋乏"。凡因血气变化而有顺滞、有通塞、有敏迟之变者,皆在此文思。既是文思或才思问题,何以便被命之曰"才尽"呢?原来,"才"作为一个模糊性、系统性的概念,由于不同语境的表达需要,具体文献之中一般不会全面覆盖其本然意涵,而是在才性、才能之间游移,经常两端分表,有所侧重;加之习惯性意会对于才意义建构、表达的影响,有时甚至会模糊其体与用的范围,以用论体、以点代面。比如具备良好的记忆力、学习能力从古至今皆命曰有才,但实际上这只是构成才的心智结构系统之中的质性之一,不是才的整体与全部质性的体现。虽然如此,这种关于才的表述习惯已经化入了汉语的构词法则,诸如才情、才识、才藻、才学、才力、才器、才气、才思等范畴,皆可以视为主体之质性、才性通过其情怀、识力、学养、藻彩、德器、气势、文思的自我现身。反过来,古人也便经常将富有情怀、识力、学养、藻彩、德器、气势、文思之能力等视为有才。由于以用论体、以点释面的表达传统,文思的钝滞、伏匿便被名正言顺地表述为了"才尽"。

需要格外强调的是:本文所研讨的"才尽",是中国古代文艺领域所关注的、具有相应边界共识的"才尽"——诸如其中涉及的"年"基本以具有生命活力、创作激情的阶段为主,大限将至、元神耗尽的万事终结阶段并没有纳入主要考察对象。如果将这个话题从文艺领域还原为纯粹的生命现象研究,则问题可能会复杂很多,也将引申出不少无可言说的内容,对于心智的研究,最终还需要科学的助力。但根据既有的关于文才相关特征的认知,在文才是否能尽这个问题上,我们还是可以得出以下结论:

文才具有天人统一性,性无所易,但有人事人力(包括生活、经验)的勤勉与坚持,则性可成能,无所谓才尽。文才是心智结构系统与人事的统一,具有一定的系统性,年事的变化可能影响到其中诸如文思的敏捷,尤其血气精力的衰减必然要影响到兴会、文思的持续,歌德就曾将"爽朗精神""青年时代""创造力"紧密联系在一起(《歌德谈话录》)。但文艺的历史早就证明:创作的质量无关于文思的敏迟,其传世之作《浮士德》与但丁《神曲》等诸多名垂千古的经典也恰恰成就于老年。尤其不能忽略的是,年事的增加又往往伴随着识力的通达,伴随情怀的深沉,顾随又称这种深沉为"恬静",而"恬静与热烈非二事",必须从闹热之中发生的寂寞才是真正的恬静,这是"文心""诗心"的根基(《驼

149

庵诗话》)。美国诗人庞德有着同样的体认："当一个精力充沛的人成长起来的时候,他的感情也必定日益充沛。"(《严肃的艺术家》)因此,尽管老年之作可能缺乏青春时代的"弹力",却自有其"锤炼"之功;虽"绮丽"不似当年,却更具"自然"佳致。作家文才发散形式的变化、风格体调的变化也并不意味着才尽。

由此可见,人工、人事、人力对于文才的保持有着根本的作用。虽然人工努力并不能够改变才的天赋,但通过人工努力可以实现本然才力的尽量释放。有鉴于此,明代钱一本曾指出:

> 一粒谷种,人人所有,不能凝聚到发育地位,终是死粒。人无有不才,
> 才无有不善,但尽其才,始能见得本体。不可以石火电光,便作家当也。
> (《明儒学案》)

文中的"尽其才"不是指才能消失,而是尽数发挥之意。所谓"不可以石火电光便作家当",意在警醒世人不可徒恃聪明而不尽人事。论才,最终回到了学而不倦之上,就这个意义而言,明人所谓"天下岂有寡学之才"的结论是颇有见地的。而从苏世化人的角度来讲,才并非上天一朝赋予就可以一劳永逸坐吃山空的不竭源泉也并非毫无道理。

何谓"才子气"

"才子"是一个令人艳羡的称谓,但"才子气"的行事为人及创作都是不被提倡的。中国文人才子气的彰显可以追溯到汉代清流的清真自持,进而魏晋风流也对文人率性恣意的性情展示起到了推波助澜的作用。但汉末清流是以道义信仰为支撑的士人与权贵的对抗,其胸襟情怀是忘我的,其气的展露以才性之气、道义之气为主。魏晋风流虽然没有汉末清流与权贵的激烈碰撞,但其早期也蕴涵了现实批判的取向。随着这种早期抗争意识的销解,两晋以及随后形成的六朝风流中,文人个体性情的淋漓释放、现实关怀的疏离、自我感官需求与精神需求的满足、豪门士族间的奢华攀比与文人之间的才情竞逐等等,都将这种风流与文人淡化了现实进取之志前提下的自我文艺才华炫耀结合起来。

文人行事为人的才子气呈现于创作便成就了文学之中的才子气。所谓才子气创作,就是自命才子者为意气、客气、习气所役的创作,其核心特征就是"矜才使气"。具体而言,文学是天人相合的产物,"天"即以才性为核心,情与气包含其中,才性通过情、气可以现身,这就是才情、才气;"人"则为后天学力法度识见的累积,主体之才同样可以现身其中,这就是才学、才法、才识。天人相合只是本质的规定,但天人同时还要根据艺术审美的要求实现彼此相称,这才是完美艺术品创生的保障。然而具体创作之中,这种天人相称的尺寸拿捏非常困难,如果说"发情止礼"是符合为人为文"乐而不淫哀而不伤"的宜适格度的话,那么才子气创作则普遍呈现出才不因情兴而发的"不及"、即使因情兴而发又不能自我调抑的"过度"这两种病候。"不及"则矜扬掉弄虚浮造作,"过度"则繁溢冗杂难以凝聚。由于"气"在古代文艺批评中经常用于展露乎外而不收敛的状态描述,诸如蔬笋气、酸馅气、头巾气、书生气等等,因而才子们如此的创作也便被命名为了"才子气"。

才子气的表现形态很多,根据才奔涌现身所集中呈现的维度而见其不同。首先是文人溺乎才子虚誉,其次始有才子习气的创作。因此,讨论才子气也好、才子气创作也好,都是兼主体人格与作品体貌而言的,其浸润于人格者,必习染乎文品,二者具有统一性。

才气不称而气浮。气在古代文艺理论中内蕴丰富,或指天地生化的元气,或指生命本体的血气,或指衍自血气的主体禀气,或指人以及作品呈现于外在的形貌。才气就是才性赋显于气,这个气以主体血气所凝聚的禀赋之气为主,具有力量、性质的融合特性。凡论才子,才气皆为其所必备,但人格涵养与修为不同,其艺术表现便各有差异,一些文人难以实现才气的相称,矜才使气,才、气之间难以协调,才彰显于气的同时循遂气之所纵,造成气浮溢而不凝聚,于主体人格见其狂傲、狂谬、狂悍,于审美创作则往往呈现为发扬透露与客气。具体而言:

其一,下笔淋漓快意而务求其尽。史上大家,凡才气不调称的创作多难逃求尽之弊。比如王夫之《古诗评选》论曹植、王粲云:"破胸取肺,历历告人,不顾见者之闷顿。"所论未必确当,但将"破胸取肺、历历告人"的倾泻与其"欲标才子之目"耸动俗眼的动机联系起来,却道出了才子气无所节制的根由。而但凡求尽者必然难以含蓄,透露在所难免,诸如惟恐心思结余故此笔端无"留势"、惟恐愚蒙不知故而一往无余喋喋不休等等皆是。再具体言之:古诗风仪绰约,温柔敦厚,"可以群者非狎笑也,可以怨者非诅咒也",而任才之人恰恰相反:非笑不欢,非哭不戚,进而流于"饥餐可汗头""卷起黄河向身泻"之下流一派,如此皆为透露。

其二,表达粗率。以李白名义传世的诗歌中有《笑歌行》《悲歌行》之作,其中"笑矣乎,笑矣乎""悲来乎,悲来乎"之类的表达早在宋代就引起了苏轼的怀疑,以为这些粗糙之作皆唐末五代间伪作。如此宣示李白的伪作并非仅仅为其解嘲,而是引发了如下批评:如此多的伪作鱼目混珠,"良由太白豪俊,语不甚择,集中往往有临时率然之句,故使妄庸辈敢耳。若杜子美,世岂有伪撰者邪!"(胡仔《苕溪渔隐丛话》前集卷五)才豪而不蓄,动辄轻发,故而其浅易熟滑之处不免为浅人效仿。清人论苏轼在"苦于太尽"之外,尤其斤斤于其"常有才大难降、笔走不守之恨"（贺裳《载酒园诗话》），走即宣畅，守即顿挫，走而不守则容易率意。可见在才子气问题上，苏轼也是善于识人而暗于自守。

其三，创作芜杂。如果说暴露、粗率侧重于具体作品的质量，那么芜杂则一般指向下笔不能自休、一韵动辄百篇的量化创作。如朱彝尊《静志居诗话》言明代李东阳的诗歌"才多为患"即是。袁枚也未逃此诘：

> "一代正宗才力薄，望溪文集阮亭诗"，此随园自谓公道持论也。湖北张明经本题《小仓山房集》云："奄有众长缘笔妙，未臻高格恨才多。"一嫌才薄，一恨才多，携矛刺盾，此论不可谓非公道。洪北江谓如通天神狐，醉即露尾。则谑而虐矣。（吴仰贤《小匏庵诗话》卷四）

袁枚叹王士禛、方苞才薄，他人恰恰批评其才多；才多并不为病，不自驾控则必成其病。这里所谓才多之恨，隐指袁枚浪掷才情以至于无时无诗、无地无诗、无事无诗、无人不可入诗的文藻联翩。如此才气不协调的创作，即使作者才高八斗，也不免泥沙俱下。

才情不称而情靡。才情是文学主体素养中具有文人身份辨识意义的范畴，情是维系才的审美之维。就艺术审美原则而言，才性显乎性情，体用统一，才情绮合又当相称。才情不称，情浮靡则才为情使，作品易于滥情，尤其失乎绮艳；才情不称，情不诚则情为才役，作品易于蹈虚，尤其失于为文造情。

才情不称，发乎情未止乎礼，失于绮艳。才情入乎绮靡的流弊与历史文化之中耸动俗眼的才子风流密切相关，其核心表现是轻薄纤佻、声色流连。文人风流艳逸之风滥觞于六朝世家大族文人的豪奢无为与诗酒流连。及于明末清初，浸成习气，甚至演为恶习陋习，所以时人嘲讽："头里一顶书橱（谓方巾），手中一串数珠，口里一声天如（谓依附东林党首）。"其志趣集中于风流装扮与名士攀附，充满了表演色彩。当时又有"坐乘轿，改个号，刻部稿，讨个小"的谣诼。而以才子桂冠蜚声四海的袁枚更是此中翘楚，赵翼有戏控袁简斋之文，虽为嘲谑，却属实录。其文云：

> 为妖法太狂，诛殛难缓事：窃有原任上元县袁枚者，前身是怪，括苍山忽漫脱逃；年老成精，阎罗殿失于查点。早入清华之选，遂膺民社之司。既满腰缠，即辞手版。园林宛委，占来好水好山；乡列温柔，不论是男是

女。盛名所至,轶事斯传。借风雅以售其贪婪,假觞咏以恣其饕餮。有百金之赠,辄登诗话揄扬;尝一脔之甘,必购食单仿造。婚家花烛,使刘郎直入坐筵;妓院笙歌,约杭守无端阑席。占人间之艳福,游海内之名山。人尽称奇,到处总逢迎恐后;赋无空过,出门必满载而归。结交要路公卿,虎将亦称诗伯;引诱良家子女,蛾眉都拜门生。凡所胪陈,概无虚假。虽曰风流班首,实乃名教罪人。(梁绍壬《两般秋雨庵随笔》卷1)

如此所谓风流,包纳了出处之间的游刃有余、园林圈占、饮食男女之大欲以及诗酒流连,无论雅道俗道,物质抑或精神,所有的享受几乎囊括殆尽。才子气的风流潇洒,至此从主体才气的飞扬著象,俨然演化为了一种以优雅包装的尘俗气十足、物质气十足的职业行当。文才在此中已经蜕化为交接引诱、谋色渔利的工具。"虽曰风流班首,实乃名教罪人",可谓一语中的。更有甚者,清代还出现"名士不如名妓"的感叹。这种风流自诩习气对创作产生了深刻影响,古代文学中岿然一宗的绮艳体格由此繁盛。

才情不称而情不诚,失于为文造情的矫情。绮艳滥情之外,"情靡"又表现为情志不诚,从而造成才情不称。"不诚"属于和滥情之"过"相对应的"不及",它并非说才子们缺乏多情深情的敏锐,而是指向他们发不由衷、情不因兴的应景创作。由于情怀无所感激,只有以才藻文思平地抑扬、造作波澜,摆弄人间喜怒哀乐、离愁别恨以为佐助,如此虚情假意者乃成其矫情。这种创作史不绝书,刘勰《文心雕龙·情采》首次标其名曰"为文造情":

诸子之徒,心非郁陶,苟驰夸饰,鬻声钓世,此为文而造情也。故为情者要约而写真,为文者淫丽而烦滥。而后之作者,采滥忽真,远弃风雅,近师辞赋,故体情之制日疏,逐文之篇愈盛。故有志深轩冕,而泛咏皋壤;心缠机务,而虚述人外。真宰弗存,翩其反矣。

既然为文造情,这些创作出于贵族闲情逸致的寄托、百无聊赖的消遣,多刻意于文字经营,迂回阐缓,缺乏生气,因此"宜登公宴,本非准的"——可以在贵族雅集宴会之际唱和文战,但不是真正艺术的典范。

既然为文造情,其创作便难免虚情假意:处富有而言穷愁,遇承平而言干戈,不老曰老,无病曰病。

无论滥情还是矫情,但凡才子气都有着共同的偏好:其一为"事雕绘,工镂刻";其二则每每"驰骋乎风花月露之场";其三则如此谐声状物之能事"必不择人择地而能为之,随乎其人与境而无不可为之"(叶燮《密游集序》)。夸多斗靡,已成根性。如此作品,其表虽如锦绣,其里则全无心肝。

才法学识不称　纵逸而炫耀。如果说有学无学最终可以验证雅俗工拙的话,那么守法破法在古代文学批评中承担的道德评判意义与社会责任就更重一些。才易飘扬,才大难缚,任才则必破法。文学史凡有"逸才"之目者,多呈排荡破法之态,明代文人甚至宣称:"文章之士有才,其犹天地之有云霞,草木之有花卉乎?才乃上天之所秘惜,不轻易以与人。士有才者,是得天之物。得天之物,安得不狂乎?"又云:"盖文人不必有德,何也?天之所以与我者才耳,而我混混沌沌,是弃天也,弃天之罪,不尤浮于轻薄乎?"(曹臣《舌华录》引吴苑语)有才成为背弃道德、法度的通行证与免罪铁券。尽管如此鲜明的叫板甚至叫嚣并不多见,但狂肆放逸则荡检逾闲却的确是才子气的鲜明写照。

才子气的纵横激荡冲击法度体式,由此对创作品格也形成致命伤害,因此历代对任才、骋才、矜才、使才反思的力度极大。明人赵宧光从创作品质论才子气:"宋之名人,就其芜才,无天于上,无地于下,漫兴挥洒,可为浩叹!"又云:"若恃其才,自为作用,那知好丑!是以才子不乏,终始其才者世不多见,不善用其才耳!自暴自弃,可怜特甚。"(赵宧光《弹雅》,《雅伦》引)王嗣奭有鉴于苏轼纵意驰骋的病症,提出了"诗之所贵,在有才而不用其才"的规劝(《管天笔记外编》卷下)。刘熙载将"有才而不用其才"又表达为"能用才而不为才所用",他对于"才而不能敛,不能忘"者的评价只有两个字:"无能"(刘熙载《持志塾言》卷下)。于是文艺理论之中便有了"才力"与"真才力"的区分:

> 真正大作者,才力无敌,不逞才力之悍;神通具足,而不显神通之奇。
> 敛才气于理法之中,出神奇于正大之域,始是真正才力,自在神通也。(朱庭珍《筱园诗话》卷二)

如此而言,那些妄逞其才力、矜骄纵逸其才力、恐人不知其才力恐人不见其才力者,只能视之为"假才力",一如王夫之所谓"元气"与"浮薄之气"的差异。

才学分指禀赋与人事修养。就普泛的才性而言,才可显示为能学善学之

155

性，就文艺素养而言，才学则有其独到的讲究：虽然文艺凭依才华又不可无学，但与才的规定性相较，二者天人分属，其对于文艺的意义是有区别的，所以《文心雕龙·事类》有"才为盟主，学为辅佐"之论。不从"主佐"考量二者位置，创作之中便难免颠之倒之，炫耀腹笥，以学为文才。此风滥觞于六朝，其时一些创作堆砌事典，《诗品序》"文章殆同书钞"之论正是缘此而发。《沧浪诗话·诗辨》总结宋代诗风："近代诸公乃作奇特解会，遂以文字为诗，以才学为诗，以议论为诗。"此处"才学"是一个偏义辞，内涵侧重于"学"。这种风气至清代中期又蔓延于小说领域，其代表作如《燕山外史》《野叟曝言》《镜花缘》《蟫史》等。一时间小说兼营诸种文体、刻意敷衍华辞丽藻、填塞经史子集百家学问、庋藏诸技杂艺之术，一种昔日下里巴人的文体摇身一变俨然成为百科全书。

才识不称表现于有才无识，如此才子类似有眼无珠，疏于判断，不明就里，难作取舍，尤其于进退是非无所甄别，无知无畏之际也无意甄别。于是才识不称的创作便不论所谓有为无为、有关系无关系、有益于世无益于世、有寄托无寄托，但凡所谓羔雁的创作、干谒献纳的创作甚至伤风败俗的创作，但可炫耀才华，则无不可。如此说来，才识不称实为才子气的总病根，但凡才气不称、才情不称、才学不称的创作，其本质皆可归结于才识不称。因为"同病相怜"，因此以上皆可归于才识不称的创作，并有着以下共同的病候：有文无质。

从才子气发生的根源而论，虽然其中有怀才不遇、潦倒落拓文人的不驯不羁，有言在此而意在彼的寄托，但才识不称、有才无识诱发的媚世媚俗用心更是其重要根源。王夫之曾云：

> 凡才情用事者，皆以阘然媚世为大病。媚浪子，媚山人，媚措大，皆诗之贼也。

才情是文人之所以成为文人的根本，但"才情用事"则是文人自降其品。但凡入此一途者，王夫之归咎于"媚俗"，可为刮骨疗毒的诛心之论。媚俗能获得眼下的浮名虚誉，甚至换来即时的利禄。媚俗的手段便是耽溺声名的文人们结合时人诸般嗜好，施展柔软身段与百变伎俩，贩卖其所谓车载斗量又可应世应时之需的才华,世人喜纵恣之风则为纵恣,世人喜山人闲逸则为闲逸,世人喜学问堆砌则为堆砌。文艺至此,已经成为一个秀场,才子们的创作便如同秀场上的搔首弄姿,只关心喝彩,却不管观众是谁、是谁喝彩、为什么喝彩,无怪乎郑燮斥之为"门馆才情,游客伎俩"。

中　编

《文心雕龙》文才论研究

道贯"三才"与骋才创体

——论以"才"为核心的《文心雕龙》理论体系

《文心雕龙》的理论体系问题是其相关研究中的热点、难点，也是争论的焦点。但总体而言，多数研究侧重于全书的外部"结构"，即五十篇文字由"纲领"至"毛目"的缀合形态，而于其内部"理论"体系的研讨并不多见。既有相关研究的主要观点如：以"衔华佩实"为核心，以物与情、情与言、言与物的关系为纲领①；又如自然与法则的统一，抒情写意与教化的统一，雅与丽、奇与正的统一等②。以上概括虽从不同维度勾勒出了这部巨著的理思一脉，但着眼点多集中于"剖情析采"部分，占全书半壁江山的"论文叙笔"甚至开篇五章"枢纽"则付之阙如。考察对象残缺，体系的准确性也便多可商榷了。

作为古人推为"体大虑周"的文论巨著，《文心雕龙》当然有其理论体系。但这一体系的研究应该采取以下范式：《序志》篇的架构自识与全书内容相结合、诸篇之间的结构形式与理论的展开相结合、核心概念范畴与核心思想相结合，一切当从刘勰的视点体悟，而非依照今人甚至西方的观念去测度。从这个意义而言，笔者认为，《文心雕龙》存在一个以"才"为核心建构起来的完整而严密的理论体系：就篇章结构而言，刘勰采取了诸子著述常见的内外篇模式，虽未见其名，却端有其实："枢纽"以及作为全书主体的"论文叙笔""剖情析采"部分皆是就"文"而言"文"，自然属于内篇；而《总术》之后、《序志》之前的五篇从"文"延伸至影响"文"的诸般要素，所以可归为外篇。就理论思想而言，内篇核心依循"道体才用"的理念，道分疏为"三才"，"三才"落实于"人才"，进而牵连

---

① 牟世金：《〈文心雕龙〉的总论及其理论体系》，载《中国社会科学》1981年第2期。
② 罗宗强：《魏晋南北朝文学思想史》，中华书局1996年版，第312页。

起"文"的发生、传承与流变，文人骚客身份的确认与文体的创构；至于外篇讨论的重点则更加显而易见，那就是才的规限。全书四十九篇，因此为"才"所贯穿。

需要说明的是，作为本研究的核心范畴，古代哲学、美学视域的"才"具有一定的笼统性，但刘勰本书有关才的认知却相对确定。首先，在天人关系中才本自天，是作家的禀赋，它依靠人力的陶冶显能，《事类》所谓"文章由学，能在天资，才自内发，学以外成"①便是这种关系的说明；其次，才的本义之中兼容着潜能与气质性情，而刘勰论才基本指向潜能庸俊，接近后世以能论才的范围，气质性情的意涵则往往落实在"气"范畴名下，因此有《体性》篇中"才、气、学、习"的分划，而才与气又被统归于"性"的辖领。我们关于《文心雕龙》理论体系的讨论便是以此为前提展开的。

一、文的发生："三才之道"与人文化成

作为文艺的本体论问题，"文的发生"首先受到刘勰的关注。他在相关论述中引入"三才之道"，以"三才"皆文敷衍才、文关系，并以"天地之心""实禀性灵"确立"人才"所以创造的依据，从而完成了美学意义上文之发生的论定。

《文心雕龙·原道》开篇即称："文之为德也，大矣！与天地并生者，何哉？"其中"文"与"天地"并论，它是普泛意义的"人文"还是美学范围的"艺文"无关紧要，最终都能据此宣示艺文之"文"非凡的血统。本篇虽然以"道"为名，但开篇引进的恰恰是天地人"三才"，随后的理论演绎也围绕着"三才"与"文"的关系展开：

> 仰观吐曜，俯察含章，高卑定位，故两仪既生矣。惟人参之，性灵所钟，是谓三才。为五行之秀气，实天地之心生。心生而言立，言立而文明，自然之道也。

本节文字之后，刘勰又描述了动植万品皆属自然成文，继之将笔墨集中于人文的演化：远则三坟，近则六经，仰赖先哲如周公之"多才"、孔圣之"独秀"，莫不

---

① 戚良德辑校：《文心雕龙》，上海古籍出版社2015年版，第221页。本文所引《文心雕龙》原文皆据此本，以下仅随文注篇名。

"写天地之辉光"而文采风流。由天地及"三才",由"三才"至人文,由人文而言文,艺文已经呼之欲出。所谓"自然之道"没什么神秘,就是指天有文、地有文、人有文这一切无非是自然而然,"文"可追溯的直接源泉于是就落实在"三才"之上。"三才"之中刘勰于"人"讴歌有加,所谓天地之间"惟人参之",就是说只有灵能秀澈的"人"出现,始能就成"三才"! 从后汉开始,禀气、才性的研讨助推了人道主义的发扬,即使"三才"之论,晋宋学者也在其尊卑叙事之外赋予了如下新鲜意蕴:"人非天地不生,天地非人不灵。三才同体,相须而成者也。"①"三才"相须相依,统为一体,这是"人"与"人才"之尊的切实表达。刘勰明显继承了以上思想,尤其对人乃"性灵所钟"、系"五行之秀气"、"天地之心生"的标举,更是指向人的"性灵"。所谓"性灵",本质就是人才②。如此一来,本自人文的、"言立而文明"的"文",自然属于人才的创造。

综上所述,我们可以说刘勰第一次从美学理论上将"三才"论系统纳入了文学发生阐释,文学也与才形成了根本的对应。

本以"原道"标目,道文关系才属题中之意,但最终却推演出"三才"与文的架构,原因何在? 这就涉及如何理解"原道"之"道"。关于这一问题,学术界一直莫衷一是,或谓儒道,或谓佛道,或谓儒道佛玄的融会之道,虽各有会心却实难周圆:道之所以为道,正在其超越众学之上,儒、释、道、玄莫非一家之学,作为人文的产物,是道的寄托形式,自不可视为道的本体。另有学者解为自然之道、宇宙本体,又不免含糊笼统。事实上,刘勰所论之道并不玄虚,此道引申出了"三才",由"三才"皆文推衍出人钟性灵直至圣人创典,既有"道—三才—圣人—文"所谓"道沿圣以垂文"这个因,则必有"圣因文而明道"这个果,而其所明之道具体就落实于"写天地之辉光,晓生民之耳目",落实于"观天文以极变,察人文以成化",归其意旨同样在于"三才"。如此一来,文的发生离不开"三才",道的发明归依于"三才",从这个意义上说,所谓"原道"之"道"本质上就是

---

① 何承天:《达性论》,《艺文类聚》卷二二,上海古籍出版社 1999 年版,第 386 页。

② 陈仅《竹林答问》:"性灵关天分。"(郭绍虞辑《清诗话续编》,上海古籍出版社 1983 年版,第 2222 页)况周颐《蕙风词话》:"性灵,即性分。"(况周颐《蕙风词话》,人民文学出版社 1998 年版,第 8 页)吴林伯《文心雕龙义疏》:"《庄子·寓言》:'孔子曰夫受才乎大本,复灵以生。'……清王先谦《集解》:'大本,天也。'人既有其资禀,复有其灵慧。'才'亦曰'性',曰'性灵'。"(吴林伯《文心雕龙义疏》,武汉大学出版社 2002 年版,第 74 页)

"三才之道"。这层意思在《宗经》开篇也有明示,只是历代学者多不曾留意,刘勰首先推出"三极彝训,其书曰经"的命题,"三极"就是"三才",这本是《易传》常识。继而又称:"经也者,恒久之至道,不刊之鸿教也。"以上的"彝训"与"恒久之至道"皆为圣人所洞彻、经书所宣达,二者是统一的,所谓"三极彝训"无非"三才之道"的美称,经书所明者也正在于此。关于这一点,近人刘咸炘有过约略体察:"以'丽天''理地'明道之文,是以天地为道也。……斯说也,超乎后世之以空虚为道者矣。"[①]天之"丽"、地之"理"分别代表着天地之道,是天道、地道的自然赋显。虽然相关阐述到此为止,并未明示"三才之道",但古人论天地则人在其中,论天人则地为天统,从这一意义上看,刘咸炘虽在天地之道外未言人文即为人道,但对我们理解刘勰之道的本质依然富有启示。

"三才"论出现于战国晚期,虽影响深远,但其意旨历代注家却多语焉不详。如果追溯根源,"三才"之"才"就是战国之前所论的才性、才力之"才",有其性质,兼容着能力;"三才"又写作"三材",本指向画卦的材料,兼指构成卦体的每一画所象征的对象,由于古人以为先民画卦取法乎天象,言天则包地,具天地则人在其中,因此八卦起初只有三画,一画一材(才),三画三材(才),"三才"在这个意义上象征着其所取法的天地人。至《周易》时代,先民们又以八卦的两两组合推演出六十四卦,每卦六画,兼天地人又加以重复。就每一卦的意蕴而言,六十四卦在其所包容的取法对象之外都有着神秘独到的"卦象"——其背后所蕴含的规律,这种规律的本质便是天(阴阳之合)、地(刚柔之合)、人(仁义之合)各自的运动趋势以及彼此关系的呈现,于是便有了《易传·说卦》如下之论:"是以立天之道,曰阴与阳;立地之道,曰柔与刚;立人之道,曰仁与义。兼三才而两之,故易六画而成卦。""三才"在此指向天地人的灵能变化,即天道、地道、人道,也就是"三才之道"[②]。"三才之道"可以如上分言,也可以指天地人的整体之道,这就是古人所谓"浑言之三才统体一太极也,分言之三才各具一太极也"[③]。

"三才"以上内蕴明白无误地告诉我们:研讨"三才"问题,其核心就是研讨

---

① 戚良德辑校:《文心雕龙》附,上海古籍出版社 2015 年版,第 8 页。

② 详论参阅赵树功:《中国古代文才思想论》,人民出版社 2016 年版,第 17—37、598—615 页。

③ 刁包:《易酌》卷一一,文渊阁《四库全书》本。

天道、地道、人道；所谓"道"的考察，其本质离不开这"三才之道"。《文心雕龙》论道而归于"三才"，其道理也正在于此。至于"道"的本义，既然源出《易传》，答案也自在其中，这就是《系辞上》所说的"一阴一阳之谓道"[①]，指向物象的相交与运动变化，这一切自然而然，这一切就是道。它是文发生的本源，也是发生过程所依循的轨辙。

从"三才"至文发生，是自《易传》即固型的话语逻辑。《易传·系辞下》在分别言及"三才""三才之道"以后，随之敷陈如下："道有变动，故曰爻；爻有等，故曰物；物相杂，故曰文。"[②]后汉王充《论衡·书解篇》将以上逻辑进一步贯彻于人文："上天多文而后土多理，二气协和，圣贤禀受，法象本类。"天地圣人，正是"三才"的显现，"三才"之中能够师法"本类"——天地，从而"多文彩"、有"文德"者就是"圣贤"[③]。刘勰的《原道》显然沿袭了以上理路。

将"三才"各自成文视为"道"，不是一般意义的"三才"尚文，而是将道、"三才"、文纳入了一个因果相关的系统。于是三才之"才"各呈其用也就标志着道的显形。《原道》之中，刘勰以"三才"论为基础，以"三才"的架构展开论述，不仅鲜明昭示了文的发生之于"三才"的关系，也为才与文美学意义的关合提供了坚实又富创见性的理论支撑。而《文心雕龙》全书逐次展开的才与体、才与学、才与气、才与法、才与德、才与思等关系体认，古今诗学著述难望项背的文才概念范畴的丰富总结与运用，正是以上思想的具体延伸。

二、辞人的定位：驰骋才华　自铸伟辞

从"三才"至文，能够完美体察道的幽微、传达道的神妙者是圣人，其体道、言道的著述就是经典，"经"与圣人一样是超凡的，不仅它本身"旁通无涯，日用不匮"，而且凭附"经"的纬书也为此获得非同一般的身价。刘勰明白纬书的诡谲不实，并专立《正纬》一篇，但又将其纳入"枢纽"，这从另一角度说明了"经"的璀璨光环与巨大辐射力。刘勰通过《原道》《征圣》《宗经》《正纬》描述了文的经典诞生与神化的过程，无论它作为曾经的历史、当下的现实还是理想化的悬

① 王弼、韩康伯注：《周易》，《十三经古注》一，中华书局 2014 年版，第 52 页。
② 王弼、韩康伯注：《周易》，《十三经古注》一，中华书局 2014 年版，第 60 页
③ 黄晖：《论衡校释》，中华书局 1990 年版，第 1150 页。

拟。面对如此的叙述逻辑与"枢纽"论后正式展开的论文叙笔,《辨骚》在"枢纽"论中的最后引入的确有些突兀,因为"经"与以《离骚》为代表的楚辞、圣人与以屈原为代表的辞人各自审美特质相去悬殊。学术论争由此出现,甚至连《辨骚》的位置与刘勰亲口宣言的"枢纽"性质都遭到了质疑。事实上,这恰恰是作者精心的谋划布置。刘勰通过对楚辞有别于"经"的独到体式、独到贡献的分析,完成了对辞人作为文士身份的确认:他们需要具有"自铸伟辞"的才华。

(一)以《离骚》为代表的楚辞上承《诗经》,下启辞赋,形成独到的体式风貌,开万世宗统。关于楚辞承上启下的地位,《辨骚》通过其"轩翥诗人之后,奋飞辞家之前"的评断已经清楚概括。其所承者,就是"同乎风雅"的四事:"典诰之体""规讽之旨""比兴之义""忠怨之辞";其所启者,在于"异于经典"的四事:"诡异之辞""谲怪之谈""狷狭之志""荒淫之意"。其间"异乎经典者"并不意味着楚辞如何不堪,只是强调了它有别于"典诰"的"夸诞",而如此的夸诞与典诰融会,恰恰成就了屈原的"自铸伟辞"。"自铸伟辞"并非只是藻绘的表彰,从文艺审美的实际而言它体现的恰恰是屈原创作的独到,具体包括三个方面:一为文艺形式,诸如"鸿裁""艳词"所凝铸的"惊采绝艳";一为文艺内容,诸如"叙情怨""述离居""论山水""言节候";一为风姿气象,诸如《离骚》《九章》的"朗丽以哀志",《远游》《天问》的"瑰诡而慧巧"等等。

在刘勰的意识里,楚辞这种独创性是在与《诗经》的对比中确立的。《辨骚》开篇即云:"自风雅寝声,莫或抽绪,奇文郁起,其《离骚》哉!"楚辞兴起于风雅衰微之后,而且是在长久沉寂中的异军突起。其中所谓"风雅寝声"早在战国之际就被表述为"王者之迹熄而诗亡"[①]。"诗亡"不是诗的消亡,而是全面贯彻风雅颂赋比兴传统,实现文质彬彬、发情止礼创作的生态被破坏。也就是说,"诗亡"之前,在官方文献的预设与历代文士们的理想期许里,"诗"是一个类似"神话"的存在,它以治人性情发端,以人心宁定为愿景,充当着完美礼乐文化、政教体制的代表,集规范制定者、规范验证者、规范教化者三位为一体。相对于"诗"的这种境界与特征,楚辞别见气象,属于典型的"体变",又是在宗

---

① 赵岐注:《孟子》,《十三经古注》,中华书局2014年版,第73页。

经基础上的新创。刘勰这种具有文学史眼光的楚辞批评远较两汉文人高明，他也因此在客观评价楚辞独到价值的同时，意识到了楚辞是一种与《诗经》迥异的体式范型。

但是，楚辞的价值并非仅仅体现于这种审美范式的创造，刘勰细致入微地考察也不仅仅是为了拿出一个屈原作品艺术价值的鉴定，他还有更重要的发现：这种范式从此之后逐步漫衍为中华文学的传统。最直接的影响当然是两汉文人，他们奉屈原为词赋之宗，刘勰承继其说，以为不仅《九怀》（王褒作）以下，"遽蹑其迹"，而且"枚、贾追风以入丽，马、扬沿波而得奇"，正所谓"其衣被辞人，非一代也"。继而又在更深广的历史空间上，将后人对于楚辞的宗法概括为四端："才高者苑其鸿裁，中巧者猎其艳辞，吟讽者衔其山川，童蒙者拾其香草。"才人们师法楚辞已经成为自觉，其师法形态各异：或赏悟篇章体制，或临摹文采，或吟咏山川描绘助兴，或多识草木虫鱼以博闻见，才性不同、造诣相异者都能从中获得启迪。其着眼点正在于屈原及其作品对后世中国文学的垂范意义。

关于《辨骚》以上的意义，一些学者也有体察，如周振甫意识到该篇主旨在于研究"文学的新变"①。其他学者则将这种新变定性于"屈原和楚辞最有表现力和感染力的艺术独创性"，这种相对于汉人经学视野显然不同的崭新理念实为"文学自觉时代的产物"②。正因为如此，《辨骚》虽非文笔论，却"隐然有引领20篇文体论之势"③。但以上研讨至此而止，留下如下学术疑案：是什么势能促成了楚辞这种文艺形式在"诗亡"之后的粉墨登场？刘勰对此到底有无关注？

（二）"辞人"对"诗人"面目的超越：才华的呈露。"辞人"之所以能够"奇文郁起"于风雅道寝之后，从客观而论，"去圣未远"；就主观而言则"楚人多才"，观照的视角投射到了创作主体身上。而在刘勰笔下，这些多才的楚人就是他所谓的"辞人"，是我们后人所常言的"骚人"。"辞人""骚人"的美学特质同样

---

① 参见叶汝骏：《二十世纪以来〈文心雕龙·辨骚〉研究综述》，载《山西大同大学学报》2016 年第 6 期。

② 参见董运庭：《论〈离骚〉称"经"与刘勰〈辨骚〉》，载《重庆师范大学学报》2006 年第 3 期。

③ 参见张海明：《略论刘勰的文学史撰述策略》，《北京师范大学学报》2010 年第 3 期。

是在与"诗人"的对比中凸显的,就如同楚辞在《诗经》的映照下显现自我的美学特质一样。他称道《离骚》的创作"轩翥诗人之后,奋飞辞家之前",便已隐含了这种身份区划的意图("辞家"在《时序》篇中便被明确命曰"辞人")①。

而"诗人"与"辞人"则差异巨大。"诗人"又被写作"《诗》人",是学者们为了区分后世"诗人"所指、强调其与《诗经》关系的符号选择。尽管风雅颂的作者未必尽皆高贵,但一经圣人之手(删定),二经圣人之口(褒扬),其经典化历程便不可避免地裹挟了价值的重塑。《诗经》既获得了尊耀,"诗人"也顺理成章地完成了神圣的加冕,并因此被赋予了一定的空想性设定:"诗人"的性、情可以统一,"诗人"能够以性节情。"诗人"如此,"诗"亦如此,以"诗"教人,世人皆可如此,于是天下大治。在后世道学眼中,这样袒露真性的诗歌可以上接大道或元气,属于天机流行。

但以屈原为先驱的"辞人"则崭露出全新的面目:他们发扬蹈厉,宣泄郁结,冲破性的羁绊,将"自我""情怀"推到前沿,开启了驰骋才华的创作风范。这种大的美学格局转移由"诗亡"的经验激发,依托着文士心态如下递变的现实:春秋以后,诗教衰微,不仅和性情、托讽谏的本质功用,即使赋诗见志等外在形式上的用途都难以为继,学诗之士无以获得曾经的施展机缘,其甚者散落民间,导致的结果便是"贤人失志之赋作矣"②——发愤遣情的创作从此光大。在班固看来,屈原因"离谗忧国"而"作赋以风",其作品是地道的"贤人失志之赋"。而这种创作的核心特征便是"露才"③。

班固这个结论刘勰不仅关注到了,而且态度极可玩味:《辨骚》之中他专门征引了班固批评屈原"露才扬己"等论,可见对此十分熟稔。我们不排除班固"露才"之论有对屈原人格的影射,但此论本由《离骚》直接引发,批评《离骚》创作的成分因此也就更多。班固之外,作为反证,刘勰又列举了刘安、王逸以及汉宣帝、扬雄对《离骚》的赞誉之辞。最后的结论则是:无论褒贬,大家所言都

---

① 有学者将屈原为代表的"骚人"置于"《诗》人""辞人"之间,强调刘勰意识里"骚人""辞人"不同(参见萧华荣:《宗经辨骚》,《山东大学学报》1989年第1期),实则本无差别,黄侃《〈文心雕龙〉札记》早有辨析:"自彦和论文,别骚于赋,盖欲以尊屈子,使《离骚》上继《诗经》,非谓骚、赋有二。观《诠(铨)赋》篇云:'灵均唱骚,始广声貌。'是仍以《离骚》为赋矣。"

② 班固:《汉书》,中华书局1962年版,第1756页。

③ 王逸:《楚辞章句》,《楚辞章句·诗集传》,岳麓书社1994年版,第48页。

有偏差。因此推出了自己的独鉴:有同乎风雅者,有异乎经典者。折中正反,唯独对班固所论辞人的"露才"不置可否。刘勰之所以于此避而不言,笔者认为正是其心有戚戚的明证,只是"露才扬己"毕竟有轻浮之嫌,顾左右而言他当有为贤者讳的目的吧。这种推论绝非臆测,我们可以在《辨骚》中寻到充分佐证。

其一,"博徒"论中有着向屈原纵才有为致敬的隐意。刘勰以"雅颂之博徒,词赋之英杰"评断楚辞,其中"博徒"之意或以为褒扬,或以为贬抑。也有学者在褒贬之外立论,关注到这种品评与六朝任诞风气的关系,并由此得出结论:刘勰以"博徒"论《离骚》等作品,确实表明了经书与楚辞不能等量齐观的态度,但这只说明二者"有别",并不意味着楚辞较之经书"低微逊色"①。如果联系魏晋之际以痛饮酒、熟读《离骚》为名士标尺,结合刘勰关于《离骚》等作虽异乎经典却能"自铸伟辞"的激赏,我们可以认为"有别却并不逊色"的结论是可以接受的。所谓"雅颂之博徒",就是指屈原在继承经典之余又敢于挑战经典,其自我开拓放手一搏的豪逸类似于"博徒",这种挑战勇气与"词赋英杰"之间又形成一定的因果。作为创新的依托,才气就逸荡在这种高度张扬的人格自信中。

其二,《辨骚》宣扬的核心就是屈原的才华。刘勰于班固"露才扬己"之说不予置评,于其论屈原"可谓妙才"却因承敷衍:既直接赞美《渔父》"寄独往之才",又讴歌楚辞垂范千秋,"才高者苑其鸿裁"。本篇以"楚人多才"开端,以"惊才风逸"收束。将辞人惊世之才与奇文郁起、壮采烟高建构起了直接而密切的关联,以才编织起完整的篇章。全篇无论自道还是征引,直接以"才"讨论屈原或楚辞的地方多达六次,这还不包括类似"气往轹古""惊采绝艳"等暗喻的才气才情,成为《文心雕龙》单篇以"才"批评最多的作家,这与另一位被钟嵘誉为"人伦周孔"的曹植在全书以"才"相评的数量相当。才是屈原突破旧规、创体立宗的根本,也是骚客"辞人"足资矜夸的高标。

关于"辞人"骋才甚至"露才"现象的揭示意义重大。对此叶适曾有深刻论述,他认为,在雅颂熄声之后,《诗》的理解、诗歌的写作渐渐远离圣人的规范,

---

① 罗剑波:《〈文心雕龙·辨骚〉"博徒"再诠》,载《文学遗产》2006 年第 5 期。

流于"求之人之材（通才）品高下与其识虑所至"。既然以才识为论《诗》写诗的裁鉴，则对于《诗》的理解便很难再与圣人契合，见仁见智臆测纷出之外，诗歌创作也愈发驰骛才华①。其必然结果就是：创作者不"畏其志之流"而惟"忧其材之鄙"②。从"诗人"至"辞人"，创作主体的审美志趣发生了明显易动，以屈原为代表的骋才创作，由此成为文学演革的基本趋势与情态。"辞人"与才华的关系至此升华为审美理论，刘勰也因此为"辞人"寻到了身份验证的符契。纵观《文心雕龙》全书，刘勰于其所研讨的诗人作家，概皆以才论之，仅以《时序》而言：西汉"集雕篆之轶材"，东汉则"才不时乏"。曹魏之初"俊才云蒸"，明帝登基则"何刘群才，迭相照耀"。西晋历时不久却"文才实盛"，东晋虽"才或浅深"而"珪璋足用"。南朝自刘宋孝武帝"多才"渐至文坛"霞蔚而飚起"，及乎萧齐之际则愈加"才英秀发"。《序志》篇中刘勰将作家批评明确定位为"褒贬于《才略》"，这既指以《才略》篇评点作家优劣，又指作家批评的首要指标就是才略。文人作家与才，至此已被紧紧地联系在一起。

既然才于文人如此重要，为什么《征圣》《宗经》却通篇不言才？莫非圣人无才、经典寡才？刘勰如此措置，关键在于其思想中存在着一种人格分野：圣人是"妙极生知"者，他们"文成规矩，思合符契"（《征圣》），所成经典则"洞性灵之奥区，极文章之骨髓"（《宗经》）。而且这种创造依赖的生知不只是才能智慧，就连其理识、道德也一并源自天赋。无论圣人还是经典，都是极致、是止境。他们可以膜拜却不可模仿，有抵近之日却永无抵达之时。"辞人"之才则与此不同，它虽属于天赋，却又必在"学为辅佐"（《事类》）的前提下建功，其道德、识力、法度甚至性情气质的陶养都必须依赖于后天；《指瑕》之中更是明言古来文士"鲜无瑕病"，又与传统才性思想中才有其偏的理解一脉相承。如此之"才"，自然不能与生而知之、与天同德的圣智相提并论，又如何可以拿来评量圣人与圣经呢？

三、文体的创构：自然之恒资　才气之大略

《辨骚》之后，从《明诗》至《书记》，从《神思》至《总术》，就是刘勰自道的"论

---

①　叶适：《黄文叔诗说序》，《叶适集》卷十二，中华书局 1961 年版，第 216 页。

②　叶适：《跋刘克逊诗》，《叶适集》卷二九，中华书局 1961 年版，第 613 页。

文叙笔"和"剖情析采"部分。其中文笔为"体裁",情采为"体格",前者侧重于文类的区分,后者关注风格的创造。两部分虽然各居上下二篇,却首尾衔接,肌理潜通。刘勰如此布置的用意在于:面对"去圣久远,文体解散"(《序志》)的局面,"文体"规范的重建势在必行。而归根结底,构成文体的体裁与体格又皆与作家之才息息相关。篇章之上如此逻辑的建构,意味着辞人与创作之间的美学关系由此奠定,那就是骋才创体。刘勰正是以此为基础,将《辨骚》之后、《时序》之前的内容纳入了才与文体关系的考察。

(一)先是才与作为文类意义的体裁之间的关系。

其一,各体的创作都必然要依赖主体之才。就刘勰二十篇文笔体式的探讨而言,都以不同的形式表达了才对于各体写作的不可或缺。如从诗歌来看,作为"正体"的四言与作为"流调"的五言虽然不同,但最终"华实异用"的取舍却皆是"惟才所安"。所谓"华实异用"往往指向不同时期文人诗歌创作的运才状态,如建安诗歌"慷慨以任气,磊落以使才",而晋世群才则"稍入轻绮"(《明诗》),这一点上已经接近体格之意。又如主要用于信息传递、情感沟通的尺牍书札,则有"清美以惠其才"的要求,即需要作者在清省之美中展示其才(《书记》)。其他《乐府》《铭箴》《诏策》《杂文》《诸子》《史传》等篇皆然,尽管对于"才"的引入方式未必相同。

与此相反,那些失体、不得体的作品——诸如庾敳《客谘》等文"意荣而文悴"(《杂文》),诸如檄文需要"事昭而理辨,气盛而辞断",却总有人偏嗜委曲不明、繁杂雕琢(《檄移》),凡此种种皆属于"无所取才"。这相当于从反面提示了文体与才之间的必然关联。

另有《奏启》《铨赋》《祝盟》《颂赞》等六篇没有明确提到"才"字,但这并不是说以上诸体与才无关,才本是一个基于禀赋性心智结构的系统,包容着情怀、志气、记忆、思维等等,但凡涉及文辞展布、事义敷衍、思致发扬、情兴感发等等究其本质都是论才。

其二,人才各有偏宜,不同文人对于不同文体各有优劣。早在汉魏之际,曹丕《典论·论文》对此已有理论反思:就实践而言,王粲长于辞赋,陈琳、阮瑀等为章表之隽;从理论而言,类似奏议、书论、铭诔、诗赋等"四科不同,故能之者偏"①。这个论断关注的起点在于是否精于此道,并非从及门而止的染指、一厢情愿的"票友"立论。虽然他也声称"唯通才能备其体",但就文学历程考量,真正的"通才"只是一种畅想。刘勰直接继承了曹丕的思想,他所谓傅毅"固诔之才",碑版"莫高蔡邕"(《诔碑》),陈遵、祢衡"尺牍之偏才"(《书记》)的品目,其中都包涵才有偏宜、体有短长的默识。不仅如此,诸篇对具体作家无论直陈还是旁见侧出的诠释,更是清晰印证了这一思想。

比如曹植有才高八斗的美誉,这体现于他的多能与兼擅。首先是诗歌,他与王粲、徐幹、刘祯等诗人共相创造了建安诗歌的辉煌(《明诗》)。其次为乐府,他不仅与陆机"并有佳篇",而且还将本来音辞相合的乐府拓型为案头文辞,这在当时被视为"乖调",而刘勰却以为创举(《乐府》)。再次为章表,曹植的章表是笔体之中最为刘勰推重的模范,他从"体赡而律调,辞清而志显,应物制巧,随变生趣"入手,盛赞曹植章表"独冠群才"(《章表》)。但事难求全,在另外一些体裁上曹植又有着难以弥补的缺憾。如其论体文章《辨道》便被刘勰讽为"体同书抄",病根即在"才不持论"(《论说》);杂文之中《客问》辞虽高妙却难免"理疏",其于此体也便同样"无所取才"(《杂文》)。《诔碑》直言其《文皇诔》"体实繁缓";《封禅》批评其《魏德论》"问答迂缓":前者在诔文结尾喋喋不休地自陈,违背文体规则;后者同样偏于辞费,所谓"劳深绩寡,飚焰缺焉"。至于其《皇子生颂》"褒贬杂居"(中有讽谏魏明帝穷兵黩武之意),背弃颂文美盛德之形容的本义,也被摈入"末代之讹体"(《颂赞》)。凡此之类,或入乎破体,或归于变体,或显为不得体,这一切并非尽属虑动难圆导致的鲜无瑕病,其中有相当一部分与曹植的才华所宜相关。

(二)再则是才与风格意义的体格的关系。这里的"体格"也可以称为"风体",它发生于体裁基础之上,包容了情志、事义、辞采、宫商,是以上因素的综合。《文心雕龙》从《神思》至《情采》核心研究体裁基础之上的体格如何创造。其中表明了以下主要观点:精心的结撰能够实现个体才、气与其体格的呼应。

《神思》为"驭文之首术,谋篇之大端",也就是刘咸炘阐说的"文以思为

---

① 严可均辑:《全上古三代秦汉三国六朝文》,中华书局1958年版,第1098页。

先"①。所谓"神思",其本义就是"才思"。文中从"神思方运,万途竞萌"至"我才之多少,将与风云而并驱",从"人之禀才,迟速异分"至扬雄思缓、曹植虑速的判定,无不透露出神思与才的深刻统一性,作为才思的别名,它就是才通过文思所呈示的创作态势②。

才思之中无不裹挟着主体的才性气质、情志趣味、思维定势,待到文字成型,这些特征便凝聚于作品体貌之中。从基本规律而言,以上过程维系了才性气质与作品体貌之间的基本呼应,《神思》之后的《体性》篇由此而来。该篇对才、气如何影响于作品体貌做出了全面而深入的阐释,远远超越了曹丕个体禀气与文体风格的简单对应之论。刘勰认为,主体的才、气、学、习共同铸就了作品典雅、远奥等八种体格,但四者对于体格形成的影响程度并不相同,进而推出了如下结论"八体屡迁,功以学成""吐纳英华,莫非情性"。关于"八体屡迁,功以学成"这一提法,众多学者的解释大致相近:作家的风格并非因循僵化,其变化的动力源自学习。风格变化意蕴有二,或指作家在不同风格之间的转变,如从繁缛至精约,由新奇至雅正;或指同一作家风格上可以实现多样化。以上解释犯了一个关键性的错误,脱离文本语境,忽略了"屡迁"之说与"吐纳英华,莫非情性"等论的有机性与整一性。如果学习可以获得风格的多样性,还何来"吐纳英华,莫非情性"这种主体才性气质对体调风格的左右?而随后"触类以推,表里必符"的结论,作为其佐证的如下事例,诸如"贾生俊发,故文洁而体清""长卿傲诞,故理侈而辞溢"等等,岂非尽皆言语颠错,无所着落?

事实上,刘勰此处的论述蕴涵着明显的天人思维。先是"人"的可能。仔细考察《体性》篇文字,虽罗列了文之"八体",但与此同时论及贾谊等十二位文人的创作却又概括出十二种姿致,与八体并不对等③。其根本原因在于:"八体"是审美体貌的基本类型,不是所有诗文体格的概括,尚不能与才气、情性所对应的充满个性化意味、主体精神的体格风调一概而论。就这种类型化的风貌而言,它与稳态的"体裁"略有近似,这尤其体现在一定程度上的基本特质规定。但凡某一对象可以基本规定,也就具备了"知识"的明确性,通过摹习而掌

① 戚良德辑校:《文心雕龙》附,上海古籍出版社2015年版,第177页。
② 详论参阅赵树功:《中国古代文才思想论》,人民出版社2016年版,第598—615页。
③ 关于这种不对等,罗宗强已经有了关注。参阅《魏晋南北朝文学思想史》,第347页。

握其基本要领由此成为可能。所谓"功以学成",即意味着通过学习可以实现"八体屡迁"的功效——即完善对于"八体"基本的理解与运用。但这只是创作的准备,学习、熟悉"八体"并非要勉强作家成为诸体兼明的"通才",而是要"摹体以定习,因性以练才"——在临摹诸体中确认才性所宜,遵循主体性情锻炼自我的才能所在。人力必须融会于天赋方可实现体格创造,最终起决定作用的便在于才、气,它源自本然血气,为自然天资。于是,无论人力如何,体格的创造必然要回归到"自然之恒资,才气之大略"①。这是"天"的限定与要求。

如果说《体性》表达的是体格与才、气之间大略对应的基本规律,那么具体创作之际才、气如何贯彻于作品方可实现这种对应呢?这就必须落实于"风骨"。《体性》居前,《风骨》随后,主要论述如何融会才、气、学、习方可实现作品笼统体貌进一步的清晰化、灵动化、个性化。为了说明以上问题,刘勰开篇即引入"风",随之论称:"怊怅述情,必始乎风;沉吟铺辞,莫先于骨。"风即为气,包蕴了禀气与气势力量,"骨"论本来就出于以人体比附文章,而气的性质、运化的力度皆可赋显于骨。生命现象中气向骨的贯彻,由此也就成为创作之中主体气质风情向文辞骨架落实的映照。其间同样涉及天人两端:一是创作要释放天赋性的才气力量,尤其要发扬自我的个性光芒。《风骨》论中对张扬气禀有着集中颂扬:"魏文称文以气为主,气之清浊有体,不可力强而致。故其论孔融则云体气高妙,论徐幹则云时有齐气,论刘桢则云有逸气。公幹亦云:孔氏卓卓,信含异气,笔墨之性,殆不可胜。并重气之旨也。"以上之"气"兼包着个性与"骨劲而气猛"的活力激射,是性情与"文章才力"的统一,二者都属于"才、气"范围的天赋。一是创作要洞悉艺术法度。文艺之才不是空洞的存在,它最终必然要落实于具体的言辞形式、体制规划与法度运使。这一切都始于才气之外人力的辅助,对"学、习"的讲求由此申发:"镕冶经典之范,翔集子史之术,洞晓情变,曲昭文体。"经典格式法度的学习,情志变化轨迹的辨析,文体流变及规定的通达,这一切与天赋同等重要。如此内外兼修,才、气与学、习融会,"风清骨峻、篇体光华""情与气偕,辞共体并"的境界即由此臻达,作品不仅

---

① 有关"八体屡迁"即"风格多样化"的结论,以及由此引发的、有的学者关于中国古代风格论追求"多样化统一"的观点,都存在一些与中国古代文艺理论、具体创作实际错位的地方。关于这一点笔者准备在以后的研究中具体展开。

间架峻整、生气充盈,如同一个鲜活生命体的诞生,而且最终能够实现主体才、气与文辞体格的统一。如此由"风"至"骨"的贯彻,本质就是"文如其人"。

《风骨》之后的《通变》严格讲来并非仅仅从文学演革立论,其主旨仍然离不开体格的创造,这在其"设文之体有常,变文之数无方"两语中已经开宗明义。"望今制奇,参古定法"所致力的也正是体格的创造。随后的《定势》则将体格问题细化至具体创作的情境:"情致异区,文变殊术,莫不因情立体,即体成势也。"其间具体情境的核心是体裁的规定以及情事的限制,只有建立在如此基础上的体格才是"形生势成"的"自然之势"。如此"因利骋节",则体格便已犹然在目了。在刘勰看来,如此创作可以实现作品的"情采自凝",全书随之讨论《情采》也便顺理成章。而《情采》的大旨便是诗文体格最高审美形态的确认:文质彬彬。

围绕体格的建构,如果说《神思》至《情采》六篇基本对应着"才、气"的话,那么随后的《镕裁》以至《总术》十三篇恰恰是"学、习"的内容,刘勰有关才与文体关系的考察,始终没有脱离天人视野。从研文笔至析情采,以体裁为基础,以体格为归趋,以骋才为路径,以人力润色为保障,其文体建构的理路清晰而自信。

四、余论:天时、地利、人和与才的规限

依照《序志》其用四十九篇的陈述,上篇的论文叙笔对应着下篇的剖情析采,枢纽五篇冠于篇首,排除作为序言的《序志》,则自《时序》之后又恰恰是五篇正文殿于篇尾,而且其所研讨的内容又与之前对文体的全面关注大异其趣。如此的篇章布置自然不是什么巧合,同样经过了刘勰精心的谋划。如果说《时序》之前都是从"文之内"讨论,那么殿后五篇则属于"文之外"的关注。他要表达的核心思想就是才有规限,其命运系于"三才",并体现为天时、地利与人和。

这种思想密码就寓托于《时序》《物色》《才略》《知音》《程器》的顺序安排之中:时序是天道的自然,物色为地理的呈现①,才略则具体到人才,这个顺序恰

---

① 刘咸炘阐说云:"此篇专论感物之理,作文之境也,故末兼言地,与上篇言时相对。"所论极为精确。戚良德辑校:《文心雕龙》,第266页。又有很多学者质疑《物色》篇的位置,实则未能深究刘勰的用心。关于这个问题笔者另有专文论述。

恰是天地人的"三才"顺序。而仅就人道考察,具体到个人才略则又受制于两端:于他人而言要有知音,于自我而言要备德器。如此一来,居中的才略正为天时、地利与人和所左右:得天时既可因"文变染乎世情"之势,也可以规避"运涉季世,人未尽才"(《时序》)的悲剧;乘地利则可以欣逢"情往似赠,兴来如答"(《物色》)的嘉致;遇人和则在自我德器非凡的基础上可以凭借知音而大展怀抱。然而,如此际会,可遇难求。于是《才略》在历数历代文人优劣之后,于篇尾却忽发感慨:"观夫后汉才林,可参西京;晋世文苑,足俪邺都。然而魏时话言,必以元封为称首;宋来美谈,亦以建安为口实。何也?岂非崇文之盛世,招才之嘉会哉?嗟夫,此古人所以贵乎时也!"才自有价,本应待价而沽,但现实中人往往身不由己。个体的才略,最终不可能置身时代大潮的簸弄之外。论才而回到命运,与其说是文人的冷静,不如说是现实的峻冷。

天时、地利、人和背景下的文艺与文才反思,展现了刘勰宏阔的宇宙观,也流露了他怀才不遇的悲壮情怀。以"三才"论肇始,又以"三才"论收束,《文心雕龙》以才为核心建构的理论因此具备了完整的系统性。这是凝聚着中华民族文艺理论精神的重要贡献,从这个系统切入,我们可以清晰感受到中国古代文艺理论思想中鲜活而昂扬的"人"的风采。

论刘勰文才思想的天人视域

以才论文大致兴起于东汉中期,魏晋六朝之际,诸多文士在究论才性关系的基础上关注文才,文才思想随之逐步丰满,其集大成者便是《文心雕龙》。所谓集大成主要体现在以下几个方面。

其一,《文心雕龙》有着当时关于文才的概念范畴及相关语词最为丰富的运用。如文才的同质性或者衍生性概念范畴:才性、才锋、才力、才思、才气、才情、才量、才分、才略、才华等。如文才的描述性称谓,言其佳美如妙才、独往之才、美才、博雅弘辨之才、英才、通才、逸才、隽才、奇才等;言其陋劣有才疏、才馁、才力沉腿等。又如文才的运使情态:露才、使才、尽才、竭才、骋才等。

其二,《文心雕龙》有着当时最为全面深刻的文才本体性质认知。先秦孟子荀子论才与性的关系、东汉王充论禀气,刘勰则首先综二者为一体论才。吴林伯认为,全书论文才,或曰天赋,或曰性,或曰才性,或曰天资,或曰才气,或曰元气,或曰分,或曰器分,名异实同。这种综合并非学术话题的简单化处理,而是代表了一种关于文才特质的认知立场,即才源自禀赋之性气,所以《才略》赞云:"才难然乎? 性各异禀。"吴林伯义疏:"彦和从其天才决定论出发,言文才而皆谓性。"①

再者才有其分。《文心雕龙·养气》即有"适分于胸臆",《附会》直接名之曰"才分":"才分不同,思绪各异。"《夸饰》又云"器分"。

才分或见于才有其偏。不同的才分,都有着各自擅长的体裁,如《才略》云,贾谊"议惬而赋清",王朗"致美于序铭","孔融气盛于为笔,祢衡思锐于为文:有偏美焉"。不同的才分,都有着各自适宜的风体,《体性》云:"八体屡迁,

---

① 吴林伯:《文心雕龙义疏》,武汉大学出版社 2002 年版,第 93、618 页。

功以学成;才力居中,肇自血气。气以实志,志以定言,吐纳英华,莫非情性。"体格的成就虽然离不开学,但其根本仍是才气之大略。

才分或见于其担荷之能,称之为才力。"才力居中,肇自血气",于是文人才力便各有其大小担负之所堪,诸如《才略》称体制大小之能:"张华短章,奕奕清畅","左思奇才,尽锐《三都》",又如"曹摅清靡于长篇,季鹰辨切于短韵";或见于创作之敏迟,《神思》云:"人之秉才,迟速异分。"于是文人被分为了"骏发之士"与"覃思之人"两类。

其三,《文心雕龙》形成了十分完备的文才思想体系。后世文才思想论所涉及的问题,《文心雕龙》多有论述,且有着至今不易超越的理论高度。如《事类》《体性》《神思》等皆论及才学关系;《情采》等涉才情关系;《神思》即才思之论;《才略》与《体性》总论才体关系;《程器》寓才德思想;《才略》《熔裁》《养气》《序志》等隐涉才识之论;《征圣》《明诗》《辨骚》《风骨》《总术》等篇皆及才法关系;《知音》又具才命论内旨,等等。①

而在以上文才思想理论系统中,刘勰的相关论述又体现了鲜明的天人视域:既有天才尊尚,又不废后天人力,且以天人之合为最高境界。这种思想于才学论、才法论、才思论中表现尤为突出。

一、才学:才为盟主,学为辅佐

刘勰是天才论的秉持者,天才之有无决定着文人身份确认及其创作的价值与水准。天才论的核心观点是:就文艺主体的天人素养(天为禀赋之才,人即后天人力,往往被名之曰"学")而言,"才为盟主"。这一思想在《文心雕龙》中被以不同的表达反复强化。

《征圣》赞云:"妙极生知,睿哲惟宰。"圣人智慧通达,体察事物奥妙,并以之为创作主宰。这里所讲的"生知",就是禀赋之才。

《辨骚》赞云:"不有屈原,岂见《离骚》?惊才风逸,壮志烟高。山川无极,情理实劳。金相玉式,艳溢锱毫。"尽管屈原以楚国辽阔壮美的山川陶冶情怀,研断情理,煞费辛劳,但是必备其惊人的才力,方有金相玉式艳溢锱毫

---

① 本文《文心雕龙》引文依据范文澜《文心雕龙注》(人民文学出版社 1958 年版),具体引用不再出注。

的《离骚》。

《明诗》云："若夫四言正体,则雅润为本;五言流调,则清丽居宗。华实异用,惟才所安。"风体华实,最终的决定因素同样是才。

《神思》实亦论才。就创作而言,其具体涉及范围包括创作之前的文思酝酿与创作之中的文辞表现。因此,无论浮想联翩悬拟毫芥,还是骈散藻绘辞趣翩翩,抑或体式新变逐时而化,都是才之作用的体现。

《才略》赞云："才难然乎?性各异禀。一朝综文,千载凝锦。"从孔子"才难"的感叹中又申言才各有其禀,并直接影响到文的面目。

以上态度,在《事类》篇中给予了系统的总结:

> 夫姜桂同地,辛在本性;文章由学,能在天资。才自内发,学以外成。有饱学而才馁者,有才富而学贫者。学贫者迍邅于事义,才馁者劬劳于辞情:此内外之殊分也。是以属意立文,心与笔谋。才为盟主,学为辅佐。主佐合德,文采必霸。

才"盟主"地位的确立,鲜明昭示了其作为文学主体核心素养身份的不可动摇性。后世于文才的称谓极多,诸如悬解、天纵、生知、自然、禀赋、凤根、圣胎、诗种、性灵、别才等等,皆有标榜其非人力所能至的意味。

但是,才不可能离开人工的修为。早在春秋战国之际,几乎儒家所有成才尽性之论都包含以后天之学促进天性完美呈现的诉求。子思就曾将才与学直接纳入统一的关系系统,且以为"学所以益才也"[①]。后汉诸葛亮《诫子书》所谓"才须学也,非学无以广才"[②],则是由此延伸而出的。"才须学"的"须"字,是对才学不可切分关系的精当概括。刘勰论文同样重视学,这种重视大致见于以下两端:

其一,在"宗经"之外,刘勰所开列的师法学习对象空前广泛,覆盖了雅俗篇籍。《文心雕龙》有专门的《宗经》篇,《序志》陈其书脉络又曰"本乎道,师乎圣,体乎经",所谓"体",意思就是"师法"。在刘勰看来,经乃"文章奥府""群言之祖",为文者如何可以不师法?但刘勰的视野并未局限于此:

---

① 刘向:《说苑》,向宗鲁校证,中华书局1987年版,第67页。
② 欧阳询:《艺文类聚》,汪绍楹校,上海古籍出版社1999年版,第421页。

　　……"宗"训"主",有"主"便有次,而彦和深知主次为对立统一性,在强调宗经的同时,还主张学习诸子、史传、纬书、汉篇、谚语、笑话。故本书《风骨》要求作者"熔铸经典之范,翔集子、史之术",说明作者借鉴"成篇"的对象不只经典,另有子史,本书既有《诸子》专论诸子文学,又有《史传》专论史传文学。至于"纬书",彦和虽然与东汉桓谭、王充、张衡、尹敏、荀悦一样,痛斥其"虚伪""僻谬""诡诞",但也承认它"辞富膏腴","有助文章";放言遣辞,必"酌乎纬"。又怪南齐作者多忽略"汉篇";肯定历代笑话,有的"会义适时,颇益讽诫"。①

在不废宗经的前提之下,刘勰拿出大量篇幅论述雅俗典籍对后世文学创作的贡献。即使《宗经》号称以征圣、原道为目的,其全篇关注点仍在于通过"开学养正,昭明有融"的学习,实现"洞性灵之奥区,极文章之骨髓"的目的。

　　其二,于"引书助文"专门表彰。《事类》论两汉制作云:

　　　观夫屈宋属篇,号依诗人,虽引古事而莫取旧辞。唯贾谊《鵩赋》,始用鹖冠之说;相如《上林》,撮引李斯之书:此万分之一会也。及扬雄《百官箴》,颇酌于诗书;刘歆《遂初赋》,历叙于纪传:渐渐综采矣。至于崔班张蔡,遂挹撷经史,华实布濩,因书立功,皆后人之范式也。

文风的转变以两汉之交的扬雄等为标志,故而《才略》称:"卿渊以前,多役才而不课学;向雄以后,颇引书以助文。"西汉之前,言文一体,创作自然生发,所谓时人"役才",是指这种不需要假借辅助的自然发抒;而东汉的创作,言文渐离,著文者运用事典、引用前言以就成己说,所以叫作"引书助文"。刘勰言此前莫取旧辞者未作引申,及后汉综采风起,则誉之为"因书立功,皆为后人之范式",其重学的志趣昭然。

　　既然才不可无,学不可缺,才学相合、才学相须便成为自然的选择。《文心雕龙》在不同篇章里都涉及了这个思想。《事类》之中不仅明确了才和学的地位,而且指出,"主佐合德,文采必霸;才学褊狭,虽美少功",强调才、学"合德"。《神思》篇又云:

　　————————————

　　① 吴林伯:《文心雕龙义疏》,武汉大学出版社 2002 年版,第 36 页。

若夫骏发之士，心总要术，敏在虑前，应机立断；覃思之人，情饶歧路，鉴在疑后，研虑方定。机敏故造次而成功，疑虑故愈久而致绩。难易虽殊，并资博练；若学浅而空迟，才疏而徒速，以斯成器，未之前闻。

文学创作尽管存在因创作体制大小而产生的难易差异，存在才分不同导致的迟速之别，但无论应机立断者还是研虑方定者，都需要既备才华又具博学。至于才疏学浅者，其创作无论敏捷还是犹疑，皆不能成就大器。有鉴于此，《文心雕龙》论文多才学并举。如《神思》："积学以储宝，酌理以富才。"《体性》篇拈出"才气学习"进行讨论："才由天资，学甚初习。"《事类》篇云："文章由学，能在天资。才自内发，学以外成，有学饱而才馁，有才富而学贫。学贫者迍邅于事义，才馁者劬劳于辞情。"随举扬雄为例："夫以子云之才，而自奏不学，及观书石室，乃成鸿采。表里相资，古今一也。"又曰："夫经典沉深，载籍浩瀚，实群言之奥区，而才思之神皋也。扬班以下，莫不取资，任力耕耨，纵意渔猎，操刀能割，必裂膏腴。"才与学由此成就了不可离析的关系。

不过刘勰的深刻在于，他没有停留在天人相合的表象上，而是以此为基础，又从如下两端强调了"天"的统摄地位。

其一，学于主体素养陶冶必不可缺，但学的成就不是无限度的，对于才赋不丰者而言，一分耕耘一分收获之类的敦勉可以言规矩、技术的熟谙，但于其创作品位效用无几。《文心雕龙·情采》云："铅黛所以饰容，而盼倩生于淑姿；文采所以饰言，而辩丽本于情性。"文饰当然有益于诗文，但必须建立在具备如此"情性"的基础之上，情性依托于才性。有灵根者不学仅仅是一时的迷途，但无此根者则必终身无路以入。刘开所谓"天下有得于天而功不至者矣，未有不得于天而能至者"之说正是如此立论①。人力自不可无，但天分又决定了人力所能成就的境界。

其二，才学相须，学要发挥效用，必须经过才这个枢机。诸葛亮早就有"非学无以广才"的论断，但这个说法从诞生之日起就有着一定的模糊性。《文心雕龙·事类》云："将赡才力，务在博见。"《神思》云："积学以储宝，酌理以富才。"表面看来都有通过积累学习可富赡才力的意思。事实上，就其本质而言，

---

① 刘开：《惺渊斋诗草序》，《孟塗文集》卷七，清道光六年姚氏檗山草堂刻本。

并非说经过学习主体禀赋之才性可以发生了变化,而是说文思获得了激发的动力与更大的飞扬空间,潜能得以更为充分的展示。也可以说,学对才所发生的作用,并非学问直接挥霍于创作之中,成就文章殆同书钞的局面,而是唤醒文才创造的活力。

二、才法:才之能通,必资晓术

在文艺审美领域,陆机较早将才与法的关系纳入了理论研讨,如他自道《文赋》的创作:"至于操斧伐柯,虽取则不远,若夫随手之变,良难以辞逮。"操斧伐柯言法则,而随手之变则是应变之能,实则为才。至《文心雕龙》,可以说作者用心所在即在于法:其作为"文之枢纽"所概括出的"本乎道、师乎圣,体乎经,酌乎纬,变乎骚",本义就是倡导师法经典。从《明诗》至《书记》二十篇"论文叙笔",其原始表末、释名章义、选文定篇、敷理举统的纲领同样是以见"体法"为归趋。而从《神思》至《总术》等十九篇,涉及构思、创体、声情字句事典以及修辞、润饰等等法度,刘勰将之归于下篇,《总术》中自道如此规制的目的即在于"列在一篇,备总情变"——方便作家能够掌握诸般创作变化的规律。除了众多篇章直接讨论具体法式,《总术》又对才法关系给予了系统的理论总结。刘勰认为,才法之间的基本关系一如才学,也是相须相成——二者缺一不可。

其一,以"数"驭"术",法赖乎才。《孟子·尽心》早就说过:"梓匠轮舆,能与人规矩,不能使人巧。"意思是说:规矩法度可以凭借传授,但"巧"则在乎其人的天资。桓谭《新论·启寤》云:"画水镂冰,与时消释。"[1]用桓宽《盐铁论·殊路》中的话解释就是:"内无其质而外学其文,虽有贤师良友,若画脂镂冰,费日损功。"[2]回到文学创作上,虽有雕龙描凤之术,但无运使此术的灵思也是枉费工夫。具体到才法关系而言:才作为盟主的身份同样不可动摇。

这种思想在《文赋》中也有论述。陆机从法式论文,自道本文只是将所谓的规矩总结概括后做了论述,以指导一般性的创作。至于如何运用法术以成就创作的巧妙,或者能否运用这些技术以创构美好的篇章,则犹"舞者赴节以

---

[1] 马总:《意林》卷三,王天海、王韧校释,中华书局2014年版,第326页。

[2] 桓宽:《盐铁论》,王利器校注,中华书局1992年版,第272页。

投袂,歌者应弦而遣声",属于"轮扁所不得言,固亦非华说之所能精"。陆机在规矩之"术"外,留下一个不可言说的内容,而这个内容或者对象才是创作中灵活运用法度的根本。

刘勰继承了陆机的相关思想,将其概括为以"数"驭"术"。《文心雕龙》有着不废法度的诸多论述,如《征圣》言"文成规矩",《风骨》言"旧规",《定势》言"旧式";而《定势》中批评近代辞人"厌黩旧式",《风骨》中反对"跨略旧规"等,又皆明确主张当依既成法度。但他同时提醒:

一则法能建功,而文外曲致非由法所能得;或者说,"术"可循依,而"数"须自我之天资。《神思》篇以精炼的比喻阐述了这个道理:"若情数诡杂,体变迁贸,拙辞或孕于巧义,庸事或萌于新意,视布于麻,虽云未费,杼轴献功,焕然乃珍。"情理法术本来就多有不同,文辞本身也变化无常,就如同巧妙的意义却生出拙辞,新颖的旨趣却引发庸常的事典。言外之意,这种庸拙文辞需要修饰锤炼。就如同麻与布之间,经过加工所费的工夫虽然并不很大,但加工之后则焕然一新。刘勰用麻与布的转化说明杼轴——运用一定的手法艺术加工的效用。尽管如此:"至于思表纤旨,文外曲致,言所不追,笔固知止;至精而后阐其妙,至变而后通其数。伊挚不能言鼎,轮扁不能语斤,其微矣乎!"这里的"数"与前面"情数诡杂"的"数",都表示运用法术的灵机。在刘勰看来,法术技巧是创作实践的结晶,后人应当遵守;但具体运用这些"术"以达到"思表纤旨,文外曲致"的"数"则源自学习思量之外,非造诣可以获得。轮扁斫轮的典故出自《庄子·天道》,其中称斫轮之道,疾则苦而不入,徐则甘而不固,而轮扁能做到不疾不徐,恰到好处,其原因在于他可以"得之于心,应之于手",然而"不能言焉"。"得之于心"是充分必要的条件,而"心"在古人的意识里是才智所出的地方。因此,刘勰此处虽然有熟能生巧的意思,但核心仍是在讲"术"外之"数"与天资相关,这是超越法术以外的微妙禀赋。

一则创作往往是诸法兼需,无"数"则彼此难以协调。《总术》论称:"夫骥足虽骏,纆牵忌长,以万分一累,且废千里。况文体多术,共相弥纶,一物携贰,莫不解体。所以列在一篇,备总情变:譬三十之辐,共成一毂,虽未足观,亦鄙夫之见也。"就具体创作而言,不同文体有着不同的法度规约,而且法度的运使往往是诸法兼呈——体有体法,章有章法,字有字法,形成一个法度体系,互相关联,必须协调配合用之不失方为得体。刘勰于此体悟颇深,因此以上短短文字中屡屡致意:骏马驰骋,驾驭之术不一而足,需要一气酣畅又细意熨帖,即使缰绳牵系之际有一丝累绊,则千里之足难成其功;文章乃是不同法度彼此关联的产物,如果有一术处置失当,则文不成体;自己将有关法度的篇章集纳于一体研讨,目的即在于使诸法度彰明较著,以便于作者熟悉其本然与变化规律,而这正是创作的关键,一如车轮三十辐因轮毂而缘附。能够使法术有机融会的就是"数",属于运法之才。

其二,才亦资乎法。从《文心雕龙》开始,中国古代文学理论对才的认知便包含着这样的思想:才对法有着本质的需求,文学之才的内涵中兼容着对法式的熟谙以及灵活运用的能力。《总术》篇于此论述非常鲜明:

> 夫不截盘根,无以验利器;不剖文奥,无以辨通才。才之能通,必资晓术,自非圆鉴区域,岂能控引情源,制胜文苑哉!是以执术驭篇,似善弈之穷数;弃术任心,如博塞之邀遇。故博塞之文,借巧傥来,虽前驱有功,而后援难继。少既无以相接,多亦不知所删,乃多少之并惑,何妍媸之能制乎!

在刘勰看来,要展示才力通达,必须依靠明晓法式。借助性灵当然可以有所作为,但是仅凭灵机一动而"莫肯研术",往往有其始而难有其终,是为"前驱有功而后援难至"。或者有其貌而无其实,具体表现如:"落落之玉,或乱乎石;碌碌之石,时似乎玉。精者要约,匮者亦鲜;博者该赡,芜者亦繁;辨者昭晰,浅者亦露;奥者复隐,诡者亦典。"即不辨文辞疑似,多呈似是而非。或者"义华而声悴""理拙而文泽",辞、义、声、调难得调和。如此何以能够控引文情转变,制胜于文苑?

备乎法术者的创作则左右逢源,既见乎有序有体,"按部整伍",又具有"以待情会,因时顺机,动不失正"的变化基础,一旦"数逢其极,机入其巧"——规律法度的掌握出神入化、文机的孕育适当其时,则作品便可成就"义味腾跃而生,辞气丛杂而至,视之则锦绘,听之则丝簧,味之则甘腴,佩之则芬芳"的艺术盛举。

即使讨论神思,刘勰也没有忽略法度,而是将机敏与法度并言。《神思》

云:"若夫骏发之士,心总要术,敏在虑前,应机立断。"欲驰骋才华,首先要明法。《明诗》篇也有申说:"然诗有恒裁,思无定位,随性适分,鲜能通圆。""恒裁"乃言诗歌具有一定的体式,其修辞也有一定的法度,但诗人运用这种法度的思考却没有一定的规律。言外之意是:仅凭才思有时难以与这种具有内在规律性的"恒裁"吻合。诗人如果不重视这种法度的存在,一味顺应天赋、性情去修辞构造,便很难实现作品的圆满。此处提出的才所不能忽略的"恒裁",属于《文心雕龙》反复强调的不可跨略的"旧规"。

才的运用中包含着对法度的需要,后世诗学思想中的才得律而清、才有格而正、才而无法为芜才等论断皆由此衍生。

三、才思:才生文思与覃思济才

才思论的形成建立在以下基础之上:就哲学关注而言,从先秦两汉诸家对"思"内涵的挖掘至晋际道教"存思"论出现;就文学创作而言,思有敏迟的才性认知、汉魏之际创作苦累现象的反思及魏晋之际文才锋颖崇尚潮流的形成,这些文化现象的交织,于文学理论中便出现了陆机的"耽思"论。在这样的背景之下,《文心雕龙·神思》的出现也便水到渠成。《神思》与才思实则有着深刻的关联。本文论神思的发越程序云"积学以储宝,酌理以富才,研阅以穷照,驯致以绎辞",通过对学、理的积累,涵养自己的才力;以此为基础,深察细究的运思,与顺其思致理致情致进行的文辞演绎,就可使"玄解之宰,寻声律而定墨;独照之匠,窥意象而运斤",达到神思自如的境界。其论述理路就是必由乎才而始有神思。汪涌豪曾阐发其旨称:

> 文学创作赖"神思"和想象活动而展开,但它最后落实为文字,须赖作者具体而巧妙的结撰功夫。古人以为不但艺术思维赖"才",这具体巧妙的结撰,也须赖"才"才能完成。刘勰《文心雕龙·神思》在讨论神思的过程中,屡言才字,先有"酌理以富才","我才之多少,将与风云并驱矣",后又专门论"人之禀才",即从此意义出发的。以后,萧子显《南齐书·文学传论》指出:"文章者,盖性情之风标,神明之律吕也。蕴思含毫,游心内运,放言落纸,气韵天成。莫不禀以生灵,迁乎爱嗜,机见殊门,赏悟纷

杂。"这"莫不禀以生灵"即突出了"才"之于放言落纸、构景出韵的重要作用。①

从本义而论,神思就是文思,故而刘勰开篇言及神思即道"文之思也,其神远矣",又道"陶钧文思,贵在虚静"。从内涵而言,神思包纳了艺术想象与构思,包纳了创作思维过程与创作主体心态。② 而若论神思的源泉,则不能脱离文才。

综上所述,《文心雕龙》神思论的系统建构本身,就意味着才思论体系在文学理论中的确立。不仅如此,《神思》还实现了才思关系的明确理论提升。

其一,才生文思。刘勰首先将"人之秉才,迟速异分"的才分论引入其理论体系,才分所决定的正是创作者各自不同的文思形态:或如司马相如、扬雄等穷日积暑,为思之缓者;或如枚皋、曹植等倚马千言,为思之速者。值得注意的是,刘勰没有沿依葛洪等人从才之大小论思,才大思优、才拙思钝这在当时已经是一个广为人知的基本规律。刘勰选择同样赋有才华的文士入手讨论才思关系,又引入才分迟速之说,实则是将才思关系的研讨引向了深入,即:不仅才之大小影响文思,同样具有文才者才分不同也影响着文思,这才有骏发之士"应机立断",覃思之人"研虑方定"的现象,两种性质的文才,形成敏迟两种类型的文思。但无论文才大小、迟速,最终都直接体现于文思,才与思之间由此确立了其体用、源流关系,文思因此成为文才落实于创作的具体呈现,所以刘勰赞誉:"文之思也,其神远矣。故寂然凝虑,思接千载;悄焉动容,视通万里。吟咏之间,吐纳珠玉之声;眉睫之前,卷舒风云之色。其思理之致乎!"文思没有时空界限,当乎吟咏之际,其所感受到的奇妙音声与联想到的风云变幻,皆由文思的运动得来。刘勰这种才思关系认识贯穿于《文心雕龙》全书,如《才略》篇论历代文人才略,而各自才略的核心表现之一就是文思,诸如:

> 子云属意,辞人最深,观其涯度幽远,搜选诡丽,而竭木以钻思,故能理赡而辞坚矣。

---

① 汪涌豪:《范畴论》,复旦大学出版社 1999 年版,第 555 页。
② 张晶《神思:艺术的精灵》第一章第三节列举王元化、李泽厚、叶朗、罗宗强、牟世金、张少康、詹福瑞、刘伟林、王运熙、吴功正等学者解说概括为以上意见(百花洲文艺出版社 2009 年版)。

> 左思奇才,业深覃思,尽锐于三都,拔萃于咏史,无遗力矣。
>
> 子建思捷而才隽,诗丽而表逸。
>
> 仲宣溢才,捷而能密。(按:捷、密皆就思而言)
>
> 陆机才欲窥深,辞务索广,故思能入巧而不制繁。

论才略而言其文思,无非是从才思论文人之才的大略。之所以要归之于才思,就在于作为后来者,评量前人才略所依据的只有其作品,只有寻绎作品之中作者文思运动的势态方可感知其文才气象。

此外,《文心雕龙》涉及的"定势""熔裁""声律""章句""比兴""事类""练字""附会"等都关乎文思。如《附会》论曰:"何谓附会? 谓总文理,统首尾,定与夺,合涯际,弥纶一篇,使杂而不越者也。若筑室之须基构,裁衣之待逢缉矣。"如此弥缝过程离不开思理。又称:"凡大体文章,类多枝派,整派者依源,理枝者循干。是以附辞会义,务总纲领,驱万途于同归,贞百虑于一致:使众理虽繁,而无倒置之乖;群言虽多,而无棼丝之乱。扶阳而出条,顺阴而藏迹,首尾周密,表里一体,此附会之术也。"如此以"术"论附会,说明附会的过程便是通过思理运使法度的过程。这个"术"当然可以凭借习练与传承获得,但刘勰又明确提醒:"才分不同,思绪各异,或制首以通尾,或尺接以寸附,然通制者盖寡,接附者甚众。"才能不同,运思用法的能力各异:或则词义的安排能够首尾贯通,或则任意拼凑不成整体,且前者寡而后者多。其根本的差异不纯粹在于术是否谙熟、思是否艰深,很大程度上取决于才分。如此论思而必及才,其意便在于强调文思本是文才于运思之中的现身,这就是才生文思。颜之推所论也是如此,《颜氏家训·文章》篇云:

> 学问有利钝,文章有巧拙。钝学累功,不妨精熟;拙文研思,终归嬧鄙。但成文士,自足为人,必乏天才,勿强操笔。吾见世人,至无才思,自谓清流,流布丑拙,亦以众矣。①

这是一则非常有名的材料,其核心意旨在于区分学术与文学所依赖的资源。学术凭借工夫的累积能够实现一定程度的精熟;但文学必须要有独到的

---

① 王利器:《颜氏家训集解》,中华书局 1993 年版,第 254 页。

天赋文才。在讨论文才有无和文才落实于具体创作之际,颜之推两次提到"思"。其一,"拙文研思,终归蚩鄙","拙文"即拙于为文者,潜在之意为缺乏文才天赋,其寒酸禀赋表现于文思,即使经过反复研讨琢磨,依然了无佳趣。其二,"至无才思"而"流布丑拙",其理路同上,无才则无思,无思而勉为其难便只有自曝其丑了。文才能生文思之意也非常明显。

总结以上所论,我们可以说,六朝之际,才、思之间这种体用、源流关系已经获得普遍揭示。才生文思,既是对文思源泉的追溯,也是对这种文学素养天赋性的确认。

其二,覃思济才。覃思与人工持续的努力意义相关,学界于此早有成说。《广韵》曰:"覃,延也。"故而吴林伯先生释"覃思"为"延长思考"①。詹锳先生《文心雕龙义证》首肯范文澜"覃思,犹言静思"、叶长青"覃思乃深思,非苦思"之论②,深思、静思、锻炼而思,其意义近似。《神思》篇中,刘勰将"覃思"又表为"研虑",是在以人济天的思维之下,作为文才兴会书写之外的基本创作手段专门提出的。其内涵有二。

内涵之一,泛而言之,出于才分之限量,源自文才的文思必然有其局限,覃思能够部分弥补这种缺陷。思在古代语境下实则也是学的内容,只是出于对知行合一的强调,为了防止空想无为、坐而论道之学,所以古人往往分而言之。既然如此,覃思之中自然包括对好学深思的强调。刘勰分别从两个方面论述了这个问题:

从基本理念而言,好学深思则有助于文思的孕育。《神思》篇云:

> 是以陶钧文思,贵在虚静,疏瀹五藏,澡雪精神。积学以储宝,酌理以富才,研阅以穷照,驯致以绎辞。……此盖驭文之首术,谋篇之大端。

虚静是创作之前的精神状态,具有随机性,且必须建立在主体才学理识兼优的基础上才有效果,也就是说:在积学养、识理法基础之上的虚静涵蓄,可以启动并丰富文思。这种素养的涵蓄酝酿是文才不可或缺的辅助,所以刘勰专门指出,尽管"机敏故造次而成功,虑疑故愈久而致绩",即才分敏、迟者皆可致绩,

---

① 吴林伯:《文心雕龙义疏》,武汉大学出版社 2002 年版,第 307 页。
② 詹锳:《文心雕龙义证》,上海古籍出版社 1989 年版,第 998 页。

但是："难易虽殊，并资博练。"敏是相对的，如果没有必要的储备，即使有才、即使才本敏捷也同样会文思滞涩，"并资博练"因此成为文思畅达的重要基础。而《事类》则更具体地阐明了好学深思助于文思的理念："夫经典沉深，载籍浩瀚，实群言之奥区，而才思之神皋也。"学能获得经典的浸淫，在师法领悟之中，从法至理，由体制至文辞，皆可为我所用。更为主要的是，好学深思可以恢阔心胸，增益闻见，促使文人从自我狭小的创作空间中破围，这一切都会在文思之中得以体现。

就具体效用而论，以事类与创作的关系为例，覃思可以规避有脚书橱、用事乖谬的弊端，覃思由此成为创作过程中的重要环节。

为了避免成为有脚书橱，刘勰确立了创作之中事类运用的最佳境界："是以综学在博，取事贵约；校练务精，捃理须核；众美辐辏，表里发挥。"从博反约，通过辨析、梳理而得其精核之处，而且事典之成，其整体又要实现"众美辐辏、表里发挥"的效果。如此则必须经过深思熟虑，文中所言"取""校练""捃理"，皆是心思的范围。这种思想在《神思》篇中有着同样的论述："是以临篇缀虑，必有二患：理郁者苦贫，辞溺者伤乱。然则博见为馈贫之粮，贯一为拯乱之药。博而能一，亦有助乎心力矣。"为袪"贫""乱"二疾，必须"博而能一"。黄侃论称："不博，则苦其空疏；不一，则忧其凌杂。于此致意，庶思、学不致偏废，而罔殆之患可以免。"①所谓"思、学不偏废"，正是既要博学又要深思之意。

为了更为详明地阐发以上道理，《事类》篇又举例称，刘劭《赵都赋》云："公子之客，叱劲楚令歃盟；管库隶臣，呵强秦使鼓缶。"在刘勰看来，本节文字韵既铿锵，事亦浏亮，"可谓理得而义要矣"。而"理得义要"则意味着艺术效果恰如其分："譬寸辖制轮，尺枢运关也。"与此相反，组构粗疏，使微言美事置于闲散，便如同"缀金翠于足胫，靓粉黛于胸臆"，既不得体，又见丑态。思与不思、深思与浅思，其结果相去悬殊。

另外，事典运使之际涉及一些熟典旧典熟语套语，多数文人存在"凡用旧合机，不啻自其口出"的现象，习熟既久，不假思索，张口即出。但问题也往往由此引发，那便是"引事乖谬，虽千载而为瑕"，熟悉便缺乏深思，如此反而容易

---

① 黄侃：《文心雕龙札记》，上海古籍出版社2000年版，第95页。

造成庸劣甚至错误。刘勰列举曹植《报孔璋书》"葛天氏之乐,千人唱万人和"等文字为例,本来唱和三人的乐歌,却因为"千人唱万人和"是熟套之语,故而随口即用,由此造成引事乖谬。更可见仅仅好学博闻还不够,必须助以覃思。

内涵之二,文思虽然源自文才,但审美联想与文学表达普遍存在着心手难以完全对应的现象,心之构创不得完全落实于文笔,覃思之助由此成为必然。这一点尤其指向创作之后的锻炼、修改。

兴会之下,才思激荡,但浮想联翩并不意味着墨彩飞扬,这一点《神思》篇同样有了关注,其文云:

夫神思方运,万语竞萌。规矩虚位,刻镂无形。登山则情满于山,观海则意溢于海,

我才之多少,将与风云并驱矣!方其搦翰,气倍辞前;暨乎成篇,半折心始。何则?意翻空而易奇,言征实而难巧耶。

欲正确理解这段文字,核心是要弄清"规矩虚位,刻镂无形"之所指。詹锳认为:"规矩指赋予事物以一定的形态。此谓在内容还未成形,还是虚位的时候,也就是在内容的酝酿过程中,就需要加以规矩、刻画。"[①]此说略显含糊,事实上本节文字从"神思方运"至"风云并驱",都在描述兴会淋漓之际文思的驰骋与胸襟的酣畅,如此则"规矩虚位,刻镂无形"无非是强调一切在形成文字之前、仅仅停留在文思想象之际的志得意满与轻而易举。这与创作之中的反复沉吟、成篇之后的自惭形秽往往形成巨大的反差。这种尴尬便是"方其搦翰,气倍辞前;暨乎成篇,半折心始"的心手难应。

为什么会出现心手难应呢?刘勰继而将论述重点从联想与构思的关系又具体化于才思至文辞的顺滞:

是以意授于思,言授于意,密则无际,疏则千里。或理在方寸,而求之域表;或义在咫尺,而思隔山河。

由思至意再至文辞,不能时时刻刻通畅无滞,这便是心手难以全应的具体原因。刘勰关于"意翻空而易奇,言征实而难巧"的总结,不仅是理论的演绎,更

① 詹锳:《文心雕龙义证》,上海古籍出版社1989年版,第984页。

是创作的经验之谈。源自文才的文思最终难以和具体意思与文辞实现严丝合缝的对接,其欲表明的便是文学创作不可能仅仅凭借才思,刘勰如此立论,显然为人力的施展留下了余地。所以他随之开出两剂药方,首先就才思至具体创作的意思顺畅而言,需要"秉心养术,无务苦虑;含章司契,不必劳情",作为文机涵育的条件,要时刻保持心境的清和。其次,就意思而至文笔的顺畅而言,则在以上基础上归结于覃思,面对成篇后"拙辞或孕于巧义,庸事或萌于新意"的不尽人意,刘勰强调的正是"杼轴献功,焕然乃珍"。黄侃释"杼轴献功"云:

> 此言文贵修饰润色。拙辞孕巧义,修饰则巧义显;庸事萌新意,润色则新意出。凡言文不加点,文如宿构者,其刊改之功,已用之平日,练术既熟,斯疵累渐除,非生人能然者也。①

其落脚点便是修饰润色。才思需要助以覃思,天资必待人力,刘勰对心手难以全应的论述,为人力覃思进入文学,尤其为创作完成之后的修饰润色确立了理论依据。

综上所论,刘勰文才思想的核心就是天人统一,虽然他具有浓厚的天才论倾向,但始终非常清醒地从天人两端讨论文学素养与文学创作。至《体性》篇总论文学体格的形成,作为其源动力的才、气、学、习依然是天人兼言:"才有庸隽,气有刚柔,学有浅深,习有雅郑",其中才气为"情性所铄",得乎天;学习乃"陶染所凝",本乎人。所谓典雅、远奥、精约、显附等八体,尽管称之为"自然之恒资,才气之大略",但就其最终的完美呈现而言,依然是天人相合的产物。

---

① 黄侃:《文心雕龙札记》,上海古籍出版社2000年版,第95页。

《文心雕龙》"才略"意蕴考论

　　随着才性关系以及文艺创作天人关系认知的深化,汉魏六朝之际逐步形成了一个以才为核心的范畴系统,这些范畴普遍运用于文学批评实践,才略就是其中之一。关于才略最早最为系统的论述当属《文心雕龙·才略》。刘勰从这一范畴入手全面考察了历代作家的创作,并将其确立为作家批评的重要尺度——"褒贬于才略"(《序篇》)。① 但在如何理解这个"才略"的意蕴上学界却存在着不小的分歧:或以为"才能识略""文才概略",或以为"才思",或以为"创作才华",或以为"才气之大略",甚至有学者理解为略论文人的才气等等。② 以上诸解各有领悟,也各有偏失,或建立在对于才略引申意义的接纳之上,如才能识略;或建立在才的当代理解之上,如才华才力;或建立在才略体现形态的把握之上,如才思。从文化还原的维度考量,这些理解有将结构性系统性问题具体化的倾向,有的甚至属于明显的误读(如略论文人的才气)。有鉴于此,本文拟结合汉魏六朝之际的才性理论及才略批评实践,重估才略的意蕴,以期还其本来面目。

一、才略范畴的发生

　　"才略"是"才"与"略"两个名词性概念的组合,先秦之际,"才"与"略"均已普遍运用于各种相关文献。"才"与性关系密切,指向主体的禀赋气质与潜能。

---

① 范文澜:《文心雕龙注》,人民文学出版社 1958 年版,第 697—702 页。本文相关引文皆出本书,后出者仅注篇目,不另出注。

② 参见骆鸿凯:《文选学》,中华书局 1937 年版,第 312 页;刘永济:《文心雕龙校释》,中华书局 2007 年版,第 164 页;詹锳:《文心雕龙义证》,上海古籍出版社 1989 年版,第 1764 页;周振甫:《文心雕龙辞典》,中华书局 1996 年版,第 394 页;吴林伯:《文心雕龙义疏》,武汉大学出版社 2002 年版,第 577 页;陆侃如、牟世金:《文心雕龙译注》,齐鲁书社 1981 年版,第 349 页。

"略"起初用为动词,如《左传》隐公五年:"吾将略地焉。"僖公十六年:"会于淮,谋鄫,且东略也。"宣公十二年:"略基址。"以上文字中的"略"都是动词,意为经治、统摄。而《左传》昭公七年所云"封略之内,何非君土"则已"借动字为静字",基本意思为界限、疆界。他如《左传》定公四年"封畛土略"是同一用法,"畛""略"皆为疆域,指"自武夫以南,至圃田之北境"。① 综合"略"的动词名词意蕴,在漫长的文字实践运用过程中,"略"逐步形成了以下几个稳定的内涵。

其一,经画、疆理。这与起初诸侯有其定封的制度相呼应。

其二,由以上引申,经画、疆理的区域由起初的封土拓展为心智、谋划之所能及的范围,其中兼容着经画经治之法术,诸如王略、文武之略等。

其三,从起初土地的经画着眼者,往往关系视域阔大,所筹划者因此多循大体而难以面面俱到,所以"略"之中也便有了简要之意。《孟子·滕文公上》"此其大略也"、《论衡·实知》"众人阔略"之"略"皆是此意。

当然,从经画全局、土地疆域引申,侵夺、钞略之意也便孕育其中。②

"略"与"才"完成耦合,与汉魏人才品鉴将"略"纳为品评一目关系密切。人才评骘依托比类的基本形式,近取诸身,远取诸物,诸般品评的条目便产生在物类区划、认识的标准之中,比如度数、容积、空间等等。仅就空间而言,汉魏之际以"宇""局"等品目已经普及,器宇、幹局等等皆是,"略"属于这一范围的品鉴纲目之一。东汉建初八年,汉章帝在选举诏书中将征辟者分为四个类型:其一为"德行高妙,志节清白";其二为"经明行修,能任博士";其三为"明晓法律,足以决疑,能案章覆问,文任御史";其四即是"刚毅多略"之才,这类人才要求"遭事不惑,明足照奸,勇足决断",如此则"才任三辅令"。③ 可见自东汉开始,"略"已经成为官方人才察举的重要标准。

"略"在汉魏人才品目中之所以受到高度重视,与其时以智术、权谋、诈力经世筹划的群雄竞逐局面不无关系。或为文韬,如:"诸葛亮威略,足以检卫异

① 参阅丁福保辑:《说文解字诂林》第14册,中华书局2014年版,第13372页。案:其中"经略"杜预注为"经营天下,略有四海",《说文句读》认为不确。
② 参阅戴侗:《六书故》卷5,党怀兴、刘斌点校,中华书局2012年版,第84页。
③ 范晔:《后汉书》卷4《孝和孝殇帝纪》,李贤等注引《汉官仪》,中华书局1965年版,第176页。

端,故使异同之心无由自起耳。"①智慧经画主要集中于人事措置、矛盾权衡、局面规制,其威严心术足以控抑影响团结的力量。或为武略,如吕蒙质询鲁肃:"君受重任,与关羽为邻,将何计略,以备不虞?"因为不满鲁肃"临时施宜"的大意无备,随之为其谋划五策以为万全。② 既洞悉全局大势,又能当机立断应变百出。或为兼备文武的盖世之筹度,如赵咨赞孙权:"聪明仁智,雄略之主也。"自释其意为:"据三州虎视于天下,是其雄也;屈身于陛下(曹丕),是其略也。"③刘备论周瑜"文武筹略,万人之英"也是兼论文武以道其"器量广大"。④曹羲为曹爽上表论司马懿"包怀大略,允文允武"也是同意。⑤ 在以"略"品人广泛流行之际,"才"也同时成为普遍关注的重要概念,从人才察举至九品中正、从政治制度至民间月旦、从哲学研思至文士清谈,才德关注、唯才是举、才性之辨等等都成为当时政治文化的焦点,与主体之才密切相关的才的疆域、边界问题探究由此成为题中应有之义,才略范畴也随之兴起。东汉文献中才略的应用渐多,如史敞荐举胡广:"才略深茂,堪能拔烦。"张超赞臧洪:"海内奇士,才略智数,不比于超矣。"⑥魏晋之际已经普及,如论桥玄:"严明有才略,长于人物。"论陈登:"忠亮高爽,沉深有大略。"论陶公祖:"本以材略见重于公。"论丁谧:"为人沉毅,颇有才略。"论郑泰:"少有才略,多谋计。"⑦及至刘邵《人物志》,则将其纳入了人才品目理论系统,其中"骁雄"一目便开列了"胆力绝众"与"才略过人"两个条件。⑧

汉魏之际与"略"相关的概念范畴其组合关系大致可分为三类:其一属于"略"的限定或形容,如将略、雄略、明略、盛略;其二则意义近似,皆指向筹度谋划,如谋略、方略、计略、算略、术略;其三属于"略"的主体素养源泉的说明,其

① 陈寿:《三国志》卷55《蜀书·诸葛亮传》,陈乃乾点校,中华书局1959年版,第918页。
② 陈寿:《三国志》卷54《吴书·周瑜鲁肃吕蒙传》,陈乃乾点校,中华书局1959年版,第1274页。
③ 陈寿:《三国志》卷47《吴书·吴主传》,陈乃乾点校,中华书局1959年版,第1123页。
④ 陈寿:《三国志》卷54注引《江表传》,陈乃乾点校,中华书局1959年版,第1265页。
⑤ 陈寿:《三国志》卷9《魏书·诸夏侯曹传》注引《魏书》,陈乃乾点校,中华书局1959年版,第283页。
⑥ 范晔:《后汉书》卷44《胡广传》、卷47《班超传》,第1508、1571页。
⑦ 陈寿:《三国志》卷1《魏书·武帝纪》注引《续汉书》,陈乃乾点校,中华书局1959年版,第3页;卷7《魏书·吕布臧洪传》注引《先贤传》,第230页;卷8《魏书·二公孙陶四张传》注引《吴书》,第248页;卷9《魏书·诸夏侯曹传》注引《魏略》,第289页;卷16《魏书·任苏杜郑仓传》注引《汉纪》,第509页。
⑧ 刘邵:《人物志》,刘昞注,梁满仓译注,中华书局2014年版,第49页。

代表性范畴就是才略。才之为用,一文一武,二者皆与空间相关:文能经国,国大人广地博,其才能足以筹划涵覆,故此称为"略";武为疆场,变化不尽,其才能足以筹划涵覆,故此也可称为"略"。不仅才堪经画而且才华涵括有余,才略即由此立义,"才"与"略"之间也因此彰显出必然的因果关联。一方面,谋略权术或者经画筹度少不了人生经验的磨砺积累,但主体的禀赋之才对于经画之能往往有着直接的制约,班固盛赞汉武帝"雄才大略",①其中便已经包含了才雄则略大的基本逻辑。曹魏时期杨阜将其移赠曹操,名曰"雄才远略",具体表现为"决机无疑,法一而兵精,能用度外之人,所任各尽其力"。② 这种过人之处,在时人看来便是"曹使君智略不世出,殆天所授"。从"天授"论其才略,才的主导性显而易见。

尽管才略品人风行汉魏,但以才略论文却并不多见,其发端当属于《文心雕龙·才略》。刘勰的才略批评是建立在汉魏六朝才性理论体系之上的。作为禀赋,才的本义之中兼容着潜能与气质性情,一般论述中才、性的意义基本一致,所以又称为才性;但具体语境下时有侧重,这一点早在先秦之际就已经定型。刘勰对于文才的论述基本延续了以上特征,有时侧重于潜能庸俊,而将气质性情的意涵落实在"气"范畴名下,因此有《体性》中"才、气、学、习"的划分,而才与气又归于"性"的辖领,这一点上,刘勰显然受到了晋人"性言其质,才名其用"说法的影响;③但有时则依然兼潜能与气质性情研讨文才,《才略》便是代表,而在归于"性"的统领这一点上与其他篇章没有差异。在此基础上,我们可以做出如下概括:刘勰所论的才略是主体之才所表现的广度、限度、程度的综合,它是才的体用关系中所有"用"的系统呈现,其中兼容着"才之机权,运用由己"的主体性把握能力。④ 其意蕴关系到以下三个方面:才之所涵、才之所宜、才之所创。

二、意蕴之一:才之所涵的广度

顾名思义,《才略》是研讨作家文才的,但检视本文不免生疑:研讨文才却

① 班固:《汉书》卷 6"汉武帝纪赞",中华书局 1962 年版,第 212 页。
② 陈寿:《三国志》卷 25《魏书·杨阜传》,陈乃乾点校,中华书局 1959 年版,第 700 页。
③ 袁准:《才性论》,《艺文类聚》卷 21,上海古籍出版社 1999 年版,第 386 页。
④ 徐增:《尔庵诗话》,丁福保辑《清诗话》,上海古籍出版社 1963 年版,第 427 页。

通篇并非都属以"才"立论。由才直接入手的作家评述当然不少：或显见优劣，如"贾谊才颖"、桓谭"偏浅无才"；杜笃贾逵"亦有声于文，迹其为才，崔、傅之末流也"。或并美等量，如傅玄傅咸"并桢幹之实才"、孟阳景阳"才绮而相埒"。或各有千秋，如子建"才隽"、王粲"溢才"、左思"奇才"、曹丕"洋洋清绮"之才、陆机足以"窥深"之才等等。除此之外的作家品目则表现出了丰富的维度：

或言文思。如扬雄"竭才以钻思"、马融"思洽"、祢衡"思锐"、曹植"思捷"、陆机"思能入巧"、左思"业深覃思"。

或言力量。如李尤"才力沉腿"、曹丕"虑详而力缓"。

或言学问。如"（刘）歆学精（刘）向"、王逸"博识"（相当于博学）、张衡"通赡"、应场"学优"。他如蔡邕"精雅"也是讨论学问之功，这里所谓"精雅"侧重于称道其碑版文章"骨鲠训典""词无择言""莫非清允"（《诔碑》），如此清正得体、没有遗憾的碑版文章，立体可谓之"精"；而其"缀采也雅而泽"的"雅泽"虽不可脱离禀赋，但"才有天资，学慎始习"（《体性》），体制雅俗，关键还在于平素的学习陶染。

或言识力。如马融"识高"、陆云"以识检乱"。

或言志气。如孔融"气盛"；嵇康阮籍："嵇康师心以遣论，阮籍使气以命诗。""师心""使气"二句互文，皆指放纵自我才气情志。

或言情兴。如刘祯"情高以会采"、应璩"风情"，"《百壹》标其志"。

那么文思、力量、学问、识力、志气、情兴范畴与才略之间到底有无关系呢？从才的本然意蕴出发，结合汉魏六朝文才思想实际考察，刘勰笔下的文思、力量、学问、识力、志气、情兴等内容正是才的具体描述。

作为主体禀赋的描述性范畴，才不是一种单独确立、个体运转并发生作用的官能或机能，而是人性诸般的包纳性存在，它以主体禀赋的有机融结为基础，是主体完整心智结构系统及其良性运动状态的呈现，具体呈示为由其决定的"性情气质"与"性能潜质"，并以体用关系的形式融会彰显于情怀、思虑、志气、学力、识度等方方面面。才情、才识、才学、才力、才气、才思等范畴所表达的，皆可以视为主体之才或才性通过其情怀、识度、学养、力量、志气、文思的自我现身。反过来，古人也便经常将富有情怀、识力、学养、力量、志气、文思之能力等视为有才，虽然属于以用论体，却是才的系统性、体用一体性特征决定的。①

文才的这种系统性、体用一体性特征在古代诗学理论中已经有了较为明确的总结，徐增《而庵诗话》便是代表。作者首先明确："诗本乎才。"以才为主体素养之本，为创作的本源与相关理论的逻辑起点。随后又称："而尤贵乎全才。""全才"又被称为"才全"，是作者从《庄子》借用的范畴，但庄子论"才全"侧重在物我两忘的境界，徐增旧瓶装新酒，赋予了它崭新的意蕴。在他看来，"才全"就是指"才有情、有气、有思、有调、有力、有略、有量、有律、有致、有格"——这实则就是从批评领域常言的才情、才气、才思、才调、才力、才略、才量、才律、才致、才格中做出的抽象。而以此为"才全"恰恰意味着文才与情、气、思、调、力、略、量、致、格之间是一体化的体用关系（"律"除外）。徐增对此有具体的诠释：

"情者，才之酝酿，中有所属。"情，是使才酝酿勃发的源头，隐蔽于内心，融结于情怀之中。

"气者，才之发越，外不能遏。"气，才发散而出的过程为挟气而行，气是才由内向外显形的动力，这个气裹挟了主体的气质与生命气势。

"思者，才之路径，入于缥缈。"思，才向外显形中所依循的路径、表现出的轨迹，可以及乎缥缈幽微之处。

"调者，才之鼓吹，出以悠扬。"调，本义为才显于外的风采度量，能见自我性质，徐增这里侧重于由声调立论。

"力者，才之充拓，莫能摇撼。"力，保障才得以稳定完美发挥的支撑，是性之所能的譬喻性说法，禀赋之中已经有其节限，难以变易。

"略者，才之机权，运用由己。"略，能驾驭才、操控才的主体机变。

"量者，才之容蓄，泻而不穷。"量，才所具有的限量，各有大小，但追求其发泄不尽。

"律者，才之约束，守而不肆。"律，约束才之放肆的律条，来自人力。

"致者，才之韵度，久而愈新。"致，倾向才所呈现出的个性化的稳定审美特

---

① 参阅赵树功《中国古代文才思想论》序编第二章的相关论述，人民出版社 2016 年版。

性,经久方成,历久弥新。

"格者,才之老成,骤而难至。"格,才在创作实践中逐步形成的运使趋向。①

以上十端围绕着才展开,本源于才("律"除外),以才的不同运动形式、力量、节奏形成文才不同的用度形态。所论并不周全,具体范畴的解释也有可商榷之处,但其对才的系统性、体用一体性的揭示是富有创见性的。文才正是通过如此广泛的体用形态,在全面呈现其虚灵特性之余提醒我们其系统性的存在形态。《才略》的作家研讨在以才品目之外诸般其他批评维度正是以才"用"显才"体",属于文才系统的分疏与具体体现。如此描绘历代知名作家的文才,正是从"略"的田土经治意义引申而来,才的疆域或涵括范围之广大即由文才的多维展现中彰显。

如果忽略了才的这种体用一体性与系统性特征,便不容易理解刘勰何以采取如此形式考量才略。当代学者从才识、才思、才气等具体维度去理会才略,道出的也恰恰只是文才系统中的一维。甚至有学者批评刘勰评骘用语甚为错杂,本末未分,而"本末"又指向才略当"以性情为土壤,以学术为膏壤"的一天一人。② 如此一来,学识、思虑、气力、情兴与文才的体用一体性关系便被模糊甚至颠覆了。

三、意蕴之二:才之所宜的限度

从才的系统性而言,只有情、气、思、调、力、量、致、格等齐备且皆能致用方可焕发才的最大效力。但文人才分不同,其于以上诸端并非皆能完备或者虽具备致用却力度参差不齐,才的限度由此不可避免。这种限度就总的性能倾向而论有文才与非文才的区分;就文才本身而言,则又具体表现为以下四端:体裁有短长、文思有敏迟、运才有敛放、利病融一体。以上特征在《文心雕龙·才略》篇中都有论述,但学术界罕见关注。

才或者才性并非世外稀珍,而是人人皆有。但大千世界诸般人众的才性潜能并不统一,或长于攻伐,或长于平治,有乱世英豪,有治世奸雄,其他诸如

---

① 丁福保辑:《清诗话》,上海古籍出版社1963年版,第427页。

② 刘永济:《文心雕龙校释》,中华书局2007年版,第164页。

吏才、史才、将才、商贾之才、艺植之才等等名目各不相一,各有偏长。由此而言,如果要在文章事业上有所作为,文才或笔才、诗才的偏长也便必不可少。汉魏之际文人们追溯创作本源而论及的"自然""天资",随后陆机《文赋》中的"辞程才以效伎"、刘勰《文心雕龙·体性》中的"因性以练才"等,都于文才的偏宜相关。因此《才略》在展开其相关论述的过程中,始终贯穿着这样一个主线:他所讨论的才不是普泛意义的才,而是文才,是针对"辞令华采"之才的研讨。这一点已有学者明确论及:

> 如董仲舒和司马迁,刘勰说他们一是"专儒",一是"纯史",其所肯定的,并不是《春秋繁露》或《史记》这样的巨著,而是董仲舒的《士不遇赋》和司马迁的《感士不遇赋》,认为这才属于"丽缛成文"的创作。又如说:"桓谭著论,富号猗顿,宋弘称荐,爰比相如,而《集灵》诸赋,偏浅无才。""王逸博识有功,而绚采无力。"这里,不仅没有混同文学作品和学术论著,反而是有意加以对照,用"富号猗顿"的论著、"博识有功"的学力,来反衬他们在文学创作上"偏浅无才""绚采无力"。这说明,本篇所论之"才",是专指文学创作的才力,文学家的"才"和学术家的"才",是各有特点而不可混同的两种才力。①

南北朝之际《颜氏家训·文章》通过贻笑大方的"诊痴符"现象发出的"必乏天才,勿强操笔"的规劝,②体现的也是这种文才与非文才鲜明的区分意识。而回到文才本身,它同样各有偏长,大体表现为以下几种倾向。

体裁有短长。早在曹魏之际曹丕《典论·论文》就开始直接以"体"概括体裁,文章前有"文非一体,鲜能备善"之论,继而则云:"夫文本同而末异,盖奏议宜雅,书论宜理,铭诔尚实,诗赋欲丽,此四科不同,故能之者偏也。唯通才能备其体。"③各种体裁的美学特征不同,对于作家才性的要求也便每有差异,能够兼能通善者并不多见。刘勰对于才有偏长的论述首先集中于体裁短长的界定。就其大端而言,有文、笔的短长。如称桓谭长于著论及讽喻之文而"不

---

① 陆侃如、牟世金:《文心雕龙译注》下册,齐鲁书社 1981 年版,第 350 页。
② 王利器:《颜氏家训集解》卷 4,中华书局 1993 年版,第 254 页。
③ 曹丕:《典论·论文》,严可均辑《全上古三代秦汉三国六朝文》,中华书局 1958 年版,第 1098 页。

及丽文"，是其长于笔而短于文。全篇涉及诗赋之文较多，而于庾元规、温太真则道其表奏、笔记，赞为"笔端之良工"。至于"孔融气盛于为笔，祢衡思锐于为文"，则是明确指向了文笔各有"偏美"。就其具体而言，则集中于作家创作体裁的个性化选择与创作优势上，诸如贾谊的议论与辞赋、枚乘的七体、司马相如的辞赋、李尤的赋铭、曹丕的乐府、曹植的诗歌、陈琳的符檄、嵇康的论文等等。

文思有敏迟。自魏晋开始，文学于现实礼仪应酬之中运用广泛，无论公宴还是饯送，诗文竞逐、逞才斗富成为文化时尚，才思敏迟的关注也由此升温。实践的繁盛引发了理论跟进，《文心雕龙·神思》便可谓才思理论的集大成之作。《才略》篇对此也有较多涉及，诸如贾谊"才颖"、王粲"捷而能密"。曹氏兄弟恰成对比："子建思捷而才隽""子桓虑详而力缓"。左思、潘岳与其仿佛，左思"业深覃思"，"尽锐于三都，拔萃于咏史，无遗力矣"；"潘岳敏给，辞自和畅，钟美于《西征》，贾余于哀诔，非自外也"。所谓"非自外也"，正是就其敏给源自内在才性而言。

运才有敛放。徐增论才略已经揭示"略者，才之机权，运用由己"的内蕴，因此讨论才略其中也便必然包涵才的运使规律与整体的运使状态。运使规律与具体创作中才性、体裁、体制、题材等诸多条件所形成的内在限定势能关系密切，《文心雕龙·定势》由此诞生。此外还有一个具有普遍意义的规律，那就是作家运才过程中存在着气有盛衰、思有通塞的状态，《文心雕龙》从道家养生哲学入手，结合文艺创作实践，通过《养气》《物色》《神思》诸篇对其进行了充分论述。由于内在限定势能与文思通塞问题是具体创作中的问题，因此刘勰在《才略》篇中基本弃而未论，其关注重点集中在作家之才整体的运使状态上。这种整体运使状态受个体才性影响，彼此相异，大致可分为两类：放纵与敛束。其一为放纵不拘。如"仲宣溢才"，"溢"有充盈漫溢难以自持的意思，但对王粲而言这是其才高气盛的自然表现，因此下笔"捷而能密"。又如"嵇康师心以遣论，阮籍使气以命诗"，"师心""使气"皆为循遂心性，任纵志气，嵇康玄论精妙，滔滔不绝之中又有"越名教而任自然"的锋芒，而阮籍则中心郁结，创为《咏怀》组诗八十二首，虽然归趋难寻却同样才气如流。其二于文思能够酌量而行者往往表现为才的敛束。诸如左思"业深覃思"、扬雄"竭才以钻思"、曹丕"虑详而力缓"等等皆是。创作的实绩与运才的敛放没有必然关联,因此王粲才"溢"依然可以"文多兼善,辞少瑕累";袁宏"发轻以高骧"——"发轻"即指随口而发、不事沉吟,虽有偏病却同样可以"卓出"。倒是孙绰创作谨慎,"规旋以矩步",结果却是"伦序而寡状"——由于循守法度,故而文章有其条流规制却不见精彩。

利病融一体。利病一体是才性的本然特征,如同元气的阴阳二极,虽对立又浑融,不可拆分。这一点在《体性》篇中刘勰已经有所发明,如"公干气褊,故言壮而情骇"已属利病相合之论。《才略》于此有了更为全面的观照。如论司马相如辞赋"师范屈宋,洞入夸艳,致名辞宗",继承屈原宋玉的传统,将夸艳风格发挥到极致,从而赢得辞宗的声望,但"覆取精意,理不胜辞",致有"文丽用寡"的批评,二者虽矛盾又集于一体。又如王逸"博识有功"又"绚采无力"、刘向奏议"旨切"却"调缓"、袁宏"卓出"又"多偏"、孙绰"伦序"却"寡状"。更为典型的是陆机,一则"思能入巧",一则又"辞务索广"而"不制繁",古人所谓陆才如海又恨其多,正是就此而言。另有"赵壹之辞赋,意繁而体疏"。本处赵壹是与刘向、孔融、祢衡等四人一同被纳入"偏美"一类作家的,刘向《谏营起昌陵疏》《条灾异封事》等对于奢侈之风与外戚之盛抗言直论,此为其"旨切"所在,但权贵在位不便过显其劣,因而抑扬啴缓,是为"调缓"。联系"孔融气盛于为笔,祢衡思锐于为文",其"盛""锐"之中皆有郁结勃发而不事敛束,所谓偏美者显然皆属于利病一体。但赵壹的描述似乎与其他三人不同,其传世的辞赋名作就是《刺世疾邪赋》,刘勰所谓"意繁""体疏"是就其称心指斥缺乏辞义熔裁与体制锤炼而言的。[①] 但这篇文章在魏晋六朝文人心中又属于关系世道人心的大著作,其敢于直面浇漓世情、批判败坏风气的勇气与担当又合乎辞赋的本色,这一点刘勰没有明言,但道其为"偏美",其用心也大体在此。赵壹的创作因此也同为利病一体了。

如此体裁、文思、利病以及文才运使等诸般独到的特征,便陶铸为作家独到的才能,既融禀赋的涵具,又备才华的运掉策略;既是本能的限度,也是所能的引领。

---

① 参阅吴林伯:《文心雕龙义疏》,武汉大学出版社 2002 年版,第 590—591 页。

四、意蕴之三：才之所创的程度

依照《文心雕龙·体性》的结论，在文类意义的"八体"习练成熟之后，对于文体根本的塑造力量便源自作家的才性："才力居中，肇自血气，气以实志，志以定言，吐纳英华，莫非情性。"才性与文体之间的这种大体对应关系是《才略》展开的基本理论依据之一，这从以下事实之中可以得到验证：《体性》论述贾谊等十二位文人，以"贾生俊发，故文洁而体清"这种上句斥其才性、下句证以文体的法式属缀，而《才略》对同一内容采取的是一致的论述方式。不仅如此，无论才性的描述还是文体的概括，二篇之间也别无二致。诸如《体性》论贾谊："贾生俊发，故文洁而体清。"《才略》即云："贾谊才颖，陵轶飞兔，议惬而赋清。""俊发"为"才颖"的具体情状，"惬"意为得当合适，不在辞繁，故而"议惬而赋清"与"文洁而体清"也基本一致。又如《体性》论王粲："仲宣躁锐，故颖出而才果。"《才略》则云："仲宣溢才，捷而能密，文多兼善，辞少瑕累，摘其诗赋，则七子之冠冕乎！"从才性而论，"溢"指向才华的发散不拘，近乎"躁锐"；"颖出而才果"是就其文才施为的卓荦不群无所滞塞而言的，这与"捷而能密，文多兼善"等论也基本相同。如果说略有区别的话，也仅仅是文辞略有繁简不同而已。[1]

魏晋之后才性说尽管有以能论才的趋势，但文化开辟之际形成的以性言才的内涵一直融会其中。我们往往于深刻的文学研讨之中，时时可在"能"之外见到"性"的身影。刘勰的才略论正是如此，其中兼容着以上两个意旨：才之所能、性情所在。而作家才能性情对于文体的建构正是依托才性限度所关系的体裁、文思、利病以及文才运使特点完成，诸端因势凝聚，最终皆可以在文体之中现身。其中体裁、利病等能够见乎文体特征之中比较容易理解，文思敏迟稍微费解。实则齐梁之际论体，既有"伯喈答赠，挚虞知其颇古；孟坚之颂，尚有似赞之讥"等体裁之体，"子渊淫靡，若女工之蠹；子云侈靡，异诗人之则"的风调之体，同时也有"长卿徒善，既累为迟；少孺虽疾，俳优而已"的性质敏迟之体。[2] 也就是说，六朝文人认为，才性之中文思的敏迟与其所成就的文体形态

---

[1]　参阅胡大雷：《刘勰论作家个性与风格》，《常德师范学院学报》2002 年第 5 期。
[2]　刘孝绰：《昭明太子集序》，严可均辑《全上古三代秦汉三国六朝文》，第 3312 页。

之间同样有着必然的关联。

作家才性内蕴的广度与活力、作家才性彼此的限度最终要在文体塑造与总体成就之中形成程度的差异,这是才略自呈的必然路径,刘勰"褒贬于才略"的作家批评正是就此而言。

其一,文体塑造。成体是作家以自我才华为基础、在实践积累达到一定程度之后才可企及的境界。由一位作家文体塑造的成功与否、影响大小即可确认其才略大概。确认形式根据作家造诣略有不同,对于具有一定成绩与影响的作家,往往从其总体创作之中提炼创作体格,如王褒"密巧"、张衡"通赡"、蔡邕"精雅"、曹丕"清绮"、刘琨"雅壮而多风"等等,都通过文体的完善自立标示了自我的不凡与才性的归趋。对于体有偏美的作家则主要从其偏美的体裁入手概括其风调,如陆云"敏于短篇"而"布采鲜净"、张华短篇"弈弈(一作奕奕)清畅"、曹摅长篇"清靡"、张翰短韵"辨切"、庾元规表奏"靡密以闲畅"、温峤笔记"循理而清通"等等。另有部分作家以标举代表作的形式确认其核心体格,如"乐毅报书辨而义,范雎上书密而至,苏秦历说壮而中,李斯自奏丽而动"等;其他类似枚乘《七发》,陆贾《孟春》,应璩《百壹》以及冯衍《显志》《自序》,刘邵《赵都赋》,何晏《景福殿赋》等等皆为选文定篇,以篇定体。其中包容着一些体格创造并不成功的案例,如桓谭的"偏浅无才"直接导致其《集灵》诸赋难以立体;"殷仲文之孤兴,谢叔源之闲情"也只是"解散辞体,飘渺浮音",纵才而无检,其创作与体格卓立也便渐行渐远。

在以上较为鲜明的才性体格关系论外,刘勰还关注到影响文体的两个较为隐蔽的现象。

才情激发的形式或发抒的通道。如:"敬通雅好辞说,而坎壈盛世,《显志》《自序》,亦病蚌成珠矣。"冯衍一生仕途峻嶒,《显志》《自序》书写其牢愁抑郁,恰能够面目毕显。又如"刘琨雅壮而多风,卢谌情发而理昭:亦遇之于时势也。"刘琨所形成的正直而壮烈的风调,是世积乱离的产物。与其形成呼应的还有"王朗发愤以托志",与其形成对比的则为"潘勖凭经以骋才",其中潘勖才华的感激源自经典——尤其《尚书》学习之中获得的灵感,与冯衍、王朗的现实击发正好相反。这两种形式虽然属于影响创作的外在因素,但对于主体才性的成熟、情怀的陶冶以及文体的创构至关重要。

创作之中的才学关系处置。《才略》中云："自卿、渊已前，多俊（一作役）才而不课学；雄、向已后，颇引书以助文：此取与之大际，其分不可乱者也。"这里的"才"特指个体独创的能力，源心发声，无所依傍；"学"则指向既有的经典知识。在刘勰看来，司马相如、王褒以前，文人们创作多役使独到的才能以求尽其意理情志，对于以经典取证无多兴趣。但自扬雄、刘向之后，文章写作往往出经入史、引据典籍，这是文学发展历程中一个重要的分水岭。对于这一客观现象的说明《文心雕龙》是有着皮里阳秋的：从这一分界前后的代表人物评价来看，司马相如是刘勰直接批评的对象，原因在于"理不胜辞"；王褒虽"以密巧为致"，且"附声测貌，泠然可观"，但与司马相如"洞入夸艳"又有近似之处。扬雄、刘向则不同，刘向的奏议虽调缓却有"旨切"之美；扬雄的评价更高，不仅"属意"为"辞人最深"，而且"涯度幽远，搜选诡丽"，如此的标杆形象与司马相如"理不胜辞"的评价高下判然。其用心所在可谓昭然。从《文心雕龙》整体的思想倾向考量，刘勰是"引书助文"的坚定支持者，一如吴林伯先生所论：

> 盖本书《事类》肯定以典故证明义理，"乃圣贤之鸿谟"，显示司马相如、王子渊以前之文士，如屈原之《离骚》、相如之《上林》，虽均用典故，究为"万分之一会"；但扬雄之《百官箴》、刘歆之《遂初赋》，以至崔骃、班固、张衡、蔡邕之文、赋，俱多用典故，而"因书立功"，足为后来者的"范式"。①

才学之间如此的酌量恰恰体现了刘勰才学合一的态度，以学磨砺开掘文才的潜力，同时对于文才过事华藻的冲动加以节制，如此方可实现"才为盟主，学为辅佐，主佐合德，文采必霸"（《事类》）的创造。从本质而言，才学合一仍属于天人合一。

刘勰以两个较为隐蔽却有着明显理论诉求的现象提醒读者，文体的创造并非仅仅依靠驰骋文才就可以完善，对于文才的把控或者有关文才的经画挥洒，人事勤勉不可缺，时势命运难相悖。

其二，总体成就。才性各异则体格不一，体格难论高下。但在体格之外，才的创造还体现为彼此成就的不同，作家之间的优劣由此彰显。当然，这种优

---

① 吴林伯：《文心雕龙义疏》，武汉大学出版社 2002 年版，第 592 页。

劣的结论都得之于比较。它具体包括两个方面。

体裁、体格的掌控能力不同,由此区分出兼才与偏才。这从王粲与建安诸子以及曹魏文人的比量就能清晰体现:

> 仲宣溢才,捷而能密,文多兼善,辞少瑕累,摘其诗赋,则七子之冠冕乎!琳瑀以符檄擅声;徐干以赋论标美;刘祯情高以会采;应玚学优以得文;路粹杨修,颇怀笔记之工;丁仪邯郸,亦含论述之美:有足算焉。

七子之中,刘勰对于王粲可谓极尽夸饰之能事:才华横溢、敏捷细密、诗赋兼能、笔耕不倦。只有孔融未列其中,但前面已经将其纳入"气盛为笔"的"偏美"之列。另外五子则从符檄至诗赋等各得其优,其中徐干兼能赋、论二体,但无以撼动王粲七子冠冕的地位。其余曹魏文人则笔记、论述各备一技之长,虽有值得称道之处,但所谓"有足算焉"是从前半句延伸而来的,《论语·子路》云:"斗筲之才,何足算也。"刘勰此处无非是说,诸人虽然才具不丰,但并非不足计量称道。言下之意,仍然将其归入了偏才之列。如此评量,自然难以与具有"溢才"的王粲相提并论了。另如"曹摅清靡于长篇,季鹰辨切于短韵,各其善也"等论,曹摅的长篇诗作清新靡丽,张翰的短诗则清晰确当,二人并非通才大德,而是各有其善,自有偏长,同为偏才。

文质协调能力不同,由此区分出创造力的高下。《才略》之中从通赡意义表彰的文人多是文儒两得的大家,这一点体现了刘勰一贯的崇儒思想。如论荀子:"荀况学宗,而象物名赋,文质相称,固巨儒之情也。"既为学术大师又精通辞赋,这就是大儒的本色!扬雄与荀子相类,且能"理赡而辞坚",故有"子云属意,辞人最深"之评,可以说是《才略》全篇最高的评价。又如马融身为鸿儒而能"思洽识高,吐纳经范,华实相扶",代指其赋颂碑诔等创作既具经论之雅又备文辞之美。另如张衡、蔡邕标以"文史彬彬,隔世相望",也是赞赏其兼长文章、史传。以上诸家并为兼才大才,其创造之所以杰出关键在于能够立足文质关系运使才能,实现文质并茂。与此相反,质有所不逮,如司马相如"洞入夸艳,理不胜辞";文有所不足,如王逸"绚采无力"、宋弘"不及丽文",则均会影响作家的成就及现实声誉。而文质难以协调浃洽又往往是艺术表现力创造力不足的直接体现,追根溯源在于才赋馁弱。杜笃、贾逵虽"有声于文",比量傅毅、崔骃的"光采",二人只堪列入"崔傅之末流",这一结论便是"迹其为才"的结果,即以其创作实绩所显示的才能做出的判断。

至于"成公子安选赋而时美,夏侯孝若具体而皆微"——成公绥撰写辞赋时而可见其佳者,夏侯湛虽有诸般体裁实验却多显羸弱,则是明显的总体成就评估,其间有着直接的才赋优绌态度。当然,如果禀赋近似、控驭才能的法度近似,便往往出现相提并论的现象。如张衡蔡邕"金玉殊质而皆宝"、嵇康阮籍"异翮而同飞"、张载张协"才绮而相埒"等等。

通过文体的塑造与整体的成就,作家的才性特质、才性所宜、才能所及便有了一个感性的呈示,无论才的广度、限度、程度还是运使才华的机权法度,便都可以假此而显形。这就是文学批评之中才略范畴的内涵意义之所在。

当然,《文心雕龙·才略》的篇旨并非讨论才略的内蕴,而是从文学史的脉络出发,以作家才性为尺度,总结历代经典作家的体格风调、创作实绩以及利病得失。因此《才略》在经典作家创作的总结中又融入了关于作家才能制约因素的思考。这集中体现于时代因素对于作家才能发挥的影响。《才略》通篇评述作家,但篇尾忽发感慨:"观夫后汉才林,可参西京;晋世文苑,足俪邺都;然而魏时话言,必以元封为称首;宋来美谈,亦以建安为口实,何也?岂非崇文之盛世,招才之嘉会哉?嗟夫,此古人所以贵乎时也!"汉武帝元封之世、汉魏建安之时,君主文雅且崇尚文学,才士云集,既能施展政治抱负,又以自己的文学才华赢得当世的声誉与君王的垂顾。欲有所作为,这样的时代当然是最值得期待的。言外之意,文人才子处在天人关系之间难以自我把控的末节之上,在时代的不可测度、难以左右面前,作家个人才能的发挥也便增加了太多的变量。这当然不是作者收笔之际忽发感慨,前文冯衍、刘琨等人文体特征的论述之中,实际上已经渗透了这种充满命运感的理论思考。

(本文系国家社科基金重大项目《古代文论研究文献辑录、学术史考察及数据库建设(1911—1949)》阶段性成果,立项号:18ZDA242)

成体之道：《文心雕龙》
"体性""风骨"篇关系重估

—— 兼议以"风格的多样性统一"理解古代文体思想的合理性

　　《文心雕龙》一书中《体性》《风骨》二篇的关联学界已有所关注,或将"风骨"视为《体性》"八体"之外最为理想的艺术风格①,或认为二篇皆与作家志气相关②。若从全书的理论体系考量,可以看出,《体性》与《风骨》都是围绕文体展开的。"风"承接"性","骨"承接"体",《风骨》的确属于《体性》的意义深化。《体性》讨论的是才性与文体关系制约下的才性偏宜,而《风骨》则是才性偏宜的文体在具体创作中的落实之道。《体性》对于文体、才性关系的讨论是针对一般可能性而言的,其中涉及的八种基本文体通过后天的努力皆可掌握,可称之为"得体"。不过,"得体"并非文体确立的标志,只是文体建构的起步。能否真正"成体"——彰显出一个作家独到的个性,关键还要看作家才力的高下,只有融合风骨并赋予文采的作家才能实现"成体"。因此,《体性》《风骨》的关系可以视为从"得体"至"成体"或者由"共体"至"个体"的确立过程。

一、文体确立的路径：从"得体"至"成体"

　　自从文体概念进入文学批评,至六朝已形成以下基本指向:由内容倾向而言题材,由客观形式规范而言体裁(又称体制),由主体才性的贯彻而言体格、体调、风体、风调。《体性》中,刘勰论及了两个不同层次的"体":其一为总括而

---

① 詹锳:《文心雕龙义证》,上海古籍出版社1989年版,第1046页。

② 张海明:《文心雕龙〈风骨〉篇释疑》,《中国文心雕龙学会第十三次年会论文集》,云南大学出版社2017年版。张氏也认为《风骨》所言偏于"才气",但同时又以为《体性》篇侧重于"气质",如此区划有将性、能一体的才性分解的嫌疑。

言的"八体"之"体",其二为"八体"融合主体才气之后其异如面的创造之"体"。

《体性》从文体与才性的关系展开,但全篇真正的目的并不在此。《文心雕龙》不仅是一部理论巨著,而且有着指导创作的直接诉求。从这个角度审视,该篇真正的目的在于提醒文人:创作应当"摹体以定习,因性以练才"①。

所谓"摹体以定习,因性以练才",互文见义,是指顺着自己的性情学习和自己的个性比较接近的体格,在形成自我习尚的同时来锻炼或练习自己的才能。这里的"体",特指"典雅""远奥""精约""显附""繁缛""壮丽""新奇""轻靡"等"八体"。文人各具才性,诸如"韦、柳隽逸,不宜长篇;苏、黄瘦硬,短于言情",都是"才力笔性,各有所宜"②。但并非每个文人对此都有客观体认,勉强从事和自己才性并不匹配的创作、追求与自己才性距离较远的体格者大有人在。"摹体以定习,因性以练才"因此成为一种深明我性的艺术智慧。明人"谐情合体,仿性纾才"之论也正由此敷衍而来③。只不过有一点值得注意:不仅刘勰所论"摹体"之"体"皆就"八体"而言,《体性》全篇但凡涉及"体"字,其意义大都如此。尽管文中专门论述了才气对于文章体貌的直接影响,但对这种与才气对应的体貌,刘勰自始至终没有以"体"相称。也就是说,《体性》篇论"体",主要不是从个性风体(或者说从后世所云作家的个体风格)立论,而是锁定在具有超个体意义的"八体"之上。

对于"八体",刘勰始终是从学习维度关注的,如"体式雅正,鲜有反其习","八体屡迁,功以学成"(《体性》)。如上所述,刘勰将"八体"与个人体调分而言之,而个人体调概举之就有十二体。在刘勰眼中,"八体"属于文体的基本类型,是个性化体调创造的起点。基本类型的熟谙与个性的形成在作家成长历程中也许有其先后,但它们必然以统一体的形式出现,即无论如何变化,作家"不同之种种体貌均可归入此八体之中"④。文中"贾生俊发,故文洁而体清"等

① 范文澜:《文心雕龙注》,人民文学出版社1958年版。本文所引《文心雕龙》原文皆据此本,以下仅随文标注篇名。

② 袁枚:《随园诗话》卷五,王英志主编《袁枚全集》第3册,江苏古籍出版社1993年版,第144页。

③ 黄汝亨:《南太史饮酒集杜小序》,陆云龙辑《翠娱阁评选皇明小品十六家》,浙江古籍出版社1996年版,第414页。

④ 罗宗强:《读文心雕龙手记》,生活·读书·新知三联书店2007年版,第170页。

一节文字,"上句斥其材性,下句证以其人之文体"①,如此论述的目的就在于表达个人体调与"八体"的统一关系。"八体"的掌握并不说明作家独到艺术体调的形成,这只是作家走向成熟的初阶,可称之为"得体"。

如果说《体性》表达的是体调与才性之间大略对应的基本规律,那么《风骨》核心解决的就是具体创作之际如何实现这种基本对应,或者说,将才性如何贯彻于作品之中。刘勰认为,虽然通过后天之学可以模仿一些类型化体格,但是,只有"风清骨峻"才能成就真正属于自我的体调,是谓"成体"。而"风情骨峻"的根本则离不开性情才气。

《诗经》"六义"以风起始,风、气一体。《风骨》开篇即敷衍其大义:"诗总六义,风冠其首,斯乃化感之本源,志气之符契也。"从气论文艺思想而言,文本于气,由气而至文,气化赋形,一气相通。而气的显形必赖乎文辞,因此"怊怅述情"("情"即气的感动)之后继有"沉吟铺辞",而情辞融合的关键在于"文骨成""文风清"。先看"文骨成"。"辞之待骨,如体之树骸",文辞对于文骨的需要如同身体离不开骨架。文骨成就具体表现为"结言端直""析辞必精":"结言端直"就是文字有力,尤其指向直达本义而非汨没于采饰造作;"析辞必精"就是文字精确,"捶字坚而难移"。再看"文风清"。"情之含风,犹形之包气",性情之中包含气质,如同肉体之中鼓荡着自我生气,这里侧重个体气质的昭著,具体表现为"意气骏爽""述情必显":意气昂扬、纯真即是"意气骏爽",根本在于性情意趣源心而发、为我独有;性情意趣显扬、声律谐调宣畅就是"述情必显",具体呈现为自我性情、自我情意的鲜明贯通。如此"文骨成""文风清"则情辞融合,如同个体生命具备了生气与骨肉,文体也便傲然挺立了。

如果说"结言端直""析辞必精"的"文骨成"尚可以凭依学习锻炼渐趋成就,那么"文风清"所仰仗的主体性情才气则必赖于禀赋,由此才能实现"风清骨峻"。刘勰在详论"文骨成""文风清"后笔锋一转,宣言"缀虑裁篇,务盈守气",集中于主体禀气的颂扬,其根本原因也正在于此。《风骨》云:

> 故魏文称文以气为主,气之清浊有体,不可力强而致。故其论孔融,则云体气高妙;论徐幹,则云时有齐气;论刘桢,则云有逸气。公幹亦云,

---

① 骆鸿凯:《文选学》,中华书局1937年版,第306页。

孔氏卓卓,信含异气,笔墨之性,殆不可胜,并重气之旨也。

这个"气"就是禀气,当然表现为主体的生命活力,但同时又浑融着作家的性情才气,是对作家个性化精神与作品风骨根本关系的直接认定。

《风骨》是以主体的性情才气与文辞风体统一为理想追求的,其赞语所云"情与气偕"的状态得之于"蔚彼风力"的涵养,是才气的陶冶;"辞共体并"的表达源自"严此骨鲠"、析辞必精的磨砺,主要关乎学习。以上才气涵养、学习磨砺兼容了《体性》所言风体建构依托的"才气学习",作家"才锋峻立"的素养便在如此天人相合之中得以塑造,偏能之才性获得如此锤炼也便有了"符采克炳"的风体与之相称。可以说,"八体"只有与作家风骨相融,充满生命活力的个性之体才能绽放。从《体性》到《风骨》因此就成为一个从"大体"到"具体"的个人独到文体的塑造过程,是文学的显在形制与作家潜在精神的融合之道,是从"得体"至"成体"的创生之道。

风体的形成("成体")意味着作家于艺术殿堂的登堂入室,它是主体才性禀气的艺术赋形,又是文学之士造诣的认证——只有才华卓著者方备此殊荣。体的本义源自生命体,许慎《说文解字》释为"总十二属也"[1],即首、身、手、足等十二部分的总合,包容着主体的完整形质、气血性质。审美理论言体由此引申而来,其中蕴含着生命的圆活性、系统性、有机性、贯通性。刘勰将作家文体的创造从《体性》的泛论延伸至《风骨》的具象,既是对文体生命性质的贯彻,也是文体生命性质的内在需要。

二、文体创生的关键:从学习入手至才气皈依

从《体性》至《风骨》,刘勰所依托的基本理念就是天人合一。《体性》先后四次论及文体创造必有待于天人合一。一则开篇总论才性与文体的关系:"辞理庸俊,莫能翻其才;风趣刚柔,宁或改其气;事义浅深,未闻乖其学;体式雅郑,鲜有反其习。""才气"本自禀赋自然,属于天的范围;"学习"出于后天,归于人力。二则云"八体屡迁,功以学成",意在提示"八体"尚非个性化的风体,作为类型化的知识可以通过学习掌握,但随之又云:"才力居中,肇自血气;气以

---

① 段玉裁:《说文解字注》,上海古籍出版社 1988 年版,第 166 页。

实志,志以定言,吐纳英华,莫非情性。"意思是说,及至"各师成心"阶段,风体之中便镌刻上了才性印痕,"才力""情性"在古代都是才性的异名表达。三则云"才有天资,学慎初习,斫梓染丝,功在初化",论及文体的熟悉与磨砺,也是兼天人而言的。四则在篇尾的"赞"中,先有"才性异区,文辞繁诡"之论,从才性的决定意义对体性关系予以定位;后云"习亦凝真,功沿渐靡",表现了对于学习师法直接影响文体特征的关注,同样兼言天人。

《风骨》同样是一个完整的天人合一系统。其开篇即由"怊怅述情,必始乎风"发论,"风"是气的流行,泛指情动于衷而形于言的情感,是主体性情与本然生命力量的综合,才力也融会其中,这一点刘勰在《体性》中已经明确:"才力居中,肇自血气。"《风骨》论风论气,实则就是从才性才力的源头立论。作家认识自己的才性才力、磨炼自己的才性才力、坚守自己的才性才力,就可以实现"意气骏爽",最终形成独到的"文风"。再看"骨"的内蕴。从字面理解,论"骨"就是从作者的修为立论,如同一个生命体,初时肢体柔弱,无以自立,及至骨节壮大坚实,则成就其间架体格,具有了生长发育的根基。回到创作上,刘勰以"结言端直""析辞必精"论"文骨成",其反面例证即为"瘠义肥辞,繁杂失统"。一正一反都表明"文骨"的成就需要两个功夫:一是语言精到,一是体法熟谙。具体学习之中二者不可分解,作家都是在体法的习练临摹之中逐步实现语言表达能力的提升,而体法习练在刘勰看来就是"练骨"的过程。《文心雕龙》一书中,"骨"与作为文体最基本意义的体裁法度、经典文体范式有着密切的关联,如《檄移》:"陈琳之檄豫州,壮有骨鲠……相如之难蜀老,文晓而喻博,有移檄之骨焉。"《章表》:"表以致禁,骨采宜耀。"《奏启》:"杨秉耿介于灾异,陈蕃愤懑于尺一,骨鲠得焉。"这里的"骨"皆出现在体裁论中,是文辞成章的相应规范。《风骨》"瘠义肥辞,繁杂失统,则无骨之征"之"骨",同样延续了这层意思,而"潘勖《锡魏》,思摹经典,群才韬笔,乃其骨髓峻也"(《风骨》)之"骨",则更指向经典的、可以传承的体格式法。以上无论体裁规范抑或经典体式,都可以后天临习追摹,如此一"风"一"骨",恰是兼言天人两端。

不过《体性》《风骨》虽然皆属天人合一的系统,具体命意却各有所属。《体性》极为重视"才气",但主旨在于通过"才气学习"之于文体影响的论述强调"摹体以定习,因性以练才"的重要。无论文体摹习抑或才能训练都立足于创作的启蒙初阶,属于人力范畴。关于这种人力侧重,纪昀早有觉察,在"才有天资,学慎初习,斫梓染丝,功在初化"数句的批语中,他这样说:"归到慎其先入,指出实地工夫。盖才难勉强,而学可自为,故篇内并衡,而结穴侧注。"①正指出篇中才气、学习天人并论,而最终意旨则落实于可为之人力。

与《体性》天人合一而侧注于人(学习)不同,《风骨》恰恰是天人合一而侧注于天(才气)。尽管"风""骨"不可离析,但《风骨》全篇则以"风"为主。刘勰虽然将"捶字""结响"之力名之曰"风骨之力",但对"风骨之力"的阐说则最终归结于曹丕"文以气为主"等文气论。论"风骨"而归于"重气之旨",这一命意明代曹学佺早已勘破:"'风骨'二字虽有分重,然毕竟以风为主。风可包骨,而骨必待乎风也。故此篇以风发端,而归重于气,气属风。"②刘勰在曹魏前贤论气诸例之后,又列举了禀气不同所产生的两种偏才:或"肌丰而力沉",有文饰无气力;或"骨劲而气猛",有气力而乏文采。两种形态最终都被纳入"文章才力,有似于此"的评断。如此而言,《风骨》虽然延续了《体性》在文体建构中对于"才气学习"的依托,但论述重点则落实在"气"与"才力"之上,其侧注于天的倾向不言而喻。③

既然侧重研讨"才气"对于文体建构的影响,为何又以"风骨"立名呢?除对于才气纵逸心存警惕之外(这一点下文有论),根本原因在于才气属于作家的虚灵范畴,无可诠表,因而刘勰便由表象可鉴者入手——相比才气,"风骨"更便于鉴察感知。以"风骨"论文源自汉魏之际以骨相品人的占察之术,骨相之中潜伏着性情、气质的根脉,孕育着寿夭、成败的症候,具有观其表相可以测度其里的特征。如王右军品祖士少云"风领毛骨"④,所谓风气独标于毛骨之间,正是从骨相鉴察人的气韵风度。刘勰将文骨之成、文风之清定位于"结言端直""意气骏爽",将风骨与文辞、意气统一,正是因为天赋难言,故而就表象可鉴者而言。从这个意义上说,学术界影响较大的"风即文意,骨即文辞"之

---

① 戚良德辑校:《文心雕龙》,上海古籍出版社 2015 年版,第 179 页。
② 詹锳:《文心雕龙义证》,上海古籍出版社 1989 年版,第 1043 页。
③ 张海明:《文心雕龙〈风骨〉篇释疑》,《中国文心雕龙学会第十三次年会论文集》,云南大学出版社 2017 年版。
④ 徐震堮:《世说新语校笺》,中华书局 1999 年版,第 257 页。

说,的确勘察到了"风骨"的用意,但非其本义①。

由《体性》偏于人至《风骨》偏于天,体现了刘勰对于文体建构过程中天人合一特征的细致把握:由人力入手,以天赋创构;自学习"得体",凭才气"成体"。能够"得体"仅仅具备了"成体"的客观条件,作家是否具备非同寻常的才气才力方为最终能否"成体"的关键,骋才创体是《文心雕龙》的核心理论②。由此而言,有学者将"风骨"视为"作家情志、才气在作品中的一种特殊表现形式","是成功之作必备的一种特质"③,是极有见识的。如此文体"风""骨"兼备,其本质就是"格""调"统一。杨慎评点《风骨》曰:"《左氏》论女色曰:美而艳。美犹骨也,艳犹风也。文章风骨兼全,如女色之美艳两致矣。"又评"文明以健"云:"诗有格有调,格犹骨也,调犹风也。"④"美"是基本标志性的尺度,合乎这一尺度可以纳入美人的行列;但美人各自之美却千姿百态,"艳"便属于其中一种。依照这一譬喻观照"风骨":"骨"本于文体的共同规范,呈现为共性的、类型化的审美品质,相当于古代文艺理论常言的体格或《体性》所言的"八体","风"则出乎才气才性,是主体精神气质的体现,一如六朝之际人伦识鉴所谓的"才调"。只有作家的精神、才调贯注其中,真正美学意义的文体才算最终完成。而这一"风""骨"完美融合的过程,就是"格""调"的统一过程。

三、文体完善的保障:从归雅制至防华侈

就文学实践而言,作家"成体"已经是极高的境界,相关问题的讨论似乎可以告一段落。但刘勰是一位有着浓厚儒家情怀的学者,文艺在他眼里不只是独善之具,更是"经典枝条"(《序志》),是"纬军国""任栋梁"(《程器》)的媒介。因此,他所确立的文章诸般标准多以经典"六义"为归趋,在一般的"成体"标准之外,又延伸出了《体性》之中的归于雅制与《风骨》之中的防华约侈,二者可视为作家文体完善的保障。

---

① 黄侃:《文心雕龙札记》,中华书局 2000 年版,第 101 页。

② 参见赵树功《道贯"三才"与骋才创体——论以"才"为核心的〈文心雕龙〉理论体系》,载《文艺研究》2017 年第 10 期。

③ 张海明:《文心雕龙〈风骨〉篇释疑》,《中国文心雕龙学会第十三次年会论文集》,云南大学出版社 2017 年版。

④ 詹锳:《文心雕龙义证》,上海古籍出版社 1989 年版,第 1045 页。

《体性》所论"八体","典雅"居于首位,从渊源而论虽然仅仅指向"镕式经诰,方轨儒门"之体,有别于"馥采典文,经理玄宗"的"远奥"及其他诸体,但"典雅"却是诸体的根本。有关"典雅"的这种根本地位,刘勰通过文体学习之初应当如何选择进行了反复强调:天才不可勉强,文章只有从临摹习练入手,而这个过程需要格外慎重,因为"器成采定,难可翻移",如同木器斫削与丝织染色,一旦定型定彩,便再也难以复原。"童子雕琢,必先雅制",自然成为他的核心命意。只有以"典雅"之体为根基,才能"沿根讨叶,思转自圆",才能"雅丽黼黻",继而规避"淫巧朱紫"。刘勰将以上规范纳入了"文之司南",可见其重视程度。

《风骨》之所以单独立篇,在深化《体性》有关文体创造的论题之外,还有一个重要的目的,那就是纠正文坛的弊病。南朝文学其时约有二病。其一,忽略传统法度而纵其才气。刘勰重视经典体式与传统法度,这与他文必宗经的志趣相合,所以在《风骨》中提倡"镕冶经典之范,翔集子史之术"。经典提供的范式与法度是"骨采圆,风辞练"的重要保障。没有这个基础而"跨略旧规,驰骛新作",则"虽获巧意,危败亦多"(《风骨》)。所谓"驰骛新作",就是纵恣才华不加敛束。这种"空结奇字,纰缪成经"(《风骨》)的危败创作并非刘勰的揣测、假设,而是当时文坛的常态。《风骨》所云"意新"而"乱""辞奇"而"黩",《定势》所云"近代辞人,率尚诡巧,厌黩旧式,故穿凿取新",《通变》所云"宋初讹而新",《序志》所云"辞人爱奇,言贵浮诡"等等,皆是就此而言。其二,"文滥"而掩蔽自我面目。"文滥"就是言过其实。刘勰以《周书》"辞尚体要"为标准,鉴照出当时文坛"流遁忘反"(《风骨》)、文饰过甚的现状。在其他篇章中,他对类似弊病也屡加指摘,诸如《情采》"为文造情""体情之制日疏""淫丽烦滥",《序志》"饰羽尚画,文绣鞶帨"等等。

无论"纵才"还是"文滥",最终皆可归之于"习华随侈"(《风骨》),二者是一个问题的两个方面。《风骨》的本旨在于确立才气在文体创造之中的核心地位,这并非意味着学习、师法不重要,而是刘勰从作家"成体"的实际出发、从突破模拟绮靡之风的目的出发做出的必然选择。但刘勰对于才气的纵恣不羁特性显然有着清醒的认识,才气讲求过度往往会流于率意,此时对于经典体式规度的倡导也便有了约束才气、谨防逸辙的祈向。《风骨》侧注才气而由"风骨"

立论,其间寄寓着对人格涵养的关切,这与刘勰对才气发露特性的警惕不无关联。

以上病弊在刘勰看来都属于"去圣久远,文体解散"(《序志》)趋势的具体表现,正因为"文体解散"而不成文体,所以对于以上偏蔽的警惕成为作家创作"成体"的必然要求,"风骨"与文采兼美的文体标准因此得以确认:"若风骨乏采,则鸷集翰林,采乏风骨,则雉窜文囿;惟藻耀而高翔,固文笔之鸣凤也。"(《风骨》)风骨主内,藻彩主外,内有生机,外有光泽,内外兼修,作品才能"风清骨峻,篇体光华"。"肌丰而力沉"的偏文采与"骨劲气猛"的偏风骨都应避免。刘勰的这一思想,与其"贵器用而兼文采"(《程器》)的观点遥相呼应。当然,在他的理论体系内,风骨、文采的地位并不相当,二者兼美需要一个前提:首先必须"练于骨""深乎风"——风韵鲜明、析辞精要,"兹术或违,无务繁采"(《风骨》)——没有风骨的挺立,藻采的经营毫无意义。

以上思想表达体现了刘勰深刻而清晰的佛教中观思维。对于文体的创造,他既颁布正面的准则——归于雅制与风骨、文采兼美,又揭示反面的弊病——崇尚奇诡与"习华随侈"。对于文体创造的依托,他既论尽才气以见自我风体,又论尽人事以熟谙轨式,尽天尽人皆出于补救偏蔽。天人观照之中,尽我才气方成风调,以此申明人力的限度,但又以骨体骨法约束才气;尽人之学以洞晓情理变化与文体规矩,同时又以不随流俗敦劝。才华运使之中,既期待"才锋峻立",又提醒"务盈守气",挥洒与涵蓄必须统一。就风骨与文采的关系而言,刘勰反复宣言风骨不可离开文采,目的在于提醒:风骨虽然重要但创作不能落入枯质;同时,他又不断强调文采不可离开风骨,矛头直指当时文坛的形式主义风潮。

佛教中观思维促成了刘勰以上细密周全的文体理论建构,但建构理论显然不是刘勰最终的诉求,其最终诉求应当在于推动文学实践走上归于雅制的康庄大道。《体性》对于归雅有着鲜明的论述,《风骨》亦有着同样的意旨。《宗经》有"文能宗经,体有六义"之说,"六义"是经典的审美特征、后世文章的高标,而"风骨"恰是"六义"的升华。具体而言:"六义"所谓"情深而不诡""风清而不杂"的"风、情"对应"风骨"之"风","风""情"本来一体,以生命之气的运动为载体,表现为个体才性气质。"六义"后四项皆就"骨"论:《风骨》赞语中明言

"辞共体并",论辞就是论体,因此篇中"结言端直""析辞必精""捶字坚而难移"即为"六义"所谓"体约而不芜";对于风骨、文采兼美的强调即是"文丽而不淫";主张"镕冶经典""翔集子史"从而规避"虽获巧意,危败亦多"(《风骨》),便直接关系到了"事信而不诞,义贞而不回"。刘勰既反对"跨略旧规"的"驰骛",又批判"习华随侈"的"文滥",其目的在于呼唤作者能够"确乎正式"(《风骨》),"正式"无他,即与"六义"相合的雅制而已。

四、相关焦点问题反思

从《体性》至《风骨》,是文体建构由"得体"至"成体"的深化。以此审视,《文心雕龙》研究中一些相关阐释也便需要重新估量,其中亟需厘清的就是《体性》"八体屡迁""会通合数"中"屡迁"与"会通"的本义以及由此引发的以"风格的多样性统一"理解中国古代文体思想的合理性问题①。

关于"八体屡迁",学界最基本的理解就是,作家的风格不是一成不变的;而能实现这种风格之变,就可视为"会通合数"。具体所指,各家略有差异。詹锳认为,所谓迁变、会通,以如下两端为主:首先,"作家的文章风格可以逐渐变化,繁缛的可以变为精约,新奇的可以变为雅正",这与黄侃的理解一致;其次,"同在一个作家中,通过思想的修养,艺术的锻炼,风格可以多样化"。当然,变化的根源就在"功以学成"之中②。如此理解,"屡迁"与"会通"即是"八体"内部的变化与综合。吴林伯看法与此不同,他指出,所谓"屡迁"指向的不是"八体",乃是"从八体派生出各种风格","会通"由此成为这种迁变之能③。

从"八体屡迁"至"会通合数"的理解,又延伸出了中国文体论讲求的"风格的多样性统一"命题。这一命题的开创者是詹锳。在对"八体屡迁"的解读中,他已经提到,同一个作家"风格可以多样化"。在阐释"八体虽殊,会通合数,得

---

① 詹锳较早通过《文心雕龙》的《体性》《风骨》《定势》诸篇的分析,系统论及中国传统的文体具有"风格多样性统一"的特征(詹锳:《文心雕龙的风格学》,詹福瑞、任文京主编《詹锳全集》第4卷,河北教育出版社2016年版,第22、68、70—72页;詹锳《文心雕龙义证》,第1021—1022、1035—1036页)。曹顺庆又在中西比较视域下考察了"体"与"风格"的关系,更为明确地肯定了这一结论(曹顺庆:《风格与"体"》,载《文艺理论研究》1988年第1期)。

② 詹锳:《文心雕龙义证》,上海古籍出版社1989年版,第1022页。

③ 吴林伯:《文心雕龙义疏》,武汉大学出版社2002年版,第318页。

其环中,则辐辏相成"的意蕴时,他又指出:"只要抓住关键,则各种风格就可以形成多样化的统一。"①这一思想在学术界产生了一定影响,曹顺庆也认为:中国的体与西方的风格论虽然都讲统一,但西方强调的是主观风格、客观风格的统一,而中国更多强调的是多样性的统一②。那么,风格多样性最终要统一到哪里呢? 詹锳认为,其一要统一到"主导风格",比如"典雅";其二要统一到《定势》所确认的体势所在③。

　　假定风格是多样性的统一这一命题成立,"八体屡迁,功以学成"的偏于人事便与"吐纳英华,莫非情性"(《体性》)的偏于才气、性情产生了抵牾。我们不能不质疑:既然风格乃是功以学成,又何来"才气之大略"的限定呢? 能与性情、才气对应者当然是有限甚至有定的,如何可能随机生变、因学而变? 如此而言的话,风格的独到性也便丧失了存在的基础。可见,以上理解是有偏误的,举其大者而言,约有二端。

　　偏误之一,将"功以学成"的"八体"之"体",与熔铸了作家才气、性情的创造之"体"混为一谈。《体性》至《风骨》,论述的是由"得体"至"成体"的历程,由此着眼,"八体屡迁,功以学成"至"吐纳英华,莫非情性"这一节文字是说:"八体"可以学习、临摹且每有变化,作为一种知识性的存在,它向所有人敞开;随着经验的积累、爱嗜的变异,作家可能多体共得,也可能随时调整,如"八体"内部互相转换,由繁而至约等等,甚至"八体"彼此融合,如壮丽之中兼备新奇等等。这些变化与熟能生巧的技术养成相关,但又无不体现出作家才气、性情的潜在投射——偏长于"八体"之中的哪种体格、所长之体如何运使、相关要素如何组构等等,处处袒露出个性化的选择与手段,与共性相异的个性化风体也便由此形成,这就是"各师成心,其异如面"(《体性》)。如同屠隆对"仙才"的论述:"人但知李青莲仙才,而不知王右丞、李长吉、白香山皆仙才也。青莲仙才而俊秀,右丞仙才而玄冲,长吉仙才而奇丽,香山仙才而闲澹。"④作家及乎此,已经达到了"成体"的境界。从"八体屡迁"至"莫非情性"是一个统一的整体,

---

　　① 詹锳:《文心雕龙义证》,上海古籍出版社 1989 年版,第 1035 页
　　② 曹顺庆:《风格与"体"》,《文艺理论研究》1988 年第 1 期。
　　③ 詹锳:《文心雕龙的风格学》,詹福瑞、任文京主编《詹锳全集》第 4 卷,第 70—72 页。
　　④ 屠隆:《鸿苞节录》卷六,清咸丰七年(1858)屠继烈刊本。

前者是讲"八体"可变、因学而得,后面才力血气的引入不是另起炉灶的才性描述,而是讲"八体"虽可变化但其变化并非毫无节限,而是遵循着作者才力血气的程限。可以说,才力血气的引出,是对文体建构之中人力所能的一种约定。

事实上,能够与作家"才气大略"真正切合的文体是有限的,它发端于主体的才气、性情,依托于"八体"完成、表现。但凡创作,只要从雅制出发,以才性所宜为原则,那么具体表现之中无论远奥、显附抑或精约、繁缛,并无统一的规则,在适宜、需要的地方运用适宜、需要的文体即可,这是作家才力的体现,是为"会通合数"的"合数"。如此说来,作家风格意义的文体不是所谓多样性的统一,而是适配作家才性前提下的多种表现形态的统一。

体派或者体类意义的文体有着较为稳定的类型,刘勰"八体"之外,类似的还有皎然的辨体十九字、司空图的二十四诗品等等,皆可纳入这个范围。这些都属于"知识"范畴,可以通过后天之学逐步熟悉并多样化地统一于一人。但是要创生真正的自我之体,在以上人力的基础之外,必须以源发于主体血气的才气、性情为根本。在这一点上中、西文论有其相通之处。比如,康德就曾指出,美不是科学,因此没有与科学一样的教学方法,美的传授"只有风格"(modus)。但康德随即做出解释:大师必须示范学生如何面对这些既定的风格,只能以之入门,以之纳入记忆激活想象,只能视之为一种"附带",却不能成为代替艺术"理想"的"原型"与"模仿范本",而艺术"理想"的决定者只有"天才"[1]。康德所说的"天才",与刘勰所讨论的才性或性情大致相当。

偏误之二,以"风格"通解文体之"体"。以风格多样性统一概括古代文体思想特征,虽与八体"屡迁""会通"以及相关文字的完整理解有关,但根本原因在于以现当代意义的、由西方引进的"风格"直接替代了传统"文体"之"体"[2]。如此格义不仅未得其实,而且也造成了对古代文体理论思想的解构。

作为中西极为重要的文论关键词,文体与风格既具有诸多相似之处,也体

---

① 参见康德:《判断力批判》,邓晓芒译,杨祖陶校,人民出版社 2002 年版,第 203—204 页。

② 陈斐《构建中国特色哲学社会科学的可能萌蘗——梁昆〈宋诗派别论〉的学术史意义》(载《文学评论》2017 年第 3 期)指出,在西方现代文论"流派"观念的影响下,现代学者往往用"风格"诠释中国古代文论中的"体",其实后者"统摄性极强,可能指涉体用、体貌、体式、体势、体裁、体类、体制、体法、体性、体律、体度、体要、体格、体气、体致、体理、体统、体韵、体意、体样等等,其内涵远非风格所能囊括"。

现了一定的文化差异。中国之体兼具体类体裁、体制架构与体派风格之意,西方的风格论偏重作家作品;中国体论侧重于主体的才性,西方风格论更为关注作品的语言形式;中国体论追求生命之气、人格精神甚至道德品格的前后贯彻,而西方风格论则体现了鲜明的理性精神,聚焦于主观风格与客观风格的分量协调①。

古代文学的创作往往被归结为题材、体裁、情志、事义、辞采、宫商的组构,刘勰将以上要素的有机相融称为"体制",并在《附会》中申言:"才童学文,宜正体制,必以情志为神明,事义为骨髓,辞采为肌肤,宫商为声气。"这与《颜氏家训·文章》中"文章当以理致为心肾,气调为筋骨,事义为皮肤,华丽为冠冕"的论述异曲同工②。其中"理致"近"情志","气调"即"宫商","华丽"实"辞采","事义"则二说相同。诸要素的综合,如同一个人内有其骨髓神明、外有其声气肌肤,文体由此成立。而有此文体,则可以"制首以通尾"(《附会》),实现作品的生气贯通,而非尺接寸附。由此看来,中国古代的文体并不玄虚,它不是一个形式,而是一个系统。不同作家以上诸要素的显现形式、程度会各有不同,这种相异的特性综为一体,便形成自己具有一定倾向性的风体。由于古代文体论包容如此复杂,具体批评之中以文体之一端直接名曰文体的现象也便成为常态,就如同才学、才情、才气等等本义为主体之才在情怀、气势、学问上的显现,皆为才用的一维,但习惯用法中则以"用"名"体",常常以之代言才本身一样。于是,创作之中无论题材体裁还是情志事义、辞采宫商所呈现的独到倾向,也便被视为文体。

由此看来,现当代意义上的"风格"更接近古代文论中的"格调""体调"或"才调",仅仅属于古代"文体"之"体"内蕴中的部分内容。不分语境地以"风格"转译"文体"之"体",节缩了"体"的意蕴,放大了"风格"的应用边界。如此格义,便直接带来以下问题:将得体初阶习练的"八体"与成熟作家成就的"风体"混淆;将学力勤勉可得者与必待卓出天资才力者混淆;以西方主客二分理念阐释中国古代文体,单纯由作品立论研讨风格,忽略了中国古代论体必归于

---

① 参见詹福瑞、赵树功:《体与文体(Style)》,载《江海学刊》2018 年第 1 期。
② 王利器:《颜氏家训集解》,中华书局 1993 年版,第 267 页。

生命性创造这一主客圆融的文化立场。而当一个作家可以将多样风格统于一身之际,也就意味着"风格"概念的失效。刘勰以《体性》《风骨》(甚至可以延伸至《定势》)考察文体的建构,不仅创立了中国古代最为系统的才性、风体关系理论,而且也提示我们:对于古代文艺理论思想的阐释应该尽量采取文化还原的态度与方法,最大限度减少中西概念格义产生的内涵错位与误读。

(本文为国家社会科学基金重大项目"古代文论研究文献辑录、学术史考察与数据库建设(1911—1949)"成果,批准号:18ZDA242)

下　编

文学批评史
与文才相关问题研究

两汉以"才"论文演革历程考论

才（古代才、材相通）这一范畴早在先秦就有了较为普遍的应用，诸如《尚书》便有"梓材"一篇，又有"多材多艺"的成语。其时关于才的认知主要表现于才性关系、才有其能等基本意蕴，并没有直接的才文关系探讨。明确的以才论文滥觞于两汉之际，在经过了才范畴关注程度的提升、才范畴运使范围的开拓、"才"与"文"关系审美认知层次的深化等阶段之后，至东汉中期，以才论文基本走向了成熟。本文侧重于讨论两汉时代"才"这一范畴直接运用于文论实践之际所呈示的演变轨迹，而古人对于文才性质认知、对文学认知的深化历程也由此彰显。

一、从人物品目实践到才的理论梳理

就文字训诂考察，才的原始意义为初始，其他意蕴皆由此衍生。先秦各种文献言才体现了以下两个内涵：

能力偏长，往往指向经济与政治军事技艺。《尚书·金縢》："予仁若考，能多材多艺，能事鬼神。"孔颖达直疏"材艺"为"材力""艺能"①。这属于才的"才能"意蕴。

材质、性质。《孟子·告子上》："富岁，子弟多赖；凶岁，子弟多暴。非天之降才尔殊也，其所以陷溺其心者然也。"这个才就是性。《荀子·礼论》称："性者，本始材朴也。"性是本始阶段材的朴素面目，明确以材解性，属于才的"才性"意蕴。

---

① 孔安国传，孔颖达等疏：《尚书》卷十三，阮元校刻《十三经注疏》，中华书局 1980 年缩印本，第196 页。

才能、才性不是离析的,古人但凡言才之所能,都兼容着其性之所宜。

西汉之际,才范畴的运用更加广泛而深入,这与其时人才选拔的察举制度密切相关。察举以选贤与能为目的,其举荐的核心尺度便是才、德,如荐举科目中的贤良方正、孝廉、贤良文学等皆为才德兼备;而明经、秀材异等、明法、明术以及勇武知兵等科目则以才干为主。才这一范畴由此获得发展的契机,并在人物品目实践中获得普遍运用。其内涵之中,才性关系一维相关论述较少,才有所能的意义则成为关注的核心。其时论才能呈现为以下形式:

或论才往往与能对举。如《淮南鸿烈·兵略训》:"必择其人,技能其才,使官胜其任,人能其事。"《修务训》:"君子有能,精摇摩监,砥砺其才,自试神明。"①《春秋繁露·十指》:"论贤才之义,别所长之能,则百官序矣。"②或直言才能,《史记·淮南衡山列传》:"骑上下山若蜚,材幹绝人,被以为材能如此。"又曰:"大将军材能不特章邯、杨熊也。"又曰:"王奇孝材能,乃佩之王印。"《佞幸列传》云:"此两人非有材能,徒以婉佞贵幸。"又曰:"卫青、霍去病亦以外戚贵幸,然颇用材能自进。"③才能之外,作为才具体表现形式的才气、才智、才力等术语西汉之际也皆已经出现。

才能论定之余,又致力于主体之才名色、品级上的区划。如由名色而言,有美才,如《淮南鸿烈·诠言训》:"仁智勇力,人之美才也。"④达才,《史记·田敬仲完世家》:"非通人达才孰能注意焉。"奇才,《史记·商君列传》:"公孙鞅,年虽少,有奇才。"⑤由品级而言才分有大小,如《春秋繁露·爵国》:"大材者执大官位,小材者受小官位。"⑥或曰修短,《淮南鸿烈·主术训》:"才有所修短也,是故有大略者不可责以捷巧,有小智者不可任以大功。"或曰高下,《淮南鸿烈·修务训》分列"圣人之才""中人之才""一卒之才"。高下又称为隆厚与薄劣,其中大才高才隆厚之才就是过人之才,《淮南鸿烈·泰族训》:"智伯有五过人之材。"高诱注曰:"智伯美髯长大一材也,射御足力二材也,材艺毕给三材

---

① 刘文典撰:《淮南鸿烈集解》,中华书局 1989 年版,第 497、647 页。
② 苏舆:《春秋繁露义证》,中华书局 1992 年版,第 146 页。
③ 司马迁:《史记》,中华书局 1959 年版,第 3089—3090、3096、3191、3196 页。
④ 刘文典撰:《淮南鸿烈集解》,中华书局 1989 年版,第 474 页。
⑤ 司马迁:《史记》,中华书局 1959 年版,第 1903、2227 页。
⑥ 苏舆:《春秋繁露义证》,中华书局 1992 年版,第 237 页。

也,攻文辩慧四材也,强毅果敢五材也。"①与过人之才对应,才不丰者或者自谦则往往称为"不才"。

才能名色、品级的鉴识,最终又多归结于人才抡选,此系古人所谓人有材能、僚有级别之意。

东汉前期,察举制度得到进一步完善,而其时名教的提倡,则又促使察举的才德标尺有了一定程度的倾向性。名教重视名分、定立名目、显为名节,将虚化的道德具体化、规范化。汤用彤先生曾论东汉名教的本质:

> 夫圣王体天设位,序列官司,各有攸宜,谓之名分。人材禀体不同,所能亦异,则有名目。以名目之所宜,应名分(名位)之所需,合则名正,失则名乖。傅玄曰:位之不建,名理废也,此谓名分失序也。刘邵曰:夫名非实,用之不效,此谓名目滥杂也。圣人设官分职,位人以材,则能运用名教。袁宏著《后汉纪》叙名教之本,其言有曰:至治贵万物得所而不失其情。圣人故作为名教以平章天下。盖适性任官,治道之本。

汤用彤将名教之本旨与人才选拔的背景联系起来考察,认为名教之中重要的内容之一就是位育,序列官司为名分,人各以其所宜(名目)而应名分之需,各得其位,各施其能,这是至治之本。而这个位育过程必须遵守的原则是"万物得所而不失其情",所谓不失其情,就是"适性",是"分别才性而详其所宜",因循其性之所宜方可尽其才之所能。② 钱穆先生也曾发挥此旨:

> 在东汉时,社会极重名教,当时选举孝廉,孝廉固是一种德行,但亦成了一种名色。当时人注重道德,教人定要作成这样名色的人,教人应立身于此名色上而再不动摇,如此则成为名节了。惟如此推演,德行转成从外面讲,人之道德,受德目之规定,从性讲成了行。③

内在的德性通过外在的才行来讲,促成了整个社会对性与德的认识不从修养论而从外在行为、形态论的转型。如秀才(后改为茂材)一科,自西汉元帝时期就立质朴、敦厚、逊让、有行等为甄选条件,皆以道德为准的。东汉基本延

① 刘文典撰:《淮南鸿烈集解》,中华书局1989年版,第292、698页。
② 汤用彤:《读〈人物志〉》,《汤用彤全集》第四卷,河北人民出版社2000年版,第4页。
③ 钱穆:《略述刘劭〈人物志〉》,《人物志》附录,长春出版社2001年版,第195页。

续(其中"有行"改为"节俭"),被称为"光禄四行"。而且茂材与孝廉并列,同为岁举科目,仅东汉章帝元年岁举就多达百数,如此大规模的选拔,其条件在东汉之际已经有了微妙的转变:"西汉时贤良与茂材的察举相类,以名为重。东汉则偏于选士,以一般士人中的特异者为对象,名实稍有异趣。"①察举的才德标尺中,才由此更加凸显出来。

才在先秦各领域的运用,两汉人伦识鉴、人才甄选实践的积累与推动,为才的理论化提升做好了铺垫。东汉中前期,王充的《论衡》以集大成的姿态完成了对此前才论的全面理论总结。《论衡》诸篇中以才为论者很多,所论述的对象既兼文史儒生,又多臣辅郡将。这种总结,实则就是两汉人伦识鉴现实需要的理论回应。

王充才论所涵盖的内容很多,主旨集中于人才优劣、才的涵育、才之所能以及人才成就所需主客条件的论析等。这些论述分散于全书不同章节,但又围绕以上问题形成了自己有关才的初步理论系统,尤其关于以才为核心的主体素养系统,王充已经有了较为全面的建构。他将主体之才纳入天人关系,在论定才的禀赋性的同时,又以天人相合为其准的,这种论述准确把握了才的根本所在。

有关才禀赋性的论述,主要体现于《论衡》的"禀气"学说。如《本性篇》云:"人性有善有恶,犹人才有高有下也,高不可下,下不可高。谓性无善恶,是谓人才无高下也。"此间之"性"是禀气而成的,《无形篇》即云"用气为性"。王充所论"善恶"继承了战国才性思想的基本内涵,不仅仅是道德的尺度,也是价值评量尺度,诸如贤愚之类尽在其中,所以"善恶"即为"贤愚",《率性篇》所谓"禀气有厚薄,故性有善恶""人之善恶,共一元气,气有多少,故性有贤愚",也即是禀气厚薄多少决定了其性的贤愚。贤愚所论,已经是人才高下的问题了。王充坚持性有善恶,最终必然推演出才有高下。也就是说,禀气之论实则就是人才之论。才既为性、气赋予,自然属于禀赋中物,正如《累害篇》所谓"人才高下,不能均同"。如此则主体之所负荷必然要受到才本然的力量限度支配,后天人工的努力不能改变其担负的局限性,这就是"才力"的宿命。

---

① 参见裘士京等:《略论两汉察举制度与人才选拔》,《安徽大学学报》2002年第5期。

才虽具禀赋性,又必须因乎人力方始显能,后天之学因此弥足珍贵。这种思想在《论衡》篇章的安排中有着鲜明的体现,如《程材篇》通篇较量儒生与文史才能优劣,其后即专列《量知篇》《谢短篇》《效力篇》,三者皆论后天磨砺学习问题。《量知篇》开篇即云:《程材篇》论材能行操,未言学知之奇,因而特设本篇。其中云:

> 夫儒生之所以过文吏也,学问日多,简练其性,雕琢其材也。故夫学者所以反情治性,尽材成德也。

现实之中儒生的成就往往超越文史,原因何在呢?王充以此为出发点,将有关才的论述引向了深入:天赋之才必须依靠后天的人力陶冶锻炼始能发挥其本然潜能,这就是"简练其性,雕琢其材"。如此弥补缺失、修饰本色,则可以实现"反情治性""尽材成德"。

然而即使儒生好学,仍有所短。《谢短篇》云:"夫儒生之业,五经也……究备于五经,可也;五经之后,秦汉之事,不能知者,短也。"这属于知古不知今。既谙学知重要,学知之中的病弊短绌自然在矫正之列,《谢短篇》故此继《量知篇》推出,二者之意皆在强调学知,只不过着眼点不同:《量知篇》从正面申说,《谢短篇》从病处警示。既明学知之要,又谙谢短之途,如此才学融会,必然呈示力量锋芒,《效力篇》因此随乎其后。

才有其能、学致其力仅仅是欲有所成的先决条件,但才的施展又受到诸多外部因素的限定,《论衡》不仅关注到了这种现象,而且有着同样深入的论述。《命禄篇》云:"命贫以力勤致富,富至而死;命贱以才能取贵,贵至而免。才、力而致富贵,命禄不能奉持,犹器之盈量,手之持重也。"此处以富贵利禄为例,以为所得之显微在于才能、努力;但能否得到以及能否保有则与命数有关,由此王充引申出的是困扰中国文人数千年的才命论。[①]

人伦识鉴在实践语境中强化了才,《论衡》的梳理总结又加速了其成为理论热点的步伐,并与现实之中主体的才华修为形成互动。西汉至东汉中期,才的现实关注程度明显提升。

---

① 以上引文分见黄晖《论衡校释》,中华书局 1990 年版,第 142、11、546、555、25 页。

二、从综论经籍著述到分疏才文关系

就才与文的关系论述而言,西汉言才涉及经籍著述的文献甚为罕见。随着才的现实关注程度日益提升,西汉末期以及两汉交替之际,才在经籍著述批评领域的运用方始逐步实现了开拓。较具代表性者如:

言小学著述。刘歆《与扬雄书从取〈方言〉》:"属闻子云,独采先代绝言,异国殊语,以为十五卷。其所解略多矣,而不知其目。非子云澹雅之才,沉郁之思,不能经年锐积,以成此书。"①才所指向者为扬雄精思沉郁而能成就《方言》,其"所解略多",是就源自其才的创见而言的。

言子部论著。桓谭《新论》:"扬子云大才而不晓音。""扬子云才智开通,能入圣道,卓绝于众,汉兴以来,未有此人也。"又云:"才通著书以百数,惟太史公广大,其余皆丛残小说,不能比之子云所造《法言》《太玄经》也。"②论"才通著书"首推司马迁,以其能著《史记》数十万言;扬雄之才堪与其比肩,因其能作《法言》《太玄经》。

言史部著述。班彪论司马迁:"善述序事理,辩而不野,文质相称,盖良史之才也。"③同样就其才大能著《史记》而言。

以上小学、子部、史部著述皆论笔才。扬雄又曾论口才,《法言·渊骞篇》:"或曰仪秦其才矣乎?迹不蹈矣。曰:昔在任人,帝曰难之。亦才矣。才乎才,非吾徒之才也。"仪秦之才,非元凯之才,故此司马光释为"口才君子所不贵"④。苏秦张仪的言辞,各有千秋,润饰藻绘,耸人视听,这也属于才,但不是士人推崇的经济之才。虽然以口才不值矜夸,但扬雄此论实则涵摄了才与言辞的关系。

以上诸人,基本生活在西汉末期、新莽时期以及东汉初年。相关论述体现了以下两个意旨:首先,两汉相交之际,学术界虽然认识到才与子史著述的关

---

① 严可均辑:《全汉文》卷四十,《全上古三代秦汉三国六朝文》,中华书局 1958 年影印清光绪刻本,第 349 页。
② 严可均辑:《全后汉文》卷十五,《全上古三代秦汉三国六朝文》,中华书局 1958 年影印清光绪刻本,第 549、551 页。
③ 范晔:《后汉书》卷四十《班彪传》引,中华书局 1965 年版,第 1325 页。
④ 汪荣宝:《法言义疏》,中华书局 1987 年版,第 448 页。

系,但在宽泛的对应言说中,仍然没有涉及才与当时主要文体创作的关系;其次,从扬雄以口才言辞非吾徒之才、辞赋雕虫小技壮夫不为等论断衡量,其时一些文人承续了西汉枚皋所谓为赋乃俳、见视如倡的价值评量,存在重视经济之才、藐视文才的思想倾向。

这种综论子史著述与藐视文才的现象至《论衡》开始出现重要转折。《论衡》有关才的理论研究并未局限于普泛的哲学探讨,而是在此基础上,继承此前文士以才综论子史著述的传统,开拓性地将才集中纳入了广义的文论,且形成了才与文之间多维的分疏,与两汉文学的发展形成直接的呼应。具体表现如下。

其一,以才论"文章之士"的素养、以才确定文士的品级。《书解篇》命名陆贾、司马迁、刘向、扬雄等文人"文章之徒",称"其材能若奇,其称不由人"。意思是说:这些文人有如此奇异的才能,其声名不需要别人称道便自然远扬。

进而王充分文士为五等,其所重者必备乎才。《论衡》于其《超奇篇》《程材篇》《谢短篇》《效力篇》《别通篇》《佚文篇》《定贤篇》《书解篇》等篇章中不厌其烦地品定人物优劣高下。他将现实中人物分为五等:俗人(文吏被包含其中)、儒生(又称世儒)、通人、文人(又称文儒)、鸿儒。

俗人是指没有知识的下等人,也包括粗知一二的俗吏与文吏。文吏就是文史法律之吏,这些人《量知篇》认为"无经艺之本,有笔墨之末,大道未足而小技过多"。而所谓的"笔墨"不是文辞创造,而是程式之辞。

儒生,能说经而不事博览,《谢短篇》认为其"所知不过守信经文,滑习章句,解剥互错,分明乖异"。因为知古不知今,被称为"陆沉"或"盲瞽"。

通人,《超奇篇》云:"通书千篇以上,万卷以下,弘畅雅闲,审定文读,而以教授为人师者。"但此类人物虽然见多识广,却不能论说,不达事务。

文人与鸿儒,《书解篇》将文人(又称文儒)与当时的儒生世儒对比:"世儒当时虽尊,不遭文儒之书,其迹不传……汉世文章之徒,陆贾、司马迁、扬子云,其材能若奇,其称不由人。"不仅称文儒有"材能",而且其笔墨可决定儒生的传世与否。《超奇篇》认为文人与鸿儒的共同点是可以撰著文章:"杼其义旨,损益其文句,而以上书奏记,或兴论立说,结连篇章者,文人鸿儒也。"但二者仍有区别:"采掇传书以上书奏记者为文人,能精思著文连结篇章者为鸿儒。"文人长于上书奏记,鸿儒则可以著述以传不朽。

这五等人比量的结果是:"儒生过俗人,通人胜儒生,文人逾通人,鸿儒超文人。"其中最受推崇的是鸿儒,他称鸿儒系"繁文之人""人之杰也",为"超而又超"者,"奇而又奇"者,《超奇篇》实则就是鸿儒的赞歌。而鸿儒之所以获得如此殊荣,关键在其能够"兴论立说""精思著文""连结篇章",能够创造。但凡合于造论著说的文人鸿儒,王充皆将其纳入《超奇篇》,且皆以"才"称之:

> 阳成子长作《乐经》,扬子云作《太玄经》,造于助(眇)思,极窅冥之深,非庶几之才,不能成也。孔子作《春秋》,二子作两经,所谓卓尔蹈孔子之迹,鸿茂参贰圣之才者也。
>
> 自君山以来,皆为鸿眇之才,故有嘉令之文。
>
> 连结篇章,必大才智,鸿懿之俊也。

而文人尤其鸿儒与其他儒生、俗人、通人等对比之所以"皆有品差",也正是因为"奇而又奇,才相超乘"。文士之间的差异,最终被落实到了著述的才赋高下。

其二,文有五类,其所尊者必本于才。《佚文篇》云:

> 文人宜遵五经六艺为文,诸子传书为文,造论著说为文,上书奏记为文,文德之操为文。立五文在世,皆当贤也;造论著说之文,尤宜劳焉。何则? 发胸中之思,论世俗之事,非徒讽古经、续故文也。论发胸臆,文成手中,非说经艺之人所能为也。

五文之中,独尊"造论著说之文",称其为"文人之休,国之符也",原因在于其"发胸中之思",是自我的创造,而非经典的因袭。对创造的推崇,来源于王充对才具有各自独到面目特征的认识。汉代是一个继承传统、标榜述而不作的时代,但《论衡·对作篇》却认为:"言苟有益,虽作何害?"《超奇篇》也说:文由胸中而出,心以文为表,"入山见木,长短无所不知;入野见草,大小无所不识。然而不能伐木以作室屋,采草以和方药,此知草木所不能用也。夫通人览见广博,不能掇以论说,此为匿生书主人,孔子所谓诵诗三百,授之以政不达者也,与彼草木不能伐采一实也。孔子得史记以作《春秋》,及其立义创意,褒贬赏诛,不复因史记者,眇思自出于胸中也。凡贵通者,贵其能用之也。"读书有得、经验有识、思维有悟，凡此皆当融会以为我有，否则便如同遍采草木却无以合成方药一样。而要做到创意，王充认为必须处理好"笔"和"心"的关系："笔能著文，则心能谋论。"他反复强调"文由胸中而出"，意在倡导作由其心，有脚书橱与"鹦鹉能言"之类因成于人者皆当排摈。而要完成这种创作，"非俶傥之才不能任也"。

不难看出，以上之论虽然于才多有表彰，但王充推许的重点或者说其情有独钟者依然在于直接可以经世济世的著书立说。不同以往的是，他所言之才既包括"心能谋论"，同时也兼容着"笔能著文"，兼容着能够运调材料的识力笔力。才与文的关系认知由此已经达到了一个新的高度。

其三，文体有多端，其创构必由乎才。以上是就广义之文而论，如果结合两汉具体的创作实践，则其时文坛涉及的文体，王充多数都有了涉及，且论其创构最终都归结于才。

如赋、颂。赋颂为汉代典型文体，赋的本质为颂，二者有时混言，如《广成颂》即为赋体，其用在于润色鸿业，《论衡》之中有专门的《须颂篇》。其他篇章中也多次涉及，《谴告篇》云："孝武皇帝好仙，司马长卿献《大人赋》；孝成皇帝好广宫室，扬子云上《甘泉颂》。"《定贤篇》云："以敏于赋颂，为弘丽之文为贤乎？则夫司马长卿、扬子云是也。文丽而务巨，言眇而趋深。然而不能处定是非，辨然否之实，虽文如锦绣，深入河汉，民不觉知是非之分，无益于弥为崇实之化。"王充于赋颂有褒有贬，褒其文丽，抑其用微，这是他的一贯立场。而文丽的依托就是才，《佚文篇》云：

> 易曰：圣人之情见于辞。文辞美恶，足以观才。永平中，神雀群集，孝明诏上《（神）爵颂》。百官颂上，文皆比瓦石，唯班固、贾逵、傅毅、杨终、侯讽五颂金玉，孝明览焉。夫以百官之众，郎吏非一，唯五人文善，非奇而何？孝武善《子虚》之赋，征司马长卿；孝成玩弄众书之多，善扬子云。

前有"文辞美恶，足以观才"，继举赋颂之士，说明王充意识中赋颂之美最终决定于才。另外，其时以"辞赋"为泛称，兼容着骚体，所以《案书篇》有"赋象屈原贾生"之论，故此文丽需才这个结论是面向辞赋所有之体的。

如对策、章奏、记。《佚文篇》云：

> 孝武之时,召百官对策,董仲舒策文最善。王莽时,使郎吏上奏,刘子
> 骏章尤美。美善不空,才高智深之验也。

评章奏对策之美,落实于才高智深。《效力篇》赞誉谷子云、唐子高:"章奏百上,笔有余力,极言不讳,文不折乏,非夫才智之人不能为也。"《案书篇》则赋、颂、记、奏一体表彰:"善才有浅深,无有古今;文有伪真,无有故新。广陵陈子迴、颜方,今尚书郎班固,兰台令杨终、傅毅之徒,虽无篇章,赋颂记奏,文辞斐炳,赋象屈原、贾生,奏象唐林、谷永,并比以观好,其美一也。""赋颂"与"记奏"并论,其美皆本乎"善才"。

如箴、铭、小说。《案书篇》在列举当时文士邹伯奇、袁太伯、周长生等人的《玄思》《易章句》《洞历》等学术著作之外,还称誉了吴君高的杂史小说《越纽录》以及袁文术的箴铭,称诸文士为"能知之囊橐,文雅之英雄"。并由此得出结论:"才有高下,言有是非,不论善恶而徒贵古,是谓古人贤今人也。"言外之意,能为箴、铭、小说诸体者,必属高才。

综上所论:尽管王充以才论文依然杂糅经史子集,有着明显的过渡性特征和功利诉求,但《论衡》论文而先及人才,被视为文学批评中作家论的滥觞;其他以才的优劣定文人优劣、以才作为文章诸体创作的根本素养,则是后世文学主体素养论中才为核心思想最早的审美理论表达。

需要注意的是,《论衡》的相关论述,往往由对时人思想观点的驳难入手,论题多为时代热点,其概念、语码亦为其时流行。因此书中密集以才为说、以才论文论人,不仅仅是他个人的理论态度,也一定程度上代表了当时文化界总体的理论认同。如《书解篇》引作为其批判对象的时人之论:

> 或曰:著作者,思虑闲也,未必材知出异人也。居不幽,思不至。使著
> 作之人总众事之凡,典国境之职,汲汲忙忙,或暇著作?试使庸人积闲暇
> 之思,亦能成篇八十数。文王日昃不暇食,周公一沐三握发,何暇优游为
> 丽美之文于笔札?孔子作《春秋》,不用于周也;司马长卿不预公卿之事,
> 故能作《子虚》之赋;扬子云存中郎之官,故能成《太玄》经、就《法言》。使
> 孔子得王,《春秋》不作;长卿、子云为相,赋、《玄》不籍。

虽然时人之论否认著文都需要才智异等,但却同样是文辞赋颂与才之关系引

申出的话题,可见这个问题在当时的关注程度。《自纪篇》道时人批判《论衡》浅易,而以"深覆典雅,指意难睹"的赋颂为楷模,称赞如此的创作方显示"鸿材"。此论虽然与王充相左,但也同样是时人以才论赋颂的显证。①

由此看来,王充才文关系的论述,是东汉中前期文坛相关潮流的缩影,标志着才论文已经确立了基本的架构。

三、诗人之能的论定与以才论文对文学核心文体诗歌的覆盖

随着以才论文架构的日渐清晰,东汉中期班固明确以才对诗人之能的论定,则标志着以才论文实现了对文学核心文体的覆盖。

班固的学术思想一定程度上受到了王充的影响。王充师事班固的父亲班彪,一般文献以为其长于班固五岁。《后汉书》卷四十上《班固传》注引谢承书:"固年十三,王充见之,拊其背,谓彪曰:此儿必记汉事。"本条资料有人质疑其真实性,但陆侃如等已经辨析详明。② 王充与班固十分熟识,这从《论衡》在《别通篇》《宣汉篇》《须颂篇》《佚文篇》《案书篇》《超奇篇》反复表彰班固的赋颂才华就可以证明。《论衡》没有涉及《汉书》,只是于《超奇篇》提到班彪续太史公书百篇以上,继而赞许"子男孟坚为尚书郎,文比叔皮(班彪),非徒王百里也"。班固于史书起初已经有所撰述,但因私自修史而入狱。永平九年(66)为尚书郎之后才奉命撰史,建初七年(82)始上全书,中间历时二十余年。如此熟谙关注班固的创作与经历、如此不遗余力地表彰班固的文章及其文才,在那种地理隔绝、资讯闭塞的时代,如果没有密切的联系与交谊是不易做到的。

又据考证,《论衡·讲瑞篇》早在永平初年(58年前后)已经草成,全书定于建初之年,永元初年(89)仍在续其《讲瑞篇》,可见王充、班固各自修书的过程虽有重叠,但王充属笔且有成篇要较班固修史早七年左右。《论衡》创作前后虽然历时近三十年,但草创之际各为单篇,先成就者应有传播,这从《自纪篇》叙述时人道其《论衡》浅易、繁复等病弊可悟其端倪。撰《自纪》者其动笔一般当在全书完成之际,书始杀青而舆论批评已经丛集,可见以上早有传播的推测

---

① 以上引文分见黄晖《论衡校释》,中华书局 1990 年版,第 552、555、577、582、606—610、641、863、867—868、1117、1151—1152、1173—1174、1184、1196 页。

② 陆侃如:《中古文学系年》,人民文学出版社 1985 年版,第 67 页。

并非臆断。①

以王充班固如此渊源，则王充有关文才的思想影响到班固是有一定依据的。班固对于才文关系较此前更为深刻的论述首先表现为：其以"材质深美"论"升高能赋"，完成了才与言辞敷布能力、才与诗歌关系进一步的美学认定。

在以才论定诗人之能的思想出现之前，西汉司马相如有一个著名的"赋心"论：

> 合綦组以成文，列锦绣而为质，一经一纬，一宫一商，此赋之迹也。赋家之心，苞括宇宙，总览人物。斯乃得之于内，不可得而传。②

刘熙载结合赋的本义，将这个"赋心"阐释为禀赋才能。他说："铺，有所铺，有能铺。司马相如答盛览问赋书有赋迹赋心之说。迹，其所；心，其能也。心、迹本非截然为二。""迹"就是铺陈的对象；"心"则是能够铺陈的本领与情怀。又云：《楚辞》'涉江''哀郢'，'江''郢'，迹也；'涉''哀'，心也。推诸题之但有迹者亦见心，但言心者亦具迹也。"③意思是说，迹为意象，心表示文学意象所蕴含的作者情性，心、迹二者必须统一。作者言心则心所流连的意象浮现，言迹则其所寄托的情思油然而感人，这种契合是审美与表现能力的综合，其本然就是文才。可以说，司马相如的"赋心"论开启了从审美维度探索文才内涵、作用的序幕。它是汉代辞赋创作实践繁荣所引发的创作源泉研思的必然收获。不过由于当时缺乏对文才全面的理论梳理，因此只能以"赋心"命名。

随后王充等虽然也论及了作为主体素养的才所具有的禀赋性特质、创造潜能，虽然泛言了赋颂章奏箴铭等文体与才的关系，但所论既属于简约的以才标尚品目，且于两汉文学诸体之中惟独缺失了其核心文体——诗歌。从《论衡》全书现存篇目统计，全书计十六篇有"诗曰"或"诗云"字样，皆为《诗经》征引；另有多次涉及"诗""诗人""诗书""诵诗""诗颂"等，也皆指《诗经》。只有

---

① 参阅《后汉书》卷七十上《班彪传》附《班固》传；黄晖《论衡校释》附编二《王充年谱》，第1217—1236页等。

② 刘歆等：《西京杂记》卷二，王根林校点，上海古籍出版社2012年版，第19页。案：周勋初有《司马相如赋论质疑》一文，以为《西京杂记》系葛洪编撰，其中文学思想是魏晋玄学的产物，故而质疑司马相如此论的真实性。参阅《文史哲》1990年第5期。《西京杂记》的编者不论，史上以司马相如此论为后人杜撰者却写有其人。

③ 刘熙载：《艺概》卷三，《刘熙载文集》，江苏古籍出版社2000年版，第128页。

《订鬼篇》云"故童谣诗歌为妖言""诗妖童谣",系言民间之诗,但又是作为批判对象,并未言之以才。如上节所论,联系《超奇篇》格外要求制作当如"陆贾消吕氏之谋,与《新语》同一意;桓君山易晁错之策,与《新论》共一思",而非"徒用其才力,游文于牒牍",则王充所推崇的著述文章之能以经世致用为指归,诗歌被排斥当与这种功利主义思想有关。因而王充虽然深化了对文的认识,但其理论中附丽着较浓的反艺术思维。

而班固对此实现了超越,这从其对古代"九能"的论断中可以确认。《诗·鄘风·定之方中》毛传郑玄注云:"建国必卜之,故建邦能命龟,田能施命,作器能铭,使能造命,升高能赋,师旅能誓,山川能说,丧纪能诔,祭祀能语,君子能此九者,可谓有德音,可以为大夫。"本则材料记载的是先秦官吏选择标准,以实际应世能力为主,又具体化为方方面面的本领,称为"九能"。孔颖达疏云:

> 建邦能命龟,证建国必卜之。
>
> 田能施命者,谓于田猎而能施教命以设誓。
>
> 作器能铭者,谓既作器,能为其铭。
>
> 使能造命者,谓随前事应机造其辞命以对。
>
> 升高能赋者,谓升高有所见,能为诗赋其形状,铺陈其事势也。
>
> 师旅能誓者,谓将帅能誓戒之。
>
> 山川能说者,谓行过山川,能说其形势而陈述其状其形势。或云述者,述其古事。
>
> 丧纪能诔者,谓于丧纪之事,能累列其行为文辞以作谥。
>
> 祭祀能语者,谓于祭祀能祝告鬼神而为言语。[①]

以上九能,最终都归结为一种言辞能力,因此刘师培称"九能均不外乎作文",并认为:"此乃后世文章之祖也。建邦能命龟,所以作卜筮之爻辞也;田能施命,所以为国家作命令也;若夫作器能铭,为后世铭词之祖。使能造命,为后世军檄之祖。山川能说,为后世地志图说之祖。丧纪能诔,祭祀能语,为后世哀

---

① 孔颖达等:《毛诗正义》卷三,《十三经注疏》,中华书局 1980 年影印阮元刻本,第 316 页。

诔祭文之祖。毛公说此,必周秦前古说。"①由此可见,"九能"说已经在周秦之际与语言表达文辞言说建立了内在关系。九能本初是作为官吏抡选标准提出的,这便是文才包纳言辞敷布能力的雏形,同时提醒我们:超越了功利化与功用化的文才,实则正是从功利性、功用性的政治才能讲求中发展出来的。

班固在"九能"关乎言辞的基础上,不仅专门对其中的"登高能赋"做出了重点论述,而且经过经典重诂,确立了才与诗歌创作的关系。

他在《汉书·艺文志·诗赋略论》中论称:"登高能赋,可以为大夫……古者诸侯卿大夫交接邻国,以微言相感,当揖让之时,必称诗以谕其志,盖以别贤不肖而观盛衰焉。故孔子曰:不学诗,无以言也。"②按照孔颖达等的疏证,"升高"(又作登高)侧重于考核体察物情形势的能力,它并非后世一般意义的登临,更多的是指坛堂之上的活动。坛堂早期是祭祀天地、观测天象以及权力所在的地方,高高在上,所以章炳麟说:"登高孰谓? 谓坛堂之上,揖让之时。"其时显示能力的方法之一就是"赋",赋者孰谓?"谓微言相感,歌诗必类。"就是说,登高而"赋"本意就是赋诗,班固名曰"称诗"。那么"赋诗"又是一项什么活动呢? 春秋之时,它一般指向"不歌而诵",即诵《诗经》成句,诵诗者陈其文,与铺张之义相同,故曰"赋"。但赋诗还包括自我即时的创作。《左传》隐公元年郑庄公掘地与母相见,庄公入而赋:"大隧之中,其乐也融融。"其母出而赋:"大隧之外,其乐也洩洩。"又如僖公五年晋襄公使士蒍筑蒲与屈,襄公责备于他,退而"赋诗"云:"狐裘蒙茸,一国三公,吾谁适从?"以上诸作,《文心雕龙·诠赋》即概之曰:"至如郑庄之赋'大隧',士蒍之赋'狐裘',结言短韵,词自己作。"《韩诗外传》载孔子游景山云:"君子登高必赋。"并有诸赋之文,章炳麟发现子路等各为谐语,其句读参差不齐,乃是自作。③ 可见早期赋诗已经有了创作的苗头。孔颖达将升高能赋便直接释为"升高有所见,能为诗赋其形状,铺陈其事势也",其中之"为"实则就是创作。而以上郑玄所注的"升高而赋",其本义

① 刘师培:《论文杂记》,陈引驰编《刘师培中古文学论集》,中国社会科学出版社1997年版,第246页。案:以上文字为郑玄注文,刘师培以为"毛公说此"尚无显证。但以此为周秦前古说的推断并非妄测。
② 班固:《汉书》卷三十,第6册,中华书局1962年版,第1756页,下同。
③ 章炳麟:《国故论衡》《六诗说》,刘梦溪主编《中国现代学术经典·章太炎卷》,河北教育出版社1996年版,第82、177页。

正如熊十力所论：

> 赋之早期形态,如此铺叙物态,其思想基础即在"博文"——以感官体验"文"——天地物我之运动。古人以登高能赋见人之才,乍思不解,细考究,一艺事所以有此效用,但其学于文之过程,即识物明理之过程。早期人类,对自然之陌生感极强,能识之,体察之,感觉之,进而能讲明其理数者,自是超凡之人。[①]

这一立论即从明物识物进而达物的角度辨析才与升高能赋的关系。而班固《汉书·艺文志·诗赋略论》正是从这个意义上对"升高能赋"之"能"给予了如下定位：

> 言感物造耑,材知深美,可与图事,故可以为列大夫也。

颜师古注云："耑,古端字也。因物动志,则造辞义之端绪。材,才也。知,智也。图,谋也。感于物,而能造端绪,出言成章,则其材智不浅陋,可与之谋事矣。"这个解释包含着对赋诗现象的一个重要认定：无论是诵《诗经》还是自作诗,"赋"都是感于物而能迅速发端起兴进而表现于言辞的能力,能赋就是"材知深美",即承认其具有禀赋中不一般的感兴与表达能力。在以上论析之后,班固将视野投射于诗歌创作："自孝武立乐府而采歌谣,于是有代赵之讴,秦楚之风,皆感于哀乐,缘事而发,亦可以观风俗知厚薄云。"前言材智深美需备"感物造端"之能,随论《汉书》中著录之诗歌其价值便在于"感于哀乐缘事而发",前后映照,"感于哀乐"与"感物造耑"相同,皆是论才能。文才具有"善感"特性,自王充已经揭示,《论衡·书解篇》称司马相如与扬雄："俱感,故才并;才同,故业均。"[②]意思是说：二人皆有感物造端的敏锐性情,因而才能相近,才能相近故有文学事业上的成就相当;其另外一层含义是：无才则不能很敏锐地感思兴发,感思兴发不至则无所成就。班固在"九能"与文相关论的基础上,又将王充这一发现演入诗人主体素养的论述,深刻揭示了运用诗歌、创作诗歌与才的内在关联。

---

① 熊十力：《答张季同》,转引自《张岱年学述》,浙江人民出版社 1999 年版,第 24—25 页。

② 黄晖：《论衡校释》,中华书局 1990 年版,第 1154 页。

六朝后期,文人们论及"登高能赋,可以为大夫",在肯定其"善观民风,则与图王政……斯乃当世才焉"的治能考校之外,又同时指出:"至如敦厚之词,足以吟咏情性,身之文也;贞固之节,可以宣被股肱,邦之光也。"①就是说:即使单独考究吟咏性情之能,具备登高能赋之才者也同样是国家的祥瑞。清代诗人梁佩兰也注意到了班固这则注疏的价值,而且也从"登高能赋"与"材知深美"之间的关系入手做出了阐释。他说:"古天子甚重夫诗:凡郊祀、朝会、宴飨、聘问必歌焉,而又以其声合之于乐。故其时学士大夫率登高能赋,号称'多材'。"②登高能赋诗就是多才。刘熙载则给予了更为明确的美学阐释:"或问左思《三都赋序》以'升高能赋'为'颂其所见',所见或不足赋,奈何?曰:严沧浪谓诗有别才别趣,余亦谓赋有别眼。别眼之所见,顾可量耶?"③将升高能赋的才识最终具化于别才别趣别眼,是对"升高能赋"则"材质深美"之深美"材质"的进一步美学升华。

四、骚人之品的测度及其露才特性与审美转型时代的开启

班固继承并发展王充的思想,对于才文关系较此前更为深刻的另一论述是对骚人之品——屈原"露才扬己"情性的揭示。此说开启论争,进而实现了才这一标尺与作品、文人素养关系的全面建构,并确认了屈原之后中国文学"程才效伎"的基本形态。才与文学的理论关系在东汉文学批评实践中得到进一步升华,其中有关屈原"露才扬己"的论争是一个不容忽视的里程碑。

两汉文人对屈原情有独钟,司马迁、贾谊、扬雄等皆有相关文字。或伤其志,或悲其遇,其中虽然不乏同病相怜的凭吊,但更多的是对屈原作品与人格的景仰。

王充表现了对屈原前所未有的关注。《论衡》反复提及屈原,在承继前人盛赞其不同流合污的道德以外,又聚焦于其命其冤。当然,这种归结并非只是引据典事论述命为吉凶之主,诵读《变动篇》邹衍屈原的对比:"一邹衍之口,安能降霜?邹衍之状,孰与屈原?见拘之冤,孰与沉江?《离骚》《楚辞》凄怆,孰

---

① 刘师知:《侍中沈府君集序》,《艺文类聚》卷五十五,第998页。
② 梁佩兰:《大樗堂初集序》,《六莹堂集》佚文,吕永光校点,中山大学出版社1992年版,第407页。
③ 刘熙载:《艺概》卷三,《刘熙载文集》,江苏古籍出版社2000年版,第136页。

与一叹!"言辞间无限的愤懑喷薄而出。而德、命之外,王充又格外关注屈原之才,才德、才命论于此已成规模。《效力篇》云:"吴不能用子胥,楚不能用屈原,二子力重,两主不能举也。举物不胜,委地而去,可也;时或恚怒,斧斫破败,此则子胥、屈原所取害也。"其所言者,便是才大难为用之意。《累害篇》在为屈原发出不平之鸣的同时,矛头直指群小嫉贤妒才:"屈平洁白,邑犬群吠,吠所怪也;非俊疑杰,固庸能也。伟士坐以俊杰之才,招致群吠之声。"①不仅如此,王充还不止一次着力表彰屈原的文才:《超奇篇》道唐勒、宋玉虽亦楚之文人,然而竹帛不纪,其缘由恰是"屈原在其上也"。如此区分对待,正如"会稽文才"并非只有周长生,但却择定此人揄扬论列,只是由于"长生尤愈出也"。屈原等文才卓著,"言之卓殊、文之美丽",故而当与周长生等一样特意表彰。《案书篇》以班固、傅毅等人文辞斐炳"赋象屈原贾生"为例,论"善才有浅深,无有古今",故而能够"并以观好,其美一也"。如此盛赞,其缘由便是这些当代文人之赋追随于富有"善才"的屈原。

及乎班固论屈原,没有从外部过多探究其悲剧的缘由,而是将视角转移到了屈原自身的审查。其《离骚序》称:

> 今若屈原,露才扬己,竞乎危国群小之间,以离谗贼。

屈原"露才扬己"论由此拈出。有学者认为,"露才扬己"之"才"是指经世济世之才,屈原欲有所为忧国忧民而显他人不肖,所以被称为"露才扬己"。这种认识发端于扬雄,其《反离骚》所谓"知众嫭之嫉妒兮,何必扬累之娥眉"便有此意②。不过扬雄是感慨惋惜屈原不幸,班固则意在人、文品目。

从语境考察,"露才扬己"与"竞乎危国群小"相对应,其中有显示自己经济之能的意味。但屈原这种经济才能的自负又通过《离骚》对君王的讽谏等形式体现出来,他以辞赋来宣泄自己的忧虑,影射群小的卑微,其间包容着文艺之才。

东汉后期的王逸对班固的批评直接提出了质疑,其《楚辞章句叙》云:"屈原之词,优游婉顺,宁以其君不智之故,欲提携其耳乎?而论者以为露才扬己,

---

① 黄晖:《论衡校释》,中华书局1990年版,第657、585、13页。
② 刘熙载:《艺概》卷三,《刘熙载文集》,江苏古籍出版社2000年版,第122—123页。

怨刺其上,强非其人,迨失厥中矣。"事实上,在班固与王逸的意识里,无论是否赞成屈原"露才扬己"之论,无论才的运使形态如何与骚人的品性相关,这个"才"都已经被视为骚人的核心依托。班固《离骚序》云:

> 然其文弘博丽雅,为辞赋宗,后世莫不斟酌其英华,则象其从容。自宋玉、唐勒、景差之徒,汉兴,枚乘、司马相如、刘向、扬雄,骋极文辞,好而悲之,自谓不能及也。虽非明智之器,可谓妙才者也。

王逸《楚辞章句叙》云:

> 夫《离骚》之文,依托五经以立义焉。"帝高阳之苗裔",则"厥初生民,时惟姜嫄"也。"纫秋兰以为佩",则"将翱将翔,佩玉琼琚"也。"夕揽洲之宿莽",则《易》"潜龙勿用"也。"驷玉虬而乘鹥",则"时乘六龙以御天"也。"就重华而陈词",则《尚书》咎陶之谋谟也。"登昆仑而涉流沙",则《禹贡》之敷土也。故智弥盛者其言博,才益多者其识远。屈原之词,诚博远矣。①

班固言"妙才",王逸论"才识"。后世《文心雕龙·辨骚》也颂赞《离骚》,以为"楚人之多才",并引班固之论,称"(屈原)为辞赋之宗,虽非明哲,可谓妙才"。

王充以才概言文士,开后世作家论的先河;班固等则结合细致的文本鉴察,以才较量文人品级,已经属于成熟的作家研讨;而王逸则进一步以才为观照,深入至文本的肌理。至此,才不仅实现了对两汉主要文体的论列,也实现了对文体、作家、作品论列的全覆盖。

对屈原"露才扬己"的论断虽然有着不同意见,但"露才"却是屈原辞赋创作的重要倾向。班固不仅在《离骚》之论中有"露才"的概括,其《汉书·艺文志·诗赋略论》将屈原作品又纳入"贤人失志之赋",正因为"屈原离谗忧国",所以才"作赋以风"。虽然承认屈原之作"有恻隐古诗之义",但形式上已经属于忧畏之情宣示于外的露才发愤之作。《文心雕龙·辨骚》也将其"自铸伟辞"归结于如此的"惊才风逸"。刘熙载称屈子之赋"旁通","《离骚》东一句西一句,天上一句地下一句,极开合抑扬之变",发愤以及"旁通"与"开合抑扬"正是

---

① 王逸:《楚辞章句》(与《诗集传》合刊),夏祖尧标点,岳麓书社1994年版,卷三,第48页;卷一,第46页。

就其辞赋的驰骋而言,刘熙载便将这种创作情态直接名之为"才颖渐露"①。

值得特别关注的是,屈原这种"露才"的创作特征是在与《诗经》温柔敦厚美学风貌比较中获得的。而且屈原这种创作不是自生自灭的文坛插曲,而是中国文学转型的重要分界,所以班固云:"春秋之后,周道寝坏。聘问歌咏,不行于列国,学诗之士,逸在布衣,而贤人失志之赋作矣。"也就是说,自从屈原之后,中国文学创作的美学风貌开始与《诗经》的提倡出现了距离,而这个转型的关节点,是与古代经学之中"诗亡说"前后相接的。《孟子·离娄下》言"王者之迹熄而诗亡,诗亡然后春秋作",学术界一般将诗亡之由归结于采诗制度废弛、诗歌讽谏功能荡弃,如此孔子作《春秋》寓其褒贬,以史继承诗的功用,这是"诗亡"近切的影响。更为深远的影响是,战国后期咏诗赋诗语境严重弱化,不仅诗和性情、寓托讽谏的本质功用瓦解,而且赋诗见志等外在形式上的用途都难以为继,于是"贤人失志之赋作矣"——"露才"的创作、发愤遣情的创作从此发皇光大,这是在史学继承诗的功用以外,文学对自我空间的拓展。关于"露才"风气兴起的文学史意义,叶适结合"诗亡说"与个人文才在创作中有意崭露的关系给予了深刻论述。其《黄文叔诗说序》云:

> 自文字以来,诗最先立教,而文、武、周公用之尤详。以其治考之,人和之感,至于与天地同德者,盖已教之诗,性情益明,而既明之性,诗歌不异故也。及教衰性蔽,而雅颂已先息,又甚则风谣亦尽矣。虽其遗余犹仿佛未泯,而霸强迭胜,旧国守文,仅或求之人之材品高下与其识虑所至,时或验之。然性情愈昏惑,而各意为之说,形似摘裂,以从所近。则诗乌得复兴,而宜其遂亡也哉!②

意思是说:在早先文人们的理想期许里,性与情有一个统一的状态,适应于伦理社会构建,并成为验证这种构建是否和谐的尺度。诗治人性情,可以达到神人以和,从性情贯彻于政治则天下安定,这就是诗教。后世人性为各种欲望遮蔽,诗难见性情,见了性情其真伪又无从判定,于是论诗不再言性情而是论材品高下。这是一个关乎中国文学理论与实践的重要转型,因为这个转型,传统

---

① 刘熙载:《艺概》卷三,《刘熙载文集》,江苏古籍出版社2000年版,第122—123页。
② 叶适:《叶适集》卷十二,刘公纯、王孝鱼、李哲夫点校,中华书局1961年版,第216页。

意义的性与情统一且关系政教的诗日渐式微。叶适在对此深表惋惜的同时，敏锐地发现了"诗亡"前后创作主体审美志趣之所在的易动：此前关注诗的效用，此后致力于自我才气的挥洒。在《跋刘克逊诗》中，叶适表达了同样的思想："自有生人，而能言之类，诗其首矣。古今之体不同，其诗一也。孔子诲人，诗无庸自作，必取中于古，畏其志之流，不矩于教也。后人诗必自作，作必奇妙殊众，使忧其材之鄙，不矩于教也。"①所谓"使忧其材之鄙"，是说既然不以教化为旨归，则诗必自作，作必追求奇妙而与众不同，唯恐他人讥笑自己才华鄙陋。以古诗为一标准，古诗亡而骋才者兴。以《离骚》为代表的"露才扬己"的创作，由此成为文学演革的必然趋势。

两汉文人们所唏嘘的屈原悲剧及创作，至班固"露才"之论兴而完成了其美学史观照：一个令人悲挽的烈士从此获得文学史的定位；一场令人心碎的抗争从此升华为发愤而作的文学精神；一种个人的创作情态从此定型为"程才效伎"的文学史建构范式。其间最核心的关键词便是才。班固将这种文学演革纳入理论反思，以"露才"批评屈原创作的同时，洞察到了屈原辞赋的"文心"及其文学史意义，从理论上进一步深化了才与文学关系的认知。

综上所述，东汉之际，王充、班固、王逸等以才论定了诗人之能、骚人之品，论定了诗、赋、颂、赞、箴、铭等两汉核心文体创作与才的基本关系，并以高度的理论自觉能力，观照到了屈骚创作中才的运使形态与中国文学内在转型以及随后文学历程深刻的内部关联。以上意义的揭示，标志着以才论文从此走向成熟。

---

① 叶适：《叶适集》卷二十九，刘公纯、王孝鱼、李哲夫点校，中华书局 1961 年版，第 613 页。

论谢灵运《山居赋》的审美转型

——关于六朝文学新变的一个样本考察

  《山居赋》是谢灵运第一次隐居始宁之际创作的作品，全赋正文 3915 言，自注 4932 字（包括正文、注文脱字），总计 8847 字，[①]接近万言，是名副其实的大赋。早在六朝之际，《山居赋》就有着不同的际遇：它与《撰征赋》一起被沈约收入《宋书·谢灵运传》，一传之中两赋并录，不仅《宋书》，即使其他诸史都属罕见，可见赏爱；但萧统领衔的《文选》却并皆弃而不录。后世文学史的评价也不似谢灵运山水诗那样众口一词：揄扬者或称其着重景物描写的题材突破，或道其出离靡丽的表现创新；贬抑者认为谢灵运的文章与其诗歌声名远不相称，或称本赋之病尤在"滞塞"，[②]或道本赋"但见学不见才""不是一篇成功的文学作品"。[③]

  以上论断截然相反。孰是孰非呢？就六朝批评界而言：沈约身仕数朝，虽然心思隐秘却也难脱履冰临渊的惊悸，其诗文之中的隐逸情怀便可为其影迹，这一点正与《山居赋》的本旨关通。萧统则恰恰相反，其"事出于沉思，义归乎翰藻"的选文尺度与谢灵运刻意"去饰取素"的审美追求本就南辕北辙。如果说如此偏嗜酸咸的主观性赏目尚属于文学批评之常态的话，那么当代部分学者贬抑《山居赋》的文学价值，以诗心衡赋体，批评标准则不无错位。事实上，辞赋发展史背景下的《山居赋》有着重要的文学转型意义，可以说，本赋是辞赋诞生之后出现的体式最为新颖、风格迥异寻常、其所承载的文学思想信息极为

---

  ① 参阅陈怡良：《谢灵运〈山居赋〉创作意蕴及其写景探胜》，《淮阴师范学院学报》2012 年第 4 期。

  ② 钱锺书：《管锥编》第 4 册，中华书局 1979 年版，第 1285—1292 页。

  ③ 参阅马积高：《赋史》，上海古籍出版社 1987 年版，第 201—202 页；钟优民：《谢灵运论稿》，齐鲁书社 1985 年版，第 214 页；曹道衡、沈玉成：《南北朝文学史》，人民文学出版社 1991 年版，第 24、60 页。

丰富的文本,是山水文学发展的里程碑,可以视为六朝文学新变的一个鲜活样本。

一、《山居赋》的文体形制转型

《山居赋》的转型首先体现于文体形制的转型。魏晋六朝之际,"就谈文体"是文学理论的主要内容。[①] "文体"在当时基本包括体裁的规范、具体的形制与个体的风格三部分内容,并以三者融合一体的形式呈现。

就《山居赋》的文体形制而言,它摈弃了传统体物大赋的一些格套,诸如履端于前、归余于乱、主客问答,但又保持了体物大赋的规模,延续了大赋绘写形势的传统。全赋以谢玄经营的北山旧居为始,由近东、近南、近西、近北,远东、远南、远西、远北分别状写,田园湖泊、动物植物各有归拢。属于谢灵运造作的招提被置于北山描述的最后。继而书写南山,"南山是开创卜居之处"[②],属于作者对祖业的开拓。终篇落实于山居生活的所资、所待——山水物色、衣食蔬药、佛理文章。仅就基本规模着眼的话,《山居赋》与汉大赋的区别不大。但透过表象考察其文体创造我们会发现:无论基本格局的整体规划还是具体内容的表现形式都呈现出一定的独到特性。

其一,就基本格局的整体规划而言,《山居赋》突破了传统体物大赋全面铺开、平均用墨的平板文字秩序。从传统大赋僵化叙事格局中突围的冲动在魏晋已有萌动,其中以左思的探索较为引人注目。探索之一是突破时空维度的分类平叙,在情理态势中完成内容布置。汉代体物大赋动辄包纳吞吐,在自然人事、宫阙郊野之间分类敷陈。左思的创作没有彻底摆脱这种安排,如《蜀都赋》即是依照蜀地前后东西中的空间展开,但随后推出了一个总括性段落,道其地广而肥:"原隰坟衍,通望弥博""沟洫脉散,疆里绮错"。物产丰饶:"黍稷油油,粳稻莫莫""家有盐泉之井,户有桔柚之园"。户口繁盛:"邑居隐赈,夹江傍山。栋宇相望,桑梓接连。"至此笔锋一转进入宴饮、田游的场景。有了如此的富庶积累,有了如此的和平生息,天府之国的百姓自然如在天堂,如何可以

---

① 参阅钟嵘:《诗品序》及上品谢灵运条,陈延杰《诗品注》,人民文学出版社1961年版。
② 谢灵运:《山居赋》,沈约《宋书》,中华书局1974年版,第1754—1772页。后引皆同,不另注。

不尽情享受？宴饮、田游的出现由此既顺理成章又避免了顺叙的呆板。所以何焯评云："此段总言，已为下宴饮、田游张本，可见古人用笔之紧炼。"①所谓"张本"，正是指左思的文字沿循了情理的态势。探索之二是描写文字化板为活。左思《吴都赋》铺写江水浩瀚，先有"于是乎长鲸吞航，修鲵吐浪"，随之杂陈密布鱼鸟之名，继言"鹦鹛避风，候雁造江"。孙矿评云："上段吞航吐浪，此复入避风、造江，不全用鱼鸟名堆垛，觉文势稍活波。"②虽然从个体审美角度他觉得"缘觉渐近今"，语气之中对于这种背离了古拙的手段略显不满，但另一方面也恰恰体察到了晋代大赋不同以往的变化。以上变化只是左思在传统辞赋法度之外的偶一为之，并未形成全篇创作的自觉。《山居赋》则具备了总体性的用笔规划，繁简有安排，简处有聚焦。

总体性的用笔规划。全赋紧紧围绕"山居"展开，包括山居容身：北山修缮、招提卜筑、南山拓展；山居养生：水陆动植、园田药蔬；山居养性：法理谈义、诗文赏会。以上内容有着细密的结构规划，是作者性命、情志如何资养如何纾解的展开，个体性、独到性感知替代了全知全能、按部就班的舆图临摹。

繁简有安排，简处有聚焦。对比《山居赋》有关北山南山的内容，明显发现二者分量相差悬殊。北山在全文占有极大的篇幅，由近而远，由中央而四面；由山而水，由旧墅而招提，林林总总。但南山则十分简化，与北山在体量上极不相称。是作者才情难以为继吗？答案是否定的，这种简略恰是作者有意的安排。原因有二：其一，北山为祖上奠基旧地，浓墨重彩是世家子弟礼敬先祖、缅怀往日荣光的手段。南山为谢灵运开拓的卜居之地，岂敢与勋业泽被四海的祖上分庭抗礼？不仅顺序上先北后南，而且文字体量上也因此极为节制。其二，虽然始宁墅规模庞大，但南北别墅相距无非数里，如此一来，北山所描述的地理形势以及山水物类与南山并无太大区分，从头到尾再过一遭也便徒增其繁。有鉴于此，作者在对南山简洁刻画、对南北山交界处略作补充之后，直接进入了南北二山的总结：

> 山匪砠而是岵，川有清而无浊。石傍林而插岩，泉协涧而下谷。渊转

---

① 于光华辑：《文选集评》卷1，清刻本。
② 于光华辑：《文选集评》卷1，清刻本。

> 渚而散芳，岸靡沙而映竹。草迎冬而流葩，树凌霜而振绿。向阳则在寒而纳煦，面阴则当暑而含雪。连冈则积岭以隐嶙，举峰则群竦以藏礐。浮泉飞流以写空，沉波潜溢于洞穴。凡此皆异所而咸善，殊节而俱悦。

本节文字开端有一个交代，意思是随后的内容为南山北山的"山川涧石，州岸草木"，作者在总结以上描述对象之际，自道"既标异于前章，亦列同于后牒"，用其自注的话说就是"山川众美，亦不必有，故总叙其最"——南北二山虽不能尽备天下山川之美，但仍不乏赏心悦目之处，因此最后总结之际相同者不忌重复，新异者另为标榜。从行文结构来看，这样一段总结文字，其意义并不局限于南北二山的收束，同时还充当着补写南山的作用。不仅一箭双雕，而且相对于北山的反复陈说，已经表现了高度的凝练。这就是繁中有简，而简处又有聚焦，简处能见蕴结。

其二，就具体的物象摹写形式而言，《山居赋》成功借鉴了抒情小赋的描写策略。全赋从头至尾基本可以拆分为"北山赋""招提赋""南山赋""闲情赋"。具体文字时时脱开大赋铺物、隶事的格套，代之以灵动的小赋表现手段，拟形容，象物宜，务纤密，贵侧附，以逼真为追求，以情兴为契机。铺排之中，有精雕细刻；白描之下，又见性灵文字。如写北山湖中之美云：

> 潘潭涧而窈窕，除菰洲之纤徐。怂温泉于春流，驰寒波而秋徂。风生浪于兰渚，日倒影于椒途。飞渐榭于中沚，取水月之欢娱。旦延阴而物清，夕栖芬而气敷。顾情交之永绝，觊云客之暂如。

涧水源于深潭，出于窈窕悠长的峡谷，一路入湖，将郁郁葱葱的菰洲辟开一条纤徐蜿蜒的水径。春来泉流温煦，秋去寒波劲驰。风行浪生，兰渚明艳；丽日倒影，椒途生辉。在水中小洲筑起其势如飞的亭榭，可观水月之趣。无论湖中榭中，清晨接引阴凉云霭而万物青碧，拂晓静谧，兰渚椒途芬芳馥郁，使人神爽飞跃。如此仙境，不容得人不割弃尘虑，心向往之。短短88字，时间上浓缩了四时、日夜、旦夕的变化，空间上笼盖了涧水、园田、湖泊、洲、渚、沚的形态，又有自然物色、人工榭亭的天人相合；使用了"潘""除""怂""驰""生""倒""飞""取""延""栖""顾""觊"等不下12个动词表现自然与主人的情态，其中多为传统诗文所谓"响"字。自然无惊无猜而生机绽放，主体无欲无求而踏幽寻芳。

作者乍看并未现身,实则又在潭涧、菰洲、春流、寒波、兰渚、椒途以及榭亭边流连。正是这种介入,大赋之中僵硬排列的自然物象由此被情兴融合,灵动而鲜活。而如此干练的笔法,又是谢灵运面对湖中之美"但患言不尽意、万不写一"(自注中语)之际创造的以少总多之术。

另如招提卜筑之际的——经略、如与谈义高僧一日千年相见恨晚的独到体验等等,不仅体现了魏晋小赋切物兴情的特征,而且借鉴了其山水诗切物取象的笔法。[①] 其中作者的山行水渡、往来经迈成为全赋的串联红线,这种写法又显然有了征行赋的踪影。

因此,从文体形制而言,《山居赋》综合了大赋小赋的特征,可谓大赋之体、小赋之魂。而谢灵运所采取的自注这种近乎自我包装的形式,又以其与正文相辅相成的形式成就了独到的文本体式。

二、《山居赋》的审美视点转型

所谓审美视点就是审美主体建构物我关系的维度。自两汉魏晋大赋至《山居赋》,都离不开自然山水的踪迹,但其中的物我关系维度却各有不同,大体经历了主体不在场、在场外、在场三种状态。"贞观丘壑"视点的形成是在场身份获得的前提,也是《山居赋》审美视点转型的核心体现,或者说山水审美成为辞赋题材同样是以《山居赋》为标志的。

在谢灵运"贞观丘壑"视点诞生之前,两汉大赋对于山水物象的书写可以用"悬拟"概括。所谓"悬拟"主要是指山水物象并非写实,而是根据时势、地势蝉联敷衍,无可以为有,少可以为多,在此者可以在彼,异时者可以同域。如《上林赋》多有不实之辞早为古人道破"左仓梧,右西极,日出东沼,入乎西陂",数百里的上林苑能出没日月于东西吗?[②] 作品中的山水物色不乏意念中物,与作者没有交流,缺乏人性人情的唤醒。如此假称珍怪以为润色既是古人荡极而反讽谏体式的具体运用,又强化了"悬拟"的不在场色彩。

---

① 周亮工《书影》卷 10 曾云:谢灵运山水诗歌"措辞命意,尽于《山居》一赋",所谓"溯溪终水涉,登岭始山行",即《赋》中"入涧水涉,登岭山行"。此类甚多,虽以为如此"只一机轴",但恰恰道出了其诗法融于赋法的特征。钱锺书著文引此,意在讥刺灵运不能为文。《管锥编》第四册,第 1285 页。

② 杨慎:《丹铅余录》卷十一引程泰之论,文渊阁四库全书本。

两晋大赋开始有了写实趋向。左思为著《三都赋》研思十年,但作者考名物、访旧臣、研史籍,其所作所为更接近于舆地究察,所谓的"写实"依然不是有关自然的切身经验,而是寻求描绘过程中历史知识、地理知识、物类知识以及风俗民情知识的无误,相对于山水物色,主体依然不在场。

经验性的书写在魏晋山、水赋中开始出现。曾有学者根据《艺文类聚》"水部""山部"统计,谢灵运之前出现的有关水的辞赋约有三十四篇,诸如曹丕《济川赋》、王粲《浮淮赋》、杨泉《五湖赋》、木华《海赋》等等;有关山的辞赋只有六篇,数量明显较少,诸如张协《北邙山赋》、潘岳《登虎牢山赋》、孙绰《游天台山赋》等。基本的姿态多为"观""望"①。其中孙绰的天台山之游最接近山水赏游,但揣摩辞气,更似作者的心驰神往之作,因此文中多为虚华的想象,恰少实历的逼真,而且以赋山参玄,言在此而意在彼。涉水辞赋虽间有纪行色彩,但人在其中不在其中,笔在于水而意在于隶事缀物。不多的山赋有着浓厚的登高兴怀、忧念百集意味,诸如登北邙而悼人生危浅、登虎牢则吟乡关何处,虽然不排除部分文人的高情远会,但如此登行而赋,作者的情意显然也不在山水审美,而在于托物言志;作者情兴的获得也并非出于自然赏爱,而是经行偶得。如此的山水寄言,谢灵运一概归之为"兴不由己"。他在《归涂赋序》中指出:"昔文章之士,多作行旅赋,或欣在观国,或怵在斥徙,或述职邦邑,或羁旅戎阵。事由于外,兴不由己。"②"观国"接近体国经野,就是治国经邦,这里似有走马上任春风得意之意,它和贬谪迁徙者、述职邦邑者、羁旅戎阵者对于自然山水的经历皆是被动的。无论所获得的情怀是忧是喜,其情怀发动的渊源仍在于这些外在因素,其中沾染着浓郁的俗世牵累。作者山水面前如此的"兴不由己",对于山水审美而言虽非"不在场"却依然"在场外"。

《山居赋》实现了作者审美视点真正的"在场",谢灵运将这种视点命名为"贞观丘壑"。"贞观丘壑"根源于道家的玄览,谢灵运将其内化为审美心法。无论"遗情舍尘物,贞观丘壑美"③的山水审美,还是"研精静虑,贞观厥美"④的

① 参阅李雁:《论谢灵运和山水游览赋的关系——以〈山居赋〉为中心》,《文史哲》2000年第2期。
② 谢灵运:《归涂赋》,李运富编注《谢灵运集》,岳麓书社1999年版,第222页。
③ 谢灵运:《述祖德》,李运富编注《谢灵运集》,岳麓书社1999年版,第118页。
④ 谢灵运:《山居赋》,沈约《宋书》,中华书局1974年版,第1754—1772页。

文艺审美,只要遗忘人世俗情与物欲,回归安详宁静,就能感受到物我之间的融会。"兴不由己"的书写由此转化为"兴会由我"的感物而赋。作品中的"南山""北山""二田""三苑""九泉""五谷"尽皆征实。作为观照对象,它是实历的经验对象;作为观照主体,他是盘桓其中的动态主体。

"贞观丘壑"的审美视点落实于创作,促成了大赋的"瘦身"。"贞观"本义在于恢复物我交流的自然情态,其他建立在功利诉求之上的牵扯、增饰由此淡化,"大""重""广""尽""通"等审美理念也出现动摇。这种删繁就简不仅体现在《山居赋》将体物大赋从扩张型的穷尽拉回到有限视域的审视,而且还体现为谢灵运如下的省察:即使有限视域,其包蕴同样繁复无量。于是能够鲜明体现主体"在场"、体现"兴会由我"、以有限涵括无限的文学表现手段

在《山居赋》中出现了,这就是审美意象的选择与审美情境的塑造。

审美意象选择。《山居赋》并非没有物类铺排,但一则总量有了明显调控,二则在一定铺排中作者又寻到了出离事象名物湮没的手段,审美意象的选择就是其重要的探索。所谓审美意象,在文艺审美之中往往与即事而赋、即景而书密切相关。如其中描绘水中植物:"水草则萍藻蕰荄,藿蒲芹荪,蒹菰蘋繁,蔬荇菱莲。"此前大赋至此不是继续泼墨就是重立名目。但谢灵运却独出心裁,推出一段前人罕见的文字:

> 虽备物之偕美,独扶渠之华艳。播绿叶之郁茂,含红敷之缤翻。怨清香之难留,矜盛容之易阑。必充给而后搴,岂蕙草之空残。

作者不以穷搜为目的,而是在名物罗列中忽然兴发自我青睐,概写一变而为扶渠的精描:写其形姿色泽之美,写其清香难留、盛容易阑之怨,终则赞其必结实而举,以生命的终结泽被世人,不同于蕙草徒有形质,空自凋零。可注意的是,作者对"搴"字有一个自注,称其"出《离骚》"。谢灵运的自注阐释意蕴为主,诠解文字者不多,标明出处的更少。对比《离骚》相关段落:"纷吾既有此内美兮,又重之以修能。扈江离与辟芷兮,纫秋兰以为佩。汨余若将不及兮,恐年岁之不吾与。朝搴阰之木兰兮,夕揽洲之宿莽。日月忽其不淹兮,春与秋其代序。惟草木之零落兮,恐美人之迟暮。"屈原虽凋伤而不废劲节高标的坚守、日月其逝难以有为的感慨,与谢灵运以扶渠自喻的寄托何其相似!其以屈原自比的

微意也因之浮出水面。扶渠由此成为一个与作者融为一体、为其深情流连深自咏寄的意象。

审美情境的塑造。传统体物大赋每个单元的陈叙往往是独立内容的展开，不归统本单元类型的物象基本不会考虑。但《山居赋》却已经有了如下描绘：

> 抗北顶以茸馆，瞰南峰以启轩。罗曾崖于户里，列镜澜于窗前。因丹霞以赪楣，附碧云以翠椽。

文中描绘的是新修别墅的景象：立于山顶，面向群峰，门户之中罗布曾崖，轩窗之前如纳镜澜。如此景象不是一般的写实，已经有了意象互动的趋势，通过这种此前罕见的意象组合，将远与近、动与静镶嵌一处。而随后的"因丹霞以赪楣，附碧云以翠椽"则更具有开拓性，以远天播撒的丹霞漆染房楣，引山间萦绕的碧云妆点椽檩，将虚与实融合于一体。这种景象实为特定时段呈现的特定情景，作者为其陶醉，将其提炼为"文眼"，暂时的情景被永久化、经典化，审美情境由此诞生。

在审美意象的择定与审美情境的塑造中，作者不仅在场，而且已经处于物我一体的状态，只不过前者侧重于人格的相契，后者侧重于情感的赏会。总而言之，《山居赋》继承体物大赋对场景描绘的注重，借鉴征行赋与魏晋抒情小赋动态之中的情志抒发，实现了审美视角由不在场、在场外到在场的转型，名物罗列鳞次栉比转型为意象、情境的摄取与塑造，以意为赋转型为作者自注中所谓的"感物致赋"，而且这种"感物"又是对于自然山水兴由己发的主动投入。

三、《山居赋》呈现的文学思想转型

《山居赋》所呈现的核心文学思想就是"托之有赏"观与"会性通神"观，具有鲜明的转型开拓意义。

（一）"托之有赏"观。《山居赋序》云："意实言表，而书不尽。遗迹索意，托之有赏。"这一理念的基本前提是玄学的"言不尽意"。它是自然物色的清晰与主体观照的朦胧、具体审美感受的丰富与语言表达的局限等矛盾的切实表达。谢灵运深感语言无力，但他并没有妥协，而是从以下三个方面努力探索表现

之路：

首先，将细微敏锐的观察与感受不厌其烦地形之于生新文字，发挥文字最大程度的显意功能，他的诗歌、大赋都体现了这种刻苦琢炼的追求。

其次，他山水诗中的玄言语句"未尝不可视为作者企图传达其审美感受的一种努力"①。

再次，寄希望于读者——"托之有赏"。

这段话的背景是这样的，谢灵运自谦《山居赋》达不到"丽"的标准，却深有寄托，因此敬告读者："废张左之艳辞，寻台皓之深意，去饰求素，傥值其心耳。"其所谓"台皓之深意"凭借文辞难以理解，需要读者与作者情趣心灵的遇合："傥值其心。"因而希望读者根据作品提供的迹象，去寻觅主体当于山水之际的微妙意趣。抓住这种意趣，山水之神即可显形，而隐形山水身后、对山水有着如此痴情的高士之心也便跃然纸上。

如此寄"有"达"无"寻求真意的过程就是"托之有赏"。"赏"是魏晋六朝的流行审美范畴，北朝《刘子》一书专门设有《正赏》篇，并概括其大旨为："赏者所以辨情也，评者所以绳理也。赏而不正，则情乱于实；评而不均，则理失其真。"②赏与评同为价值评判，但评偏于理，赏重于情的感受，赏可以视为情感与理性一体的知性活动，它表现为主体与审美对象在情感上的契合、沟通以及主客界限的消弭。谢灵运对"赏"有着热切的呼唤"情用赏为美""永绝赏心望""赏心不可忘""如何离赏心"等等深情流连，皆出自这位高傲的贵族之口。③"托之有赏"的转型意义有两点：

其一，它是文学知音论的发端。言不可尽意，期待明达君子不落言筌而领会作品真意，谢灵运通过"托之有赏"已将言意之辨这一清谈命题转化为了文学命题，并且开启了文学知音论的先河。文学知音论系统的总结完成于《文心雕龙·知音》，在刘勰之前，曹植曾论"有南威之容，乃可以论于淑媛；有龙渊之

① 王运熙、杨明：《魏晋南北朝文学批评史》，上海古籍出版社1990年版，第212页。
② 傅亚庶：《刘子校释》，中华书局1998年版，第485页。
③ 谢灵运：《从斤竹涧越岭溪行》《酬从弟惠连》《田南树园激流植援》《晚出西射堂》，李运富编注《谢灵运集》，岳麓书社1999年版，第77、91、72、37页。

利,乃可以议其断割"①。葛洪《抱朴子外篇》于《尚博》《百家》《广譬》三篇连续提到"偏嗜酸咸者""偏嗜酸甜者""观听殊好,爱憎难同",并已得出"偏嗜酸甜者,莫能赏其味"的结论②,提出了超越审美偏见的问题,这与刘勰的"无私于轻重,不偏于憎爱"③、江淹的"通方广恕,好远兼爱"④等论,显然已成同调。而在刘勰、江淹之前,曹植之论侧重于批评的资格;葛洪反复其言致力于审美偏嗜的批判。谢灵运"托之有赏"论则实现了以上理论的升华,他将讨论的重点明确聚焦于会心赏爱之人。古代文艺知音论由此已经呼之欲出。

其二,它是虚灵境界敞开手段的理论探索。艺术之中难尽、不尽的虚灵之美就是魏晋清谈家共同宗仰的得意妄言境界,谢安谓之"雅人深致"⑤、范晔自道"事外远致"⑥。如何发现这一境界?"托之有赏"是一个重要的实践策略。表面看来,寄希望于读者是艺术表达手段缺失的无奈之举,但从文学作为"作者—读者"互动体系的事实考察,谢灵运实际上将文学认知的空间大大拓展了。从《诗大序》至《三都赋序》,其间诗歌、辞赋理论集中于作品对于读者的教诫:非敦厚人伦、美化风俗,即"纽之王教,本乎劝诫"⑦,间或论及作者创作的主观动力、读者受到的艺术感染,但总体来说,读者都以一种被动姿态出现。谢灵运的"托之有赏"论则实现了跨越,读者不仅仅是被教化、被感动的对象,更是艺术境界旨趣建设的参与者。

值得注意的是,《山居赋》序言首倡"托之有赏",全赋结尾又云"权近虑以停笔,抑浅知而绝简",自注"停笔绝简"为"不复多云,冀夫赏音悟夫此旨",依然回到待赏。首尾相接,心思相继,足见其孤独寂寞与对知音的期盼。钱锺书先生以为"复重序语,何多云而不惮烦欤"⑧? 实则未解其弦外苦心。

(二)"会性通神"观。《山居赋》在结尾道及性情所托之际写下了以下一段

①　曹植:《与杨德祖书》,李善注《文选》卷四十二,上海古籍出版社 1986 年版,第 1901 页。
②　杨明照:《抱朴子外篇校笺》下册,中华书局 1991 年版,第 116、442、388 页。
③　范文澜:《文心雕龙注》,人民文学出版社 1958 年版,第 715 页。
④　江淹:《杂体三十首序》,胡之骥《江文通集汇注》,中华书局 1984 年版,第 136 页。
⑤　徐震堮:《世说新语校笺》,中华书局 1984 年版,第 128 页。
⑥　沈约:《宋书》卷六十九《范晔传》,中华书局 1974 年版,第 1830 页。
⑦　李善注《文选》卷四十五,上海古籍出版社 1986 年版,第 2037 页。
⑧　钱锺书:《管锥编》第四册,中华书局 1979 年版,第 1285—1292 页。

文字：

> 伊昔龄龀，实爱斯文。援纸握管，会性通神。诗以言志，赋以敷陈。箴铭诔颂，咸各有伦。爰暨山栖，弥历年纪。幸多暇日，自求诸己。研精静虑，贞观厥美。怀秋成章，含笑奏理。

本段文字谢灵运表达了这样的思想：文学作为一种寄情范式，"会性通神"就是其意义与价值所在。所谓"会性通神"，就是指创作及其相应的题材抉择、手段运用、体式遴选等与自我的情性协调，从而使作者和顺调适，情志无所滞碍。如此精神澡雪自然发端于道家的养生、逍遥诸论。魏晋之交，嵇康《琴赋序》通过颂扬琴德将这种理念楔入了艺术思想："可以导养神气，宣和情志，处穷独而不闷者，莫近于音声也。"①谢灵运将其中"导养神气，宣和情志"提炼为"会性通神"，在直接将其纳入辞赋审美之余，又赋予这一理念独到的解释：它"自求诸己"，可以自足，不假于人；它可"怀秋成章，含笑奏理"，既以感兴为创作的起点，又能实现喜悦与哀愁的发散；还可以"尽暇日之适，以永终朝"（自注语），消遣闲暇，丰厚生命，使得时光在如此充实之中绵延而有意义。

这一思想可视为与传统的儒家文学思想观念决裂的宣言。它与文体、审美视点上突破前人格局的创作实践呼应，又具体呈现于创作所包罗的情感、反映的趣味与书写对象的选择。其遣发兴致的手段与所欲遣发的兴致和谐统一，自由自在又大气磅礴，并在与传统创作观念的对比之中彰显出转型意义。

其一，不务苦累，创作本于兴会。两汉文人论及大赋写作有一段关于扬雄的著名事典，见于桓谭《新论》："每上甘泉，诏令作赋，为之卒暴，思精苦，赋成，遂困倦小卧。梦其五藏出在地，以手收而内之，及觉，病喘悸大少气，病一岁。"而桓谭自己也有"用精思太剧，而立感动发病"的创作经历②。不止辞赋，诗文也是如此，《文心雕龙·养气》就记载了"曹公惧为文之伤命，陆云叹用思之困神"③。文赋创作钻砺过分、神疲气衰现象的反思对于魏晋抒情小赋的出现产

---

① 李善注：《文选》卷十八，上海古籍出版社 1986 年版，第 835 页。
② 严可均辑：《全后汉文》卷十四，《全上古三代秦汉三国六朝文》，中华书局 1958 年版，第 544 页。
③ 刘勰：《文心雕龙·养气》，范文澜《文心雕龙注》，人民文学出版社 1958 年版，第 646—648 页。

生了直接影响,其触发多由感兴,一改昔日因思而赋的困苦。但体物大赋并未有大的改观,以洛城纸贵的《三都赋》为例,左思为竟其事,先寻故老以访岷邛之事,又求为秘书郎以广闻见,其言"必经典要",其势"禀之图籍"①,事同史志,也近乎学术的苦吟,以致十年才毕其功。大赋疏离心力交瘁的以思为赋同样是以《山居赋》为标志的。

《山居赋》文体风格清通,隶事属字渐趋简要。全赋紧紧围绕作者的性情兴致与人生理想展开,感物致赋,时时在经行葺筑之中挥洒出主体神采。比如对于招提的经略:

> 爰初经略,杖策孤征。入涧水涉,登岭山行。陵顶不息,穷泉不停。栉风沐雨,犯露乘星。研其浅思,磬其短规。非龟非筮,择良选奇。翦榛开径,寻石觅崖。四山周回,双流逶迤。面南岭,建经台;倚北阜,筑讲堂。傍危峰,立禅室;临浚流,列僧房。对百年之高木,纳万代之芬芳。抱终古之泉源,美膏液之清长。

经营之初,尽凭热心与憧憬,备尝艰辛而甘之若饴。古人筑斋多有卜筮,以祈求神灵佑助,但谢灵运率意而自信,心之所安即可栖托,何用卜筮?一旦讲室完备,高僧大德相继游憩,晤言清谈,"虽一日以千载,犹恨相遇之不早"。其所书写的均为个人视角之中的当下情志,是幽人雅士的寄托,其间洋溢着由衷的欣慰,处处透露着作者欣有所托的释怀。这实则已是《文心雕龙·物色》"入兴贵闲"创作思想的践行。

其二,不论功用,以合性分为指归。先秦论诗归于教化;两汉大赋承担着若隐若现的讽谏使命,义尚光大;汉魏之际曹丕依然视文章为经国大业。本赋之中,谢灵运对于诗赋文章所谓社会功用自始至终只字未提,却以"山野草木水石谷稼"为题材,通过其审美视点的在场、通过审美意象的择定、审美情境的塑造,将山水审美、物我一体的境界在辞赋中实现了历史性的界定。而如此选择正源自谢灵运对于性分的伸张。这一文学理念在《山居赋》中有着密集的表达,或云顺性情:诸如"抱疾就闲,顺从性情""俯性情之所便""顺性靡违"。或

---

① 房玄龄:《晋书》卷九十二《文苑传》,中华书局1974年版,第2375页。

云得适或适分：诸如"得寒暑之适""恒得清和以为适""寻虑文咏，以尽暇日之适"。所谓适分或顺性，既指养生之具完备之后的情志安顿——"法音晨听，放生夕归，研书赏理，敷文奏怀"，又指向山水赏爱，谢灵运曾将衣食与山水相提并论："衣食，人生之所资；山水，性分之所适。"①性分既耽溺于此，则创作便超越功用、超越功利寄托于此，《山居赋》对于山水自然的审视由此聚焦于虚灵层面的"趣""美"，诸如"呈美表趣""细趣密玩"；而学者们也早已关注到赋中所谓"江山之美""湖水之美"等涉及"美"字的赞语就达 17 处之多。② 性分既合，则神气无违。

谢灵运"会性通神"的思想在文学理论史上有着重要贡献，如果细细研读刘勰创作应当"率志委和""理融而情畅""弄闲于才锋"的理论，寻味其创作应当"适分胸臆"而"非牵课才外"的规劝，其与谢灵运思想的契合衔接之处昭然可见。③

四、皇权对抗——《山居赋》转型的动力辨析

学界早已注意到，南朝刘宋时期无论诗文辞赋都有一些渐变的迹象，其中江南山水以及魏晋玄学是重要的影响因素，《山居赋》也概莫能外。除了以上外因，影响文体主要的内因在于作家的天才。天才即是禀性，沉潜为虚灵的心智结构系统，在与后天人事的融合之中形成具体的文学才能。谢灵运精通佛理，擅长书法，兼以曾修《晋书》，可谓经史子集无所不能的通才。其中又以文才最为卓出，诸如"才高为盛""兴多才高""寓目辄书""富艳难踪"等等④，皆为六朝理论界的定评，这是诗歌之中"谢灵运体"产生的主要依据⑤。而《山居赋》更是从不同维度体现了谢灵运的灵思与妙笔：

其意象择取、情境塑造使人宛然如睹、悠然有怀，古人命此功夫为善"比"，"比者，定物之情状也，则必谓之才"。⑥

---

① 谢灵运：《游名山志序》，李运富编注《谢灵运集》，岳麓书社 1999 年版，第 396 页。
② 参阅皮朝纲、詹杭伦：《谢灵运美学思想钩玄》，《四川师院学报》1983 年第 3 期。
③ 刘勰：《文心雕龙·养气》，范文澜《文心雕龙注》，人民文学出版社 1958 年版，第 646—648 页。
④ 参阅钟嵘：《诗品序》及上品谢灵运条，陈延杰《诗品注》，人民文学出版社 1961 年版。
⑤ 参阅萧子显：《南齐书》卷三十五《武陵昭王烨传》，中华书局 1972 年版，第 625 页。
⑥ 计有功：《唐诗纪事》卷六十四引《松陵集序》，上海古籍出版社 2008 年，第 964 页。

其繁中有简、简中有眼且繁简得当,如此胸中丘壑本是文思裁布的结晶,而文思裁布就是才的显形:"才者,裁也,以其能裁成万物而铺天地之所不及也。"①

其涵摄江山于尺幅,笼括岁时于方寸,繁品密类、千头万绪班班可考,历历可见,如此"一见而了了于目,一入目而了了于心,一会心而了了于笔,在诗谓之真诗,在文谓之真文。此之谓达,此之谓才"②。

其文体上承体物大赋、抒情小赋,见其兼能;撷取大赋之体、小赋之魂,成就独至之巧;兼以充满互文意味的自注,如此文体的创造同样彰显了谢灵运的文才,因为"能变一代之体者,必擅一代之才"③。

如此灵思与妙笔,正是谢灵运兴多才高的具体呈现。不过对于《山居赋》而言,以上山水地理、玄学思潮、文才禀赋汇聚而成的只是一种转型势能,而激发如此势能成就新变的动力则在于谢灵运与皇权对抗的初衷。

谢灵运的皇权对抗与朝代更迭、政治理念均没有太大关系,它是怀才不遇或者政治资源分配不均的直接产物。

谢灵运并非淡泊名利的高士。刘裕北伐之际他已经入职,并曾奉旨劳军,途中写下了著名的《撰征赋》,其中不乏有为胸怀与对当局的歌颂。刘裕建宋之后,历任太子左卫率、永嘉太守、秘书监、侍中、临川内史。虽然其间或免官或称疾去职或讽令自解,但多数时间仍浮沉于宦海。④ 如此热衷却又满腔郁愤甚至最终发展为消极不合作式的对抗,其原因何在?

其一,世家大族的辉煌不再。王谢家族的势焰在东晋不可一世,但刘宋将谢灵运由公爵降为侯爵,食邑由二千户减为五百户。本来南朝高门大族,若非过于平庸,依仗门户,即可以"安流平进"⑤。但谢灵运高官厚禄之梦戛然终止于晋宋易代。新朝肇始,本来仍有攀附以求飞腾的夙愿,却每每难以遂意。这种仕途窘迫更加深了他对祖上荣光的缅怀,《山居赋》所云"家传以申世

---

① 廖燕:《才子说》,《二十七松堂文集》卷十一,屠友祥校注,上海远东出版社1999年版,第281页。
② 王嗣奭:《管天笔记外编》卷下,四明丛书本。
③ 臧懋循:《冒伯麟诗引》,《负苞堂文选》卷三,续修四库全书第1361册。
④ 本文有关谢灵运事迹皆出自沈约《宋书·谢灵运传》,中华书局1974年版,第1743—1779页。下引皆同,不另注。
⑤ 赵翼:《廿二史札记》卷八,中国书店1987年版,第106页。

模"正是这种家声追忆的体现;而如此的缅怀又从反面强化了后世子孙处境的颓废。

其二,惊世骇俗的文才被排除在实才之外。谢灵运天赋惊人,诗歌新作一出每每耸动京师,因此《诗品》处之以上品,《宋书》在谢灵运传后通论文学。但刘宋高祖之际,"朝廷唯以文义处之,不以应实相许"。所谓"应实",即指应对实际事务的才能。刘宋太祖之际,虽"日夕引见,赏誉甚厚",仍然"唯以文义见接,每侍上宴,谈赏而已"。而谢灵运恰恰是"自谓才能宜参权要"。一旦昔日名位皆不如己者纷纷后来居上,其心中的"愤愤"与"不平"便奔涌而出了。

于是我们在《宋书》中看到的便是谢灵运的如下作为:在朝为官或"称疾不朝""穿池植援"而"驱课公役,无复期度",或出郭游行经旬不归,"既无表闻,又不请急";出守永嘉则"肆意遨游,遍历诸县,动愈旬朔,民间听讼,不复关怀";以疾东归依然"游娱宴集,以夜为昼";免官归于始宁,在穿筑修葺占山占湖之外,尚有"自始宁南山伐木开道,直至临海,从者数百人"而临海太守以为山贼的壮游。凡此种种,当然体现了谢灵运山水之爱深入骨髓,但与此同时,我们更多体察到的是他那颗躁动不居的心灵。这实际上是一种不合作式的抗争。如此背景之下,回归旧乡山居自然不是躲避,而是其相应抗争的组成部分。

但谢灵运的抗争显然有其不同以往的特征。同为怀才不遇,此前的文人感慨时、命,自怨自艾,他们渴望着当权者的良心发现、改弦更张,但从不敢质疑这种尘埋漠视的合理性,更不敢考虑调整自我价值的认定尺度。而谢灵运选择的恰恰是改变自己。这里所谓改变不仅仅指他采取了山居这种"穷则独善其身"的方式,更指向对于自己"文人"这一身份价值的判断。在一定程度上,这种价值判断的改变可以视为"文人"的"自觉"。

其一,谢灵运不认同长于文才便短于为政。刘宋两代皇帝皆以文义赏识而未"以应实相许",但谢灵运坚信自己为世颂扬的文才与其"才能宜参权要"没有矛盾。平心而论,文才与治才的确不同,是否有其偏长取决于各自禀赋,不过兼善虽然较难,但二者未必相妨,尤其没有相应实践的检验即断定"应实"非其所长,其中又实有偏见。谢灵运的逻辑虽不排除误读,但这一切恰恰体现了他对文才价值的肯定。

其二，面对超群文才被倡优蓄之的地位，谢灵运表现出对于文才以及自己文人身份的珍爱。这首先表现为不与俗吏为伍而以文人为贤。先是"乌衣之游"①，后有"文章四友"，四友之中对谢惠连、何长瑜又赏爱有加。他曾当面批评谢方明不能珍惜才人："阿连才悟如此，而尊作常儿遇之；何长瑜当今仲宣，而饴以下客之食。"由于爱慕才华，他甚至向谢方明直接索人"尊既不能礼贤，宜以长瑜还灵运"，随后"载之而去"。以文人为"贤"，此前罕见，如果联系在永嘉梦惠连而得"池塘生春草"的佳句，我们就不能不感慨统治者并不认可的文才在谢灵运心中是何等尊贵！其次表现为以文人身份傲视朝廷大吏。如会稽太守孟顗事佛精恳，却为灵运所轻视，曾经毫不客气地贬损对方："得道应须慧业文人，生天当在灵运前，成佛必在灵运后。"虽然讥讽刻薄致使对方怀恨在心，但以具备慧业而敢于顾盼自雄正体现了文人的自尊。历史上文学侍从之臣蓄若倡优的反省自汉代就有，但也仅仅流于牢骚。只有到了谢灵运才从于心不甘迈向了对抗——寻觅属于"文人"的、不被皇权收编、不进入官僚体制的对等自我价值及其实现方式。

如此"文人"身价的确立本身就包含了与主流甚至权威理念的对抗，而《山居赋》中这种价值理念对抗还有更为集中的体现。

《山居赋》要表达的核心理念是"道可重""物为轻"。此处的道不是什么儒家之道，而是生命获得幸福、心灵获得安宁的自然之道；物则指向现实功利等诸般欲望。道物关系因此就是他所谓"判身名之有辨，权荣素其无留"的"身名"关系或"荣素"关系。他所列举的"迈深心于鼎湖，送高情于汾阳"的圣帝，"嘉陶朱之鼓棹，乃语种以免忧"的名臣，皆能够不留心荣素而了悟身名关系，因此可以不迷恋红尘富贵，不驰逐名利之场。避免李斯"牵犬之路既寡"、陆机"听鹤之途何由"悲剧的关键就是重道轻物、归于自然。

重道轻物，则重生爱生养生便顺理成章地成为人生信条，山居也因此可以视为与道家无为、儒家独善不尽相同的一种具有对抗性的价值取向。谢灵运如此选择并不是遵循了圣人的规训，而是意识到其具有对抗的基础甚至隐喻：

---

① 参阅沈约：《宋书》卷五十八《谢弘微传》，中华书局 1974 年版，第 1590 页。

"言心也,黄屋不殊于汾阳。即事也,山居良有异乎市廛"便包含了如此意味——就其事而言,山居不同于繁华都市,但论心灵感受,帝王之居与隐者之室又有什么区别呢?作品中的"俯性情之所便""适性""自娱""自得"等等心灵境界由此而诞生。如此境界,凭依眼前俯仰可见的清风明月高山流水可得、凭依知音谈义与经典吟诵可得、凭依满腹文才援纸握管同样可得,不仅以上闲情不假外求,即使作为如此闲情保障的五谷肴馔、桑麻药蔬也尽皆"不待外求"。在这个自然王国里,可以俯仰,可以纵怀,可以控驭,不再攒眉折腰,无须恬颜乞怜,自己就是君王,凡"幸多瑕日"即可"自求诸己";只需"研精静虑"就能够"贞观厥美"。如此自我做主的诉求无疑源自皇权的对抗,又因其同质特征而成为皇权在自然之中的拟象。价值理念的对抗最终在作品的题材选择与文体风格创造上皆有呈现。

题材选择。传统的体物大赋多与权势名位相关,因此苞举周遍,金碧辉煌。而《山居赋》则明确宣称"今所赋既非京都、宫观、游猎、声色之盛,而叙山野草木水石谷稼之事",并将这种选择名之曰"心放俗外"。所谓"俗外"其本义无非就是"大雅",因此这种题材选择之中自然形成了意在贬抑势位的雅俗分辨。

文体风格。既然身份对抗、价值理念对抗、人生取向对抗、题材对抗,那么具体的文学寄情体式也必然需要与之匹配。这不是一般意义的文质统一或思想形式统一,通过不同于以往御用辞赋的文体选择,谢灵运所要表达的是他与皇权分道扬镳的傲气。于是正文与自注相融、韵文与散文相融的《山居赋》诞生了,这种借鉴了佛经言说特征的文体在此前的辞赋之中绝无仅有。而谢灵运对本赋"去饰取素"风格的标榜则有着同样的用心。文中他自称推崇扬雄所确立的"诗人之赋丽以则",主张文体宜兼备"则、丽"。但随之又谦称"才乏昔人",欲求其"丽"而"邈以远矣"。以谢灵运的恃才傲物,所谓才不如人之说实不足信,这只是他别开一格的托辞。以"素"替代"丽",并讽示读者"废张左之艳辞"方可得其真意,表达的就是对"丽"的弃置,因为"丽"所依附的传统大赋处处与权势名位盘根错节。

《山居赋》表面上以闲情雅致为内容,但骨子里却充满了有意地叫板。由于迫切希望通过对抗确立皇权归统之外"文人"可以自立、自由、自尊的形象,谢灵运的自我选择均与主流形态或权利形态形成一定程度的抵牾。这种文人自主性的强化与魏晋之际形成的骈才创体理论思想融合,最终熔铸为《山居赋》的文体形制与风格,成为文学转型的重要载体与六朝文学新变的典型样本。

(本文系国家社科基金重大项目《古代文论研究文献辑录、学术史考察及数据库建设(1911—1949)》的阶段性成果,立项号:18ZDA242)

钟嵘《诗品序》
"赏究天人""学究天人"辨析

—— 兼论六朝之际"赏"这一美学范畴的确立

通行的钟嵘《诗品序》中云："当今皇帝资生知之上才，体沉郁之幽思，文丽日月，赏究天人，昔在贵游，已为称首。"此处的"赏究天人"，曹旭先生《诗品研究》中认为："通行本作赏，误。"并改为"学"，即"学究天人"①。周振甫先生《诗品译注》也将"赏"校改为学"，并注称："曹旭据《梁书·钟嵘传》《诗品会函》《全梁文》校，赏当为学。"②张少康先生主编的《中国历代文论精选》在入选的《诗品序》校勘中云："赏究天人，赏应改为学，学究天人之际。"③未标出依据。这里所谓的通行本，当是指何文焕《历代诗话》收录本、《四库全书》本等，二者皆是"赏究天人"。近人陈延杰《诗品注》就是沿用通行本，对"赏究天人"也不以为误。

笔者认为，通行本《诗品序》"赏究天人"既然能够通行，自然有它的道理，未可轻易否定，"赏究天人"之"赏"字并非"学"字之误，通行本在这个字上不存在错误。这一字之差所反映的并不仅仅是一般的词义，而是对六朝一个重要美学范畴的认识。具体分说如下。

一

这里要说的第一点，也是最主要的理由，"赏究天人"不仅可通，而且更能体现六朝文人的审美倾向。赏在当时不仅是一个对人之功劳成就进行褒奖的

---

① 曹旭：《诗品研究》，上海古籍出版社 1998 年版，第 294 页。
② 周振甫：《诗品译注》，中华书局 1998 版，第 23 页。
③ 张少康：《中国历代文论精选》，北京大学出版社 2003 年版，第 119 页。

词汇,而且已经演化为一种情感色彩很浓的审美范畴。赏作为美学范畴的确立应在晋宋时期。在此之前,赏的含义多集中在赏赐之上,且以物质褒奖为主,但晋宋之际,文人们对这个词的认知发生了变化,仅《世说新语》及刘孝标注中,"赏"在赏赐意义之外的应用就已经非常可观。如《文学》篇注引《郭璞别传》:"才学赏豫,足参上流。"又《文学》:"孙兴公作庾公诔,袁羊曰:'见此张缓。'于时以为名赏。"《品藻》:"谢公与时贤共赏说。"《雅量》:"谢与王叙寒暄数语毕,还与羊(绥)谈赏。"等等。其时文人经常言赏,竟使刘勰很看不惯,尤其对"赏际奇至"之类大为不解,并在《文心雕龙·指瑕》中以之为文章一病,且质询道:"赏训锡赉,岂关心解?"这种略带指责口吻的质询其实表现了他的误解与文学观念上的略显保守。作为"情以物兴,故义必明雅"的观念的延伸,刘勰于《指瑕》一节中进一步指出了在此观念衡量下他眼中当时创作上的弊端:"若夫立文之道,惟字与义。字以训正,义以理宣。而晋末篇章,依稀其旨,始有'赏际奇至'之言,终有'抚叩酬酢'之语,每单举一字,指以为情。夫'赏'训锡赉,岂关心解?'抚'训执握,何预情理?雅颂未闻,汉魏莫用,悬领似如可辨,课文了不成义,斯实情讹之所变,文浇之致弊。而宋来才英,未之或改,旧染成俗,非一朝也。""赏际奇至"之"赏",绝大多数注家可能以为俗常之语,故不予注释;周振甫译作"欣赏奇特情致",此译不确。结合始言"赏际奇至",终有"抚叩酬酢",可见此意正是《文心雕龙·物色》赞中所云"情往似赠,兴来如答"之意,是一种主客之间审美遇合的偶然激发,所以"赏际奇至"当指赏心、际会的感觉奇妙地忽至心中。由这个角度看,晋末篇章,以依稀其旨为追求,且以"赏际奇至"标榜或作为描写对象,已然成为一种风尚,它说明其时文人对物我交感、主客兴会之际审美感受的微妙已给予了充分的关注。此"赏"可悬领——以一种情感的沟通能力意会,而不能抵近——以言语理性彻底阐释,这亦是玄学尚"无"思想在审美及创作中的渗透。谢灵运《山居赋序》中称:"扬子云云:'诗人之赋丽以则。'文体宜兼,以成其美。今所赋既非京都宫观游猎声色之盛,而叙山野草木水石谷稼之事,才乏昔人,心放俗外,咏于文则可勉而就之,求丽邈以远矣。览者废张左之艳辞,寻台皓之深意,去饰求素,倘值其心耳。"这是对自己《山居赋》的评价。就是这样一篇无昔日大赋之丽辞的赋作,却有着深深的超逸情怀,即"台皓之深意"。这种情怀的寻味,靠字面的一般理解难

262

以实现,只能靠读者与作者情趣心灵的遇合:"傥值其心。"而这种遇合具体的表达是什么呢?谢灵运最后称:"意实言表,而书不尽;遗迹索意,托之有赏。"它的意思是:言不足以达意,要领悟作品中作者性灵的寄托,读者最好的办法不是凭借理性分析剖解,而是靠"有赏"——即读者与作品在情感上实现某种契合与交流、沟通。以情感的契合沟通实现主客界限的消弭,为主客架起融合的津梁。情的契合感与欣悦感就是玄学有无关系中的"有",凭依玄学假有以达无的思想与方法,就能实现通过这个"有"来感性而全面地把握"无",也就是谢灵运文中所说的"深意"。这就是赏,一种玄学思想与审美情感共同熔铸的范畴,它因为玄学言不尽意思想的渗透,从而探索达意之道。而这种所谓的达意所达到的最终效果,不是条分缕析的理论透析,而是玄学影响下形成的、同样发源于言不尽意观的"正在有意无意之间"[①],比彻底的清晰要朦胧,比彻底的朦胧要清晰,可以迫近但不能复原。

作为一种重要的感觉经验,"赏"和六朝文人格外讲究的"兴会"非常近似,它进入文学表达与文机涵育使文学有了"依稀其旨"之朦胧美,并加强了文学非功利的品质,而赏之"依稀"特性在文学中对"义必明雅"的补充,使文学中"闲"的成分更重了,因为它在侧重个体感受之外,更远离了教化。

赏作为一种普泛化的美学范畴,在当时的主要含义有二,一是因喜欢而品味之,一是因品味而心欢畅。前者一般动用,后者则名词性强,但二者最终所达到的对内心的作用是一致的。并且实际上是一个审美过程的起点与终点,二者共同构成了"赏"这一美学范畴。

关于第一种:因喜欢而品味,中古诗文中颇为常见。陶渊明《移居诗》:"奇文共欣赏,疑义相与析。"江淹《杂体诗》:"一时排冥筌,泠然空中赏。"《世说新语·任诞》:"刘尹云:孙承公狂士,每至一处,赏玩累日。"关于这个赏字,《刘子》专门有《正赏》篇,对其大旨进行了分析,其中云:"赏者所以辨情也,评者所以绳理也。赏而不正,则情乱于实;评而不均,则理失其真。理之失也,由于贵古而贱今;情之乱也,在乎信耳而弃目。"其意思是:赏与评同是一种价值评判,但评偏于理,赏更重情之感受。赏乃是情感与理性一体的知性活动,其要旨在

---

① 刘义庆:《世说新语》,上海古籍出版社 1995 年版,第 356 页。

心耳、心目等并用，既要从外面、其他人那里获得参照的信息，又要——而且主要还得看自我的感受，如此才是真赏，也才能得真、得实、得美。这实则与美学之观照已非常相近，接近我们今天所说的欣赏或鉴赏，所以我们说：赏，往往表现为一种态度、情感与价值趋向。它的表现与实现乃是将主观情意发挥到外物之上，产生移情、同感。此种态度，表面上是主客的一种联系、沟通，但在这种关系完成的心理过程中，它又需要主体有超然物外的态度。所谓超然物外，就是一种括除，即超然于对此客体曾有的知识论的判断与牵扯；就是主体在由情感麻痹、混沌或成见中苏醒的同时，内心得以澄汰，同时通过以自我情感、以当下情感为标准，彰显出主体性的品格，而这一点，正可以与魏晋文人主体性的张扬与追求相统一。赏是识的一种表现方式，如《世说新语·文学》中云："不赏者，作后出相遗；深识者，亦以高奇见贵。"赏与识相对，就是深深地识别之意，不过，这种识别靠的主要是一种情感的认同、启发、共鸣力量。

赏的近于名词性的用法，正是在赏的行为中抽象出来的。它的应用在中古同样广泛。沈约《游钟山诗应西阳王教》："山中咸可悦，赏逐四时移。"《梁书·王筠传》引沈约之言云："知音者希，真赏殆绝。"钟嵘《诗品·下品》："欣泰、子真，并希古胜文，鄙薄俗制，赏心流亮，不失雅宗。"又云："（孙）察最幽微，而感赏至到耳。"梁简文帝《秀林山铭》："捐氛荡累，散赏娱襟。"《北史·阳休之传》："简率不乐烦职，典选稍久，非其所好。每谓人曰：'此官实自清华，但烦剧，妨吾赏适，真是樊笼矣。'"其时谢灵运、江淹对于这个"赏"格外"赏爱"。谢灵运《从斤竹涧越岭溪行》云："情用赏为美。"此赏已非常明显地由上面之动词性的情感选择演为一种主观性的、动态化把握外物的情感标准：什么样的情感是美妙的呢？可使心获得赏适、欣悦的情。又江淹《伤友人赋》序云："仆之神交者，尝有陈郡之袁炳焉。有逸才，有妙赏，博学多闻，明敏而识奇异，仆以为天下绝伦。"《知己赋》序言殷孚："博而能通，学无不览，雅赏文章，尤爱奇逸。"此二赏，分别被冠以"妙""雅"相修饰，与博学、通识、明敏、识奇、多闻等才能并称，可见已然成为当时品评文士的一个标准，是文人雅士所当具备的一种体现修养与风采的能力和艺术性感受。

关于赏的普及，当时还有两个应用率极高的词：赏心或心赏。中古文人言赏心、心赏不仅指人，兼且指物色、自然，以喻指客体为主体内心带来的欣悦与

快适。谢灵运《酬从弟惠连》:"永绝赏心望,长怀莫与同。"谢朓《京路夜发》:
"文奏方盈前,怀人去心赏。"何逊《入西塞示南府同僚》:"伊余本羁客,重睽复
心赏。"《慈姥矶》:"一同心赏夕,暂解去乡忧。"任昉《赠徐征君》:"曾是违赏心,
曷用箴予缺?"以上皆指友人,即是赏识我心之人或我心赏悦之人。另有一种
指代,即是自然。谢灵运《田南树园激流植援》:"赏心不可忘,妙善冀能同。"谢
朓《之宣城出新林浦向版桥》:"嚣尘自兹隔,赏心于此遇。"此赏心乃与嚣尘对,
应是自然美境。江淹《杂体诗》:"灵境信淹留,赏心非徒设。"六臣注曰:"灵境
即会稽也。言我赏心此山,谓怀仁者之意非空设而已。"也是以山水为赏心。
谢灵运之言赏心,往往语意两可,代物代人难以彻底厘清。如《晚出西射堂》:
"含情尚劳爱,如何离赏心?"《永初三年七月十六日之郡初发都》:"将穷山海
迹,永绝赏心晤。"等等皆是。

　　从上面的分析看,赏心无论言物还是称人,都是对赏这一范畴的具象诠
释——尤其赏与心之间所含纳的由心到物的价值评判与由物到心在不同情景
下的情感回馈,更强调了赏的情感特性、主观特性,也由此突出了其美学范畴
的品质;无论是赏于人还是赏于物,最终都能归于心的赏悦。而上面所云谢灵
运诗中赏心指人指物语意两可,这种在自然与人的观照之际标准的一体化或
含糊化,则显示了当时文人"含生者皆有情"的阔大胸怀,体现了主体对人与自
然相统一,即将自我与群体、自然统一的期待,这是赏作为一个美学范畴的重
要特征。

　　综合以上晋宋文人有关赏、赏心、心赏的资料,我们可以粗略总结出赏的
如下几个特征:一是主体要具备生命的蓬勃之气与情感的真诚投入;二是主客
间情感是交流,而不是单向的付出与宣泄,以主体与自然之关系论,它实现的
是在主体的自然化中,自然(主要是山水)完成人格化;三,赏的表现形式是萍
水相逢,是主客的遇合,非是安排设定。

　　作为一个审美的重要范畴,赏在六朝之际得以确立,它确立的事实说明
"赏究天人"之说的出现有着基本的语境依托和审美基础。

二

　　从校勘依据上看,以为"赏究天人"错误也有可商榷之处,其中作为"学究

天人"之说主要依据的是《全梁文》和《梁书·钟嵘传》的引录文字。但《全梁文》所录的《诗品序》明确标出取自《梁书·钟嵘传》，可见二者是一个体系。如此看来，差异主要存在于通行本和《梁书》所录《诗品序》之间了。而彼此在没有其他更有力的佐证的情况下，是不好说谁是谁非的。何况，史臣修书，并非照搬实录，偶然的臆测改动恐怕难免，史书上的引用文献和其他流传本不同者在在皆是，我们很难说姚思廉修《梁书》没有相应的厘定，更不用说，此外还有作为监修官的魏征参与呢？更主要的是，依据上面对六朝文人一些审美观念范畴的考察，我们已经知道，"赏"是南朝文人中比较流行的一个美学范畴，而且根据文献的记载，这个范畴虽然后世化入了历代文人的审美情怀，但六朝以后其在文字中的表达力度从此没有六朝这么集中繁密。六朝之后代之而起的，正是"学究天人"之类的说法。检点文献，所谓"学究天人"多是从唐代开始才逐步蔓延在文人诗文当中的。如《唐丞相曲江张先生文集》中《籍田赦书》云："每渴贤良，无忘鉴寐。顷虽虚伫，未副旁求，其才有王霸之略，学究天人之际，智勇堪将帅之选。"《皎然集》中《七言赠和评室判官》："学究天人知远识，权分盐铁许良筹。"《唐文粹》李白《与韩荆州朝宗书》："君侯制作侔神明，德行动天地，笔参造化，学究天人。"《唐文粹》王缙《唐玄宗明皇帝哀册文》："才艺余美，帝王之最。学究天人，乙夜惭对。"后唐刘昫《旧唐书·元稹等传》论："国初开文馆，高宗礼茂才，虞许擅价于前，苏李驰声于后。或位升台鼎，学际天人。"据此推断，唐人修《梁书》在对待"赏"与"学"的问题上，倾向"学"，甚至视"赏究天人"为误都是情理之中的。因此，以《梁书》所录《诗品序》否定通行本流行的写法依据不充分。

三

如果以"赏究天人"为误，而改为"学究天人"，则与钟嵘《诗品》中体现的反对以学为诗、倡导直寻的一贯思想不合。《诗品序》中钟嵘这样表达他对诗歌创作的理解："夫属辞比事，乃为通谈。若乃经国文符，应资博古；撰德驳奏，宜穷往烈。至乎吟咏性情，亦何贵于用事？'思君如流水'，既是即目；'高台多悲风'，亦惟所见；'清晨登陇首'，羌无故实；'明月照积雪'，讵出经史。观古今胜语，多非补假，皆由直寻。"此处的主要思想就是反对用事，而用事之风之所以兴起,炫耀学问是很重要的一个原因。因此钟嵘才对刘宋以来的这种现象给予了很不客气的批评:"颜延、谢庄,尤为繁密。于时化之。故大明、泰始中,文章殆同书抄。近任昉、王元长等,辞不贵奇,竞须新事。尔来作者,寝以成俗。遂乃句无虚语,语无虚字,拘挛补衲,蠹文已甚。但自然英旨,罕值其人。"并以讥讽或者幽默的笔调称:"词既失高,则宜加事义,虽谢天才,且表学问,亦一理乎!"——自然英旨之诗作不出来,文辞高明不了,那就多加一些典事,虽然这样做算不上天才,姑且炫耀一下学问,也是一个理由吧?其主旨正是视用事为学问之展示,力加排斥。而这一点,在当时并非绝响,很多文人都有着近似的观点,并且将诗文创作之才与学术范围的学作了相应的区分。梁简文帝《与湘东王书》中反对"操笔写志"却"摹《酒诰》之文"。《颜氏家训·文章》云:"学问有利钝,文章有巧拙。钝学累功,不妨精熟;拙文研思,终归蚩鄙。但成学士,自足为人,必乏天才,勿强操笔。吾见世人,至无才思,自谓清华,流布丑拙,亦已众矣。"这和钟嵘《诗品序》中"虽谢天才,且表学问"的用意一样,都是把文学之才与学问之学划为两途,且以为仅仅凭借学不足以为诗文出佳作,文学创作需要属于自己范畴的才思。至于才思的内涵,实际上就是《梁书·萧子显传》所称的"每有制作,特寡思功,须其自来,不以力构"的兴会赏悟能力,也是一种结构组缀文章的表现能力,此能力在《颜氏家训·文章》中被这样表述:"自古执笔为文者,何可胜言,然至于宏丽精华,不过数十篇耳。但使不失体裁,辞意可观,便称才士。"这里的才士,是以"不失体裁,辞意可观"为标准的,而辞意可观,侧重于辞采;不失体裁的体裁,则强调言辞事类意旨的得体——《文选·谢灵运传论》云:"延年之体裁明密。"李善注:"体裁,制也。"所谓制,就是裁制之意,也可以理解为作品的言辞、意旨、情感、事理、音韵等等的得体裁制与组合。可见文学之所需的才思与所谓学问在当时一些文人的眼里是不能等量齐观的。这一点,尤其以才和文学能力相配,在后世也得到了继承。唐诗人皮日休在《松陵集序》中就称:"诗有六义,其一曰比。比者,定物之情状也。则必谓之才。才之备者,于圣为六艺,在贤为声诗。"以才为绘物肖物之能,其表现手段则是诗篇。钟嵘自己反对以学为文,称赞他人诗歌则推其学问,是明显的自相矛盾。而赏与兴会等相近且与情感一体的特征,使其与诗歌创作的关系可以实现非学问的对接,恰和钟嵘的基本思想一致。

四

再看存在争议的"学究天人"或"赏究天人"这段文字:"方今皇帝资生知之上才,体沉郁之幽思,文丽日月,赏(学)究天人。昔在贵游,已为称首。况八纮既奄,风靡云蒸,抱玉者联肩,握珠者踵武,固以眺汉魏而不顾,吞晋宋于胸中。谅非农歌辕议,敢致流别。嵘之今录,庶周旋于闾里,均之于谈笑耳。"结合此段文字前面所云:"观王公缙绅之士,每博论之余,何尝不以诗为口实。随其嗜欲,商榷不同。淄渑并泛,朱紫相夺,喧议竞起,准的无依。近彭城刘士章,俊赏之士,疾其淆乱,欲为当世诗品,口陈标榜,其文未遂,感而作焉。"联系起来分析,这段文字很显然是说,当今评诗已经成了一项文人闲情逸致的活动,但没有统一标准,所以自己欲有所建树,为评家提供一种品评的依据。这个品评所涉及的诗歌范围不包括当时的皇帝萧衍,原因是其文学创作尤其诗歌堪与日月争辉,其艺术感觉敏锐纤细,洞达乎天道与人事,这种成就在昔日身为贵族尚未荣登龙庭之际已经得以体现,至今一统天下,身边才俊如云,互相酬唱切磋,就更是超越汉魏晋宋,其品位与成果不是臣下所敢评价的。既然核心意思是指对皇帝的诗不敢说三道四,而其诗歌观念又是倡导直寻,不主用事耀学,因此"赏究天人"更接近此处的语境和作者的一贯思想。

五

所谓"赏究天人"的"天人",实则就是"赏究天人之际"的简称。天人之际较早见于司马迁《报任安书》:"亦欲以究天人之际,通古今之变,成一家之言。"在西汉,天人之际这个词中有着阴阳五行说的浓重痕迹,其意就是天道人事的相互关系。但魏晋玄学兴起之后,这个词的内涵有了相应的转化,其中天人之间的关系仍然被保留,但因为这个话题的内容远离当下的现实,所以天人之际当中就融入了超逸的格调,即变成了探讨天和人之间的关系、追寻天和人际会而获得自由的空间。这个天,已经不只是自然界与地对应的天,而是一种和道家思想的"自然"一体的范畴,已经远远脱离了单纯的眼前世俗、人为视野。如此看来,所谓天人之际,正是指魏晋文人努力探讨与全身心追寻的如何回归真朴率意、摆脱羁绊俗累。这也是一种"天人合一"观念,除了对我们民族本源精神的继承之外，它更多来源于道家、玄学的提倡。由于玄学的影响，当时的佛学观念里也出现了天人关系的玄学阐释。如梁慧皎《高僧传·僧叡传》记载鸠摩罗什译经事云："昔竺法护出《正法华经受决品》云：'天见人，人见天。'什译经至此，乃言曰：'此语与西域义同，但言在过质。'僧叡曰：'将非人天交接，两得相见？'什喜曰：'实然。'"这里的"人天交接，两得相见"，正是天与人之间无所阻隔自由融合之意。这个观念因为背离儒家世用的标准而显得悠远，这种悠远不只表现为它是一个玄学的总的话题，同时也表现为它是一种情感的觉悟与追求，具备与现实对抗的实实在在的力量与向现实落实的实实在在的寄托手段。《世说新语·文学》记载何晏赏识王弼，称赞道："后生可畏，若斯人者，可与言天人之际矣。"这里的"言天人之际"，就有展示某种生命姿态的意义，它和审美思潮密切相关。即使是司马迁的欲究天人之际，所凭依的也不可能仅仅是学问，而玄学者展示生命姿态的究天人之际则与学问距离更远，它更重视一种性情的投入与生命的执着与领悟，它以"赏"来"究""天人之际"，所追求的与所获得的就是玄学所倡导推崇的"神解"。《世说新语·术解》云："荀勖善解音声，时论谓之'暗解'；……阮咸妙赏，时谓神解。"此处将善解音声命之为暗解，而将阮咸之妙赏谓为神解，虽然都是一"解"，具有豁然放松的感受，境界不同，路径有异。暗者，匠人熟能生巧；神者，天机运行，与物相融，凭技巧以外的情感赏会对其他对象做出高妙又切合其理的分别与判断，并体现为情感的皈依与融合。所谓神解，实际上就是心解，而前面刘勰"赏训锡赉，岂关心解"之问难，从另一面说明了晋后士人将赏理解为心解之途的事实。如果对"心解"作一个说明，它就是玄悟与会通。中古士人因为崇尚玄学，重情理之辨，以为情感之变皆得于理的会通，开悟于理则心中没有郁结，思理没有淤滞，这样才能获得情感的欣悦。而这种开悟未必能凭依理性彻底实现，主体情性的真诚投入就成为一种选择，由此悬领要旨——以一种情感的沟通能力意会，以此摆脱情感因理的困惑带来的封闭，实现情感宣畅与豁通之际的愉悦。这体现的是当时审美观念与玄学的深层关系，也就是人和天——自然，如何才能浑然如一，达到天机流行无滞无碍的一门艺术。赏究天人所展示的名士追求风流得意的内涵与当时名士风流的现实展示是内外统一的。因此，在这样的背景下，文人们倡导"赏究天人"也与审美思潮相协调。

　　综合以上意见,笔者认为,《诗品序》中"赏究天人"这个"赏"字并非"学"字之误。"赏究天人"虽然不常见,但却鲜明体现了六朝文人的审美旨趣,是具有鲜明时代特色的理论表达。对这个词的肯定不仅是一个词的校勘与辨正,更主要的是,它有助于我们更为深入地研究《诗品》以及六朝美学思想与范畴,尤其"赏"所代表的遣兴娱情的文学追求给文学自觉带来的深广影响,以及它对传统功利主义文学观的超越和对中国古典美学范畴的丰富。①

---

　　①　于"赏"作为一个古典美学范畴在魏晋六朝确立的观点,笔者曾在博士论文《中国文人闲情审美观念演生史稿》中提出,负责论文审阅评议的著名学者、南开大学教授罗宗强先生在评议书中认为:"论文提出了几点全新的见解,存在一个'寄'的美学范畴,存在一个'赏'的美学范畴。"笔者的相关研究从罗先生的肯定中得到了很多启示,特此表示感谢。

论“才为盟主”“以气为主”的
整合与文学自觉的标准

　　中国文学的自觉问题,是学术界关注的一个重要问题。这个话题最早由日本学者铃木虎雄提出,其中“魏晋文学自觉说”后来为鲁迅沿用,并由此影响开来。此外还有汉代文学自觉说,张少康、詹福瑞、龚克昌等先生都主此说。赵敏俐先生则认为,文学自觉的说法本身就存在问题。如此一来,问题便有些纠缠不清了。魏晋说与汉代说各自言之成理,问题出在认定自觉的标准上。也就是说,各自言之成理的观点实际上是各自以自我认定的自觉标准为依据。不解决标准的统一问题,任何的讨论最终都会陷入自说自理。而这种标准的确立,就是文学自觉问题讨论的逻辑起点。

　　这个标准学术界也有相对的共识:文学从广义的学术中分化出来,成为一个单独的门类;对各种体裁的体制特点有比较明确的认识;对文学审美有了自觉的追求。[①] 但赵敏俐先生通过例证,对此都提出了质疑。[②] 我们还可以进一步商榷:

　　其一,《诗经》的感性化写作本身就不同于其他经书的经验总结,它本就不在学术的范围,这样,“文学从广义的学术中分化出来”一说放到魏晋可,放到诗经时代也无不可。

　　其二,体裁以及各种体裁体式的限定多发生于古代礼仪与人生规范,是实用的产物,起初恰恰不是为了文学创作。比如汉代《独断》之中对奏表一类体式的说明,甚至更早的卑不谍尊的规定等等,都是礼教的现实反映。这样,以

---

　　①　参阅袁行霈、罗宗强主编:《中国文学史》第二卷,高等教育出版社 2005 年版。
　　②　参阅赵敏俐:《魏晋文学自觉的反思》,《中国社会科学》2005 年第 2 期。

"对各种体裁的体制特点有比较明确的认识"来确定文学自觉,就明显有些不妥了。

其三,文人们的创作,从自为阶段开始,于基本修饰妆点往往存在惯性、传统以及思潮舆论的推动,创作之中对一种公认的美的体式往往有模拟、仿效的冲动,汉大赋的陈陈相因、中古阶段屡次出现的拟古思潮以及对体物、切物的认同与论述,这一切未必是明确了文学为何物以后的意识与行为,但都与文学审美相关。"对文学审美有了自觉的追求"有时恰恰是一种机械的传承,难以说明行为是否自觉。

其四,功利主义是就创作目的而言的,往往与作品的效用与影响相关,决定权不在作者或者不绝对在于作者,而是主要决定于读者,不能代表创作本身是否自觉。艺术美的东西尽可以拿来实现功利主义目的,现实功利主义目的明确的作品未必艺术含量就低。因此"以对艺术美的追求代替功利主义"为标准衡量自觉问题也靠不住。

其五,"个体意识"是一个笼统概念,即使是汉代诗学思想中鲜明的讽谏诉求与现实服务功能,尽管作为主体有着比较统一的意识,但谁又能说统一的意识就不是"个体"的意识呢? 如果"个体意识"仅仅意味着与"众"不同,那么具有个体意识的应当只有少数,最终不可能成为集体的自觉。因而以"个体意识确立为依据"论证文学自觉也难以令人信服。

其六,不少学者以陆机的"缘情绮靡"为文学自觉标准,放弃陆机这个概括仅仅是就诗而言不论,其他很多非艺术的事业也凭依情感:司马迁就称《诗经》之外诸如《易》《韩非子》甚至一些兵书都是古人的发愤之作。情感因为其无人不具、无处不显又随时随地变化而令人难以琢磨,史家因亲疏利益性情际遇而在传记中增删褒贬,思想家因家国休戚嗜好异同而于思想观点上无意的偏嗜,表现于文字之中都有情感色彩;甚至明代文人有所寄托而被《四库全书总目》反复申饬抨击的四书五经阐释文字,何者不具情感? 但却并非属于文学。

这些标准既然难以确立,更科学更客观的标准又是什么呢? 笔者认为,这个标准应当是兴起于魏晋六朝之际的"才"。曹丕《典论·论文》中称:"文以气为主。"刘勰《文心雕龙·事类》中云:"才为盟主。"文学创作上文人使才用气,文学批评中文人们将才与气纳入文学批评范畴,才与气最终又通过整合而统一于才,这样的时代,就是文学自觉的时代。

一、汉魏以才论人与魏晋以才论文

"才"是一个因为过于为人熟悉而被文学理论界视为默证的范畴,疏于研究却又在批评之际信手拈来,这种现象提醒我们,"才"已经化入了学术的"无意识"。过分熟悉带来的遮蔽,使我们忽略了它作为文学批评范畴的确立对中国文学自觉所具有的里程碑意义。

《说文》云:"才,草木之初也。"段注称:"引申为凡始之称。"可见才(常又写作材)的本意是一个时间概念,由于它代表着初始、方将,蕴涵了未来的走向,因而也就成为本然蕴涵、出于天赋的代名词。要全面了解才,就要从才性论说起。才性论是中国哲学中很古老的一个话题,早期多呈现出一定的才、性一体倾向,主要代表是孟子。他认为,才就是材质,性乃是人的普遍本性,材质是性在个体上的体现,因此才和性本质上应当一致。孟子认为人皆具有仁义,这是性的部分,是属于善的,但性体现于个体显示为才则未必人人可以尽善,不过为不善并非才之罪过,乃是"不能尽其才者也"(《告子上》)。不能尽其才,实际上就是说个体之才没有尽数呈现,进而完全达到性的要求,而达到这种要求,才与性能实现吻合,善的本质就能实现于每个主体。其中,性是最终的皈依。可见早期的才性问题,主要还是侧重于对性的关注,侧重于对道德至境的关怀。真正确立起才之地位的是玄学中的"才性之辨"。

"才性之辨"是魏晋玄学的著名命题,相关材料很少,一般研究都以《世说新语·文学》中有关"四本论"的注释为依据①,陈寅恪先生结合曹操的求贤才三令以及随后曹氏与司马氏集团的斗争,认为其时的才为治国用兵之术,其时的性为儒家的仁孝道德,这当然是才性在特定时代所赋予的内涵。② 而其哲学意蕴可通过刘劭《人物志》和袁准的《才性论》一窥端倪。《人物志·九征》认为:性出于元一之气,气又因分阴阳而见性之不同。性不是一个笼统的概念,

---

① 刘义庆:《世说新语·文学》"钟会撰《四本论》始毕"条刘孝标注,徐震堮《世说新语校笺》,中华书局 1999 年版。

② 参阅陈寅恪:《书〈世说新语〉文学类钟会撰四本论始毕条后》,《金明馆丛稿初编》,生活·读书·新知三联书店 2001 年版,第 47 页。

它被具体设定于阴阳五行的宇宙观中,性的具体构成分别具体对应于五行:
"其在体也,木骨,金筋,火气,土肌,水血。"但构成性的这五类物质不平衡也不
相同,属于"各有所济"——即从量上讲各有所余或不足,如刘昞注云:"五性不
同,各有所禀,禀性多者则偏性生也。"于是偏于木者弘毅,偏于火者文理,偏于
土者贞固,偏于金者勇敢,偏于水者通微。五行之体为性,其分别对应的弘毅、
文理、贞固等刘劭称之为"五常","五常"具体显现于行事之中就是才。① 当时
姚信《士纬新书》(已佚,《意林》残存)中论孔融就是以此为主:"孔文举金性太
多,木性不足,背阴向阳,雄悍孤立。"金多木少为性,雄悍孤立为才。袁准与钟
会同时,其对才与性的理解是"性言其质,才名其用"②,寻味其意,性乃出于气
之所赋,故而为天赋;才则为性之所表于外并发挥作用者,这种解释和刘劭的
解释大体近似。刘劭、袁准等人对才性的解释,表面上和孟子为代表的儒家对
才性的理解并无太大不同,但通过这种解释所要彰显的对象变了。从九品中
正的体制到《人物志》《士纬新书》《形声论》《士操》等的理论总结,主旨都不在
于通过对人之行为才能的平议确定其道德水准,而在于通过从音声、面目、声
誉等所体现的性之所属,来确定其才之所宜,以便于选拔人才。因此这种论辩
所指向的不是性、德而是才。

才性之辨的兴起脱胎于名教人伦识鉴的需要,陈寅恪先生认为,东汉士大
夫多出身世家大族,秉承儒家修身齐家治国之道,由内而外,故而讲究本末兼
备,体用必合,才归之于性,行求之于德。曹操以"唯才是举"为核心的求贤三
令打破了这种体制,陈寅恪先生说:"孟德三令,大旨以为有德者未必有才,有
才者或负不仁不孝贪诈之污名,则是明白宣示士大夫自来所遵守之金科玉律,
已完全破产也。"③这种变化对当时文化界最大的影响是"才"从此被推上了一
个前所未有的高度。另外,名教虽然十分强调性,但其形式化的讲求对才的地
位提升同样起到了重要作用,钱穆先生在《略述刘劭〈人物志〉》一文中称:

当三国时,才性问题成为一大家爱讨论的问题。因在东汉时,社会极

① 刘劭:《人物志》,长春出版社 2001 年版。
② 袁准:《才性论》,《艺文类聚》卷二十一,上海古籍出版社 1999 年版,第 3386 页。
③ 参阅陈寅恪:《书〈世说新语〉文学类钟会撰四本论始毕条后》,《金明馆丛稿初编》,生活·读
书·新知三联书店 2001 年版,第 47 页。

重名教,当时选举孝廉,孝廉固是一种德行,但亦成了一种名色。当时人注重道德,教人定要作成这样名色的人,教人应立身于此名色上而再不动摇,如此则成为名节了。惟如此推演,德行转成从外面讲,人之道德,受德目之规定,从性讲成了行。①

内在的性通过外在的才来讲,一则影响了随后才性之辨的兴起,更主要的是促成了整个社会对性与德的认识不从修养论而从外在形态讨论的倾向,才由此被突出出来。就"才性之辩"而言,虽然兼有才、性两造,实际上问题的提出却皆因才之地位的提升,所以辩论的焦点是如何理解才,"才"才是其核心。随着玄学的发展变化,其主要的讨论对象逐步定型为老庄易三玄,后来又纳入了佛学思想,其思辨的方式是纯粹的哲学演绎与逻辑推演,其向往的境界是要妙深幽,所以能彻、能通、能洞览无间烛照纤微成为推崇的本领,而这一切不是性与德可以承担的,它需要与道德规条不同的天赋性的素养,需要才能卓著,因而玄学的自身特征又从内部成为重才尚才的动力。

伴随着对才认知的提高,魏晋之际掀起了一个崇拜天才标榜神鉴的高潮,以《世说新语》为例,其目录如言语、政事、文学、识鉴、赏誉、品藻等都是因才而设,而捷悟、夙惠、术解等则表达了对颖悟智慧神思的推崇。至于具体内容及注释之中,动辄以才品人,如俊才、长才、大才、清才;如才能、才用、才致、才力、才器、才略、才艺、才悟、才辩、才数、才具、才理、才锋等等,可谓触目皆是。以至于梁代的山中宰相陶弘景在《上梁武帝论书启》中公然宣称:"得作才鬼,亦当胜于顽仙。"

这样的舆论背景为才与文学艺术之间关系的确立奠定了坚实基础。东汉之前言才,多与文艺之事无关,往往指向经济与政治军事之能力。如《尚书·金縢》中云:"乃元孙不若旦多材多艺。"孔疏"材艺"为"材力艺能",艺能,侧重于后天培养形成的技艺本领;材力,则更多地指向禀赋之中所具有的掌握艺能的素养。二者并言,是就早期的生产能力、治生智慧以及作为部族首领的领导能力而言的。东汉曹魏时期,才的外延扩大,呈现出政治、经济、军事、运筹的实际之能与著述、文艺等务虚之能浑融的状态,而相对于西汉之前,才指

____

① 钱穆:《中国文学论丛》,生活·读书·新知三联书店 2002 年版。

向文章、著述的频率明显增加,密度也越来越高,如《人物志·流业》篇中将人才分为清节家、法家、术家、文章等十二类别,刘劭总称之为"十二材"。这十二材很明显是对现实之中各种人才的总汇,其中涉及文章著述的是文章之才,但这里的文章尚属于文史混融之际的文章,不尽指后代的艺术创作,所以作者说"文章之才,国史之任也"①,呈现出了一定的过渡特征。至魏晋玄学兴盛,对才的推崇发展为成熟的才性理论,而才则在一般意义的著述、文章之能外,最终融会进了艺术赏悟、审美感知等属于天赋灵感范畴的内涵,并普遍与清谈、诗歌以及琴棋书画等艺术建立了关系。于是从魏晋开始,才的应用在各种语境里往往都与文学艺术创作紧密联系起来:

曹植《与杨德祖书》:"刘季绪才不逮于作者,而好诋呵文章。"谢灵运言:"天下才有一石,曹子建独占八斗,我得一斗,天下共分一斗。"(宋无名氏《释常谈》卷中引)张华评陆机:"人之作文,患其不才;至子为文,乃患太多也。"(《世说新语·文学》注引《文章志》)他如"左思奇才,业精覃思"(《文心雕龙·才略》)、夏侯湛"有盛才,文章巧思"(《世说新语·文学》注引《文士传》)、曹摅"诗文有雄才"(《太平御览》引《晋书》)等,不胜枚举。以至于僧人传法也讲文才,慧皎《唱导论》中就说:"夫唱导所贵,其事有四:谓声、辩、才、博。"所谓"才"就是指宣道之际"绮制雕华,文藻横逸"②。而在中国历史上专门用来表示文学艺术能力卓越的"才子"之目,也出现在这个时期:王僧孺云"辞人才子,辩囿学林"(《太常敬子任府君传》),萧统有"词人才子,则名溢于缥囊"(《文选序》),沈约则称:"自汉至魏,四百余年,辞人才子,文体三变。"(《宋书·谢灵运传论》)有才者以才子、天才称誉,而才能衰退文思迟钝者当时则又名之为"才尽"。这从"江郎才尽"等著名典故的出现就可见其端倪。这是一个人极熟知却又被忽视的典故。历史上很多人给江淹辩解,认为他入齐之后身居高位,致力于事务,未能专心创作,故而佳作渐少;有人说江淹为人传诵的篇章多书写牢骚,一旦得志反而无可下笔;又有人认为江淹作品不大讲究声律且富古气,与后来流行的讲究声律的永明诗风不谐,所以言其才尽。这些解读各自有理,但都忽略

---

① 刘劭:《人物志》,长春出版社 2001 年版。
② 郁沅、张明高:《魏晋南北朝文论选》,人民文学出版社 1999 年版。

了典故的核心旨意:类似的传说之所以恰恰在文学重才的魏晋六朝之际产生,它隐含了文学创作关乎才、决定于才、才乃天赋不可勉强的思潮。这个典故是对才与文学关系确立的一个形象说明。

才与文学艺术关系的确立从当时理论著作有意识区分才与学的关系、凸显才在文学创作中的核心地位也能得到说明。汉代以大赋为代表的文学作为文字型作品具有以学为文的倾向;魏晋之际论及文人或作品,往往才、学兼举,曹丕《与元城令吴质书》:"其才学足以著书。"吴质《答魏太子笺》:"陈徐应刘,才学所著。"另如《魏志》言及卫凯、刘劭等也俱以"才学"评价。起初论才学,往往并言,不甚细致分别,但后来则逐步开始了二者之间关系的探讨,至《诗品》与《文心雕龙》,对才与学关系的认识已经上升到相当高的理论境界。《文心雕龙·神思》中有"积学以储宝,酌理以富才"之论,以学为积累资源的方法,以才为资源无形的统帅;《事类》中云:"才自内发,学以外成。"强调了才的天赋性与学和习的后天性;最终的结论是"才为盟主,学为辅佐",明确了才学的主次关系,事实上也明确了才对文学创作的决定性地位。《诗品序》中钟嵘表达了近似观念:"至乎吟咏性情,亦何贵于用事?"其主要思想是反对诗歌创作中过分用事,而用事之风之所以兴起,炫耀学问是很重要的一个原因。因此钟嵘对刘宋以来文章殆同书抄的现象给予了很不客气的批评,并以讥讽的笔调称:"词既失高,则宜加事义,虽谢天才,且表学问,亦一理乎!"——自然英旨之诗作不出来,那就多加一些典事,虽然这样做算不上天才,姑且炫耀一下学问,也是一个理由吧? 其主旨正是视用事为学问之展示,力加排斥,且把文学之才与学问之学划为两途,以为仅仅凭借学问不足以写出佳作,文学创作需要属于自己范畴的才来支撑。

创作上自觉推崇,理论上努力标榜,也就是从这个时代开始,中国文学尤其是诗所关注的对象,开始从辞、事、义逐渐演化为兴象、趣味等与才思密切相关的范畴。

二、以才论文与文气说的整合

在以才论文的思想启蒙之际,以气论文也确立起来。中国的气说滥觞于周末春秋之际,充实于战国时代,西汉《春秋繁露》、《淮南子》、东汉何休《公羊解诂》的相关理论即建立在比较成熟的气论基础之上。这时的气被作为哲学范畴提出并运用于对宇宙万物形成与运动的解释。

早期的气论无关文艺。《孟子》著名的"我善养吾浩然之气"虽然动辄被纳入文艺理论，实则它指向的是融合着生命之气的气势，它不同于本源宇宙之气，也不是先天的体性之气，它是主体生命之气经过理智与情感积累（"配义与道"）后对气的流动方向的一个自然抉择。气与文学创作关系的探讨，当以曹丕"文气说"为发端。在魏晋之前，没有严格意义的文学批评与比较自觉的文学理论建构，东汉《论衡》开始对过去模糊的文人角色进行具体的分类，以适应当时从事文字工作的文人分工日益细化的现实。以此为基础，曹丕《典论·论文》《与吴质书》等开始通过文人所长之文体进行批评，如仲宣娴于辞，阮、陈长于书，伟长长于论，于刘桢称其五言等等。文人创作于体类各有所长，说明文学之士是一个有着鲜明自我个性特征与性能偏宜的集团。关于这种个性与偏宜，如果说此前之论侧重于体类的观照，那么曹丕文气论则将其拓展到了作家的风格体调。《典论·论文》称："文以气为主，气之清浊有体，不可力强而致。譬诸音乐，曲度虽均，节奏同检，至于引气不齐，巧拙有素，虽在父兄，不能以移子弟。"这个气不同于韩愈和苏辙所论的气。韩愈借鉴孟子养气说，发展为"气盛言宜"的文学理论，所重在于气势，近于儒道修养的综合；苏辙承之，发展为气的外养之路，"与孟子所言'集义所生''至大至刚，以直养而无害'之气，有内外之别"①。此处的外养落实于拓胸怀、广见闻、增器识，由此化入人的气势风骨，从而赋形于作品。以上韩、苏所论虽然也属于传统的文气说，但皆承孟子而来，是可以通过后天培育完善或者改变的。而曹丕所论之气，乃是体性之气，它来源于作家禀性，是生理气质与地理环境长期浸淫给主体留下的与他人可以区分的特征。从气入手评论作品与作家，这是中国文论建设肇始时期关注的重要话题。

具体而言，"文以气为主"在中国文论史上最大的贡献就是强调作品能真实反映主体的个性面目，并形成了一个重要的理论命题：文如其人，西方称之为风格即人。尽管这个命题历史上颇受质疑，但从气化流行、气之赋形的角度

---

① 朱东润：《中国文学批评史大纲》，上海古籍出版社 2000 年版，第 133 页。

理解艺术创作以及创作过程中作品对自我的寓托,我们可以说,文如其人是我们民族重要的文学遗产,其间有着道德的崇尚和善的关怀,同时也有着自己特定的理论依据。早在六朝之际,《文心雕龙·体性》篇中就称:"夫情动而言形,理发而文见,盖沿隐以至显,因内而符外者也。"其逻辑起点就是气的运行:"气以实志,志以定言,吐纳英华,莫非情性。"各自的体性之气显示为隐而未发的情志,作者根据情志依靠才能选定表达情志的言辞,形之于文章,最终的作品与作者的情性便形成一种隐显对应关系。这个"情性"本质上属于体性之气与当下情感的融合。当然,刘勰所谓的情性作为体性之气是各有所偏的,这并没有背离曹丕"气之清浊有体,不可力强而致"的基本判断。刘勰不同于曹丕之处在于:曹丕仅仅是关注到了创作之中因彼此气之不同带来的风格规定性,刘勰不仅认同不同人的作品可以体现出不同的面目,而且有意提倡这种差异。如此倡导不仅影响到了文学创作,而且也促使文学鉴赏脱开公共性的标准,寻找到了个性化审美与个性化创作相通的依据,《文心雕龙·知音》篇云:"缀文者情动而辞发,观文者披文以入情,沿波讨源,虽幽必显,世远莫见其面,觇文辄见其心。"在文学鉴赏之中可以实现心灵的交流。作家、作品、读者之间这种关系的建立,其依据就是气的周行与赋形中维持着气的一体化。有学者对王羲之和柳宗元的两篇作品进行了比较:王羲之《兰亭集序》,雅士风流聚会,但他下笔无声色之惑,无丝竹之躁,俯察仰观,触景兴怀,宇宙人生,沛然萃于胸中,洒落而苍凉,遗世而独立。柳宗元《江雪》表面上千山万径、鸟绝人杳、孤舟独钓、寒江雪飘,但明人胡应麟却指出其心中"太闹"[①],因此才自怨自怜。二人各自代表了一种文人的类型,于是创作出的作品也自然而然地汇入了相应的文类,各自对应,几乎毫厘不爽。在古人的批评文字中,常常出现以下一类语词:豪气、清气、村气、蔬笋气、酸馅气、头巾气、脂粉气、烟火气等等,其中"气"前面的词语是我们关注的焦点,而对"气"字似乎缺乏注意。事实上,这恰是古人以气之流行、赋形评介诗文的一个显著代表:作者限量的气,赋予了其各自不同的面目,这个面目假气的流行而赋形于作品,体现出与本我一致的精神风貌。

---

① 　胡应麟:《诗薮》,上海古籍出版社 1979 年版。

文气说与以才论文出现的时代大体相当，二者从本质而言具有同源性。罗庸先生曾论称：

> 《大戴礼记·文王官人》一篇，为中国最古之"才性论"，……至刘劭《人物志》出，则才性论正式成立。至魏晋之间，一部分化为魏文"文气说"，一部分成为清谈家之哲学问题。[①]

文气说本源于才性论，才与性本来就融结一体，如此看来，无论才的问题还是气的问题，其本质都是就才性而言，古代哲学或美学中，才、气、才性、性、禀性、性情等等，其意旨基本相近。才性后世往往简称为"才"又写作"材"，其内蕴既有性之所近，又兼性之潜能。

由于儒家、道家思想的强势，在后世的文学理论批评历程中，文气说分化为两个谱系：一是儒家谱系，孟子"养气"——韩愈"气盛言宜"——苏辙"外养"，以气势论文；一是道家谱系，老子"涤除玄览"——庄子"心斋"——刘勰"入性贵闲"，强调文机涵育，气定神闲，讲的是与气势近似的生命之气，不过以心灵的安静和适为归趋。曹丕的文气说除了被文如其人说部分接引外，理论上从此基本无所发明。即使文如其人，也因为儒家思想的干预而多被道德评价与作品关系所置换，混淆了其本源的个性意义。于是产生于魏晋之际的文气说在完成了其解放自我以及与才整合的使命之后，其理论内涵也基本上被以才论文的理论体系替代。才既表现为个性化、个体化，也表现为将个性、个体固态化、文字化的能力，体性之气的内涵由此被统一于才的内蕴之中。即使后世论才气，也基本上作为一个偏向才的偏义辞理解，正是这种整合影响的产物。才的标准因此也具有了不可替代性与约定俗成性。

三、才与文学自觉

为什么说经过才与气整合而最终确立的才能够成为文学自觉的验证标准呢？要解决这个问题，首先要确立解决这个问题的切入点。要寻找这个切入点，就要认清古代文论的言说特点。比如王通《中说·天地》篇有以下一段

---

① 罗庸：《魏晋南北朝文学》，上海古籍出版社 2003 年版，第 204 页。

对话：

> 李伯药见子而论诗，子不答。伯药退谓薛收曰："吾上陈应、刘，下述沈、谢，分四声八病，刚柔清浊，各有端序。音若埙篪，而夫子不我应，其未达欤？"薛收曰："吾尝闻夫子之论诗矣，上明三纲，下达五常，于是征存亡，辨得失；故小人歌之以贡其俗，君子赋之以见其志，圣人采之以观其变。今子营营驰骋乎末流，是夫子之所痛也，不答则有由矣。"①

这段对话反映的是古人论诗重点关注的两个方面：李伯药说的是作者的创作，纯由艺术着眼；薛收承"夫子"思想所论的却是文用，是效果。古代的诗论，从汉代开始就呈现出了这种不论整体，道其一端的特点。学者们往往将"诗"或"文"是一体而关数端——作者、读者、作品、自然、社会以及艺术手段现实效用——的事实放在一边，大凡论诗文，多就其中一端两端发言。比如《诗大序》中的"成孝敬，厚人伦"等虽然包含主体道德的规约，但必须回归作品与读者的关系方可体现，属于文学效用，是当时诗教的范围。又如传统的"诗言志"，乃就诗的本体而言，起初是由作者与作品的关系着眼。上面一段文字，李伯药所问侧重于作品及其声韵技巧，属于创作论；而薛收所答虽然关乎作者心术，但主要还是就诗教而言，即从作品与读者的关系言诗。明了古代文学批评的这种特性，可以更清晰客观地衡量不同时代的文学观。比如汉代，常有这个时代文学思想保守的说法，依据就是《诗大序》的诗教观以及发情止礼思想的提出。但这是从作品与读者关系的角度理解所得出的结论；而由作者、作品之间的关系入手看，大序的主张恰恰是诗言志，是发乎情，主张情动于衷而形于言，尽管有止乎礼的限定，这仅仅是对表达情感的形式、程度作了限定，对诗本体上的动力源泉并不构成威胁。正因为如此，汉乐府才有缘事而发情感充沛的特征，毫无中庸之态；东汉文人诗，尤其古诗十九首之类，更是直抒胸臆，无所隐晦。明白了这些道理，则要确切全面地理解某一时代文人对文学的态度就必须注意整合其对作者、作品、读者、社会影响或者其间关系的态度，不然就很容易片面。最重要的是，它提醒我们，所谓的"文学自觉"实际上是一个笼统的提法，

---

① 张沛：《中说校注》卷2，中华书局2013年版，第43页。

准确的表述应当包含以下内涵：作者的自觉，文体的自觉，作者创作行为的自觉，读者与作品关系的自觉。

纳入到这个内涵来研究，文学自觉就不再是个所谓文学一朝惊醒的问题，而是一项系统的逐步实现的工程。比如就其中作品与读者关系而言，在汉代甚至孔子时代就已经被关注；就文体的自觉而言，在刘向整理皇家藏书的分类之中也已经显出端倪。这几项细分的子目，和文学自觉问题的"距离"并不相等，我们应当寻找与文学本体关系最密切者来探讨文学自觉的核心标准，而其中最为密切的只有作者与作品。文学因人而造、因人而在，并因人的赏鉴而得到价值的延续与证明，人之不存，何以文为？因此，考察文学自觉问题，表面上是一个拟人的说法，学理上也能论证出其成立，但当我们具体研究其自觉的标志时，却不能就文本而论自觉，如果这样的话，一首《诗经》中的作品，先民以为历史，后人道是民歌：一个今人仅对作品而确立的标准，解决不了古今人在其身份认定上的差异。

因此，必须要把创作主体纳入，从源头上解决自觉问题。所谓文学自觉，其根本不是文学作品本身的自觉，而是创作主体文学创作行为的自觉。而文学创作行为实质上是由一个综合的过程构成的，它含有以下内容：创作主体素养；作品的创作——依托素养对情、理、意、兴的固态化，以及技巧的展开。从这两个方面考察，作为素养之一的学识、作为情兴固态化所需的技巧等都是可以模拟借鉴的，不具备独特性与创造力，以此为核心依托，则人人皆可、人人划一，这不可能是文学的自觉，而是文学独到面目的自蔽。如此看来，主体素养中的独有者、不可模拟而得者方是决定创作的核心资源。只有考察主体创作所依赖的核心资源到底是什么，考察理论界对这种资源的认定，才能最终确认文学自觉的标准。这种资源：

第一，不被文书文献等规范化书写所提倡，而文人以奇思异想为追求的创作都与这种资源关系密切；

第二，这种资源，在文学自觉之前不成熟的理论界没有得到重视与审美理论认证；

第三，这种资源确认身份后，并不会消失，而是将成为此后审美创作必须依赖的共同资源，成为创作者的身份验证标准；

第四,这种资源的认定权利不应该是今人,而是当时的文人自省与文学理论批评界的共识。

而从我们历代文学理论批评所体现出的民族特色来看,中国古代文艺美学的基本特征是关注审美主体,赵宪章先生曾就此论述道:

> 学界曾试图用形神论、风骨论、意境论、文气论、意象论、构思论、风格论、创造论八个范畴概括中国古代文艺美学的民族特色的基本内容。无论这种概括是否全面,但是,有一点是显而易见的:这几个方面无不是环绕审美主体、以审美主体为轴心的艺术思考。形神论主要研究作家怎样对事物的形貌和意蕴进行真实的再现;风骨论主要研究文艺作品怎样既有充沛的、感人的思想内容又有精纯要约的言辞及其二者的关系;意境论主要研究文艺作品怎样通过形象的情景交融的描写把读者引向一个想象的艺术境界;文气论主要研究创作主体的气质、个性与艺术表现之间的关系;意象论主要研究客观事物在作家头脑中的主要映象,即创作主体的"意中之象"问题;构思论主要研究艺术思维的基本特点和基本规律;……所有这些都是环绕审美主体(创作主体和接受主体)而设定的论题,与西方文艺美学中"艺术与生活""内容与形式""题材与主题""情节与结构""形象与典型"等环绕审美客体设置的论题形成鲜明的对照。

按照这样的特点衡量,言志缘情、风神气韵等皆与主体相通;即使兴观群怨、明道载道等等也是针对艺术创作提出的主体性要求和主体性规范——"作为认识对象的审美客体(艺术),已被认识主体(理论批评家)所同化而纳入其固有的图式(即主体的价值要求)之中了。"①从这个意义上讲,讨论文学自觉的标准问题与审美主体建立关系正是我们民族文学理论的精神所在。于是,所谓的文学自觉问题,归结到最后,就是一个审美创作主体与作品之间如何建立关系的问题。

综合此前论述,我们最终能够确立:这个创作的根本素养与资源就是才,而且是与其他才华迥异的文才。而文学理论批评界发现才与文学之间的这种

---

① 赵宪章:《美学精论》第7卷前言,中国青年出版社2000年版。

关系并大力弘扬的时间,便可以视为文学自觉的时间。才隶属于创作主体,反映于作品,因此文学的自觉最终就是创作主体的自觉,而不存在文本的自觉。以文本考察文学自觉,视文学自觉的本意为"主体审美化创作的自觉",不仅有虽论及审美主体却容易脱离审美主体的危险,而且会造成"文学作品"与"有文学性的作品"之间的难以离析,有甚者文史哲的区分都会重新陷入尴尬。

在汉魏时期,文士们已经清醒意识到:文学创作依赖的核心资源是才,文艺批评考量的根本所在离不开才,文人之间较技文场以文争胜所凭依的也是才——其中兼容着气质与才能。[①] 才由此成为文学自觉的标志。才在以上诸领域得以确立核心地位的汉魏时期也因此成为文学自觉的时期。才作为文学自觉的标志确立之后,天才、才能以及创造等概念与文学的关系也由此明朗化,而传统的中国诗学开山纲领"诗言志"后来也被文人们做出了如下改造:"诗者,志之所之,在心为志,发言为诗,材品殊赋,景物殊遭,亦各言其志也矣。"[②]针对艺术提出的主体性要求和主体性规范,充实进主体才赋,由才与情境的遭遇而论言志,才作为文学创作根本素养的意蕴得到比较圆满的表达。

---

① 詹福瑞先生有《从哲学之气到文气》一文,从文气说的出现论文学自觉,与才性有着密切的关联。《东方丛刊》1994年第2辑。
② 李维桢:《汗漫游序》,《大泌山房集》卷二十三,《四库全书存目丛书》,齐鲁书社1997年版,第151册,第7页。

李杜优劣论争与才学、才法论

优劣批评兴于汉魏，其时人才月旦的风气与政治铨选中品级的鉴定，形成了不同主体比较优劣的基本氛围，并由此进入文学批评。六朝之际最著名的公案是有关颜延之谢灵运优劣的争论，二人或雕缛浓艳，或清水芙蓉，优劣就在其中。

唐宋之后，众多文人、作品间的优劣研讨纳入了文学批评视野，其中以李白杜甫优劣影响最大，成为优劣批评的经典范式。

李杜优劣评价肇始于元稹《唐检校工部员外郎杜君墓系铭并序》，宋人就直接称元稹这篇文章为"李杜优劣论"。其大致的倾向包括：宗李、宗杜、李杜不可优劣。

关于李杜优劣这一经典命题，现当代学术界关注者不在少数，多侧重于政治倾向、生活理想、文学思想、创作方法、艺术风格、表现手段等方面的比较研究。[①] 谢思炜《李杜优劣论争的背后》一文，开始绕到话题背后，关注到了李杜优劣论是两种诗学流派、诗学观念的差异与竞争。[②]

尽管如此，李杜优劣论争一个根本问题多年来却一直乏人问津，那就是相关评价的文学理论标准问题。李杜优劣的相关论争虽然众口喧嚣，间或也有如宋代诗人杨亿青睐李白讥杜甫为"村夫子"，明代祝允明尊太白为诗人之冠而力斥杜甫"以村野为苍古，椎鲁为典雅，粗狂为豪雄"并总评之为"外道"等等意气用事[③]；但总体而言，古代文人品目诗仙诗圣多有其显在或者隐在的评价

---

① 李杜优劣论的研讨可参阅胡适、郭沫若、胡小石以及陈贻焮、袁行霈、罗宗强、金启华、王运熙、肖瑞峰、葛景春、萧华荣、胡可先等的相关著述。

② 谢思炜：《李杜优劣论争的背后》，《北京大学学报》2009 年第 2 期。

③ 张宗柟纂辑：《带经堂诗话》卷二，人民文学出版社 1963 年版，第 60 页。

标准,这个标准又多可归属于天人之际,即先天与后天。从天人之际或者先天与后天入手确定作家身价、创作品位,是古代文学批评的核心手段。关于这一点,葛晓音在讨论历代诗话中的唐诗研究之际曾有涉及,她认为:明清时期,标榜盛唐者便是以天、人作为区分其与中晚唐诗、宋诗的主要美学标准。但文章未涉及李杜优劣问题。①

事实上,李杜优劣的论争中,这种天人分析同样是其重要的美学标准。不仅如此,作为论争深入的表现,天人之分又被具化为才与学、才与法的区划。"才本于天,学系于人"②,而法由沿袭,得自后天,同样是"人"的代表。历代文人优劣的讨论,决定彼此高下的核心理论依据就是彼此天与人的不同倾向与分量,此即《文心雕龙·序志》所称的"褒贬于才略"。而这一点恰恰被当代学术界所忽略。

一、才学论、才法论源流述要

古代文学素养论所研讨的"天",侧重在才能、性情——古称才性,以及由此衍生出的敏锐感受、兴会、思致等等,具有一定的禀赋性;而"人"则主要是就禀赋之外可以通过后天努力实现改观者而言的。李杜优劣的天人分析,从宋代开始就集中具化为才与学、才与法的论述。下面就才学论、才法论的源流略加申述。

"才与学"。学是与天赋之才相对应的人工努力以及由此所获得的经验、知识、感受、反思等等的总和。就文学而言,其所关涉的学主要是指源自现实人生实践与典籍的经验、知识。学作为修养积累的代名词,在儒家早期论述成德之教的时候引入,《论语》开篇即言"学而时习之",《荀子》亦专设"劝学"篇;儒家其他所谓养气以及尽才成性之论,诸如子思所云"学所以益才也"③、诸葛亮《诫子书》所谓"才须学也,非学无以广才"等等,都有以学补天然、以后天济先天的用意。因而才与学之间的关系探讨,在这种人格修为、道德升华路径的探索过程中已经确立了。

---

① 葛晓音:《从历代诗话看唐诗研究与天分学力之争》,《文艺理论研究》1984 年第 4 期。
② 薛蕙:《升庵诗序》,《考功集》卷十,文渊阁四库全书本。
③ 刘向:《说苑·建本》引,四部丛刊初编本。

文学批评论才、学肇始于魏晋之际。其时创作实践逐步呈现出与两汉繁缛对应的博练局面,文学批评也出现了才、学兼举,曹丕《与元城令吴质书》:"其才学足以著书。"吴质《答魏太子笺》:"陈徐应刘,才学所著。"王昶《家诫》:"东平刘公幹,博学有高才。"陆机《文赋》中的"伫中区以玄览,颐情志于典坟""倾群言之沥液,漱六艺之芳润;收百世之阙文,采千载之遗韵",以及"练世情之常尤,识前修之所淑",都属于对前贤经典的借鉴。但陆机本文又明言"辞程才以效伎",其中又有对文才天赋的颂扬:可见《文赋》实则也是兼才学而立言。

《世说新语》及其注释之中,也以"有才学"称誉萧轮、乔曾伯、缪袭等;而于郭璞则赞为"文藻粲丽,才学赏豫,足资上流"。《文学》类又记载:"殷仲文天才宏赡,而读书不甚广博。(庾)亮叹曰:若使殷仲文读书半袁豹,才不减班固。"此为备天才而寡学则才之施为终将受限之意,明代杨慎就将其解读为"盖惜其有才而寡学也"。①

至《文心雕龙》,才学关系有了早期最完备的理论总结。《事类》篇云:"夫姜桂同地,辛在本性;文章由学,能在天资。才自内发,学以外成,有学饱而才馁,有才富而学贫。学贫者迍邅于事义,才馁者劬劳于辞情。"《事类》亦申此意:"才为盟主,学为辅佐。主佐合德,文采必霸;才学褊狭,虽美少功。"不仅明确了文学创作之中才和学的地位,而且指出,只有作为主的才与作为佐的学"合德",方能实现"文采必霸"。他如南朝萧子显《南齐书·文学传论》所谓"委自天机,参之史传"、《颜氏家训·勉学》所谓"因此天机,倍须训诱"等等,皆是兼才学而论文。

以上所谓才学多从主体禀赋、修养立论,从这个维度而言,中国古代文学理论形成了才学相济、天人相合的思想,但才为盟主、学为辅佐的地位难以改变,正所谓诗不由学又不可无学。古代文学批评史中,才学又经常被用来标定文人的体性身份,创作多凭天资者为"才"、创作多凭工力者为"学",近人王葆心称之为"才、学分数"。他以类似苏轼的文人为文家而偏于才者,以南宋以后尚学而不尚才之诸家为偏于学者。又云桐城之论以学为主,其才皆不丰厚,所

---

① 杨慎:《升庵诗话》卷三,丁福保辑《历代诗话续编》,中华书局 1983 年版,第 679 页。

以也为偏于学者。①"才学分数"具体从以下三个方面区划。

其一,从文人个体才赋的大小区分,长于才者入才,禀赋不优凭借努力而成功者为学。

其二,从文人个体所主持之文学思想区分,强调自然、率性且创作能基本与之呼应者为才,主张由学而成、苦索力构且创作能与理论相当者为学。

其三,从作品所呈现的形态区分:能兴会流转、不受羁束、意彩飞动者为才;斧凿锻炼、孜孜不苟者为学。

如此的才、学分立,实际上代表着天、人在具体创作主体及创作成果中的分量。

颜延之、谢灵运优劣即是如此。陆时雍评颜延之:"延之雕绘满肠,荆棘满手,以故意致虽密,神韵不生,语多蒙气。汤惠休谓谢灵运似芙蓉出水,颜延之似错彩镂金,此盖谓其人力虽劳,天趣不具耳。"将颜谢优劣归于天趣与人力,而以"人力"定位颜延之。又论谢灵运:"谢康乐灵襟秀色,挺自天成,清贵之气抗出尘表,大抵性灵,芜秽,诗之美恶辨于此矣。陶、谢性灵,披写不屑屑于物象之间。"②其中的灵襟、性灵,是才的又一表达,而以谢灵运具此质地。可见陆时雍是从才、学或者天趣、人力评判颜、谢的。

刘熙载则直接以"谢才颜学"为二人归类③,方东树评颜延之"功力有余,天才不足"④,都是从一才一学论颜、谢。

才与法。就传统经典文献而言,《周易》对三才规律的描述是先民对法比较早的理论把握。道家思想中,《老子》曾言"人法地地法天天法道道法自然"之师法。儒家论法本源于礼,开拓于尽才成性的劝学,如《孟子·告子》云:"大匠诲人必以规矩,学者亦必以规矩。"《离娄》也有"不以规矩不能成方圆"之说。东汉书法之道渐兴,论书艺的著述增多,诸如草书势、笔阵图等,为文艺论法的滥觞。

文学之法是文学实践规律的总结。《诗经》中的赋比兴风雅颂起初属于前

---

① 王葆心:《古文辞通义》卷三,王水照辑《历代文话》第八册,复旦大学出版社 2007 年版,第 7160 页。
② 陆时雍:《古诗镜》卷十二、卷十三,文渊阁四库全书本。
③ 刘熙载:《诗概》,郭绍虞辑《清诗话续编》,上海古籍出版社 1983 年版,第 2422 页。
④ 方东树:《昭昧詹言》卷五,人民文学出版社 1961 年版,第 159 页。

法度性的自然表现，至汉代方被总结为六义；汉魏之际文人们模拟古乐府创作，其中隐含了对前代法式的默认与继承。

从文学理论发展而言，法度的系统总结也是从魏晋六朝开始的。首发其端者是陆机的《文赋》，其开篇自述"论作文之利害所由，他日殆可谓曲尽其妙"，且以此为"操斧伐柯取则不远"，即结合自己与他人的创作实践讨论诗文法式；其中从"伫中区而玄览"至"辞程才以效伎"，再到为文当规避的九种弊病，皆是法式之论。葛洪《抱朴子外篇·辞义》也论文法，有人以为"至真贵乎自然"，他在不否认自然的前提下认为："清音贵于雅韵克谐，著作珍乎判微析理。故八音形器异而钟律同，黼黻文物殊而五色均，徒以闲涩有主宾，妍媸有步骤。是则总章无常曲，大庖无定味。"①所谓"钟律""主宾"与"步骤"等，都是指的法式。

六朝法度论述的际集大成者是《文心雕龙》，全书分上下篇，下篇除了"序志"以外，"定势""熔裁""声律""章句""丽辞""比兴""夸饰""事类""练字""指瑕""附会"等都可列入法式论。全书既论"才略""体性"，也论"总术"；《事类》篇既云文章"能在天资"，《熔裁》篇又云"若术不素定，而委心逐辞，异端丛至，骈赘必多"。皆是才法彼此相成。《总术》篇于此论述更为鲜明：

> 夫不截盘根，无以验利器；不剖文奥，无以辨通才。才之能通，必资晓术，自非圆鉴区域，岂能控引情源，制胜文苑哉！是以执术驭篇，似善弈之穷数；弃术任心，如博塞之邀遇。

在刘勰看来，要实现才力通达，必须依靠明晓法式。借助性灵才气当然可以有所作为，但是仅凭灵机一动、神思发越，往往有其始而难有其终，是为"前驱有功而后援难至"；更不能引导文情之源，制胜于文苑。才与法的关系由此纳入。

在刘勰所论之"术"以外，但凡体例或者凡例、义例、家数、格律、格调、病忌等皆属于法度，后世论者甚众。宋代又出现了死法、活法的论争。中国文学理论在才法相须的基本共识上，逐步形成了敛才入法、申才抑法、以才运法等不

---

① 葛洪：《抱朴子外篇》，杨明照校注，中华书局1991年版，第393页。

同思想，但无论如何，文成于法其妙不在于法。

二、李杜优劣论与才学论

李杜优劣的讨论承载了鲜明的才学之论。历代学者分别从以下几方面做出了阐释：

其一，李杜优劣无论如何定案，二人皆非无才者。理论界对李白才优早有定论，如唐代孟棨《本事诗》："李白才逸气高。"《新唐书·文苑传》载唐代苏颋见李白而异之："是子天才英特，少益以学，可比相如。"其后如《沧浪诗话》称"太白天才豪逸"，张戒云李太白"才力有不可及者"①。但对李白天才的表彰并非意味着否定杜甫之才，因此贺贻孙有"李以天分独胜，而杜则天工人巧俱绝"之说②；许印芳称："盖李之才高，杜之才大，既是词场劲敌；诗人飘逸沉郁，又各造其极而不能相兼。"③邱炜萲也云："李公才高，杜公才大，仙圣所造，各有独尊。"④李杜皆有才，只是才之所能以及运才之手段不同。

其二，李杜优劣无论如何定案，二人也皆非无学或者不重后天人工者。于慎行《穀山笔麈》云：

> 李诗放而实谨严，不失矩矱；杜诗似严而实跌宕，不拘绳尺，细读之可知也。然皆从学问中来：杜出六经、班汉、《文选》而能变化，不露斧痕；李出《离骚》、古乐府而未免依傍耳。⑤

虽然认为李白学习《离骚》、古乐府略有依傍——当指其拟古之作较多，但仍然强调了李白并非皆是天马行空的一味陶泄性灵。正因为如此，论李杜者不乏对二人才学的同时标榜："开元天宝之际，笃生李杜二公，集数百年之大成。太白天才绝世，而古风乐府，循循守古人规矩；子美学务奥窔，而感时触事，忧伤念乱之作，极力独开生面。"⑥李既具才学，杜也在学深之余具创新之

---

① 张戒：《岁寒堂诗话》卷上，丁福保辑《历代诗话续编》，第452页。
② 贺贻孙：《诗筏》，郭绍虞辑《清诗话续编》，上海古籍出版社1983年版，第179页。
③ 许印芳：《附录明人诗话跋》，张国庆选编《云南古代诗文论著辑要》，中华书局2001年版，第219页。
④ 邱炜萲：《五百石洞天挥麈》卷十一，续修四库全书影印清光绪二十五年邱氏粤垣刻本。
⑤ 于慎行：《穀山笔麈》卷八，吕景琳点校，中华书局1984年版，第87页。
⑥ 鲁九皋：《诗学源流考》，郭绍虞辑《清诗话续编》，第1356页。

才具。

其三，尽管李杜皆备才学，但从其才学于创作中的体现等因素衡量，二人还是各有所偏：其中李白倾向才，杜甫更倾向学。

欧阳修是较早从才与学范畴论述李杜优劣的："杜甫于白得其一节，而精强过之。至于天才自放，非甫可到也。"①"精强"源自学习磨炼，出于后天。这里天才、精强对言，已经是才学之辨了。吴沆则直接名之曰才学："杜甫长于学，故以字见功；李白长于才，故以篇见功。"②这样李白杜甫一主天才、一主人工学力的思想便在宋代定型了。江西诗派兴起，以杜甫为祖，其重要原因便是："子美作诗，……无一字无来处。"③

明清之际，李杜优劣的论争尤为热烈，而讨论的重要标尺之一便定位在了才学问题上。这种才学之论有诸多异称，如曰人工与气化，屠隆云：

> 杜甫之才大而实，李白之才高而虚。杜是造建章宫殿千门万户手，李是造清微天上五城十二楼手。杜极人工，李纯气化。④

郎瑛则称杜甫"勉然"，李白"自然"：

> 李豪隽而才敏，杜质朴而才钝。相会若有低昂也，然则底于成也，同归于极焉。细而论之，则有一勉然一自然之分耳。⑤

又曰"天机"与"人力"。《类编》引明人之论云：

> 唐诗有以天机胜，有以人力胜，有机力各半。"海风吹不断，江月照还空"，天机也；"径转回银烛，林疏散玉珂"，人力也……李太白多以天机胜，杜子美多以人力胜。⑥

又曰"天资""学力"，黄子云称：

① 欧阳修：《笔说》，《文忠集》卷一百二十九，文渊阁四库全书本。
② 吴沆：《环溪诗话》，学海类编本。
③ 蔡梦弼：《杜工部草堂诗话》卷一引，丁福保辑《历代诗话续编》，第199页。
④ 屠隆：《鸿苞节录》卷六，咸丰七年屠继烈刊本。
⑤ 郎瑛：《七修类稿》卷三十八，文化艺术出版社1998年版，第470页。
⑥ 费经虞撰，费密增补：《雅伦》卷十六引明王昌会《诗话类编》，续修四库全书影印康熙四十九年刻本。

太白以天资胜,下笔敏速,时有神来之句,而粗略浅率处亦在此。少陵以学力胜,下笔精详,无非情挚之词。①

相关论述还有很多,体现了文学批评相当的一致性,因而"李才杜学"便成了才学相对又双峰并立的经典代表。

其四,天人才学之区分中,以才为优。李杜优劣的才学区分是具有价值倾向的,一方面批评中不否认学或者人工一路所取得的成就,以为李杜尽管所由路径不同,但所达到的成就则同归于极,所谓人巧不让天工。另一方面,又在这种天人才学的不同中引出以下三个论断。

论断一,天才是不可学的,此学即效仿之意。胡应麟《诗薮》外编卷四从可学不可学讨论李杜:"工部体裁明密,有法可寻;青莲兴会标举,非学可至。"王百穀亦云:"李诗仙,杜诗圣;圣可学,仙不可学矣。"②

清代文人从普泛意义上对天才不可学多有论述:"诗有看去极省力,又极自在流出,却不许人捉笔追踪者,天才人力之别也。"③凡才可拟、尘步可跂,天才则不然,无此天才而妄拟之终将徒费精神,李白之作便是成于天才故而不可临摹的代表:"读者但觉杜可学而李不敢学,则天才不可及也。"④梁章距以为李白之诗不可不读,但不可遽学,因引李文贞论李白云:"他天才妙,一般用事用字,都飘飘在云霄之上。此人学不得,无其才断不能到。"⑤

杜甫则不同,从宋代诗歌致力于新创,便从杜甫作品中描神画影。明代复古派言诗动辄盛唐,而盛唐诸名家中虽高标李白,但若论师法,又只能以杜甫为准的。之所以选择杜甫,原因在于其上一等之陶渊明、谢灵运"意语自高""势气传运"不易学;再高一等建安黄初诸人"其才杰出,一笔写就",无梯阶可近身。杜甫则从其铺叙、博览、用意、使事、下字等皆可示人以法。⑥ 故而王夫

---

① 黄子云:《野鸿诗的》,丁福保辑《清诗话》,上海古籍出版社1963年版,第863页。

② 潘德舆:《养一斋李杜诗话》卷一引,郭绍虞辑《清诗话续编》,上海古籍出版社1983年版,第2169页。

③ 延君寿:《老生常谈》,郭绍虞辑《清诗话续编》,上海古籍出版社1983年版,第1839页。

④ 赵翼:《瓯北诗话》卷二,人民文学出版社1998年版,第20页。

⑤ 梁章距:《退斋随笔》,郭绍虞辑《清诗话续编》,上海古籍出版社1983年版,第1974页。

⑥ 朱权:《西江诗法》,吴文治主编《明诗话全编》,江苏古籍出版社1997年版,第573页。

之讥讽"学究、幕客案头胸中皆有杜诗一部,向政事堂上料理馒头儓子"①。

论断二,才胜者为优。李杜优劣的具体比较尽管有着李优、杜优或者李杜不可优劣的不同说法,而一旦将优劣归结到才学天人范围内进行讨论时便有了戏剧性的转变:不同时代的文人们往往将才胜的李白奉于尊位。陈星斋就以乌获举百斛之鼎若鸿毛、楚王效之绝脰为例说明才秉自天,所以,"李白睥睨杜甫如富人之悯贫儿,虽似太过,顾亦其克自树立者"②。其所自树立者就是秉之自天的才华,话虽偏激而刻薄,但代表了一种价值倾向。

王夫之酷不喜杜甫,但凡涉及李杜之处,多褒扬李白之天才,如评鲍照《拟行路难》为"天才天韵吹荡而成",太白得其一挑,虽然不及鲍照,亦大者仙小者豪,一泄而成。但"杜陵以下,字缕(当为镂)句刻,人工绝伦,已不相浃洽"。杜甫歌行等作则被其纳入"散圣、庵主家风",是"不登宗乘"的。且其"老夫清晨梳白头"之类,正令人人可诗,人人可杜。而评李白《拟西北有高楼》开篇"明月照高楼,下有白玉堂;明月看欲坠,当窗悬清光"则云:"'明月看欲坠'二句,从高楼、玉堂生出。虽转势趋下,而相承不更作意。少陵从中生语,便有拖带。"于是得出结论:"杜得古韵,李得古神。神、韵之分,亦李杜之品次也。"③得古之神,以我为主,申才而见;得古之韵,以古为主,以学而得。且韵可以由文字之中生发,其品次低于神。

论断三,李杜虽然一诗仙一诗圣,体象不同风姿各异,皆垂不朽,但如果纳入才学维度考量,则侧重于天才的作品便被认为更具有艺术品格。厉志说:

> 太白姿禀超妙,全得乎天,其至佳处,非其学力心力所能到。若天为引其心力,助其学力,千载而下,读其诗只得归之无可思议。即其自为之时,恐未必一准要好到如此地位。

> 少陵则不然,要好到如此地位,直好到如此地位,惟不能于无意中增益一分,亦不欲于无意中增益一分。④

---

① 王夫之:《唐诗评选》卷一,岳麓书社 2011 年版,第 914 页。

② 陈星斋:《柳文选序》,王葆心《古文辞通义》卷二引,王水照辑《历代文话》第八册,第 7152 页。

③ 王夫之:《古诗评选》卷一,岳麓书社 2011 年版,第 534 页;《唐诗评选》卷一,岳麓书社 2011 年版,第 914 页;卷二,第 952、957 页。

④ 厉志:《白华山人诗说》卷一,郭绍虞辑《清诗话续编》,上海古籍出版社 1983 年版,第 2779 页。

赵翼论李白云：

> （白）诗之不可及处，在乎神识超迈，飘然而来，忽然而去，不屑屑于雕
> 章琢句，亦不劳于镂心刻骨，自有天马行空，不可羁勒之势。若论其沉刻，
> 则不如杜；雄鸷亦不如韩。然以杜韩与之比较，一则用力而不免痕迹，一
> 则不用力而触手生春：此仙与人之别也。①

厉志从是否具有超越了思议之外的审美空间比较李杜，赵翼从是否具备
超迈的神识比较李杜。作为一才一学的代表，最终一个不可思议，一个只到如
此；一个仙，一个凡：都已经表达了鲜明的才优于学、天胜于人的审美态度。

三、李杜优劣论与才法论

李杜优劣论在印证才学关系之外，同样是才法关系极为突出的一个贯穿
范式。才法关系落实于优劣批评贯彻了以下基本的理论取向。

司马迁班固优劣、颜谢优劣、李杜优劣、苏黄优劣等论，虽然一般皆从各有
优长难分高下评价，但在一天一人、一才一法的关系系统内，才与法各自倾向
不同，因此在其价值认定中往往寓有对才的褒扬，这一点与才学关系是一致
的。不过，律诗的评判，批评界偏优于杜甫者明显增多，这与此体严于律法相
关；即使推崇才之飘逸，也并非主张破法，这又体现出法与礼之间密切的社会
关系映射。具体申说如下。

李杜优劣归结到才学问题，其中实际上已经开始与才法问题有了联系，因
为法术无非是后人从前人经典之中反复揣摩获得的规律或者经验，获得法式
的过程就是学的过程。此外，有一些批评家则将李杜优劣的讨论直接纳入到
才与法的关系之中，此处所谓法，主要包括诗文辞赋之术、体、格、律等。

如殷璠《河岳英灵集》言李白："其为文章，率皆纵逸。至如《蜀道难》等篇，
可谓奇之又奇。然自骚人以还，鲜有此体调也。"②李阳冰序太白集，言其"自风
骚之后，驰骋屈宋，鞭挞扬马，千载独步，惟公一人而已"③；胡应麟称其"才高气

---

① 赵翼：《瓯北诗话》卷一，人民文学出版社 1998 年版，第 3 页。
② 殷璠：《河岳英灵集》，傅璇琮编撰《唐人选唐诗新编》，陕西人民教育出版社 1996 年版，第 120 页。
③ 李阳冰：《李太白集序》，王琦注《李太白全集》附，中华书局 1977 年版，第 1443 页。

逸而调雄"①,皆从才气之俊逸不羁而言。评杜甫者则多从法入,如宋人《雪浪斋日记》云"欲法度备足当看少陵"②,严羽《沧浪诗话·诗评》"少陵诗法如孙吴,太白诗法如李广,少陵如节制之师";"少陵诗,宪章汉魏而取材于六朝。至其自得之妙,则前辈所谓集大成者也"③。法如孙吴李广,系指成法与变法,李白不以法称,神龙见首不见尾,是为才;而少陵行有规矩,是为法。

后世论李杜,基本也是以李主才、杜主法。如江盈科论七律"李白少七律,乃纵才者逃缚,非不能";"杜则独步"。又云:

> 李太白诗,清虚缥缈,如飞天真仙,了无行迹,下八洞仙人,欲逐其后尘,已无可得,况凡人乎? 若七言律诗,彼自逃束缚,不肯从事,非才不逮杜也。杜子美诗,古骨古色,如万金彝鼎,偶遇买手,逢识者,自然善价而沽,若百室之邑,千人之聚,不必开口问价,谁能偿得此老? 至其七言律,固云宏肆,然细读细思,何一句一字不是真景真情? 在盛唐中,真号独步。④

李白纵才而不束乎法,杜甫循法度而情真意切,并非无才。陆时雍曾论杜诗法多,颠倒纵横,出人意表。清代乔亿认为,诗歌法度至杜甫而大备:"盖子美学博而正,其所为诗,大则有关名教,小亦曲尽事情,加以诗之法度,至杜大备。"而论李白则云:"太白神游八表,学兼内典,见之诗,多恍惚不适世用之语;又才为天纵,往往笔落如疾雷之破山,去来无迹,将法于何执之?"⑤李白才尤杰出,于是往往超逸于一般法度之外。

从才学论,才为天,学为人,李杜虽然未必论高下,但价值评判的天平还是有倾斜的,即往往表现出对李白的推扬。但由才法讨论,就古代诗歌——尤其律诗而言,才的纵恣破法有时恰恰成为一个弊病。因此,从明清文人的相关论述看,尽管也有不少人兼顾两端,各言才法利弊,如:"太白如神童,时有累句,

---

① 胡应麟:《诗薮》内编卷四,上海古籍出版社 1979 年版,第 70 页。
② 胡仔:《苕溪渔隐丛话》前集卷二引,人民文学出版社 1993 年版,第 11 页。
③ 严羽:《沧浪诗话》,郭绍虞校释,人民文学出版社 1998 年版,第 170—171 页。
④ 江盈科:《雪涛诗评》,黄仁生辑《江盈科集》,岳麓书社 1997 年版,第 801 页。
⑤ 乔亿:《剑溪说诗又编》,郭绍虞辑《清诗话续编》,上海古籍出版社 1983 年版,第 1118、1087 页。

为才所使也。少陵如老吏，时无逸句者，为律所缚也。"①但是在肯定才赋的基础上，于律体推崇杜甫之合法度者也明显增加。陆时雍严划古诗、律诗界限，强调律诗法度的必要："良马之妙，在折旋蚁封；豪士之奇，在规矩妙应。"若"恃才一往，非善之善也"。以此为尺度，衡量李白的《对酒忆贺监》《宿五松山下荀媪家》《宿巫山下》等五言律"非律体之所宜"②。清初李邺嗣赞赏李白的"逸才奔放""每有风流浮于句韵之间"；但论及律诗则以李白为"疏"，虽然时有纵横驰骋之态，却"终于法不合"③。乔亿论李杜二人之别：

> 太白诗法，齐尚父、淮阴之兵法也；少陵诗法，孙吴之兵法也。以同时将略论，在汉，李则飞将军，杜则程不识；在唐，李则汾阳王，杜则李临淮。然则李愈与？曰：杜犹节制之师，百世之常法。④

又如许印芳论杜甫七律：

> 盛唐人力能挽强者，以王、李、高、岑四家为最。摩诘雄秀超妙，高出三家之上，然犹未尽其能事。少陵扩而大之，变而通之，植骚雅之干，对偶声律之间，用法甚严，取境甚宽，运之以纵横排奡之笔，行之以浑浩流转之气，游刃有余，无施不可。全集中得诗百七十首，单章优矣，连章尤胜；平调美矣，拗调尤奇。自有七律以来，此章开出特地乾坤，千百世当奉为矩矱。视彼之小道可观、君子不为者，复不侔矣。太白天才豪放，不奈拘束，于此体不甚留意，目睹少陵诸作，敛才就范，而能舒卷自如，无拘束态，吾知其帖然心服，叹赏不置，乌有是非颠倒，反讥其拘束者乎？⑤

从敛才就范且舒卷自如论杜甫七律，推为别开乾坤。

在才与法的语境下，即使推崇李白之才，也往往不以废黜法式为前提，李调元则干脆将李白也纳入到了"合法"的轨道，他说：

> 唐诗首推李杜，前人论之详矣。顾多以杜律为师，而于李则云仙才不

---

① 谢肇淛：《小草斋诗话》卷二，吴文治主编《明诗话全编》，第6676页。
② 陆时雍：《唐诗镜》卷二十，文渊阁四库全书本。
③ 李邺嗣：《杜工部诗选序》，《杲堂文钞》卷一，四明丛书本。
④ 乔亿：《剑溪说诗又编》，郭绍虞辑《清诗话续编》，上海古籍出版社1983年版，第1118、1087页。
⑤ 许印芳：《附录唐人杂说跋》，见《诗法萃编》，张国庆选编《云南古代诗文论著辑要》，第167页。

能学。何其自画之甚也？大约太白之于乐府，读之奇才绝艳，飘飘如列子御风，使人目眩心惊；而细按之，无不有段落脉理可寻，所以能被之管弦也。若以天马行空，不可控勒，岂五音六律亦可杂以不中度之乐章乎？故余以为学诗者，必从太白入手，方能长人才识，发人心思。王渔洋曾有声调谱，而李诗居其半，可谓知音矣。①

李调元是从乐府论李白法度的，言人所未言，但同时也回避了最强调法度的律诗。他所声称的李白乐府之脉理，应该属于文成法立的范围，不足以说明李白的创作斤斤于法式依循。而有意如此言说，不乏对法敬畏之下的牵合。

但合法度并非作品价值的最终评量尺度，因此，在李杜一才一法总体的艺术比量上也有向才倾斜之论。如费经虞论杜甫曰：

敦器之云杜工部如周公制作，后世莫能拟议。李献吉云少陵如至圆不加规，至方不加矩。此亦过言。惟韩退之"李杜文章在，光焰万丈长"始为的论。盖少陵之作虽古人未有，后来难继，然亦唐人一种耳，如将相之家，非三百篇若天子，古诗十九首若诸王，必不能至者也。

此论不仅认为杜甫只是唐人一种，为将相而非诸王天子，而且声称宋代宗杜之风兴起后，一唱群和，宋人之"粗狂介兀"，皆源自学杜，遂成江西诗派及明弘正以后前后七子之狂肆。虽然费经虞也认同"李杜规模弘远，前贤屡论，未易优劣"，但以上所论显然没有历代尊杜者的美誉之辞。且又对比李杜云：

然少陵尚有规范可学，虽王导金翅，后妃体制，与民间自是殊绝。而太白则散花天女，乘凤驾雾，乌可学耶？先辈论李杜谓太白十首九首言酒；又谓结构多同，此亦未免以大小论夜光之珠，尺寸度天孙之锦也。②

少陵事事如意，皆有法度；然而其有规范可学与太白之天女散花无径可援相比，一天一人，人天之别，也隐有价值的取向。

尽管从创作而言，才法天人之际，其价值评判中往往包含对天、才的敬仰，但回到具体的学习启蒙阶段，理论界又基本要求由可梯接可师法处入手。从

① 李调元：《雨村诗话》卷下，郭绍虞辑《清诗话续编》，上海古籍出版社1983年版，第1525页。
② 费经虞撰，费密增补：《雅伦》卷二，续修四库全书影印康熙四十九年刻本。

合法度推崇诗人,一则有对蔑弃法度的警醒,一则便是出于法度的可资学习性。这种观点宋代就已经出现,陈师道《后山诗话》云:"学诗当以子美为师,有规矩故可学。"①"学诗"最可关注者便是"有规矩故可学",后世杜甫诗集家置一编,且笺注者林林总总的现象便是明证。

在唐后的文学批评界,除了李杜优劣,其他诸如苏轼黄庭坚优劣,太史公班固或者《史记》《汉书》优劣、临川吴江优劣、《西厢记》《琵琶记》优劣等,最终也往往归依于才学、才法关系的讨论,其中又以李杜优劣为核心论题。这个论题以才学、才法关系为基本依托,在不同语境下反反复复被重新论定、重新判断、重新解释,成为重要的理论思想载体与观念推广形式。因此,这个论争可以说是一个以诗人品评、优劣区分、天人判定的形式由历代学者共同参与的历时性的理论建设活动,中国文学理论中有关文才的思想,便在这个辨析过程中日渐精密。

---

① 陈师道:《后山诗话》,何文焕辑《历代诗话》,中华书局 1981 年版,第 304 页。

简论屠隆诗学理论中的文才思想

屠隆（1542—1605，今宁波市人），系万历五年进士，较万历二十年中进士的袁宏道进入文学主流社会要早很多。身为末五子，他有"法度师古""神契古人"等与前后七子呼应的言论；不过屠隆没有像胡应麟等人那样，拜倒在王世贞等巨擘神坛之下，而是又提倡诗写性灵，与公安派思想声气相通。因此《四库全书总目》称他的创作"沿王李之涂饰而又兼三袁之纤佻"。当代学者断言其一脚跨出复古，另一只脚却陷入复古泥沼之中。

但是，梳理屠隆的诗学文献，我们可以比较清晰地感受到：他以文艺才华为核心，构建了一个比较完整的理论体系，其所张扬的创作源泉是具有主体地位、富有创造潜能、彼此各有不同面目的才华。他赞成学习古代经典，但又反复提醒诗人们应该做到才学天人的统一。他所谓"诗不论才而论性情"恰恰是防止才气的纵恣、涵蓄才之活力的人格、艺能双修策略。这为我们从表面的宗派区分意识中超越，更为细致、客观地理解屠隆及其文学理论贡献提供了一个崭新视角。从这个意义而言，屠隆是明代中后期文学个性解放潮流的重要先驱。

一、天人之合：诗非博学不工与诗非高才不妙

早在六朝之际，《文心雕龙·事类》就提出了"才为盟主，学为辅佐"的论断，作为创作主体素养，才为禀赋，学为后天人事，这一点历代已形成共识。但对于前后七子及其追随者而言，虽然立论中不乏对文才的颂扬，但更多的却是津津乐道于从前人撷取体格兴象，人事的倾心投入与研磨，遮蔽了才本然的地位与面目。屠隆当然明了"学"的意义，并提出"诗非博学不工"的命题，但与前后七子不同的是，他更清楚"学"之于审美创作的限度，于是有了如下的诗学论

断:"诗非博学不工,而所以工非学"①"以精工存乎力学,而其所以工者非学也;以超妙存乎苦思,而其所以妙者非思也。"②这个"所以工"者,便是他以不同的形式反复确认的、出自禀赋的、相对于诗歌创作而言具有根本地位的才华。

屠隆认为,文人具备文才是其创作的根本,所以,"(诗)虽小道亦有不可强而能者"③。《冯咸甫诗草序》论诗:"其思欲沉,其调欲响,其骨欲苍,其味欲隽,而总之归于高华秀朗。"思、调、骨、味共同凝结成一种风范,但对这一切起决定作用的是能够运掉思、调、骨、味的才:"其风神之增减,大都视其材(通才)。材多则情赡而思溢,光景无限;材少则境迫而气窘,精艺易穷,则其大较也。"④禀才不同,其对思、调、骨、味等等的支配各异,能否成就风神由此确定。

不仅个体创作决定于才,衡量文学的兴衰、判定不同时代文学成就的标准同样是才。文辞事业,代有其胜,归根到底就在于历代有志气的文士能够运其才情,展其面貌:

> 宣父道臻神盛,文兼国华,故采诗婉畅,语语神来,以今读之,如叩玉而撞巨钟也。即令宣尼降而为近体,必不作伧父之谈。楚气雄憬,则屈、宋擅其菁英;汉道昭明,则扬、马吐其巨丽;魏骋鹄爽,则曹、刘之步绝工;晋尚风标,则潘、陆之声特俊。六朝绮靡,诗道随之,江、鲍、徐、庾,则其雄杰。雕绘满眼,论者或置瑕瑜;然声华烂然,而神骨自具。⑤

时代不同,各代精英能够以其高才,擅一代之风华,也留下各自不同的风神。以才为依托,于是圣人取得了巨大的成就,但圣人之后的文人因为有才并没有淹没在前人巨大的阴影之中毫无作为,哪怕是备受唾弃的六朝文学,"譬之蘦英芍药,何尝无质? 骊姬南威,何尝无情? 固与剪彩貌影者异矣。"只要显示出自我的才情面目,就有质有情,有姿有采,"奈何贵死声而薄后响也"⑥? 所谓剪彩貌影以及死声之类,都是就当时摹袭汉唐者而言,其弊正在于忽略了自我的

---

① 屠隆:《论诗文》,《鸿苞》卷十七,明万历刊本。
② 屠隆:《范太仆集序》,《白榆集》卷二,续修四库全书影印明万历刻本。
③ 屠隆:《范太仆集序》,《白榆集》卷二,续修四库全书影印明万历刻本。
④ 屠隆:《冯咸甫诗草序》,《白榆集》文集卷一,续修四库全书影印明万历刻本。
⑤ 屠隆:《冯咸甫诗草序》,《白榆集》文集卷一,续修四库全书影印明万历刻本。
⑥ 屠隆:《冯咸甫诗草序》,《白榆集》文集卷一,续修四库全书影印明万历刻本。

才思。茅坤批评前后七子以时代论文，难免厚古薄今，但他修正的药方是以文统论文，虽然走出了时代论文的机械，却又陷入道统对文统的辖制。屠隆从才入手论文，点到了七子一派忽略创作主体这一要害，于是古今之说便难以支撑了。

屠隆对文艺创作之中才的根本性所作出的强调是在明辨天人差异的前提下完成的，他这样提醒诗人："以精工存乎力学，而其所以工者非学也；以超妙存乎苦思，而其所以妙者非思也。"①"学"的内涵很丰富，包含一般经史子集的学习积累，包含现实的人生实践。对复古派而言，学主要是对前代经典的沉吟涵咏，也包括根据所获得的法式进行模拟创作的习练。而"苦思"就是苦吟，因与兴会自然相对应，属于学力的另一具象。屠隆从才学关系入手，得出的如此结论，相当于对当时体格声调进而兴象风神的拟古之路的棒喝：学古自然不可废，但诗所以工并不在于学古本身。那么隐蔽在"博学""力学"之外、能够实现"所以工"者又是什么呢？屠隆在"诗非博学不工，而所以工非学"之后，随即引入了"诗非高才不妙"的论断②，因此，所谓"诗非高才不妙"便是对"所以工非学"的注解，诗"所以工"进而抵达于妙的根本即在于"高才"。

值得注意的是，在深明才的根本地位、学影响创作的限度之余，屠隆论诗的理路最终又回归于如何学古之上。在"诗非高才不妙"之后他随之也下一转语："而所以妙非才。"③这实则是说，才是妙的必要条件，无之必不然，但有之未必然，原因是才的发挥要受到诸般制约，主体兴会、才思畅塞、学识涵养等等。屠隆此处瞩目的影响才制约才的"所以妙"者就是如何学习古人，这一判断可以从其论述理路中得到证明，在"诗非博学不工，而所以工非学；诗非高才不妙，而所以妙非才"这个命题之后，屠隆做出了如下的解释：

> 杜撰则离，离非超脱之谓。格虽自创，神契古人，则体离而意未尝不合。程古则合，合非模拟之谓。字句虽因，神情不传，则体合而意未尝不离。④

---

① 屠隆：《范太仆集序》，《白榆集》卷二，续修四库全书影印明万历刻本。
② 屠隆：《论诗文》，《鸿苞》卷十七，明万历刊本。
③ 屠隆：《论诗文》，《鸿苞》卷十七，明万历刊本。
④ 屠隆：《论诗文》，《鸿苞》卷十七，明万历刊本。

探讨的本是才、学与工、妙之间的关系,却接上这样一段分析如何学习古人的文字,初看有些莫名其妙。仔细分析则会发现,其对于学的关注原来聚焦于如何学习古人方可发挥才的最大化效益上。诗歌创作不是才的纵恣挥霍,它有着自己恒定的审美价值观照尺度,对于高才创构的评判,不是一般意义的他者,而应当是作为曾有的经典所确立的高度以及与其契合的程度:杜撰不可,背离传承背弃根基;字因句摹也不可,有形无神如僵尸。于是"格虽自创,神契古人,则体离而意未尝不合"的标尺由此诞生,即学习古人并最终摆脱古人,做到字句、体格与古人离,而神韵却和古人契合。如此超越所学的"神契"状态,源自富有才华的诗人对经典高度熟悉之后的神悟,以及对这种神悟的自然继承与精确表达。既出自才华的创造而不因袭,又能暗合古代经典确立的妙谛含蕴,"程古则合,合非模拟之谓",此即"所以妙"者之所在。

在确立了才华地位之余又不废法古,且将师法古人提到一定的高度、甚至影响作品之"妙",屠隆于"学"对"才"的制约所表现的态度,当然可以视为他在创构与法古关系认知上的纠结。但联系到其《论诗文》中所谓"法度师古,神采匠心,然后各成一家,名世不朽"的一致性论断①,我们也可以认为,对于这个问题的发言,屠隆是深思熟虑的。论才华与论经典学习从来就不成其矛盾,关键在于不能陷入"尺尺寸寸,求之字模句仿,唯恐弗肖,循墙而走,踟蹰不得展步"的"是古卑今"魔障。以"取之博大而出之无穷,挹之流长而运之神应"为学,以"出自机杼而富才劲力"创作,如此天人之合,是文学的必由之路。② 可见屠隆论法古,已然不同于一般体格声调的模拟之论。结合前后语境,"诗非高才不妙,而所以妙非才"这句话显然是针对拟古者不能自拔而发。他在提醒,如果没有神契会悟来实现对古的最终超越,那么,才有可能恰恰充当了拟古的"急先锋",使得拟古更加得心应手。

二、发挥之路:就其材质所近 极其精神所趋

主体才华气质与创作体格之间,有着一如《文心雕龙·体性》所论的基本

---

① 屠隆:《论诗文》,《鸿苞》卷十七,明万历刊本。

② 屠隆:《沈嘉则先生诗选序》,《由拳集》卷十二,续修四库全书影印明万历龚尧惠刻本。

对应,这是文才发挥的路径。明代前后七子中的部分诗人及其追随者在将经典体格标示为模范之际,往往忽略了主体才华气质这一创造本源,由此带来了文坛的趋同。王世贞对此已有反思,因此提出了著名的"才生思,思生调,调生格"之论,才为源泉,格调皆由此生发。

屠隆的文才思想与王世贞此论有着明显的呼应,他直接宣称"气以材成,语缘情异"①,后人的创作体格与前人难以彻底统一,既是气运的迁变所命定,又是各自才气不同的必然结果,即令刻意模拟前人体格也难以改变其本自才气、性质的本色:

> 古今之人,才智不甚已绝,殚精竭神,终其身而为之,而格以代降,体缘才限。流英硕彦,逞其雄心于此道,浅者欲其深,深者欲其畅,寒者欲其疏,疏者欲其实,弱者欲其劲,劲者欲其和,俗者欲其秀,秀者欲其治,狭者欲其博,博者欲其洁,以并驾前人,夸美后世,其心盖人人有之。而赋材既定,骨骼已成,即终身力争而卒莫能改其本色、越其故步。②

以此证诸徐陵、庾信、陶潜、韦应物以及李白、杜甫等大家,"徐庾之不能为陶韦,亦犹陶韦之不能为徐庾;清莲之不能为少陵,亦犹少陵之不能为清莲"。赋才的相异,形成了风体的难以冥合。另有才禀近似者,如"人但知李清莲仙才,而不知王右丞、李长吉、白香山皆仙才",不过诸诗人尽管有着面目超逸上的近似,却并非才气、性质的完全吻合,于是创作上便体现出细微的差异:"清莲仙才而俊秀,右丞仙才而玄冲,长吉仙才而奇丽,香山仙才而闲淡。"③

但是,"体缘才限"并非仅仅是一个于天赋限定无可奈何的结论,屠隆满怀信心地告诉读者,它更是文学繁荣的依托。他以唐诗为例指出:比物连类、伐毛洗髓、外无乏境、内无乏思,此为唐诗共性,是其作为诗歌巅峰的基石;但在这种共性之外,诗人们皆因其才气而各具体调:

> 即如四杰俶放,其诗硏宏;沈宋俊轻,其诗清绮;审言简贵,其诗沉拔;无功朗散,其诗闲远;燕公流播,其诗凄惋;曲江方伟,其诗峭岩;少陵思

---

① 屠隆:《皇明名公翰藻序》,《白榆集》卷一,续修四库全书影印明万历刻本。
② 屠隆:《范太仆集序》,《白榆集》卷二,续修四库全书影印明万历刻本。
③ 屠隆:《李山人诗集序》,《白榆集》卷三,续修四库全书影印明万历刻本。

深，其诗雄大；青莲疏逸，其诗流畅；右丞精禅，其诗玄诣；襄阳高隐，其诗
冲和；东野苦心，其诗枯瘠；长吉耽奇，其诗谲岩。

他将这种局面譬为参佛豫流，就见解透入而言不无小大，但"及其印可证果则
同尔"①。明代亦然，明初诸君子"禀材不同，好嗜靡一"，虽然其所能"譬如鹤膝
凫胫，乌黔鹄白，殆弗可强"，但论其造诣："就其材质之所近，而极其神情之所
趋，莫不各有可观。"②如果从文学史演革考察，正是这种"西施骊姬殊色而共
美，空青水碧异质而同珍"的个体才思性情绽放与包容，成就了唐代、明初文学
的繁荣。

"就其材质之所近，而极其神情之所趋"，彰显了屠隆从才华气质出发创生
自我体调的美学追求，与中晚明文人的极才尽变、因才纾性、偏师必捷等论共
同铸就了文艺个性解放的潮流。由此引发的便是其对性灵的宣扬，《高以达少
参选唐诗序》云："（诗）舒畅性灵，描写万物，感通神人。"③《文章》云："夫文者华
也，有根焉，则性灵是也。"④《论诗文》："以上摘赏篇什，选波斯宝，析梅檀香，各
极才品，各写性灵。意致虽殊，妙境则一。"⑤性灵在以上资料中不仅仅是创作
主体依托的灵能、性情，同样又是书写的对象，二者本于主体一身，有着彼此的
统一性。以此为观照，他认为明代诗歌创作之病便昭然若揭：

先是袭。《论诗文》云："至我明之诗，则不患其不雅，而患其太袭；不患其
无辞采，而患其鲜自得也。"袭就是模拟，依循，鲜见自得。"如必相袭而后佳，
诗止三百篇，删后果无诗矣！"⑥——诗如仅仅凭借相袭，那么后人便只有临摹
前人的作品而创作，这样源头上的《诗经》就会成为唯一的珍品正品，其余后人
都将在其阴影下苟延残喘。

其次是假。屠隆论创作的优劣："姝色自然，粉黛为假。造物至妙，剪彩非
工。"⑦掊击其时文坛痼疾核心就是一个"假"字。这种风气就如同江盈科所做

---

① 屠隆：《唐诗类苑序》，《栖真馆集》卷十，续修四库全书影印明万历十八年吕氏栖真馆刻本。
② 屠隆：《皇明名公翰藻序》，《白榆集》卷一，续修四库全书影印明万历刻本。
③ 屠隆：《高以达少参选唐诗序》，《由拳集》卷三，续修四库全书影印明万历龚尧惠刻本。
④ 屠隆：《文章》，《鸿苞节录》，明万历刊本。
⑤ 屠隆：《论诗文》，《鸿苞》卷十七，明万历刊本。
⑥ 屠隆：《论诗文》，《鸿苞》卷十七，明万历刊本。
⑦ 屠隆：《皇明名公翰藻序》，《白榆集》卷一，续修四库全书影印明万历刻本。

的比喻"惟剿袭掇拾者，麋蒙虎皮"，或为"杜子美家窃盗"，或为"李太白家掏摸"①。

再次是格调一统。以"各极才品，各写性灵"为指引，屠隆对于诗必盛唐最终形成的风格独尊乎"雄深奇古"现象给予了严厉批评：

> 今夫天有扬沙走石，则有和风惠日；今夫地有危峰峭壁，则有平原旷野；今夫江海有浊浪崩云，则有平波展镜；今夫有戈矛叱咤，则有俎豆宴会：斯物之固然也。假使天一于扬沙走石，地一于危峰峭壁，江海一于浊浪崩云，人物一于戈矛叱咤：好奇不太过乎？将习见者厌矣。②

就体格而言，"文章大观，奇正离合，瑰丽尔雅，险壮温夷，何所不有"？一统于雄深，"独观其一，则古色苍然；总而读之，则千篇一律也。"

三、存养之道：诗不论才而论性情

文学艺术是才学天人统一的产物，其体格风调与主体才华气质有着内在的对应，这一切诗学论述皆围绕着文才展开，但屠隆却又专门提出了一个"诗不论才而论性情"的论断。这中间有着明显的矛盾：既然屡屡称道才的重要，何以这里又称论诗不当论才而论性情呢？

从论才转而论性情与历代文论虽重才却往往以论学入手的理路一致：就创作主体而言，才为禀赋，不可变异，论创作而只论其才，既无助于创作，也会造成人力于创作无所作为的印象；才华具有发散特性，过于标榜必然带来文人炫耀才华甚至为才气所驱遣的弊病，既与道德持守形成龃龉，又容易滋生心溺珪组、口胃烟霞的虚矫，与中国古代修辞立其诚的传统以及自王充开始就极力提倡的"诚实""真"的审美标准背离，助长"为文造情"风气。屠隆认为，如此"非真"的创作，其言虽美却味道短促。

可见屠隆对才的提倡不是无节制无限度的，而是有两个前提：既要保证主体有着力的地方，以便于在才为定量的前提下可以通过人力丰富自我的创作修养；又要强调主体之才与作品之间真诚的对应，拒斥炫才耀才。于是，一个

---

① 江盈科：《雪涛诗评》，黄仁生辑《江盈科集》，岳麓书社1997年版，第806页。
② 屠隆：《与王元美先生书》，《由拳集》卷二十四，续修四库全书影印明万历龚尧惠刻本。

既能将才赋包容在内,同时又能够接纳人工努力与人格修养的尺度进入了屠隆的理论视野,这就是作为传统文艺理论核心概念之一的"性情"。《李山人诗集序》中他明确提出:

> 故诗不论才而论性情,亦存乎养已。

对于这些并不缺乏文才的诗人而言,从"性情"入手正是着眼于其人格气质的涵养,一如才不可易而气养自我,才不可易而性情可以陶冶,从情的总持修为中可以复归性的平和与无邪,进而实现自我才华的全面激发。屠隆的以性节情思想虽然继承了儒家的传统观念,但将性情与才并列而论,且不废各自价值的论断则是他的创见。

为了阐释这个思想,屠隆列举了历代能够切实做到文如其人的一批文人:仲长统、梁鸿、郑子真、陶渊明、王绩、孟浩然等。他认为,历代文人如过江之鲫,而后人却对以上文人情有独钟,其根本原因在于他们能够"抱幽贞之操,达柔澹之趣,寥廓散朗,以气韵胜"。所谓"气韵胜"之"气韵"即得益于涵养。又称道李山人:"所居有林皋之胜,灌园垂钓,与禽鱼亲。发为诗歌,力去雕饰,天然冲夷,语必与情冥,意必与境会,音必与格调,文必与质比。"能够达到这样的艺术境界,"非独其材过人,盖根之性情者深哉,则其得于丘壑之助不小也"①。也就是说,在其过人之才以外,丘壑的滋养又培育了其冲夷的性情。有这种本然的禀赋,通过性情的培养,作者便能够获得非同一般的艺术成就。诗不论才而论性情,使得不可变化的才因为养气说的引入而具有了滋养的着力点。

就性情这一哲学概念而言,其本义主要体现在本末关系的规定上,性为常,情为性之动,这样性情之中便包纳着主体的精神气质、才性面目;儒家对其进行了改造,并逐步将性情归结为以性制情。侧重于才性气质的性情与情、性灵比较接近,而以性节情之性情则意在强调其与性灵、情的差异。屠隆文论中的性情,其内涵并不一致,首先,他将才与性情对言,这个性情便包含了儒家以性节情、陶情归性的意味;其次,屠隆所列举的得益于性情培养的代表,诸如陶渊明、孟浩然等人有幽贞之操、柔澹之趣,最终以"气韵胜",其所标尚的操、趣、

---

① 屠隆:《李山人诗集序》,《白榆集》卷三,续修四库全书影印明万历刻本。

气韵都属于个体性的审美内涵,恰是强调了以本然为基础,辅助以培养,从而获得不同寻常的性情面目、气质状态,形成自我独到的风格,从这个维度而言,其所谓性情又与才性气质一意接通。由此我们可以断定,屠隆的性情论实则是以上两种内核的糅合,既有道德境界塑造,又有人格气质的浸润。而其根本的归趋,便是本乎自我性质、气度,通过涵养,成就真诚透亮的人格,因此屠隆以性情论诗十分繁密。《唐诗品汇选释断序》云:"夫诗,由性情生者也。""夫性情有悲有喜,要之乎可喜矣。"①《论诗文》云:"君子不务饰其声而务养其气,不务工其文字而务陶其性情""造物有元气,亦有元声,钟为性情,畅为音吐,苟不本之性情而欲强作假设,如楚学齐语,燕操南音,梵作华言,鸦为鹊鸣,其何能肖乎?"又认为所谓诗文传世实际上"匪其文传,其性情传也",以唐诗的万代传诵为例,"匪独谓其犹有风人之遗也,则其生平性情者也"。②

值得注意的是,在儒家养气思想之外,屠隆有关性情涵养的理论中还有着浓重的禅学意味。在这种持久性的人格锻造、情操培育、气质磨砺之外,屠隆又专门提出了直接的艺术涵泳路径——"凝神":

> 语云:用志不分,乃凝于神。夫天下之物,何者非神所到;天下之事,何者非神所辨哉?方其凝神此道,万境俱失;及其忽而解悟,万境俱冥,则诗道成矣。③

凝神是他对禅宗"寂照"之说的诗学改造,接近道家的虚静,本质就是《文心雕龙·养气》之中的"入兴贵闲"。从创作而言,"士不务养神而务之诗,刻画斧藻,肌理粗具,气骨索然,终不诣化境。"④这种不务养神而务于诗的现象,与不论性情只论其才的创作是一致的。屠隆以历代具体的创作实践为例:"古今能言者不少,往往以材溢格,以格掩材,体局于资,情伤于气,作如牛毛,合如麟角。"⑤作品没有影响,汗青之业及身而止,其原因"非必尽由天赋,则其凝神之不至也"——并非都由于才赋不足,而是因为缺少凝神,没有性情上的充分培

<hr/>

① 屠隆:《唐诗品汇选释断序》,《由拳集》卷十二,续修四库全书影印明万历龚尧惠刻本。
② 屠隆:《论诗文》,《鸿苞》卷十七,明万历刊本。
③ 屠隆:《贝叶斋稿序》,《白榆集》卷一,续修四库全书影印明万历刻本。
④ 屠隆:《王茂大修竹亭稿序》,《白榆集》卷三,续修四库全书影印明万历刻本。
⑤ 屠隆:《贝叶斋稿序》,《白榆集》卷一,续修四库全书影印明万历刻本。

养,或纵才气而无格调,或摹格调而无我才,所以难成大器。

通过以上言论可以看出,屠隆所谓性情培养虽然有着以性驭情的指向,但并非归乎划一的脸谱,进而陷入一种规范,而是在不违背性的指引这一前提下,酝酿含蓄自己的真精神,而性情的陶冶最终必然焕发出文才的活力。

才为诗歌创作的根本,天人之合是审美创作的必由之路;主体因其才气性质可以创构出具有独到面目的体调;诗人通过性情的陶冶能够实现才气的蓄养。以上思想前后相贯,自成系统,表明屠隆有关文才的认知已经从基本的主体素养论、创造论方法论上升为了审美理论抽象。对才的尊奉,使得法古从复古派的归依其体格转化为屠隆的以经典师法实现才的效益最大化。虽然都不免涉及法古习古,但目的已经不同。

一个对主体灵能性情、本源创造力量如此推崇的人物,因为其对六经文辞的尊奉、唐诗地位的维护、经典法式神采的倾心,便被判为一只脚深陷复古思想泥沼,似乎有着将美学思想简单化肢解的偏颇。事实上,中国古代无论什么派别,在对待传统文化上都有着基本的尊重,也或多或少表达过经史曾给自己创作带来过滋养,融会经史以及经典体格是古人文机涵育的必经阶段,敬古、尊古未必就是复古拟古。进一步来说,从文艺审美而论,艺术价值与作者复古不复古也难以确立必然的联系。所谓"复古思想"等命名,源自党派杯葛或者政治立场划分的选边站队贴标签,是对文学思想、对文艺主体的简单化想象。从这个意义再来打量屠隆,他对性情、性灵、文才的提倡以及理论建树,使其成了从前后七子诗学向公安派性灵诗学转移的具有承前启后意义的重要人物。

王国维古雅论与古代文才思想

在古代学术、古代美学向现代学术与现代美学转型的历程中,王国维是一个无法绕开的高峰。这不仅仅因为其学贯中西,还与其融会中西的开放文化姿态密切相关。他吸收西方美学的范畴、理念,结合中国古代文学的实践与自我创作鉴赏经验,以康德的"天才""美术"为尺度观照传统创作,糅合西方物我关系论、中国古代才德关系论等重构古典的"境界"范畴,并以"境界"为核心建构了文学批评的初步体系。王国维开拓性的理论实践为省视中国传统文学提供了一个他者视域,是融会中西文化解决中国问题、实现文化自新的有益尝试,传统之中文体意义的理论范畴至此具备了艺术哲学意味。当然,作为得风气之先的启蒙者,王国维面对西风"大快朵颐"不免铸成偏蔽:以西方理论为体,未能深究中国古代文学的民族性特质;以创作经验的感悟为主,忽略了古代文学理论的思想系统;西方概念范畴生硬移植,不乏强制阐释色彩;理论创新操之以古今格义的形式,"境界"等范畴意蕴的含糊即由此产生。

如此偏蔽,或形成王国维深层的文化执念(如潜在的文化自卑),或转化为其相关理论的内部矛盾与对中国古代文学理论思想的背离。古雅论便是其利病一体学说中的典型代表。"古雅"概念的提出得益于康德的启迪,更源自王国维对中国古代文学创作实际情态的反思。学术界有关"古雅"的研究集中于该学说产生的西方哲学溯源、美学内涵、意蕴生成与审美评判。[①] 如果从"古雅"的意蕴进一步向相应的审美主体追溯,则古代文才思想中的天人关系(古代诗学经常具化为才学关系)问题、才分问题便同样无可回避,它是与古雅论显接潜应的重要本土理论资源。

---

① 罗钢:《王国维的古雅说与中西诗学传统》,《南京大学学报》2008 年第 3 期。

一、古雅论的意蕴及其对古代才学关系论的继承

"古雅"首见于王国维1907年完成的《古雅之在美学上之位置》一文,文中论称:

> "美术者天才之制作也",此自汗德以来百余年间学者之定论也。然天下之物,有决非真正之美术品,而又决非利用品者。又其制作之人,决非必为天才,而吾人之视之也,若与天才所制作之美术无异者。无以名之,名之曰"古雅"。①

古雅论提出的前提是:如何评价中国古代文学实践中作为普及性存在的巨大文学遗产。它是作者将康德"美的艺术"属于"天才"制作的思想与中国文学传统经验结合的产物。② 其意蕴大致如下:

一则"古雅"是相对于"优美""宏壮"而言的。"优美""宏壮"是康德、叔本华等对美的分类,在超越功利的基础上,彼此表现出不同的对外在刺激的心理感受或审美感受。王国维对于"优美""宏壮"的区分非常服膺,其《人间词话》《〈红楼梦〉评论》之中都有相关的运用。依据这种主体感受的力度,他将"古雅"置于"优美""宏壮"之间,兼有二者性质,属于"低度之优美"与"低度之宏壮"。而"优美"与"宏壮"也必然兼有"古雅"的特性。虽然从审美层次或等级上区划,"古雅"不及"天才"所创造的"优美"与"宏壮",但是"古雅"却可以在脱离"优美""宏壮"之外获得"独立之价值"。

二则"古雅"是相对于"古"而言的。王国维说:"吾人所断为古雅者,实由吾人今日之位置断之。古代之遗物无不雅于近世之制作,古代之文学虽至拙劣,自吾人读之无不古雅者,若自古人之眼观之,殆不然也。"如此厚古,追溯根源,"此由古代表出第一形式之道与近世大异,故吾人睹其遗迹,不觉有遗世之感随之"。"第一形式"以及"第二形式"等表述也生发于康德,分别指向主体之

---

① 周锡山编:《王国维文学美学论著集》,北岳文艺出版社1987年版,第37—41页。下引皆同,不另注。

② 康德:《判断力批判》,邓晓芒译,杨祖陶校,人民出版社2002年版,第148—164页。下引皆同,不另注。

于审美对象的审美感觉以及审美感觉通过外在形式的转移物化。这一段文字的意思是说：古代作品之中文人们介入、体察、感受人生以及自然的姿态、维度、情志趣味、形式法度与今人迥然有别，这种世道相殊带来的疑惑、好奇、追怀既引发后人的思古幽情，又可以抚慰诸般迫压争逐之下躁动焦灼的心灵。清代钱徵《瀚海序》中曾这样描述后人对前人之文的神往："昔人谓有过马嵬者，以得见杨妃袜为幸。岂真喜其针黹之精致哉！夫亦谓不得见妃，虽使得见其溃袜亦足以仿佛其仪容耳。"①不见龙凤，虽得其一鳞一羽亦足慰情。如果将关注的视点进一步聚焦于雕版或活字印刷时代，我们面对的不是数字产品，甚至不是一般意义的当代机械印刷品，而是数千百年前的遗留——发黄的卷帙，偶有漫漶的字体，鼓动着生命韵律、在后人看来新奇而陌生的手迹，那种朦胧中的神秘，犹如今古的穿越。距离滋生美感，这是一种古今中外多有共鸣的审美心态。因此可以说，"古雅"与悠远带来的意义增值相关。

三则"古雅"必然要"雅"。雅即非俗："'夜阑更秉烛，相对如梦寐'之于'今宵剩把银釭照，犹恐相逢是梦中'，'愿言思伯，甘心首疾'之于'衣带渐宽终不悔，为伊消得人憔悴'，其第一形式同。而前者温厚，后者刻露者，其第二形式异也。一切艺术无不皆然，于是有所谓雅俗之区别起。"艺术不同风体、趣味、境界的开拓都必须以"雅"为起点，"雅"是所有艺术不可逾越的尺度，"古雅"如此，"优美""宏壮"也概莫能外。而艺术之中雅俗的分界核心在于如何表现。当然，此中所言之俗并非庸俗，而是对于纵才不敛、言情务尽者的批评。以上被贬抑者多为千古传诵之作，由此而言，这个"雅"的标准委实令人瞠目。

四则"古雅"的创作不必"天才"，虽天赋不优者凭借人力也可以窥其藩篱。王国维依据康德的审美判断力做出了如下区划："优美""宏壮"是"先天的判断"，是"必然的"，具有普遍认同；"古雅"属于"后天的""经验的""特别的""偶然的"，是情感色彩的、随机性的相契。鉴于审美判断力的差异，二者的创作素养依托也便有了不同："优美及宏壮，则非天才殆不能捕攫之而表出之"；"艺术中古雅之部分，不必尽俟天才，而亦得以人力致之。苟其人格诚高，学问诚博，则虽无艺术上之天才者，其制作亦不失为古雅"。为了更为清晰地说明"古雅"

① 沈佳胤编：《瀚海》，光绪末申报聚珍版。

311

的独到特征,王国维将论述拓展到了"古雅"的实践意义——"可为美育普及之津梁":于是虽"中智以下之人""今古第三流以下之艺术家"皆可通过修养成就"古雅"。如此定位,虽然就文学而言近似于才赋限度的敞开,但并不意味着艺术殿堂可以免费入场,它属于对天资逊于"天才"者辛勤耕耘的回馈,是对文雅传统的致敬。

"古雅"虽然可经人力获得,但王国维同时又将这种人力所得做出了不能越雷池半步的规定,即这种写作"绝非真正之美术品"。

古雅论是王国维由康德"天才"与"美术"关系论生发而出的。他是康德、叔本华等西方哲人天才论的虔诚信徒,其著述中曾反复涉及这一概念,诸如具"天才"者必备"诗人之眼",可以不域一隅,"通古今而观";①而文学作为"天才游戏"的事业需要富有"锐敏之知识与深邃之感情"等等。② 虽然如此,古雅论觑定的讨论对象则是人力、修养——即未必具备"天才"者创作所必需的依托,包括形式、技法、文辞、韵调、声病的熟悉以及人格的陶冶、学问的蓄养。古雅论由此自然而然地被纳入了天人或才学关系这一中国古代文才思想的基本议题。

先秦之际,才这一概念已经形成了两个基本内涵指向:主体能力与赋性,其中又以赋性为其根本,能力属于赋性本然优长的外在发挥,所以称之为"性能","性能"就是"才能"。后世有关才这一概念的运用,或能或性,往往根据不同语境各有侧重,但又没有背离二者本然的统一性。因此一般情况下才、性或才性等概念经常被笼统使用,彼此可以替代。从人性维度观照,赋性虽然各具优长却仅属于潜质,潜质的开发或者说性要成就其能则必待于人力,这就是才的天人统一性。董仲舒将这种关系比喻为"性禾善米":"禾虽出米,而禾未可谓米也。性虽出善,而性未可谓善也。米与善,人之继天而成于外也,非在天所为之内也。"③意思是说:"善"作为性能是先天之性和后天修为共同作用的结果,难以凭借性的本身自然化育。葛洪将这一思想进一步提升为"质虽在我,

---

① 王国维:《人间词话未刊稿》,周锡山编《王国维文学美学论著集》,北岳文艺出版社 1987 年版,第 380 页。

② 王国维:《文学小言》,周锡山编《王国维文学美学论著集》,北岳文艺出版社 1987 年版,第 25 页。

③ 苏舆:《春秋繁露义证》,钟哲点校,中华书局 1992 年版,第 311 页。

而成之由彼"。①

才的本质既然如此，文才自然概莫能外。《文心雕龙》论创作基本上是才学兼举，诸如"才有天资，学甚始习"（《体性》）、"文章由学，能在天资，才自内发，学以外成"（《事类》）等等皆是。而就创作之中二者的地位分辨，则才为根本，即《事类》所云"才为盟主，学为辅佐"②。刘勰虽然从才学"主佐合德"方可有为立论，但才学之间的主次地位并非机宜权变，二者不能颠倒。在人力的背后，高悬着才赋的衡鉴。人力要发挥效用，必须经过禀赋之才这个枢机，其间不存在一分耕耘一分收获这样的艺术逻辑。

关于以上天人关系，王国维有着全面的理解。他多次提到过才学的相须统一"有文学上之天才者，所以又需莫大之修养也"；"天才者，或数十年而一出，或数百年而一出，而又须济之以学问，帅之以德性，始能产生真正之大文学"③。即使从普泛意义而论，欲使富有禀赋者"得其陶冶之地，而无夭瘀之虞"④，即若要发现、唤醒并培育禀赋，最大限度地开掘主体潜能，焕发创造激情，人力不可或缺。但是，"英雄与天才"虽然"不可无陶冶之教育"，仅仅凭借教育却"不足以造英雄与天才"⑤。天人在艺术创造之中的地位无可摇撼，人力只有在天的引领与限度下施展。在这种文才基本理念之外，王国维还对古代文才思想中有关人力效能的相关思想有着深切体察与继承。

虽然才学关系在古代文才思想中早就自成体系，但天不可易，因此历代诗学著述也便多从人力入手。所谓人力侧重于基本技能，诸如词汇、技法、体式、声律、病犯等等。这些入手工夫皆为人事范畴，无论大家小辈，但凡致力便可有所造诣，习熟之余又能转化为功力，彰显作品的"工切"与"醇雅"。"工"即造语精约而不杂冗，纪晓岚称："诗之工拙，全在根柢之浅深，诣力之高下。"⑥古人

---

① 杨明照：《抱朴子外篇校笺》上册，中华书局1991年版，第114页。

② 范文澜：《文心雕龙注》，人民文学出版社1958年版，第506、615页。

③ 王国维：《文学小言》，周锡山编《王国维文学美学论著集》，北岳文艺出版社1987年版，第26页。

④ 王国维：《论平凡之教育主义》，姚淦铭、王燕编《王国维文集》第三卷，中国文史出版社1997年版，第66页。

⑤ 王国维：《论平凡之教育主义》，姚淦铭、王燕编《王国维文集》第三卷，中国文史出版社1997年版，第66页。

⑥ 李庆甲：《瀛奎律髓汇评》卷二十九纪昀评陈子昂《晚次乐乡县》，上海古籍出版社2005年版，第1256页。

将"性灵"与"根柢""诣力"对举,分表天人,决定"诗之工拙"的"根柢""诣力"就是学力,即经典的浸淫、揣摩与模拟。"切"即准确,是在"工"的基础上进一步的表达要求。它需要对经典耳濡目染、心营意度之余广搜博览、照察精审。如王夫之曾批评梁陈以来文人使事不切,其下者援引类书以供填塞,"序古则乱汉为秦,移张作李;纪地则燕与秦连,闽与粤混"。其病根正在于"不能多读书"①。"醇"即厚实而不浅薄,唐宋诗人之中,类似许浑、九僧以及江湖诗派之所以被讥为空疏清浅,其根本原因就在于寡学——"未有以溉其本根"者②。如果说醇厚在博学之外尚需一定的通会能力,那么优雅则属于由学可以直接通达的境界。黄庭坚早就将诗中没有尘俗之气归功于胸有万卷,意在明雅俗之辨,杨慎则径直将其敷衍为:"读书虽不为作诗设,然胸中有万卷书,则笔下自无一点尘矣。"③

以上由学可致"工切"、由学可致"醇雅"的思想是中国古代文才思想的共识。王国维美学理论中"天才"创作的"优美"与"宏壮"不能离开"古雅""中智以下"或者"第三流以下"文人凭借学力也可企及"古雅"等论,便是这种思想的继承。或者说,"古雅"源于王国维对才学关系维度下学力之于艺术独到效用的深刻解悟。当然,古代文才思想对于人力的相关论述侧重于人力的辅助意义、累积效验,是作为素养经久培植的,而王国维则将其设置(或曰设想)为了一种主要依托人事的写作体式。他将如此创作纳入"非真正之美术"得体与否暂不讨论,不过他对这种创作所能取得成就的限度认知并非毫无道理,缺乏天赋依托的人力耕耘,其审美价值与品位也便难臻上乘,这一点可谓中外通论。雅克·马利坦在其《艺术与诗中的创造性直觉》也有深入论述。他认为,艺术功效可以凭依运用和训练得以提升,一部分类似"手艺人"的"创造性观念"也可由此获得改观。但是,这种习练成效仅仅属于熟能生巧,并非天赋的、糅合于才情之中的"诗性直觉":"诗性直觉既不能通过运用和训练学到手,也不能通过运用和训练来改善。因为它取决于灵魂的某种天生的自由和想象力,取

① 王夫之:《古诗评选》卷一,岳麓书社 2011 年版,第 556 页。
② 杨慎:《升庵诗话》卷九,丁福保辑《历代诗话续编》,中华书局 1983 年版,第 812 页。
③ 杨慎:《升庵诗话》卷十四,丁福保辑《历代诗话续编》,中华书局 1983 年版,第 932 页。

决于智性天生的力量。"①

王国维以"天才""古雅"区划创作,随后顾随推出"夷犹""锤炼","夷犹"需要"幻想的天才",而"吾辈凡人所重"的"锤炼"则更多地依靠苦吟力学,如此的分划本质上也是对王国维相关思想的发扬。②

二、古雅论对古代才分说的背离

在由才学关系维度承继了传统文才思想的同时,王国维的古雅论又与我国古代文才思想形成了一定的背离。这集中体现于:以天才的创造方为"美术",其余"古雅"之类创作概行纳入"非真正之美术"。而其所谓"天才"的本质又脱胎于叔本华、尼采的超人论,在制造了天与人之间的高度紧张之余,也以是否"天才"的分辨取消了中国传统文才思想在同具"别材"基础上的文才层级区分。

从物理意义而言,才与遗传基因或个体血气关系密切,是一个"心智结构系统",以此为根本,彰显出不同的用度。单就文才而言,如果视富有文才的主体为一株大树的话,树上单独一枝一叶一花一果皆非文才的全部,但却尽属于文才的呈示与自显。清代徐增有一个"才全"说,在他看来,"才全"就是指"才有情、有气、有思、有调、有力、有略、有量、有律、有致、有格"③——这实则就是从批评领域常言的才情、才气、才思、才调、才力、才略、才量、才致、才格等才的体用范畴中做出的抽象(才律除外)。以此作为"才全"虽然并不周全,却揭示了以下重要思想:就文才而言,只有情、气、思、调等以上诸般用度尽皆彰显活力方可成就主体之才的最大效力。

但是,能够兼备以上诸能者凤毛麟角(就严格意义的审美评判而言,这种才全者根本就不存在),而但凡具有文才禀赋者以上诸端一无所能又实无此理,倒是多数具备但其用未必尽优者为绝大多数。根据主体之才可赋显的程度(这当中自然包容着人力陶冶与开掘),诸如情兴敏钝、文思佳恶以及记忆力强弱等等,文才也便可以见出彼此的高下、大小。如此分判就主体质性而言可

---

① 高建平、丁国旗编:《西方文论经典》第四卷,安徽文艺出版社 2014 年版,第 669 页。
② 顾随:《驼庵诗话》,《顾随全集》三,河北教育出版社 2001 年版,第 43—44 页。
③ 徐增:《而庵诗话》,丁福保辑《清诗话》,上海古籍出版社 1963 年版,第 427 页。

谓前定,这就是中国古代所论的"才分"。

才分是从才的范围、程度、本量限定而言的,其理论关注可追溯到春秋时期,其时孔子分人为三等:生而知之、学而知之、困而学之,所依托的便是才分。《孟子·尽心上》直接名之为"分":"君子所谓性,虽大行不加焉,虽穷居不损焉,分定故也。"两汉出于人伦识鉴的需要,与此相关的论述逐渐增多。至《论衡·案书》等篇则径称"才有高下""才有浅深";[①]刘邵《人物志》专设"材能"一篇,其主要结论便是"能出于材,材不同量"。[②]

六朝之际,才分论进入文艺批评。范晔曾自言"所禀之分犹当未尽",[③]他所谓禀分即指其于著述等的擅长。《文心雕龙》屡屡言"分",《神思》云"人之禀才,迟速异分";《养气》云"适分胸臆""器分有限";《附会》云"才分不同,思绪各异"[④],其本义都是才分。出于量化感知的需要,才分往往被落实于力,是为"能力""才力",它是农业文明社会、冷兵器时代所推崇的力量美向文艺审美浸透的产物。回到具体创作之中,作者是最先感受到才分限量的人,陆机所云"蹉跎于短韵(一作垣)",黄侃便以为其意乃"言为才分所限"[⑤]。只不过历代文人多不免自负才情不愿坦承。总体而言,才分局限下的才力差异通过作品艺术品位的比量基本可以见其大概。张戒《岁寒堂诗话》对唐宋诗人登塔之作的比量便是一个显证。他将章八元《题雁塔》、刘长卿《登西灵寺塔》、杜甫《登慈恩寺塔》等对比之后盛赞杜甫,其诗开篇即云:"高标跨苍天,烈风无时休。自非旷士怀,登兹翻百忧。"根本不必动辄如前人"千里""千仞""小举足""头目旋"等极力笔墨盘旋,"而穷高极远之状,可喜可愕之趣,超轶绝尘而不可及也"。同样题材,咏有工拙;同样工致,境有远近;同为一意,意有浅深。因此张戒感慨:"人才各有分限,尺寸不可强!"[⑥]

综上所述,古代才分说的本意就在于才有其分限、分量、偏宜,才具有高

① 黄晖:《论衡校释》,中华书局 1990 年版,第 1173—1174 页。
② 刘邵:《人物志》,刘昞注,梁满仓译注,中华书局 2014 年版,第 89 页。案:古代才与材相通。
③ 范晔:《狱中与诸甥侄书》,《宋书》卷六十九,中华书局 1974 年版,第 1830 页。
④ 范文澜:《文心雕龙注》,人民文学出版社 1958 年版,第 494、646、651 页。
⑤ 张少康:《文赋集释》,人民文学出版社 2002 年版,第 233 页。
⑥ 丁福保辑:《历代诗话续编》,中华书局 1983 年版,第 454 页。相关具体论述参阅赵树功《中国古代文才思想论》序编,人民出版社 2016 年版。

下、大小或曰长短、优绌——这当然是就经过后天人力陶养之后所形成的相对稳定的状态而言。同样富有文艺禀赋的文人,其本质原是一个多样与等差统一的集合体,而非唯一本量的定型。"郊寒岛瘦"自不如杜甫之"集大成",但其各成体调的实际成就也昭示了孟郊、贾岛同具文学别材的现实。而王国维古雅论中的天才思想则恰恰与此形成了抵牾。

王国维有关"天才"的概念虽然源自康德,但其相关理解却与康德存在偏差(这一点第三节详论)。他受西方神赋论的影响很深,更倾向视"天才"为一种人的智慧之中的极致,为性、能兼具的先验性存在,甚至具化为"超人"。他以"天才""中智""第三流"等区分文人,其以"天才"论智慧无可复加之意昭然。又在讨论他认为去"天才"甚远的诗人之际称,这些诗人"其制作之负于天分者十之二三,而负于人力者十之七八",这些诗人之中就包括黄庭坚、王士禛这样的大家! 如此"非天才"的"天分"之寡是与"天才"富有"天分"对应而言的,其"天才"本意由此指向"天分"的登峰造极。他以"天才"数十年甚至数百年而一出、将"天才"视为民族精神铸就的关键等理念,[1]皆非侧重于主体潜质抑或"别材别趣",而是将其定位于人类种族的精华。因此我们可以说,王国维有关"天才"的知识虽假康德之名,而其本质却更接近于叔本华甚至尼采。叔本华虽然与康德具有一定的渊源关系,但二人天才论的意蕴并不相同,王国维曾自言康德著述晦涩难懂,以叔本华为津梁方识其宗趣。早在1904年,几乎与康德著述研读同时,他已经写作了《〈红楼梦〉评论》《论叔本华之哲学及其教育学说》《书叔本华遗传说后》《叔本华与尼采》等文章,表现出对二人著述的熟稔及相关思想的景仰。其强化"天才"与"非天才"之间质的差异(这一点恰是康德并未强调的)的思想就是叔本华的选择。叔本华本为超人论的肇始者,在他眼里,"天才"属于"普照世界的太阳",而常人之智慧则仅堪与"提灯"相提并论。[2]"天才"因此成为超人的另一顶桂冠。他甚至将"天才"之外统概之为"俗子""庸夫""庶民""舆台",并以"合死者"等恶谥相赠,甚至以为具有"天才"便可超越道德而具有自然的合道德性。尼采承其衣钵,"天才"之外尽目之为"众生"

① 王国维:《文学小言》《文学与教育》,《王国维文学美学论著集》,北岳文艺出版社1987年版,第26、52页。
② 叔本华:《作为意志和表象的世界》,石冲白译,商务印书馆1982年版,第260页。

"众庶"①。而在以"超人"论"天才"上,二人又实现了合流。关于"天才"非凡力量的认知,叔本华对王国维有着同样深刻的影响,他认为"天才"既具"美之预想"更"伴以非常之巧力",这种美的塑造力可以直接体现于艺术的创作之中,非由经验积累而成。如此兼备性、能的"天才"之论赢得了王国维的极力褒扬,《〈红楼梦〉评论》中不仅大段征引,而且誉为论述"最为透辟"②。因此他的天才思想鲜明烙上了叔本华、尼采超人论的印痕。将历代文人以"天才"与"非天才"切分(康德并未刻意标立"非天才"名目,见下节讨论),更是超人论直接影响下的产物。

以康德"天才"与"美术"的关系为逻辑起点,以叔本华、尼采的超人论阐释"天才",加之有关禀赋的论述是无以称量的主观化言说,难以标定才与非才、常才与"天才"以及"美术"与"非真正之美术"所需之才的阈值,于是面对不同文人创作价值判断这一亟待破解的难题,天人二分法由此成为首选。王国维以"天才"与"非天才"评量作者是否能够创造美术,将复杂的审美创作简化为主体的能与不能、美术的是与不是,进而模糊了超人意义"天才"之外所谓"非天才"中庞大文人群体与创作禀赋的深刻关联,背离了中国古代文才思想有关才分的认知。将"优美"与"宏壮"的创作尽数归于超凡逸世的大作家、大诗人、大文豪,其他文人的创作则命之曰"决非真正之美术品",如此天才论,几近于将屈原、杜甫等文人之外的杰作统统从艺术殿堂中扫地出门,颇有些复魅的味道。

事实上,就一个伟大的哲学家而言,叔本华敏锐地意识到了"天才"源自常人超逸常人这个基本事实:"毫无疑问,天才与常人的差别,就其作为一种程度上的差异而言,是一种量的差别。"这实则相当于承认了才的层级性,承认了才分,有层级有差异便不属于有无的对立。他又将此表述为"天才之心脱颖于常人之心"。同时他也敏锐地意识到了二者之间的区别,因而随之宣称:"我更倾向于把它看成一种质的差别。"究其缘由,"从事实角度看,常人的心智,尽管有

<hr />

① 王国维:《叔本华与尼采》,姚淦铭、王燕编《王国维文集》第三卷,中国文史出版社1997年版,第349页。

② 王国维:《〈红楼梦〉评论》,周锡山编《王国维文学美学论著集》,北岳文艺出版社1987年版,第21—23页。

某些个体上的不同,却仍然具有某种共同的思想倾向";而"天才"则不同,他的思想"永远是或公开或隐秘地与他们(指常人)对立着"。① 叔本华这种客观之中的主观选判,被王国维进一步强化,最终形成了他有违中国古代才分思想的"天才"与"非天才"、"美术"与"非真正之美术"(相当于文学与非真正文学)的一刀两断式切分。

三、古雅:矛盾又鲜活的理论创造

王国维对才分理论的背离未必出于知识的隔膜,事实上他是熟谙"才分"这一概念的。《人间词话》论梅溪、梦窗、玉田、草窗诸家词作同失于"浮浅",究其原因,"虽时代使然,亦其才分有限也"②。这里的"才分",显然不是说以上词人属于毫无才华者,甚至于也并非才力馁弱者,只是相比他心目中的晏殊、欧阳修等大家等级稍逊。既然明了这种才分的差异性,何以却形成了"天才"与"非天才"、"美术"与"非真正之美术"的天人对立呢?

其一,以上矛盾与对立,源自王国维以西方话语为核心解决中国学术问题之际的黏皮带骨甚至生硬挪用。表现有二。

一则,以西方繁荣的叙事文体为标准裁量本民族的文学历史。仔细研核王国维的相关著述会发现,"古雅"这一范畴覆盖范围深广,它从反面印证的恰恰是中国文学"天才"创作的匮乏,这种结论的直接原因在于王国维的如下执念:叙事文学才是"最高之文学"。就我国文学而言,《红楼梦》只有一部;《三国演义》则非"纯文学";元代虽然杂剧名家云集,可谓"天才"者也仅仅"一二"③。如此衡文,自然难免"以东方古文学之国,而最高之文学无一足以与西欧匹"的慨叹。在他看来,我国文学是以抒情诗为代表的抒情文学,但抒情诗并非高难度的文体,甚至"不待专门之诗人而后能之";但叙事文学则不同,"若夫叙事,则其所需之时日长,而其所取之材料富,非天才而又有暇日者不能。"④有此一

---

①　叔本华:《论天才》,《叔本华论说文集》,范进等译,商务印书馆 2000 年版,第 397、399 页。

②　王国维:《人间词话未刊稿》,周锡山编《王国维文学美学论著集》,北岳文艺出版社 1987 年版,第 370 页。

③　王国维:《宋元戏曲史》,华东师范大学出版社 1995 年版,第 96 页。

④　王国维:《文学小言》,周锡山编《王国维文学美学论著集》,北岳文艺出版社 1987 年版,第 28 页。

念横心,传统创作也便多数进入了"古雅"范畴,其天人对立的意念也由此被强化。

二则,作为一个模糊概念,中国文化中"才"的意蕴极为复杂,《古雅》一文不仅没有将"天才"与我们传统诗学中的相关概念(诸如性、才性、文才、才能、禀赋、别材等)做出细致的内涵分辨,而且对康德所言的"天才"本身也有误读的嫌疑。

西方天才论存在一个从神异到世俗的演化过程,康德是"天才"世俗化理性化的重要转折人物。他给"天才"下的定义简洁明了又迥异寻常:"天才就是给艺术提供规则的才能(禀赋)。"为了避免此处使用"才能"带来的误会,他特地又将其命之曰"禀赋",且干脆定义为:"天才就是天生的内心素质。"如此人本主义的文艺主体论已经实现了"天才"的去神性。它可以创生规则,又不能按照某种规则学习模仿以获得;作为一种内心力量,它以想象力和知性为重要的构成,可以"为一个给予的概念找到各种理念"。鉴于以上的基本定位,康德将"天才"概念的使用权严格限定于文艺,而科学等等则不可涉其藩篱。在康德的理论中,"天才"(Genius)与"才能"(Talent)不是一个概念,但"天才"对"才能"的所能及程度具有直接的影响。这种区分最值得关注之处如下的辨析,康德认为:"天才只能为美的艺术的作品提供丰富的材料;对这材料的加工以及形式则要求一种经过学习训练而成的才能,以便在这方面作一种在判断力面前能够经得起考验的运用。"[1]它透露出能力并非生而有之的坚定信息。所谓"丰富的材料"是指情怀的体察、神思的飞跃、事理的融结等等,"天才"不同于常人者首先在此内心感、验以及预设展布上的非同寻常。但"材料的加工以及形式",即文藻施设、意象锤炼、法度取撷与变化等等又必待于心摹手追的历练。只有这种人力的完善能够与其禀赋相称,所谓的"天才"此时才能转化为真正的创作才能。从这个意义而言,康德所论的"天才"就是一种艺术家所独有的、源于自然的禀赋,它就是我国古代哲学常言的"性"或"禀性",与诗论所谓"诗有别材"的"别材"意义相近。[2] 这一尺度的扬诩当然具有标榜的意味,但

---

① 康德:《判断力批判》,邓晓芒译,杨祖陶校,人民出版社2002年版,第148—164页。
② 郭绍虞:《沧浪诗话校释》,人民文学出版社第26页。案:"别材"通"别才"。

其更大意义则在于对文艺主体性质的规定,如此文才与史才、治才等无所谓优劣,只是各自有着彼此不易为其他才华通约的独到性而已。①

如果从这个意义理解康德的天才论,"天才"便不是性能上的超人,而是客观的文艺禀赋或者富有文艺禀赋的才士。无论禀赋的程度还是后天陶铸的强度,其呈示的能力必然难以等量齐观,如此天才论与中国古代的才分思想也便没有什么榫卯不接之处。因为从文艺禀赋讨论诗文本身也是我国文才思想的传统,所谓"必乏天才(指文艺才性),勿强操笔"②"诗有别材"等等都是从这个意义讲的。但是,王国维对康德天才论的理解显然不在于此——尽管如前所引,他在《文学小言》中曾道"天才"又须济之以学问,与我国古代文才思想天人统一的观念似无抵牾,但回到《古雅》一文,其兼性、能论"天才"的理路、以"天才"为君临文学之超人的姿态及其由此生发的"美术"与"非真正之美术"的绝对化言说,都很难使人做出如此的判断。同一个"天才",既取中国古代天人统一论素养,又取西方超人之说论性能,相关理论在糅杂之中呈现撕裂,矛盾由此在所难免。③

其二,"天才"与"非天才"、"美术"与"非真正之美术"绝对化的二分还源自他对康德"天才"与"美术"关系的部分误读。

一则康德讨论"天才"与"美术"关系侧重于艺术等级的区分。他在"审美的艺术"这一框架内开列了"快适的艺术"与"美的艺术",前者以单纯的感觉为主,后者必须配合认识或者理性判断。以此为基础,他提出了"美的艺术是天才的艺术"这一命题。与其说这一命题是为了激扬"天才",不如说是为了尊奉"天才的艺术"——即"美的艺术"。"审美的艺术"之下的创作,由此分化出了等级。王国维将以上命题表达为"美术者天才之制造",他回避了康德"审美的艺术"这一对"快适的艺术"与"美的艺术"的共性定位,将天才创作之外统统纳

---

① 康德又称:"如果内心素质中没有任何东西是突出于形成一个无缺点的人所必要的那个比例之上的,那就不可能指望任何人们称之为天才的东西,在天才里大自然似乎偏离了内心诸能力通常的比例关系而只给唯一的一种内心能力以优惠。"其核心强调的就是"个性化"与"独到性"。参阅《判断力批判》第 71 页自注。

② 王利器:《颜氏家训集解》卷四,中华书局 1993 年版,第 254 页。

③ 关于"古雅"论的矛盾性已有学者谈及,参阅徐超《王国维古雅说的内在矛盾》,见《西南民族大学学报》2015 年第 9 期。

入了"非真正之美术",康德层次的划分由此被改写为是否"美术"的性质判断。从学术目的考察,康德引入传统"天才"概念是立足西方审美创造成果的整体,并以此为依据来阐释"美的艺术"的本质;而王国维引入"天才"概念则恰恰相反,是要对既有的创作做出切割——甚至可以说要对中国古代的"文"或"文学"完成清洗,以甄别"美术"与"非真正之美术"。作为"美的艺术"的对立面,康德还列举了"机械的、作为单纯勤奋和学习的艺术",层次较"快适的艺术"似乎还要低,但依然认为它"还是美的"。可以说,他自始至终没有涉及所谓"非美术"。由此可见,"非真正之美术"这一概念应当是王国维的生造。艺术层次学说被转译为艺术身份判定之后,本来相对清晰的问题由此演变为一个难以自证的学术陷阱,并由此与中国古代文学基本理念产生了抵触:从《史记》《汉书》征引文士辞赋章奏,到《三国志》《后汉书》等著录文士作品着眼于赋、颂、书、碑、章、奏、表、序等诸般文体及其数量,中国古代有关文字作品的记载总结基本上是由文体入手。《诗品》《文心雕龙》等经典批评著作也是由文体入手,但论创作佳恶,并无是否文学的相关判断。文笔之辨虽然将这一问题曾经引向深入,但二者依然只是特性、功用的分别,仍旧同归于"文"的名下。这,才是王国维面对的传统真相。

二则康德也没有提出"非天才"这一概念,而王国维"非真正之美术"的论述恰恰由此申发。没有刻意提出"非天才"也就避免了"天才"与"非天才"非此即彼的对立,这并非康德学说的漏洞,而正是大哲学家心思缜密之处。因为从美学的历史考察,判定一部作品是否美的艺术并不难,但同时去判定一个作家诗人是否天才却并非简单的事情。一个作家诗人或者艺术家的成就,受到诸如时代、环境、积累、经验、偶然、机遇甚至疾病寿命等方方面面的影响,有早熟,有后达,也有小时了了大未必佳。以"非天才"标定可以验证的"天才"之外的文士,并以"非真正之美术"为其创作盖棺定论,既违背了康德的本义,也不符合中国文学历史的批评传统。由此可见,"非天才"也是王国维的个人发明。

从以叙事文学匮乏鉴照中国文学进而得出"天才"寥落的结论,到以超人理解"天才"而背离才分思想,从"非真正之美术"的命名到"非天才"的撰造,都体现了王国维对西学吸纳、消化以及转化的高度自觉。但其间不仅有西化倾向,也滋生了难以回避的理论困境。比如"非天才"者是否具备文学禀赋?以

"天才"与"非天才"判然二分,将"天才"创作之外一概纳入"后天的、经验的",这是王国维的基本逻辑。这便将中国古代文才思想中入手之处可以由学而致的判断拓展为了仅凭人事的黾勉就可以从事创作,视其创作与文学禀赋若无瓜葛,这种设定,文学经典传承的历史既不是如此选择,中国文艺美学的知识也未有如此的理论验证。于是便有了王国维的极力补救。也许是担心中西概念错杂会造成意蕴的混乱,在《古雅》一文中,他拒绝使用"文才"或"才"以及其他包含才的概念来描述"非天才"及其写作,但为了更准确地勾勒"非天才"的本色,或者也可以说为了弥补"非天才"概念偏言人力带来的漏洞,他既引入了"智力"("中智"的说法即由此而来),又明确提出了"天分":"而后之无艺术上之天才者亦以其典雅故,遂与第一流之文学家等类而观之,然其制作之负于天分者十之二三,而负于人力者十之七八。""天分"是中国传统诗学中的常见概念,与天性、自然、禀赋、资质、资禀等皆指向文学才禀。也就是说,"非天才"也许文学才禀不优,却仍与其藕断丝连。从根本而言,凡所谓人力皆不可能超越主体本然才赋的辖制——无论学习师法所体现的效力、获得知识的程度还是获得知识的维度、表达的形式。这就是古人所谓"必保此灵气,方可读书养气"等论断的深刻之处。① 尽管"诗有别材"论道出了审美创作的术业边界,但从实践立场综览,在标定性情独到性质之外,"别材"是难以对"心智结构系统"做出非此即彼的本质性量化核定的。在"别材"与所谓"非别材"之间,也许存在"心智结构系统"的完善、活力程度的差异,却不可能存在超逸"心智结构系统"之外、不需禀赋天分的所谓"人力写作"。既然"非天才"的"古雅"写作终究难以脱弃"天分",那么"天才"与"非天才"之间天人二分的对立依据也便出现了裂痕。

古雅论述中类似难以弥合的矛盾,正可视为作者调和中西未得洽惬之际的顾盼彷徨。

在王国维的美学理论中,古雅论所受到的关注远不如境界论,但古雅论仍然值得我们高度重视。

---

① 钟惺:《与高孩之观察》,《翠娱阁评选钟伯敬先生合集》卷七,《续修四库全书》第 1371 册,上海古籍出版社 2002 年版,第 433 页。

其一，从方法论意义而言，该学说是王国维以西方美学天才论为参照，结合我国文学传统经验、理论资源进行的理论创造。这种创造不仅体现在"古雅"范畴的推出，而且还体现于他以如上知识解决中国文学疑难问题的雄心魄力。

其二，对于当代学术界"何为文学"的讨论有着重要启示意义。面对中国古代汗牛充栋的文学实践与近乎全民参与的写作热情，在"何为文学"的问题上王国维有着与当代学者同样的疑惑。历来学者们或以有文无文判析，或以有情无情分别，现当代学者受西方影响又有人以体裁界定，这一切都难以透彻考察我国传统意义众体兼陈无所不包的"文"的历史。王国维改造康德的天才理论，以"天才"的创作为"美术"，其余中智以下的创作纳入"古雅"，古代庞大的文学遗产由此完成了身份认证。他将何为文学的评判标准引向创作主体，具化于主体禀赋及其创造活力，虽然诱发了诸如"天才"与"非天才"绝对区分等连锁问题，却依然为我们进一步深入探讨美学意义创造的本质、探讨"文学自觉"等经典议题提供了重要启示。

其三，从学术问题的凝练而言，王国维没有完全沿着康德等人的天才论分析文艺，而是在其天才论观照的范围之外，敏锐地注意到中国古代文学之中，类似诗、词等体裁有着巨大的创作队伍，作为生活艺术化的手段与艺术生活化的普及，它们并非"天才"的专利；对于如此庞大的创作队伍和创作，他从美育普及的维度赋予其应有的美学价值，这是对中国"诗教"传统深刻而具现实关怀的理解。

其四，除了诗、文、曲、词，如果从"非真正艺术品而又非利用品"的范围考察，具有中国传统特色又具有一定艺术品位或者一定艺术性的诸般技艺形态，诸如时文、楹联、酒令、谜语、诗钟、集句、联句等等，皆闪烁着独到的艺术光芒，具有重要的美育功效，甚至可以视为艺术女神法相的不同现身。中国人的人生因此充盈着优雅，平凡的生活由此被唤醒情味，而这，同样值得学术界高度关注。

（本文系国家社科基金重大项目《古代文论研究文献辑录、学术史考察及数据库建设(1911—1949)》阶段性成果，立项号：18ZDA242）

体与文体(Style)

——中西文论关键词比较研究

詹福瑞　　赵树功

　　论体是中国古代文学十分突出的特点,尤其文学观念自觉之后,不仅关于体的意识更加鲜明,而且以辨析体裁源流、提炼体裁特征、标举各体名篇为主的体论也日益丰富,成为中国古代文艺理论的主要内容之一。在西方文论中,内涵能与体基本实现转译的是"style",译作"文体"或"风格"①。文体论或风格论在西方文艺理论体系建构中同样属于经典内容,相关研究在当代西方也受到空前重视,甚至形成了专门的"文体学"(stylistics)。

　　作为两个重要的关键词,中国古代之体与西方的文体(style)有何异同呢?本文拟从文义源流及意蕴发展、观照视野的侧重、理想境界的设定等维度予以考察。中国之体以中国文学研究中的"古代"为断限,西方相关内容以十九世纪前的经典论述为主要依据。由于"文体学"属于建立在一定方法论基础上的以文体或风格为研究对象的专门学问,而非美学意义上以审美为目的的文体风格思想,因此不纳入本文的考察范围。

一、词义训释与核心意蕴的发展路径

　　就基本意蕴而言,体与文体(style)既有区别也有重合。体总体要比文体(style)的指涉宽泛,它包括体类(以体裁为主)与体派(以风格为主)两个主要

---

　　① 王元化先生《文心雕龙》研究《释〈体性篇〉才性说——关于风格:作家的创作个性》篇中,较早将"体"与"风格"作为近似概念,并引进西方主、客观风格论进行了论述。参阅《文心雕龙讲疏》(原名《文心雕龙创作论》,上海古籍出版社 1979 年版),广西师范大学 2004 年版。曹顺庆先生继而将风格与中国之"体"进行了比较,参阅其《风格与体——中西文论比较研究》,《文艺理论研究》1988 年第 1 期。

内涵。

体的主要意蕴之一就是体裁。依据现存文献,体裁关注的发端可追溯于《尚书》著名的"诗言志"论,《庄子·天运》《庄子·天下》篇有关六经分类的论述,则可以视为体裁分类的滥觞。① 随后,以体裁为主的文体关注便成为魏晋六朝文学批评的主流。或概括体征,如从桓范《世要论》、陆机《文赋》至李充《翰林论》等,归纳了诸多体裁的基本内涵与特征。或梳理源流,挚虞《文章流别论》对诗、赋、七体、箴、铭、颂、哀辞、诔、碑等作了辨析,其中有着体裁特征更富理论意蕴和审美高度的凝练,如论赋:"古诗之赋,以情义为主,以事类为佐;今之赋,以事形为本,以义正为助。情义为主,则言省而文有例矣;事形为本,则言当而辞无常矣。"②在今赋与古赋的对比中,提出赋当规避四过,实为赋这一体裁的标准所在,具有一定的文体流变史意义。及于《文心雕龙》,则以二十篇专门讨论各种体裁,相关讨论采用了统一的规则,即梳理体裁的流变,阐释各种体裁的名称及命名所包含的意义,以相关体裁的名篇来说明这种体裁所具有的核心特征,提炼各种体裁的基本特征及写作要求。较之此前对体征、源流的简单概括,这种体裁研究自可谓之兼综。

以上体裁及其类别的研讨,早期尚无专门的称谓,至曹丕《典论·论文》开始直接名之曰"体"。文章前有"文非一体,鲜能备善"之论,继而则云:"夫文本同而末异,盖奏议宜雅,书论宜理,铭诔尚实,诗赋欲丽,此四科不同,故能之者偏也。唯通才能备其体。"③其中体即体裁的意思显而易见。他如陆云《与平原书》所云"文适多,体便欲不清""体都不似事""不体"等等,皆就言辞形式、表现体制与规模是否合乎体裁的要求而言。萧统编辑《文选》,自道"凡次文之体,各以类聚",也是以体裁论体。至于明代吴讷有《文章辨体》、徐师曾有《文体明辨》,其所谓体,更是明确指向体裁。

体裁之外,体还有另外一个重要意蕴,这就是体格体貌,即所谓风格。曹丕《典论·论文》倡言"文以气为主,气之清浊有体",其中的"体"便兼容着主体禀气与作品气质,是以体论述风格的发端。随后以体指向风格可以说是六朝

---

① 有关早期体裁分类等论述,参阅詹福瑞:《古代文论中的体类与体派》,《文艺研究》2004 年第 5 期。
② 严可均辑:《全上古三代秦汉三国六朝文》,中华书局 1958 年版,第 1905 页。
③ 严可均辑:《全上古三代秦汉三国六朝文》,中华书局 1958 年版,第 1098 页。下同。

时期的普遍观念，如《文心雕龙·体性》以"典雅、远奥、精约、显附、繁缛、壮丽、新奇、轻靡"为"八体"。沈约《宋书·谢灵运传论》云："自汉至今，四百余年，文体三变：相如巧为形似之言，班固长于情理之说，子建、仲宣以气质为体。"又如萧子显《南齐书·文学传论》以为其时文章"略有三体"，一则"启心闲绎，托辞华旷"，一则"踵事比类，非对不发"，一则"发唱惊挺，操调险急"。以上之"体"皆指向风格。唐代皎然《诗式》专列"辨体有十九字"，不仅将十九字命为"诗体"，且自谓这十九字"括文章德体风味尽矣"①，更是将体释为了"风味"，其以体指代风格的意思同样鲜明。

不过，体的包纳不止于此。就体裁之体而言，在诗、文、词、赋之外，中国古代文学还有诸多"亚文体"或"次生体裁"，如诗歌之下，可以细化出古体、近体，近体又可分为律体、绝句体，律体又分五律、七律、排律；就题材而论，诸如山林体、宫体、边塞体、闺怨体、田园体、公宴体等等也皆入其类。②

就风格之体而言，同样有着众多的衍生风格。以严羽《沧浪诗话·诗体》为例，即包括时代之体，诸如建安体、黄初体、永明体、盛唐体、晚唐体等；个人之体，诸如陶体、谢体、李长吉体、元白体、东坡体、山谷体、杨成斋体等。此外，历史上还有宗派之体，诸如江西宗派体、江湖诗派体等；另有地域之体，诸如竟陵体、云间体、浙派诗体等等。

有鉴于"体裁""风格"解释古代之"体"的这种局限，当代学者便将体的主要内涵概括为以下两端："体类"，对应体裁以及"亚文体"或次生体裁；"体派"，对应核心风格及其衍生格调类别。③

西方文论的文体(style)源出于希腊语，随后演化为拉丁文"stilus"，德文作"stil"，英文、法文皆作"style"，意味着三者同源。拉丁文"stilus"的本意为刻字刀，即在蜡板上刻字的铁笔。④ 其本然意义中的这种力度感以及锐利突出特征，形成了它以"深刻印象"为主的精神底蕴，能够与他人相区分的风格之意即

① 李壮鹰：《诗式校注》，人民文学出版社 2003 年版，第 69 页。
② 宇文所安：《中国文论：英译与评论》，王柏华、陶庆梅译，上海社会科学院出版社 2003 年版，第662 页。
③ 参阅罗根泽《中国文学批评史》(一)，上海古籍出版社 1984 年版，第 146 页。
④ 威克纳格：《诗学·修辞学·风格学》，《文学风格论》，王元化译，上海译文出版社 1982 年版，第16 页。

由此孵化。这种以"深刻印象"喻指风格的思想在布封以下一段文字中有着突出显示：

> 又有些人，呕尽心血，要把平常的或者普通的事物，用独特的或铺张的方式表达出来，没有比这个更违反自然美的了，也没有比这个更降低作家品格的了。读者不特不赞赏他，反而要可怜他：他竟花了这样多的工夫锤炼字句的新的音调，其目的无非是讲一些人云亦云的话。这个毛病是那些富于学识修养然而精神贫瘠的人的毛病；这种人有的是字眼儿，却毫无思想。因此他们在字面上做工夫，他们排比了词句就自以为是组织了意思；他们歪曲了字义，因而败坏了语言，却以为是纯化了语言。这种作家毫无风格，或者也可以说，只有风格的幻影。风格是应该刻画思想的，而他们只晓得涂抹空言。

风格必须是切实而鲜明的，与浮华虚套不可同日而语；风格需要作家以独到的思想为根基，将其雕刻于语言形式之上。因此范希衡先生点评这段文字便从字源入手："法文'style'（风格）一词，源出拉丁语'stilus'（刻字刀），正如中国的'笔'是从'刀'演变而来一样，所以'刻画'一词在这里用得非常恰当而有力。"①

与中文之体兼容主体气质相近，"style"也可以表达主体高尚的举止、仪表，这个意义上它与英语"manner"接近。

"style"的以上意蕴大致对应中国之体的"体派"——不只是一般的风格，同样也指向诸般"亚文体"，如法国路易十四时期崇拜古典风范所形成的"巴洛克风格"（Baroque）、十八世纪前期以纤巧华丽取代古典所形成的"洛可可风格"（Rococo）②，这些时代风格及其他地域风格或民族风格也都在其包容之列。

但中国之体以体裁为主的"体类"之意在西方却并不由"style"承担，关于这个意义，宇文所安认为，"英文中那个比较含糊的词'genre'（文类）庶几可以

---

① 布封：《论风格》，范希衡译注，高建平、丁国旗主编《西方文论经典》第二卷，安徽文艺出版社2014年版，第635页。
② 参阅汝信主编，彭立勋、邱紫华、吴予敏著《西方美学史》第二卷，中国社会科学出版社2005年版，第193、546页。

对译"①。"genre"出于法语，指向文艺作品在历史上形成的稳定的结构形式（structure），即一般意义的体裁。这一点是体与文体（style）最为显著的不同。

就"体"与"style"的意蕴而言，二者都经历了一个逐步丰富丰满的过程。从体裁言说为主到风格体调这一意蕴凸显，是体论成熟的标志；"style"的成熟则体现于修辞风格论向文艺主观风格论的升华。

如上所述，中国之体起初的运用集中于体裁辨析，而风格意蕴也正是在体裁辨析之中逐步发展起来的。曹丕以"雅""理""实""丽"概括奏议、书论、铭诔、诗赋的体裁性质，其本质就是风格提炼。陆机《文赋》论"体有万殊"，体同样是体类体裁，所谓"诗缘情而绮靡，赋体物而浏亮"，显然是在以"缘情绮靡"与"体物浏亮"概括诗歌与辞赋的体裁风格。而《文心雕龙》更是处处体现了以上理路，诸如檄文："檄者，皦也。宣露于外，皦然明白也。"如奏章："章义造阙，风矩应明。"如表："表以致禁，骨采宣耀。"又如史论"师范于核要"、箴铭"体制于弘深"等等，皆从体裁来研讨风格的走向。

体裁风格论与禀气论、才性论的融合，促成了风格论的全面成熟，而以"体"命名以上意涵也出现在这种背景之下。这种融合的主要理论资源是王充的禀气论，禀气论在汉魏之交影响深远，它通过人物品目、政治铨选与清谈形成才性话题论辩，进而融入了文艺批评。这种转化与融合的标志依然是《典论·论文》。该文之中，曹丕着重涉及了以下两方面内容：其一，"文非一体，鲜能备善"，必须"审己度人"，其中之"己"与"人"不是随意的指称，二者鲜明地指向创作主体的个人才性，表达了才性对体裁的限定之意；其二，才性的敏迟、清浊通过艺术手段可以实现在体裁创作之中的基本现身，此为风体。二者是一个系统，不可析分。所以在体裁之论以后，曹丕便把论述视点转移至才性与风格的关系："文以气为主，气之清浊有体，不可力强而致。譬诸音乐，曲度虽均，节奏同检，至于引气不齐，巧拙有素，虽在父兄，不能以移子弟。""气"是创作主体的禀气，出于天赋，有其分量，不可更易，不可传习，这是早期以禀气论才性思想的体现。禀气如此的规定性成就各自主体之"体"，这个主体之"体"对应

---

① 宇文所安：《中国文论：英译与评论》，王柏华、陶庆梅译，上海社会科学院出版社 2003 年版，第663 页。

着不同的文学体裁的审美需求,进入作品便能够赋形为不同的与本然之气对应的风格体调,禀气之体、体裁之体、风体之体三者在审美意义上实现了统一。

体的以上两个内涵,体裁是共性基础,如同人体的骨骼架构;风体是个性闪耀,类似人的风貌精神。创作能符合相应体裁的内在规定,此为"得体";体裁之中能够充分呈现自我调度即标志着"成体"。能够"得体"进而"成体",是艺术成熟的验证。

与中国略有不同,西方有关 Style 的基本论述则发生于修辞术。修辞术又称雄辩术,主要指公开演讲的艺术,属于一种道德告诫方式与专门的技术体系。它关注词语的力量与说服力:诸如"使虚假的东西显得可信,使可疑的东西成为可能,或者对隐晦的真理进行令人折服的阐释"①。其理论化的发端可以追溯至古希腊时期,柏拉图略有涉及,亚里士多德《修辞学》已经颇成系统。如他推崇明晰、纯正以及情感协调的风格,而其实现路径即在于:"要是谈到暴虐的行径,就应有愤怒的措辞;要是谈到不恭敬或可耻的行为,措辞就应显出难看和谨慎;要是谈到可赞颂的事物,就应有喜悦的措辞;要是谈到可怜悯的事物,就应有感伤的措辞。"于是,"风格(就是)表达激情或感情"的"适当"或恰如其分。② 但修辞学意义的风格论并不属于文学理论,对此德·昆西曾有长文辨析,其中还从"发表"媒介、主观精神、悲剧喜剧实践等探讨了古希腊的一个巨大遗憾:具备了丰厚的文化土壤,却恰恰没有诞生文艺风格理论。③ 这一论述是西方风格论发端于修辞术的重要佐证。就亚里士多德而言,虽然其《诗学》也涉及以明晰论风格,但其落脚点依然在于具体的遣词造句,诸如"使用奇字,风格显得高雅而不平凡"。以此论述风格之前,作者实则已经拿出了两章的篇幅,专门探讨语词,诸如简单音、音缀、连接词、名词、动词以及装饰字、新创字、缩体字、变体字等等。④ 这说明亚里士多德的诗歌风格观念,奉行的即是修辞术的圭臬。

---

① 德·昆西:《风格随笔》,《文学风格论》,王元化译,上海译文出版社 1982 年版,第 43 页。
② 参阅汝信主编,凌继尧、徐恒醇著《西方美学史》第一卷,中国社会科学出版社 2005 年版,第 216—217 页。
③ 参阅德·昆西《风格随笔》,《文学风格论》,王元化译,上海译文出版社 1982 年版。
④ 亚里士多德:《诗学》,罗念生译,人民文学出版社 1962 年版,第 77 页。

古罗马时期的风格研讨同样普遍体现于修辞术。以西塞罗为例，他首先认为风格属于演讲术的素养构成之一，与开题、布局、记忆、表达一起列为演讲者的应备能力。其中风格（style）"就是针对构思出来的事情采用恰当的词句"，是一个具有可操作性的技术活。其次，不同的风格类型最终都以发挥不同语言的最大功效为手段。他曾将文体风格分为三种类型：庄严的（the grand）、中等的（the middle，又译中间的）、简洁的（the simple，又译平白的）。三者之中，"平稳而又讲究地安排那些给人深刻印象的语词"组成庄严的文体风格；"比较低的语词"组成中等的类型；那些可以"使用标准语言中最流行的俚语"者，构成简洁的文体风格。① 此外西塞罗还概括出一种"迷人"的风格，它的创作更为复杂：

> 首先靠响亮的发音和平滑的语词所表现出来的优雅令人喜悦；其次，它通过语词的结合避免了辅音之间粗糙的碰撞和元音之间无间隔的并置，以及结尾处不是完整的句子的结尾，而是在换气的时候，由此带来整篇讲话的一致与平稳；然后，选择语词必须采用成对的术语，用重复对重复，相同对相同，安排语词必须返回到同一语词，成双成对，甚至使用更多的重复，整个结构必须一会儿用连接词把各部分联系起来，一会儿省略连接词把各部分分开。

所述风格不仅全归结于语音变化、文辞形式的掉弄，而且如此成就的风格在西塞罗的意识中并非稳态的审美对象，它可以根据需要、兴趣进行调换，这就是他所谓的存在着"转换、修正的风格"：这类风格通过修正语词完成，诸如把一个词扩张为一个短语、把一个短语压缩为一个词，等等。② 在这种观念下，风格甚至可以说就是修辞的技术。

朗吉弩斯的崇高风格论同样依托修辞术。他不仅将崇高直接定义为"表达措辞上一定程度的精妙和出众"，风格五个源泉之中念念不忘"修辞"与"高

---

① 西塞罗：《论公共演讲的理论》，《西塞罗全集·修辞卷》，王晓朝译，人民出版社2007年版，第3、84页。
② 西塞罗：《论演讲术的分类》，《西塞罗全集·修辞卷》，王晓朝译，人民出版社2007年版，第3、623—624页。

尚措辞的使用",而且又明确表示:"五个源泉是基于对语言的熟练掌握的,没有它就将一事无成。"①全书四十六章,有三十余章涉及了言辞修饰问题,诸如发问的运用、省去连接词、语言次序的颠倒、单数代多数、人称的转换以及排比、夸张等等,不胜枚举。

考察体与文体(style)意蕴的发生发展,我们可以得出以下结论:中国古代文艺批评在体这一范畴命名之际,便赋予了其体裁、风格的内涵,其产生之初,便将批评的对象直接指向了作者与作品,是典型的文体风格论与主体风格论的结合,如果按照十九世纪德国文艺理论家威克纳格的说法,也可以概之曰"主观风格"与"客观风格"的结合。但西方有关"style"的论说则在系统的体裁论产生之前便直接成型于修辞术中,且成型时间远比中国要早。尽管体裁辨析中体现体裁风格是中西的通则②——亚里士多德时代的颂神诗、讽刺诗各自需要不同的诗格;但丁明言"悲剧带来较高雅的风格,喜剧带来较低下的风格"③;叔本华则专门揭示过"铭文碑记"风格:皆在体裁辨析中反映了风格的倾向——但所有这一切,应该说既缺乏中国古代明确而集中的体裁研讨,相关论述也多产生于风格(style)论成型之后。

中国体调风格论的明确出现虽然晚于西方,但其展露之日便体现了相当的成熟丰富与深刻,④其中主体风格(或主观风格)论这一内涵,西方随后要经过漫长的修辞术风格论的影响,直到文艺复兴之后以致启蒙运动方始有了较为集中的表达。这种超越起初是在雅俗之辨中拉开序幕的。文艺复兴之际的意大利崇尚古代的典雅制作,而但丁著名的《神曲》却有意避开典雅的拉丁语代之以方言,由此招致非难,雅俗之辨由此展开。马佐尼公开为但丁辩护,其辩护的依据便是:"一首诗该留给少数知音去赞赏。"⑤修辞术"适于众口"的风

---

① 朗吉弩斯:《论崇高》,马文婷、宫雪译,光明日报出版社 2009 年版,第 4、14 页
② 参阅曹顺庆《风格与"体"——中西文论比较研究》,《文艺理论研究》1988 年第 1 期。
③ 但丁:《论俗语》,高建平、丁国旗主编《西方文论经典》第二卷,安徽文艺出版社 2014 年版,第11 页。
④ 关于这一点,可以参阅詹锳:《〈文心雕龙〉的风格学》,人民文学出版社 1982 年版。本书是较早从中西比较维度研讨中国古代风格理论的著述。
⑤ 马佐尼:《神曲的辩护》,高建平、丁国旗主编《西方文论经典》第二卷,安徽文艺出版社 2014 年版,第 156 页。

格特质在此并未提及,倒是作家个性、读者赏味作为重要因素被纳入了审美批评。随着启蒙运动以及狂飙突进运动的兴起,反封建、个性解放成为时代强音,创作的民族性、多样性备受关注,"文艺风格"(而非修辞术风格)论由此获得了发展的重要契机。歌德所谓"诗人应该抓住特殊"的题材美学[①],其魄力即源自主体价值的认定。艺术家们对"(一些人)只关注朱庇特和朱诺,只关注守护神赐给人快乐和美丽的女神,而对野蛮人的并不高贵的躯体和头颅,对蓬乱的头发,肮脏的胡须,干枯的骨头,一个畸形老人的粗糙的皮肤,鼓起来的血管与松弛下垂的胸脯视而不见"这一现象的批判,也表达了同样的具有主体情志抉择意味的风格思想。[②] 布封"风格即人"的伟论,既是以上思想的总结,也是文艺风格论成熟的标志:"风格必须是全部智力机能的配合与活动;只有意思能构成风格的内容,至于词语的和谐,它只是风格的附件,它只是依赖着官能的感觉。"通过掉弄笔墨的模仿,虽能形成"字句和谐",却"不能构成风格的笔调"[③]。不仅审视对象以文学艺术为主,而且其审美的视野与念念不忘言辞效验的修辞术风格论显然已经有了很大不同。

当然,"风格即人"这一论断对作家与风格关系的认定,尚未达到中国体论起初即标定的高度与完善,放弃布封整个思想之中浓厚的理性主义不说,即使就风格所关涉的主客对应而言,便仍有着难以和中国体论吻合的缺憾,比如对"气质"的重视。中国之体是一个"全息"概念,由于其与禀气的统一,从一诞生便包孕着主体气质,并直接影响到作品的气象;西方风格论虽然很早也关注到了天赋天才,但这个天赋天才更多倾向思想、情感,其间有关"气质"的表述较为罕见。直到近代生理学研究兴起,主体气质人格与作家创作风格的关系才成规模地进入文艺批评。

二、观照视域的侧重

体与文体(style)的差异之中已经体现了彼此观照疆界的不同,但如果归结到"风格"这个共性之上,从历史的、系统的眼光来看,可以说彼此的认知范

---

① 爱克曼辑录:《歌德谈话录》,朱光潜译,人民文学出版社 1978 年版,第 90 页。
② 歌德:《收藏家及其亲友》第五信,《论文学艺术》,范大灿译,上海人民出版社 2005 年版,第 83 页。
③ 高建平、丁国旗主编:《西方文论经典》第二卷,安徽文艺出版社 2014 年版,第 636 页。

围、考察对象以及所形成的整体理论系统并没有直观的区别,比如二者都很早就关注到风格在以一定的语言形式表现之余,其发生的根本源泉在于主体的思想、情感。但是,文化的差异一般并不在于文化结构上有什么区别,而在于观照重点的不同。就体与文体(style)而言,中西近似的关注体系之中也存在着关照视域的不同侧重。具体而言,中国之体偏于主体之源,西方的"style"则斤斤于形式的显现。

"体"古作"體",《说文解字》云:"总十二属也。"所谓"十二属",段玉裁注云:"今以人体及许书核之,首之属有三:曰顶,曰面,曰颐;身之属三:曰肩,曰脊,曰尻;手之属三:曰厷,曰臂,曰手;足之属三:曰股,曰胫,曰足。合说文全书求之,以十二者统之,皆此十二者所分属也。"[①]也就是说,体的本义就是由首、身、手、足等十二部分所构成的总和,包容着主体的完整形质、气血性质,有着生命的圆活性、系统性、有机性。先民依据近取诸身的理念将其纳入哲学研思,审美论体便由此引申而来。体的以上生命特质决定了中国古代体论的如下观照倾向:创作主体的才性气质以及人格精神。

先看体类体裁论。魏晋六朝之后,从体裁维度对体的辨析日益深化,唐代继承六朝"文笔之辨",提出"诗文相异"的命题。宋代文人以此为基础形成了"诗文合一"与"各有本色"两个主要思想。诗文之外,宋代的诗词之辨最为引人瞩目,李清照专门提出了词"别是一家"说。明代于文学体裁辨析更趋细致,并出现了李东阳"诗在六经中别是一教,盖六艺中之乐"的卓越论断。[②] 清代体裁辨析具有一定的集大成性质,其重要贡献之一就是"文体相妨"论的提出。"文体相妨"从诗文各有本色的命题,从李白杜甫韵文长而散文不显、曾巩能文不能诗等现象中概括而出,强调诗有诗人、文有文人,专擅则独诣,双鹜则两废。汪琬称之为"艺之至者不两能"[③]。其中文体之间的此长彼短便被视为"相妨"。而以上诸般辨析,最终往往归结于才性与体类体裁关系的认知。杨万里论称:"诗非文比也,必诗人为之。"诗歌体裁与诗人的才性气质不可分割,那些

---

① 段玉裁:《说文解字注》,上海古籍出版社 1988 年版,第 166 页。
② 李东阳:《麓堂诗话》,丁福保辑《历代诗话续编》,中华书局 1983 年版,第 1369 页。
③ 汪琬:《愿息斋集序》,《尧峰文钞》卷二十九,影印文渊阁四库全书,第 1315 册,第 495 页。

"挟其深博之学"者虽然文辨滔滔，却未必能够创作出优秀的诗章。① 明代邓云霄《冷邸小言》中有以下问答：

> 问：能文者多不能诗，何也？ 曰：打铁手那堪绣花？
>
> 问：能小词者诗反稚弱，何也？ 曰：婢那可作夫人？②

同样从体裁之异追溯到主体的不同，而人之不同，根本在其才性。

再看体派风格的研讨。体论发端之初，曹丕便将作家不同的风格归因于禀气才性，如徐幹时有"齐气"，这个"齐气"既表示徐幹具有地域性的气质，也表示受其影响所形成的一种略带舒缓的创作格调。《文心雕龙》论"体性"，以篇体为"才气之大略"，即是将体派风格与主体的才性气质挂钩。又如"才略"篇之"贾谊才颖，陵轶飞兔""仲宣溢才，捷而能密"等等，才性与风格之间，具有直接的因果。唐代皎然则将其概括的代表风格体调的十九字直接归入了"才性"范围："夫诗人之思初发，取境偏高，则一首举体便高；取境偏逸，则一首举体便逸。才性等字亦然。体有所长，故各功归一字。"③涵味其意，显然是说，诗思变化对于诗歌境界的影响可以通过一个字（高或者逸）体现，而表现才性的字也能够承担同样的效用，这个所谓"才性等字"又可以直接表现为一种风格体貌。如此说来，风格体貌与才性气质在此更是被直接打通了。

具体到实际的创作，主体才性与风格体调之间不仅仅对应，更显示出一种独到的、可以和他人区分的偏长偏宜。它体现于主观风格，如马致远著《黄粱梦》具种种妙绝，但"一遇丽情，便伤雄劲"；王实甫《西厢记》绮丽妖冶，但"作他剧多草草不称"。或偏于雄劲或偏于妙丽，如此偏长有时会形成一种风体无意识的扩张，在形成自我体调大概之外，又造成于其他审美体调的隔膜。④ 又体现于题材风格（或客观风格），如唐代诗人："庙堂典重，沈、宋所宜也，使郊、岛为之则陋也。山水闲适，王、孟所宜也，使温、李为之则靡矣。边风塞云，名山古迹，李、杜所宜也，使王、孟为之则薄矣。撞万石之钟，斗百韵之险，韩、孟所

---

① 杨万里：《黄御史集序》，辛更儒《杨万里集笺注》卷七十九，中华书局 2007 年版，第 3209 页。
② 吴文治主编：《明诗话全编》，江苏古籍出版社 1997 年版，第 6431 页。
③ 李壮鹰：《诗式校注》，人民文学出版社 2003 年版，第 69 页。
④ 王骥德：《曲律》，《中国古典戏曲论著集成》第四册，中国戏剧出版社 1959 年版，第 147 页。

宜也，使韦、柳为之则弱矣。"①庙堂、山林、风月、香艳等题材属于"亚文体"的行列，皆有着与其不可离析的基本风格限定，只有这种类的限定与主体才性之偏宜吻合，作者始能驰骋才情于其间，并通过主体性情面目的贯注，创造出各自所宜的风格。

综上所论，诗歌体裁选择、格调定位最终归结于主体才性气质、人格精神这一审美观照特征，深深呼应了中国文艺之"体"的生命性质。

与此相对照，西方文体（style）论的观照视域则侧重于以下维度：在关注风格多样化及风格典型、关注主体思想情感与风格关系的同时，侧重于作品语言形式的审视。

早在罗马时期，西塞罗已有了对雄辩与艺术风格多样化的提倡，其中包含了对个体性风格的致意："雕塑艺术只有一种，米隆、波利克里托和卢西帕斯都是这门艺术的杰出代表，但是，你不会愿意看到他们中的任何人失去自己的风格。"绘画也是一样：宙克西斯、阿格劳芬等"彼此都不相同"。作家亦然：古希腊、罗马的诸多作家或华丽、简洁，或机敏、深沉、温婉，每每不同。归结到雄辩："有多少个雄辩家，就有多少种雄辩。"②在个体风格之外，又有类型风格论，如地域风格，十九世纪法国浪漫主义先驱史达尔夫人的南方风格、北方风格论可为其代表。如时代风格，无论黑格尔"严峻的风格""理性的风格""愉快的风格"划分，还是温克尔曼关于古希腊艺术发展"远古风格""崇高风格""典雅风格""模仿风格"的演化规律认识，皆与时代的兴起、完善、衰落期对应。又如民族风格，古希腊时代"亚洲风格"与"雅典风格"的论争是其发端③，启蒙运动开放包容的氛围成为其发展的动力，伏尔泰对于意大利作家的"柔和甜蜜"、西班牙作家的"辞藻丰富，多用隐喻，而风格庄严"、英国作家的"讲究作品的力量须雄浑而又灵活，明喻多于隐喻"、法国作家的"予人以明澈、幽雅、严密之感"等等所进行的总结概括；④狄德罗所谓"一个民族愈文明，愈彬彬有礼，他们的风

---

① 袁枚：《再与沈大宗伯书》，《袁枚全集》第二册，江苏古籍出版社1993年版，第285页。

② 参阅汝信主编，凌继尧、徐恒醇著：《西方美学史》第一卷，中国社会科学出版社2005年版，第319页。

③ 参阅汝信主编，凌继尧、徐恒醇著：《西方美学史》第一卷，中国社会科学出版社2005年版，第324页。

④ 伍蠡甫、翁义钦：《欧洲文论简史》，人民文学出版社1985年版，第149、169页。

尚就愈缺乏诗意"的论断①,皆是民族风格的推扬。而歌德与赫尔德则联合发表《关于德意志风格和艺术》,明确宣扬"德意志风格"。类型风格论中,还包括典型风格论。如自西塞罗、昆体良、凯齐留斯至朗吉弩斯所讨论的"崇高";如康德标举的"没有做作的合目的性"的"纯朴"②——直接影响了叔本华有关"自然风格"与"不自然风格"的区分③;如黑格尔的"古典"与"浪漫";席勒"素朴的"与"伤感的"诗歌;温克尔曼"静穆的伟大""质朴的宁静"及"优雅"④;还有威克纳格智力的风格、想象的风格、情绪的风格,等等。

概而言之,在民族风格方面,由于中国古代大一统格局的绵延以及高度的民族认同,其相关讨论不如西方充分。而有关时代风格、地域风格,中西则有着共同的关注。至于典型风格范畴的提炼与宣扬,中西也别无二致,中国古代诗学著述有关风格体调的总结,基本上皆属于这种典型风格形态。而具体到创作主体与风格关系的考察,西方风格论彰显了与中国体论迥然不同的观照倾向:侧重于作品的文字形式。

西方风格论从没有废弃心智、思想、情感与天才。贺拉斯"健康的心智是优良风格的源泉和开端"的论断⑤,就是以心智作为风格探讨的起点。朗吉弩斯所谓崇高风格的五个源泉中,有两个本于主体天赋:"能够形成伟大概念(又译作思想)的能力""慷慨激昂的感情"⑥。还有温克尔曼的优雅风格,在需要主体"细心并努力"之外,更需要天国赠予的"禀赋与才能",最终呈现的是艺术表现"与每人的天才相适应"⑦。

尽管如此,从柏拉图到 T. E. 休姆,从传统美学到二十世纪的新批评,西方风格论的核心关注视域却并非主体,而是作品甚至受众。柏拉图从修辞术出发论述风格与心灵对应是修辞成功的关键,而这个与风格对应的心灵

---

① 狄德罗:《论戏剧诗》,《狄德罗美学论文选》,徐继曾、陆达成译,人民文学出版社 2008 年版,第 187 页。
② 康德:《判断力批判》,邓晓芒译,杨祖陶校,人民出版社 2002 年版,第 116 页。
③ 叔本华:《叔本华论说文集》,范进、柯锦华等译,商务印书馆 1999 年版,第 318 页。
④ 参阅歌德《收藏家及其亲友》第五信;温克尔曼《论艺术作品中的优雅》。
⑤ 叔本华:《叔本华论说文集》,范进、柯锦华等译,商务印书馆 1999 年版,第 321 页。
⑥ 朗吉弩斯:《论崇高》,马文婷、宫雪译,光明日报出版社 2009 年版,第 14 页。
⑦ 温克尔曼:《论艺术作品中的优雅》,高建平、丁国旗主编《西方文论经典》第二卷,安徽文艺出版社 2014 年版,第 458 页。

并非作者的心灵,而是受众的心灵:"他们须把文章的类别和心灵的类别以及他们个别的情况都条分缕析出来,然后列举它们之中的因果关系,定出某类与某类相应,因此显出某类文章适宜于某类心灵,某种原因会使某种文章对于某种心灵必能说服,对于另一种心灵必引起疑心。"于是,"对象简单的心灵,文章也就简单,对象复杂的心灵,文章也就复杂。"① 叔本华则对当时流行的"主观性"风格提出了批判,因为其执着于自我意图而"没有考虑读者"。在他看来,写作并非中国传统美学意味的情志宣达与"独白",而是作者与读者的"一场对话"。② T. E. 休姆更是宣称:"所有的风格仅仅是征服读者的手段。"③

在对文本的侧重中,鉴于文体风格(style)的本义与雕刻刀笔相关,其"印象深刻"的本源意义潜在影响了西方风格论的走向,瞩目于鲜明的文字形式以及给人深刻印象的文字表达形态由此成为西方风格论的重要特征。正因为如此,亚里士多德《修辞学》在讨论显然属于后世风格论范畴内容的时候,首先引入的语汇是"lexis",意为"用语""词语结构",系某人、某领域习惯使用的所有用语。④ 诗歌亦然,他在定位"风格的美在于明晰而不流于平淡"之后称:"最明晰的风格是由普通字造成的。"⑤风格论随即转入了文字形式的论述。

即使主观风格论发展起来之后,这种关注语言、形式的审美倾向依然没有改变。综合黑格尔、柯勒律治、德·昆西、叔本华等人的论述:从风格的性质而言,它是"服从所用材料的各种条件的一种表现方式",而且"它还要适应一定艺术种类的要求和从主题概念生出的规律",即:它是媒介形式、艺术形式与主题形式内在规约的统一。⑥ 从风格的效用来看,它是"一种连缀字句并使之兼

---

① 柏拉图:《文艺对话集》,朱光潜译,人民文学出版社 1963 年版,第 162—163 页。

② 叔本华:《叔本华论说文集》,范进、柯锦华等译,商务印书馆 1999 年版,第 330 页。

③ T. E. 休姆:《语言及风格笔记》,赵毅衡编选《新批评文集》,百花文艺出版社 2001 年版,第 309 页。

④ 参阅汝信主编,凌继尧、徐恒醇著《西方美学史》第一卷,中国社会科学出版社 2005 年版,第 216—217 页。

⑤ 亚里士多德:《诗学》,罗念生译,人民文学出版社 1962 年版,第 77 页。

⑥ 黑格尔:《美学》第一卷,朱光潜译,商务印书馆 1979 年版,第 369—378 页。

综条贯的艺术"①。从风格对于形式的选择而言,不同风格仅仅对应一种独特的语言形态,正如柯勒律治如下晦涩的解释:"作为风格的一个标准就是它不能在不伤害意蕴的情况下用另外语言去加以复述。"②从表达形式至风格成就之间的创造关键而言,其核心就是把握文字表达的"限度":在限度之内,语言可以使思想清晰;"如果语词的堆砌超出了这个限度,思想会再次变得更加模糊不清",因此:"发现这个限度存在于何处是风格的难度。"③无论从哪一维度审视风格,最终皆落实于语言、形式。

那么为什么文艺风格最终要落实于语言、形式呢?丹纳给出了答案。他认为,影响艺术效果的因素有三:心灵或具有显著性格的人物、遭遇或事故、风格。三者之中:"(风格)是唯一看得见的原素。其他两个原素只是内容,风格把内容包裹起来,只有风格浮在面上。"如果再具体一下,则所谓浮在上面的就是"一连串的句子",当然,其间还贯穿了"大作家"层出不穷的"技术"。④

需要说明的是,对语言、形式的强调并非意味着纯粹的形式主义,这只是西方风格论审美观照视域的侧重所在,而在形式的讨论之外,文人们或将"言之有物"视为"形成优良风格的第一条规则"⑤;或提倡境遇、性格与风格统一所形成的"风格力量"⑥。用 T.E. 休姆的话说,"所有的情感都依赖于真实可靠的现象或声音,情感是有形的东西";"每个词都必须是一个能见的形象,而不是一个筹码",如此"形式坚实",就如同一部"真实的泥塑的书",其中看到的"不是川流不息的词汇",而是"牢牢抓著黏土的、用劲的手在泥塑上留下的指痕"。主客融合、形式内容统一,这样的创作,才是真正的"风格完美"。⑦

① 德·昆西:《风格随笔》,《文学风格论》,王元化译,上海译文出版社 1982 年版,第 43 页。
② 柯勒律治:《关于风格》,《文学风格论》,王元化译,上海译文出版社 1982 年版,第 37 页。
③ 叔本华:《叔本华论说文集》,范进、柯锦华等译,商务印书馆 1999 年版,第 327 页。
④ 丹纳:《艺术哲学》,傅雷译,人民文学出版社 1988 年版,第 398—399 页。
⑤ 叔本华:《叔本华论说文集》,范进、柯锦华等译,商务印书馆 1999 年版,第 322 页。
⑥ 丹纳:《艺术哲学》,傅雷译,人民文学出版社 1988 年版,第 399 页。
⑦ T.E.休姆:《语言及风格笔记》,赵毅衡编选《新批评文集》,百花文艺出版社 2001 年版,第 306—308 页。

三、理想境界的设定

有关体与文体（style）在风格一维的基本认知，中西是一致的。中国古代将体调风格的形成视为文人成家的标志。西方亦然。歌德就将风格推为艺术所能企及的最高境界，其意思是说："任何艺术的真正条件便是风格。风格是判断艺术优劣的标准。"①就体与文体（style）有关风格的理想设定而言，中西也有着一定的相似性，二者都以主客统一创生风格为追求，一定程度上皆可表述为"风格即人"。

中国古代文艺理论中"风格即人"的意蕴在魏晋之际已经出现。上文有关体对才性的呼应或者因"性"成"体"的论述中都体现了这种指向。陆机《文赋》所谓"夸目者尚奢""惬心者贵当""言穷者无隘""论达者唯旷"，也部分包涵如此才性对应如此面目的内容。陆云将这种能够因我才性见我风貌称为"文体成"②。而《文心雕龙》的"体性""明诗""熔裁""才略"等很多篇章都涉及这一思想。如其《才略》篇赞语云："才难然乎？性各异禀。一朝综文，千年凝锦。余采徘徊，遗风籍甚。无曰纷杂，皎然可品。"古人创作之所以皎然可品，原因就在于其关乎主体文才。文才以彼此卓然自异的才性为根基，呈现在作品中则形成与其相应的风格体貌，这是一个类似"夺魂摄破"的创造过程，一朝成文，即如锦绣织就，风采难以隐匿。于是，"性情褊隘者其词躁，宽裕者其词平，端清者其词雅，疏旷者其词逸，雄伟者其词壮，蕴藉者其词婉"也便成为文学创作的理想境界，或明言为"文如其人"。如明人所论：

> 永叔侃然而文温，穆子固介然而文典则，苏长公达而文道畅，次公恬而文澄蓄，介甫矫厉而文简劲，文如其人哉。③

这是对富有性情才能者的艺术概括，是对最高品位作品的礼赞。

西方文艺理论主客统一之论最为显赫的宣言就是"风格即人"说。启蒙运动中，在题为《论风格》的演讲中，布封将风格定义为"作者放在他的思想中的

---

① 王尔德语，参阅汝信主编：《西方美学史》第三卷，中国社会科学出版社 2008 年版，第 953 页。
② 陆云《与平原书》："屡视诸故时文，皆有恨文体成耳。然新声故自难复过。"
③ 冯时可：《雨航杂录》卷上，影印文渊阁四库全书，第 867 册，第 329 页。

层次和调度"，最终又将其概括为"风格就是本人"（The style is the man himself）。这个论断又译作"风格即人"或"文如其人"，在中国影响深远。近年来有学者提出其产生于理性主义语境，不可与"文如其人"过于牵扯。① 这个结论非常值得商榷。仔细研读布封全文，其所谓风格从人与"层次"、人与"调度"的关系立论，皆关乎写作主体的"天才"。如在人与创作"层次"之间，"凭着天才的力量，作者可以看到全部的思想"，具有天才者方可洞悉一个题目的含义，成就作品前后衔接的连贯，风格就在其中。如在人与创作"调度"之间，既有的"规则"不能代替天才："如果没有天才，规则是无用的。所谓写得好，就是同时又想得好，又感觉得好，又表达得好；同时又有智慧，又有心灵，又有审美力。"因此，"风格必须有全部智力机能的配合与活动；只有意思能构成风格的内容"。真正的传世之作必须依赖天才，依靠"知识之多""事实之奇""发现之新颖"皆与风格无关。② 以上所论，皆将具有实在内容的而非止形式的风格与天才建立了密切关联，这个"genius"（天才）与主体是统一的。既然风格来自主体天才，风格与主体关系统一的结论也就水到渠成了。这本是文章经过严密逻辑建构起的重要结论，历史上曾经获得马克思、黑格尔的首肯，而黑格尔对这一名言的解读就是："风格在这里一般指的是个别艺术家在表现方式和笔调曲折等方面完全见出他的人格的一些特点。"可见布封所论与"风格即人"的理解

---

① 贺玉高：《在理性主义语境中对布封论风格的再解读》，《文艺理论研究》2009 年第 1 期。
② 高建平、丁国旗主编：《西方文论经典》第二卷，安徽文艺出版社 2014 年版，第 631—637 页。

并无悖逆。^①

　　席勒又对主客之间的统一予以了重要的补充：这种统一是主体性的展示，而非主观化的移植。因此风格可以通过与矫揉造作的对比而彰显面目："风格与矫揉造作的关系正如由形式原则出发的行为方式与由经验准则（即主观的原则）出发的行为方式之间的关系。风格是由偶然的东西完全提高到普遍的和必然的东西。"就是说，作为伟大的艺术家要以表现纯粹的对象为追求，风格不是自我刻意表现出来的，而是在对审美对象客观的表现之中的流露；而具体成果之中，"质料（模仿者的本性）必须消失在（被模仿者的）形式中，实物必须消失在理念中，现实必须消失在形象显现之中。"因此说，具备风格的诗歌之美是"在语言的束缚中自然本性的自由自主的行动"。^② 这与黑格尔有关"作风"（manier，德语）与"风格"的区分异曲同工。^③

---

　　① 在主客统一这一点的认识上，学界有不同意见。曹顺庆先生就认为：中国的体论与西方的风格论虽然都讲统一，但西方是主客统一，而中国更多强调的是多样性的统一。（参阅《风格与"体"》）。案：类似意思此前王元化先生《〈体性篇〉才性说》之中有过委婉的表达；詹锳先生出版于1982年的《〈文心雕龙〉的风格学》也不止一次涉及。概而言之，风格的"多样性统一"大致包含两个指向：其一，集众体成一体。其被拿来佐证的文献为《文心雕龙·体性》对"八体"的论述，因为其中有"八体虽殊，会通合数"等论。事实上，刘勰的"八体"是作为既有技能而言的，作为体派或者体类的基本风格，有着传统的较为稳定的类型，八体之外，类似皎然的辨体十九字、司空图的二十四诗品等等皆可纳入这个范围，其中当然也包括经典作家的创作风格，这些都属于"知识"的范畴。对于这些"知识"，文人们可以通过后天之学逐步熟悉甚至灵活把握，这是文艺创作的基础。但是："若夫八体屡迁，功以学成，才力居中，肇自血气；气以实志，志以定言，吐纳英华，莫非情性。"其意思十分鲜明：要想成就真正的自我风格，在以上学力之外，必须以源发于主体血气的才性气质为根本，它决定着风格之体的最终走向。在古代文艺理论语境中，对多样性师法的倡导，一般皆是就风格学习的阶段性努力而言的，从未撼动主体才性气质对体格风调的决定性影响。这个道理实际上康德早已经道破，他曾指出，美不是科学，因此也便没有与科学一样的教学方法，美的传授于是便"只有风格"（modus，拉丁文，模式）。但康德随即又做出解释：大师必须示范学生如何面对既有的风格资源，只能以之入门，以之纳入记忆激活想象，只能视之为一种"附带"，却不能成为代替艺术"理想"的"原型"与"模仿范本"。而艺术"理想"的决定者就是"天才"（genie，德语）。（参阅康德《判断力批判》，邓晓芒译，杨祖陶校，人民文学出版社2002年版，第203—204页）其二，一人而备众体。王元化先生认同刘永济先生"一人之作……其异已多"之说，并解释为"同一作家在写作不同体裁作品的时候，会显示出不同的风格来"，并认为这正是主观风格与客观风格交融的必然结果。詹锳先生大致也首肯类似观点。事实上，中国论体，所谓成体、得体，皆是针对总体创作的实绩而言的，风格具备是作家登堂入室的条件。如此的风格不是一个简单的概念，而是一个审美生态系统，具有一定的敞开性，具体创作所呈现的只能视为风格取向，归属于主体风格的不同维度，但最终要统一于作家不同的才气性情。从这个意义上说，我国风格论主乎多样性统一的说法的确有待商榷。

　　② 席勒：《艺术的美》，伍蠡甫、胡经之主编《西方文艺理论名著选编》上卷，北京大学出版社1985年版，第497—500页。另参阅《席勒经典美学文论》，范大灿译，三联书店2015年版，第88—89页。

　　③ 参阅黑格尔：《美学》第一卷，朱光潜译，商务印书馆1979年版，第369—378页。

天才、主体性之外，主客之间这种相应又具化于心灵的统一："风格是心灵的观相术，并且它比相貌更可靠地反映了心灵的特征。"①具化于思想的统一："一个人的作品中使用的语言也是其思想观念的观相术。""一个人的风格显示了他的全部思想的形式上的本性。"②又具化于情感的统一："灵魂的激情只存在于风格之中"。③ 具化于气质的统一，"令人赞叹的风格"离不开作家那种"完全特殊的天才"——"这种使他能够用一种完美的、动人的、可怕的方式描绘和解释……的独一无二的气质。"④天才与气质在此不是二物，气质就是天才的表现形态之一。还具化于个性的统一："风格包括艺术个性，形式特征，想象方式等。艺术个性决定艺术风格。没有个性的作品，必然没有风格，也就失去了艺术生命力。"⑤文艺范畴的"艺术个性"又被福楼拜称为"艺术家个性"，而且这个"艺术家个性"正是作家能够成为"这一个人"的前提。这种主客统一关系在创作中的美学显现被他概括为"每个艺术品都有其独特的诗学"——"作品因它形成，因它存在"。⑥ 至此，"人"与文的呼应，在思想、情感、作风、气质、个性等方面都有了表达。

不仅"风格即人"的理念基本一致，而且中西关于风格创造与整体性关系的理解也颇为相近。中国古代论体，讲究"胸有成竹""一气如话""一气呵成"，刘大櫆将其概括为："文章者，人之心气也，天偶以是气界之其人以为心，则其为文也必有辉然之光。"⑦皆以作者体气为本源，延伸出作品的风格气象。西方文体风格论同样重视整体性。西塞罗早就说过："在语词的结合中要遵守的事情是某些节奏和呼应"，其中"呼应"可以"保持风格"。⑧ 布封论风格，反复强调的就是整体性、秩序感、统一性、协调性，除非建构艺术的特殊需要，否则"间

① 叔本华：《叔本华论说文集》，范进、柯锦华等译，商务印书馆1999年版，第321页。
② 叔本华：《叔本华论说文集》，范进、柯锦华等译，商务印书馆1999年版，第318页。
③ 汝信主编，李鹏程、王柯平、周国平著：《西方美学史》第三卷，中国社会科学出版社2008年版，第942页。
④ 郭宏安译：《波德莱尔美学论文选》，人民文学出版社1987年版，第187页。
⑤ 汝信主编，李鹏程、王柯平、周国平著：《西方美学史》第三卷，中国社会科学出版社2008年版，第953页。
⑥ 伍蠡甫、翁义钦：《欧洲文论简史》，人民文学出版社1985年版，第271页。
⑦ 刘大櫆：《海门初集序》，《海峰文集》卷四，同治甲戌冬月刘继重刊本。
⑧ 西塞罗：《论演讲术的分类》，《西塞罗全集·修辞卷》，王晓朝译，人民出版社2007年版，第624页。

断""停息""割裂"必皆摈弃。为了说明这种整一性(unity),他专举大自然的造化为例:"为什么大自然的作品是这样地完善呢?那是因为每一个作品都是一个整体,因为大自然造物都依据一个永恒的计划,从来不离开一步。"①黑格尔也称:"(真正的独创性)它就得显现为整一的心灵所创造的整一的亲切的作品,不是从外面掇拾拼凑的,而是全体处于紧密的关系,从一个熔炉,采取一个调子,通过它本身产生出来的,其中各部分是统一的,正如主题本身是统一的。"②由于黑格尔的所谓"独创性"建立在主体灵感与风格规约之下,因而其所谓的"整一"自然就是对风格的发言。③

而无论中西,以上主客完整性中的统一又皆是建立在对传统超越之上的,皆不以摹古为皈依。中国明代文人直接推出了"极才尽变"的美学思想:"极其才情神识之所如而曲尽文人之变化。"④其核心意旨就是强调自我性情才思如何能够建构与其相称的体调风格。而二十世纪西方存在主义作家加缪也同样发出过如下狂论:"创造,此起彼伏的反叛,存在于这种体现作品风格和格调的歪曲中","尽管这一切遇到了时代的偏见,但艺术上最伟大的风格仍表达了最崇高的反叛。"其所谓"歪曲",所指的就是创造者对文艺现实的修改、对既定传统形态与风格类型的反叛。⑤

尽管有着以上诸多相通之处,但在"风格即人"这一命题的内涵上,中国的体论与西方风格论还是存在着显著的差异:二者对于主客统一论的侧重点各有表述,对于主体的道德人格要求也不完全一致。

其一,中国古代从风格维度论主客统一,以"诗言志""吟咏情性"为根基,从主体生命之气出发,讲究前后贯通,浑然一体。其中当然也考虑到了时代、

---

① 布封:《论风格》,高建平、丁国旗主编《西方文论经典》第二卷,安徽文艺出版社 2014 年版,第631—633 页。

② 黑格尔:《美学》第一卷,朱光潜译,商务印书馆 1979 年版,第 376 页。

③ 有学者认为(姚爱斌《有特征的文章整体与有特征的语言形式——中国古代文体论与西方 stylistics 的本体论比较》,《郑州大学学报》2007 年第 1 期),中西"文体论"的差异就体现在是否讲求"整体性"上:从具体层面看是文章整体与语言表达方式的区别;从本体层面看是有生命整体观与工具(语言)本体观的不同。对中国文体论的"生命"性认知是准确的,但以为西方文体论不追求"整体"性则似可商榷。

④ 陈继儒:《代门生跋董太史文抄》,《陈眉公集》卷六,续修四库全书本,第 1380 册,第 81 页。

⑤ 加缪:《反叛和艺术》,杜小真译,朱立元、李钧主编《二十世纪西方文论选》上,高等教育出版社2002 年版,第 488 页。

地域之别，刘勰还从"即体成势"（《文心雕龙·定势》）申明了体裁、题材类别对于创作走向的规定，也从才、气、学、习归纳了天人两端对于不同格调形成的影响，但若论决定风格之"体"的核心因素，还是要归于《文心雕龙·体性》的基本判断：从理路而言，"情动而言形，理发而文见，盖沿隐以至显，因内而符外"，表现为由情理至言文、由内而外的贯彻；而内外对应"表里必符"的根本就在于"吐纳英华，莫非情性"。所谓的统一，是"人"与文的统一。"人"代表着修辞立其诚前提之下的一种独到个性，而"文"就是主体鉴照自我的一面镜子。

而西方风格论中的主客统一，其核心关注点则在于所谓主观风格与客观风格之间的协调。从两不可缺而言，创作既要"在现象的选择上面显出自己的趣味"，又要通过"表现各种特殊的质的确切性而引起我们的惊讶"。从主客所表达的对象分析，其"主观"虽然偶尔兼及情感、兴味、气质，但仍以理性为主体，它是"一种与日俱增的精密性领会""对于依次呈现的形象的一览无遗的观察"；而"客观"所云"表现各种特殊的质的确切性"，其立足点就在于"最深刻的知识""事物的本性"。① 正是这种理性主义的指引，风格才有了"思想的化身"这一名号②，主客统一因此又常常被表述为思想、内容、意义与作品的外在形式——"词汇的选择，句法的构造"的对应。③ 从风格与主客观的关系而言，西方风格论着力于主观风格与客观风格的分量调整。以威克纳格之论为例，他是风格区分主客的首倡者，主观风格被"表现者的心理特征所决定"，客观风格被"表现的内容和意图所决定"，二者必然要"联在一起"。如何相连呢？作者这样描述其沟通逻辑："双方都处在正确的有机关系中；有时这一方面比较突出，有时另一方面比较突出，但在任何情况下，这两方面孰轻孰重都取决于内容，根据内容较多主观因素或较多客观因素的性质而定，外在表现，换言之，风格的主观性或客观性的或多或少只是依此为准。"④与中国体论的生命、情志熔

---

① 歌德：《自然的单纯模仿·作风·风格》，《文学风格论》，王元化译，上海译文出版社1982年版，第3—5页。

② 德·昆西：《风格随笔》，《文学风格论》，王元化译，上海译文出版社1982年版，第57页。

③ 威克纳格：《诗学·修辞学·风格学》，《文学风格论》，王元化译，上海译文出版社1982年版，第15页。

④ 威克纳格：《诗学·修辞学·风格学》，《文学风格论》，王元化译，上海译文出版社1982年版，第18—19页。

铸不同,这里字里行间透露的恰恰是一种丹药配制一般的剂量配比。

其二,于主体的道德人格要求不同。在中国,早在先秦之际,修辞立其诚的思想已经确立。两汉察举以德、才为主,及于东汉文人评论屈原及其创作,虽然有人盛赞"体统诗雅",但班固仍然于其"露才扬己"不以为然,道德已经成为重要的批评指标。《文心雕龙·程器》之中又明确将道德器用纳入创作主体的素养系统。从隋唐开始,"风格即人"的批评之中已开始融入浓重的道德内容,如王通《文中子·事君》论六朝文人,所谓"谢灵运小人哉,其文傲""沈休文小人哉,其文冶""谢庄、王融,古之纤人也,其文碎;徐陵、庾信,古之夸人也,其文淫"等论,已是鲜明的道德评价。从此,文学艺术的品位便不仅仅系于作者的才情学力,而是与其胸襟人格、道德器识息息相关。柳公权论书法:"心正则笔正。"随之后人敷衍出"人正则书正""作字先做人"诸论。画也是如此,王昱有云:"学画者先贵立品。立品之人,笔墨外自有一种正大光明之概。否则画虽可观,却有一种不正之气隐跃毫端。文如其人,画亦有然。"①如此,诗自然概莫能外:

> 要知心正则无不正,学诗者尤为吃紧。盖诗以道性情,感发所至,心若不正,岂可含毫觅句乎?昔有人问余曰:"谚云'歪诗',何谓也?"余戏之曰:"诗者,心之言,志之声也。心不正则言不正,志不正则声不正;心志正,则诗亦正。名之曰'歪',不亦宜乎?"②

即使并非直接从道德考究诗人,一般的文艺批评之中,在期待"一读其诗,而其人性情入眼便见"的效验之际,也同样赋予了如下要求:创作本身必须属于"诗本性情"的"真诗"范围。③ 其间既有心画心声的省示,也兼容了才学技艺的考量,同样有着对作者的道德人格规范。

不仅主体涵养的要求如此,即使作品之中也要贯彻这种源发于主体人格修为的风范,以成就厚人伦、美教化、移风易俗的事业。于是《诗经》有郑风,孔

---

① 王昱:《东庄论画》,王伯敏、任道斌主编《画学集成》(明一清),河北美术出版社 2002 年版,第 421 页。

② 薛雪:《一瓢诗话》(与《原诗》《说诗晬语》合刊),杜维沫校注,人民文学出版社 1979 年版,第 92 页。

③ 江盈科:《雪涛诗评》,黄仁生辑《江盈科集》,岳麓书社 1997 年版,第 806 页。

子即云"放郑声"，原因是"郑声淫"。此后类似唐代"咸、乾今体才调歌诗"的沉湎声色、部分宋元词曲的纤艳轻薄、庸俗才子佳人小说的荡佚秽亵，皆为风格论者之所不容。

就艺术实际而言，一般可以检验的所谓"文如其人"本是从才性气质、才分偏长与语言形式、笔性格调的关系立论。超越这个限度，便很难做出相应的判断，具体创作中充斥的邪者端言、弱者健言、躁者冲言、怨者平言、显者隐言等现象便是佐证。① 但作为一种审美理想，对于立言与立人立品立德统一的高度期待，标志着中国文艺风格论的道德关怀。②

西方风格论诞生之初也曾出现过对主体的道德人格书写，西塞罗在论述演讲之际就说："最有效的风格是能在心灵中激起强烈情感的风格，能体现演讲者本人性格友善的风格。"③此后从主体德性高尚出发论述风格的言论也间或出现，如歌德就曾说："如果想写出雄伟的风格，他首先就要有雄伟的人格。"④但总体而言，西方并没有形成一种道德风格关系连贯而系统的理论关注线索。倒是将道德论与主体评判、作品评判分割的声音更为主流。首先是道德无关乎创作主体，波德莱尔称扬作为天才表现形态的气质在艺术创作中的作用，盛赞其可以描绘和解释创作的方方面面，唯独"道德例外"。如果仅仅是说气质难以解释道德，那么尚没有淡视道德之意，但波德莱尔在不同语境反复渲染的只有"艺术家之所以为艺术家"的"气质"，于是"道德例外"也就成为艺术风格无关道德的代名词。⑤ 其次是道德无关乎作品形式，福楼拜宣称，他要"像高等植物学一样搞评论，不从道德角度立论"，只有这样的批评才能勘破作品的具体形状、它与其他事务的关系以及"其存在的特质"，这个"特质"就是作品风格。⑥ 再者，道德无关乎作品的内容，法国十九世纪唯美主义代表戈蒂耶

① 钱锺书：《谈艺录》，中华书局1984年版，第163页。
② 有关才与体的详细关系论述可参阅赵树功《中国古代文才思想论》第三编第八章《由才思至体调：文才的显象》，人民出版社2016年版。
③ 西塞罗：《论演讲术的分类》，《西塞罗全集·修辞卷》，王晓朝译，人民出版社2007年版，第624页。
④ 爱克曼辑录：《歌德谈话录》，朱光潜译，人民文学出版社1978年版，第39页。
⑤ 波德莱尔：《埃德加·爱伦·坡的生平及其作品》《再论埃德加·爱伦·坡》，《波德莱尔美学论文选》，郭宏安译，第187、202页。
⑥ 福楼拜：《致鲁伊丝·高莱》，《福楼拜文学书简》，丁世中译，北京燕山出版社2012年版，第26页。

曾经辛辣攻击过以道德为名的批评,指出文学与道德不是一回事情,文学不是为功利主义服务的工具,戏称"只有功利主义者才会拔掉花坛上的郁金香改种白菜"。他认为艺术是现实的反映,因而作品风格的伤风败俗恰恰是社会的镜象,人们应该反思的不是文学而是时代。①

　　无论中国古代的体还是西方的文体风格(style),这两个关键词都影响深远,而且至今依然充满活力。不过"style"在语言上的衍生辐射功能远不如中国之体,从古至今,诸如体裁、体格、体类、体派、体气、风体、体调以及体察、体悟、体现、体会等等,皆与其密切相关。在对体裁、风格及其亚文体、衍生风格的概括上,当代学者推出的"体类""体派"也较西方文论一个"style"包纳所有显得能够推陈出新。不过体派风格审美的现状并不乐观,在后现代思潮风行的时下,颠覆、解构之说大行其道,体裁演为"文本"、类型成为"变体",虽有总体代码向独特用语的转移,但在反风格中又促成了面目一致化的模糊。② 风格在如此语境下,无论中西,不仅仅成为文艺理论中的明日黄花,甚至在不少新锐学者作家眼中都有些过街老鼠的味道。但无论何时何地,文艺的大道恰恰在于:明乎文体,建构风格。这就如同在茫茫人海中若要不被湮没,就要凸显他人所不具备的"自我面目"。文艺理论忽略其"体"之日,便是其荡而不归甚至走向消亡之时。

---

① 戈蒂耶:《〈莫班小姐〉序》,赵澧、徐京安主编《唯美主义》,中国人民大学出版社 1988 年版,第 44 页。

② 参阅哈桑:《后现代主义概念初探》,盛宁译,朱立元、李钧主编《二十世纪西方文论选》下,高等教育出版社 2002 年版,第 496 页。

图书在版编目(CIP)数据

才性与文学论集 / 赵树功著. —杭州:浙江大学
出版社,2020.12
ISBN 978-7-308-19629-1

Ⅰ.①才… Ⅱ.①赵… Ⅲ.①中国文学－古典文学－
文学理论－文集 Ⅳ.①I206.2－53

中国版本图书馆 CIP 数据核字(2020)第 269781 号

才性与文学论集

赵树功　著

责任编辑	吴　超　宋旭华
责任校对	蔡　帆
封面设计	周　灵
出版发行	浙江大学出版社
	(杭州市天目山路 148 号　邮政编码 310007)
	(网址:http://www.zjupress.com)
排　　版	浙江时代出版服务有限公司
印　　刷	广东虎彩云印刷有限公司绍兴分公司
开　　本	710mm×1000mm　1/16
印　　张	22
字　　数	341 千
版 印 次	2020 年 12 月第 1 版　2020 年 12 月第 1 次印刷
书　　号	ISBN 978-7-308-19629-1
定　　价	78.00 元